KB268972

The Unsung Hero
내 인생의 축복

The Unsung Hero

Copyright ⓒ 2000 by Suzanne Brockmann
All right reserved.

Korean translation copyright ⓒ 2003 by Big Tree Publishing Co.
Korean translation rights arranged with The Ballantine Publishing Group,
a division of Random House, Inc.
through Eric Yang Agency, Seoul.

The Unsung Hero

내 인생의 축복

수잔 브럭맨 | 박미영 옮김

큰나무

박 미 영

이화여자대학교 영어영문학과를 졸업하고 KBS 사회문화센터
영상번역작가 과정을 수료하였다. 역서로 『당신과 눈뜨는 아침』,
『격정의 연인』, 『프린스 차밍』, 『사랑의 파트너』, 『건달과 말괄량이』 등이 있다.
현재 로맨스 전문 번역가로 활동중이다.

내 인생의 축복

초판 인쇄 | 2003년 5월 10일
초판 발행 | 2003년 5월 20일

지은이 | 수잔 브럭맨
옮긴이 | 박미영
펴낸이 | 한익수
펴낸곳 | 도서출판 큰나무

등록 | 1993년 11월 30일(제5-396호)
주소 | 120-837 서울시 서대문구 충정로 3가 3-95 2층
전화 | 02) 365-1845 · 1846 팩스 | 02) 365-1847
e-mail | btreepub@chollian.net
홈페이지 | www.bigtreepub.co.kr

값 9,000원

ISBN 89-7891-158-7 03840

우리는 사랑할 사람을 고를 수는 없다.
‘아니, 난 당신을 사랑하지 않겠어. 그래, 당신을 사랑하겠어.’
아무도 이런 식으로 사랑을 선택할 수는 없다.

　미국 로맨스 작가 협회(RWA)에서는 매년 그 해 가장 사랑받은 로맨스 10편을 선정한다. 역사물에서 현대물까지 갖은 장르를 망라하는 이 목록에서, 수잔 브럭맨의 '트러블슈터 시리즈'는 2000년부터 3년 연속 1위를 차지하고 있다. 개성적이고 인간적인 캐릭터들과 짜임새 있는 플롯도 한몫을 했겠지만, 눈 돌릴 새 없이 숨가쁘게 진행되는 전개를 보고 있노라면 작가인 수잔 브럭맨이 처음 영화와 TV 각본가로 글쓰기를 시작했다는 사실이 새삼 실감난다.

　시리즈의 첫 권답게 트러블슈터 팀의 지휘관 탐 파올레티 대위가 주인공으로 등장하는 이 작품은 앞서 출간된 시리즈의 다른 작품들을 본 독자들에게는 그간 유능하고 믿음직한 리더로서의 모습만을 보여온 탐의 한 남자로서의 새로운 면모와 시리즈의 주연급 조연인 샘과 알리사 커플의 첫 만남을 볼 수 있는 계기가 될 테고, 처음 접하는 독자들에겐 새롭고 독특한 경험이 될 거라 확신한다. 처음 이 시리즈를 접했을 때 역자가 느꼈던 발견의 기쁨을 독자 여러분들께도 선보일 수 있게 되어 반갑다.

　우리는 종종 주인공 외의 인물들도 각자의 삶에서는 주인공임을 머리로는 알아도 가슴으로는 잊곤 한다. 수잔 브럭맨의 작품들은 '주변인물'로 한데 몰아 묶어버렸던 그들에게 하나하나 독특한 개성과 생명력을 부여하여

트러블슈터 등장인물들이 살고 있는 세상이 있을 것만 같은 기분이 들게
만든다. 그렇기에 많은 독자들이 그들의 이야기에 웃고 울며, 그들의 미래
를 궁금해하게 되는 것이 아닐까.

참고로, 트러블슈터 시리즈의 작품 순서와 주인공은 다음과 같다.
(원제로 표기된 작품은 국내 미번역)

1권 - 내 인생의 축복(2000) : 탐 파올레티 대위(L.T.) & 켈리 애시튼
2권 - 격정의 연인(2001) : 존 닐슨 중위(닐스) & 메그 무어
3권 - 사랑의 파트너(2001) : 스탠 울처닉 상사 & 테리 하우 중위
4권 - Out of Control(2002) : 케니 카모디 중사(와일드카드) & 서배너 폰
        호프
5권 - Into the Night(2002) : 마이크 멀둔 중위 & 조앤 다코스타
6권 - Gone to Far(가제, 2003년 7월 출간 예정) : 로저 스타렛 중위(샘) &
        알리사 로크

박 미 영

프롤로그

봄.

시호크와 그 조종사가 직격탄에 맞자, 사태는 파국으로 치달았다.

네이비 실 소속 탐 파올레티 대위가 조종간을 잡고 헬기를 급상승시키는 동안 재즈와 로페즈는 조종사가 출혈과다로 죽지 않게 응급처치에 나섰다. 8명의 엘리트 대원들은 한 외교관 부인이 무사히 출국할 수 있도록 하기 위해 이 위험한 나라에 왔다. 실 16팀의 지휘관 파올레티 대위를 출동시킬 정도로 중요한 임무였다. 사실 칩 크롤리 대장이 직접 내린 명령이었다.

크롤리는 탐에게 지휘관과 부지휘관 캐스퍼 '재즈' 자퀘트가 함께 나타나면 그 파시스트놈들이 파시스트 짓을 하지 않게 되기를 바란다고 솔직히 털어놓았다.

어쩌면 사람 좋은 우호적인 미소에다 그와 대조되게 가슴에 줄줄이 달린 엄청 심각해 보이는 계급장, 지휘관다운 분위기를 지닌 탐이 나타나면 저 쓰레기들이 진짜 약속대로 부인을 보내줄지도 모르는 일이다.

그리고 어쩌면 6척 장신에 어깨도 거의 그만큼 벌어진 흑인 재즈가 몹시도 엄숙하고 조용히, 그리고 몹시도 위험스런 모습으로 탐 옆에 지켜서 있으면 이 임무는 정말로 단순한 호위 일로 끝날지도 모른다.

상대편 정부가 햄프턴 부인은 억류되어 있는 게 아니라고 주장했기에,

탐과 대원들은 여객기로 이곳에 와 공항에서 밴을 빌려, 로널드 햄프턴이 부인을 동반하지 않고 이웃나라로 당일치기 여행을 떠나는 실수를 저지르기 전 부부가 머물던 호텔로 향했다. 아무 징조도 없이 하루 낮 사이에 정치적 상황이 급변하여 로널드와 측근들의 재입국이 허가되지 않았다.

윌헬미나 햄프턴 부인은 정말로 호텔에 있었다. 그래서 탐은 햄프턴 부인이 짐을 싸는 동안 대원들과 함께 시원한 가든에 앉아 아이스티를 홀짝이며 진짜로 그녀를 아무 일 없이 공항에 데려갈 수 있을지도 모른다고 여기게 되었다.

거대한 수트케이스 6개를 가지고 로비로 내려온 햄프턴 부인은 자신을 호위할 실 대원들을 보고 그다지 반겨하지 않았다. 또 짐이 많으면 검색에 시간이 걸릴 테니 대부분을 화물편으로 보내자고 탐이 공손하게 제안하자 짜증스레 반대하여 그로 하여금 왜 이 여자를 탈출시키기 위해 이런 수고를 감수해야 하는지 의문을 품게 만들었다.

그는 조금 덜 공손하게 이 벽지에서 약간의 지연은 '영구적인' 지연으로 바뀌는 경우가 허다하다고 지적했다. 비록 투덜거림이 완전히 멈추지는 않았지만 정도가 약해졌고, 수트케이스 셋이 마지못해 뒤에 남겨졌다.

탐은 주근깨 박힌 순진하고 천사 같은 성가대원 얼굴의 젊은 마크 젠킨스 상병에게 그녀를 떠넘겼다. 젠크는 사실 여간내기가 아닌데다 탐이 팀에 있던 세월을 통틀어 최고로 능란한 거짓말쟁이였다. 젠크는 햄프턴 부인에게 귀엽기 짝이 없는 미소를 짓고 손자들에 대해 물으며 안전한 밴의 가운데 좌석으로 안내하면서, 탐 쪽을 향해 보란 듯이 중지로 얼굴을 긁었다.

호텔 주차장을 빠져나올 때, 뒷좌석에 앉은 오리어리가 말했다.

"6시 방향에 검은 세단."

미행당하고 있었다. 하지만 추적 없이 호텔을 떠났더라면 탐은 오히려 놀랐을 것이다. 젠크와 로페즈가 햄프턴 부인의 못생긴 손자 사진들을 놓고 이야, 우와 해대고 있을 때 저 멀리서 사이렌 소리가 들려왔다.

운전을 하던 샘 스타렛 소위가 미러를 통해 탐과 눈을 마주했다.

"침착하게."

탐이 말했다. 저 사이렌이 확실히 그들을 쫓는 거라고 밝혀지기 전까지는, 도망치는 건 멍청한 짓이다.

별명이 와일드카드인 케니 카모디 하사는 앞에 앉아 무선을 모니터하며 팀의 언어 전문가인 존 닐슨 소위가 신호를 해석할 수 있게 조정중이었다.

"차 4대와 1개 소대를 실은 수송용 차량 1대가 필요하다면 무력을 사용해도 좋다는 명령을 받고 우리를 저지하기 위해 출발했습니다."

닐슨이 보고했다. 와일드카드는 희희낙락하여 탐을 돌아보았다. 하지만 와일드카드가 희희낙락하지 않은 경우란 드물었다.

"B안으로 갈깝쇼, 전하?"

크롤리 대장은 이번 임무수행에 있어 무력보다 교섭을 활용하라고 강조했다. 탐은 자신의 대원들이 먼저 발포한다면 해명에 진땀 빼리라는 걸 알고 있었다. 하지만 전 대원과 유쾌한 햄프턴 부인이 어딘가의 감방에 6년쯤 처박혀 국제사면위원회의 편지쓰기 캠페인 대상이 되는 것보다는 크롤리 앞에서 몇 시간 해명하느라 곤경을 겪는 쪽이 훨씬 나았다.

B안은 빌어먹게 괜찮은 선택처럼 보였다.

"그러지."

그 말이 탐의 입을 채 떠나기도 전에 오리어리는 검은 세단의 앞바퀴를 깨끗하게 명중시켰다. 스타렛은 바퀴 둘이 공중에 뜰 정도로 확 우회전하여 중심도로와 비틀거리는 검은 세단을 흙먼지 속에 남기고 빠져나갔다.

야채트럭과의 정면충돌을 간신히 모면하자 햄프턴 부인은 비명을 질러대기 시작했다.

"뭘 하는 거예요? 뭐예요?"

젠크는 소년 같은 테너 목소리를 높였다.

"햄프턴 여사님, 여사님께서 자유로이 출국하실 수 있다는 확증을 받았지만 그래도 저희는 만일의 사태에 대비해 다른 이동수단을 마련해두었습니다. 바로 시 외곽에서 헬기가 저희와 접선하게 되어 있지요 파올레티 대위님은 지금 그 쪽으로 향하는 편이 현명한 행동이라 믿고 있습니다."

"L.T., 액셀러레이터를 밟고 있는 게 이 모양입니다. 이 똥차는 최고속력이 70킬로미터라구요.”

스타렛이 외쳤다. 그들은 좁고 울퉁불퉁한 샛길을 겁나게 빠른 듯한 속력으로 덜컹거리며 지나고 있었다. 하지만 탐은 그들이 쫓기고 있다면 금방 이 정도는 빠르지 않게 느껴지리란 걸 알고 있었다.

스타렛이 이 물건을 빨리 몰지 못하는 것도 놀랄 일이 아니었다. 낡아빠진 밴에 덩치 큰 남자 여덟 명과 가뿐하다고는 말할 수 없는 여자 하나, 몹시 무거운 수트케이스 셋이 실려 있으니.

무게를 줄이기 위해 그들이 버릴 수 있는 것은 하나뿐이었다. 아니, 3개.

탐은 재즈와 눈을 마주쳤다. 부지휘관은 그가 무슨 생각을 하는지 정확히 알았고, 말할 필요가 없어 다행이었다. 햄프턴 부인은 이미 충분히 저기압이었으니까. 하지만 수트케이스와 함께 뒤에 앉아 있는 오리어리는 그들과 같은 주파수가 아니었다.

“오리어리, 밸러스트*를 투하하자.”

재즈가 낮게 깔리는 다스베이더 목소리로 저격수에게 명령했다.

햄프턴 부인은 비명을 멈췄지만 헬기를 타야 한다는 생각에 여전히 불만스러운 기색이 역력했다. 다행히 그녀는 ‘밸러스트’나 ‘투하’ 같은 용어에 익숙지 않았다. 최소한 돌이킬 수 없게 되기 전까지는 항의하지 못하리라.

“난 737기보다 작은 걸 타면 멀미를 하는데.”

그녀가 투덜거렸다. 탐은 몸을 돌려 그녀를 마주하고, 자신의 말이 그녀로 하여금 이 상황의 심각성을 깨닫게 해주기를 바랐다.

“우리는 방금 4대의 비밀경찰 차량과 30명의 군인을 태운 차량에게 무슨 수를 써서든 우리를 막으라는 명령을 내리는 무선교신을 들었습니다.”

그는 그녀의 얼굴을 직시했다.

“이 나라에 체류하는 동안 중앙교도소를 시찰하실 기회가 있었으리라곤 생각되지 않습니다만 어딘가 캄캄하고 추운, 쥐와 씻지 않은 사람들 냄새가 진동하는 곳에 갇힌다면 어떨지 상상해 보시죠. 앞으로 몇 년간 그런 데

---

* 배나 기구에서 중심을 잡기 위한 짐.

서 지내고 싶으시다면 말씀만 하십시오, 커브에서 내려드릴 테니."

햄프턴 부인은 조용해졌다. 사실 열린 뒷문으로 몰아친 바람을 알아채고 뒤를 돌아봤다가 아메리칸 투어리스트(여행가방 상표명) 옛날 광고처럼 도로를 굴러가는 자신의 수트케이스를 보고도 목 졸린 끽 소리밖에 내지 못했다.

"젠킨스 상병에게 바짝 달라붙어 계십시오. 만약 저나 대원 중 누가 명령을 내리면 질문 없이, 주저 않고 명령에 따르는 겁니다. 알아들으셨습니까?"

탐의 말에 그녀는 입을 꽉 다물고 고개를 끄덕였다.

"충분히요, 대위. 다만 이 일에 대해 대위의 상관에게 편지 쓸 거라는 건 알아둬요. 그 수트케이스엔 비싼 디자이너 의상이 가득 차 있었어요. 그 중 몇은 다시 살 수도 없는 거라구요."

"고개 숙이고 입은 다물고 계십시오. 그 편지를 쓰실 수 있게 여기서 빼내드리죠. 그 점은 약속드리겠습니다."

햄프턴 부인은 마지막 한 가지 질문을 참지 못했다.

"저들이 헬기를 쏘면 어쩌구요?"

"대기중인 공군이 전면지원을 하고, 필요하다면 무력을 사용해도 좋다는 승인을 받았습니다. 공중에 뜨자마자 모든 채널을 통해 그 사실을 알릴 거고요. 그걸 알면서 우리에게 발포한다면 미친 짓이죠. 제 예상으론……."

그는 손목시계를 흘끗 쳐다보았다.

"한 시간 조금 안 되어 우리 편 비행장에 착륙할 겁니다. 도착하면 편지지와 필기구를 챙겨드리죠."

"그리고 만약 뭔가 잘못되면 C안도 있나요?"

햄프턴 부인이 냉랭하게 물었다.

"C안이야 늘 준비되어 있습니다."

C는 공중에서의 창의적인 해결책을 의미했다. 그건 탐의 특수부대원들이 제일 잘하는 것 중 하나였다. 하지만 B안은 시계처럼 척척 맞아들어갔다. 닐슨이 무선을 모니터하고 스타렛은 액셀러레이터를 밟아대고 와일드카드가 굽이치는 길을 안내하여, 그들은 제 시간에 맞춰 접선지에 도착했다.

시호크도 제 시간에 왔다. 그들이 햄프턴 부인을 안에 던져넣을 수 있도록 헬기가 낮게 내려오자 먼지가 휘날렸다. 난리통은 적군이 가득 탄 순찰 지프차에서 비롯되었다. 탐의 이가 갈릴 정도의 지랄맞은 우연의 일치였다. 하필 그 장소와 그 시간에 순찰이라니. 그들은 헬기를 보고 확인하러 온 것이 분명했다. 그들이 90초만 늦게 왔어도 헬기는 지상에서 떠나 있었을 텐데. 90초만 늦게 왔어도, 대원들은 사정거리에서 벗어나 있었으리라.

하필 순찰군인들은 총기를 장전하고 코너를 돌아왔다. 그러나 로페즈가 그걸 보고 먼저 반응하여 군인들 쪽으로 수류탄을 던지는 동안 탐과 재즈는 햄프턴 부인을 헬기에 던져넣었다.

군인들은 흩어졌지만 그 중 1명이 마구 몇 방을 쏘아댔다. 그 총알 중 하나가 열린 문으로 들어와 조종사 어깨에 맞은 것은 순전한 불운이었다.

하지만 탐이 조종간을 잡고 빠져나왔다. 그가 이런 헬기를 조종해본 것은 몇 년만이었다. 매끄러운 조종은 아니었지만 그럭저럭 괜찮았다.

"맙소사, 대위님. 헬기에서 연기가 납니다!"

젠크가 햄프턴 부인의 끊임없는 소란 너머로 고함쳤다.

제길, 그랬다. 엔진에서 신호용 연막탄처럼 한 줄기 연기가 뿜어져나오고 있었다. 2개의 엔진 중 하나에 총알이 맞은 모양이었다.

재수 하난 끝내주는군. 개자식.

그들은 이미 도시를 벗어나 빠르게 국경선에 가까워지고 있었으나 넘을 수는 없을 것이다. 한쪽 엔진이 나간 상태로는 안 된다. 게다가 연료계가 마구 미쳐 돌아가고 있었다. 연료탱크에도 맞은 것이다. 연기나는 엔진과 새는 연료탱크는 좋은 궁합이 아니다. 혹 폭발을 원한다면 얘기가 다르지만. 당장 착륙해야 한다. 아래 펼쳐진 풍경은 메마른 불모의 사막으로 영 삭막하게 생긴 바위투성이었다. 탐이 자라난 풍요로운 뉴잉글랜드 전원 풍경에 비하면 달표면 같았다.

"꽉 잡아!"

탐은 헬기를 땅으로 내리려 씨름하며 고함쳤다. 착륙은 거칠었다. 간신히 추락을 면한 정도 동여매지 않은 건 몽땅 허공을 날았다.

"재즈, 여사를 모시고 나가! 어서!"

부하들은 이미 행동에 나서고 있었다. 재즈와 젠크는 각각 햄프턴 부인의 팔을 한 쪽씩 잡았다. 그들이 그녀를 몸을 숨길 수 있는 곳으로 데려가는 동안 그녀는 내내 소리지르고 몸부림쳤다. 그녀의 목소리는 거의 쉬어 있었다. 로페즈와 와일드카드는 조종사를 부축하고 다른 대원들은 이미 들 수 있는 최대한의 장비와 물을 가득 들고 있었다.

탐은 마지막으로 문을 나서며 생각했다. 제길, 아까 했던 말은 햄프턴 부인의 나불거리는 입을 막는 데 별 효력이 없었군. 그러고 나서 햄프턴 부인의 고함소리를 들었다. 핸드백. 빌어먹을 핸드백을 두고 왔단다.

"죄송합니다. 그건 포기하셔야겠습니다. 저 헬기는 시한폭탄이나 마찬가집니다. 곧 폭발……."

재즈의 말이 들렸다.

"내 심장약이 가방에 있다구요!"

햄프턴 부인의 쉰 목소리가 바위에 메아리치고 완만한 언덕에 부딪히는 듯했다. 심장약.

제길. 세상이 슬로모션으로 돌아갔다. 탐은 재즈가 바위 뒤에서 나와 자신을 향해, 헬기를 향해 다가오는 것을 보았다. 하지만 탐이 최소한 30미터는 더 가까웠다. 그는 제자리에서 빙글 회전하려 했지만 흙먼지에 미끄러졌고, 다시 헬기를 향해 뛰어가며 속력을 내려 기를 썼다.

10걸음만에 헬기에 들어간 그는 안을 뒤졌다. 정말로 빨리 찾고 싶을 때 여자 핸드백이 늘 그렇듯이 당최 보이지가 않았다. 그는 금속 바닥에 털썩 무릎을 꿇고 좌석 밑을 뒤지며…….

빙고. 베이지색 가죽백으로, 착륙할 때 앞으로 미끄러져 들어간 모양이었다. 그는 당장에 가방을 움켜쥐고 빠져나와 전력을 다해 달렸다.

몸을 숨길 바위까지 최소한 20미터는 남았는데 뒤의 시호크가 폭발하는 소리가 들렸다. 자신을 공중으로 내던지는 폭발의 위력을 느꼈다. 땅이 너무나 빠른 속도로 그를 향해 다가왔다.

젠장할, 아프게 생겼군.

그리고 세상이 캄캄해지며 아무런 생각도 할 수 없게 되었다.

1

8월 8일

탐은 더플백을 머리 위 짐칸에서 내리고 다른 승객들과 함께 천천히 여객기에서 내려 보스턴 로건 공항으로 나왔다.

천천히 움직이는 것이 좋았다, 특히 하마터면 그를 현장에서 완전히 퇴출시킬 뻔한 머리 부상으로 인해 여전히 현기증을 겪고 있는 바로 지금 같은 때엔.

터미널 밖엔 시가지의 윤곽선이 뿌연 아침 하늘에 흐릿해져 있었다. 뉴잉글랜드의 여름이었다. 소도시 볼드윈 브릿지로 향하며 탐은 습도가 올라가리라는 걸 알았다. 거센 바닷바람이 기온을 낮게 유지했고 그림처럼 완벽한 관광도시의 하늘은 푸르렀다.

탐은 딱 일요일까지만 있을 참이었다.

그는 30일간의 병가를 얻고 열받았다. 30일씩이나 쉬고 싶지 않았다, 제길. 막 병원에서 한참 있다 나온 참이었고 지휘권에서 손을 뗀 지도 오래였다. 물론, 래리 터커 소장 덕에 이 시점에서 돌려받을 지휘권이 있기나 한지 확신할 수도 없었지만.

그가 빌어먹을 의식불명 상태에 있는 동안, 터커가 실 16팀을 내년 예산안 삭제 대상으로 만들려 했다는 걸 알고 그가 성미를 터뜨린 것이 놀라운 일인가? 그리고 탐이 수년간 직접 발탁한 우수대원들로 이루어진, 몇몇 사람들에게는 '트러블슈터'라고 불리고 실 출신이 아닌 터커 같은 몇몇 윗대가리에게는 '트러블메이커'라 불리는 16팀 분대를 터커가 저 땅끝으로 뿔뿔이 흩어버리려고 했다는 걸 알았을 때…….

하지만 탐은 그저 성미를 터뜨렸을 뿐이었다. 그 작자를 워싱턴 사무실의 4층 창문 밖으로 내던지지 않았다. 만족스러움에 실실거리는 면상에 따귀를 날린 것도 아니었다. 그가 한 일이라곤 자신의 반대의사를 평소보다 좀 격렬하게 펼친 것뿐이었다.

그리고 그 때문에 꼬박 일주일간 정신감정을 받고, 의사와 정신분석의들은 그의 감정격발이 최근의 심각한 머리 부상과 관련이 있는지 결론내리려 애썼다.

탐은 성미를 터뜨린 건 정말 터커를 상대하는 데서 온 부작용일 뿐이라고 단언하려 했다. 하지만 그의 담당의는 진급을 앞두고 터커 소장에게 잘 보이려 안달중인 하워드 에커트 대령이었던지라, 탐의 해명은 먹히지 않았다. 에커트는 그에게 머리 부상에서 더 회복되도록 30일간의 병가를 주었다. 정신과 의사들은 탐에게 그런 부상을 입으면 일시적으로 미묘한 성격변화를 겪는 경우가 드물지 않다고 일렀다.

공격적 행동. 피해망상과 편집증. 그리고 물론 현기증과 두통. 마음을 편안하게, 긴장을 풀어야 한다. 왜냐하면 30일 후, 또다시 비슷한 정신분석을 겪을 테고 그걸로 그의 운명이 결정될 테니까. 의가사 제대를 하여 밀려나느냐, 아니면 해군에서 계속 복무할 수 있게 되느냐?

이는 앞으로 30일간 탐이 최대한 편안하고 긴장을 풀도록, 그리고 멀쩡한 정신상태를 갖추도록 무엇이든 해야 한다는 뜻이었다.

그는 고향에 며칠 이상 머무는 건 제정신을 유지하는 면에 있어선 중대한 실수임을 익히 알고 있었다. 그리고 화요일부터 일요일까지는 엄청나게 긴 주말이었다.

하지만 잠깐 가보는 건 좋겠지. 작은할아버지 조가 보고 싶었다. 심지어는 여동생 앤젤라와 조카딸 맬러리까지 보고 싶었다. 맬은 올해 고등학교를 졸업했다. 그 애의 십대 시절은 그와 앤지 때만큼이나 험난했다.

파올레티 집안 아이가 콧대 높은 매사추세츠 주 볼드윈 브릿지에서 자라기란 여전히 쉽지 않은 게 분명했다. 아직까지도 탐을 보면 신경을 곤두세우는 경찰관들도 몇 있었다. 그는 이제 36살에, 유능하고 존경받는 네이비 실 소속의 장교지만 그 옛날의 꼬리표들—말썽꾼, 골칫거리, '그 불량한 파올레티 녀석'—은 그대로였다.

그래, 든든한 조가 그립긴 했어도 볼드윈 브릿지에서 지내는 건 주말만도 길었다. 어쩌면 조를 설득해서 일이 주 동안 버뮤다에 같이 갈 수 있을지도. 그럼 근사할 거다. 그리고 만약 조가 고집한다면 찰스 애시튼을 이번 여행에 동행시킬 의향도 있었다.

두 노인의 기분에 따라 찰스 애시튼은 조의 가장 절친한 벗이기도, 숙적이기도 했다. 그는 스크루지와 그린치가 울고 가랄 성미에, 알코올에 푹 절어 있기 일쑤였다. 하지만 조는 2차대전 시절부터 그와 알고 지냈다. 그의 우정 뒤엔 여러 가지 사연이 있었고 탐은 그 점을 존중했다. 게다가 켈리 애시튼의 아버지라면 그렇게까지 나쁜 사람일 리가 없다.

켈리 애시튼. 탐은 볼드윈 브릿지로 돌아올 때마다 그녀 생각을 했다. 물론 거기 있지 않을 때에도. 사실 마지막으로 그녀를 만난 지 16년이 넘었다는 점을 고려하면 그녀 생각을 너무 자주 하고 있었다.

이번 주 켈리가 아버지를 찾아올 확률은 얼마나 될까?

희박하거나 전무하겠지. 그녀는 이제 의사로, 집에 앉아 탐을 기다릴 시간 따위가 있을 리 없는 바쁜 생활을 하고 있다.

그리고 16년은 분명히 그녀에 대한 생각을 그만해야 할 만큼 긴 세월이었다. 켈리가 결혼했었다는 사실을 고려하면, 그녀 쪽은 그에 대한 생각을 그만둔 게 확실했다. 물론 이제는 이혼했지만.

그렇다 해도 아무 상관은 없다. 재혼했을지도 모르는 일이니. 이제 그녀 생각은 그만해. 켈리는 거기 없을 거야.

탐은 전차로 가는 셔틀을 타기 위해 북적거리는 공항을 가로질렀다. 컨베이어벨트가 움직이기 시작하자 몰려든 인파를 뚫고 수하물 찾는 곳을 지

났다. 대부분 여름휴가에 나선 가족과 여행중인 노인들이었다. 기내에 들고
탈 만큼 짐을 가볍게 꾸린 비즈니스맨들은 이미 가버린 지 오래였다.

하지만 인파 속에 짙은 정장 차림의 남자가 1명 있었다. 탐 정도 키에
밝은 갈색머리가 희끗희끗했다. 그는 몸을 굽혀 컨베이어벨트에서 가방을
집어들고 어깨 위로 걸쳐들었는데 그 특징적인 동작이 탐을 우뚝 멈춰 서
게 했다.

그럴 리가 없어.

세상의 많고 많은 장소 중 로건 공항에서 '머천트(상인)'란 별명만으로
알려진 남자와 맞닥뜨릴 리는 없었다. 남자의 머리색은 너무 밝았다. 하기
야 그건 쉽게 바꿀 수 있는 것이지만.

얼굴도 달랐다. 비록 얼굴형은 그럭저럭 비슷하긴 했다. 하지만 코와 광
대뼈가 덜 두드러지고 턱도 탐이 기억하는 것보다 약간 선이 덜 뚜렷했다.
성형수술로 저게 다 가능할까?

탐은 좀더 제대로 보려 남자에게로 가까이 갔다.

남자의 눈. 색깔이 달랐다. 흐릿한 푸른색과 갈색—갈색 눈인 사람이 파
란색 콘택트렌즈를 꼈을 때 나오는 묘하게 뒤섞인 색깔. 하지만 무슨 색인
지는 중요하지 않았다. 탐은 어디서라도 그 눈을 알아볼 수 있었으니까. 하
지만 슬쩍 지나쳐 보았을 뿐이다.

맙소사, 정말 그럴 리가……?

남자는 여전히 더플백을 어깨에 둘러맨 채 문으로 향했고, 탐은 인파에
휘말리며 좀더 천천히 뒤를 쫓았다.

남자는 머천트와 다른 걸음걸이로 움직였으나, 국제적으로 수배된 남자
라면 틀림없이 얼굴과 머리색 말고도 걸음걸이까지 바꾸려 했을 것이다.
그래도 아까의 그 몸을 돌리는 동작은…… 탐은 여러 편의 비디오에서 그
걸 수없이 보았다. 그리고 그 눈은…….

탐은 아직도 머천트의 눈을 꿈속에서 보곤 했다.

탐이 미행하고 있는 동안, 남자는 문을 밀고 대기중인 택시로 향했다.

탐은 부모의 손길에서 빠져나와 아장아장 걷는 아이를 밟지 않으려 발을

바삐 놀리고, 그 다음으론 2명의 할머니를 비켜가며 밖으로 나가려 했다.

그가 문에 도착했을 즈음엔 머리는 지끈거리고 머천트는 택시에 올라 멀어지고 있었다. 이제 어쩐다? 저 택시를 뒤쫓아?

하지만 빈 택시가 없었다. 떠나가는 택시번호를 외워두는 탐의 머릿속에 록 노래 'Paranoia(망상, 편집증)'의 후렴구가 울려퍼졌다. 그는 시계를 보았다. 거의 08시.

하지만 만약 저자가 정말 머천트라면 택시회사에 전화를 걸어 5768번 택시가 08시에 로건 공항에서 태운 손님을 어디다 내려주었는지 물어봤자 별다른 소득이 없으리라. 머천트라면 공항에서 곧장 목적지로 가지 않을 테니까. 시내에서 내려 몇 블록을 돌아다닌 다음 다른 택시를 탈 것이다. 미행이 없다는 확신이, 자신의 행적이 추적당하지 않으리라는 확신이 들 때까지 그렇게 여러 차례 반복할 것이다.

저편에 전차행 셔틀버스가 와 섰다.

'Paranoia'가 조금 더 큰 소리로 울려퍼졌고 탐은 고개를 저어 아직도 오래 서 있을 때마다 나타나는 현기증과 노랫소리를 떨쳐냈다.

그래, 이 일을 설명하려 들면 영락없는 미친 소리로 들릴 것이다. <안녕하십니까, 방금 96년에 내가 4개월 간 추적했던 국제적 테러리스트가 로건 공항에서 택시를 잡는 걸 봤습니다. 네, 매사추세츠의 보스턴, 국제적 음모의 온상지……>

탐은 셔틀에 올랐다. 그는 전화할 것이다. 미친 소리로 들리겠지만 누군가에게 전화해야만 했다. 탐의 미친 본능을 전에도 믿어주었던 크롤리 대장에게 하자. 하지만 편안하고 조용한 조의 집에서 걸어야지.

그는 창가 근처에 앉아 더플백을 발 아래 쑤셔넣은 다음 머리를 기대고 눈을 감았다. 휴식과 긴장 완화. 터커가 자신을 해군에서 쫓아내면 무엇을 해야 좋을지 탐은 짐작도 가지 않았다.

뺨에 닿은 타일이 차가웠다.

사실 서늘하니 기분 좋았지만 찰스 애시튼은 엘비스처럼 욕실 바닥에서 파자마 아랫도리를 발목까지 내린 채 죽고 싶지는 않았다.

완전히 체면 잃는 일이 아닌가.

"어서, 이 양반아."

그는 바지를 끌어올리려 아등바등 애쓰며 말했다.

"사람 좀 봐달라구."

조 파올레티가 운전하는 차를 타고 간 그랜트 박사의 진찰실에서 새파랗게 젊은 의사로부터 '말기'와 '암'과 '이십니다'라는 단어를 한 문장에서 쓰는 걸 들은 이래 그는 신과 말을 놓고 있었다. 찰스는 가까운 장래에 신과 자신의 관계가 훨씬 가까워질 터이니 좀 터놓고 지내도 되리라 여겼다.

죽음.

그다지 재미있거나 즐거운 단어도 아니고, 딱히 호감 가는 이미지도 연결되지 않았다. 찰스는 좀더 완곡한 표현을 선호했다. 골로 가다. 숨지다. 그리고 뒈지다. 아니, 그딴 것은 치워버리자. 그는 그런 불쾌한 이미지보다 의미가 확실한 '죽다' 쪽이 나았다. 의사는 찰스에게 '가실' 때까지 4달이 남았다고 진단했다. 가시다니, 멍청한 소리다. 그걸 들으면 공기 생각이 났다. 마치 죽음이 방귀처럼 사라지는 것처럼.

물론 의학 학위가 있는 애송이는 자신이 틀릴 수도 있으며 4달보다 훨씬 빨리 그때가 닥쳐올 수도 있다고 경고했다. 예를 들면 오늘 아침이라든가.

찰스는 죽는 것이 두렵지 않았다. 더 이상은. 아니, 잠깐, 그것도 취소 그는 죽는 것이 두려웠다—욕실 바닥에서 죽는 것이. 그런 일은 거의 영원토록 그 사람과 함께 남는 법이다.

<찰스 애시튼 기억해?> 누군가 말하겠지. <그래, 알아, 애시튼. 욕실에서 볼기짝을 까고 죽었다며.>

그가 자선사업에 기부한 돈이나 업적 따위는 잊혀지리라. 1947년 충수 파열로 죽은 아들과 한번도 만나지 못한, 나치의 손에 죽은 한 프랑스 소년을 기려 지은 볼드윈 브릿지 병원 소아병동도 잊혀질 것이다. 그가 참전했던 전쟁도, 매년 3명의 볼드윈 브릿지 출신 학생이 원하는 대학에 갈 수 있도록 설립한 신탁기금도 잊혀지겠지. 욕실 바닥에서 맨궁둥이를 드러내

고 죽었다는 것 외엔 모두 잊혀져버릴 것이다.

죽음이란 차가운 단어다. 찰스는 처음 의사를 만났을 때, 검사의 소나기가 퍼부어지기 전부터 심상찮은 기분이 들었다.

"이쪽은 너무 늙고 의사는 너무 젊어서 마지막으로 섹스한 게 저 의사가 태어나기 전이었다 싶을 정도면, 의사가 별로 좋은 소식을 전해주지 않을 가망이 높지."

그는 집으로 향하며 조에게 툴툴거렸다.

조는 별말 하지 않았다. 하지만 조는 본디 말이 많은 편이 아니었다. 젊은 조 파올레티—찰스는 여든 살인데 반해 그는 일흔여섯밖에 되지 않았다—는 붉은 신호에 멈춰서서 찰스를 쳐다보았을 뿐이었다.

그리고 찰스는 현명하게 입을 다물었다. 조가 1944년 이래 섹스를 한 적 없다는 점을 감안하면 별로 사려 깊은 말이 아니었다. 미친 놈. 조는 영화배우 같은 얼굴로, 여자 꽤나 울리게 생겼다. 일주일 내내 밤마다 여자를 바꿔칠 수도 있을 터였다. 그러나 그는 전쟁 후 둘이 함께 볼드윈 브릿지로 돌아온 이래 수도사처럼 살았다.

전쟁. 나치에 대항하여 싸운 전쟁. 2차 세계대전.

그와 조는 프랑스에서 만났다. 지상 위의 지옥이었던 노르망디 상륙작전 직후였다. 조는 그 시절에도 별로 말이 없기는 마찬가지였다.

그들의 관계는 오직 전쟁만이 만들어낼 수 있는 그런 종류의 우정이었다. 마치 이야기책에서 나온 것 같은. 완전히 다른 인생을 걸어온 두 남자. 하나는 뉴욕 시에서 온 가난한 이탈리아 이민 노동자의 아들, 다른 하나는 시원한 바닷바람이 불어오는 매사추세츠의 볼드윈 브릿지에서 느긋이 여름을 보내곤 했던 보스턴의 부유하고 유서 깊은 가문의 아들. 그들은 함께 나치 독일에 맞서 싸웠고 두 사람 사이는 피와 흙먼지, 눈물, 그리고 땀으로 굳어져 영속적인 것 이상의 뭔가가 되었다.

눈물.

조는 의사가 찰스에게 암이란 소릴 했을 때 울었다. 그는 숨기려 했지만 찰스는 알았다. 비록 부인하려 했지만, 비록 때로는 그가 정원사나 일꾼 심지어는 전쟁 후 자기를 따라온 건달인양 굴었지만, 거의 60년간 가장 가까운 친구로 지내왔다면 그가 고통스러워한다는 걸 모를 수가 없는 법이다.

"녀석을 먼저 데려갈 일이지."

찰스는 주를 나무랐다.

"나라면 견딜 수 있단 말이야."

젖 먹던 힘까지 다 써서 그는 파자마 바지를 허리까지 끌어올렸다. 엉덩이를 무사히 가린 채 탈진하여 차가운 타일 바닥에 누워 콜록거리며 주가 자신이 거짓말하는 걸 알 수 있을까 생각했다.

켈리 애시튼 박사에겐 시간이 없었다.

그녀는 소형차를 아버지 집 진입로 안 4백 년은 되었을 테지만 아직도 말짱한 조의 뷰익 스테이션 웨건 옆에 세우고 엔진을 끈 다음, 운전대에 올린 팔에 얼굴을 묻고 잠시 앉아 있었다.

지금 내가 하는 건 멍청한 짓이야. 난 멍청이야. 시내에서 북쪽으로 한 시간 거리인 볼드윈 브릿지의 아버지 집에 살면서 보스턴에서 소아과 진료를 계속하려 노력한 걸 보면 확실하지. 하버드 졸업장을 반납해야겠군. 실수였던 게 분명하니까. 난 그걸 받기엔 너무 멍청한걸.

그리고 아버지가 그녀가 여기 있는 걸 원치 않는다는 점을 마음 아프리만큼 확실하게 밝혔으니 곱절로 멍청하지.

아버지는 그녀의 도움을 원치 않는다. 차라리 혼자 죽고 싶어한다.

켈리는 차문을 열고 약국봉지와 집에 오는 길에 장을 본 쇼핑봉지를 집어들었다. 원래 오늘은 여기 볼드윈 브릿지에 있을 예정이었지만, 4시 반에 일어나 러시아워 전에 보스턴으로 가서 서류작업을 처리해야 했다. 새로운 스케줄 때문에 서류작업은커녕 생각할 시간도 거의 없어서 오늘 오전은 간신히 책상 위에 쌓인 파일에 손만 대고 왔다.

또한 벳시 맥케너의 검사 결과를 제일 먼저 보고 싶어서 일찍 갔다.

켈리는 그 연약한 6살 아이가 백혈병이 아닐까 의심했다. 그리고 만약 그렇다면, 자신이 직접 벳시의 부모에게 알리고, 치료에 대해 상의하고, 암 전문의에게 소개해주고 싶었다.

하지만 9시에 검사실에 전화를 걸자 벳시의 혈액샘플이 실려 있던 밴이 사고로 완전히 부서졌다는 것이다. 하루치 혈액검사를 전부 다시 해야 할 판이었다. 벳시를 포함한 환자 전부 다시 와야만 했다. 결과는 켈리에게 지급으로 올 것이다. 내일이면 된다고 검사실은 약속했다. 오늘 안으로 새 혈액샘플을 그들에게 가져온다는 조건으로.

바로 그 시점에서 켈리는 만사를 유능한 비서 팻 기어리의 손에 넘겼다. 그리고 서류작업은 포기하고 아버지 곁에 있기 위해 이곳으로 돌아왔다.

자신을 혼자 내버려두는 것 외엔 그녀에게 아무것도 바라지 않는 아버지 곁으로. 그래서 그녀는 집에서의 하루를 시내를 돌아다니며 심부름을 하고, 자신이 아는 유일한 방법으로 아버지를 사랑한다는 것을 보이려 애썼다. 착실하고 말 잘 들음으로써. 아버지에게 방해가 되지 않음으로써.

그녀는 엉덩이로 차문을 확 밀어 닫았다.

아버지는 늘 이기적인 남자였다. 도대체 애초에 그렇게 늙어서 아이를 가지다니 무슨 생각이었을까? 아버지는 늘 노인이었다. 늙고 냉소적이며 매사 빈정대기 일쑤였다.

켈리는 아버지가 그녀의 어머니 티나에게서 무엇을 보았는지 상상이 가지 않았다. 젊은 육체와 예쁜 얼굴 외에는. 하지만 티나가 아버지에게서 무엇을 보았는지는 알 수 있었다. 찰스 애시튼은 품위 있고 잘생겼으며 교양 있어 보이는데다 아주, 아주 부유한 남자였다. 여든 살인 지금에조차 상당히 근사했다. 이젠 황금빛 금발이 아니라 순백색이긴 해도 아직 숱 많은 머리칼. 그리고 수년간 들이킨 알코올로 흐릿하고 멀거니 핏발선 붉은 눈을 하고 있어야 마땅할 텐데 그러긴커녕 아직도 사람을 뚫어볼 듯한 푸른 눈.

추하고 쭈글쭈글한 건 그의 영혼뿐이었다.

그리고 이제야, 죽음을 앞둔 이제야 아버지는 술을 끊었다. 말짱한 정신으로 있고 싶어서가 아니라 단지 뭐든 먹고 마시기가 어려워서일 뿐이다. 한때 그의 만병통치약이던 위스키는 암에 점령된 위에는 너무 독했다.

이 지독한 아이러니라니.

천천히, 하지만 확실하게 그를 죽여가던 알코올 중독의 손아귀에서 그를 빼낸 것은 암으로 인해 눈앞에 엄습한 죽음이었다. 한때 켈리는 아버지가 죽을 줄만 알았으나 노인은 강단이 있어 고비를 넘겼다.

그리고 이제, 켈리가 기억하는 한 처음으로 아버지는 언제나 정신이 말짱했고 의미 있는 대화를 나눌 수 있게 되었다. 다만 아버지는 그녀와 이야기하고 싶어하지 않았다. 찰스는 그녀를 필요로 하지 않았지만 제길, 그녀에겐 그가 필요했다. 그에겐 3개월이 남아 있었다. 그리고 그녀는 최소한 아버지에 대해 이해하기 위해서라도 그 시간이 필요했다.

그가 고집 셀지도 모르지만, 그녀 역시 고집 세기는 마찬가지였다. 쉽지는 않으리라. 그녀 역시 결국은 자신의 모든 감정을 조심스레, 예의바르게 숨기도록 키워진 애시튼이니까.

켈리는 집 안으로 들어가 봉지들을 전부 부엌 식탁에 올려놓았다.

실내는 조용했지만 특이한 일은 아니었다. 과거 150년 동안 애시튼의 여름별장이었던 이 괴물은 너무 넓어서 찰스가 TV룸에서 귀가 먹먹해질 정도로 볼륨을 올렸다 해도 부엌에서는 아무 소리도 들리지 않으니까.

켈리는 최대한 큰 소리를 내며 식료품을 정리하기 시작했다. 전부 A를 받은 성적표로 아빠의 사랑을 받을 수 있기를 바랐던 어린 소녀 때만큼이나 허망하게, 한번이라도 찰스가 그녀가 집에 온 소리를 듣고 나와 반겨 맞아주기를 바랐다.

전화 저쪽 편의 칩 크롤리 대장은 침묵했다. 그리고 마침내 그가 한숨을 내쉬자, 탐은 쉽게 풀리지 않으리라는 걸 알았다.

"그 머천트가 누구인지 다시 말해주겠나?"

탐은 딱딱해진 목소리를 어쩔 수가 없었다.

"아이 다루듯 하지 말아주시면 감사하겠습니다."

"자넬 아이 다루듯 하는 게 아니야, 탐. 내 불완전한 기억력을 일깨우려는 거지. 제발 내 질문에 답해주겠나? 그리고 귀청 떨어지지 않게 목소리 좀 낮추라구. 지난 주 터커에게 했듯이 모욕을 퍼부을 생각은 하지도 말고"

탐은 조의 집 식탁 앞에 앉았다.

"설마 16팀을 없애려는 터커의 시도를 지지한단 말씀은 아니시죠?"

"그런 소리가 아니야. 이봐, 난 자네의 트러블슈터를 전면적으로 밀고 있네. 16팀은 어디로든 사라지지 않을 거야. 내 약속하지. 래리가 하려던 건 완전히 잘못된 일이었어. 하지만 자네의 반응 또한 완전히 잘못되었고 솔직히 털어놓자면 좀 걱정이 되더군. 성미를 터뜨려 일주일은 걸릴 정신 감정을 받지 않고도 래리 터커 같은 놈을 다룰 방법은 얼마든지 있어. 일년 반 전 16팀의 리더로 내가 뽑았을 때의 자네라면 그런 짓은 안 해."

크롤리의 말이 옳았다. 머리가 지끈거려 탐은 이마를 문질렀다. 부엌 벽은 칙칙했고 주위를 둘러본 그는 새로 페인트칠을 해야겠다는 걸 깨달았다. 그게 이번 주말에 해야 할 일이다. 죽은 테러리스트를 목격했다고 보고하여 자신의 경력을 더욱 위태하게 만들 게 아니라.

"이제 내 질문에 대답 좀 해주지 않겠나? 머천트 말야. 대사관 폭발 사건과 뭔가 관련이 있었지? 언제였더라, 1997년?"

크롤리가 좀더 부드럽게 말했다.

"96년입니다. 맞습니다. 독자적인 청부업자로, 그 해 파리의 미대사관을 날려버린 차량 폭탄의 배후에 있는 두뇌죠. 회교도 과격주의자 그룹 하나가 자신들이 한 일이라고 주장했지만 해군 정보국은 머천트를 지목했습니다. 틀림없이 그의 소행입니다. 그 폭탄에는 온통 놈의 흔적이었죠."

"자네는 그 테러리스트들이 어디더라…… 런던까지 행적이 추적된 후 투입된 프랑스—미국 수사대의 일원이었지?"

"리버풀이었죠. SAS*도 한몫을 했습니다."

머천트와 그자의 더러운 일당이 비틀즈의 고향으로 유명한, 유별나게 으슬으슬하고 습한 영국 도시의 창고까지 행적이 추적되었다. 그러나 누가 먼저 들어가느냐의 정치적 문제에 빌어먹게 오래 시간이 들었다. 그런 의례보다 테러리스트 체포에 좀더 집중했더라면, 아직도 머천트의 행방이 묘

---

* Special Air Service 영국 공군 특수 기동대.

연하다는 결과를 얻게 되지는 않았으리라.

"감시카메라에 머천트가 총에 맞는 장면이 찍혀 있었습니다. 비디오 분석 결과, 중상을 입었다고 추정했죠. 사실 치명상이라는 말이 나왔습니다. 그가 도망치긴 했지만 생존확률은 희박하다고 했습니다."

크롤리는 다시 조용해졌고, 탐은 조가 식탁 위 꽃병에 꽂아둔 여름 꽃들을 쳐다보았다. 탐이 기억하는 한 조는 봄과 여름 내내 늘 생화를 부엌에 꽂아두었다.

관리인의 특전 중 하나이리라고 탐은 추측했다. 어쩌면 터커에게 밀려 조기전역을 한 다음엔 그거나 해야 할지도 볼드윈 브릿지로 돌아와 조의 조수노릇을 할 수 있으리라. 조에게서 애시튼 가의 관리인 자리를 물려받고, 찰스 애시튼이 죽은 다음엔—'만약' 찰스 애시튼이 죽는다면. 그 노인은 오기 때문에라도 영원토록 살고도 남을 만큼 고약한 성미였다—그 딸 켈리를 위해 일할 수 있을 것이다.

탐에겐 절대로 사라지지 않는 고등학교 시절의 공상이 있었다. 그가 켈리 애시튼의 잔디깎기 일꾼이 되는 꿈. 영락없이 싸구려 포르노 같은 설정으로, 탐이 집 근처 잔디를 다듬느라 땀투성이가 되는 걸로 시작된다. 켈리 애시튼, 사랑스런 얼굴에 믿어지지 않을 만큼 푸른 눈, 죄악이랄 만큼 완벽한 몸매의 그녀는 포치에 앉아 있다. 시원한 집안으로 들어와 레모네이드 한 잔 하라며 그녀가 그를 불러들이고…….

"굉장히 조용하군. 지금 자네가 무슨 생각을 하는지 알아."

크롤리가 한마디했다.

"자네 생각은, 만약 머천트의 부상이 정말로 그렇게 심각했다면 애초에 체포를 피할 수가 없었으리라는 거겠지."

비슷하지도 않다. 하지만 확실히 탐이 생각했던 것이긴 했다. 96년 그 당시, 그리고 지난 몇 년간 수도 없이. 즉, 켈리에 대해 생각하지 않을 때에.

"대장님."

탐은 정신을 집중하려 애쓰며 말했다.

"만약 제가 본 남자가 머천트라면, 놈은 성형수술을 하고 머리색을 바꿨습니다. 하지만 같은 키에 같은 체구였어요. 그리고 그 눈은…… 제가 제대로 표현하지 못하고 있다는 건 압니다만, 전 그 남자를 연구했었습니다. 96년 여러 달 동안 그자는 제 관심의 초점이었습니다. 그자의 사진을 들여다보고, 비디오 화면을 보고, 그자처럼 생각하는 법을 익히며 몇 주를 보냈습니다. 어쩌면 제가 미쳤을지도 모릅니다, 하지만……."

"바로 그게 문제야, 대위. 어쩌면 자네는 미쳤을지도 몰라. 머리에 입은 충격으로 인해 겪을 수 있는 증세를 나열한 자네의 최근 정신분석 결과 파일이 내 책상에 올라와 있다구. 그 목록의 아주 상단에 편집증이 써 있는 걸 내가 굳이 말해줄 필요는 없을 테지."

탐은 얼굴을 손으로 쓸어내렸다.. 이럴 줄 알았다.

"말씀하실 필요 없습니다. 하지만 그 남자를 본 이상 보고하지 않을 수가 없었습니다."

"자네가 봤다고 '생각한' 것이지."

크롤리가 정정했다. 탐은 설령 그 의견에 동의하지 않더라도 대장과 말다툼할 생각은 없었다.

"대장님께서 이 문제를 조용히 알아봐 주셨으면 했습니다. 혹시 해군 정보국 보고서나 아니면 어느 기관 보고서이든 머천트가 언급되었는지. 정보망이 있다는 걸 압니다. 전 단지 다른 누군가가—지난 몇 달간 의사들 손에 머리에 구멍이 뚫리지 않은 사람이 그자를 보았는지 알고 싶을 뿐입니다."

"한번 알아보지. 그간 자네는 다른 테러리스트들을 보는 일이 없도록 해. 만약 이 얘기가 터커의 귀에 들어가면 자네는 눈 깜빡하기도 전에 전역되고 말 거야."

"압니다. 감사합니다."

"좀 쉬게나, 탐."

탐은 수화기를 제자리에 놓고 손을 식탁에 짚으며 일어섰다. 현기증이 가실 때까지 식탁에 몸무게를 싣고 있어야 했다. 그러고 나서 자신의 허약함을 욕하며, 주말 동안 집에 있을 거라고, 그리고 부엌에 페인트칠 좀 해야겠다고 말하기 위해 조를 찾으러 갔다.

2

"켈리……."

켈리는 일순 얼어붙어 귀를 기울이며 냉장고에서 머리를 들었다.

"켈리……."

간신히 들릴락 말락 한 소리가 또 났다. 힘없고 약하게 들리는 아버지의 목소리. 평소보다 더 연약한 소리. 켈리는 들고 있던 수박을 냉장고에 집어넣고 부엌을 달려나와 아버지의 침실로 향하는 긴 복도를 급히 지나쳤다.

셰이드가 이른 오후의 환한 햇살을 막아 방은 어둠침침했다. 켈리는 눈을 적응시키며 침대로 다가갔지만 찰스는 거기 없었다.

욕실을 향해 방을 가로지르자……. 오, 하나님. 아버지가 얼굴을 바닥에 박은 채 쓰러져 있었다.

켈리는 그의 옆에 무릎을 꿇고 맥을 짚었다. 피부는 축축했고 그녀가 손을 대자 눈꺼풀이 껌벅였다. 마치 눈을 뜨기 힘든 듯이.

"네가 올 때쯤 되었다 싶었지. 보통 제일 먼저 날 확인하러 오더니 오늘은 부엌 선반의 시금치 통조림을 정리하기로 마음먹은 모양이구나."

그가 헐떡였다.

"장 봐온 걸 정리하고 있었어요"

그녀는 목이 꽉 메여 말했다. 지금 죽지 말아요 지금 죽을 생각 따위 말아요! 그녀는 의도적으로 목소리를 사무적으로 냈다. 그녀가 슬퍼하면 아버지는 짜증스러워할 뿐일 테니까.

"어쩌다 이랬어요?"

"사실, 그 광고 오디션 연습을 하고 있었다. 왜 알지, <넘어졌는데 일어날 수가 없었어요>?"

켈리는 참지 못했다.

"아빠, 30초만이라도 삐딱한 소리 관두고 어쩌다 이랬는지 말할 수 없어요? 미끄러졌어요? 넘어질 때 머리 부딪혔어요? 어디 부러진 덴 없고?"

발작인가? 그런 거라면 확실히 언어중추의 기능은 잃지 않았다. 확실히.

"꼭 알아야겠다면,"

찰스는 거의 도도한 태도로 말했다.

"볼일을 보는데 갑자기 다음 순간 바닥에 쓰러져 있더구나. 머리를 부딪친 것 같지는 않고 어디 부러진 것 같은 느낌도 없어. 내 자존심만 빼고."

"내가 나가 있는 동안 간호사가 와 있도록 해야겠어요."

켈리는 아버지의 눈과 머리를 검사하며 말했다.

"부축하면 일어날 수 있겠어요?"

"아니. 그리고 간호사는 됐다. 또 구급차 부를 생각은 하지도 마. 그 사람들이 오면 날 병원으로 데려갈 테고, 난 병원은 안 간다. 프랭크 엘머 기억하지? 별거 아닌 가슴통증으로 입원했는데 다음날 죽었지."

"그거야 그분이 발작을 일으켰으니까 그렇죠."

"내 말이 그 말이다. 병원에 안 갔더라면 그 사람도 무사했을지 모르지. 난 여기 있을란다."

그의 머리는 괜찮아 보였다. 그나마 쓰러지는 도중 몸을 가눈 게 틀림없었다. 하나님 감사합니다. 그녀가 팔다리를 만져보자, 그는 짜증스러운 듯 몸을 빼냈다. 많이 움직이지도 못하면서.

"그만해."

"전 의사예요. 이런 일이 생겼을 때 병원에 가기 싫다고 하시면……."

"이런 일이 뭐? 현기증이 났고 좀 힘이 없는 것뿐이다. 놀랄 일도 아닐 텐데. 일억 살은 먹은데다 암까지 걸렸으니. 앞으로도 이 욕실 바닥과 먼 사이가 아닐 테지.”

“간호사를 두면……”

“그 간호사도 날 짜증나게 하겠지. 조를 데려와라. 너와 조, 그리고 내가 같이 힘을 쓰면 침대로 옮길 수 있을 거다.”

켈리는 일어섰지만, 몸을 돌려 그를 내려다보았다. 내가 여기 있는 게 손톱만큼도 기쁘지 않은 걸까? 막기도 전에 질문이 입 밖으로 튀어나갔다.

“내가 정말 그래요? 아버질 짜증나게?”

찰스는 아주 잠깐 그녀와 눈을 마주칠 뿐이었다. 무슨 말을 하려 입을 열다가 다물고는 고개를 저었다.

“그냥 조나 데려와라, 응?”

켈리는 망설였지만 아버지는 눈을 감아 세상과 그녀를 차단해버렸다. 그들은 진짜 대화를 나눌 수가 없었다. 그래 봐야 아버질 더 짜증나게 할 뿐이니까. 상처를 내색하지 않으려 애쓰며 그녀는 몸을 돌려 서둘러 욕실을 빠져나와 부엌으로 향했다.

그녀는 부엌문으로 나왔다. 조의 차가 아직 진입로에 있었다, 하나님 감사합니다. 그녀는 정문 옆의 조그만 별채를 향해 발길을 서둘렀다.

“조! 안에 계세요?”

남자의 그림자가 별채 옆을 돌아오자 그녀는 방향을 바꿔 그에게로 다가갔다. 그리고…….

조가 아니었다. 조의 종손(從孫), 탐 파올레티였다.

기골이 장대하고 키가 큰, 성인 남자가 된 탐 파올레티였다. 훨씬 줄어든 머리숱과 아직도 눈에 띄게 잘생긴 얼굴에 늘어난 주름살. 티셔츠 아래 어깨는 떡 벌어졌고 얼굴도 살이 붙었지만 눈은 하나도 변하지 않았다. 여전히 담갈색에 유머와 날카로운 지성, 그 아래 깔린 열기를 담은, 그녀가 알던 십대 소년의 눈 그대로였다.

그는 그녀만큼이나 놀란 듯 우뚝 멈춰 섰다.

“이야, 켈리 애시튼.”

그의 목소리도 여전했다. 낮고 따스하며 그윽한, 뉴잉글랜드 노동자 계층의 흔적이 아주 약간 들어간 목소리.

"탐."

발 아래 세상이 기우뚱하게 기우는 것을 느끼며 그녀는 말했다. 그의 차 계기반에서 흘러나와 그의 얼굴을 이국적으로 비추던 흐릿한 불빛……. 그녀는 그 생각을 밀어냈다.

"조를 찾아야 해요. 아버지가……."

그녀는 전에도 이런 일이 있었음을 의식하고 말을 끊었다. 그녀가 9학년 이고 그가 졸업반이던 시절. 그녀는 학교에서 돌아왔다가 완전히 만취해 부엌 바닥에 쓰러진 아버지를 발견했다. 대낮에 그런 일이 벌어지는 경우는 드물었지만 그날은 그랬다. 언제라도 어머니가 테니스 클럽에 함께 다니는 아줌마들과 들이닥칠지 몰랐다.

켈리는 조를 찾으러 달려나갔다가 탐을 발견했다. 그들은 함께 찰스를 침실로 옮기고 안전히 침대에 눕혔었다.

"조가 어디 계신지 모르겠는데. 나도 찾던 참이야. 무슨 일이야, 내가 도와줘?"

"응. 고마워요."

그녀는 재빨리 그를 본체로 안내했다.

"아버지가 욕실에서 쓰러졌어요. 몸무게가 상당히 줄긴 했어도 여전히 내가 들어올리기엔 너무 무거워서. 최소한 내가 일하고 있을 때만이라도 간호사를 부르자고 설득하려 했지만 고집이 이만저만하셔야죠."

맙소사, 나 좀 봐. 주절주절 떠들어대고 있잖아. 16년만에 처음으로 그녀가 집에 와 있는 때와 탐이 드물게 조를 찾아오는 때가 맞물렸다. 다만 지금 그녀는 잠깐 온 게 아니었다. 아버지가 죽을 때까지 여기에 살기로 했다.

탐은 그녀를 따라 부엌으로, 집안으로 들어왔다.

"아버지가 편찮으셔?"

몸을 돌려 그를 마주한 켈리는 그의 크고 떡 벌어진 몸에 새삼 놀랐다.

"아버지는 죽어가고 계셔요. 조가 말 안 했어요?"

"죽다니?"

무척이나 놀라는 모양새로 보아 몰랐던 게 분명했다.

"맙소사, 그래. 조와 연락한 지 꽤 되었거든. 정말 안됐다, 저기……?"

"암이요. 폐, 간, 골수, 림프절. 어디고 할 거 없이 다 전이됐어요. 언제부터 시작되었는지 어디까지 퍼졌는지조차 모르지만 이 시점에선 상관없죠. 병원에선 여든 살 먹은 노인한테 실험적인 수술을 하려 들지 않아요. 그리고 항암치료는 애초에 고려 밖이니……."

그녀는 목청을 가다듬어야 했다. 그 말을 소리내어 할 때마다 바뀔 수 없는 현실이 그녀를 무겁게 내리눌렀다. 가까운 장래 어느 날 아침, 잠을 깬 그녀는 아버지가 없는 세상을 마주하게 될 것이다. 아직 그럴 준비가 되지 않았다. 아무리 시간이 흘러도 그럴 수 있을지 상상하기 어려웠다.

켈리는 찰스의 방으로 향하는 긴 복도를 안내했다.

"침대에 눕히고 편안하게 해드려요."

그런 다음 탐 파올레티, 그녀의 십대 시절 상상의 대다수 소재였던 그와 마주앉을 수 있을지도 지극히 성인적인 몇몇 상상의 대상이기도 했지. 그녀는 탐이 그날 밤 얘기를 꺼낼지 궁금했다. 그는 아예 기억조차 못할 가능성도 있었다.

"안녕하세요, 애시튼 씨. 도움이 필요하신 모양이군요."

탐은 그녀를 지나쳐 욕실로 들어가며 인사했다.

"탐 파올레티 기억하시죠, 아빠?"

아버지의 옆에 쭈그리고 앉아 탐은 켈리를 올려다보았다.

"움직여도 괜찮은 거야? 부러진 데 없으셔?"

"응, 괜찮은 거 같아요. 그렇죠, 아빠?"

"물론 탐 파올레티를 기억하고말고. 아직도 해군에 있나?"

찰스는 그녀의 다른 질문은 완전히 무시하고 그렁거렸다.

"네, 그렇습니다."

고등학교에 다닐 적에도 그는 몹시도 예의발랐다. 찰스의 역력한 불신에도 불구하고 늘 애시튼 씨라 부르며 꼬박꼬박 존대했다.

"여전히 실 팀에 있죠."

켈리가 열다섯이던 때엔, 그녀와 탐은 찰스를 부엌에서 복도를 지나 방으로 옮기기 위해 애를 썼다. 하지만 지난 세월 동안 찰스는 살이 빠졌고 탐은 근육이 늘었다. 그는 힘 하나 안 드는 듯 그녀의 아버지를 번쩍 들어 올려 그녀의 도움 하나 없이 침대로 옮겼다.

"실 16팀의 지휘관입니다."

탐은 노인을 살며시 내려놓았다.

"알아. 조는 늘 자네 얘기를 하지. 자넬 무척이나 자랑스러워해."

"뭐 가져다드려요?"

켈리는 탐을 질투하지 않으려 애쓰며 시트를 정리하고 아버지께 물었다.

"영원한 젊음이 있다면 도움이 되겠구나. 네가 갖고 있다면 말야."

옆에 있는 탐을 봐서, 찰스는 캐리 그랜트처럼 재치 있게 말했다.

"아니면 캐서린 제타 존스나. 그 여자가 노인네를 좋아한다고 들었거든."

탐은 재미있는 듯 웃음을 터뜨렸다. 그는 찰스의 아들이 아니니, 수십 년간의 역정과 혀 꼬인 독설을 잊기 쉬우리라.

하지만 다음 순간, 찰스를 향해 몸을 숙인 그의 얼굴에서 미소가 흐려졌다.

"조가 이 일을 어떻게 받아들이고 있습니까?"

그는 노인에게 차분히 물었다. 찰스는 탐이 무슨 말을 하는지 뻔히 알면서도 모르는 척했다. 그는 하얗고 품위 있는 한쪽 눈썹을 치켜 올렸다.

"이 일이라니?"

켈리는 아버지가 탐을 시험하고 있음을 알았다. 탐이 자기 앞에서 그 단어를 쓸 수 있을 만큼 용감한지 보려고.

탐은 침대 너머로 그녀의 눈을 마주하고 슬쩍 미소지었다. 활짝 웃는 미소도 아니었지만, 그녀는 다시 열다섯 살이 되었고 심장은 두 배로 빠르게 뛰었다. 맙소사, 그는 가죽재킷 차림에 어깨에 머리를 드리우고 할리 데이비슨에 올라 있을 때보다도 더 근사해 보였다.

지금의 그는 머리를 아주 짧게 깎았다. 마치 이마선이 후퇴하고 있다는 사실에 털끝만큼도 신경쓰지 않는 듯이. 하지만 괜찮았다. 짧은 머리가 그에게 잘 어울렸다. 고등학교 내내 머리를 하나로 묶고 다녔던 소년이었던 탐 파올레티는 몇 년 안에 세상에서 가장 잘생긴 대머리 남자가 될 것이다.

켈리가 지켜보는 가운데 탐은 몸을 돌려 찰스의 눈을 똑바로 직시했다.

"가장 친한 친구가 죽어가고 있다는 사실을 조는 어떻게 받아들이고 있습니까?"

죽어가고 있다. 바로 그것이었다. 진실. 그들 앞에 베일을 벗고 대담하게, 용감하게 던져진 진실. 수많은 문병객들이 그걸 밀어버리려 했지만 그것은 방 한구석에 숨어 늘 거기에서 모든 이들의 신경을 예민하게 했다.

"힘들지."

찰스는 마찬가지로 드문 솔직함을 담아 탐에게 말했다.

"한동안 머물 수 있나? 자네가 있으면 조에게 좋을 거야."

거짓말. 찰스가 탐이 있기를 바라는 거다. 하지만 그러면서 자기 딸인 켈리는 짐을 싸서 보스턴으로 돌아가길 바라고 있다. 탐은 긍정도 부정도 아닌 모호한 소리를 냈다. 질투심에도 불구하고, 아버지와 마찬가지로 켈리역시 탐이 머물기를 바라고 있었다. 하지만 전혀 다른 이유에서.

"너희 아버지가 언제 유머감각을 키우셨지?"

탐은 애시튼 가의 부엌 테이블 의자에 앉았다.

켈리는 기다란 잔 두 개에 얼음을 넣고 레모네이드를 따랐다. 그녀가 통넓은 바지에 헐렁한 소매 없는 셔츠 차림이어도, 탐은 자신이 침을 삼키던 소녀가 죽여주는 몸매의 여자로 자라났음을 예민하게 의식하고 있었다.

그 시절과 마찬가지로 그녀는 여전히 얌전한 옷차림이었다. 언제나 착한 소녀답게, 타고난 몸매를 과시하지 않았다. 하지만 그 시절과 마찬가지로, 두꺼운 로브 정도나 되어야 몸매를 성공적으로 가릴 수 있으리라. 그것조차도 사실 미심쩍었다.

"술을 끊으셨을 때 다시 드러난 거 같아요."

그녀는 레모네이드를 도로 냉장고에 넣으려 몸을 숙이며 말했다.

탐은 그녀의 엉덩이를 쳐다보지 않으려 애썼지만, 제길, 예전보다 더 완벽했다. 그녀가 몸을 돌려 그를 마주하자 그는 제때 시선을 돌려 저쪽 전자레인지의 시계에 넋이 팔린 척했다. 그녀가 잔을 건네주자 고개를 들어 미소지었다. 마치 그녀의 몸을 쳐다보고 있었던 게 아니라 이제야 그녀가 여기 있는 걸 알아챘다는 듯이.

그녀는 그를 향해 마주 미소지었다. 자신이 그에게 미치는 영향에 대해 전혀 감도 못 잡는 게 분명했다. 가는 곳마다 자신을 돌아보는 사람들을 전혀 알아채지 못했던 그녀를 그는 기억할 수 있었다. 서른두 살인 지금, 그녀는 여전히 생생한 순수함을, 그로 하여금 온 세상으로부터 그리고 그 자신으로부터 그녀를 보호하고 싶게 만들던 사랑스러움을 발산하고 있었다.

"어머니는 어떠셔?"

"잘 지내세요. 재혼해서 볼티모어 근처에 사시죠."

"우리 어머니는 플로리다. 넌 언제 볼드윈 브릿지로 돌아왔어? 아니면 그냥 잠깐 온 거야?"

"절반은 여기, 절반은 보스턴에서 살아요. 사실 아버지가 간호사를 부르지 못하게 해서 결국 거의 매일 와서 자요. 조가 있어 얼마나 다행인지. 암이라는 걸 알고 일주일 후에 조가 전화를 걸어 알려줬어요. 그랬기 망정이지 우리 아버지한테 맡겨놨음 난 아마 아직까지 까맣게 모르고 있었을 걸요."

"얼마나 남았어?"

탐은 재빨리 덧붙였다.

"이렇게 대놓고 묻는 게 싫지 않다면."

"아니, 괜찮아요. 정말로. 대부분은 슬금슬금 말을 돌리죠."

그녀는 마음을 다지려는 듯 깊이 숨을 들이쉬었다.

"아마 한 달 후면 모르핀 투여를 시작해야 할 거예요. 너무 허약해져 자리에서 일어나지도 못하게 될 테니. 지금은 괜찮은 날과 나쁜 날이 있어요. 괜찮은 날엔 꽤 돌아다니시곤 해요. 골반이 좀 문제기는 하지만 그건 연세 탓이죠. 그래서 보행기를 사다드렸어요. 그걸 좀 쓰셨으면 좋겠는데……."

말끝을 흐리며 오랫동안 그녀는 허공을 응시했고, 어깨가 축 처진 것이 완전히 녹초가 되어 보였다. 하지만 피곤해도, 16살이 더 먹었어도 그녀의 피부는 티없이 아름다웠다. 물론 주름은 좀 있었다. 입가와 눈가에 웃음 주름이. 하지만 탐이 보기엔 그건 그녀를 더욱 매력적으로, 도자기 인형이 아니라 진짜 살아 숨쉬는 여자처럼 보이게 했다.

그녀는 옛날과 똑같아 보였다. 남자가 빠져들 수밖에 없는 바닷빛 푸른 눈. 그가 셀 수 없을 만큼 키스하는 꿈을 꿔왔던 우아한 모양에 타고난 붉은 입술. 꿈꿔왔지만 한번도 맛보지 못했다.

단 한 번도 그가 이성을 완전히 잃었던 그 미친 하룻밤 이전까지는. 그녀가 기억이나 할까? 언젠가는 그녀에게 그 일을 사과해야 하리라.

혼자 있는 게 아님을 깨달은 듯 켈리는 고개를 젓고 억지미소를 지었다.

"통근이 힘들었거든요, 미안. 오늘 아침 벌써 병원에 들어갔다 나온 참이에요. 사람을 앞에 두고 넋 놓고 있으려던 건 아닌데."

"너희 아버지와 같이 사는 것도 별로 즐겁진 않겠지. 늘 그랬잖아. 그리고 이렇게 돌아와야 한다는 건……."

그녀는 가볍게 넘기려 했다.

"그래, 맞아요. 바로 그거죠. 불쌍한 부잣집 아가씨. 당신은 어떻게 지내요, 탐? 좋아 보이는데."

그는 그녀 뜻대로 화제를 바꾸게 두었다.

"잘 지내지."

기본적으로는 사실이었다. 의식불명 상태로 지낸 몇 주와 그의 팀을 해체시키려는 터커 소장의 수작, 30일간의 병가, 그리고 크롤리 대장이 그가 미쳤다고 생각하게 한, 로건 공항에서 목격한 머천트 일을 제외하면.

"여기 혼자 왔어요?"

저 질문은 잡담일까, 아니면 조심스레 낚싯대를 드리워보는 걸까? 그는 정직하게 답했다.

"그래, 여전히 갈데없는 싱글이지. 워낙 사방팔방 돌아다니는데다……."

그는 어깨를 으쓱하고 다시 한 손으로 머리를 쓸었다.

"솔직히 네가 날 알아봐서 놀랐어. 이제 머리가 이런데."

"머리만 빼면 예전 그대로예요. 그리고 난 머리를 짧게 한 쪽이 마음에 드는데.”

“거짓말은 고맙다, 하지만…….”

“거짓말 아니에요.”

그녀는 시선을 마주했고 그의 눈에 담긴 무언가에—아마도 탐이 숨길 수 없는 그 오래 전 밤의 잔영에—뺨을 살짝 붉히며 홱 눈길을 돌렸다. 그리고는 레모네이드를 한 모금 마셨고 그는 그녀의 섬세한 목선이 움직이는 것을, 그녀가 혀끝으로 입술에 묻은 한 방울을 핥는 것을 지켜보았다.

레모네이드. 그의 주요 환상은 늘 켈리가 레모네이드 한 잔 하라고 그를 안으로 청하는 것으로 시작됐다. 그리고 언제나 켈리가 그의 앞에 무릎을 꿇었고. 보통 바로 이곳 그녀 아버지의 부엌에서 그랬다.

켈리 애시튼의 환상은 보나마나 흰 드레스, 베일, 교회 예식이 나오고 마지막엔 무릎 꿇은 남자로 끝나겠지. 아마 여자가 남자 앞에 무릎을 꿇는 행위에 어떤 암시가 들어 있는지도 모를 거다.

워낙 순진하기 짝이 없으니까.

그는 자리에서 일어나 빈 유리잔을 싱크대에 넣었다.

“조를 찾으러 가봐야겠어. 내가 왔는지도 모르시거든.”

겁쟁이. 그녀를 똑바로 마주하고 사과해야 할 거 아냐.

“집에 얼마나 오래 있을 거예요?”

집. 세상에.

“나도 몰라.”

“혹시 시간이 난다면 말인데요, 우리 아버지가 상태가 좋을 때 만나고 싶어하실 거예요 조와 둘이서 저녁 먹으러 오면…… 꼭 오늘밤이 아니라도 돼요 오늘밤엔 친구들도 만나고 싶고 바쁠 테니. 아마 여동생도 찾아가고 싶을 테니까 내일밤도 별로 안 좋겠네요, 아니면…….”

“원래 주말까지만 있으려고 했어. 하지만 사실…….”

일단 털어놓고 나면 무를 수 없을 것이다. 그래도 찰스 애시튼이 죽어가는 마당에 어떻게 조를 버릴 수 있겠는가? 그래서 탐은 말해버렸다.

“30일 휴가를 받았어.”

"30일!"

자리에서 일어난 켈리의 얼굴이 환하게 빛났다.

"오, 세상에. 탐, 여기 머문다면 정말 근사할 거예요! 알다시피 55사단 행사가 다음 주고 조도 분명히⋯⋯."

"잠깐잠깐. 난 생전 처음 듣는 소리야. 무슨 행사?"

"기념식 말예요."

그녀는 그걸로 모든 게 설명된다는 듯이 말했다. 그리고는 그의 얼굴 표정에 웃음을 터뜨렸다.

"시 전체에 널린 장식 못 봤어요?"

"아, 그 깃발들. 독립기념일 때 쓰던 게 남은 줄 알았는데."

"아니, 이번 기념식을 위한 거예요. 굉장한 행사가 될 거예요. 케네디 상원의원과 케리 상원의원 둘 다 개회식에 참석해요. 나흘간 55사단의 재회 모임이죠. 유럽에서 싸웠던 55사단의 살아 있는 참전용사들이 전국에서 모여들고 그 가족들 수백 명과 후손들도 오고요. 아직 생존해 있는 사람들은 백 명 이하라고 신문에서 읽은 것 같아요. 우리 아버지가 그중 하나죠."

"너희 아버지가 2차 대전에 참전하셨던 건 알아."

탐은 카운터에 기대어서 그녀를 쳐다보았다. 가보겠다고 했지만, 문을 향해 다가설 수가 없었다.

"거기서 조를 만나셨지. 프랑스에서."

"이거 들으면 진짜 좋아할 걸요. 혹시 이미 알고 있었다면 몰라도 그렇다면 나한테 안 말해준 죄로 한 대 때려줄 거예요. 있죠, 다음 화요일 기념식에서 조는 연단에 특별좌석을 배정받아요."

"하지만 조는 55사단이 아니었어, 육군도 아니었는걸."

이해할 수가 없었다.

"조는 공군이었지. 정찰기 후위 사수."

조에게 그 얘기를 듣기란 이 뽑아내기만큼이나 힘들어서 탐은 결국 포기하고 말았다. 차라리 안치오(이탈리아의 도시)에서 전사해서 한번도 만나지 못한, 조의 형이자 자신의 할아버지에 대해 훨씬 많이 알고 있었다.

"나도 조가 무슨 일을 하셨는지는 정확히 몰라요. 아빠도 전쟁에 대해선 말씀을 안 하시니까. 하지만 뭔가 55사단과 관련된 일이에요, 그걸로 조가 명예훈장*을 받았대요."

탐은 하마터면 쓰러질 뻔했고, 몇 달만에 처음으로 머리부상과 상관없는 현기증을 겪었다.

"염병할. 세상에, 조가 명예훈장을 받았다고? 어, 상소리 해서 미안하다, 하도 정신이 없어서. 넌 그분이 최소한 나한테 한 번은 보여주셨으리라 생각했겠지. 거실에 장식하는 건 고사하고……."

그는 웃지 않을 수 없었다.

"기념식은 8월 15일, 전승기념일에 시작해요. 내가 들은 얘기로는—물론 신문을 통해서요. 우리 아빠나 조는 나한테 입 뻥긋할 분들이 아니니까—1945년 8월 15일 전쟁이 마침내 끝난 다음, 55사단 사람들은 55년 후, 그러니까 2000년에 만나자고 약속을 했대요. 숫자가 그렇게 딱 떨어지는 게 아마 운명으로 여겨졌겠죠. 그들은 볼드윈 브릿지를 만나는 장소로 정했대요. 그들 중 상당수에게 여기는 모든 것이 시작된 장소였기 때문에. 2차 대전중 여기에 육군훈련소가 있었던 거 알아요?"

탐은 고개를 저었다.

"여기가 바로 그 사람들이 처음으로 온 곳, 55사단이 결성된 곳이에요. 전쟁 직후 화재가 났고, 1950년에 남은 건물들을 철거했고요. 우리가 고등학교에 다닐 쯤엔 숲밖에 없었죠."

"난 하나도 몰랐어."

"조하고 아빠는 그 일에 대해 얘기는 안 하시지만 저번 주에 기념식 준비 모임 회의에 갔다오셨어요. 진짜 별난 얘기 들어볼래요?"

그는 헛웃음이 다 나왔다.

"지금까지 말한 건 별나지 않았고?"

켈리도 미소지었지만 지쳐 보였다.

---

* Medal of Honor. 의회의 이름으로 대통령이 전투원에게 수여하는 최고훈장.

"아마 당신한테는 안 이상할지도 모르지만 내겐 그랬어요. 지난 주 그 회의에 갔다왔을 때, 두 분이 심하게 말다툼하셨어요. 그리고 조는 그 후로 내내 신경을 곤두세우고."

"조가?"

탐은 믿을 수가 없었다. 조는 애시튼 가의 관리인으로 거의 60년을 일해왔다. 두 사람이 전쟁에서 돌아온 이후로 계속. 찰스야말로 성미 고약한 쪽이었다. 그는 쉽게 울컥하고 완고했다.

"난 일하던 중이었어요. 고함소리를 듣고 무슨 일인가 싶어 나왔죠. 조는 진짜로 성나 있었어요. 난 아주 조금밖에 못 들었어요. 날 보자마자 입을 다무시더라구요. 아빠는 쿵쿵 발을 울리며 집으로 들어가고, 내가 무슨 소리를 해도 두 분 다 뭣 때문에 그러는지 말씀들을 안 해요."

조가 일주일 내내 성을 내다니. 탐은 믿을 수가 없었다. 그의 작은할아버지 조는 자신의 감정을 내색하길 꺼리지 않았으나, 늘 성미를 조심스레 다스렸다. 그는 인내심과 이성, 조심성, 심사숙고의 제왕이었다.

"내가 설득하면 말씀하실지도 모르지. 어디 계신지 찾기만 한다면야."

그는 미심쩍어하며 말했다.

"탐! 탐! 부엌에 있는 게 네 가방이냐?"

"조 쪽에서 날 찾은 모양이다."

탐과 켈리는 마주 미소지었다.

"탐, 만약 진짜 사정이 괜찮다면 가능한 한 오래 여기 있어 줘요. 우리 모두 탐이 옆에 있어 주면 좋겠어요."

탐은 찰스가 죽어가고 있다는 것을, 언제나 자신을 위해 곁에 있어 준 조가 아마도 자신의 든든함을 필요로 하리라는 것을 알면서 떠날 수는 없었다.

그리고 앞에 서서 미소짓는 켈리를 보고 있노라면 꼬박 30일간 볼드윈 브릿지에 있는다는 게 그렇게 끔찍하게 여겨지지 않았다.

"그래, 그럴게."

그래도 진입로로 나가는 그의 머리에 떠오르는 것은 내가 지옥에 제 발로 걸어들어왔구나 하는 생각뿐이었다.

3

맬러리 피올레티는 조그만 거실을 서성이며 어머니의 한탄을 들었다. 돈은 없지, 체면 안 서는 궁상맞은 청소부 일에, 대학도 안 가는 딸년이라니.

저기, 엄마, 아까 제일 처음 뭐라고 했지? 돈이 없다고? 맛이 간 온수기와 전기세를 낼 돈도 없는데, 내가 대학에 갈 돈이 어디서 난단 말이야?

어머니의 오빠인 탐은 소파에 앉아 인내심 있게 앤젤라의 주절거림을 들어주고 있었다. 하지만 맬러리가 넘겨다보니, 그는 그녀를 쳐다보고 있었다. 그는 눈을 아주 잠깐 감았다. 괜찮다는 신호를 맬러리가 알아볼 만큼만. 삼촌은 여전히 멋진 남자였고 여전히 그녀 편이었다. 비록 머리칼이 줄어들고 있긴 했지만.

어머니가 드디어 불평을 끝냈다. 혹은 숨을 들이쉬려 잠깐 말을 멈추는 실수를 저질렀다. 그리고 똑똑한 탐은 재빨리 그 틈을 이용했다.

"해군은 어때?"

그는 맬을 똑바로 쳐다보며 물었다.

어머니는 숨가쁘게 웃고는 담배를 한 대 더 피워 물었다.

"아, 정말 재밌다, 오빠. 정말로 맬러리의 그런 모습을 상상할……"

"너한테 물은 거 아니다, 앤지. 맬한테 물었지. 앞으로 어떻게 하고 싶으냐? 네가 바란다면 같이 지원서 내러 가줄게. 꼭 해군이 아니라도 돼. 너하고 나, 징병관 셋이서 네가 복무하고 싶은 곳을 찾아볼 수 있어. 4년간 대학 교육을 받을 수도 있고. 정부에선 지원병들이 교육받는 쪽을 좋아하거든.”

“맬러리는 피어싱을 하고 문신을 하고 싶대. 저 애가 요새 원하는 건 그 뿐이야. 아마 오빠는 믿지 못하겠지만, 저 끔찍하게 자르고 염색한 머리만 아니었으면 맬러리는 정말 예쁜 애라구. 내가 열여덟일 적과 많이 닮았지.”

진짜 되도 않는 헛소리였다. 맬러리는 어머니보다 15센티미터가 더 크고 아마존 여전사 같은 체격에 가슴 사이즈가 D컵인 반면, 앤젤라는 모델처럼 늘씬하고 예쁘장하게 아담했다. 버들가지처럼 낭창낭창하다, 책에선 그렇게 표현했다. 서른네 살이나 먹었지만 어머니는 여전히 브래지어를 않고 나다 닐 수 있었다. 맬러리는 4학년 이후 그 방면에선 선택의 여지가 없었다.

탐은 여전히 그녀를 쳐다보며, 그녀가 익히 기억하는 반쪽 미소를 짓고 있었다. ‘삼촌, 나도 데려가.’ 열한 살인가 열두 살 때, 잠깐 주말을 지내러 온 삼촌에게 맬러리는 그렇게 외쳤었다.

그는 파올레티 집안 사람이 이 청교도적이고 편협한 동네의 족쇄에서 벗어날 수 있다는 증거였다. 하지만 요즘엔 탐은 그저 그녀의 처량한 실패 의 증거일 뿐이다. 맬은 삼촌보다 엄마 쪽에 더 가까웠다. 우유를 살 돈도 없으면서 줄담배를 피워대는 습관에서 벗어나지 못했다.

“생각해 봐라. 난 한동안 여기 있을 거니까. 아마 월말까지.”

맬러리는 권태로운 빈정거림을 까맣게 잊었고 하마터면 들고 있던 담배 까지 떨어뜨릴 뻔했다. 그렇게 오래 있는단 말야?

“죽이네.”

“말 좀 가려 해.”

앤젤라가 한마디했다.

탐이 몇 주 동안 동네에 있을 거란다. 예전 같았으면 맬러리는 그 소식 에 기뻐 날뛰었으리라. 지금은 더욱 우울해질 뿐이었다. 어머니와 둘만일 때엔 맬러리는 자신을 그렇게 실패자라고 느끼지 않았다. 최소한 그녀는 봉급 전부를 복권에 쏟아붓지는 않으니까. 하지만 대조되는 탐이 동네에 있으면 어머니와 그녀가 똑같은 한 쌍임이 뚜렷이 드러난다. 두 명의 실패자들. 인생 부적격자. 앤젤라와 마찬가지로 그녀 역시 남은 몇 푼을 털어 복권을 사게 되는 건 시간문제일 뿐이다.

탐이 자리에서 일어났다.

"어디 온수기 좀 보자. 교환해야겠다 싶으면 내가 해줄게."

좋은 생각이었다. 만약 그가 앤젤라에게 수표를 주면 그 돈은 온수기에는 절대 쓰여지지 않으리라. 어머니는 머리를 염색하거나 손톱 관리를 받고 새 드레스를 사서, 그런 우스꽝스런 변신으로 별 네 개짜리 볼드윈 브릿지 호텔에서 부자 남편을 잡으려 들 것이다. 그녀는 그렇게 해서 그들의 금전 문제가 전부 해결되기를 바라며 도박에 나설 것이다.

그래, 잘도 되겠다.

묘하게도, 간신히 그럭저럭 살아갈 만큼의 돈이 있을 때엔 앤젤라는 잘해나갔다. 큰 금액을 쥐면 그녀는 꿈을 꾸기 시작했고, 오래지 않아 그 꿈은 깨지고 다시 구렁텅이로 떨어져버렸다. 탐 역시 그걸 알아챈 게 분명했다.

"지하실이야."

앤젤라는 문을 열고 퀴퀴한 어둠 속으로 향하는 삐꺽거리는 계단을 앞장서 내려갔다. 하지만 탐은 당장 따라가지 않았다.

"금방 따라갈게."

그러고서 그는 반바지 주머니에서 접은 지폐들을 꺼내 백 달러 몇 장을 뽑아 맬러리에게 건네주었다.

"식료품 살 돈이다."

하지만 돈을 주기 전에, 그는 그녀의 입에서 담배를 빼내어 꽁초가 넘쳐나는 재떨이에 쑤셔박았다.

"담배 끊어라. 오늘부터. 해군에 입대하면 제일 먼저 할 일은 몸을 만드는 거야. 그리고 단언하는데, 흡연자가 아닌 쪽이 훨씬 쉬워."

그녀는 앞니를 빨며 '지겨워 돌아가시겠네' 표정을 지어보였다.

"내가 진짜로 삼촌 같은 꼰대들 명령이나 듣자고 지원할 거라 생각한다면 삼촌은 미쳤어."

그는 껄껄 웃고는 일곱 살 아이한테 하듯 그녀의 팔꿈치 안쪽에 입을 대

고 부욱 숨을 내뿜었다. 간질간질한데다 정말 진짜 방귀소리 같아서 그녀
는 웃지 않을 수가 없었다.

"정말 못됐어."

탐이 갑자기 심각해져서 말했다.

"네가 여기서 나갈 수 있는 기회야. 완전히 너 혼자 힘만으로."

경악스럽게도 그녀 눈에 눈물이 차오르기 시작했다. 맙소사, 때론 그 무
엇보다도 여기서 도망치고 싶었다.

"오빠, 나 여기 캄캄한 데 서 있단 말야!"

그는 맬러리가 울음을 터뜨리기 천 분의 1초 전임을 알아채지 못한 척하
고 몸을 돌렸다. 그녀를 품에 끌어안는 대신 그녀에게 여유가 필요하다고
생각하고 물러났다.

아아, 누군가가 다섯 살짜리에게 하듯 자신을 꼭 껴안고 다 잘될 거라고
말해준다면 얼마나 좋을까. 그건 거짓말이지만 선의의 거짓말이고 한동안
은, 단지 몇 초만이라도 안전하다는 기분을 느낄 수 있을 텐데.

"생각해 봐."

그는 계단으로 향하며 다시 말했다.

생각 좋지. 맬러리한테는 달리 할 일이 아무것도 없었다. 허나 생각을 아
무리 한다 해도 실행에는 조금도 가까워지지 않는다. 만약 그녀가 떠나면,
그녀가 멍청한 아이스크림 가게에서 일해서 번 돈으로 식료품을 사고 때로
는 집세까지 내지 않는다면, 어머니는 어떻게 될까? 맬러리는 세상에 미치
도록 화가 나 문을 나섰다. 모든 것이 개판이고, 아무것도 바뀌지 않을 것
이 뻔한데 그녀에게 희망을 주려 하는 탐에게도 화가 났다.

데이빗 설리번은 놀이공원 근처 벤치에 앉아, 볼드윈 브릿지의 대학생
또래들 대부분이 지나가는 모습을 지켜보았다. 그는 스케치 패드와 연필을
가져왔지만 소도시 축제의 구경거리 쇼 분위기에도 불구하고 아직 백팩에
서 꺼내지 않았다.

지금은 열 시가 넘은 시각이었다. 그는 호텔 레스토랑에서 이른 아침 시

간대에 일했다. 오전 4:30이면 옷을 차려입고 서빙 준비를 해야 한다. 시간을 고려하면 놀랄 정도로 사람들이 많았다. 골퍼와 낚시꾼들. 잘 그을린 피부와 커다란 웃음소리, 그리고 지갑 두둑한 부자들.

모두가 골프장과 마리나(요트나 모터보트 정박지)에 제때 갈 수 있도록 그는 바삐 움직여야 했다. 5:15와 6:30 사이에는 조금 늦은 몇몇 골퍼들이 큼직한 스테이크와 계란으로 동맥을 좁히는 동안 잠깐 소강상태가 있다. 6:30, 하얀 테니스복에 목에다 스웨터를 둘러맨 여자들이 나타난다. 8시가 넘으면 일광욕하는 사람들이 와서 커피와 토스트를 주문한다. 10:30이면 아침식사 시간은 끝난다. 그는 출판 비용에 보탤 팁을 넉넉히 챙기고 하루 일을 마친다. 15주만 있으면 <나이트셰이드(Nightshade)>를 출판할 만큼의 돈이 생긴다. 문제는 대학 개강까지 4주밖에 남지 않았단 사실이었다.

그는 한 타임 더 뛸까 고려하고 있었지만 지금도 피곤해 죽을 지경이었다. 거의 매일 오후에 낮잠을 자야겠다고 맹세하지만, 늘 무언가가 그의 관심을 붙들어서 그림을 그리기 시작하고 만다. 미처 알아채기도 전에 또 자정에 가까운 시간이 되고, 다시금 4시간의 짧은 수면에 직면하곤 했다.

호텔에서 두 블록 떨어진, 여름 동안 빌린 원룸 아파트로 가서 자려고 일어섰을 때, 데이빗은 그녀를 보았다.

솔직히 처음 그의 눈길을 끈 것은 그녀의 몸이었다. 그녀는 거의 안 입은 거나 마찬가지로 몸에 찰싹 달라붙는 끈 달린 탱크탑을 입고 있었다. 검은색이었고 아래 입은 브래지어도 마찬가지였다. 그 끈이 분명히 보였다.

한마디로, 그녀는 빵빵했다.

키가 크고 패드 없이도 프로 풋볼선수를 할 수 있을 법한 어깨였다. 팔의 근육이 잘 발달해 있어 그것만 보면 역도선수라고 짐작했을 법했다. 다만 그녀에겐 알통이 없다는 사실만 빼면. 대신 진짜 엄청난 가슴이 있었다.

그녀는 진재킷을 허리에 둘러 묶었다. 그리고 바지 허리와 탱크탑 자락 사이가 넓게 드러났다. 그 틈으로 매끄러운 배와 피어싱한 배꼽이 보였다. 그녀의 얼굴은 일부러 헝클은 짧은 검은머리에 가려져 있었다. 턱과 입은 장난스런 요정 같아 풍만한 몸매와 완전히 대조되었다.

데이빗이 교회 주차장 건너편에서 지켜보는 동안, 그녀는 발길을 멈추고 화난 듯한 몸짓으로 담뱃불을 붙였다. 그녀는 담배를 한 모금 들이마시곤 여전히 화난 듯이 휙 담배를 내던지고 빠르게 멀어져갔다. 그가 집에 가야겠다고 결심하고 백팩을 맸을 때, 그녀가 갑자기 빙글 돌아섰다. 그녀는 내던진 담배꽁초로 돌아왔지만 하필 고인 물구덩이에 떨어져 있었다.

"제길."

그녀의 목소리는 그가 상상한 그대로였다. 약간 허스키하고 낮은. 섹시했다. 그녀는 주머니를 뒤적거려 담배를 한 대 꺼내곤 불을 붙였다. 그러면서 몸을 살짝 돌려, 고개를 들어 관람차를 올려다보았다. 머리카락이 뒤로 젖혀지고 가로등이 그녀의 얼굴을 비췄다.

데이빗은 숨을 죽였다.

그가 내내 찾아오던 바로 그 얼굴이었다. 이국적으로 예쁘고, 커다란 눈에 지극히 뾰족하며 섬세한 턱으로 연결되는 얼굴선, 인형처럼 작은 코와 입을 하고 있었다. 하얀 피부로 인해 짙은 눈썹이 도드라졌다. 그녀는 다른 세계에서 온 것처럼 보였다. 특히 귀를 줄줄이 뚫은 반짝거리는 귀걸이 때문에.

그녀는 담배를 한 모금 길게 빨아들이고는 땅바닥에 내던지고 투박한 부츠로 뭉갰다. 욕설을 중얼거리며 그녀는 저벅저벅 걸어가다가 몇 걸음 안 가서 다시 새 담배에 불을 붙였다. 완전히 넋이 나가 잠 생각은 잊은 채, 데이빗은 가방을 고쳐 매고 그녀를 따라 축제장소로 깊이 들어갔다.

켈리가 뒤뜰 나무 그네에 앉아 있을 때, 조의 집에 불이 켜졌다.

탐이 돌아왔다.

조와 찰스는 아직 매주 가는 카드모임에서 돌아오지 않았다. 찰스는 깨어나서 저녁식사 때 켈리가 가져다놓은 금속 보행기에 기대어 부엌으로 내려왔다. 그녀는 위로 가져갈 식사쟁반을 준비중이었다. 맑은 치킨수프, 건드리지도 않을 게 뻔한 샐러드, 파워 셰이크, 그리고 그가 좋아하는 입맛 당기는 디저트들. 그는 보행기에 대해 한 마디도 하지 않았고 그녀 역시 입을 꾹 다물었다. 그는 그저 의무적으로 파워 셰이크를 몇 모금 마셨다. 그리고는 진입로로 향하며, 카드 게임이 어쨌다느니, 조가 멍청하게 입을 잘못 놀리지 않도록 누가 지켜봐야 한다느니 중얼거렸다.

켈리는 찰스가 가지 못하도록 말려야 할 이유가 없다고 보았다. 설령 침대에 누워 있으면 그의 수명이 몇 분의 일쯤 늘어난다 해도, 지금 이 시점에서 일주일 더 방 천장을 올려다보고 누워 있는 건 그만한 가치가 없지 싶었다. 그는 죽을 것이다. 기력 닿는 한 하고 싶은 일을 하게 두는 쪽이 낫다.

켈리가 뭐라 말한다고 자기 뜻을 굽힐 양반도 아니지만. 게다가 그녀에겐 삐삐가 있고, 조가 번호를 알고 있다. 그들은 스테이션 웨건을 타고 떠났고 탐은 도중에 여동생 앤젤라의 집에 내리려고 그들과 같이 갔다.

탐.

켈리는 조의 집 창문에서 흘러나오는 불빛을 쳐다보았다. 탐이 켠 불빛을. 탐 파올레티의 무엇이 그녀를 이토록 끌리게 하는 걸까?

오늘 그를 본 것만으로도 무언가가 달라졌다. 그녀를 일깨우고 다시 삶을 돌려주었다. 저녁 공기는 더 달콤한 내음이 났고 귀뚜라미 소리가 더 크게, 밝게 들렸다. 뿌연 구름 사이로 반짝이기 시작한 별들이 손을 뻗으면 닿을 듯이 가까워 보였다. 켈리는 그 모든 시적인 감흥에 웃지 않을 수 없었다. 특히 그녀가 느끼는 모든 감각이 단 하나의 지극히 원초적이고 기본적인 욕구로 연결되는 이 마당에.

섹스

탐 파올레티와 15분간 단 둘이 있게 되자 그녀는 섹스를 머리에서 몰아낼 수가 없었다. 하지만 그 남자에겐 단순히 성적인 측면 이상으로 그녀의 무언가를 움직이는 힘이 있었다. 바로 오늘 오후, 부엌 창문을 통해 그가 진입로에서 작은할아버지를 쑥스러운 기색 하나 없이 포옹으로 반겨 맞는 모습을 볼 때처럼. 젊고 나이든 두 남자는 오랜 시간 서로를 꽉 끌어안았다.

아마도 그들의 이탈리아계 혈통으로 인해 얼음처럼 차디찬 애시튼 가족과 다른지도 모르지만, 켈리는 아버지가 남녀를 불문하고 누구에게든 저렇게 공공연히 애정을 표시하는 모습을 본 적이 없었다.

더 심한 문제는, 그녀 자신이 누군가를 저렇게 따스한 포옹으로 반겨 맞은 적이 언제였는지 기억할 수가 없다는 거였다. 결혼했을 때조차 남들 앞에서 남편을 포옹하거나 키스하지 않았다. 둘만이 있을 때에도 침대 안을 제외하면 남편은 냉담했다. 그는 그녀의 아버지와 몹시 비슷했다. 싸늘한 상류사회의 교양이 넘치는 남자.

별채 위층, 고등학교 내내 탐이 쓰던 방의 창에 불이 켜졌다. 켈리는 그의 방 창문이 어느 것인지 잘 알고 있었다. 의부와 사이가 좋지 않고 어머니는 그를 다루지 못해 조와 같이 살러 온 조의 종손. 머리를 등까지 드리우고 학교의 교사와 교직원 모두를 화나게 만드는 파올레티 녀석.

그녀는 머리 위의 나뭇가지 사이로 그녀가 열 살 되던 해 여름에 조가 지어준 나무 위의 집을 올려다보았다. 수많은 저녁시간을 저길 은신처로 삼아 탐 파올레티를 꿈꾸며 지냈었다. 그리고 그 나무집에서 탐의 침실 창문이 바로 들여다보인다는 사실은 확실히 그녀의 환상을 굳혀주었다. 그녀가 그의 속옷차림을 얼마나 많이 보았는지 그는 상상도 못하리라. 그래, 그리고 한두 번은 벌거벗은 모습조차 보았다.

탐 파올레티.

그녀는 그와 함께 지냈던 꿈같은 여름날을 어제처럼 분명히 기억할 수 있었다. 낮과 밤. 수년 동안 그녀는 조가 전해주는 탐 소식을 들었다. 그래, 어쩌면 그녀는 그가 한번도 결혼한 적이 없다는 사실에, 한번도 여자를 집에 데려온 적이 없다는 사실에, 늘 그 수많은 짧은 연애를 '특별한 사이가 아니에요'라고 조에게 말했다는 사실에 특히 주의를 기울였는지도 모른다.

그는 뭐니뭐니해도 탐 파올레티였다. 그리고 한때 그가 그녀에게 상냥하고 친절하게 대해줬어도, 해군에서 받은 수많은 훈장과 공로에도 불구하고 그에겐 여전히 깊게 뿌리 박힌 거친 면이 있었다.

고등학교 시절, 그녀는 해변가 도로에서 할리에 올라 머리를 뒤로 휘날리는 그를 셀 수 없을 만큼 보았다. 그녀는 그 흥분을 느끼고 싶었다. 그런 속도감을 맛보고 싶었다. 그처럼 날고 싶었다. 그녀는 그의 오토바이 뒤에 딱 한 번 타보았다. 그리고 그 해변길을 따라 달려 달라고 빌다시피 했다. 하지만 그는 그저 웃음을 터뜨리고 제한속도를 지켰다.

켈리는 여전히 그와 함께 날고 싶었다.

그 표현의 교묘함에 슬그머니 미소가 떠올랐다. 탐은 30일간 집에 머무른다. 완벽한 여름 한때의 불장난에 딱 맞는 기간. 최소한 그녀는 그렇게 생각했다. 그녀는 그 방면에 그다지 경험이 많지 않았다.

그녀는 딱 한 번, 딱 한 번이라도 자신이 하버드 의대를 일등으로 졸업했단 사실을 털끝만큼도 신경쓰지 않는 남자와 만나고 싶었다. 딱 한 번이라도 거칠고, 터프한 사람과 만나고 싶었다. 아드레날린이 밀려오는 것을 두려워하지 않는 남자. 해변에서 그녀에게 진하게 키스하고 누가 보든 말든 상관 않는 남자. 위험하리만치 빠르게 모는 걸 좋아하는 남자. 탐 파올레티 같은 남자. 바로 탐 파올레티 같은 남자.

인생은 너무나 짧다. 켈리는 임박한 아버지의 죽음을 앞두고 그 어느 때보다도 그 사실을 깊이 인식하고 있었다. 변화를 일으켜야만, 자기 삶에서 약간의 위험을 감수해야만 했다.

탐 파올레티와의 연애보다 더 좋은 시작이 어디 있을까?

밤이 너무나 길고 캄캄할 때 그녀를 안아줄 편안한 품을 원했다. 하지만 장기간이나 심각한, 혹은 복잡한 관계는 원치 않았다. 그녀는 단순하고 친근한 섹스를, 탐이 줄 수 있는 그런 것들을 원했다.

탐이 30일 안에 떠난다는 건 잘된 일이다. 그들의 관계에 종료일을 찍어주니까. 탐은 아마 부담 없는 짧은 불장난의 기회에 반색하고 달려들 것이다. 그녀는 그가 자신에게 끌린다는 걸 알고 있었다. 최소한 그녀는 그가 자신에게 끌린다고 '생각했다'. 그가 전에 그녀를 거절했다는 사실을 제외하면…… 하지만 그땐 그때고, 지금은 지금이다. 그리고 대담하고 위험을 감수하는 새로운 켈리 애시튼은 이 기회를 양손으로 붙잡으리라.

그에게 데이트를 청해야지. 저녁식사. 단 둘이서만.

가장 최악의 사태라고 해봐야 그가 거절하는 것뿐일 거야, 그렇겠지?

오, 하나님, 그가 거절하면 어떻게 하죠?

그에게 데이트를 청할 용기가 있을까? 그녀는 알 수 없었다. 그녀가 확실히 아는 것은 올 여름은 남은 평생 기억할 여름이 되리라는 사실뿐이었다.

4

탐은 샤워를 하고 끈질긴 두통을 잊기 위해 스포츠 채널을 틀었다. 냉장고에서 막 맥주를 꺼내려는 차에 바깥 진입로에서 목소리가 들렸다.

조와 찰스가 돌아왔다. 탐의 예상보다 일렀다. 옛날엔 그들의 카드게임은 밤늦게까지 계속되기로 악명 높았는데.

물론 옛날엔 찰스가 암으로 죽어가고 있지 않았다.

"지금껏 내가 뭐 부탁한 적이 있었나? 그랬어?"

찰스가 성나 말했다. 그의 거친 목소리가 조용한 밤공기를 갈랐다.

조의 목소리는 좀더 부드러웠지만 강렬함은 못지 않았다.

"그래! 지난 세월 내내 난 침묵을 지켜왔어. 내가 다락방에 있는 훈장을 원한 줄 알아? 그 다락문 앞을 지날 때마다 그녀 생각을 안 하는 줄 알아?"

세상에 맙소사. 찰스와 조가 말다툼을 하고 있다. 한 마디 이상의 말은 거의 하지도 않는 조가, 절대 성질 내는 법이 없는 조가 노발대발하여 열변을 토하고 있다.

탐은 맥주를 부엌 카운터에 내려놓고 뒷문을 나섰다. 밖의 공기는 습기로 눅눅했고, 순간 몰려온 현기증에 그는 난간을 꽉 붙잡아야 했다. 제길, 언제 이게 가시려나?

두 노인은 여전히 조의 차에 앉아 있었지만 창문이 활짝 열려 있어 목소리가 흘러나왔다.

"아마 내가 자네 같은 줄 알았나 보지. 잊었을 거라고."

"난 잊지 않았어! 단 한순간도 잊을 수가 없다고!"

찰스는 발작이라도 일으킬 듯이 보였다. 얼굴은 벌겋고 분노로 부들부들 떨고 있었다.

"어떻게 감히 그런……."

"이제 때가 됐어."

조가 고함쳤다.

"제니는 죽었다고. 진실이 밝혀진대도 그녀는 상처받지 않아. 하지만 자네야말로 진실을 두려워하는 사람이지, 안 그래? 애초부터 자네 아내가 문제가 아니었던 거야."

찰스가 쿨럭거리기 시작했다. 온몸을 뒤흔들고 잡아 찢는 마른 기침.

"후레자식."

그가 기침 사이 헐떡였다.

"후레자식! 여기서 나가! 넌 해고다, 개자식 같으니!"

"자자, 두 분……."

차로 다가가다가 탐은 켈리가 저택에서 나온 것을 깨달았다. 그녀는 무슨 탱크통 같은 걸 끌고 반대쪽에서 다가오고 있었다. 산소탱크

그녀가 날카롭게 말했다.

"그만해요! 지금 당장! 두 사람 다!"

조는 차에서 내려 문을 쾅 닫았다.

"날 해고하진 못할걸, 잘난 줄 아는 이기적인 놈 같으니, 내가 관둔다!"

"자자."

탐은 조의 앞길을 가로막으며 말했다.

"모두들 깊이 숨을 들이쉬고 열까지 세세요. 방금 말은 없었던 걸로 하죠. 두 분 다 진심이 아니시라는 거 압니다. 좀 진정하자구요, 네?"

켈리는 산소마스크를 아버지에게 건넸다. 그의 숨결이 덜 가빠지자 그녀

는 차 너머로 탐을 쳐다보고 고개를 설레설레 저었다. 그녀의 눈은 커다랬다. 이 일은 그녀에게도 그에게만큼이나 커다란 미스터리였다.

그녀의 눈은 그가 거기에 달랑—아, 젠장—사각팬티 바람으로 서 있는 걸 보자 더욱 휘둥그레졌다.

그녀도 옷을 갈아입었다. 반바지와 스포츠 브라, 발에는 스니커즈 피부에 맺힌 땀을 보면 한창 운동중에 방해받은 게 분명했다.

탐은 그녀의 늘씬하고 유연한 몸을 보지 않으려 애썼지만, 그 매끄러운 피부는 미치도록 정신을 빼놓았다. 물론 자신이야말로 거의 벌거벗다시피 한 쪽이었다. 하지만 찰스가 무슨 발작중에다 조가 분노로 떨고 있는 마당이니 안으로 들어가 반바지와 티셔츠를 찾을 때가 아니었다.

"무슨 일이죠?"

그는 슬쩍 왼쪽으로 움직여 조가 자신을 돌아 별채 안으로 도망치지 못하게 막았다. 그러자 찰스가 마스크를 확 잡아떼었다.

"일곱, 여덟, 아홉, 열."

그는 씩씩거렸다.

"그래도 네놈은 해고야!"

"아빠!"

켈리는 그가 다시 쿨럭거리기 시작하자 속이 터진다는 듯 소리쳤다. 그에게 도로 마스크를 씌우고 탐을 향해 눈을 굴려 보였다.

그는 조에게로 돌아서다 현기증이 밀려오는 바람에 차 옆에 손을 짚었다. 젠장할. 이 난리판에 내가 제일 먼저 땅바닥에 얼굴을 박게 생겼군.

"무슨 일입니까?"

찰스가 다시 마스크를 잡아 떼어냈다.

"무슨 일인지 알고 싶으냐? 내 말해주지. 여기 있는 배반자 유다가 55사단에 대해 멍청한 책을 쓰겠다는 어떤 바보와 인터뷰 약속을 했단 말이다."

그는 다시 쿨럭거리기 시작했다. 켈리가 손을 뻗자 위압적인 표정으로 제지하고는 찰스는 스스로 자기 입에 산소마스크를 가져다댔다.

"그 사람 이름은 커트 카우프만이야. 그리고 보스턴 대학의 교수니, '멍청하다'는 말은 그 사람이든 그 사람 책이든 적용되지 않겠지.”

조가 반박했다. 찰스는 마스크를 치웠다.

“설상가상이군. 독일놈이라니. 그놈이 무슨 자격으로…….”

“그 할아버지가 자네와 같이 55사단에서 종군했어. 노르망디 근처에서 나치와 싸우다 전사했지. 그럴 만한 자격은 충분해.”

찰스는 흥 소리를 내고 마스크를 도로 썼다.

탐은 가구를 짚고서야 걸음마할 수 있는 아기처럼 한 손을 차에 짚고 천천히 조를 따라갔다. 이렇게 화난 조의 모습을 보기는 처음이었다. 조가 발끈했던 드문 몇 번은 짧은 폭발이었다. 거의 시작하기도 전에 끝나버리는 섬광. 지금의 깊게 불타오르는, 떨리는 분노와는 전혀 달랐다.

“그 사람은 55사단에 대해 글을 쓰고 싶다면서,”

탐은 갑자기 왼쪽 눈 뒤를 찌르는 날카로운 통증에 이마를 문질렀다.

“왜 조와 얘기하고 싶어하죠? 우리 할아버지와 함께 군에 입대한 후의 사진을 엄마가 갖고 있는 걸 봤는데 두 분 다 공군 군복이었다구요”

켈리는 여전히 아버지 옆에 쭈그리고 앉아 있었지만, 그를 올려다보며 살짝 미간을 찌푸렸다.

“탐, 괜찮아요?”

끝내주는군. 기분만큼이나 몰골도 엉망인 모양이었다.

30일 안에 이 빌어먹을 현기증과 망할 두통이 사라져야 한다는 사실을 제외하면, 그의 장래가 위기에 처해 있고 언제나 의지가 되어준 단 한 명의 친척이 그 자신의 아픔과 고뇌에 시달리고 있다는 사실을 제외하면, 켈리를 다시 보게 되자 그 옛날처럼 절실하게 그리고 멍청하게 그녀를 다시 원하게 되었다는 사실을 제외하면, 그녀의 아버지—그가 존경하거나 우러른 적이야 없지만 그래도 좋아하는 분이 죽어간다는 사실을 제외하면……

그 모든 걸 제외하면 그래, 그는 괜찮았다.

“피곤하고, 두통이 있고, 속옷 바람으로 여기 나와 서 있고, 혼란스러워.”

그는 답답한 속을 드러냈다.

“도대체 이게 다 무슨 난리인지 알고 싶어요 왜 그 작가가 공군 퇴역병과 55사단에 대해 얘기하고 싶어하죠?"

조는 탐과 찰스를 번갈아 보고 고개를 저었다.

"미안하다. 이건 사적인 일이라……."

"무슨 얼어죽을."

찰스가 말을 잘랐다.

"그 카우프만이란 사람과 이야기하고 싶어하는 사람은 자네잖아. 그게 뭐가 사적이야? 카우프만이 얘기를 나누려는 이유는 조가 '55사단의 영웅' 이기 때문이지. '볼드윈 브릿지의 영웅'. 마리나 근처의 동상 알지? 전쟁에서 전사한 사람들의 명단이 쓰인 거?"

탐은 물론 잘 알고 있었다. 그 긴 명단을 수없이 바라보며, 석조공이 실수로 '영웅들'에서 '들'을 깎아버렸다고, '볼드윈 브릿지의 영웅들'이 되어야 맞다고 생각했었다.

찰스는 산소마스크를 쓰고 깊이 숨을 들이쉬느라 잠시 말을 멈췄지만, 다시 이었다.

"거기 가서 동상 얼굴을 한번 봐라. 그건 조의 얼굴이야. 그는 이름을 새기는 건 허락하지 않았지만 사실 그건 조야. 노르망디 상륙 작전 몇 주 후 프랑스에서 조는 독일군 반격에 관한 정보를 전달하여 55사단의 수천 명의 목숨을 구했지. 조 덕분에 그들은 대비할 수 있었어."

볼드윈 브릿지의 영웅. 꽃을 사랑하는 조용한 조 파올레티가 그 볼드윈 브릿지의 영웅이라니.

"세상에."

탐은 몸을 돌려 작은할아버지를 쳐다보았다.

"어째서 한번도 말씀 안 하셨어요? 진작에 알았으면 고등학교 시절 15번째로 교장실에 불려갔을 때 도움이 되었을 텐데."

절반만 농담이었다. 파올레티 집안 사람이 그냥 '영웅'도 아니라 '그 영웅'이라는 걸 알았다면 바닥을 기던 그의 자기평가에 도움이 되었으리라.

조는 그저 코웃음쳤다. 하지만 탐의 눈을 마주하지는 않았다.

찰스가 말을 이었다.

"나치는 그곳 지형을 알고 55사단의 일부를 잘라낼 계획이었지. 나머지 연합군과 격리시키려고. 조의 공로로 55사단의 수천 명이 싸울 기회를 얻은 거야."

조가 비웃었다.

"내 공로라. 그게 아니라는 건 자네도 알잖아! 난 부상당했었어. 걸을 수조차 없었다고. 자네가 없었다면……."

"난 그저 따라간 것뿐이야, 자네도 알 텐데."

찰스는 맹렬히 반박하고는 다시 쿨럭거리기 시작했다.

"그 산소를 써요. 안 그러면 병원으로 모시고 가겠어요."

켈리가 엄하게 일렀다.

찰스는 마스크를 코와 입에 덮었지만, 조가 반박하자 도로 벗었다.

"자네는 그저 따라다니기만 하지 않았어. 사람들이 그렇게 생각하기를 원하……."

"좋아요."

탐은 한 손을 들었다. 꼭 자신이 교통경찰과 심판을 합한 무언가가 된 기분이 들기 시작했다. 세상이 기우뚱한 감각은 스러져가고 머리의 지끈거림만 남았다.

"잠깐만요. 난 아직도 혼란스러운데요."

그는 조를 향해 제일 엄격한 지휘관의 눈길을 고정시켰다.

"나로선 완전히 침 듣는 소리인 이 영웅 문제 말고도, 몇 시간 전에 켈리에게서 작은할아버지가 1942년에 프랑스에서 총을 맞았다는 걸 들었어요. 하지만 연합군의 공습은 1944년 이전까지는 없었던 일이잖습니까. 42년에 적의 점령지에서 뭘 하고 계셨어요? 두 번 총에 맞은 겁니까? 아니면 켈리가 잘못 알았나요?"

"아니다."

이제 조는 한마디 패턴으로 돌아가기로 한 모양이었다.

"자, 봤지? 나에 대한 얘기는 기꺼이 털어놓으려 들면서, 자네 자신에 관해선……."

찰스는 탐을 올려다보았다.

"조는 42년에 총을 맞았다. 타고 있는 비행기가 하늘에서 벽돌마냥 뚝 떨어졌을 때 보통 그렇듯이 중상을 입었지. 다행히도 나치 대신 프랑스 레지스탕스에게 발견되었어. 그 결과 포로수용소가 아니라 안전한 집으로 옮겨졌지. 나치가 미군 포로를 아우슈비츠 같은 수용소로 보내버리기도 했다는 건 들어봤겠지? 제네바 협약 따위는 무시하고 말이다."

조는 고개를 저었다.

"저 애들은 듣고 싶지 않을 걸세. 난 듣고 싶지 않아."

"그 카우프만이 자네한테 뭘 물어볼 거라고 생각하는 거야? 이른 서리로부터 장미를 보호하는 방법 따위에 관한 질문이 아니라고!"

"아빠! 두 분 다 너무 흥분하셨어요. 아무래도 나중에……."

"레지스탕스가 조를 찾아 숨기고 간호하여 건강을 찾게 했지."

찰스가 그녀의 말을 잘랐다.

"그리고 함께 지내며……."

"그만."

조가 날카롭게 말했다.

"그들, 자유저항군들과 지내며 조는 자신의 이탈리아어와 프랑스어 실력에, 위조서류와 뉴욕 토박이 적응력을 합하면, 프랑스 시골을 헤매며 공군공습을 위해 독일군 진지의 위치를 파악할 수 있다는 사실을 발견했지. 원래 조가 속해 있던 공중정찰보다 훨씬 효과적이었어. 사실 그 일을 너무나 잘한 나머지, 남은 전쟁 기간 내내 점령하의 프랑스에 있도록 초빙받았지. 연합군 공습에 필요한 정보제공을 돕기 위해 말이야."

찰스는 산소탱크에서 산소를 한 모금 들이쉬었다.

"조는 공군으로 시작했지만, OSS*로 전쟁을 마쳤어."

탐은 작은할아버지를 쳐다보았다. OSS라니. 탐은 늘 작은할아버지를 우러르고 존경했다. 모두가, 심지어 어머니조차도 탐을 저버렸을 때 그가 보

---

* Office of Strategic Services. 전략정보국(제2차 세계대전시 미국의 정보기관).

여준 상냥함과 존중 때문에. 하지만 늘 정원 일에 대한 조의 애정이 조금은 우스웠고, 조가 군에서 행정담당이나 요리사로 복무했으리라 상상했었다. 맙소사, OSS라니.

켈리가 나직이 말했다.

"세상에, 조 나치 점령하의 프랑스에서 2년이나 스파이 일을 했단 말이에요?"

탐 자신도 몇몇 어려운 임무를 겪었다. 위장을 하고 적들 한가운데를 걸어야 하는 기밀임무. 그가 누군지 알기만 하면 그의 머리에 총알을 박을 사람들에 둘러싸여 카페에 앉아 저녁을 먹은 적도 있었다.

하지만 2년 내내 그러지는 않았다.

"끝났어, 그건 지난 일이야."

"하지만 다시 해야 한다면 또 그렇게 할 거잖나."

찰스가 쿨럭거렸다. 조는 친구에게 음울한 시선을 고정시켰다.

"자네도 마찬가지지."

두 노인은 서로를 노려보았다. 아무도 눈을 깜박이지도, 움직이지도 않았다. 찰스가 기침을 터뜨릴 때까지.

"그 인터뷰를 할 거지?"

찰스가 헐떡였다.

"아마."

찰스는 성나 얼굴을 마스크로 덮고 최대한 많이 산소를 들이켰다.

"이젠 상관없어. 자네 말처럼 끝났어. 지난 일이야. 무슨 소용이 있나?"

기침을 너무 심하게 해서 그의 눈엔 눈물이 고였고 입술에 얼룩덜룩 피가 맺혔다.

켈리가 탐을 쳐다보았다.

"안으로 모셔야 할 거 같아요 도와줄 수……?"

"좋은 생각이야."

탐은 찰스를 안아들고, 켈리가 산소탱크를 잡았는지 확인한 다음 저택으로 향했다. 하지만 찰스는 그걸로 끝내지 않았다. 그는 고개를 들어 탐의 어깨너머를 쳐다보며 떨리는 손을 들어 비난하듯 가장 오랜 친구를 가리켰다.

"자네는 날 처음 본 순간부터 미워했어!"

조는 욱씬거리는 가슴을 안고 진입로에 서서, 탐과 켈리가 찰스를 저택으로 들여가는 모습을 지켜보았다. 거의 60년 전 그가 찰스를 처음 보았을 때, 그때도 그는 들려가고 있었다.

우스운 일이다. 조가 평생 만난 사람들 중, 찰스 애시튼은 진정 그 누구보다도 무력해지는 걸 싫어했다. 허나 그는 부상당하여 무력하게, 안전한 시벨의 집으로 앙리와 장 클로드에게 들려와 그들 모두에게 그 존재만으로도 위험을 불러왔다.

그는 부상이 심했고 의식이 들어왔다 나갔다 했다. 귀족적인 잘생긴 얼굴은 창백하고 고통으로 일그러져 있었으며 금빛 머리칼엔 피와 흙이 엉켜 있었다. 몰락한 왕자. 그에겐 시벨의 의료기술이 필요했기에 최전선에서 여기까지 그들 모두의 위험을 무릅쓰고 실려온 것이었다. 독일군이 여기 있는 그를 발견하면, 그는 포로로 끌려가고 그들은 그를 숨겨준 죄로 교수형에 처해지리라.

허나 처음 그를 보았을 때 조의 가슴을 채운 것은 증오가 아니라 희망이었다. 미군이 프랑스에 상륙했다. 그가 그렇게나 열심히 준비해온 연합군의 공습이 계획대로 진행되었다.

오래지 않아 작은 도시 생 엘레느는 나치 점령에서 벗어나리라. 오래지 않아 마을 곳곳 시벨의 집 같은 곳에 숨어 있는 얼마 안 남은 유태인 가족들이 햇살 아래로 나갈 수 있으리라.

"테이블에 놔."

시벨은 총알 같은 프랑스어로 명령하며, 길고 검은 머리칼을 뒤로 질끈 묶고 서둘러 부엌 대야에 손을 씻었다.

"뜨거운 물이 필요해. 마리, 불 피워. 피에트라, 붕대와 비누. 그 군복을 벗겨. 주세페?"

그녀는 번뜩이는 짙은 갈색 눈으로 조를 올려다보았고, 그는 튼튼한 나무 테이블에 눕혀진 미군 병사—육군 중위를 보며 고개를 끄덕였다. 군 지급품인 속옷을 비롯해 그의 군복 전부를 서둘러 처리해야만 한다. 나치가 들이닥쳐도 저 옷들이 없으면 이 남자는 단지 매일 가까워오는 전쟁의 포화에 휩쓸린 농부에 불과하다.

조는 군복과 중위의 군번줄을 챙겨들었다.

"찰스 애시튼."

그는 몽땅 꾸려 뭉치기 전에 소리내어 읽었다. 옷이 피투성이었지만 지금 당장은 빨 엄두를 낼 수 없었다. 지금으로선 마을 거리를 돌아다니는 굶주린 개들이 피 냄새를 맡고 파내지 못하도록 깊이 묻을 수밖에 없다.

시벨의 저항군에 있는 2명의 뢰 중 하나가 애시튼을 덮을 담요를 가져왔으나 시벨은 한쪽으로 치워두었다. 여름밤은 따스했다. 그의 몸은 땀으로 번들거렸으니 담요는 분명 필요치 않았다. 그녀는 겨우 스물한 살이지만, 벌거벗고 피투성이인 낯선 이의 몸은 그녀가 한때 남편 그리고 어린 아들과 살았던 이 집에서 이제는 흔한 일이 되어버렸다.

조가 본 바로 애시튼은 3방을 맞았다. 어깨, 옆구리, 그리고 허벅지. 어깨와 다리의 부상도 심각하지만, 의사의 기술이 없는 처지에서 내장의 총상은 말 그대로 죽음의 키스였다. 하지만 만약……

"아직 총탄이 안에 박혀 있어."

그의 총상을 살피던 시벨이 눈길을 들었다.

"잘된 일이야. 총탄의 회전력이 다한 후였어. 잘하면 살릴 수 있을지도."

총탄의 회전력이 다했다는 것은 총을 맞았을 때 이 중위는 독일군의 사정거리 끝에 있었다는 뜻이다. 총을 맞긴 했으나 그를 관통하고 나갈 만큼의 힘이 총탄에 남아 있지 않았다. 총탄들은 그의 근육과 조직에 걸려 그저 안에 박히기만 했다.

"이 총알들을 꺼낼 수만 있다면, 그리고 감염을 막을 수만 있다면……."

조와 눈길이 마주친 그녀는 불현듯 실제 나이보다 훨씬 먹어 보였다. 감염은 독일군의 총탄만큼이나 많은 생명을 앗아갔다. 병원이, 진짜 의사가 없는 상황에서 이 군인은 죽을 가능성도 있었다. 총탄의 회전력이 다했다는 사실은 단순히 그의 생존 가망성을 불가능에서 있을 법하지 않은 일로 바꾸어놓았을 뿐이었다.

조는 그녀의 어깨를 짚었다. 그들은 함께 도전하여 이겨내리라.

"당신은 할 수 있어."

시벨은 심호흡하고 고개를 끄덕였다.

"시도해 볼 순 있지. 그가 깨어날 경우를 대비해 잡아줄 사람이 필요해."

그들에겐 모르핀이 없었고, 약물의 마취효과 없이 총알을 제거하기란 비명이 터져나올 만큼 고통스러운 일이었다. 그 점은 조 자신이 증언할 수 있었다. 어쩌면, 어쩌면 찰스 애시튼은 다행히 그녀가 끝낼 때까지 혼수상태로 있을지도 모른다.

물론 그는 바로 그 순간 깨어나버렸다. 눈꺼풀이 깜박이고 신음했다. 그리고는 여름 하늘 같은 눈으로 시벨을 곧장 올려다보았다.

조가 지켜보는 가운데, 시벨은 꼼짝 못하고 그를 마주 응시했다. 그는 그녀의 첫 진짜 미국인이었다. 조 자신은 이탈리아인 아버지와 프랑스인 어머니를 두고 미국보다는 유럽에 가까운 뉴욕 시의 한 구역에서 자라났으니 진짜 미국인이라고 칠 수 없었다.

벌거벗고 있어도 애시튼이 미국인이란 사실은 분명했다. 할리우드 잡지에서 그대로 걸어나왔다고 해도 좋을 듯했다. 부상당했어도 황금빛으로 빛을 발했으며 조각 같은 이목구비는 이 세상의 것 같지 않은 그 푸른 눈에 완벽한 틀이 되었다.

그는 시벨을 마주 응시하며 손을 뻗어 그녀의 뺨을 만졌다.

"엔젤."

시벨은 눈길을 홱 돌리고 뒤로 물러나 그의 손길을 피했다.

"잘못 알았다고 말해줘."

그녀는 아주 조금밖에 영어를 못했지만, 그의 한 마디는 알아들었다. 그녀는 다시 조를 쳐다보았다.

"내가 치료를 끝내고 나면 날 악마라고 욕할 거라고 말해."

하지만 조는 통역할 기회가 없었다. 애시튼이 고개를 들고 고통스레 몸을 일으키려고 했기 때문에.

"프랑스어. 당신은 프랑스인이군, 엔젤. 이봐요! 어떻게 된…… 우 에르 사르(사르는 어디 있지)?"

말도 힘겹게 간신히 하면서 그는 일어나 앉으려 버둥거렸다.

"알죠, 사르. 커다란 모자, 검은 드레스? 맙소사, 사르는?"

그가 알고 싶어하는 것이 무엇이든 간에, 그에겐 몹시도 중요한 것이 분명했다. 의식을 잃지 않으려 기를 쓰느라 눈이 뒤로 돌아가다시피 했다.

시벨은 고개를 저으며 조를 쳐다보아 도움을 청했다.

그는 앞으로 나섰지만, 애시튼의 머리가 테이블에 힘없이 늘어졌다.

"어서."

시벨이 마리와 뤽 프리오에게 말했다.

"이 사람 좀 잡아줘."

그녀가 첫번째 총탄을 파내는 동안, 그는 신음했지만 깨어나진 않았다.

"아까 물어본 말은 뭐야?"

그녀는 손을 놀리며 조에게 물었다. 그녀의 이마와 윗입술엔 땀이 송글송글 맺혔고 남자는 작은 고통의 신음소리를 냈다.

"모르겠어."

그는 미국 군인이 도무지 이해 불가능한 초급 프랑스어로 무슨 말을 하려 했는지 스스로도 확신하지 못하고 고개를 저었다.

"오늘밤은 같이 못 가겠어."

시벨이 그에게 말했다.

"여기서 이 사람을 돌봐야겠어. 처음 몇 시간은 늘 위태로우니까."

조는 실망했지만 늘 그랬듯이 내색하지 않았다.

"물론이지."

그녀는 그를 다시 올려다보고 그가 너무나 익숙해진 다정하고 슬픈 미소를 지었다.

"아마 내가 없는 쪽이 더 안전할 거야."

그건 사실이었다. 그녀는 나치 항전에 있어선 두려움을 몰랐다. 단순히 군대의 숫자를 세고 무기 보유량을 적는 정도는 그녀에겐 충분치 않았다. 그녀는 더욱 가까이, 대화를 들을 수 있을 만큼 가까이, 그녀의 자유전사들이 훔쳐 점령군에 대항하여 쓸 수 있는 무기가 어느 창고에 보관되어 있는지 들을 수 있을 만큼 가까이 가려 했다. 발각되면 머리에 총알이 박힐 것이 보장될 만큼 가까이.

조는 아직도 손에 들고 있는 옷뭉치를 내려다보았다. 이걸 묻을 만큼 깊은 구멍을 파려면 서둘러야지, 안 그러면 접선장소에 늦어질 것이다.

"가봐."

시벨 역시 시간을 의식하고 말했다.

그는 시벨의 시선을 마지막으로 붙들고, 한밤의 어둠과 같은 눈길에 잠시 빠져들었다. 그리고는 몸을 돌려 그녀의 규칙에 따라 문을 빠져나갔다.

점령 이후로, 시벨에겐 오직 3가지 규칙만이 있었다. 그녀는 한 번 그와 와인 몇 병을 마신 후 말해주었다. 생 엘레느를 점령한 나치들의 삶을 조금 불편하게 만든 밤이 지난 후였다.

독일군들에게 반격할 기회를 결코 놓치지 말라, 그게 첫번째였다. 다시 만나자는 약속은 하지 말라, 두 번째. 그리고 세 번째는 절대로, 절대로 다시 사랑에 빠지지 말 것. 왜냐하면 사랑과 전쟁은 끔찍한 조합이니까.

그날 밤 언제나와 마찬가지로 혼자 그녀의 침실로 향하는 계단을 올라가며, 시벨은 조에게도 자신의 규칙을 따르겠다고 약속하게 했다.

헛간에서 삽을 꺼내 시벨의 집 뒤 우표딱지만한 정원을 파면서 조는 속으로 한숨지었다.

셋 중에 둘은 나쁘지 않았다. 시벨은 아마 수긍하지 않겠지.

"정말 고마워요."

켈리는 아버지의 침실문을 닫으며 탐에게 말했다.

긴 복도는 희미하게만 밝혀져 있었다. 저 아래 거실 불빛이 그녀의 얼굴과 몸에 이국적인 그림자를 드리울 만큼의 빛을 던지고 있었다. 위험스럽게 로맨틱했다.

하지만 탐은 머리가 지끈거리고 아주 얇은 면 사각 팬티만 입고 있는데다가, 그의 곁에 서 있는 여자는 몇 주 동안 즐기다 헤어질 수 있는 바 종업원이 아니라 켈리 애시튼이다.

비록 그녀의 얼굴을 가로지르는 그림자가 그녀의 눈이 타오르는 것처럼 보이게 만들고 있긴 해도 말이다. 병원에서의 몇 주로 인해 좀 마르긴 했어도 탐은 자신이 근사해 보인다는 것을 알고 있었다. 사실, 그와 실 팀이 하는 만큼 PT(체력훈련)을 하는 사람이라면 근사해 보이지 않을 수가 없었다.

그래도 지금 그런 눈길을 던지는 사람은 켈리 애시튼이다. 졸업생 대표, 우등생, 하버드 의대 출신. 걸스카우트, 교회 성가대 독창자 켈리 애시튼.

한때 세상이 끝날 듯이 그에게 키스했던 여자. 그가 원하기만 한다면 그녀는 그의 것임을 분명하게 드러내는 키스를 했던 여자.

물론, 그건 한참 옛날의 일이다. 그녀가 열다섯일 적.

"도움이 되었다니 기쁘다."

그 옛날 그녀가 그에게 키스하기 전 바라보던 시선을 떠올리며 탐은 말했다. 어쩌면 그가 그녀에게 키스한 쪽이었는지도. 그때도 지금도 그는 알 수가 없었다. 그가 아는 것은 늦은 시간이었으며, 거의 12시간을 함께 있었는데도 아직 그녀를 집에 데려다주고 싶지 않았다는 것뿐이었다.

조의 스테이션 웨건―지금 진입로에 서 있는 바로 그 차―에 앉은 그들은 마리나 근처에서 빨간 신호에 걸려 있었다. 둘의 대화는 잠잠해졌고 그는 그녀가 피곤한 모양이라고 여겼다. 확실히 이만 작별하고 집으로 돌아갈 시간이었다. 하지만 그녀를 돌아보니 그녀는 피곤해 보이지 않았다. 사실 그녀의 눈에 담긴 표정에 그의 입은 말라붙었다.

이제 그는 목을 가다듬었다.

"저기, 켈, 너한테 사과할 일이 있어."

그가 하려는 말이 무엇인지 정확히 알고 있음이 그녀의 눈에 드러났다. 그녀는 몸을 돌렸다.

"아니, 그럴 거 없어요."

"아니긴 뭐가. 그때 내가 여기를 떠나기 전날 밤……."

“그냥 충동적인 행동일 뿐이었어요. 우린 둘 다 너무 어렸잖아요.”

그녀는 어렸다. 하지만 그는 거의 열아홉 살이었다. 그리고 어쩌면 첫 키스는 충동적이었을지 몰라도 그의 이후 행동은, 어두운 은행 주차장으로 들어가 엔진을 끈 일은…… 잘못된 짓이었다. 허나 다시 선택할 기회가 주어진다 해도 자신이 그녀를 거부할 수 있을지 여전히 확신이 서지 않았다.

“어쨌든 늘 너한테 사과하고 싶었어. 내가 멋대로 널…….”

“아, 제발!”

그녀는 민망해하며 황급히 복도를 따라 부엌 쪽으로 향했다.

“그런 상황이 아니었잖아요.”

“그래도 그렇게까지 하지 말았어야…….”

“키스 3번? 아니면 4번이었던가? 동네 여자애들 대부분의 처녀를 가졌다는 소문이 난 남자치고는 상당한 자제력이었다고 난 늘 생각했는데요.”

“그 소문은 진짜가 아니라…… 우린 친구였고…… 게다가 넌 한참 어렸잖아. 난 그냥…… 미안해.”

맙소사, 엉망이군. 그는 다시 시도했다.

“친구로서 네가 그리웠어. 그리고 이제 둘 다 한동안 돌아와 있게 되었는데 그날 밤 일이 걸림돌이 되어 우리 관계가 어색해지는 건 싫어.”

“진짜로 사과받을 일 없지만 어쨌든 받아들일게요.”

켈리는 눈부시게 환한 부엌 불을 켰다.

“조에게 해고가 아니라고 전해줘요. 아빠가 진심으로 그렇게 말한 건 아니라고.”

“아마 알고 계실 거라 생각하지만, 어쨌든 말씀드릴게.”

“조와 화해하기 전에 아버지가 돌아가시면 얼마나 끔찍할까 하는 생각이 계속 들어요. 지금 상황만으로도 조에게는 충분히 힘든데.”

탐은 잘 자라고 인사하고 가야 한다는 걸 잘 알았다. 이미 사과는 했고 그녀는 그 일에 대해 더 이상 말하고 싶지 않은 것이 분명했다.

그녀가 얼마나 외롭고 쓸쓸해 보이든, 거의 안 입은 거나 마찬가지인 운동복 차림의 그녀가 얼마나 근사해 보이든, 그녀를 품안에 끌어안는 것은 절대로 안 될 일이었다.

"조를 살펴보러 가봐야겠어. 한번 얘기해 볼게."

켈리는 고개를 끄덕였다. 그리고 손을 내밀었다.

"정말 고마워요. 그리고 저기…… 그 일은 걱정하지 말아요. 아주 오래 전이잖아요."

그녀를 만지기가 두려웠지만, 악수를 하지 않는 건 정말 무례한 일이리라. 탐은 마음을 다잡고 손을 내밀었다.

그녀의 손은 자그맣고 서늘했지만 마주잡는 힘은 굳세었다. 물고기마냥 미끈미끈 빠져나가는 그런 악수가 아니었다. 그 점은 놀랄 일이 아니었다.

하지만 그녀는 그의 손을 입가로 가져가 손등에 가볍게 키스하여 그를 놀라게 했다.

"당신은 늘 좋은 친구였죠. 당신이 와서 정말 반가워요."

탐은 당혹스러웠다. 바로 조금 전까지만 해도 그는 당혹스러움이란 자신의 사전에 없는 단어인 줄만 알았다. 하지만 지금은 그랬다. 도무지 어떻게 해야 할지, 무슨 말을 해야 할지, 어떻게 생각해야 할지 알 수가 없었다. 켈리가 내 손에 키스했어.

그녀를 품으로 끌어당길 완벽한 기회였지만 그는 망설였다. 그들 사이의 감정이 너무나 농후하여 피부에 따스하게 느껴질 정도였다. 그가 키스하면, 그녀는 너무나 이 순간에 사로잡힌 나머지 그가 그녀의 침실로, 그녀의 침대로 끌어들여도 순순히 따를지도 모른다.

그래, 그녀를 멋대로 유혹할 수 있을지도 모른다. 또다시. 방금 그렇게 사과하고 나서. 만약 다른 누군가가 켈리를 유혹하려 들었다면 그는 놈을 혼줄 빠지도록 패줄 것이다. 탐은 억지로 그녀에게서 물러섰다. 손을 빼냈다. 뒷문을 밀어 열며 그녀에게 미소지었다.

"내일 보자."

그리고는 그녀의 정조를 무사히 보전한 채 도망쳤다.

맬러리는 라이터를 내던지자마자 거의 곧장 후회했다.

어쨌든 완전히 멀쩡한 라이터였고, 주머니엔 65센트밖에 없었다. 삼촌이 먹을 거 사라고 준 3백 달러는 빼고. 하지만 방금 있던 걸 던져버려 놓고 그 돈을 라이터에 쓴다는 건 정말 잘못된 일처럼 여겨졌다.

그래도 성냥은 공짜다. 하지만 편의점은 꼬박 10분 거리로, 불편하기 짝이 없었다. 맬러리는 담배를 손가락에 끼운 채 천천히 빙빙 돌리며, 혹시 누구 아는 사람을, 성냥을 가지고 있을 만한 사람을 찾았다.

"불을 붙여줄 수도 있지만, 혹시 내가 성냥을 갖고 있더라도 불을 붙이자마자 어차피 던져버리겠죠. 차라리 불 붙이기는 생략하고 그냥 지금 밟아 꺼버리지 그래요?"

이런. 괴짜 경보! 2시 방향에 꼼짝 않고 서서 입으로 숨을 쉬고 있다.

그는 평균 키에 말랐고, 검은 직모를 뭐라 표현할 수 없는 스타일로 귀 뒤로 빗어 넘기려 애쓴 모양이었다. 금속테 안경은 1987년 물건은 되어 보였고 그의 얼굴에는 너무 커 멍청이들에게 흔한 잠수부 같은 인상을 만들고 있었다. 가운데는 투명 테이프로 붙이고 다리는 옷핀으로 연결했다. 참 깨는 패션을 이루었다고 축하해줘야 하지 않나 그녀는 생각했다.

그는 청바지를 입고 있었는데, 그게 일자 바지라는 사실과 길이가 백만 인치는 짧아서 구두 위로 한참 올라간다는 사실 중 어느 쪽이 더 심한지 맬러리는 알 수가 없었다. 구두라니. 도대체 누가 청바지에 구두를 신는담?

"이봐요! 양말 보이는데."

그는 창문만한 안경 너머로 눈을 껌벅였다. 아예 저기다 와이퍼를 달지. 바다에서 불어오는 바람은 습기 차 곧 그의 시야가 전부 가려지게 생겼다.

그의 셔츠는 반팔 버튼다운 셔츠로 부자연스런 색이 혼합된 완전 화학 섬유였다. 마분지 상자를 뒤집어쓴 것처럼 보이는데다 그것만으로는 모자랐는지 칼라는 한쪽만 세워져 있었다. 그는 B 타입 괴짜의 피부를 하고 있었다. 맬러리의 경험상, 괴짜는 피자만한 얼굴에 여드름이 가득한 A 타입과, 햇빛에서 한참 떨어져 지하실에서 <스타 트렉> 모델이나 조립한 결과인 창백하고 매끄러운 얼굴의 B 타입이 있었다.

이 친구의 피부는 매끄러웠지만 석고상처럼 하얗지는 않았다. 동양계 피가 일부 섞여서 그런 게 분명했다.

그녀를 쳐다보는 그의 갈색 눈에는 동경하는 빛이 있었다. 난 파라다이스를 발견했다고 말해주는 표정. 하지만 그녀를 흘끔거린 대부분의 다른 놈들과 달리, 그는 그녀의 어마어마한 가슴이 아니라 얼굴에다 눈길을 고정하고 있었다.

그가 한 손을 내밀었다.

"안녕하세요, 데이빗 설리번입니다."

그녀는 팔짱을 턱 끼고 그의 손이 허공에 멋쩍게 머물도록 두었다.

"설리번?"

그녀는 미심쩍어하는 투로 따라 말했다.

"도쿄 출신의 설리번?"

"입양아라서."

그가 미소짓자 수년간의 비싼 치열 교정의 결과임이 틀림없을 하얗고 고른 이가 드러났다. 맬러리는 자신의 살짝 삐뚤어진 앞니를 혀로 훑지 않을 수가 없었다. 맙소사, 이건 진짜 불공평해. 그가 싫었고, 저딴 왕따감을 부러워하는 자신이 싫었다.

그녀는 한쪽 눈썹을 치켜올렸다.

"뭐 원하는 거라도?"

그녀는 대놓고 물었다. 말로 직접 표현하지는 않았지만 어조와 태도에 무시하는 티가 팍팍 나게. 괴짜는 알아채지 못한 듯했다. 아니면 워낙 그런 취급에 익숙한 것인지도.

"네, 사실은요."

그는 노란색 백팩 앞주머니 지퍼를 열었다.

"한동안 그쪽을 지켜봤는데, 혹시 이런 일에 관심이 있을까 해서……."

이제 나오시는구만. 구역질나는 본론이.

그는 의기양양하게 조금은 낡은 명함을 가방에서 꺼냈으나, 맬러리는 그가 말을 맺도록 두지 않았다.

"내가 맞혀볼게. 이 담배 말고 딴 걸 내 입안에 넣으면 20달러를 고스란히 주겠다 그거지. 아냐?"

괴짜 데이빗은 정말로 놀란 모습이었고, 곧 민망해했다. 사실 얼굴이 붉어지기까지 했다. 아기처럼 부드러운 뺨이 진짜로 핑크색으로 변했다.

"어, 저기, 아뇨, 음."

그는 웃음을 터뜨렸다.

"그야, 어, 근사하게 들리긴 하지만 내가 원하는 건 그게 아니라……."

그는 목청을 가다듬고 명함을 내밀었다.

"난 그림을 그리는데 혹시 포즈 취하는 일에 관심이 있을까 해서요."

맬러리는 명함을 받아들지 않았다.

"포즈라. 이제 그 포즈라는 걸 그쪽 아파트에서 취해야 한다고 말할 차례겠네. 아, 그나저나 벌거벗고 포즈 취하길 원하겠지, 안 그래?"

"어, 물론 그러면 좋겠지만 내가 집중하기 힘들어질 테니 비키니를 입고……."

"야, 내가 바보처럼 보여? 그딴 대사는 전에도 수없이 들어봤어, 아인슈타인. 하지만 이건 멍청하기로는 금상감이네. 너하곤 아무 데도 안 가. 어림도 없네."

그녀는 그의 손에서 명함을 잡아채어 반으로 찢고는 물 고인 인도에 떨어뜨리고 걸어가버렸다.

그가 뒤에서 불렀다.

"저기요. 이름을 못 들었는데."

하, 그렇겠지. 맬러리는 뒤돌아보지도 않았다.

조는 탐의 나직한 노크소리에 욕실문을 열었다. 눈을 쳐다보지 않으려 수건을 들고 얼굴을 닦는 척했다.

"괜찮으세요?"

"아니."

탐의 물음에 조는 바보 같은 기분을 느끼며 털어놓았다. 찰스는 여든 살이다. 그가 이만큼이나 산 것도 기적이다. 그가 죽으리란 사실이 이렇게나 마음을 무겁게 짓누르지 않아야 마땅했다.

"얘기하고 싶으세요?"

"아니."

조는 탐에게 등을 돌리고 수건을 세면대 옆 수건걸이에 걸었지만, 녀석이 웃는 소리를 들었다.

"그런 대답이 나올 줄 다 짐작한 거 아세요?"

탐은 한숨쉬고는 말했다.

"말할 필요도 없겠지만 저 여기 있어요 마음 바뀌면 언제라도 말하세요"

조는 으음 소리로 답하고 수건을 딱 가운데가 접히게 맞춰 널었다.

"내일 페인트나 좀 사러 갈까 해요"

탐은 재치 있게 화제를 바꿨다.

"부엌이 영 칙칙해 보이던데. 둘이서 몇 번 칠하면 일요일까진 끝나겠죠. 식은 죽 먹기예요 뭐, 볼드윈 브릿지의 영웅께서 황송하옵게도 페인트칠 같은 천한 일을 하시겠다면 말이지만."

조는 대답하지 않았다. 그런 말은 대꾸할 가치가 없었다.

하지만 탐이 욕실을 나오려는 그의 앞을 가로막았다.

"최소한 그 정도는 말해주실 수도 있었잖아요"

그가 부드럽게 말했다.

조는 탐이 친아들이었다 해도 이보다 더 사랑할 수는 없었다. 그는 한참 동안 젊은이를 쳐다보았다.

"아니."

그는 고개를 저으며 말했다.

"그럴 수가 없었다."

5

8월 9일.

"그가 맞지? 조야."

켈리는 볼드윈 브릿지 공원—세계적으로 유명한 호텔과 마리나 사이에 있는 그림 같은 잔디밭에 있는 동상을 올려다보고 있었다. 몸을 돌리자 탐이 뒤에 서 있었다. 그 역시 오늘 아침 여기 왔다는 사실에 그녀는 털끝만큼도 놀라지 않았다. 의심의 여지없이 그도 그녀만큼이나 '볼드윈 브릿지의 영웅'이라 명명된 동상을 보고 싶어 안달했으리라.

"안녕."

그녀는 어젯밤 그의 손에 키스했던 기억을 떠올리며 얼굴을 붉히지 않으려 애썼다. 그 후 그가 도망쳐버린 것을 떠올리며. 그의 입술에 키스할 만큼 가깝지 않았던 게 다행이지.

"쉬는 날이야?"

그의 말은 지금 이곳 외의 다른 것을 생각하는 듯이 들리지 않았다. 꼭…… 탐처럼 들렸다. 스스럼없고 친근하게, 그러면서도 그 아래 깔려 있는 성적매력.

"후. 그딴 게 어딨어요"

그녀는 그를 볼 때마다 달아올랐다 식었다 하면서 그가 바로 이곳, 볼드윈 브릿지 공원에서 그녀에게 키스하는 환상을 가지고 있음을 들키지 않기를 바라며, 스스럼없이 말하려 애썼다.

"음, 뭐 일단은 집에 있기로 한 날이지만 언제 호출받고 보스턴으로 불려갈지 몰라요."

탐은 선글라스와 야구모자를 쓰고 있었다. 얼굴 상당 부분이 가려 있었지만 그녀가 보기에 그는 피곤해 보였다. 마치 제대로 잠을 자지 못했거나 아직도 어젯밤 말한 두통으로 고생하고 있는 듯했다. 하지만 그에게선 근사한 냄새가 났다. 자외선차단제와 커피 그리고 보송보송한 빨래 내음. 그녀는 근육을 착 감싼 그의 티셔츠 소매에 코를 들이박고 깊이 들이마시고 싶은 충동을 억눌렀다.

"이거 한번 봐요."

켈리는 도서관에서 마이크로필름을 복사한 기사를 찾아 가방을 뒤졌다.

"<볼드윈 브릿지 트럼펫>에 실렸던 기사예요."

그는 웃음을 터뜨렸다.

"똑같은 생각을 했네. 나도 도서관에 가려던 참이었어."

"두 시간 넘도록 있었지만 이것밖에 못 찾았어요. 어쩌면 당신은 나보다 운이 좋을지도."

"1946년 5월 8일. 전쟁이 끝나고 거의 1년 후군."

"그래요, 유럽 전승기념일 1년 후죠. 시에선 특별한 동상의 제막식이 있었어요. 바로 이 동상."

그녀는 다시 동상을 올려다보며 설명했다.

"전사한 아들과 조카를 기리기 위해 하퍼 볼드윈 부인이 후원했죠. 기사 내용을 보면 아들이 둘 더 있었대요. 둘 다 55사단에서 복무했고, 둘 다 살아 돌아왔죠. 최소한 어느 정도는 자신의 목숨을 걸고 독일군의 공격을 알린 조 덕분에. 볼드윈 부인은 이 동상 모델로 조각가에게 조의 사진을 쓰게 했지만, 조의 요청을 존중하여 그의 이름을 동상에 넣지 않기로 했어요."

켈리는 탐이 조용히 기사를 훑고 사진을 보는 모습을 지켜보았다. 불편한 기색으로 뻣뻣이 하퍼 볼드윈 부인 옆에 선 조는 잘 차려입은 시 유명인사들에 둘러싸여 있었다. 군복차림의 그는 무척이나 어려 보였다. 전쟁이 끝난 1946년 그는 스물두 살이었다. 처음 프랑스에서 총을 맞았을 때, 그는 겨우 열여덟 살이었다. 열여덟.

"두 번째 기사는 조가 사단을 구하게 된 경위를 간단히 설명하고 있어요. 아빠가 어젯밤 한 얘기와 별다를 건 없어요. 다만 여기에는 조가……."

그녀는 그의 어깨 너머로 기사를 읽기 위해 다가갔고, 기사를 가리키려 손을 뻗자 팔이 그의 팔에 닿았다. 그녀는 목청을 가다듬었다.

"여기. '현재 볼드윈 브릿지의 애시튼 가 저택 관리인으로 일하고 있는 조셉 파올레티는, 55사단 소속 찰스 애시튼 중위가 1944년 6월 프랑스에서 부상당했을 때 만났다. 파올레티 씨는 부상한 장교를 나치로부터 숨겼고, 독일군의 역습으로 전선이 서쪽까지 한참 밀려와 애시튼 중위는 적지 한가운데에 발이 묶이게 되었다.'"

그녀는 탐을 올려다보았다.

"우리 아버지도 거기 있었어요. 독일군 전선 너머에. 알고 있었어요?"

그는 선글라스 너머로 그녀를 쳐다보았고 그녀는 웃음을 터뜨렸다.

"멍청한 질문이었군요, 그 벙어리 양반들이 당신한테라고 입을 열 리가 없는데. 미안."

탐은 신문에 실린 흐릿한 조의 사진—젊지만, 여전히 진지한—에서 눈을 들어 침울한 얼굴의 동상을 올려다보았다.

"확실히 조예요. 파올레티 눈을 하고 있잖아요."

켈리도 동상을 응시하며 수긍했다. 탐은 웃었다.

"교활한 파올레티 눈 말이야?"

그녀는 경악하여 그에게로 돌아섰다.

"세상에, 아뇨! 설마 그렇게 생각……."

"어어. 아냐아냐. 그냥 농담한 거야."

그녀는 선글라스 너머 그의 눈을 볼 수 있을 만큼 가까이 서 있었다.

"아니, 농담이 아닌 거 알아요. 이곳에 당신을 좋아하지 않거나 믿지 않는 사람이 있을지도 모르지만, 탐."

그녀는 열을 내며 말했다.

"난 아니에요."

그는 특유의 반쪽 미소를 지어보였다.

"그래, 알아. 늘…… 고마워."

켈리는 그와 지나치게 가까이 서 있었지만 일부러 물러서지 않았다. 그에 대한 감정은 일방적인 것이 아니다. 틀림없다. 그가 곁에 있지 않을 때면 그녀는 그 존재를 의심했다. 하지만 그와 함께 있을 때면…… 그들 사이에 번뜩이는 전류는 상상의 산물이 아니었다.

그는 어젯밤 그 옛날 그녀에게 했던 키스에 대해 사과했다. 하지만 그 다음날 어설픈 작별인사만 남기고 떠나버린 것은 사과하지 않았다. 그녀는 그가 그 얘기를 꺼내길 기다려왔지만 그는 그러지 않았다. 그리고는 갑자기 조를 찾으러 나간다고 해서, 그녀는 그와 악수하기 위해 손을 내밀었다.

유혹을 시작하는 방법치곤 참 기가 막히지. 단순한 악수라니. 뭔가 해야만 한다는 생각에, 결국 멍청하게 그에게 키스해버렸다.

손에다가.

참 똑똑하기도 하지.

머릿속으로 그녀는 온갖 재치 넘치는 응답을 떠올렸다. 예를 들자면 <나도 무척이나 즐겼고 다시 하고 싶어 죽을 지경인 일을 갖고 사과할 거 없어요>라든가. 하, 그에게 그런 말을 할 용기가 나기도 하겠다.

"그럼 설명해 봐. 파올레티 눈이라. 무슨 뜻인지 진짜 듣고 싶어."

그에게 무슨 말을 한다? 그의 담갈색 파올레티 눈에는 그녀를 녹이는 힘이 있다고? 그녀의 심장박동이 빨라진다고? 꽤나 강렬한 환상을 자극하며, 특히 스테이션 웨건에서의 도둑키스 추억과 결합되면 더욱 그렇다고?

"음,"

그녀는 조심스레 말했다.

"아마 '눈은 영혼의 창'이란 말과 관련이 있을 듯해요. 이탈리아게 피가 섞여서 그런지도 모르지만, 당신이나 조나 자기 감정을 숨기는 데 그다지 능숙하지 못해요. 좋다는 뜻이에요."

그가 뭐라 반박할 기색을 보여 그녀는 덧붙였다.

"그래서인지 두 사람 다 조금 슬퍼 보여요. 미소짓고 있을 때조차도 아마 너무 많은 비밀을 간직하고 있어서겠죠."

그가 웃음을 터뜨리자 뺨에 보조개가 패였다.

"난 비밀 같은 거 없어."

"그렇겠죠. 네이비 실이고 하는 일이 전부 비밀이란 것만 제외하면, 당신 인생이야 펼쳐놓은 책 아니겠어요. 하지만 일이 곧 인생이라서 고향에 일년에 두 번 이상은 오지도 못하잖아요."

그녀한테 정곡을 찔렸다.

"그리고 조 지금껏 내내 정원사로만 생각했는데, 알고 보니 국제적 미스터리의 남자로 밝혀졌죠. 돌아볼 때마다 비밀이 하나씩 밝혀지니."

"전쟁에 관해서만이야. 유럽에서 돌아온 이후 그 일에 대해 누구에게도 입 뻥긋 않는 사람은 수없이 많아. 이해 못할 일도 아니지."

탐은 반박했다.

"조의 사생활은 어때요?"

"무슨 사생활?"

"그거 봐요."

그녀는 그를 올려다보고 미소지으며 의기양양하게 반박했다.

그러자 그는 입을 다물고, 여전히 지나치게 가까이 선 채 그녀를 내려다보기만 했다. 켈리는 자신의 미소가 스러짐을 느꼈다. 키스해줘요.

그녀가 선 자리에서 은행 표지판이 보였다. 17년 전, 탐은 어두컴컴한 은행 주차장에 들어가 차를 세우더니 그녀를 품으로 끌어당겨 키스했다.

바로 저곳에서.

지금 그들이 서 있는 곳에서 엎어지면 코 닿을 곳.

그것은 의심의 여지없이 그녀 평생 가장 뜨겁고 강렬한 성적경험이었다. 그러는 동안 내내 옷을 멀쩡히 입고 있었는데도.

그에게 있어선 단지 사과할 일에 불과했다.

그가 조금 뒤로 물러나 그들 사이의 거리를 넓혔다. 이렇게 오랜 시간이 흘렀는데도 그는 여전히 물러나고 있다.

"왜 조는 한번도 결혼하지 않았죠?"

켈리는 물었다. 왜 당신은 결혼하지 않았어요? 이미 답을 알면서도 진짜로 묻고 싶은 질문이었다. 그는 순순히 자리잡고 정착할 부류의 남자가 아니다. 그건 잘된 일이다. 그녀가 그들 사이의 끌림에 불을 붙일 수 있다면, 두 사람 다 상처받지 않고 끝날 테니까.

그녀는 탐이 들고 있는 기사에 실린 조의 사진을 가리켰다.

"조를 봐요. 얼마나 근사해요. 그리고 외모만이 아니에요. 세상에서 제일 좋은 사람인데다 그의 모습을 본딴 동상이 만들어진 전쟁영웅이잖아요. 그를 만나려는 여자들이 줄을 섰을 텐데."

"전에 조한테 물어본 적이 있어. 왜 우리 할머니—조의 형수와 결혼하지 않았느냐고. 할머니는 조보다 몇 년 뒤에 볼드윈 브릿지로 이사오셨지. 조는 너희 집의 요리사 자리를 알아봐 주었어. 조가 그녀를 좋아한 건 분명했고, 사진을 봐서 아는데 할머니는 굉장하셨지. 우리 할아버지와 결혼했을 때 열일곱이셨을 거야. 다섯 살 먹은 아이—내 아버지가 딸린, 한창 때인 스물셋의 전쟁 과부셨지. 조는 그녀가 시내에 집을 빌리고 자리잡도록 도와주었어. 하지만 거기까지뿐이야. 내가 여섯 살 때, 할머니는 우체부와 결혼하셨거든. 난 이해할 수가 없었지. 조한테 왜 우리 할머니와 결혼하지 않았냐고 물었더니, 그녀를 누나처럼 아끼고 사랑한다고 하더군. 그녀가 결혼해서, 남은 평생을 함께 할 사람을 찾아내서, 더 이상 혼자가 아니게 되어 기쁘다고."

그는 동상을 올려다보았다.

"그래서 조에게 왜 한번도 결혼하지 않았냐고, 왜 혼자만 남지 않도록 누군가를 찾지 않았냐고 물었지."

그는 기억을 떠올리며 나직이 웃었다.

"난 겨우 여섯 살이라, 그 질문이 선을 넘는다는 걸 전혀 몰랐던 거야."

"조가 뭐라고 했어요?"

"그는 전쟁중에 하나뿐인 진정한 사랑을 만났고 잃었기에 결혼하지 않았다고 말했어. 어제 일처럼 분명히 기억해. 하나뿐인 진정한 사랑."

그는 한참동안 침묵했다.

"그녀를 만난 후로는, 더 이상 찾아다닐 의미가 없었대. 그 누구와도 비교할 수 없으니까."

켈리는 동상의 침울한 얼굴을 올려다보았다.

"잃었다라. 그 여자가…… 죽었다는 뜻?"

"나는 몰라. '잃었다'란 여러 가지 의미일 수 있지, 안 그래? 그녀가 다른 누군가와 결혼했을지도 모르고."

"세상에, 뭐랄까, 굉장히…… 로맨틱하네요."

하지만 그녀에게 있어 조는 늘 실제적이고 현실적인 사람이었다. 그는 정원사, 관리인이었다. 그런 조가 그 오랜 세월 동안 한 여자에 대한 사랑을 간직하며 다른 여자라곤 돌아보지 않았다니. 누가 짐작이나 했을까?

"그가 옳다고 생각해요? 진정한 사랑을 할 기회는 딱 한 번뿐이라고? 진정한 사랑이라는 게 존재한다고 생각해요?"

그는 고개를 저었다.

"물어볼 상대를 잘못 골랐어. 그 주제에 관해선 난 별로 경험이 없거든. 난, 음, 뭐냐, 진짜로 사랑하지 않거든. 그런 건 내…… 일하고 안 맞아."

"하지만 견해는 있을 거 아니에요?"

그녀는 끈질겼다.

"모두들 사랑이란 어때야 한다는 견해나 신념이 있기 마련이에요. 사실 당신이 진지한 관계를 피하는 이유의 배후에는 사랑에 대한 신념이 있지 싶은데."

"이거 참, 고맙군요, 프로이드 박사님."

재미있어하는 기색이 담긴 목소리로 그가 말했다.

"내 진득하지 못한 성질에다가 연애와는 궁합이 안 맞을 수밖에 없는 직업으로 인한 부담이 결합하면, 잘 풀릴 가능성이 제로라는 걸 자각하고 있기 때문에 진지한 관계를 피한다는 생각은 안 들어?"

"그럼 만약 당신의 꿈의 여인이—평생의 동반자로서 당신이 생각하는 육체적, 감정적, 정서적 기대치를 전부 충족시키는 여자가 나타난다면, 그리고 그 여자가 <탐, 내가 여기 있어요, 영원토록 당신의 친구와 연인이 될 게요, 좋을 때나 나쁠 때나 당신 곁에 있을게요. 당신의 성적환상을 모조리 채워줄게요>라고 해도 거절할래요?"

탐은 웃음을 터뜨렸다.

"글쎄. 그 성적환상 부분을 좀더 자세히 들어가 볼까?"

그래. 그의 말 아래엔 분명 감정이 흐르고 있었다. 이제 제대로 한 번 맞받아치기만 하면 된다. 할 수 있어. 그녀는 그의 눈을 똑바로 쳐다보았다.

"직접 말해봐요. 당신의 환상이잖아요."

이제 그의 차례였지만, 밀고 나가는 대신 그는 뒤로 물러섰다. 웃음을 터뜨렸다.

"당신이 꿈의 여인을 거절하리라고는 생각하지 않아요."

켈리는 웃고 싶지 않았다. 이 대화가 농담으로 흘러가기를 원치 않았다. 그들 사이의 공기가 성적인 에너지로 파지직거리던 그 시점으로 되돌아가고 싶었다. 그에게 저녁이나 같이 하자고 말하면 된다. 할 수 있어.

탐이 고개를 저었다.

"난 거절할 수밖에 없어. 그녀가 그렇게나 완벽하다면…… 그녀에게 상처주고 싶지 않아."

"하지만 당신이 그녀의 하나뿐인 진정한 사랑이라면, 그녀와 함께 하지 않음으로써 상처주게 되잖아요."

그는 다시 웃음을 터뜨리면서도 아직 두통이 있는 듯 이마를 문질렀다.

"자, 이제 그만하자. 완전히 가상의, 절대 현실화될 가능성이 없는 시나리오를 가정해놓고 그걸로 주장을 입증할 수는 없지. 현실로 돌아오자구, 애시튼. 그런 일은 없을 거야. '꿈의 여인'이 여기 나타나 내게……."

그는 목청을 가다듬었다.

"뭘 해주겠다고 할지는 네 상상에 맡기지. 하지만 아마 휘핑크림과 검은 란제리가 등장할걸."

켈리는 깔깔대지 않을 수가 없었다. 검은 란제리와…… 그녀는 심호흡하고 얼굴이 빨개지지 않은 척하려 했다. 휘핑크림과 탐 파올레티라.

"당신은 절대 현실화될 가능성이 없는 시나리오라고 생각하는군요. 하지만 만약 조가 정말로 그의 꿈의 여인을 만났다면? 진정한 사랑을요?"

탐은 고개를 저었다.

"모르겠어. 어쩌면 그런지도 모르지."

하지만 그것조차도 그에겐 지나친 양보라, 그는 물리려 했다.

"이봐, 켈. 내가 아는 건 조의 감정이 무엇이었든 간에, 정말 사랑하지 않는 사람으로 만족하는 대신 차라리 거의 60년을 홀로 보내게 할 정도라면 꽤나 강한 감정이었으리라는 것뿐이야. 그리고 내 말은 진짜 '홀로'란 소리야. 조에겐 여자친구가 없었고 바에 가서 하룻밤 불장난을 하지도 않았어. 그는 '혼자'라구. 검은 란제리도 휘핑크림도 없어. 그저 예전의 추억뿐."

맙소사, 그건 서글펐다. 조는 단순히 나이 스물둘에 찾기를 그만뒀을까? 아니면 몇 년간은 그가 사랑했던 여인을 대신할 누군가를 찾을 수 있으리란 희망을 붙들고 살았을까? 그랬다면 그 희망은 분명히 느리고 고통스럽게 죽어갔겠지.

"여러 면에서, 적당히 타협하고 싶지 않은 그분의 심정이 이해가 가. 내게도 인생에서 차선책으로 정착하고 싶지 않은 게 많이 있거든."

켈리의 삐삐가 울렸다. 도서관에 들어갈 때 진동으로 해놨던지라 그녀는 화들짝 놀랐다. 그녀는 찍힌 번호를 확인했다.

"미안해요."

휴대폰을 찾아 가방을 뒤지며 그녀는 탐에게 말했다.

"병원에 전화 좀 해야겠어요."

그녀는 그에게서 약간 몸을 돌리고 번호를 눌렀다.

"여보세요, 애시튼입니다. 방금 호출받았는데."

"선생님, 방해해서 죄송해요."

비서 팻 기어리였다.

"하지만 맥케너 검사 결과가 드디어 나와서요."

켈리는 눈을 감았다.

"제발 증상 희한한 빈혈이라고 해줘."

"그런 행운은 없어요. 걱정했던 결과예요."

팻은 우울하게 말했다.

"브렌다 맥케너가 상당히 불안해하고 있는데 내일로 면담을 잡을까요?"

"아냐, 오늘로 하는 게 나아. 그리고 마틴 선생한테 전화해. 가능한 한 빨리 벳시를 암 전문의에게 보이자."

"휴가를 망치셨군요."

"휴가 아니야. 임시 부분 휴직이지."

"뭐, 임시 부분 휴직이라지만 거의 내내 여기 계셨으면서요."

"맥케너 가족과의 면담을 지금부터 한 시간 뒤로 잡아줘. 금방 갈게."

통화를 끊고 가방에서 키를 꺼내다가 번뜩 생각이 났다. 아버지. 그녀는 욕설을 중얼거리며 다시 팻에게 전화하기 위해 휴대폰을 열었다.

하지만 탐이 이미 그녀보다 한 발 앞서 있었다.

"난 홈 디팟에서 페인트를 사서 집으로 가려던 참이야. 하지만 급한 일 아니거든. 원한다면 내가 너희 아버지 곁에 있어 드릴게."

"계획을 바꿀 것까진 없어요. 하지만 집에 갔을 때 한번 들여다봐 줄 수 있다면……."

"문제없어. 아버지께서 체스 한 판 하실 만해?"

"오, 세상에, 그럼 정말 근사하겠네요. 분명 무척 좋아하실 걸요."

"너한테 연락할 번호 있어? 아마 필요하지 않겠지만 그래도……."

켈리는 명함을 찾아 가방을 뒤졌다.

"여기 내 진료실 번호예요. 내 책상 직통전화. 그리고 삐삐번호도. 전화 할 일 생기면 망설이지 말아요. 그리고 내내 같이 있어 드릴 필요는 없어 요. 그냥 이따금 고개나 들이밀어 줘요."

"어려워할 거 없어. 힘든 일도 아닌데 뭐. 믿을지 모르겠지만, 난 그분을 좋아해. 그리고 운이 좋아 레드 삭스 경기가 중계되고 있다면 조를 너희 아 버지와 한 방에 앉혀놓을 수 있을지도 모르지."

켈리는 그를 껴안고 싶은 충동을 자제해야만 했다.

"그렇게 해준다면, 영원히 당신을 사랑할게요. 그리고 두 분을 화해시켜 다시는 안 싸우게 해준다면…… 집에 휘핑크림을 가져갈게요."

오, 하나님 맙소사, 제가 방금 정말로 그 말을 했나요?

그랬다.

0.5초쯤, 탐은 몹시 놀란 듯이 보였지만 이내 웃음을 터뜨렸다.

"야, 그거 굉장한 포상인데."

그는 근처 마리나 주차장을 가리켰다.

"가봐. 이따 보자."

그녀는 자신의 차를 향해 뛰어갔다.

그자가 있다.

바로 이곳, 볼드윈 브릿지 1번 도로 홈 디팟에.

탐은 카트에 페인트 깡통과 롤러를 담고 인파 사이를 뚫고 계산대로 나아가던 중 그를 보았다. 머천트. 아니면 최소한 로건 공항 수하물 컨베이어 벨트에서 본 그 남자였다. 그 남자가 4번 계산대를 지나 카트를 밀며 출구로 향하고 있었다. 탐은 그가 코너를 돌기 전 한순간이지만 분명하게 그를 보았다. 그자였다.

새치가 섞인 갈색머리, 빈약한 턱, 키를 작아 보이게 만들려는 듯이 조금 굽은 어깨. 그자가 틀림없었다.

도대체 머천트가 여기 볼드윈 브릿지에서 뭘 하고 있지?

쇼핑. 그는 카트 한가득 물건을 샀다. 봉지 밖으로 삐져나온 전선 뭉치가 보였다.

탐의 뒷목에 털이 쭈뼛 곤두섰다.

1996년 파리 대사관 차 폭파사건의 주범이 전선을 사고 있다.

탐은 자신의 카트를 바로 그 자리, 통로 한가운데에 두고 떠나 주위 쇼핑객들에게 불편을 초래했다. 켈리 애시튼과 휘핑크림에 대한 뻔뻔스런 생각도 전부 내버리고, 머천트가 나간 문으로 향했다.

그는 인파를 뚫으며 일초가 귀중한 이 마당에 시간이 지체되자 속으로 욕설을 내뱉었다. 좀 덜 붐비는 곳으로 나오자마자 그는 뜀박질했다. 눈부시게 환한 바깥 인도로 나와, 급정지하고 한 손을 눈 위에 차양처럼 가리고는 현기증과 싸우며 재빨리 주차장을 훑어보았다.

머천트는 사라졌다. 주차장은 차들로 붐볐으며 나가고 들어오는 차들이 있었다. 차로 향하는 사람들과 차에서 나오는 사람들이 있었고 몇몇은 쇼핑카트를 갖고 있었으나 그들 중 머천트는 없었다.

탐은 주위를 다시 훑어보았다. 어서, 어서. 일어나서 네 모습을 보이라구. 그렇게 빨리 카트를 차로 밀고 가서 트렁크에 싣고 안에 들어가 있을 수는 없다. 혹시…….

1번 도로로 나가는 차가 4대 있고 빈 카트 몇 개가 쓸쓸히 건물 출구 밖 인도에 내버려져 있었다. 만약 머천트가 차를 미리 대기시켜 놨다면, 바로 여기 인도에서 물건을 실었다면…….

탐은 다시 드넓은 주차장 저쪽에서 붐비는 도로로 진입하려 신호를 기다리고 있는 차들을 쳐다보았다. 2대는 하얀 소형차, 하나는 커다란 빨강 미니밴, 마지막은 파란 세단으로, 포드 토러스 같았다. 번호판을 보기엔 너무 멀었고, 그가 지켜보던 중 신호가 바뀌어 다들 빠져나갔다.

제길.

탐은 도로 매장으로 들어가, 4번 계산대의 점원에게로 갔다. 점원은 나이든 할머니로, 아마 연금에 보탤 여윳돈을 좀 벌러 나선 듯했다. 카트 한가득 실린 배수관 물품을 계산대에 통과시키는 그녀의 움직임은 재빠르고 확실했다. 그녀가 자신을 쳐다보자 탐은 심장이 아직도 마구 고동치고 있음에도 불구하고 애써 미소를 지어보였다. 여러 가지 일을 한꺼번에 할 수 있는 능력이 있어 보이기에 그는 그녀가 계산을 마칠 때까지 기다리지 않고 말을 걸었다.

"실례합니다."

그는 그녀의 명찰을 읽었다.

"매. 방금 여기서 카트 한가득 물건을 사간 남자가 있는데요. 전선이라든가……?"

그녀는 이번엔 한쪽 눈썹을 치켜뜨고 다시 그를 쳐다보면서 손으론 쉴 새없이 여러 가지 파이프와 연결관을 스캐너에 갖다대었다.

"방금 한 묘사는 10시 반 커피타임 이후로 내가 계산한 손님 거의 전부에 해당되는데요."

그녀는 자기 농담에 미소지었고 탐은 마음을 가라앉히려 숨을 들이쉬었다. 좋아. 그녀는 싹싹해 보였다. 최소한 성격 좋고 똑똑했다.

"바로 몇 분 전입니다. 갈색머리가 희끗희끗해요. 마흔다섯쯤에 키는 나정도. 전선 묶음을 샀고……?"

"보기 좋은 갈색 눈?"

갈색 눈이라. 하지만 좋다.

"네."

만약 그자가 머천트라면 검문 위험이 있는 로건 공항을 일단 벗어난 다음엔 싸구려 파란 콘택트렌즈를 쓰지 않는 쪽이 덜 눈에 띄리라고 여겼으리라. 하지만 맙소사, 그자가 볼드윈 브릿지에서 뭘 하는 거지?

매는 그를 쳐다보며 말을 잇기를 기다리고 있었다.

"제 매형이랍니다."

그는 술술 늘어놓았다. 젠크가 봤다면 뿌듯해했겠지.

"누나가 매형이 필요한 물건들을 잊지 않았는지 확인하라고 절 보냈어요. 집 전기공사를 하는 중이라…… 그런데 방금 매형을 놓쳤군요. 다 샀는지 확인하기 전에 가버려서. 전선을 산 건 봤지만 혹시 알고 계실지…… 펜치도 샀던가요?"

"꽤 여러 가지 샀어요. 전선, 전선 커터, 펜치도 어디 보자…… 송수관용 테이프가 많았고 전선용 테이프, 스위치와 스위치 판 커버 잔뜩……."

그녀는 배수관 용품을 산 남자에게서 신용카드를 받아들고 계산기에 그었다.

"더 있었죠. 전기용품 한 뭉치랑 공중에 거는 예쁜 꽃 화분 하나. 사지 않고 배길 수가 없었다더군요."

꽃. 테러리스트가 왜 꽃을 사지? 탐은 별달리 애쓰지 않고도 여러 가지 이유를 생각해낼 수 있었다. 하나, 꽃을 사면 아무도 테러리스트라곤 의심치 않을 테니까. 둘, 진짜로 테러리스트가 아니라, 단지 로건 공항에서 봤던 남자와 닮은 다른 사람이니까. 자신은 정신이 나간 것이다.

"라디오 시계는요?"

만약 머천트가 폭탄을 만들고 있다면 알람시계가 필요하리라. 그가 머천트라면 말이지만. 자신이 완전히 미친 게 아니라면 말이지만.

매는 고개를 저었다.

"아뇨, 확실히 아니에요. 우린 소형 가전기구는 취급 안 해요 그런 걸 사려면 라디오 샥이나 시어스 백화점에 가야죠."

"계산은 카드로 했나요, 아니면……."

"현금."

그자가 신용카드를 썼기를 바라기는 무리한 희망이겠지. 물론 설령 그랬다 해도 아마 훔친 카드였으리라.

"고맙습니다, 매."

"계획에 행운을 빌어요"

그래, 그에겐 확실히 행운이 필요했다.

"차량폭탄."

크롤리 대장은 한숨쉬었다.

탐은 천천히 조의 집 부엌 식탁에 앉았다. 미친 소리 같지 않게 하려 최선을 다했으나 그조차도 자신을 절대적으로 믿을 수가 없었다.

"알람시계는 어디서라도 살 수 있습니다."

탐은 말을 조심스레 골랐다.

"이 모든 게 미친 소리로 들린다는 건 압니다. 처음엔 로건 공항에서 그 남자를 보고, 다음엔 여기 볼드윈 브릿지. 제게도 이해가 되지 않기는 마찬가지입니다. 왜 볼드윈 브릿지에? 놈의 목표가 뭘까요? 저를 노리고?"

"자네가 한 말 중 제일 미친 소리군. 머천트를 추적할 때 자넨 지휘하는 입장도 아니었잖나. 태스크 포스 팀에 있던 그 하고 많은 사람 중에 왜 하필 자네를 노리겠어?"

"어떻게 저를 찾았을까요?"

탐이 지적했다.

"실 16팀의 개인정보가 공개되어 있지 않다는 건 저만큼이나 잘 아시겠죠. 그리고 설령 일급기밀에 접근할 수 있는 내부 연락책이 있다 해도, 많이는 찾아낼 수 없을 텐데."

그는 타이레놀을 먹은 지 한 시간밖에 되지 않았음을 의식하며 눈을 문질렀다. 약발이 듣지 않았다.

"제가 여기 있는 걸 그자가 안다고는 생각지 않습니다. 제가 지켜보고 있다는 걸 알면서 바로 제 코앞에서 홈 디팟에 가서 폭발물을 만드는 데 필요한 도구와 전선을 사리라고 상상하기는 어렵죠."

"탐."

크롤리는 다시 한숨지었다.

"조용히 알아봤는데, 우리 쪽 정보기관들 보고서 어디에도 머천트의 동향은 언급된 바 없어. 전무해. 사실 CIA는 그를 사망 추정자 리스트에 올렸네. 나로선 아무래도 이 일에 관심이 가질 않아."

"이해합니다, 또 지금 현재 제가 그다지 믿음직한 목격자가 아니라는 데도 동의합니다만, 최소한 예방조치를 취하는 것이 현명하다고 생각……."

"탐. 자넨 한 달간 휴식을 취해야 해. 재충전하라구. 솔직히 털어놓겠네. 휴가를 마치고 돌아오면 자네는 몸을 사려야 할 거야. 터커 소장이 자네와 자네 분대 전원을 몰아내려 들고 있어. 그리고 터커 혼자만 트러블슈터가 없어지기를 바라는 게 아냐. 자네가 죽은 테러리스트를—혹은 엘비스나 외계인을—고향 마을에서 봤단 말이 흘러나가기라도 하면 도움될 일 하나 없어. 나야 자네를 전적으로 지원하지만, 자네가 쫓겨나겠다고 작심하면 나로선 어쩔 방도가 없어."

"대장님……."

"좀 쉬라구, 대위."

크롤리가 전화를 끊어버려, 뚜우 하는 소리만 들릴 뿐이었다. 탐은 수화기를 제자리에 놓았다. 만약 그의 군 경력을 지키고 싶다면……

그랬다. 그건 그의 거의 전부였다.

하지만 만약 그가 본 사람이 머천트가 맞다면, 그의 경력보다 훨씬 많은 것이 걸려 있다. 머천트가 보스턴 시청 어딘가에 차량폭탄을 설치하려 계획중이라 생각하자 등골이 오싹했다.

하지만 왜 보스턴이지? 머천트는 늘 이유 있는 목표 대상자와 장소를 골랐다. 이제 와서 그냥 무작위적으로 보스턴을 골랐다는 건 말이 되지 않는다.

어쩌면 머천트는 나를 쫓고 있는지도 몰라.

맙소사, 영락없는 미친 소리로 들렸다. 사실 피해망상처럼 들렸다.

좀 쉬라고 대장은 명령했다.

현기증과 의혹이 몰려와 어지럽고 속이 메스꺼워서, 그는 식탁 가장자리를 양손으로 움켜쥐고 버텼다. 자신의 판단을, 자신의 눈을 믿을 수 있는지 의심스럽다는 것은 그에게 있어 낯선 경험이었다.

그는 통솔력과 지도력으로 실 팀에서 지금의 위치에 올랐다. 확신. 그의 부하들은 그를 무조건적으로 믿었다. 왜냐하면 탐은 예외 없이 늘 자신을 믿었으니까. 그는 로건 공항에서 머천트를 보았다. 머천트였다. 가슴속 깊숙이에선 자신이 여러 달 동안 연구했던 그 남자임을 알고 있었다.

하지만 기묘한 의혹이 스물스물 밀려왔고, 이제 그는 자신이 정말로 누구를 본 것일까 의문을 품었다.

그리고 바로 그 자기불신이 그의 속을 갉아먹었다.

다시 자신의 눈을 믿을 수 있게 될까? 그건 그를 미치게 만들기에 충분했다. 벌써 미치지 않았다면 말이지만.

만약 그가 본 게 머천트라면? 만약 테러리스트가 보스턴 지역의 뭔가를 폭파시키려 계획하고 있다면? 그리고 만약 탐이 바다가 내려다보이는 데크의 긴 의자에 앉아 외로운 켈리 애시튼이 육체적 접촉을 필요로 하는 틈을 타 유혹이나 하는 것 외엔 아무 일도 하지 않는다면?

그래, 참 근사하겠군. 그는 진짜 후레자식이 되는 거다. 테러리스트의 위험을 무시하고 또한 그가 좋아하고 존중하는 여자를 기만하다니. 켈리는 결국 상처받을 테고 사람들은 죽게 되리라. 어쩌면 많은 사람들이.

지끈대는 머리를 하고 탐은 다시 전화기로 손을 뻗어 재즈 자퀘트의 집 전화번호를 눌렀다. 재즈는 탐의 아파트 열쇠를 갖고 있고, 탐은 아파트 컴퓨터 하드디스크에 머천트와 그의 조직에 대한 파일들을 아직 보관하고 있었다. 재즈가 탐에게 그 파일들을 전송하는 건 몇 분밖에 안 걸릴 것이다. 재즈는 또한 머천트에 대한 최근 몇 년간의 새 정보에—사진, 비디오, 보고서, 심지어는 루머까지—접근할 수 있는 해킹기술을 지닌 와일드카드에게 연락할 수 있을 테고.

그래, 인터넷 접속을 할 컴퓨터를 구걸하든 빌리든 훔칠 수 있다면, 탐은 크롤리 대장이 권유한 휴식을 취할 참이었다. 파일들을 읽으면서.

“어떤 게 맛있어요?”

귀에 익은 목소리에 맬러리는 아이스크림 숍 카운터 너머 그날 낮의 5천 번째 손님을 쳐다보았다.

웬일이람. 어젯밤의 그 괴짜가 그녀의 일터로 쫓아온 거다.

“바닐라 두 덩이를 슈가 콘에 얹은 거.”

그녀는 무뚝뚝하게 말했다. 그는 확실히 놀란 듯 커다란 안경 너머로 눈을 깜박였다. 하지만 그녀가 보기엔 겉멋 부린 별별 희한한 아이스크림 중 어떤 것도 끝내주는 수제 바닐라를 당해낼 수는 없었다.

“그쪽처럼 세련된 사람에겐 너무 촌스럽다 싶으면 한 덩이는 바닐라로, 한 덩이는 오렌지 소르베로 해도 좋고.”

“그거 좋겠네. 그렇게 해줘요.”

그는 유리 너머로 그녀가 몸을 숙여 아이스크림과 소르베를 퍼담는 걸 지켜보았다. 틀림없이 이 틈을 타 그녀의 셔츠 속을 들여다보고 있겠지.

“여기서 꽤 오래 일했군요? 일년 이상, 맞죠?”

“일년 반. 그래서 뭐?”

사실 ‘그래서 뭐가?’로 치부할 일이 아니었다. 어머니가 평생 한 일자리를 지켰던 시간보다 일 년이나 길었으니까. 크게 보면 아이스크림을 파는 일이 멍청하고 무의미하다는 걸 알고는 있었으나, 그녀가 아침에 가게를 열 수 있도록 캐롤린이 열쇠를 주었을 때, 맬러리는 자랑스러웠다.

카운터 너머로 손을 뻗어 괴짜에게 콘을 넘겨주다 손가락이 맞닿았다. 일부러 그런 건지 판단하기가 어려웠다. 그는 시뻘겋게 달아오르거나 까무라쳐 쓰러지지 않았다. 그러니 어쩌면 일부러 그런 게 맞을지도

"고마워요."

그는 완벽한 치아를 내보이며 미리 꺼내두었던 5달러를 그녀에게 건넸다.

"처음 봤을 때는 운동하는 사람인가 했어요. 하지만 그럴 필요가 없겠네. 그냥 여기에서 일하며 아이스크림 퍼담는 것만 해도 팔에 근육이 생기니까."

그녀의 팔. 그는 그녀의 팔에 대해 닭살스런 소릴 읊어대고 있는 거다. 거의 웃음을 터뜨릴 만큼 우스꽝스러웠지만 그녀는 참았다. 맬러리는 그에게 등을 돌리고 금전등록기에서 잔돈을 챙겼다.

몸을 돌려 그를 마주하자, 그는 어쩌다 그랬는지 코끝에 아이스크림을 묻히고 있었다. 맙소사, 진짜 바보 아냐. 그녀는 최대한 높은 곳에서 그의 손바닥에 잔돈을 떨어뜨렸다.

"오후 내내 일해요?"

하필 캐롤린이 바로 그 순간 뒷방에서 나왔다.

"점심시간, 맬러리! 한 시간이야. 담배 너무 많이 피우진 말고."

젠장, 망했다. 캐롤린이 그녀가 앞으로 한 시간 자유라는 걸 공표한 것도 안 좋았지만, 진짜 망한 건 괴짜가 그녀의 이름을 알아버렸단 사실이었다.

맬러리는 앞치마를 벗고, 냉장고에서 점심 봉투를 꺼내고, 책과 담배를 함께 챙겨서 문을 향했다. 괴짜 녀석은 아이스크림을 들고 그녀를 따라왔다. 문에 다다르기 직전 그녀는 유턴해서 도로 카운터로 가 냅킨을 챙겼다. 우스꽝스럽고 꼴불견이긴 해도, 그리고 녀석을 경멸하긴 해도, 아이스크림을 코에 묻힌 채 콧대 높은 부잣집 애들이 득실거리는 볼드윈 브릿지의 잔인한 거리로 나가게 할 수는 없었다.

"움직이지 마요."

그녀는 그의 얼굴을 깨끗이 닦아주었다.

"그리고 괜히 좋아하지 말고. 코에 아이스크림을 묻히고 다니길래 그런 것뿐이니까."

그녀는 냅킨을 가게 밖 쓰레기통에 던져넣고, 여전히 자신을 쫓아오고 있는 그를 모른 척하며 계속 갈 길을 갔다.

"사실, 일부러 그런 거예요."

그가 그녀에게 말하고 있을 때는 그가 따라오지 않는 것처럼 행동하기가 어려웠다. 특히 전혀 이해할 수 없는 말을 하고 있을 때는. 맬러리는 참을 수가 없었다. 몸을 돌려 그를 쳐다보았다.

"무슨 소리?"

그는 콘 너머로 그녀에게 미소지었다. 행복한 괴짜 미소.

"코에 묻은 아이스크림. 내 인간성 테스트예요. 그쪽은 통과했고."

"아, 그래, 씨팔."

맬러리는 말하고 그를 흘끗 쳐다보았다.

"이제 내 점수 어때?"

그는 웃음을 터뜨렸다. 누가 알았을까? 유머감각을 가진 괴짜라니. 그는 한동안 자기 아이스크림을 먹으며 조용히 그녀를 따라왔다.

"늘 여기 마리나 옆에서 점심을 먹어요?"

"젠장."

깜박하고 가게에서 음료수를 안 가져왔다. 그리고 오늘 아침 집에 있던 유일한 건 마른 빵과 땅콩버터뿐이었다. 진짜 목메게 생겼네.

"여긴 정말 아름답군요."

그는 반짝거리는 바다를 쳐다보며 곁눈질하고, 아이스크림 콘을 다 먹은 다음 그녀가 콘에 감아줬던 냅킨으로 손과 입을 닦았다.

"참, 진짜 맛있었어요."

"저기, 난 한 시간밖에 없고 진짜 재미있는 책을 읽고 있던 중이라서. 그러니 웬만하면……?"

그가 그녀의 책 표지를 보려 괴상한 모양으로 몸을 굽히자, 그녀는 짜증스레 휙 내밀었다. 그는 고개를 저었다.

"작가 이름을 모르겠는데. 새로 나온 작가?"

"그렇겠지."

맬러리는 눈을 굴렸다.

"한 십 년쯤 전에 새로 나온 작가지. 이 사람은 제일 잘나가는 로맨스 작가라구. 맙소사."

"아, 난 로맨스를 많이 안 읽어서."

"많이?"

"한번도."

그가 털어놓았다.

그녀는 그의 짝짝이 양말과 괴짜다운 반바지, 물 빠진 바빌론 5(TV SF시리즈) 티셔츠, 엉망인 머리꼴을 쳐다보았다. 데이빗 설리번은 촌닭 모임의 포스터 모델을 해도 될 정도였다. 그리고 저 안경하곤…… 어이구 맙소사.

"그런 걸 읽기엔 너무 남자다우셔서?"

그는 마치 진지한 질문인양 대답했다.

"아니, 그저 잘 몰라서. 난 SF를 좋아하거든요"

"별로 놀라운 일도 아니네. 바빌론 5에 빠진 걸 보니."

그는 깜짝 놀란 듯했다.

"어떻게 내가 바빌론 5에 빠진 줄 알았어요?"

그녀는 우주선이 그려진 그의 가슴팍을 가리켰다. 그는 놀란 듯 입고 있는 옷을 내려다보았다. 아마도 자신이 옷을 입고 있다는 사실에 놀랐겠지.

"아. 독심술이라도 하나 생각했네. 그냥 관찰력이 좋은 것뿐이었군요"

그녀는 어이없어 눈을 굴렸다.

"하, 눈을 뜨고 사물이나 사람에게 진짜로 집중하면 도움이 될 텐데. 그렇게 하면 자잘한 세부사항들을 알아채게 될 거야. 이게 사람인지 보스턴 테리어 개인지라든가."

그는 그녀가 자신을 놀리고 있다는 걸 간신히 깨달았다.

"나도 세부사항을 볼 줄 알아요 사실, 난 그런 면에 강해요 다만 내 자신의 경우엔 신경을 별로 쓰지 않을 뿐이지."

그가 항변했다. 그리고는 그녀의 책 표지를 다시 자기 쪽으로 기울였다.

"이제 뭘 해야 할지 알았으니, 로맨스 소설을 읽어야겠네."

"아, 그러셔."

그 말로 그의 꼴통지수가 확 올라갔다. 네가 진짜로 로맨스를 읽으면 우리 엄마는 주지사 부인이 될 거다. 맬러리는 책을 펼치고 봉지를 열어 그를 노골적으로 무시하고 먹으며 읽기 시작했다.

그는 딱 몇 초만 더 서 있더니, 참으로 놀랍게도 가버렸다.

놀라 자빠질 일이었다. '꺼져' 신호를 제대로 알아듣는 괴짜라니.

하지만 10분이 채 지나지 않아 맬러리는 잔디를 가로질러 자신을 향해 걸어오는 그를 보았다. 그녀는 책에다 온통 주의를 쏟으며 어깨를 굽히고 몸을 약간 돌렸다.

그리고 또다시 놀랍게도, 그는 오래 있지 않았다. 말하지도, 그녀의 관심을 끌려고 하지도 않았다. 그냥 그녀 옆에 뭔가를 내려놓고는 가버렸다.

그가 멀리 가버리자, 맬러리는 고개를 들었다. 그는 탄산음료 캔 하나를 가져다 놓았다. 그녀가 지켜보는 가운데, 그는 방파제 근처 벤치에 항구를 마주보고 앉아 가방에서 책을 꺼내더니 읽기 시작했다.

그녀는 음료수 캔을 따서 길게 들이켰다. 시원하고 맛있었다. 그녀는 마지막 남은 담배 3개비 중 하나에 불을 붙였다. 이게 마지막 한 갑이다. 이 다음부터는 아주 끊어야지.

담배와 음료수를 음미하면서, 그녀는 데이빗 설리번을 쳐다보았다. 그는 그녀를 마주보지 않았다. 그냥 거기서 구부정하니 책을 읽고 있을 뿐이었다.

진짜 별난 놈이네.

6

조는 장미에 물 주기를 마쳤다. 그는 호스를 감으며, 조금은 과시적인 저택 본채를 올려다보았다.

저 안에 찰스가 홀로 있다. 피출부 러너 부인은 30분 전 진입로를 나섰다. 켈리가 오늘 아침 일찍 시내로 나가는 것을 본 조는 그녀가 아직 돌아오지 않았다는 데 놀랐다. 가서 찰스를 살펴봐야겠지만, 그랬다가 친구의 혈압을 올리고 성미를 건드리게 될까 걱정스러웠다.

우스운 일이다. 한때는 찰스가 주위에서 벌어지는 드라마와 위험에 전혀 신경쓰지 않고 영향받지도 않는다고 여겼었다. 하지만 그건 오래 전 얘기다. 전쟁 중, 둘 다 스스로를 남자라고 생각했지만 사실 겨우 어린애를 면했을 때.

하지만 꼭 어제 일만 같았다. 때로는 심란해질 만큼 또렷이 기억났다. 1950년부터 1980년대는 희미한 계절의 변화에 불과했지만, 전쟁의 기억은 분명하고 확실했다. 눈을 감으면 그 시절로 돌아갈 수 있었다.

그는 아직도 시벨의 부엌 물 떨어지는 소리를 들을 수 있었다. 다락에 숨은 사람들의 공포를 느낄 수 있었다. 주변을 순찰하던 나치 군인들을 맞이하며, 천사들에게 지옥에서 싸울 기회를 주기 위해 악마와 친한 척하던 시벨의 환한 미소를 볼 수 있었다.

등이 굽고 죽어가는 노인이 아니라 젊고 생기 넘치던 찰스를 떠올릴 수 있었다. 물론 부상을 입긴 했으나, 조가 두 번째로 만났을 때 그는 확실히 살아 있었다.

그는 오른팔을 삼각건으로 고정시키고, 옆구리와 다리엔 붕대를 감은 채 시벨의 침대에 앉아 있었다. 시벨의 침대에. 시벨은 지칠 줄 모르고 레지스탕스를 위해 활동하고, 결코 사람들을 받아들여 숨겨주는 데 망설여본 적이 없으며, 인종과 종교에 상관없이 도움이 필요한 사람들과 마지막 순무 한 개까지 나눠 먹었으며, 나치에게 저항하는 사람에게라면 누구한테든 부엌 바닥의 임시침상을 내주었으나 한 번도, 단 한 번도 진통중인 산모나 몹시 아픈 아이가 아닌 이상 누구에게도 자기 침실은 내준 적이 없었다.

허나 이 남자, 황금빛 머리칼의 미국인 육군장교에게 자기 침대를 내주었다.

그는 2명의 뢱과 도미니크와 함께 카드게임을 하고 있었으며, 조가 문간 밖에 서서 지켜보는 가운데, 판을 따내고 씨익 웃었다. 그는 창백했으며 일주일간 자란 턱수염과 눈밑의 검은 그림자 때문에 약간 날카로워 보였으나, 그래도 조로서는 결코 될 수 없는 타입의 미남이었다.

찰스 애시튼은 일종의 마력을 지니고 있었다. 안에서부터 빛이 나는 듯하고, 눈은 더 푸르게 머리는 더욱 금빛으로 느껴지게 하는 마력. 그것은 카리스마였다. 혹은 은행에 쌓여 있을 게 분명한 돈에서 나오는 건지도. 가난한 남자는 힘들게 일해야 찾을 수 있는 자신감을 부자는 돈으로 쉽게 얻을 수 있는 법이다.

조가 지켜보는 가운데, 미국인은 침대 위 상자에서 담배를 꺼냈다. 도미니크가 불을 붙여주자 그는 그녀 쪽으로 몸을 숙이고 미소지었고, 그녀는 얼굴을 붉혔다.

그래, 정말 이 남자는 일종의 마력을 지니고 있다. 어쩌면 시벨은 침대를 내준 게 아닐지도. 어쩌면 그와 함께 쓰고 있는지도 모르지.

추한 생각이었지만 조는 기진맥진해 있었다. 이틀간의 정보수집 원정이 일주일 간의 악몽으로 변해버렸다. 돌아온 것 자체가 기적이었다.

"주세페?"

몸을 돌린 그는 계단을 올라오고 있는 시벨을 보았다. 그를 본 안도감으로 그녀의 얼굴은 빛났다. 그녀가 그의 품에 몸을 던지자, 잦은 일은 아니었지만 그녀를 안을 때마다 늘 그렇듯 그는 그녀가 실제로 얼마나 작은지, 얼마나 가냘프고 어린지에 놀랐다.

그녀는 믿음직한 리더였으며, 조용한 지도력, 위기상황에서의 차분함, 그리고 끝없는 스태미나로 인해 몹시도 강하고 듬직하게 느껴졌다.

"하느님 감사합니다. 당신이 체포되었다는 소문을 들었지만, 그자들이 당신을 어디로 데려갔는지 아무도 말해 주지 않지 뭐야."

몸을 젖혀 그를 쳐다보는 그녀의 눈은 벅찬 감정으로 가득했다.

"정말 괜찮아?"

그녀는 그의 어깨와 팔을 손으로 쓸어내렸다.

"어디 다친 데 없고?"

"그냥 피곤한 것뿐이야."

그도 그녀의 모국어인 프랑스어로 말했다.

"그리고 돌아오게 되어 무척 반갑고."

"어떻게 된 일이야?"

"나치에게 검문을 당했어. 내 신분증을 보자고 하더군."

그의 위조 신분증을. 도망칠 기회가 있었다면 그렇게 했으리라. 하지만 갈 곳이라곤, 도망칠 방법이라곤 없었다. 도망은 죽음을 의미했다. 물론, 미국인 스파이라는 것이 탄로나면 죽기는 마찬가지리라. 다만 나치 점령에 항거하여 그와 함께 싸우는 용감한 사람들에 대한 정보를 얻어내려는 나치 친위대의 참혹한 고문을 겪고 난 후겠지만. 그러나 시벨이 그의 신분증을 그녀가 본 중 최고라고 했었기에, 그는 신분증을 건네며 그녀가 옳기를 기도했다.

"난 붙들려 있었어. 하지만 내 신분증이 그자들의 조사를 통과하지 못했기 때문에 그런 건 아니었고."

처음에 그는 알지 못했다. 그는 알아들을 수 없는 스위스식 이탈리아 방

언으로 고함질러대는 경비병의 총구 아래 끌려갔다. 그러고 나서 혼자 방에 갇혀 혹독한 심문을 기다렸지만 끝내 오지 않았다. 벌써 사람들로 가득한 기차에 태워지고 나서야 그는 돌아가는 사정을 알았다.

"임시정부는 식량부족으로 골머리를 앓고 있어. 신분증에 내가 이탈리아인이라고 나와 있기 때문에, 강제출국대상 외국인 검거에 말려든 거야."

시벨은 어이없어하며 웃음을 터뜨렸다.

"뭐야?"

"정부에선 내가 자기들의 식량을 먹어치우는 걸 원치 않았기 때문에 이탈리아로 돌려보내고 있었던 거야. 상황이 악화되면 나치가 마지막 한 조각까지 빼앗아가리라는 걸 모를 만큼 멍청한 작자들."

거의 아홉 시간 가까이 기차에 있은 후에야 그는 탈출기회를 잡았다. 달리고 있는 기차에서 뛰어내리는 방법으로. 멍이 들긴 했지만 운이 조금만 더 없었어도 목이 부러졌을 테니 거기에 비하면 아무것도 아니었다.

"도망친 후, 조심조심 움직여야 했어. 내 신분증은 나치에게 빼앗겨 여전히 기차에 있었거든. 쉽지 않았지."

많이 줄인 얘기였지만, 굳이 세세히 말할 필요는 없었다. 시벨은 가지 말아야 할 곳을 다녀 보았다. 얼마나 위험하고 두려운지 익히 알고 있었다.

"좀더 일찍 돌아오지 못해 미안해."

"상관없어. 당신이 돌아와서 기쁠 뿐이야."

그녀는 아직 그의 품에서 빠져나가지 않았다. 그녀를 안고 끝없는 한밤의 색을 띤 아름다운 눈을 내려다보자, 그는 자제할 수가 없었다. 그는 고개를 숙여 그녀에게 키스하려 했다. 수많은 밤 꿈꿔온 그 입술을 실제로 맛보기 위해. 하지만 시벨이 고개를 돌리고 그의 어깨에 뺨을 대는 바람에 그는 그녀의 머리칼에 코를 묻게 되고 말았다.

멍청한 짓이었다. 하지만 그녀가 그를 그렇게 쳐다볼 때, 그는 어리석게도 그녀가 마침내 자신의 키스를 반겨 맞으리란 희망을 품었었다. 고개를 들었다가 열린 문으로 자신을 지켜보고 있는 금발 미국인을 보자 곱절로 어리석게 느껴졌다. 그의 눈에는 재미있다는 기색이 춤추고 있었다.

"시도는 좋았어."

남자는 건조하게 말했다. BBC 라디오 방송이나 시벨에게 영어를 가르치려고 할 때 그 자신의 입에서 나온 것을 제외하면 조가 몇 달만에 처음으로 듣는 미국식 영어였다.

"하지만 그녀는 확실히 관심이 없네. 내 프랑스어가 가관이라 무슨 사연인지는 확실히 모르겠지만, 어딘가에 남편이 있지 싶어."

그는 조에게서 눈을 떼어 뤽 프리오, 뤽 랑베르를 쳐다보았다.

"그리고 당신들 중 아무도 내가 무슨 소리를 하는 건지 감도 못 잡겠지. 별로 상관없어. 독일어를 하는 사람이 없는 한 우린 잘 지낼 수 있을 거야."

시벨은 살며시 조의 품에서 빠져나가, 그가 통역해 주기를 기다리며 기대감에 차 올려다보았다.

하지만 미국인은 그에게 말할 틈을 주지 않았다. 그는 자신을 가리켰다.

"찰스 애시튼."

또박또박 그는 그렇게 말했다.

"당신이 행방불명되었던 보스겠군. 당신 친구들이 당신이 나치에게 붙들려갔다고 생각하는 동안 여기 분위기가 좀 긴장되어 있었지. 내 예상보다 좀 젊긴 하지만, 세 라 게르(그것이 전쟁이지), 안 그렇소?"

그는 오른쪽 팔을 들었다가 얼굴을 찡그리고, 삼각건을 내려다보더니 왼손을 내밀었다.

"어디 당신은 내 고등학교 수준 프랑스어를 이 프랑스 놈들보다 잘 알아듣나 보자구. 저 마펠 찰스('주 마펠 찰스'라고 해야 옳음. 나는 찰스입니다)."

조는 방안으로 들어섰다.

"당신 이름이 찰스 애시튼인 건 알고 있습니다, 중위."

그는 가슴팍에 팔짱을 끼고, 일부러 남자가 내민 손을 무시했다.

"지난 주 당신이 실려왔을 때 내가 군번줄을 처리했으니까요 당신이 프랑스 놈들이라고 부르는 이 사람들이 당신 목숨을 구했고."

찰스는 몹시 놀랐지만, 거의 십 분의 일 초 정도만 그런 기색을 내보였을 뿐이었다. 그는 손을 내렸다.

"이런. 아무래도 내 말을 잘 알아듣나 보군―좀 지나칠 정도로."

혹시 그가 창피했는진 몰라도 그 감정은 오래 가지 않았다. 그는 힘겹게 자세를 고쳐 침대에 앉았다. 느긋하고 반쯤 감은 눈꺼풀 아래, 지극한 흥미를 담아 조를 쳐다보는 그의 눈빛은 날카로웠다.

"뉴욕 억양이군요. 도대체 어디서 그런 영어를 배웠소?"

"브룩클린에서."

"맙소사, 미국인이군. 겉보기만으로는 전혀 짐작도 못하겠는걸. 아, 나쁜 뜻으로 한 말은 아니오."

찰스는 웃음을 터뜨렸다.

"불행히도, 당신에게는 그런 말을 할 수가 없군요."

조는 시벨과 뢰 랑베르에게로 돌아섰다.

"왜 다락으로 올려보내지 않았지? 만약 독일군이 집을 수색하면……."

그는 자신이 영어로 말하고 있음을 깨닫고 프랑스어로 다시 되풀이했다. 뢰은 어깨를 으쓱하고 시벨을 쳐다보았다. 시벨이 대답했다.

"열기 때문에 차마 거기에 숨길 수가 없더라. 저런 부상을 입었는걸. 게다가 그런 일을 한 사람인데 어떻게."

찰스는 그녀의 프랑스어를 알아들었다.

"난 아무 일도 안 했소."

그는 영어로 항변했다. 그들이 전에도 이런 대화를 나누었음을 조는 분명히 알 수 있었다.

"날 뭐라고 생각하든, 잘못 안 거라고 그녀에게 말해 줘요."

"저 사람은 영웅이야."

시벨이 조에게 말했다.

"잘못 알았소."

찰스는 조에게 말했다. 그는 시벨에게로 고개를 돌렸다.

"당신이 잘못 알았다구. 난 노르망디 이후로 몇 주간 자라목을 하고 보냈소. 내 목표는 매사추세츠의 볼드윈 브릿지에 있는 집으로 무사히 돌아가는 거요. 내 부대로 날 빨리 돌려보낼수록 빨리 본국으로 송환될 거 같은

데. 히틀러를 베를린에서 몰아내는 건 다른 녀석들더러 하라지. 난 다만 여름 별장으로 돌아가, 드라이 마티니를 한 손에 들고 앉아서 해가 지는 걸 바라보고 싶을 뿐이오.”

손가락 사이에 담배를 끼우고 앉아 있는 그의 모습을 보고 있노라면, 그가 하는 말이 모두 진심임을 믿기 쉬웠다. 누더기를 걸치고 있어도 그는 평범한 농부라기보다는 부유한 귀족처럼 보였다.

역겨움에 그가 홱 돌아서자, 시벨이 거의 조마저도 이해하기 힘들 만큼 빠른 프랑스어를 쏟아냈다. 하지만 그는 대부분을 대강 알아들을 수 있었고, 그녀가 말을 마치자 그는 새로운 존경을 담아 찰스를 쳐다보았다. 시벨이 아닌 다른 사람이 한 말이었다면 믿지 못했으리라.

“그녀가 말하길 당신이 25명의 아이와 2명의 수녀분을 구했다는군요.”

조는 통역했다. 그건 제 목숨 보전에만 관심 있는 남자가 할 만한 행동이 아니었다.

“수녀님들은 아이들과 함께 북쪽 아센시온 교회 지하실에 몸을 숨기고, 자신들이 전투지역에서 멀리 떨어져 있다고 믿고 있었죠. 하지만 연합군이 ―당신 대대 군인들이 독일군의 방어를 뚫었고, 전선이 이동했습니다. 그 바람에 교회가 목표물이 되었고 당신과 다른 3명의 미국 군인들은 자기들의 목숨을 걸고 아이들을 구하러 갔지요.”

한순간 조는 찰스가 그 사실을 부정할 줄만 알았다. 하지만 이내 그는 고개를 저었고, 꼭 다문 입술은 얇은 선을 그렸다.

“멍청한 행동이었지. 제 발로 총알 앞에 뛰어들다니.”

“친구들이 죽어 정말 안됐어요.”

시벨이 중얼거렸다. 영어로 말하려는 그녀의 노력은 가상했으나 억양이 지독했다. 찰스는 그래도 알아들었다.

“그들은 내 친구가 아니오. 그저 내가 따라오라고 명령한 불쌍한 바보들일 뿐. 난 그들에게 선택의 여지조차 주지 않았지.”

조를 올려다보는 그의 눈은 엄숙했다.

“그녀에게 그렇게 말해 줘요. 팔레 부 엉 프랑세(프랑스어로 말해요), 그녀가 확실히 알아듣도록.”

조는 나직이 말을 옮기며, 자신은 시벨과 이 미국인 사이의 지극히 긴장된 대화를 옮기는 통역에 불과함을 의식했다.

“아이들이 모두 살았다고 그에게 말해 줘.”

시벨이 지시했다.

“그가 도로 돌아가 구했던 남자애도.”

조는 그녀의 눈에 떠오른 표정으로, 그녀가 아들 미셸을 생각하고 있다는 것을 알았다. 그녀의 두 살짜리 아들이 독일군이 처음 프랑스를 침략했을 때 벌어진 드문 항전에서 전면 총격전 와중에 끼였을 때, 미셸을 위해 돌아가준 사람은 아무도 없었다. 아이의 아버지, 시벨의 남편은 제일 먼저 죽었다. 불쌍한 아이는 그 너무나 짧고 소중한 생명을 폭발로 잃기 전까지 분명 외롭고 겁에 질렸었으리라.

조는 시벨의 말을 그에게 영어로 옮겨줄 때 찰스 애시튼의 눈에 떠오른 눈빛의 의미를 알 수가 없었다.

“날 그런 식으로 보지 말라고 해요.”

미국인이 여전히 시벨을 응시하며 음울하게 말했다.

“난 빌어먹을 영웅이 아냐. 그날 아침 내가 무슨 미친 마음에 그랬는지 모르겠다고, 백만 달러가 걸려 있대도 다시는 그러지 않을 거라고 말해요.”

조가 통역하자 시벨은 나직이 웃었다. 그녀는 몸을 돌렸다.

“그에겐 말하진 마. 난 저 사람 말 안 믿어.”

그녀는 조에게 말했다.

“알아들었소.”

찰스가 방을 나서는 그녀의 등뒤에 대고 외쳤다.

“주 콩프렌데(알아들었소), 하지만 당신이 잘못 안 거야. 난 당신 같은 사람이 아니라구.”

그녀는 다른 사람들에게 미국인이 쉴 수 있도록 아래층으로 내려가자고 외쳤고, 늘 그렇듯 그녀가 없는 방안은 덜 환하게 느껴졌다. 공기가 좀더 뜨겁고 무겁게 가라앉는 듯했다. 도미니크와 2명의 뢱은 그녀를 따라 문을 나섰다. 조 역시 나가려 몸을 돌렸지만 찰스가 그의 팔에 한 손을 얹어 막았다.

"난 당신 같은 사람이 아니오. 그나저나 당신은 뭐 하는 사람이오? OSS?"

"우리에 대해 알지 못할수록 더 낫습니다. 당신에게, 그리고 우리에게."

"이런, 아까 시벨이 당신을 주세페*라고 부르는 걸 들어버렸는걸. 이제 날 죽여야만 하는 건 아니기만을 비오, 조."

"이 전쟁이 진행중이고 여기 있는 한 난 이탈리아인입니다, 미국인이 아니라. 날 조라고 부르는 버릇을 들이지 마시오 그랬다가 날 죽게 만들 수도 있으니까."

"확실히 OSS로군."

찰스는 다른 담배에 불을 붙이고 연기 너머로 눈을 가늘게 떴다.

"당신들에 대한 얘기는 들었지. 적의 전선 너머에, 가끔은 나치의 바로 옆 집에 살기도 한다고 당신은 멍청이야. 난 절대 그런 일은 하지 않을 거요."

"하지만 지금 여기에 있잖습니까."

"내가 선택한 일이 아니오. 내가 잘못 알아들었을지도 모르지만, 아무래도 그 시벨이란 아가씨는 내가 건강을 되찾으면 당신 부하들이 내가 부대로 돌아가도록 도울 거라는 말을 하는 것 같던데."

"그 '아가씨'가 이 집 주인입니다. 그리고 그 사람들은 그녀의 지시를 따르고 있고 내가 아니라 그녀가 '보스'란 말입니다. 그들은 내 부하가 아니라 동료고."

미군 중위는 침실 문 밖 시벨이 사라진 복도를 내다보았다.

"그거 굉장하군. 그 여자가 이 뒤죽박죽 군대의 대장이란 말이오? 그녀는 너무나……."

아름답다. 여성적이다. 자그마하다. 허나 시벨의 매혹적인 짙은 눈 아래엔 강철보다 강한 의지가 지칠 줄 모르는 힘에 감싸여 있었다.

"내가 아는 최고의 파괴공작원 중 몇은 여자들입니다. 시벨과 그 친구들

은 철로에 폭탄을 설치하고 군수창고 위치와 군대이동 정보를 제공함으로써 나치와 싸우고 있습니다. 단지 처칠의 승리 V 사인을 사령관 관사 벽에다 그려놓는 것만으로도 독일군들의 신경을 곤두서게 할 수 있죠."

"세상이 참 괴상해졌군. 난 아무리 해도 내 아내 제니가 열차차량을 날려보내는 모습은 상상이 안 가는걸. 아내가 페인트 깡통을 여는 모습조차 상상이 안 가오."

"막상 닥치면 사람이 뭘 할 수 있는지 알면 놀랄 겁니다."

조는 반박했다. 찰스에게 아내가 있다. 그 소리에 그는 조금 지나치게 안심했다. 찰스가 빠지면 자신에게 무슨 기회라도 있을 것처럼. 웃긴 생각이었다. 시벨은 얻을 수 없는, 건드릴 수 없는 존재였다. 열정으로 불타지만 자신의 목표와 결혼한 잔 다르크였다. 인간의 기본적 욕구 저 멀리, 손닿지 않는 곳에 있기에 우러러볼 수밖에 없는 천사였다.

"내 대신 시벨에게 말해 주겠소?"

찰스가 물었다.

"기다리고 싶지 않다고 해줘요. 가능한 한 빨리 연합군 전선으로 돌아가고 싶다고."

"그렇게 쉬운 일이 아닙니다. 전선은 여기서 북서쪽으로 한참 떨어져 있어요. 몇 마일이나. 전투도 격렬하고요. 독일군들은 순순히 물러나지 않고 있습니다. 최소한 지금 당장 당신을 돌려보내기는 상당히 위험합니다."

"제길."

찰스는 조를 올려다보았고, 그의 고상한 입술이 삐뚜름하게 미소지었다.

"속히 돌아가지 않으면 집으로 돌려보낼 만큼 큰 부상이란 진단을 받지 못할 텐데."

조는 상대의 붕대 감은 다리를 내려다보았다.

"당신 발로, 그리고 빨리 걸을 수 있을 때까지는 당신을 옮기는 일은 위험부담이 너무 큽니다."

그때 찰스의 점심쟁반을 든 시벨이 들어왔다. 소중한 달걀 2개, 흑빵 한 조각, 치즈 조금, 상시 마련할 수 있는 순무 약간.

“위험.”

찰스 옆에 쟁반을 내려놓다가 한 마디를 알아듣고 그녀가 말했다. 그녀는 기대에 차서 조를 쳐다보았다.

“뭘 계획하고 있어?”

자신의 모국어로 그녀가 물었다.

“우리 손님이 초조해하고 있어. 가능한 한 빨리 부대로 돌아가고 싶대.”

“아직 너무 기력이 약해.”

그렇게 말하고 그녀는 서툰 영어로 찰스에게 직접 말했다.

“아직 어딜 갈 만큼 건강하지 못해요.”

중위는 그녀에게 씨익 웃어보였다.

“내가 떠난단 생각을 견딜 수 없다 그거지? 난 아무래도 여자들에게 그런 영향을 미치나 보군. 그리고 당신은 예뻐, 사령관치고는 특히. 분부하시는 대로 따르겠습니다.”

시벨이 조를 쳐다봤지만, 그는 이번엔 자율적으로 통역했다.

“당신이 괜찮다고 하면 가겠대.”

켈리는 완전히 넋을 놓고 책상 앞에 앉아 있었다. 우선순위를 정해야 한다는 건 알고 있었다. 업무체계를 세워야 한다는 걸 알고 있었다. 하지만 막 벳시 맥케너의 부모와 2시간 넘게 얘기하고 난 후에 서류처리에 열을 올리기란 힘들었다.

맙소사, 정말 악몽이었다. 브렌다와 로버트 맥케너는 여섯 살 벳시의 검사 결과가 양성으로 나왔단 소식에 무너졌다. 백혈병. 그리고 생존율이 그 어느 때보다 높다는 사실도 맥케너 부부가 소중한 자식을 잃을 가능성이 있다는 사실을 바꾸어주진 않았다.

마침내 그들은 갔지만, 그들의 눈에 떠오른 넋 나간 표정이 켈리의 뇌리를 떠나지 않았다. 소아병원 암 전문과장인 마틴 박사는 여섯 시 전엔 그들을 만날 시간이 나지 않았다. 사실 켈리는 동석할 필요가 없었지만, 브렌다에게 와달라는 부탁을 받았다.

항암치료에 관한 기술적 세부사항과 위험에 대해 듣기란 즐겁지 않으리라. 책상에 앉아 있자니 앞에 놓인 서류들은 쓸데없고 중요하지 않아 보였다. 켈리는 파일 무더기에 머리를 기댔다. 그래, 이렇게 쓰는 게 훨씬 낫군.

전화가 울리자 그녀는 벌떡 일어나 앉았다. 개인선이었다. 그녀는 근심스레 수화기를 들었다.

"아빠?"

"어, 아니. 저기, 탐이야."

"오, 세상에. 무슨 일이에요? 우리 아버지가……."

"아냐, 진정해. 아무 일 없어…… 맙소사, 미안하다, 켈. 내가 전화하면 무슨 문제가 생긴 거라고 여길 줄은 꿈에도 몰랐어."

켈리는 숨을 참고 있다가 후욱 내뿜었다.

"미안해요, 나야말로. 과잉반응한 내 잘못이에요."

탐 파올레티였다. 그가 그녀에게 전화했다—하지만 아버지가 편찮으셔서 그녀가 필요하기 때문은 아니었다. 켈리의 맥박은 이제 완전히 다른 이유로 달음질치기 시작했다.

"실은,"

그는 나직한 웃음소리를 내며 말했다.

"중요한 전화가 아니라서 정말 멋쩍은데. 그러니까, 그냥 네가 집에 올
• 때까지 기다렸어도 되는 일이거든. 그저 혹시……."

시간이 멈춘 몇 분의 일 초 동안 수많은 가능성이 유혹적으로 그녀의 뇌리를 맴돌았다.

"…네 컴퓨터로 인터넷에 접속 좀 할 수 있을까 하고."

"아."

실망감이 젖은 담요처럼 그녀를 내리눌렀다. 그는 단지 그녀의 컴퓨터를 쓰고 싶어했을 뿐이다. 그녀랑 춤추러 나가거나, 영화를 보러 가거나, 저녁식사를 하고 싶어한 게 아니었다. 밤새도록 격렬한 섹스를 하고 싶어한 것도 아니다.

"어, 그럼요. 네. 문제없어요."

"물론 손님 자격으로 접속하고 내 계정을 쓸게."
"물론이죠. 언제든지 마음껏 써도 돼요."
"고맙다. 정말로."
"실은 집에 언제 갈지 모르겠어요. 6시에 미팅이 있는데 좀 걸릴 거라. 내가 러너 부인한테 전화해서……."
"수고할 거 없어. 내가 너희 아버지 곁에 있어 드릴게."
켈리는 눈을 감았다.
"고마워요."
아주 잠깐 침묵이 흐르고, 그가 말했다.
"음, 그럼 더 시간 빼앗지 않을……."
바고 그 순간 그녀는 입을 열어 말했다.
"있잖아요, 탐, 혹시……."
그래. 할 수 있어. 그에게 저녁 먹자고 청하자. 데이트를 신청하는 거야.
"어,"
그가 웃으며 말했다.
"미안. 무슨 일이야?"
얼음. 그녀의 심혈관계 전체가 갑자기 얼음으로 가득 찼다.
"음, 혹시 컴퓨터가 내 침실에 있는 걸 아나 싶어서요."
겁쟁이. 맙소사, 난 진짜 겁쟁이야.
"집안 전체를 뒤질 필요가 없게 말해 두는 게 좋을 듯해서요."
그냥 겁쟁이가 아니라, 영락없는 멍청이처럼 들렸다. 멍청한 겁쟁이.
"내 방은 이층의 서쪽 편에 있어요. 하얀 벽, 파란 커튼……."
벽에는 커다란 글씨로 '여기 멍청이가 산다'라고 쓰여 있고
그녀가 어려서 쓰던 바로 그 방이었다. 개인 욕실이 딸려 있고 뒷마당과 수영장이 내려다보이는 발코니로 통하는 프렌치 도어가 달린 넓은 방. 이층이라는 유리한 고지에서 그녀는 탐이 정원 어디서 일하든 볼 수 있었다. 발코니와 나무 위 집에서 그녀는 탐을 거의 늘 지켜볼 수 있었다.
변태스럽고 멍청한 겁쟁이.

“이런, 네가 침실에다 컴퓨터를 두는 줄은 몰랐어. 네 프라이버시를 침
범하고 싶지 않…….”
“담배 피워요?”
“아니.”
“그럼 문제없네요. 그냥 잠만 자는 방인걸. 하지만 각오는 해둬요, 엉망
이니까. 지저분한 빨랫감은 한쪽으로 차내고 침대가 정리되지 않았다는 사
실은 무시해요.”
그 말에 그가 다시 웃음을 터뜨렸다. 그는 몹시도 섹시한 웃음소리를 냈
다. 낮고 허스키하며 은밀한. 폰섹스 전화 서비스를 하면 한재산 만들 수
있었으리라.
“파출부 아주머니가 방금 왔다가신 것 같은데.”
“러너 부인에게 내 방에는 손대지 말라고 확실히 말씀드려 놨어요. 난
난장판인 쪽이 좋아서.”
“정말 내가 들어가도 되는 거야?”
그는 아무것도 모른다.
“진짜 괜찮대두요.”
켈리는 탁상달력을 휙휙 넘기며 스케줄이 빈 저녁을 찾았다.
“혹시 목요일—내일 저녁 시간 있어요?”
하나님. 해냈어요. 제가 정말로 그 말을 했어요.
“그럼, 있고말고. 왜? 너희 아버지 곁에 있어 줄 사람이 또 필요해서? 염
려 마. 내가 봐드릴게.”
그는 완전히 잘못 알아들었다. 어떻게 남자들은 이런 일을 계속 겪으면
서 살지? 더 많은 남자들이 그냥 포기하고 수도사가 되어버리지 않은 것이
놀라울 뿐이었다.
“아뇨.”
그녀는 눈을 감고 마음을 굳게 먹었다.
“같이 저녁 먹고 싶어서요.”
최소한 일 초간 완전한 정적이 흘렀다. 하지만 아주, 아주 긴 일 초였다.

"음, 와. 그래, 그거 아주……."
켈리는 기다렸다.
"괜찮겠구나."
그가 말을 맺었다.
그녀가 바라던 바로 그 말은 아니었다. 하지만 그래도 이보다 훨씬 안 좋을 수도 있었다.
"좋아요, 잘됐네요."
와, 그녀의 상상보다 더 쉬웠다.
다시 짧은 침묵이 흐르는 동안, 그녀는 탐이 단지 상냥하다 보니 그녀의 마음을 상하게 하고 싶지 않아서 초대를 받아들였을 수도 있다는 것을 깨달았다. 어쩌면 지금 이 순간조차도 그는 어떻게 하면 빠져나올 수 있을까 궁리하고 있을지도 모른다. 어쩌면…….
그녀는 말을 더듬기 시작했다.
"왜냐하면 알죠, 방금 생각했는데 괜찮을 것 같아서……."
아, 망할, 그 끔찍한 단어가 다시 나왔다.
"직장이나 집이 아닌 어딘가에 가고 싶어서요. 누군가……."
당신 같은 사람과. 아냐, 그건 안 돼.
"누군가……."
그게 달린 사람과. 오, 하나님…….
"누군가……."
"여든 살 먹지 않은 사람과?"
그가 말을 꺼냈다.
"음, 네. 그 비슷해요. 이런, 진짜 끔찍한 소리군요."
"아냐. 누구든지 때로는 좀 쉬어야 하니까. 기분전환 삼아."
맙소사, 그렇다.
"하지만 솔직히 털어놓자면 막판에 취소해야 할지도 몰라요. 내 환자 하나가……."
그녀는 목청을 가다듬고 전화로 얘기하고 있기에, 어리고 귀여운 벳시 맥케너가 그저 살아남기 위해 겪어야만 하는 일들을 생각하자 갑자기 눈에 고인 프로답지 못한 눈물을 그가 보지 못한다는 것을 다행으로 여겼다.

"항암치료를 시작할 거라서, 아이하고 부모에게 좀더 신경을 써야 해요."

목소리가 약간 흔들리자 그녀는 헛기침을 해서 가렸다.

"미안해요."

"아, 저런, 몹시 힘들겠구나."

탐이 부드럽게 말했다. 켈리는 눈을 감고, 거의 평생 동안 느껴온 이 남자에 대한 끌림에 자신을 잊을 수만 있기를 바랐다. 내일밤 그와 저녁식사를 하고 싶지 않았다. 아직도 차고의 덮개 아래 조심스레 보관되어 있는 그 오래된 모터사이클에 그가 자신을 태워주길 원했다. 모든 아픔과 분노, 두려움을 날려보낼 만큼 빠르게 달리고 싶었다.

가장 고통스러운 것은 두려움이었다. 현대 의약품의 진보에도 불구하고, 세계에서 가장 우수한 소아병원 중 하나의 스태프들의 보살핌에도 불구하고, 벳시 맥케너가 죽을 수 있다는 두려움, 아버지가 조와 화해하지 않은 채 무덤으로 갈지도 모른다는 두려움, 조가 그 끔찍한 충격에서 결코 벗어나지 못하리라는 두려움. 아버지와 몇 달만이라도 좀더 같이 있을 걸 그랬다고 후회하게 될까봐, 그의 눈을 똑바로 쳐다보고 사랑한다고 말할 용기를, 아버지가 취했을 때도 냉담했을 때도 사랑했다고 말할 용기를, 그리고 혹시 그 역시 그녀를 조금이나마 사랑했던 적이 있긴 하냐고 물어볼 용기를 낼 걸 그랬다고 후회하게 될까봐 두려웠다.

그녀. 자신도 아버지와 마찬가지로 분노에 싸인 채 비극적으로 죽게 될까 두려웠다.

확실히 그녀에게 기분전환이 필요했다. 하지만 저녁식사와 대화보다는 좀더 뜨거운 것을 원했다. 완전한 육체의 접촉과 열정적이고 깊은 키스를 원했다. 거친 방종과 완전하며 숨막힐 듯한 삽입을 원했다. 쾌락만을, 열기만을 느끼길 원했다. 그리고 탐 파올레티는 딱 거기에 맞는 남자였다.

지난 16년간 그녀는 그와 다시 키스할 기회를 기다리며 보냈다. 현실이 이상화된 추억을 이길 수 있을지 궁금해하며. 어쩌면 내일밤 알게 될지 모른다.

“몇 살이야?”

탐의 허스키한 목소리가 벨벳처럼 그녀의 귀에 와닿았다.

“막 여섯 살이 된 여자애요.”

마치 그녀 자신도 그 나이인 듯 아랫입술이 바르르 떨렸다. 정신 차려, 애시튼.

“제길.”

“탐……”

켈리는 입을 꽉 다물었다. 뭐라고 할 참이야, 그냥 그에게 섹스하자고 물어볼 거야? 저녁식사 제의는 괜찮다, 하지만 맙소사……. 그녀는 그의 놀란 반응을, 예의를 차리려 애쓰는 모습을 익히 상상할 수 있었다. <어, 물론이지, 그거 괜찮겠구나, 하지만…….>

“미안해요. 이만 끊어야겠어요.”

“켈리, 난…… 뭐든 필요하면 나한테 말해.”

“고마워요.”

수화기를 제자리에 내려놓기 전에 간신히 그렇게 말할 수 있었다.

서류가 산을 이룬 책상에 고개를 떨구고 울고 싶을 뿐이었지만, 그녀는 전에도 수없이 그랬듯이 마음을 다지고 일을 시작했다.

아버지가 보셨으면 자랑스러워했으리라.

7

"사과할 일을 그만두지 않으면 사과가 무슨 소용이야?"

찰스의 목소리가 분노로 떨렸다.

"머리를 나무 몽둥이로 때려서 미안하다고 말하면서 계속 내 머리를 내리치는 거나 마찬가지라고!"

"하지만 난 자네 머리를 치는 게 아니잖아."

조가 흥분하여 반박했다.

"그런 논리를 써먹고 싶다면, 자네야말로 1944년부터 그 나무 몽둥이로 내 머리를 내리치고 있어! 자네야말로 내게 사과해야 할 판이야!"

방에 들어선 탐은, 조의 말을 듣지 않으려 귀를 틀어막고 목청껏 노래부르고 있는 찰스를 보았다.

"라, 라, 라, 라!"

"도대체 이게 다 무슨 일이에요?"

탐은 고함소리를 이기려 목소리를 높여야 했다. 두 노인은 조용해졌지만 여전히 찰스의 커다란 거실 한가운데에서 고대의 권투선수처럼 서로를 마주하고 있었다.

찰스는 곁에 두고 있던 산소탱크를 틀어 마스크로 입과 코를 막고는 조를 노려보았다.

"코 클립은 왜 안 끼워?"

조가 근심스레 물었다.

"산소가 필요하다면……"

찰스는 보행기를 집어들고 힘닿는 한 저 멀리 내던져 버렸다—별로 멀지 못했다.

"이렇기 때문이지."

그는 분노로 부들부들 떨며 쓰게 뱉었다.

"난 혼자서는 걸을 수도, 숨쉴 수도 없어. 왜 그냥 벼락을 내려 날 끝장내지 않는담?"

"아직 마무리짓지 못한 일들이 있으니까."

조가 반박했다.

"멍청한 이야기를 멍청한 작가에게 지껄이는 거 말인가?"

찰스가 더 이상 서 있을 수가 없어 소파에 앉으려 하기에 탐은 도우려 앞으로 나섰다. 받은 보답은 고맙단 인사가 아니라 벼락칠 듯 찌푸린 표정이었다.

"이젠 아무 의미도 없는 멍청한 이야기들을? 과거는 과거고, 죽은 사람은 죽은 사람이야. 주세페, 그걸 파내 봤자……"

"두 분,"

탐이 말했다.

"정확히 전시에 무슨 일이 있었던 거죠?"

그의 예상대로 두 노인 다 입을 다물었다. 쥐 죽은 듯한 정적.

탐은 기다렸다. 서두를 일 없었다. 켈리에게서 언제든 컴퓨터를 써도 좋다는 허락을 받은 터였다. 몇 시간 동안 심판노릇을 해도, 옛날 파일들을 훑어보고 머천트에 대한 자신의 메모를 훑어보며 자기 의심을 헤쳐나갈 시간은 충분했다.

조가 제일 먼저 움직였고, 입을 열었다.

"난 그만 일하러 가봐야겠구나. 장미에……"

"거기 서세요. 장미는 기다려도 됩니다."

탐은 제일 무뚝뚝한 팀 지휘관 목소리로 말했고, 조는 진짜로 따랐다. 당연하지 않은가?

"보세요, 두 분을 들볶으려는 건 아니니까 얘기하고 싶지 않으……."

"얘기하고 싶지 않아."

찰스가 조를 향해 죽음의 광선 같은 눈길을 쏘아보내며 말을 잘랐다.

"좋아요."

탐은 순순히 말했다.

"그럼 다시 묻지 않겠습니다. 하지만 대신 이걸 대답해 보세요 조, 애시튼 씨의 살 날이 얼마나 남았나요?"

잔인한 질문이었지만 작은할아버지가 나가도록 두는 쪽이, 두 오랜 친구 사이의 반목을 계속 두는 쪽이 훨씬 더 잔인하리라.

조의 어깨가 처졌고 그는 몸을 돌려 탐에게 얼굴이 보이지 않게 했다. 그래서 대답도 간신히 들을 수 있었다.

"모르겠다."

"아뇨, 알고 계시잖아요."

두 사람으로 인해 탐은 마음이 아팠지만 이 말은 해야 했다.

"최대 서너 달이라는 진단이 나왔다고 켈리가 그러더군요 두 분 다 알고 계시겠죠 그리고 틀림없이 두 분 다 간단한 산수조차 못할 만큼 노쇠하진 않으셨고"

그는 찰스를 쳐다보았다.

"석 달이면 며칠이죠?"

찰스는 고통스러워하는 조의 얼굴에 대고 계속 화를 낼 수가 없어 대신 탐을 노려보았다. 그의 갈라진 목소리에서 냉기가 뚝뚝 돋았다.

"이럴 필요 없다."

"아니, 있습니다."

탐은 가능한 한 온화하게 말했다.

"전 그렇게 생각해요 제발 대답해 보세요 며칠이죠?"

찰스는 다시 조를 쳐다보았다.

“아마 90일. 하지만 아마 더 적겠지.”

그가 마침내 말했다.

“90일.”

탐이 되뇌었다.

“하늘은 맑고 습도는 낮은, 이렇게 완벽한 여름날이 앞으로 90일 동안 며칠이나 될 거 같습니까?”

두 사람 다 한 마디도 하지 않았다.

“아마도 90보다 한참 적겠죠.”

탐이 대신 대답했다.

“사실 한 자리수가 될 수도 있고, 안 그래요?”

정적. 또다시 탐은 혼자 묻고 혼자 대답했다.

“네, 그렇죠. 그러니 다음 질문은 이겁니다. 도대체 뭘 하고들 계신 겁니까, 이런 근사한 날을 애시튼 씨의 보트에 올라 낚시하는 대신 55년 묵은 견해차를 두고 말싸움하는 데 낭비하다뇨?”

찰스는 조를, 조는 찰스를 쳐다보았다.

“이렇게 하죠. 두 분이 싸우던 문제 있죠? 그건 생각하지 마세요. 마리나로 내려가 미끼를 사고 두 분 다 좋아하는 일을 하면서 오늘 하루를 보내시죠. 정 내키지 않으면 말씀은 안 나누셔도 좋지만, 이 하늘이 내린 아름답고 소중한 날을 만끽하는 겁니다.”

더 긴 정적. 하지만 탐은 인내심을 가장하고 그 자리에 서서 기다렸다. 조가 마침내 목청을 가다듬었다.

“미리 항구 관리소에 전화를 넣어둘까?”

그는 찰스에게 딱딱하게 물었다.

“＜레이디 럭＞호를 준비시키라고?”

한순간 탐은 찰스가 고약한 성미를 내며 받아들이지 않을까 걱정했다. 그는 한참이나 대답하지 않았다. 하지만 탐이 눈썹을 치켜올리고 ＜애시튼 씨?⋯⋯＞ 하자 노인은 마침내 포기했다.

“아, 그래, 알았네.”

순순한 태도는 절대 아니었지만, 지금으로선 그 정도로도 좋았다.

"들어보세요 무슨 문제인진 몰라도 푸셔야 해요. 오늘은 아니지만, 곧."

"단 일 초면 풀릴 일이다."

찰스가 퉁명스레 말했다.

"조가 저 커다란 입을 닥치겠다고 하기만 하면."

조의 커다란 입은 음울하게 곧은 선을 그리고 있었다.

"그럼 나더러 그냥 그 연단에 서서 다시 명예훈장을 받으란 소리야? 전국에서 몰려온 뉴스 카메라 앞에 서서, 영국과 프랑스에서 여기까지 온 고위인사들과 모조리 악수를 나누고, 아닌 척……."

"어어. 잠깐. 어디서 온 고위인사라고요? 그게 무슨 말입니까?"

"55사단 기념식."

탐의 물음에 조가 말했다.

"난 얼씬하기도 싫다."

"자넨 가야 해."

찰스가 말했다. 조가 역정을 냈다.

"내가 왜 그래야 하지."

"잠깐만요 방금 그 얘기. 영국에서 고위인사들이 온다고 하셨나요?"

"아무도 듣지도 못한 왕실의 먼 친척이라나."

찰스가 뒤퉁스레 말했다.

"윈스턴 처칠의 증손자쯤은 보내야 할 거 아닌가. 그런다면 악수 나누는 걸 영광으로 여길 텐데."

"처칠에게 증손자가 있는지 없는지도 모르잖나."

조가 반박했다.

"흠, 최소한 이 기념식 준비회가 알아봤어야 할 일이지. 그리고 프랑스에선 누굴 보내는지 알아? 무슨 정치인이라더군, 아마도 나치 동조자의 후손이겠지."

"미국 상원의원들도 몇 명 참석한다고 켈리가 그랬죠."

탐은 깨달았다. 미국, 영국, 그리고 프랑스. 1996년 당시 머천트를 체포하기 위해 협력했던 세 나라. 머천트가 사랑하던 아내를 포함하여 팀 대부분의 소탕을 주도한 세 나라. 볼드윈 브릿지는 존경받는 전쟁영웅과 수많은 인파로 북적대리라. CNN 카메라도 틀림없이 올 테고.

"망할. 전화 좀 해야겠습니다."

탐이 말했다.

"그러니까 머천트의 타겟은 애초부터 내가 아니었을 수도 있어."

탐은 재즈에게 말했다.

"바로 여기 볼드윈 브릿지일지도 믿어질지 모르겠지만."

"차량폭탄을 생각하는군요."

"물론. 과거 그 개자식의 특기였지."

애시튼 가의 부엌에서 탐은 그의 오랜 부지휘관이자 친구와 전화로 얘기했다.

"그날 모임의 경비상태는?"

"아직 몰라. 작은할아버지께서 알아보기 위해 지역경찰에 전화중이셔."

찰스와 조는 이 급박한 상황에 직면하자 언쟁을 그쳤다.

탐은 최근 입은 부상과 크롤리 대장의 불신에 대한 부분은 빼놓고 공항에서 머천트를 본 얘기를 했다. 조와 찰스는 개회식의 경비에 대해 최대한 알아내기 위해 저택 내 사무실에 있었다. 정말이지 놀라웠다. 탐은 그들이 복도를 걸어가며 서로에 대한 비난이나 유치한 모욕 없이 제대로 된 문장으로 대화를 나누는 것을 들었다.

"크롤리 대장은 아십니까?"

재즈가 물었다.

"전화했지만 자리에 없더군. 메시지를 남기고 싶지는 않아서."

그래, 이건 확실히 음성사서함을 통해 대장에게 전하고 싶은 일이 아니었다. 말하기는 쉽지 않지만, 재즈에게 일러둬야 한다.

"알아둬야 할 일이 있는데 그분은 이 일에 관해 날 백 퍼센트 지지하고 있지 않아, 자케트."

"별 헛소리를 다 하십니다."

재즈의 웃음소리는 멀리서 우릉우릉 들려오는 천둥소리 같았다.

"그분은 날 전혀 믿지 않고 계셔."

탐은 털어놓았다. 그의 부지휘관은 당황하지 않았다.

"그럼 언제 그쪽으로 가면 되겠습니까?"

"재즈…… 솔직히 털어놓겠는데, 내가 완전히 틀렸을 수도 있어. 내가 감을 잃어버렸을지도, 이 빌어먹을 머리부상 때문에 환상과 현실을 구분 못하는 건지도 모른다고."

"여기 일을 마무리짓게 하루이틀만 주시죠. 그런 다음 금방 가겠습니다. 나머지 분대원들에게도 연락해 보고요. 누가 휴가를 낼 수 있는지."

재즈가 그를 도우러 온다. 안도감이 너무나 강렬해서 탐은 자리에 주저앉지 않을 수 없었다.

"분명하게 밝혀 놔. 이건 완전 기록에 안 남는 일이고, 2백 퍼센트 기밀 작전이며 순전히 자원해서 하는 거라고. 개인시간을 내서 해야 할 거야. 휴가중에 할 만한 훨씬 더 나은 일들이 있다는 거 알아. 그러니……."

"전 언제나 작은할아버님 되시는 조를 뵙고 싶었습니다. 게다가 볼드윈 브릿지에 유명한 수채화 학교인지 뭔지가 있지 않던가요?"

"언제부터 그림을 그렸기에?"

"앞으로 이삼 일 후부터요, L.T. 혹 제가 해변의 백인 선탠족들 사이에 끼는 게 덜 눈에 띈다고 생각하신다면 몰라도?"

"좋은 지적이야."

고개를 들자 복도에 서 있는 조가 눈에 들어왔다. 그는 안으로 들어와 탐에게 쪽지를 건네고 다시 사라졌다. 찰스의 마르고 떨리는 손으로 적은 글씨가 몇 줄 적혀 있었다.

"아, 제기랄."

탐은 재즈에게 말했다.

"55사단 기념식 전체 경비계획은 평상시의 볼드윈 브릿지 평일 멤버가 다야. 5명. 거기에 군중통제를 위해 임시 고용한 지역경찰 2명 더."

"그런 상황이라면 확실히 도움이 필요하겠군요. 어디 봅시다."

탐은 재즈가 서류를 뒤적거리고, 욕설을 내뱉는 소리를 들었다.

"와일드카드는 글렀습니다. 특수임무로 캘리포니아에 있어요. 울처닉 상사는 무릎 수술을 했고 오리어리는 앞으로 몇 주간 돌아오지 않습니다. 사우디 아라비아에서 열린 저격수 대회에 가버려서."

"젠장. 그만한 재주의 저격수가 필요한데. 차량폭탄으로 예상하고 있다가 저격시도로 밝혀지면 어쩌나."

그는 눈을 감았다. 머천트가 진짜라는 가정하에서. 탐이 단순히 테러리스트일 수도 있고 아닐 수도 있는 남자를 봤다고 상상한 게 아니라는 가정하에서.

"우리 쪽에도 저격수가 하나 있어야 할 텐데."

"그렇게 쉽지 않을 겁니다, 대위님. 이 대회가 전군(全軍)에서 최고 실력을 지닌 남자들을 싹 쓸어가버렸어요."

최고 실력을 지닌 '남자'들.

"알리사 로크가 그 경연대회에 갔는지 알아봐."

프랭크 오리어리는 미 해군에서 두 번째로 뛰어난 저격수에 불과했다. 둘이 겨룰 때마다 번번이 로크 중위가 그를 이겼다. 목표물 제거에 있어선 그녀는 로봇이었다.

"보나마나 안 갔죠. 초청받지 못했을 겁니다. 사우디 아라비아에는. 여자가요? 어림도 없죠."

"그녀에게 연락해."

재즈는 미묘하게 망설였다.

"대위님. 그게…… 현명한 일일까요?"

로크는 남자들만이 존재하는 실 팀에 받아들여지고 싶다는 소망을 공공연하게 드러내고 다녔다. 기회가 닿을 때마다 탐과 재즈를 졸라댔다. 자신이 원하는 건 실력을 증명할 기회뿐이라고 주장했다.

"그녀는 일을 상당히 중시하지. 휴가를 내고 싶지 않을지도 몰라. 위험 감수도 그렇고 그냥 시간낭비가 될 수도 있다는 사실을 확실히 주지시켜.

아무 일도 벌어지지 않을지도 몰라. 몇 주간을 해변에서 자네와 함께 그림 그리기나 배우다 말 수도 있다고.”

“저하고요? 이렇게 기쁠 데가.”

재즈는 전혀 반기는 기색 없이 말했다.

“내 컴퓨터에서 그 파일들 다운로드받았어?”

“전부 준비해 놓고 대기중입니다, L.T.”

“이봐, 다시 말해둬야겠어. 내가 명령하는 걸로 받아들이면 안…….”

“분명히 알아들었습니다. 확정되는 대로 비행 편과 도착시간을 이메일로 알려드리죠.”

재즈는 전화를 끊었다.

데이빗은 목청을 가다듬었다.

“여기 앉아도 될까?”

그를 올려다보는 맬러리의 밝은 갈색 눈과 꽉 다문 섬세한 입매에는 적개심이 일렁였다.

그녀의 성은 파올레티였다. 시내 저편의 집에서 어머니와 함께 살고 있었다. 데이빗은 해변가에서 노는 꼬마들에게서 그녀에 관한 모든 것을 별로 힘들이지 않고 알아낼 수 있었다.

그녀에 관한 ‘모든’ 것. 사실, 그가 듣고 싶은 이상을.

맬러리와 그녀의 어머니 둘 다 돈이나 약에 몸을 내준다는 걸로 유명했다. 그들은 까다롭지 않았다. 신용카드는 받지 않지만, 코카인 한 줄이면 충분하다. 동네 전설에 따르면, 그걸로 프로급 오럴섹스를 받을 수 있단다. 양을 좀더 주면 더 많이 받을 수 있다. 이곳 볼드윈 브릿지에서 남자들은 두 파올레티 여자들 중에 취향대로 골라잡을 수 있었다―딸과 어머니. 그리고 어머니도 딸만큼이나 이국적이고 아름다운 것이 분명했다.

비록 데이빗이 세상에서 가장 경험 많은 남자와는 동떨어져 있기는 해도, 소문이 이만큼이나 잘 포장되어 리본까지 달려 있다면 사실이기 힘들다는 것을 알 만큼은 되었다. 맬러리와 걔네 어머니가. 말도 안 돼.

데이빗에겐 작은 동네의 저열함과 질투로 들렸다. 그는 단 한 마디도 믿지 않았다.

몇 시에 그녀가 일을 마치나 알아보려 그가 아이스크림 숍으로 돌아가자, 오늘은 추가근무를 한다고 매니저가 말해 주었다. 맬러리는 8시까지 일하지만 지금 현재는 저녁식사 시간이다. 데이빗은 어디 가면 그녀를 찾을 수 있을지 정확히 알고 있었고 아니나다를까, 그녀는 나무 아래에 있었다.

"도무지 포기라는 걸 모르나 보지? 내가 지옥으로나 꺼지라고 말하는 게 싫증나지도 않아?"

그는 그녀에게서 약 1.2미터 떨어진 그늘에 앉으며, 생각하지 않는 척했다.

"응."

그녀는 그에게서 조금 몸을 돌리고 책을 계속 읽는 것으로 의사표시를 했다. 그녀의 저녁식사는 저번과 마찬가지로 처량해 보이는 바싹 마른 땅콩버터 샌드위치였고, 그녀는 천천히 그걸 먹으며 모든 주의를 책에 쏟았다.

데이빗은 그녀의 뺨이 그리는 부드러운 곡선, 섬세한 코, 살짝 이국적인 눈매, 티없는 피부와 입을 쳐다보지 않을 수 없었다. 세상에, 맬러리 파올레티는 완벽한 입을 갖고 있었다.

턱도 완벽했다. 그녀는 고집 센 각도로 턱을 치켜들고 있었는데, 그 반항적인 자세가 부드럽고 우아한 목선을 드러낸다는 사실을 의식하지 못하고 있었다. 길고 고상한 목선에, 서사시 한 편은 나올 만한 쇄골, 그리고 진짜로 굉장한 가슴을 하고 있었다.

그녀는 그의 나이트세이드가 현실로 살아난 모습이었다. 물론 통 넓은 반바지에 탱크탑을 입은 옷차림은 나이트세이드의 평상시 모습 니키 셸던에 더 가까웠다.

데이빗은 가방을 무릎 위로 끌어올리고 지퍼를 열어 책을 꺼냈다. 맬러리가 읽고 있는 것과 똑같은 소설. 그는 슈퍼마켓에서 할인가에 샀다.

1.2미터 저쪽에서 맬러리가 자세를 바꾸었다. 그는 올려다보지 않았지만, 그녀가 빈 샌드위치 봉지를 도로 갈색봉투에 담는 소리를 들었다. 그녀가 봉투를 구기고 다시 자세를 고치는 소리를 들었다.

그러고 나서 그녀가 말했다. 그에게. 불신이 뚝뚝 떨어지는 목소리로.

"내참, 그만 좀 해. 정말로 네가 그걸 읽는다고 나더러 믿으란 건 아니겠지?"

그는 책 너머로 그녀를 쳐다보았다.

"그야 정말로 읽고 있고말고. 반 넘게 봤는데."

그녀의 얼굴 표정이 너무나 코믹해서, 그는 하마터면 그걸 필름에 담아두기 위해 가방에서 카메라를 꺼낼 뻔했다.

"로맨스를 읽고 있단 말이지."

그녀는 주위를 둘러보았다.

"사람들이 잔뜩 있는 이런 데에서?"

데이빗도 주위를 둘러보았다. 호텔 앞 잔디밭에는 20명쯤, 아래쪽 마리나에는 더 많은 사람들이 있었다. 단 1명도 그들에게 털끝만큼의 관심도 기울이지 않고 있었다. 그는 어깨를 으쓱했다.

"그래. 네 말이 옳더라. 굉장하던걸. 추천해 줘서 고마워."

"정말로 전부 다 읽고 있는 거야?"

그녀는 수상쩍다는 듯 물었다.

"휙휙 넘기다가 섹스신만 읽는 게 아니라?"

"왜 그런 짓을 하겠어?"

"네가 남자니까……?"

"난 정말로 전부 읽고 있어."

그는 미소지었다.

"하지만 고백하자면, 읽다가 섹스신이 나오면 그 부분은 두 번씩 읽지."

그녀의 입술이 뒤틀리며 슬쩍 올라가 아주 자그마한 미소를 지었다.

"흠, 동족이네. 나도 그래."

그녀는 그에게 미소지었다. 그녀가 그에게 미소지었다! 진짜 미소, '우리는 일치하는 구석이 있네'란 뜻의 순전한 미소였다. '눈을 확 손가락으로 파낼까보다' 미소가 아니라. 맬러리는 책을 거의 다 읽어가고 있었다.

"빨리 읽는구나."

그의 말에 그녀는 그의 책을, 그가 책갈피삼아 손가락을 끼우고 있는 부분을 쳐다보았다.

"너도 그런걸."

"난 옛날부터 독서를 좋아했어. 책만 있다면 어디에 있든 상관없지. 즉시 몇 백만 마일 떨어진 생판 다른 곳으로, 심지어는 다른 행성에 있을 수도 있으니까. 다른 사람이 될 수도 있고. 알지? 내 자신으로 있기엔 너무 골치 아플 때."

맬러리는 고개를 끄덕였지만, 이내 그 자그마한 동의의 표시를 통해 너무 자신을 드러냈을까봐 두려운 듯이 고개를 돌렸다.

"후유, 담배 한 개비만 있었으면."

그녀는 숨을 내쉬었다.

"끊기 힘들지?"

"혹시 하나 갖고 있진 않겠지?"

"난 안 피워."

"그러시겠지."

모욕을 주려는 의도였지만 데이빗은 흘려 넘겼다. 맬러리 파올레티는 사람들을 자신의 세상에서 몰아내기 위해 상당히 견고한 방어벽을 세웠다. 그 안에 들어가고 싶다면, 가시 돋친 말에 입은 상처는 무시하고 수동적—공격적인 지뢰밭을 조심조심 디뎌야 했다.

그는 가방을 다시 열고 안을 뒤져 아까 오후에 넣어둔 책을 찾았다. 카메라 밑에 있는 책을 찾아낸 그는 그녀에게 내밀었다. 하지만 그녀가 받아들지 않자, 그냥 그녀 앞에 내려놓았다. 여신에게 바치는 공물처럼.

"난 막 이 책을 읽기 시작했거든……."

그는 읽고 있던, 그녀가 추천한 책을 손짓했다.

"그러다 문득 넌 하인라인*의 작품을 한 번도 못 읽어봤을지도 모른다는 생각이 들더라. 내가 제일 좋아하는 작품 중 하나를 빌려줄까 하고."

---

* 로버트 A. 하인라인. 유명한 SF 소설가로 <스타십 트루퍼스>, <여름으로 가는 문> 등을 썼다.

맬러리는 그가 자기 앞에 내려놓은 책을 내려다보았지만 만지지는 않았다. 그냥 표지를 쳐다보다가 그를 다시 쳐다보았다.

"나한테 뭘 원해?"

너무나 직설적인 질문이라 데이빗은 어떻게 대답해야 할지 몰랐다. 그녀의 강렬한 눈에 사로잡혀 대답할 수가 없었다.

"날 무슨 비밀 북클럽에 끼워주면 내가 책 말고 가끔은 딴 것도 받아줄 거라고 생각했어? 그래서 이러는 거야? 나랑 하고 싶어, 괴짜 꼬마?"

괴짜 꼬마. 아얏. 하지만 데이빗에겐 대답할 기회가 없었다. 그녀는 엄청 화가 나 있었으며 아직 할말을 끝내지 않았다. 그는 겨우 목소리를 되찾았지만 간신히 낼 수 있는 말은 "아니……."가 전부였다.

그녀는 벌떡 일어나서 난폭하게 그의 책을 차버리고, 구겨진 종이봉투와 반쯤 마신 음료수, 자신의 책을 챙겨들었다.

데이빗은 맬러리와 친구가 되는 데 며칠, 아니 몇 주가 걸릴 거라 상상해 왔다. 그런 다음, 둘이 친구가 된 다음에야 그녀에게 나이트셰이드에 대해 말할 참이었다. 하지만 이제 그런 식으로는 안 된다는 것을 깨달았다. 지금이 아니면 기회가 없다.

그래서 가방을 허겁지겁 뒤져 <윙마스터즈 2>를 꺼내며 그도 일어났다.

"너한테 원하는 게 있어, 맬러리. 그 점은 네 말이 맞아. 하지만 네가 생각하는 그런 일은 아니야. 저기, 다음 번 내 프로젝트의 모델이 되어줬으면 해."

그가 책을 내밀자 그녀는 짙은 색의 표지를 내려다보았다.

"<윙마스터즈 2>?"

그녀는 제목을 읽고 그를 올려다보았다.

"만화책?"

"그래픽 노블(graphic novel)*이야. 우린 만화책보다 좀더 수준 높은 작품을 만들기 위해 노력하고 있어. 하지만 D. C.나 마벨 출판사에서 제의를 받

---

* 만화(comics)는 유치하다는 고정관념에서 탈피하기 위해 좀더 심각하거나 성인에 어울리는 주제를 다룬 작품을 차별화하기 위한 명칭. 그러나 사실 둘을 나누는 분명한 기준은 없다.

는다면, 당장 자랑스레 만화책이라고 할 거야."

그는 앞의 이름들을 가리켰다.

"레니 시모다와 데이빗 설리번 지음. 작화 데이빗 설리번. 이게 나야."

그녀는 그에게 못미더워하는 표정을 지으며 책을 좀더 가까이 보기 위해 그의 손에서 빼냈다.

"<윙마스터즈> 1권과 2권은 둘 다 한정판으로 나왔어. 각각 몇 천 부. 이걸 배본하기 위해 우리 스스로 출판사를 시작했지."

그는 책을 훌훌 넘겨보는 그녀에게 말했다.

"인쇄비를 선지불해야 했지만, 최초 투자금은 거의 뽑았지. 불행히도 이 시리즈는 기대했던 만큼의 인기를 끌지 못했어. 컬트 애호작품이긴 해도."

그녀는 서서 페이지를 넘기고 있었다. 아마 얘기는 반쯤만 듣고 있으리라.

"지난 두 달간, 난 새 시리즈를 구상하고 있었어. 이번 거는 전부 내 작품이야. 작화만이 아니라 스토리도. 니키 셸던이라는 여고생이 자신이 초능력을 갖고 있다는 걸 깨닫게 되는 내용이지. 버피*와 엑스맨이 만났다고나 할까."

맬러리는 그를 향해 얼굴을 찌푸렸다.

"그럼 나더러 네가 이 그래픽 노블인지 뭔지의 표지에 나온 데이빗 설리번이라는 걸 그냥 믿으란 소리야?"

데이빗은 지갑을 꺼내 운전면허증을 꺼냈다. 그녀는 그걸 그에게서 받아들고, 그의 이름과 뉴튼에 있는 부모님 댁의 주소를 흘끗 쳐다보았다.

"어휴, 이 사진 끝장이다."

그녀는 그를 다시 올려다보았다.

"흠, 그렇진 않은가."

그녀는 여전히 미심쩍어하며 그에게 면허증을 돌려주었다.

"데이빗 설리번은 흔한 이름인걸."

---

* <버피와 뱀파이어(Buffy the Vampire Slayer)>의 여주인공. 뱀파이어 슬레이어(흡혈귀 사냥꾼)인 여고생 버피가 친구들과 후견인의 도움을 받아 뱀파이어나 괴물들을 처치하는 내용의 미국 드라마.

데이빗은 그 본인임을 증명할 방법을 알고 있었다. 그는 잔디에 앉아, 가방을 뒤져 연필과 스케치 패드를 찾았다. 백지를 펼쳐 패드를 왼쪽 다리에 얹고는, 맬러리를 올려다보고 그리기 시작했다.

"좀 앉아주면 안 될까? 나 목 부러지겠어."

그녀는 그의 연필이 종이 위를 날아다니는 것을 지켜보다, 천천히 땅에 앉았다. 그가 그림 그리는 모습을 볼 수 있게 무릎을 바닥에 대고 당겨 앉았다.

"와, 진짜 굉장하다."

그녀가 숨을 내쉬었다.

그렇게 괜찮은 건 아니었다. 이런 중압감만 아니었던들 훨씬 더 잘 그릴 수 있었다. 하지만 나쁘지도 않았다. 그녀의 트레이드마크인 찡그린 표정까지 갖춘, 만화풍의 맬러리 얼굴. 그는 거기에 몸을 덧붙였다. 과장된 슈퍼히어로 타입의 몸에 슈퍼히어로 포즈. 손은 골반에, 다리는 약간 벌리고 선 자세는 강건해 보이고, 근육이 불끈거리며 가슴을 앞으로 내밀고 있었다.

"나이트셰이드"

맬러리는 그가 대문자로 그림 옆에 쓴 이름을 소리내 읽었다. 그녀는 <윙마스터즈 2>의 표지에 있는 비슷한 그림을 쳐다보고, 그를 올려다보았다.

"세상에, 진짜 네가 그린 거구나?"

그는 스케치 패드를 돌려 그녀가 제대로 보게 했다.

"내가 원하는 일은 너의 사진을 찍는 거야. 모든 종류의 포즈로, 모든 각도에서. 진짜처럼 보이는 육체를 그리는 게 제일 어렵거든. 진짜 사람들처럼 움직이고 관절이 굽혀지고 근육이 움직이는, 해부학적으로 올바른 육체 말야. 작년에 학교에서 해부학 수업을 들었는데 그게 도움이 많이 되었어. 그래도 책상에 네 사진을 수백 장 붙여놓을 수 있다면 훨씬 쉬워질 거야."

그녀는 그림을 응시하며 웃었다.

"정말 나랑 꼭 닮았다. 진짜 기분 이상하네."

"자,"

데이빗은 그녀에게로 다가앉으며 말했다.

"무슨 뜻인지 보여줄게."

그는 가방에서 카메라를 꺼내 잔디 위에 살며시 놓고 막 현상소에서 찾아온 사진을 뒤졌다.

"와, 엄청 커다란 카메라네."

"사실 카메라는 상당히 작아."

그는 카메라를 다시 집어들어 그녀에게 건네주었다.

"렌즈가 큰 거지."

그는 뷰파인더를 가리켰다.

"여기로 들여다봐. 그리고 이걸 이렇게 움직여서, 포커스를 맞추고."

그들의 손가락이 맞닿았으나 그녀는 손을 빼지 않았다. 그는 그녀의 숨결에서 달짝지근한 땅콩버터 냄새를 맡을 수 있을 만큼 가까이 있었다.

그녀가 웃음을 터뜨렸다.

"이거 파파라치 렌즈 아냐. <내셔널 인콰이어러>지가 상반신 누드로 일광욕하는 퍼기*의 사진을 한 5마일은 떨어져서 찍을 때 쓴 거 같은."

그녀가 뷰파인더에서 눈을 떼어 올려다보자, 그는 그녀의 밝은 갈색 눈 안에 녹색과 금빛의 파편이 섞인 것을 볼 수 있었다. 10미터 떨어진 그녀는 근사했고, 1미터 거리에서는 기막혔다. 10센티미터에서 본 그녀는 심장이 멈출 듯했다.

그녀의 눈을 바라보고 있노라니 데이빗은 IQ가 한 자리 숫자로 곤두박질치는 것을 느꼈다.

"그럼 이 슈퍼렌즈로 누굴 찍었어? 윌리엄 왕자가 여기 오기라도 했대?"

"아니."

그는 간신히 말할 수 있었다.

"아무도 내 말은, 아직은 안 찍었다고 그러니까 오후에 사진을 좀 찍을 참이었어."

사진. 맞다. 그녀에게 사진을 보여주려던 참이었지. 정신 차려. 지금 실패하면 안 돼. 그녀가 여기 앉아서 내 말을 듣고 있고, 내 프로젝트에 관심

---

* 영국 여왕의 차남 앤드루 왕자의 비였던 사라 퍼거슨의 애칭. 1996년 이혼했다.

을 갖고 있다고.

그녀는 그에게 카메라를 돌려주었고, 또다시 그들의 손가락이 맞닿았다.

"중학교 때 미디어 클럽 소속이었어."

그녀가 그에게 말했다.

"참 좋았는데. 진짜 끝내주는 카메라를 빌려서 흑백사진을 잔뜩 찍었어. 뭐 마크 프릿츠가 내 사물함에서 카메라를 훔쳐가기 전까지였지만. 나한테는 자기가 가져갔다고 그래 놓고선, 내가 말리 선생님한테 말했을 때는 아니라고 하지 뭐야. 마크는 전부 A를 받는데다 테니스팀 부장이었으니 나만 거짓말쟁이로 찍혔지. 미디어 클럽에서 쫓겨나진 않았지만 다시는 장비를 빌릴 수가 없었어. 그러니 어쩌겠어? 엄마는 날 달래주려고 엿같은 소형 자동카메라를 사주더라. 엄만 그거랑 니콘의 차이를 몰라."

마크 프릿츠와 말리 선생 둘 다 호되게 두들겨맞아야 마땅했다.

"자동카메라로도 많은 걸 할 수 있어. 아님 일회용 카메라로도. 특히 자연광으로 작업한다면 말이야. 아직도 사진 찍어?"

그녀는 애매하게 어깨를 으쓱했다. 그렇다는 뜻인지 아니라는 뜻인지 알기 힘들었다.

그녀가 시계를 내려다보았다. 젠장, 그녀가 가버리려 한다.

"5분 안에 일어나서 아이스크림 숍으로 돌아가야 해."

데이빗은 사진봉투를 가방 앞주머니에서 찾아냈다.

"자, 여기 금방 몇 장 보여줄게."

몇 장은 그가 이곳 시내에서 찍은 사진들이었다. 하지만 대부분은 브랜든의 최근 사진이었다.

"내 아파트에서 찍은 거야. 얘는 내 친구 브랜든 크레인이고 호텔에서 인명구조원으로 일하고 있어. 기본적으로 내가 하는 건, 얠 불러다 수영복을 입게 하고……."

"넌 이걸 그렇게 불러? 별로 상상의 여지를 남겨두지 않는데, 안 그래?"

데이빗은 웃음을 터뜨렸다.

"스피도 수영복이야. 별거 아닌걸. 다들 늘 입잖아."

"그래, 프로빈스타운*에선 그럴지도."

그녀는 사진을 좌르륵 넘겨보았다.

"세상에, 그럼 나한테는 뭘 입히려고?"

그의 맥박이 속력을 높였다. 그녀가 묻는 투는 꼭 얘기가 다된 것처럼, 승낙할 것처럼 들렸다. 하지만 속단해선 안 된다. 차분하게 풀어가야 한다.

"비키니 갖고 있어?"

그녀는 고개를 저었다.

"난 너무 쉽게 타서 일광욕 잘 안 해."

"나한테 의상상자가 있어. 거의 모든 사이즈의 비키니들이 들어 있거든. 네가 마음에 드는 게 있으면 나중에 가져도 좋고."

그녀는 브랜든의 사진으로 눈길을 돌려 좀더 자세히 들여다보았다.

"나중에 가지고 싶어지려나. 게다가 혹시 그게 네가 즐겨 입는 거면 어쩌려고?"

가볍게 놀리는 소릴까, 아니면 잔혹한 조롱? 데이빗은 알 수가 없었다.

"개인적으로, 난 핑크 발레리나 튜튜(발레할 때 입는 짧은 스커트)를 좋아해."

그는 그녀가 놀리는 거라 믿기로 하고 가볍게 말했다.

"그거랑 닭 의상. 그 두 가지에만 손대지 않는다면……."

그녀는 웃음을 터뜨렸다. 그리고는 그 중 특히 많이 벗은 브랜든의 사진을 들었다.

"이 남자가 정말로 여기 시내에서 인명구조원을 해? L.A.의 영화 세트장에 있어야 할 것처럼 보이는걸. 그나저나 어떻게 꼬셔서 끌어들인 거야?"

"우린 4학년 때부터 친구야. 호텔의 아침식사 웨이터 자리도 걔가 소개해 준 거고 브랜든은 공짜로 포즈를 잡아주고 있어. 지불유예라고나 할까. 내가 대박을 터뜨리면 나중에 걔한테 후하게 줄 거라는 걸 서로 알고 있지. 하지만 원한다면 너한텐 선지불로 줄 수 있어. 한 시간에 50달러가 내가 감당할 수 있는 한도야."

---

* 매사추세츠 주 북동부에 있는 소도시. 여름 휴양지이며 예술인 거주지로 유명하다.

그녀는 갑자기 열심히 사진을 다시 뜯어보고 있었다. 마치 그의 눈을 쳐다보고 싶지 않은 듯이.

"그냥 수영복 입고 서 있기만 해서 받는 것치고는 엄청 큰 액수인데."

"프로모델은 그것보다 더 받아."

그녀는 아무 말이 없었다.

"내가 뭘 하려나 하면 말이지."

데이빗은 돈 얘기를 꺼내 일을 망친 것이 아니기를 빌며 말했다.

"너와 브랜든을 같이 촬영할 수 있게 스케줄을 잡는 거야. 물론 네 독사진도 많이 필요하지만, 너희 둘이 함께 있는 모습이 좀 있으면 좋겠어. 어떻게 하는지 브랜든이 너한테 시범도 보여줄 수 있고"

어쩌면 데이빗과 단둘이 원룸 아파트에 있게 되지 않는다는 걸 알면 그녀는 좀더 안심할지도 모른다.

"걔는 그래픽 노블에서 네가 관심 두는 상대인 줄리언이 될 거야."

"그 그래픽 노블이라는 게 얼마나 '그래픽'한데?"

그녀가 의심스레 물었다.

"아냐."

그는 다급히 말했다.

"그런 게 아냐. 전혀. 난 독자층을 최대한 넓게 잡으려 하거든. 몇몇 작화가들은 어, 음, 생생하게 하는 쪽을 좋아하긴 하지. 물론 나도 어느 정도의 관계를 암시하려 하지만…… 글쎄, 뭐 두 캐릭터가 키스하는 장면은 분명히 나올 거야. 그래도……."

그녀는 브랜든의 사진을 다시 내려다보았다.

"그럼…… 나랑 네 친구가 키스하는 사진을 찍고 싶다는 거네."

"어, 그래. 저기, 몇 장. 키스신은 그리기 어렵거든. 그래서……."

"이 남자애 말야, 음, 사귀는 사람 없어?"

데이빗의 속이 뒤틀렸다. 그 질문은 몹시 무심한 투였다. 지나치게 무심했다. 아, 젠장. 이런 일은 전에도 수없이 겪었다. 그와 브랜든이 어딜 갔다가, 그가 정말로 좋아하는 여자애를 만나고―브랜든이 그 애를 집으로 데려가는 거다. 뻔한 패턴이었다.

그에게는 미치도록 속 터지는 일이었다. 허나, 이번은 이 여자애를 좋아하는 게 아니었다. 포즈를 취해 달라고 그녀를 설득하는 중이지.

"그래."

그는 손가락으로 안경을 밀어올리며 말했다.

"사귀는 여자는 없어. 하지만 경고는 해둘게. 널 보면 녀석은 당장 수작을 걸 거야."

자신이 비겁한 겁쟁이처럼 느껴졌다. 근육질의 친구와 자게 해주겠다는 조건으로 그녀를 원룸으로 끌어들이려 꾀는 겁쟁이.

"어림없어. 이런 남자는 잘 사는 집 여자애들하고만 데이트하는걸."

그녀는 사진들을 봉투에 도로 넣었다.

"그리고 혹시 그쪽에서 데이트를 청한다 해도 난 같이 안 다닐 거야. 내 인생에 이런 종류의 골칫거리는 반갑지 않아."

"음, 그럼 걔한테 널 귀찮게 하지 말라고 확실히 말해 둘게."

데이빗은 그녀에게 무엇이라도 약속할 태세였다. 뭐가 되었든. 브랜든이든 아니든. 물론 그로선 아닌 쪽이 좋았지만, 카리스마 넘치는 그 친구를 실제 만나고 나면 그녀는 마음을 바꿀지도 모른다.

그녀가 일어나서 바지 엉덩이를 털었다.

"늦었네. 가봐야겠어."

"오늘밤은 어때?"

그는 명함을 찾아 가방 속을 뒤지며 물었다.

"브랜든은 오늘밤 시간 나거든. 9시면 내 아파트에 올 수 있을 거야. 9시에서 11시면 어때?"

그는 무릎을 꿇고 애원하고 싶었지만, 최소한 그나마 침착하게 있는 쪽이 낫다는 걸 알고 있었다. 그녀는 주저하다 명함을 받아들었지만 이번에는 진짜로 읽었다. 그는 명함에 여름 주소지와 전화번호를 또박또박 써놓았다.

"수영복 입고 하는 거지?"

"하늘에 맹세할게. 원한다면 보호자로 너네 아버지를 모셔와도 되고"

"우리 삼촌을 데려가면 어떨까?"

그녀가 도전적으로 말했다.

"네이비 실인데, 휴가를 받아 와 있어."

데이빗은 스케치 패드를 들고 허둥거리다 잔디밭에 떨어뜨렸다.

"진짜?"

그의 목소리가 끽 소리를 냈다.

"그거 정말 끝내준다. 네이비 실이면 그리스 신 같은 체격이잖아. 모셔 와. 혹시…… 와, 혹시 그분도 포즈를 취해 주실까?"

맬러리는 깔깔 웃었다.

"아니. 하지만 난 할게. 네가 진심이라는 걸 방금 확신했어. 맙소사, 네 꼴통지수는 천장을 치는구나."

됐다! 꼴통지수 덕분에. 그게 무슨 뜻인지 몰라도 데이빗은 씨익 웃었다.

"그럼 이따 밤에 보지."

아, 이런, 빨리 집에 가서 청소해야겠다.

그녀는 그를 향해 인상을 북 썼다.

"만약 내가 사람 잘못 본 걸로 밝혀지면, 네 쌍방울이 코로 튀어나오도록 걷어차 줄 거야. 알아들었지?"

데이빗은 웃음을 터뜨리지 않을 수 없었다. 그 이미지가 너무나 생생하게 머리에 떠올라서.

"그렇고말고."

그녀는 자신이 진짜 진지하다는 걸 보이려는 듯 그를 한 번 더 노려보고는 조심스레 바지 뒷주머니에 그의 명함을 챙겨넣고 일터로 돌아갔다.

데이빗은 그녀가 코너를 돌 때까지 기다렸다가, 그제서야 나무 주위를 돌며 승리의 춤을 춰댔다. 그녀는 내 거야. 내 거.

음, 어쨌든 종이 위에서는.

8

빨랫감은 한쪽으로 차내요, 켈리는 그렇게 말했다. 이론상으로는 쉬울 듯했다. 허나, 실행은 좀더 어려웠다. 왜냐하면 탐의 눈에는 방에 흩어져 있는 대부분의 빨랫감이 속옷처럼 보였기 때문이었다. 레이스, 실크, 지극히 여성적인 속옷. 그런 것들이 켈리의 서랍장 제일 윗 서랍에서 흘러넘쳐 침대 위, 바닥, 컴퓨터 앞 의자에 널려 있었다.

그래, 청바지와 반바지 그리고 티셔츠도 있기는 했다. 하지만 그런 것들은 그의 세탁물 바구니에도 들어 있었다. 그런 건 익숙했다. 그런 거라면 문제없이 한쪽으로 차낼 수 있다. 그 자신의 방에서도 수없이 한 일이고. 하지만 브래지어와 팬티, 그리고 스타킹은…… 이크

한쪽 발로 조심스레 빨랫감을 옆으로 밀치려 하자, 녹색 새틴과 레이스 팬티가 그의 샌들에 걸렸다. 맨발가락에 닿은 천이 퇴폐적으로 서늘한 감각을 주었다.

켈리 애시튼의 속옷.

그것만으로도 감당하기 어려웠다. 하지만 녹색 레이스를 떼어내려 몸을 굽혔다가, 그는 알고 싶지 않았던 사실을 발견해 버렸다.

켈리 애시튼이 끈팬티를 입는다.

이제 탐은 그녀의 컴퓨터 앞에 앉아, 머리는 쿵쿵거리고 현기증에 조금

어질어질함을 느끼며, 그녀의 희미한 향수와 로션 내음을 들이쉬었다. 여전히 약간 충격받은 채. 맙소사, 그는 머릿속에 떠오른 이미지를 원치 않았다. 속옷 차림의 켈리 상상만으로도 충분히 괴로웠건만, 켈리가 저걸 입어?

머리부상은 제쳐놓고 그 이미지만으로도 현기증이 나기에 충분했다.

그리고 그건 내일밤 그녀와 함께 저녁을 먹을 때 생각하고 싶은 주제가 결코 아니었다.

켈리 애시튼이 그에게 저녁을 같이 먹자고 청했다. 이봐, 진정하라구. 단지 저녁식사일 뿐이야. 정말 그럴까?

그는 휘핑크림에 대해 그녀가 한 말을 농담으로 여겼었다. 하지만 만약 그녀가 반쯤만 농담한 거라면? 만약 그녀가 정말로 원하는 것이…….

그런 생각 마, 엉큼하긴.

그가 여기 앉아 그녀의 속옷을 흘끔거리고, 벌거벗은 그녀가 그와 심장이 멎을 듯 격렬한 섹스를 나누는 상상을 하리란 걸 켈리가 알았다면, 아마 컴퓨터를 쓰도록 허락하지 않았으리라.

어쩌면 격렬한 섹스가 아닐지도 모르지. 어쩌면 켈리와의 섹스는 맥박이 고동치리만치 느릴지도 모른다. 미치도록 느긋하게. 비실제적으로 에로틱한, 흑백의 TV 향수 광고처럼. 다만 그들 사이엔 비실제적인 면이라고는 하나도 없을 것이다. 그는 한없이 느리게 그녀의 몸에 자신을 묻고, 그녀의 눈에 빠져 이성을 놓쳤듯 그녀의 몸에 빠져 이성을 잃으리라. 단 한 번의 손길로, 그녀의 손가락 하나가 그의 팔을 따라 가볍게 미끄러지기만 해도 그를 끝까지 밀어붙이기에 충분할 그런 섹스겠지…….

맙소사, 여기서 나가야겠다.

그런 일은 절대 일어나지 않을 테니까. 내일밤도, 앞으로도.

설령 그녀가 원한다 해도, 그는 지금 켈리 애시튼 같은 여자와 무슨 관계든 시작할 처지가 아니었다. 그는 평생 동안 그녀 같은 타입의 여자—사랑스럽고 순수한 여자, 당연히 다정하고 배려심 많은 남자를 만나 지속적인 관계를 나눠야 할 여자를 피해 왔고, 켈리는 그 중 여왕이라 할 만했다.

하지만 그녀를 원했다. 늘 그녀를 원했다. 그는 자신을 억누르고, 억지로 그녀의 눈에 담긴 상처를 마주한 채 아무런 해명 없이 떠났다. 그녀와 단둘이 되는 것이 두려워 메모를 썼다. <미안해. 난 못하겠어.> 그녀가 너무 어리다는 얘기는 한 마디도, 그녀를 다시 마주하면 자신이 열정에 휘말릴까 두렵다는 말은 한 마디도 하지 않았다.

아직도 눈을 감으면 그녀의 속삭임이 귀에 들려온다.

<이따 밤에 만나요. 나무 위의 집에서.>

그러고 싶었다. 평생 그 누구보다도 그 무엇보다도 켈리를 원했다. 하지만 자신의 열정에 겁이 더럭 났다. 바삐 메모를 갈겨쓰고 그녀 눈에 뜨일 만한 장소에 붙여놓고는 모터사이클에 올라 연료가 떨어질 때까지, 집으로부터 멀리 떨어진 곳에서 발이 묶일 때까지 마구 속도를 내어 몰았다.

그날 밤 볼드윈 브릿지로 돌아가 나무 위의 집에서 켈리를 만날 가능성이 사라질 때까지.

하지만 이제 그는 볼드윈 브릿지에 돌아왔다. 그리고 그녀는 더 이상 어리지 않다. 아니, 이제 감수해야 할 위험은 훨씬 덜 명확했고 대체로 감정적인 것이었다. 하지만 위험한 정도는 결코 덜하지 않았다. 왜냐하면 켈리의 마음이 걸려 있기에.

프린터가 머천트의 두 번째 사진을 뱉어내기를 기다리는 동안 탐은 속옷을 못 본 척하려 애쓰며 켈리의 방을 둘러보았다.

그녀의 침대는 정리되어 있지 않았다. 다채로운 꽃무늬 시트와 4개의 기둥에 창문 커튼과 일치하는 파란 캐노피가 달린 고풍스런 침대였다. 편안하고 시원해 보이는 것이, 그 침대 안으로 기어들어가 눈을 감고 그녀의 달콤한 내음이 나는 베개에 묻혀 쑤시는 두통을 달래고만 싶었다.

골디록스와 3마리 곰 이야기를 뒤집은 것처럼, 그녀가 집에 돌아왔을 때 그가 여기에 있으면…….

그래, 이거다. 결국 해군에서 쫓겨나면 포르노 각본을 쓰면 되겠군.

젠장, 어디가 잘못되었기에 켈리에 대한 이런 식의 상상을 멈출 수가 없을까? 그녀는 그냥 쓰레기 같은 바에서 건진 싸구려 여자가 아니다. 사실 그는 켈리를 존경했다. 그녀를 존중했다. 그녀는 우수하고 똑똑했다.

둘다 고등학교에 다니던 시절, 그는 그녀와 애기하는 것을, 그녀의 머리가 돌아가는 것을 지켜보기를 좋아했다. 그녀는 그의 의견에 반대하기를 두려워하지 않았다. 물론 늘 예의바른 태도이긴 했지만. 그녀는 이 지상에서 가장 착하고 사랑스러우며 다정한 사람 중 한 명이었다.

그녀를 보호하고 숭배하며, 멀찍이서 우러러야 마땅했다. 할머니, 마더 테레사, 줄리 앤드루스한테 그러듯이 존중해야만 했다.

그녀는 아직도 그에게 끌리고 있었다. 그걸 모른다면 그는 바보다. 하지만 오늘 아침 그가 연애상대로 부적당한 후보자였다면, 오늘 오후엔 더 심했다.

홈 디팟에서 머천트를 보았을 때 그를 사로잡았던 공포가 가슴에 단단히 콱 걸려 있었다. 만약 그가 미쳤다면? 만약 가는 곳마다 테러리스트가 보이기 시작하게 되었다면? 만약 이것 때문에 정말로 해군을 나와야 한다면?

지금, 그 어느 때보다도 켈리를 멀리해야만 한다.

하지만 지금, 그 어느 때보다도 탐은 그녀의 달콤한 품이 주는 위안 속에 자신을 잊고 싶었다.

아, 그녀를 원했다. 그리고 만약 그녀가 그를 원한다면, 도대체 어떻게 계속 그녀를 거부할 수 있을까?

프린터가 조용해지자 탐은 켈리의 컴퓨터를 껐다. 문까지 가다가 또 다른 실크 조각을 발에서 털어내야 했다. 욕설을 내뱉으며, 그는 프린트한 사진을 들고 복도와 계단을 지나 식당으로 들어갔다가, 또다시 한창 언쟁중인 찰스와 조를 발견했다.

"자넨 잘못 생각했어."

찰스가 열을 내며 말했다.

"그건 너무 뻔하다구."

"단순함이 최선이다, 멍청아."

조가 반박했다. 찰스가 노려보았다.

"누구더러 멍청이라는 거야?"

통증이 탐의 왼쪽 눈 뒤를 찌르고 속이 울렁거렸다.

"하느님 맙소사."

그가 신음을 내뱉자 그들은 몸을 돌려 그를 쳐다보았다.

"딱 30초 동안 단둘이 두었더니 그새 또 시작이군요. 싸우지 않고 잘 지내지 못하시겠다면, 안 도와주셔도 됩니다."

그는 엄하게 작은할아버지를 바라보았다.

"이러실 줄은 몰랐어요. 어떻게 친구분한테 욕을……?"

"욕이라니?"

조는 어리둥절하여 탐과 찰스를 번갈아보였다.

"멍청이라며, 멍청하긴."

찰스가 일깨웠다. 그제서야 조는 깨달았다.

"그게 아냐, 왜 그 표현 있잖냐. 탐, 네가 늘 말하던 거. '단순함이 최선이다, 멍청아'. 욕이 아니……."

그는 쿡쿡거리기 시작했다.

"넌 내가 찰스에게 욕을 하는 줄로만 알고……."

그는 식탁 앞에 앉아 음울한 표정으로 산소를 흡입하는 찰스를 쳐다보았다.

"자네도 그렇게 생각했군. 자네에게 하고 싶은 말이야 많지만, 멍청하단 소린 절대 안 해."

찰스는 누그러진 기색이었다.

"음, 고맙네."

"우린 호텔 근처에 테러리스트가 차량 폭발물을 둘 만한 장소를 궁리중이었다."

조가 탐에게 말했다. 정말로, 그들이 식탁 위에다 커다란 시내지도를 펼쳐놓은 것을 탐은 보았다.

조는 지도상에서 호텔 앞 진입로를 손가락으로 짚었다.

"난 그 머천트란 작자가 바로 정문 앞에 세울 거라 생각했는데, 찰스는 그건 너무 노골적이라는구나."

그는 친구를 쳐다보았다.

"전에 우리와 한 번 갔었잖아, 독일군들이 전선으로 병력과 군수품을 보내는 열차선로를 망가뜨리러. 나치는 파괴공작을 예상했지. 우리가 밤을 틈타 격리된 구역의 선로로 잠입하리라 짐작했어. 우리가 어떻게 했는지 기억나?"

찰스는 대답하지 않았다.

"우린 시내 가까이, 독일군 막사 근처로 갔지. 그자들은 우리가 그렇게나 가까이 접근해 올 줄은 짐작도 못했지. 그래서 그쪽의 철로엔 경비가 없었어. 그건 시벨의 아이디어였……."

"물론 기억하고말고."

갑자기 여든 살 나이 그대로 보이는 찰스가 그의 말을 잘랐다.

"내가 기억한다는 걸 알면서. 젠장할!"

"44년에 있었던 일인가요?"

탐이 물었다. 진정으로 알고 싶기도 했지만, 그보다도 그들이 계속 이야기하게 만들고 싶었다. 시벨이란 사람은 누굴까?

그들은 둘 다 엄청나게 젊었으리라. 조는 기껏해야 스물, 찰스는 간신히 스물넷이나 되었을까.

탐은 스물네 살 때 막 BUD/S—네이비 실 훈련 프로그램을 마쳤었다. 막 첫 팀에 배치되었고, 거의 즉시 위험한 기밀작전에 참가했다. 하지만 그는 훈련을 받았다. 수년에 걸쳐 광범위하고 철저하게. 육체적으로나 정신적으로나 강건했고 단련되어 있었다. 거의 무슨 일이든 해결할 준비가 되어 있었다.

그리고 그 모든 대단한 준비에도 불구하고, 수년간 지독히도 두려웠던 적이 있었다.

조와 찰스는 기껏해야 훈련소에서 짧은 몇 달을 보낸 후 전장에 던져졌으리라. 운명은 그들이 적진 깊숙이에서 몹시 개인적인 전투를 하게 만들었다. 바로 탐이 두루 훈련받은 일들 중 하나를.

하지만 그들에겐 기밀작전 훈련도, 경험도 없었다. 자신들이 옳은 일을, 필요한 일을 하고 있다는 강한 신념 외에는 거의 아무것도 없었다.

이제 두 사람 다 입을 다문 채 그의 질문에 대답하지 않았고, 조는 마치 탐이 거기 서 있는 걸 깜박한 탓에 아까 그 말을 한 것처럼 그를 쳐다보고 있었다. 그의 작은할아버지는 갑자기 찰스만큼이나 늙고 병든 듯이 식탁 반대편에 털썩 주저앉았다.

"두 분만 말씀 나누시게 비켜드릴까요?"

탐은 조용히 물었다.

"아니."

그들은 입을 모아 격렬하게 답했다.

"몇 군데 전화를 해봤다."

찰스가 연달아 목청을 가다듬으며, 화제를 바꾸었다.

"이 테러리스트를 잡으려면 컴퓨터가 몇 대 더 필요하겠더군. 3대를 주문했어. 저택 동쪽 부분을 본부로 쓸 수 있을 거야. 전화선도 몇 개 더 가설 신청해 놨다. 금요일에 설치약속을 잡느라 고생 깨나 했지. 그게 여기 올 수 있는 최대한 빠른 날짜래."

"어어."

탐은 이제 완전히 새로운 이유로 현기증을 느꼈다.

"어디고 돈을 쓰시기 전에 아셔야 할 일이……."

"자네 상관이 자네가 본 남자가 머천트라는 걸 믿지 않는다는 거?"

찰스는 레이저 광선처럼 날카로운 시선을 그에게 고정시켰다.

"그 작은 문제가 있죠."

"익히 짐작했네. 미친 소리로 들리는구만. 뉴잉글랜드 해변 휴양지를 날려버리려는 테러리스트? 무슨 약에 취했나?"

"그러니 서둘러 돈을 쓰지 말아야 할 이유가 되겠지요."

"내 돈이야."

찰스는 불퉁하게 말했다.

"내 꼴리는 대로 쓰든 말든. 몇 달 후면 어차피 쓰지도 못할 테니 지금 쓰는 게 낫지."

탐은 자신의 다리가 이렇게 힘없이 느껴지지 않기를 바라며 식탁에 앉아, 왼쪽 눈썹을 엄지손가락으로 눌렀다. 맙소사, 머리가 아팠다.

"제가 해야 할 일은, 제 얘기를 덜 미친 소리처럼 들리게 만드는 겁니다. 그자를 추적하든가 아니면 그가 만들고 있을 게 뻔한 폭발물을 찾아내면 도움이 되겠죠."

"그자의 사진."

찰스가 말을 꺼냈다. 그는 전화기를 향해 손을 뻗었다.

"카메라도 좀 마련해야겠군."

탐은 전화기를 노인의 손이 닿지 않게 가만히 밀어 제지했다.

"사진이 있다 해도 꼭 도움이 되진 않을 겁니다."

그는 켈리의 컴퓨터로 프린트한 2장의 사진을 노인들에게로 밀었다.

"이게 그자인가?"

찰스가 셔츠 주머니에 넣어둔 돋보기를 더듬더듬 꺼내며 물었다.

"머천트?"

"전 제가 본 남자가 이 사람이라고 거의 확신하고 있어요. 하지만 이젠 이런 모습이 아닙니다."

"그렇겠지. 전세계의 절반이 뒤를 쫓고 있으니."

조가 거들었다.

"얼굴 변화는 미묘하지만 상당히 효과적이더군요."

"무슨 알아볼 만한 표시라도 있냐? 그자의 정체를 알아볼 만한?"

조가 물었다.

"이미 바꿔버리지 않았을 법한 건 없어요. 다만, 그가 과거에 관련되어 있던 과격파 일당은 모두 같은 문신을 하고 있죠. 오른쪽 손등에 사람 눈 모양의 문양."

그는 사진 뒷장에다 힘과 전능의 원형상징을 그려 보였다.

"상당히 작아요. 아마 5센트 동전 크기 비슷할 걸요. 제가 아는 머천트라면 그걸 없애지 않았을 테지만, 지금은 누가 알겠습니까. 아직 있다면 아마 밴드에이드로 가리고 있겠죠."

"그럼 우리가 찾아야 할 사람은 자네 정도 키에다가,"

찰스가 정리했다.

"희끗한 머리에, 안 좋은 피부, 오른쪽 손등에 밴드에이드나 눈 모양의 문신을 하고 있다는 거군."

찰스는 정말로 이 일에 빠져들고 있었다. 사실, 탐이 머천트의 사진을 보여준 이래 노인은 그렇게 시체마냥 창백해 보이지 않았다. 뺨에 혈기가 돌아오진 않았지만 몇 분 동안 산소탱크를 쓰지 않았고 쿨럭거림도 없었다.

그래도 찰스가 보행기에 의지하여 볼드윈 브릿지의 길거리를 왔다갔다 배회하며 오른쪽 손등에 밴드에이드를 붙인 남자를 찾아다니는 모습을 상상하자 탐은 미소짓지 않을 수 없었다.

"우리에게 필요한 건 머천트의 지문이야."

찰스가 결론지었다.

"그러면 우리를 믿어주겠지."

"해군 정보국이나 CIA가 그의 지문 파일을 갖고 있다면, 지문 발견으로 우리의 문제가 해결되겠죠."

탐은 신중히 말했다.

"하지만 그의 지문을 얻으려면 우선 그자를 찾아야 합니다. 그러려면 우리 셋의 눈으론 부족하지요. 제 부지휘관 자케트 중위가 스타렛 소위와 로크 중위와 함께 금요일 오후에 이곳으로 올 겁니다."

재즈에게서 이메일이 왔다. 분대의 다른 사람들은 일정에 묶였지만, 그와 샘 스타렛은 휴가를 내어 올 수 있다. 로건 공항에서 차를 렌트해서 볼드윈 브릿지에 대략 15시에 도착할 거란다. 아, 알리사 로크도 그들과 함께 온다, 하느님 감사합니다.

"여기에 머물면 되겠군. 방이야 널리고 널렸으니."

찰스가 결론지었다.

"먼저 켈리에게 의향을 묻는 게 좋겠지."

조가 말을 꺼냈다.

"왜 내가 켈리의 의향을 물어야 하나? 여긴 내 집……."

"켈리는 아저씨 딸이고 여기에 살고 있으니까요."

탐이 그의 말을 잘랐다.

"다만 물어볼 때 제 친구들이 피서를 왔는데 남는 방을 써도 되겠냐고 해주시면 좋겠군요."

"켈리가 이 일에 대해 아는 게 싫으냐?"

조가 물었다. 탐은 머뭇거렸다. 어쩌면 켈리야말로 모든 것을 알아야 할지도 모른다. 그를 미치광이라고 생각하게 되면, 그녀는 물러나고 그는 어떻게 그녀를 밀어낼 의지력을 찾을까 고민하지 않아도 될지 모른다.

"모르겠어요."

그는 마침내 말했다.

"뭘 말할지는 제가 결정하죠. 그때까지는 아무에게도 알리지 않는 겁니다. 우리끼리만 아는 걸로 해둬야 해요. 두 분 다 비밀을 지키실 줄로 압니다."

그는 찰스와 조를 차례로 쳐다보며 말했다. 그들이 1944년부터 비밀을 지켜온 걸 보면 그건 분명했다.

"그리고 진지하게 말씀드리는데, 말다툼은 그만하세요. 그럴 수 없다면 관여하지 마시고. 그런 도움은 필요 없습니다. 알아들으셨죠?"

찰스는 조를, 조는 찰스를 쳐다보았다. 둘은 탐을 쳐다보고 고개를 끄덕였다. 후유, 하지만 마지못해서였다. 마치 지난 60년간 제일 친한 친구가 아니라 숙적이기라도 했던 듯이.

탐은 그들을 사정없이 몰아붙였다.

"지금 이 순간부터 뗄 수 없는 사이가 되는 겁니다. 이 집을 나설 때면 언제든 함께 다니고 휴대폰을 가지고 다니세요. 수상한 사람을 보면 멀찍이 거리를 유지하고요. 가능하다면 미행을 하고 저에게 전화하세요. 영웅 노릇은 마시고."

"우리가 호텔 로비에서 감시를 할까?"

이 일에 푹 빠진 찰스가 물었다.

"머천트란 자가 시내에 있다면 어딘가에 숙박하고 있을 테니."

"체스 세트를 준비하지."

조가 말했다.

"완벽한 위장이 될 거야. 호텔 로비에서 체스를 두는 두 노인네가 자기를 찾고 있을 줄 그 테러리스트는 꿈에도 모를 테니."

그는 다른 방으로 가버렸고, 찰스도 일어났다.

"모자를 가져와야겠군."

탐은 찰스가 산소탱크도 잊어버리고 발을 끌며 방을 가로지르는 모습을 지켜보았다. 그리고 평생 처음으로, 머천트의 존재에 감사하는 자신을 발견했다.

장보다 만난 엘리스 부인으로부터 그녀의 아버지와 조가 볼드윈 브릿지 호텔 로비에서 체스를 두는 걸 봤다는 얘기를 듣고, 켈리는 허겁지겁 집으로 향했다. 하지만 도착하자, 바로 문 앞에서 머뭇거렸다. 스크린 도어 너머로 서류더미와 파일 폴더에 둘러싸여 식탁에 앉아 있는 탐이 보였다.

그는 독서용 안경을 쓰고 있었는데, 그로 인해 완전히 대조되는 두 이미지를 합해 놓은 듯이 보였다. 지적인 전사나 강건한 사서. 그는 이마를 한 손으로 받치고 있었다. 사온 과일과 야채가 담긴 봉지를 안고 그녀가 서 있는 동안, 그는 눈을 감고 심한 두통이라도 있는 듯이 이마를 문질렀다.

그녀가 발에 무게를 살짝 옮겨 싣자, 갈색 종이봉지가 아주 나직한 바스락 소리를 냈는데, 그 소리에도 그는 즉각 경계를 돋우어 고개를 들고 그녀 쪽의 어두운 밖을 쳐다보았다. 그는 자리에서 일어나 스윽 문으로 다가왔다. 현관등을 켜고 스크린도어를 열어주었다.

켈리는 그 자리에 서서 갑작스런 불빛에 눈을 깜박거렸다.

그는 안경을 벗어서는 등뒤로 감추다시피 했다.

안녕, 허니, 나 왔어요 아주 짧은 몇 초간, 켈리는 고된 하루를 마치고 탐 파올레티 같은 사람이 있는 집으로 귀가하는 기분은 어떨까 상상에 빠졌다. 그는 문가에서 깊은 키스로 그녀를 맞이하고, 침대 앞 복도에 다다르기도 전에 그녀에게서 전문직다운 의사 옷을 벗기기 시작하겠지. 그들은 부엌 식탁이나 그녀의 침실 문에서, 혹은 거실 바닥에서 섹스를 나눌 테고 하루 동안의 투쟁과 고충, 짜증스러움은 그냥 스르륵 사라지리라.

“미안.”

그는 그녀가 들어올 수 있게 옆으로 비켜서며 말했다.

“아무 생각 없이 있었네. 진작에 바깥 등을 켰어야 했는데.”

“괜찮아요.”

목소리가 숨가쁘게 나와 그녀는 목청을 가다듬으며, 그가 혹시라도 자신이 어떤 생각을 하는지 알아챘을까 걱정했다.

“여기서 보기만큼 어둡진 않아요.”

그녀가 봉투를 카운터에 내려놓는 동안 그는 안경을 주머니 어딘가에 넣고 서류를 챙기기 시작했다.

“치울 필요 없는데. 여기서 일해도 돼요.”

“고마워. 하지만 거의 끝났거든. 괜찮아?”

그녀는 간신히 미소지어 보였다.

“여섯 살 아이가 불치병일 가능성이 있는 상황치고는요. 벳시는 내일 아침 당장 병원에 입원해요. 항암치료를 하기 전에 해야 할 검사가 몇 가지 더 있어서…….”

켈리는 거실에서 야구 중계방송 소리가 들려오는 것을 깨달았다. 거실. 혼자 있을 때 찰스는 그가 TV룸이라고 부르는 방의 좋아하는 의자에 앉아 보았다. 하지만 혼자가 아닐 때면 보통 거실의 대형 텔레비전으로 보았다.

조와 함께 있을 때면.

그녀는 캄캄한 식당으로 통하는 부엌문을 밀어 열고 연회장만한 공간을 커다란 거실과 분리하는 아치형 통로를 지났다. 램프가 딱 하나만 켜져 있었지만, 대형 TV에서 흘러나오는 빛이 넓은 실내를 밝혔다.

그 빛이 찰스와 조의 얼굴에 번뜩였다.

그들은 한 방에, 한 소파에 같이 앉아, 보스턴 레드 삭스와 볼티모어의 경기를 보면서, 지금 막 타석에 들어선 노마 가르시아파라를 놓고 이야기하고 있었다. 그녀가 어둠 속에 서서 지켜보는 동안, 노마는 첫구를 쳤고, 공이 깨끗하게 운동장 밖으로 날아가자 두 사람 다 흥분해 고함질렀다. 조가 뭐라고 하는지 그녀는 듣지 못했지만, 뭐였든 간에 그녀의 아버지는 그 말에 웃음을 터뜨렸다.

찰스가 웃고 있다. 조와 함께.

켈리는 탐이 뒤에 다가온 것을 들었다기보다는 느낌으로 알아채고, 몸을 돌려 그를 마주하며 입술 앞에 손가락을 세워 보였다. 오늘 찰스와 조 사이에 무슨 일이 있었는진 몰라도, 그녀는 그 마법을 깨뜨릴 위험을 무릅쓰고 싶지 않았다. 그에게 따라오라고 손짓하며, 그녀는 재빨리 식당문을 통해 바깥 데크로 앞장섰다.

밖으로 나와 문을 닫고서야 그녀는 말문을 열었다.

"뭘 어떻게 했어요? 뭐라고 한 거예요?"

"너무 많이 기대하지 마."

그가 주의를 주었다.

"그분들이 싸우는 이유는 아직 해결되지 않았어."

"하지만 두 분이 저기 앉아서…… 어떻게 한 거예요? 최면술이라도 걸었나요? 난 기적이라도 일어나지 않는 한……."

목소리가 갈라지고 눈물이 고이자 켈리는 몸을 돌렸다. 이건 기적이었다.

"난 정말로 별거 안 했어. 그냥 음…… 내가 진행중인 프로젝트에 대해 말하고, 나를 도와 그걸 하고 싶다면 말다툼과 싸움은 그만두셔야 할 거라고 했지."

켈리는 그가 자신을 지켜보고 있는 것을, 그녀가 감정적이 되어 눈물을 터뜨리지나 않을까 염려하고 있음을 느낄 수 있었다. 하지만 그가 걱정할 필요는 없다. 애시튼 가문 사람들은 감정을 분출하지 않으니까. 애시튼 가 사람들은 감정 같은 불쾌한 본능에서 최대한 멀어지려 애썼다. 그녀 본인도 익히 배워왔다. 진정해라, 그녀가 어릴 때 아버지는 펼친 신문 뒤에 몸을 가리고 무뚝뚝하게 그렇게 말하곤 했다. 네가 이성적인 인간답게 얘기할 준비가 되었을 때 다시 와. 눈물이라면 어떤 종류든―심지어 기쁨의 눈물조차도―무슨 수를 써서든 피해야만 하는 것이었다.

그녀는 자신의 감정과 거리를 두는 방법을 배웠다. 그 능력은 의사의 길을 가는 데 상당히 유용했다. 사실 바로 오늘 벳시 맥케너의 절망한 부모와 대화할 때 그걸 써먹었다.

유일한 문제는, 그렇다고 해서 그 모든 복잡한 감정을 느끼지 못하는 건 아니라는 점이었다. 그걸 풀어놓을 수 있는, 혹은 터뜨릴 수 있는 때와 장소가 되기 전까지 속에 가둬두고 있을 뿐이었다.

지금은 그럴 때도 장소도 아니었다.

"괜찮아?"

탐이 물었다. 짙어가는 어둠 속에서 그의 목소리는 부드러웠다.

"힘든 하루였구나, 음?"

"좀…… 피곤해요."

그녀는 털어놓았다. 애시튼 가문 사람들은 겸손의 제왕이기도 했다, 제길. 하지만 왜 이렇게 조심하고 예의를 차려야 하지? 지금 말하는 상대는 탐이다. 이곳에서 제일 친구에 가까운 사람. 그래서 그녀는 진실을 말했다.

"실은, 너무 지쳐서 눈앞이 어질어질할 지경이에요. 진짜 끝장난 하루였죠."

목소리가 다시 갈라졌지만, 그녀는 더 이상 신경쓰지 않았다.

"최소한 슈퍼마켓에 들렀다가 아버지와 조가 같이 호텔 로비에서 체스를 두며 오후를 보냈다는 얘기를 듣기 전까지는."

돌아서서 그를 마주하는 그녀의 목소리는 떨리고 있었다.

"당신이 뭘 했든 간에, 어떻게 고맙다고 해야 할지 모르겠어요."

그녀는 조가 일전에 진입로에서 그에게 그랬듯이 그를 끌어안고 싶었지만, 그러지 않았다. 그럴 수 없었다. 그러는 방법을 알지 못했다.

게다가 그의 표정으로 자신이 그를 간 떨어질 만큼 놀라게 했다는 것을 알 수 있었다. 결혼 초기 그녀가 느끼는 모든 감정을 남편에게 숨기는 방법을 익히기 전에 게리를 놀라게 했던 것처럼. 어린 소녀였을 적에 아버지를 놀라게 했던 것처럼.

"걱정 마요."

그녀는 탐을 안심시켰다.

"울지 않을 거니까."

물론 바로 그 순간 그녀는 울음을 터뜨렸다. 하지만 단지 눈물만은 아니었다—웃고 있기도 했다. 자신의 완벽한 타이밍에, 그의 황당한 얼굴 표정에, 순종 보스턴 출신 애시튼 조상들이 이렇게나 큰 소리로 격하게 감정을 표출하는 자손을 보고 무덤 속에서 돌아누울 거라는 생각에 웃었다.

그녀는 이 상황 아래 유일하게 할 수 있는 행동을 했다.

그녀는 실례를 구하고—물론 예의바르게—자신의 방을 향해 내달렸다. 탐은 따라오지 않았다. 그녀도 그가 그럴 거라 예상하지 않았다.

"그 애는 오지 않을걸."

카메라에 새 필름을 넣다 고개를 들어올린 데이빗은 브랜든이 아직도 청바지와 티셔츠 차림임을 보았다.

"금방 올 거야. 갈아입지 그래?"

"어림없어. 여자애가 오기 전에는. 그래 봤자 소용없잖아. 난 가야 할 데도 있고, 만나야 할 사람도 있어. 새런 알지? 나랑 같은 시간대에 수영장에서 일하는 빨간머리 웨이트리스 말야. 걔가 오늘 마리나 그릴에 간다는 말을 흘렸다구. 내가 원하기만 하면 걘 확실히 내 거야."

브랜든은 데이빗의 작업 테이블 근처를 얼씬거렸다.

"이야. 이게 그 맬러리야?"

"그래."

데이빗은 오늘 오후 기억을 되살려 예비 스케치를 몇 장 했었다.

"그냥 얼굴만 따온 거지? 내 말은, 이 몸매는…… 그 뭐더라, 예술적 상상력으로 그린 거지?"

데이빗은 나무 바닥에 펼친 하얀 시트를 정돈했다.

"아니."

브랜든은 휘익 휘파람을 불었다.

"와. 걔가 왔음 좋겠다."

데이빗은 친구를 쳐다보았다.

"그 애를 귀찮게 하지 마, 브랜. 걔는……."

여려. 그건 사실이다. 하지만 맬러리가 세상에 내보이는 터프한 불량소
녀 겉모습을 본 사람들은 아무도 알지 못하겠지. 대부분의 사람들은 그 가
면 뒤에 무엇이 있는지 보려 하지 않는다.

"걘 너무 어려. 아직 열여덟도 되지 않은 거 같아."

현관 벨이 울렸다.

"제발."

데이빗은 문으로 향하며 말했다.

"겁먹게 하지 마."

그는 문을 열기 전 깊이 심호흡했다. 그녀가 왔다. 그의 아파트로 올라오
는 계단에 서서, 여기 온 것을 후회하는 기색을 숨기려 애쓰고 있었다.

"안녕."

그는 그녀가 안으로 들어오게 문을 열어주는 대신 자신이 좁은 목조 계
단참으로 나갔다. 만약 그녀가 불안해하고 있다면, 천천히 진행하는 쪽이
나을 것이다.

"찾아오기 힘들지는 않았어?"

그녀는 고개를 저었다. 맙소사, 그녀는 진짜 어렸다. 그리고 몹시도 불안
해하고 있었다.

"알겠지만, 마음을 바꿨다고 해도 괜찮아. 난 강요하고 싶지 않아. 만약 네
가……."

겁먹었다면. 그는 그 말을 하기 바로 직전에 이 여자애는 그런 소리를
절대 듣고 싶어하지 않으리라는 것을 깨달았다. 설령 그게 진실이라 해도

그녀는 턱을 치켜들고 그에게 매서운 표정을 지었다.

"난 뭐, 겁이 난다든가 그런 거 아냐."

"겁 안 난다잖아."

브랜든이 스크린도어 뒤에서 따라 말했다.

"하지만 난 겁난다. 네가 완전히 정신이 나갔나 싶어서. 멍청아, 넌 쟤를
설득해서 이 일을 맡도록 해야 하는 거야, 가버려도 좋다고 할 게 아니라.
맬러리, 이리 들어와서 데이빗이 기억만으로 뭘 해놨는지 봐."

브랜든은 문을 열고, 맬러리의 손을 잡아 안으로 끌어들였다.

"와, 세상에. 이 안은 시원하네. 에어컨이 있구나."

그녀가 말했다.

"너랑 난 말이야,"

브랜은 맬러리를 데이빗의 작업 테이블로 이끌며 말했다.

"데이빗이 히트를 치면 우린 끝내주게 유명해질 거야. 하스브로(모형 인형 제작 회사)에선 우리 얼굴을 한 조그만 모형인형을 만들겠지. 우린 만화 전시 행사에 가서 손이 아플 때까지 사인을 해주고. 진짜 큰 건수가 될 거야."

데이빗이 문을 닫는 동안, 맬러리는 그의 그림 위로 몸을 숙이고 꼼꼼히 살펴보았다. 그리고는 그를 쳐다보고, 그 역시 철저하게 뜯어보는 듯했다. 그는 그녀의 눈에 담긴 표정을 도무지 읽을 수가 없었다.

멋쩍어져서 그는 지퍼가 제대로 올려져 있나 아래를 내려다보았다. 우선 바지를 잊지 않고 챙겨입었느냐가 먼저지만. 하지만 그는 아직도 아까 저녁 때 땀을 빼고 입었던 해변용 반바지 차림 그대로였다. 이 찜통더위 속에 아파트를 진공청소기로 깨끗이 청소하느라. 반 시간 전까지 그는 에어컨을 켜지 않았다. 에어컨을 틀면 돈이 엄청나게 드는데 그는 한푼조차 아끼는 처지니까. 청소를 마치고 샤워를 했지만, 해변용 반바지 외에 뭘 더 입는 건 미친 짓처럼 보였다.

그는 아까 저녁식사로 피자를 사러 나갈 때 결국 티셔츠를 입었다. 그리고 뭔가 모욕적이거나 지나치게 별난 게 아닌지 확인하려 옷 앞의 그림을 재차 확인했다. 바래고 헐렁하며, 어깨 솔기에 작지만 점차 커져가는 구멍이 뚫린 '스폭*을 대통령으로' 셔츠였다.

"왜 새 안경 안 사? 1번 도로를 따라 내려가면 1시간 안경점이 있는데."

맬러리의 물음에 데이빗은 어떻게 대꾸해야 할지 알 수가 없었다. 우월감을 느끼기 위해 눈에 띄는 약점을 지적하는 걸까? 그게 아니라면 왜 그의 망가진 안경을 걸고넘어지는 걸까?

---

* TV 시리즈 <스타 트랙>의 등장인물.

"돈이 없어. 지금 당장 내가 가진 건 모두 <나이트셰이드>를 그리고 출판하는 데 들어가."

그는 진지하게 답했다.

"부모님은? 집에 전화해서 안경이 부러졌다고 하면 안 돼? 네가 부모님을 찾아갔더라면 널 보자마자 새 안경을 사러 데리고 나가실 텐데."

그녀의 말은 옳았다. 다만…….

"부모님이 해주시겠다고 하는 건 괜찮아. 하지만 전화 걸어서 돈을 달라는 건……."

그는 고개를 저었다. 맬러리는 진지하게 고개를 끄덕였다.

"무슨 뜻인지 알겠어."

"학기 시작 일주일 전에 집에 갈 거야. 그때 새 안경을 구할 수 있겠지."

그녀의 물음은 얇게 포장한 멸시가 아니라 진짜 질문이었다. 그녀가 마치 그의 말에 신경쓰는 것처럼, 마치 그의 생각과 의견에 의미가 있는 것처럼, 마치 그를 좋아하는 것처럼 대화를 나누고 있다. 그 자리에 서서 그녀의 맑은 눈을 응시하며, 눈길을 돌리지도 못하고 간신히 숨을 쉬고 있는 동안 데이빗의 맥박이 빠르게 고동치기 시작했다.

나와 맬러리와 브랜든이 같은 방에 있는데 맬러리가 내게 얘기하고, 쳐다보고, 좋아해 주고 있어.

"그게 뭐가 대수라고? 네 부모님이잖아. 당연하게 여기실 텐데 뭘."

브랜든이 큰 소리로 말하고는 셔츠를 머리 위로 벗고 바지단추를 풀기 시작했다. 그의 황금빛으로 그을린 근육과 복근이 방안을 채우는 듯이 여겨졌고, 맬러리는 데이빗에게서 눈길을 돌려 멍하니 응시했다. 그녀의 얼굴에 떠오른 경외감은 우스울 만했다. 그게 몇 초 전만 해도 데이빗의 속에서 펄럭이던 작은 희망의 씨앗을 완전히 죽여버리지만 않았더라면.

그리고 브랜든이 스니커즈를 차던지고 청바지에서 발을 빼내자, 맬러리는 눈이 휘둥그레져서 그가 사각팬티 바람으로 방을 가로지르는 모습을 지켜보았고, 데이빗은 자신이 평소의 투명인간 상태로 돌아가는 것을 느꼈다.

어차피 잘된 일이야, 내겐 할 일이 있으니까.

9

탐은 야구경기에 집중할 수가 없었다. 그리고 프린트한 머천트 관련 파일을 읽는 건 쓸데없는 짓이었다. 그는 그 모든 정보를 대여섯 번씩 읽었고, 몇 부분은 외울 수 있을 정도였다.

그가 하고 싶은 것은 접속해서 와일드카드가 추가정보를 이메일로 보냈는지 확인하는 것이었다. 하지만 컴퓨터는 켈리의 방에 있고, 방문은 굳게 닫혀 있었다. 그는 그녀의 방 앞에 한동안 서서 그냥 귀를 기울이고 있었다. 오직 정적만이 느껴질 뿐. 그녀는 아마 잠든 모양이었다.

그가 정말로 하고 싶은 것은 켈리와 함께 그녀의 침실에 있는 것이었다.

아까 그녀가 울기 시작했을 때 그는 죽을 듯이 고통스러웠다. 그녀를 품에 끌어안지 않기란 그의 평생 가장 힘든 일 중 하나였다. 하지만 그는 자신을 너무나 잘 알았고, 자신이 일반적인 육체적 위안을 줄 수 있는 부류의 친구가 될 수 없다는 것을 알고 있었다.

그녀를 너무나 원했다. 그녀를 껴안으면 더 이상 참지 못하고 말았을 것이다. 유혹에 저항하지 못하고 그녀에게 키스했을 것이다. 그러면 그녀는 그에게 마주 키스하든가 아니면 그를 밀어버렸을 테고.

탐은 어느 쪽 반응이 더 안 좋을지 알 수 없었다.

만약 그가 키스했는데 그녀가 밀어내지 않는다면, 그는 의심의 여지 하나 없이 지금 바로 이 순간 켈리의 방에, 저 잠긴 문 안에 있을 터였다. 그는 여자를 잘 알았다. 그건 사실이었다. 그는 거의 자만심 없이 그렇게 말할 수 있었다. 그는 어떻게 하면, 무슨 말을 하면 여자가 불안감을 버리고 한때의 즐거움을 받아들일 수 있는지 알고 있었다. 문제는, 켈리 애시튼의 경우가 되면 그 자신의 수많은 불안감을 떨칠 수가 없다는 점이었다.

만약 로건 공항과 홈 디팟에서 봤던 남자가 머천트가 아니라면?

그 테러리스트가 체포를 피했다는 사실이 늘 마음에 걸렸다. 오랜 시간이 흐르고 나서야 대(對)테러 팀의 다른 팀원들은 그 남자가 죽었다는 사실을 받아들였다. CIA는 머천트의 족적을 찾으려 했지만 매번 빈손으로 돌아올 뿐이었다.

와일드카드의 도움을 받아 보통의 경우 그의 책상을 지나지 않았을 보고서와 기록을 얻어, 탐은 그들의 진행상황을 수년간 좇았다. 완전히 아무 일도 없는 것도 진행상황이라 부를 수 있다면 말이지만. 와일드카드는 머천트에 대한 탐의 관심을 농담삼아 '탐의 작은 집착'이라 불렀다. 그들은 둘 다 그걸 두고 웃었지만, 탐은 이제 웃지 않았다. 이제 '집착'이란 단어가 불편했다. 그는 심각한 머리부상을 입었고 몸을 돌릴 때마다 머천트를 보게 되었다. 실 팀 리더로서, 그는 의심의 여지없이 자신이 보는 것이 실제임을 알아야만 한다. 무엇이 실제이고 환각인지 구분하고 있을 여유란 없다.

탐은 밖으로 나갔지만, 밤공기는 서늘하지도 상쾌하지도 않았다. 아름다운 여름날은 나날이 습도를 더해 갔고 이젠 무거운 열기가 그들 위에 굳게 자리잡고 있었다. 말할 것도 없이, 이런 기상변화는 그의 지긋지긋한 두통에 전혀 도움이 되지 않았다. 그는 어수선한 기분에 현기증이 났고 자러 가기엔 너무나 신경이 곤두서 있었다.

마당에 나오자 켈리의 방에 불이 꺼져 있음을 볼 수 있었다. 그녀는 자고 있다. 그는 더 멀리, 울타리까지 갔다. 그게 시내로 향하는 제일 짧은 길이었다. 울타리를 넘을 수 있어야 한다는 조건이 붙지만. 현기증이 있건 없건, 탐이 울타리를 기어오르는 데는 0.5초쯤이 걸렸고, 다시 0.5초쯤 후엔 이웃집 마당에 착지했다.

저 멀리 시내 성당 주차장에 세워진 카니발 음악소리가 들려왔다. 그는 그쪽을 향하며, 거기까지 산책을 다녀오면 최소한 잠들 수 있을 만큼 피곤해지기를 바랐다.

피로에도 불구하고 켈리는 잘 수가 없었다. 야구경기가 끝난 후 아래층에서 물 내려가는 소리와 아버지가 잠자리에 들 준비를 하는 소리가 들렸다.

로브를 걸치고 그녀는 어두운 복도를 지나 계단을 내려갔다. 아버지는 방문을 조금 열어두었고 그녀는 문을 노크하며 밀었다.

찰스는 스스로 잠자리에 들었지만 머지않아 그것조차 못하게 될 것이다. 매일매일 그는 조금씩 말라갔고 조금씩 허약해져 갔다. 바로 그녀의 눈앞에서 그는 스러져가고 있었다.

"뭐 가져다드려요?"

켈리는 목이 울컥해서 간신히 물었다. 그는 고개를 저었고, 그녀는 아버지가 불편해한다는 걸 알았다.

"그랜트 선생님이 처방해 준 약을 드셔도 돼요."

그는 그녀를 쳐다보았지만, 아주 잠깐 눈을 마주치고는 눈길을 돌렸다.

"한 시간 전에 먹었다."

또 약을 복용하기엔 너무 일렀다.

"선생님한테 전화해 볼까요. 그분이 혹시……."

"그렇게 심한 거 아니야."

그는 그녀를 향해 고개를 끄덕여 물리쳤다.

"잘 자라."

짜증이 밀려와 목을 콱 틀어막아, 그녀는 더 이상 견딜 수 없었다. 이젠 단 일 분도 더 완벽한 애시튼 가의 딸인 척할 수 없었다. 조용하고 예의바르며 아버지 기분을 상하게 할까 두려워 감정적이 되지 않으려 조심하던 딸이 될 수 없었다. 아버지는 죽어가고 있다. 좀 기분 상한다 한들 뭐가 대수일까?

"내가 오늘 뭘 했는지 하나도 궁금하지 않아요?"

그녀의 목소리는 조금 지나치게 컸고, 성나 있었다. 그녀는 그에게 대답할 시간도 주지 않은 채 말을 이으며 침대 곁에 의자를 끌어다놓고 앉았다.

"오늘은 아마 백혈병으로 죽게 될 여자애의 부모와 면담을 했어요. 요즘엔 생존 가능성이 높다지만 그래도 그 여자애는 상당히 위태로워요. 암으로 죽지 않는다 해도, 항암치료가 그 애에겐 너무 독해서 감염으로 죽을 수도 있죠. 감기에 걸렸는데 약화된 면역 시스템이 이겨내지 못할 수도 있어요. 난 거기 앉아서 아이 부모에게 이걸 설명하며, 위험 가능성에 대해 주의주고 그들에게 희망을 주려고 애썼어요."

그녀의 목소리가 떨렸다.

"전에도 한 일이었지만, 이번에는 달랐어요. 늘 기회가 있다는 걸 알지만, 이번에는…… 솔직히 그 어린애가 이겨낼 거란 생각이 안 들고, 그 애 부모는 그걸 알아챘어요. 아빠, 내 인생 최악의 하루였어요."

그녀의 아버지는 한 마디도 하지 않았다. 그냥 베개에 기대앉아서, 마치 지금 이곳에 있지 않기를 바라는 것처럼 시트와 이불 아래 불쑥 솟아오른 자신의 발만을 응시하고 있었다.

"난 애초에 의사가 되지 말았어야 했나 봐요."

켈리는 전에는 이런 것을 아버지에게 털어놓은 적이 전혀 없었다. 그럴 엄두를 내지 못했었다.

"난 이 일에 맞지 않아요. 겉보기엔 멀쩡해 보이죠. 하지만 속으로는 죽을 것만 같아요."

켈리는 아버지가 자신이 나가주었으면 한다는 걸 알고 있었다. 그는 그녀가 칭얼거림을 관두고 방에서 나가 그를 조용히 내버려두기를 원하리라. 하지만 그녀는 그럴 수 없었다. 시간이 없었다. 그리고 만약 그가 자신에게 얘기해 주기를 바란다면, 제기랄, 자신이 먼저 그에게 얘기하여 말문을 터야 하리라. 아버지가 이게 잘못이라 생각한들 어떠랴. 무례하다고 여긴들 어떠랴. 아버지야말로 그 긴 세월 내내 잘못해 온 쪽이었다. 근엄한 애시튼 가문 사람들 전부야말로. 속에 묻어두어라, 내색하지 말아라, 감정을 느끼지 않게 애써라.

하지만 느끼지 않을 수는 없었다. 그리고 그걸 속에 가두어둔다고 사라

지는 것도 아니었다. 쌓이고 또 쌓여서, 고통과 분노와 기쁨의 끔찍한 덩어
리가 되었다. 그래, 기쁨조차. 애시튼 가문은 공공장소에서 큰 소리로 웃는
것조차 곱게 보지 않았으니까.

이래야만 한다. 입을 떼고 그에게 얘기해야만 한다. 바로 오늘 오후 탐에
게 저녁식사를 청한 것과 마찬가지다. 그냥 이를 악물고 시도해야만 하는
것이다. 왜냐하면 과거처럼 그저 수동적으로 행동한다면 그녀가 원하는 것
을—진정으로 아버지를 알게 될 기회를 결코 얻지 못할 테니까.

"난 오늘 완전히 기진맥진해서 집으로 왔어요. 내가 원하는 건 어디 쭈
그리고 실컷 우는 것뿐이었죠. 아시죠, 전 많이 울어요."

그의 눈길이 그녀에게로 퍼뜩 올라왔지만 금방 다시 눈을 돌렸다. 울다.
그건 애시튼 사전에서 가장 백안시되는 단어 중 하나였다.

"걱정 마세요. 보통 아무에게도 안 보이니까. 하지만 오늘밤 탐과 이야
기할 땐 완전히 무너지고 말았죠."

무반응. 그가 듣고나 있는지, 아니면 그녀의 말을 귀에 담아두지 않으려
속으로 수학공식이라도 외우고 있는지조차 알 수가 없었다. 그녀는 더 깊
은 분노와 아픔을 느꼈다.

"난 아직도 탐에게 반해 있어요. 그가 돌아온 이래, 그를 침대로 끌어들
일 최선의 방법을 모색중이죠."

아버지가 콜록거리기 시작했다. 그래, 듣고는 있는 거다.

켈리는 그가 산소를 마시게 도왔고, 마침내 다시 좀더 편하게 호흡하게
되자 그는 그녀를 노려보았다. 눈이 마주쳤다. 됐다.

"도대체 왜 내게 그런 말을 하는 거냐?"

솔직함. 극도의 솔직함. 할 수 있다. 탐에게 저녁식사를 청할 수 있다면,
브렌다와 로버트 맥케너 부부의 눈을 쳐다보며 그들의 어린 벳시가 아마
죽을 거라 말할 수 있다면, 이것도 할 수 있다.

"나에 대해 알아줬으면 해서요."

"알고 있어!"

"아버지는 만 분의 일도 알지 못……."

"알고 싶은 건 다 아니 됐다."

"정말로요?"

켈리는 조용히 물었다. 가슴이 찢어졌다. 어떻게 그런 말을 할 수가?

"진정으로 내 비밀에 대해 알고 싶지 않으세요? 예를 들어⋯⋯."

그녀는 무언가 중요한 것을, 아무에게도 말한 적 없는 것을 궁리했다.

"예를 들어 내가 죽을 때까지 기억할 최고로 근사한 하루가 내 평생 이틀 있다는 걸? 그 중 하나가 아버지와 보낸 날이라는 걸? 아버지가 날 데리고 요트를 탔었죠. 열두 살 때의 일로 기억하는데. 그리고 우린 폭풍우에 휘말렸어요. 기억하세요?"

"아니."

그랬다. 그녀는 그가 기억한다는 걸 알았다. 바람과 파도의 추억을 그의 눈에서 볼 수 있었다.

"날 갑판 아래로 내려보내지 않고, 무사히 해변까지 돌아갈 수 있도록 돕게 했었죠. 그리고 폭풍우가 지나간 후, 그날 밤 마침내 집에 다다르자, 아버지가 전쟁에서 받은 훈장을 제게 주셨죠. 기억하신다는 거 알아요."

그는 완고하게 고개를 저을 따름이었다.

"아직도 가지고 있어요. 제게 훌륭한 선원이라고 말씀하셨죠. 난 정말로 자랑스러웠고 아버지도 그렇게 생각했었죠. 하지만 엄마는 날 다시 요트에 데리고 가지 못하게 했어요."

켈리는 아버지 삶의 일부분이 되기를 너무나도 갈망했었다. 둘이서 그의 요트로 경주에 참가하는 바보 같은 꿈을 갖고 있었다. 그녀가 그를 도와 거듭 1등 상을 타고, 아버지가 그녀더러 얼마나 사랑하는지 말해 주는 꿈을.

"아버진 엄마 마음을 바꾸려 별로 애쓰지 않았죠. 아예 설득하려 들지도 않았어요. 그냥 물러나 엄마 뜻대로 하게 두더군요. 난 정말로 아버지한테 화가 났었어요. 진짜 실패자라고 생각했죠."

켈리는 그런 말이 방금 자신의 공손한 애시튼 입에서 나왔다는 것을 믿을 수 없었다. 찰스도 마찬가지였다. 그는 입을 벌렸다가 이내 다물었다.

"뭐요?"

켈리는 물었다. 제발 나한테 말해요, 아빠…….

"넌 그날 요트에서의 상황이 얼마나 심각했는지 전혀 몰랐지."

그가 마침내 뻣뻣하게 입을 열었다.

"사실, 네 도움이 없었다면 돌아오지 못했을 거다. 우리가 전복하지 않은 건 순전한 행운이야. 넌 그다지 수영을 잘하지 못하니 구명조끼를 입고 있다 해도 분명 빠져죽으리라 확신했었지. 그날 이후로, 다시는 널 데리고 요트를 타고 싶지 않았다."

아버지는 그녀가 빠져죽을까 두려워했었다. 아버지가, 두려워했단다. 상상하기 힘들었다. 폭풍우가 최고로 심할 때조차 그는 너무나 침착하고 거의 무심하다시피 했는데. 하지만 갑자기 다른 일들도 이해가 되었다.

"그래서 그 끔찍한 나치 코치가 가르치는 꼭두새벽 수영강습에 날 보냈군요."

훈장을 주었던 일시적인 변화에도 불구하고, 그녀는 그가 단지 자신을 좋아하지 않아서 가능한 한 집밖으로 내보내고 싶어한다고만 생각했었다.

찰스가 마침내 그녀를 쳐다보았다.

"나치 코치?"

"<저, 대장님,>"

켈리는 어린아이의 목소리를 흉내내어 말했다.

"<하지만 오늘 아침은 15도밖에 안 되고 수온은 11도인데요. 이런 때는 저체온증이라는 게 될 수도 있다고 들었…….> <수영장에 들어가라, 평영으로 백 번 왕복하면 따뜻해질 거다, 알겠나?>"

찰스가 쿨럭거렸다. 웃음일 수도 있겠지만 켈리는 확신할 수 없었다.

"난 전혀 몰랐다."

"수영강습 수료증을 딸 무렵에는, 여름은 끝나버렸죠. 그리고 다음 해, 아버진 요트를 팔아버렸고."

그는 고개를 저었다.

"쓰지도 않고 있었는걸. 그래서 누가 사겠다고 하길래…….."

"술을 마시느라 쓰지 않았던 거죠."

그래, 이제 추한 진실이 튀어나와 그들 사이에 가로놓여 있었다.

켈리는 갑작스런 긴장된 침묵을 메우기 위해 말했다.

"완벽하리만치 근사했던 다른 하루는 하이 메도우 도로 끝에서 자전거가 넘어져 앞바퀴가 완전히 휘었던 날이에요."

그는 헛기침했다.

"너의 완벽한 하루에 대한 개념과 위험천만한 재난 사이에는 영 심상찮은 상관관계가 있구나."

그의 어조는 유쾌하다고는 할 수 없었으나 그래도 최소한 아직 말하고 있었다. 술 이야기가 나온 후 켈리는 그가 한마디도 하지 않을 줄만 알았었다.

"그날 파티에서 처음 맥주를 마셨죠. 꼭 토할 것만 같았어요. 집으로 오다가 언덕을 너무 급히 내려가서 코너에서 미끄러져 팔꿈치가 까졌죠."

그는 코웃음쳤다.

"그날을 즐거이 추억하는 것도 당연하겠군."

"길가에 앉아 있는데 탐이 모터사이클을 타고 온 거예요. 그게 내가 즐거이 추억하는 부분이죠. 오후 전부와 저녁 대부분을 그와 함께 보냈어요. 그냥 돌아다니면서."

그녀는 미소지었다.

"우린 골동품 장터를 지나다가 음료수를 사는 척하고 들렀지만, 사실 그가 그 오래된 물건들을 보고 싶어한다는 걸 난 알고 있었어요. 그는 골동품의 역사에 푹 빠져들었고, 하루종일 내게 너무나 잘해 줬어요. 난 그 하루의 일 분도 결코 잊지 않을 거예요. 완벽했죠. 심지어 까진 팔꿈치까지. 그것 때문에 그가 날 도우려 멈추었으니까."

그녀는 아직도 그의 몸에 단단히 팔을 감고, 그의 등에 뺨을, 그의 허벅지에 다리를 대고 모터사이클에 올라 있던 느낌을 기억할 수 있었다. 그날 밤 그녀의 자전거를 뒤에 실은 조의 스테이션 웨건에 앉아…….

"난 오늘을 특별한 날의 목록에 더할 거예요."

켈리는 그에게 말했다.

"왜냐하면 비록 시작은 정말 끔찍했지만 끝은 근사했으니까. 아빠, 집에 와서 아빠와 조가 싸우지 않고 하루를 보냈단 얘기를 들었을 때, 거실에서 두 분을 봤을 때……."

그녀는 눈을 깜박거려 눈물을 참으려 하다가, 그만두고 눈에 고이게 두었다. 그녀가 얼마나 마음 찡했는지, 아직도 얼마나 마음 찡한지 보게 했다.

"지금 이 시간이, 아버지한테 남은 이 시간이 얼마나 소중한지, 특히 아버질 사랑하는 사람들에게 얼마나 소중한지 깨달으셔서 기뻐요"

찰스는 눈을 감았다. 하지만 그녀더러 나가라고 하지는 않았다.

그래서 그녀는 더욱 밀고 나갔다.

"조가 그 작가와 얘기하는 걸 원치 않고, 조에게 화가 나셨다는 건 알지만, 이유를 이해 못하겠어요 아직도 아빠가 더 말다툼할까봐, 홧김에 말하고는 그 말을 돌이키기 전에 돌아가실까봐 두려워요 그 말들을 지워버릴 수 있기만을 바라며 가실까봐, 마음 편히 가시지 못할까봐 두려워요"

그녀의 목소리는 떨렸다.

"아빠, 말 좀 하세요 조와 무슨 일로 싸우는지 얘기해 주세요 뭐가 문제인지 모르면 도울 수가 없잖아요? 두 분만큼 오랫동안 친구였던 사이에 도대체 뭐가 끼여들 수 있는지 이해가 안 가요"

찰스가 너무나 오랫동안 조용히 있어서, 켈리는 그가 대답하지 않으리라는 걸 알았다. 사실, 그가 아예 잠들어버린 줄만 알았다.

"사랑해요"

용기를 내어 그 말을 소리내어 속삭였다.

"내가 아빠 인생의 일부임을 느끼고 싶어요 아주 작은 부분이라도……."

하지만 곧 그가 여전히 눈을 감은 채 입을 열었다.

"여자 문제다. 그녀의 이름은 시벨 데자뎅이었지."

그의 입술에서 흘러나오는 프랑스 이름은 음악적이었고, 그의 프랑스어 발음은 흠잡을 데가 없었다.

"레지스탕스로 일하던 여자였다. 내 생명을 구했지. 그녀는 수십 명의 연합군 조종사와 유태인들의 생명을 구했어. 나치를 물리치기 위해 무엇이든 했었다. 그녀는 독일군 물자열차와 무기고를 무력화시키기 위해 자신의 목숨을 거는 걸 아무렇지도 않게 생각했다. 무척이나 용감하며 아름다웠지. 그 눈동자, 그 신념……."

그가 올려다보자, 켈리는 아버지의 눈에 눈물이 고인 것을 보고 충격받았다. 그의 입술이, 그 딱딱한 애시튼 입술이 정말로 떨리고 있었다.

"난 유부남이었다. 그리고 조가 그녀를 사랑한다는 걸 알고 있었지."

켈리는 그의 손을 잡았고, 평생 처음 아버지가 그녀의 손을 맞잡아왔다. 여자. 조와 찰스의 다툼이 여자 문제였다니. 백만 년이 지난다 한들 그녀는 믿지 못했으리라.

"난 아직도 그녀에 대해 이야기하지 못하겠다."

다시 눈을 감으며 그가 말했다.

"그녀에 대해 생각하는 것조차 견딜 수가 없어. 조가 하고 싶은 일은 내 가슴을 또다시 찢는 거야. 그는 전세계에 그 이야기를 털어놓고 싶어해."

켈리는 아버지의 얼굴에서 머리칼을 넘겨주며 마음 아파했다. 그가 더 말해 주었으면 했지만 이미 예상보다 더 많은 얘기를 들었다. 여자.

"제가 조하고 얘기해 볼까요?"

그녀는 부드럽게 물었다.

"그분 마음을 돌릴 수 있는지 한번 알아보길 원하세요?"

"내가 원하는 건 가질 수 없는 거다."

찰스는 눈을 뜨지 않았다. 그리고 다시 말했을 때는 너무나 나직해서, 켈리는 그가 정말로 그 말을 했는지 확신할 수 없었다.

"56년이 지났지만, 아직도 내가 원하는 건 그녀뿐이야."

베이비 오일은 영 기분 나빴다.

데이빗의 의상상자에 들어 있던 수영복으로 갈아입고 욕실에서 나온 맬러리는, 몸에다 베이비 오일을 철떡철떡 발라대고 있는 브랜든을 발견했다.

굉장했다. 실물로 본 그는 더욱 근사했고, 반짝이는 금빛 갈색머리에 벤 애플렉을 닮은 완벽한 코를 하고 있었다. 키도 최소한 그녀보다 12센티미터는 컸고 벌어진 어깨에 해부학 교과서 모델 같은 근육이었다.

그의 미소는 하얗게 눈부셨고, 눈은 근사한 푸른색이었다.

그는 언제나 움직이고 있는 타입으로, 누가 자칫 실수로 그의 앞길을 가로 막기라도 했다간 밀어뜨려 엉덩방아를 찧게 만들 것 같은 활발한 에너지로 가득했다. 그녀는 볼드윈 브릿지 호텔 수영장 옆 구조요원 자리에 앉아 있는 그를 그려볼 수 있었다. 구부정하니 앉아 있어도 그는 계속 움직이고 있겠지. 계속해서 호루라기 줄을 빙글빙글 돌리며, 손에 감았다 풀었다 하면서.

"오일은 카메라가 근육 윤곽을 분명히 잡도록 해줘."

브랜든이 그녀에게 통을 건넸다.

"뻔뻔하게 굴고 싶진 않지만 내 등에 발라주면 나도 네 등에 발라줄게."

이다지도 은밀하게 여겨지는 방식으로 그를 만지려니 기분이 묘했다. 특히 둘 다 거의 벌거벗다시피 한 상태라는 점을 고려하면.

데이빗이 그녀에게 골라준 수영복 윗도리는 조금 작았다. 목과 등뒤에서 묶게 되어 있는 두 개의 얇은 삼각형 천은 그녀의 거대한 젖가슴을 간신히 감싸고 있었다. 아랫도리도 다리가 깊이 파여서, 끈팬티는 아니라지만 할머니가 입을 만한 물건도 아니었다.

"데이빗이 그러는데 넌 볼드윈 브릿지에 산다며."

브랜든이 그녀에게서 오일통을 받아들고 그녀의 어깨뼈에 오일을 펴 발라주었다.

"그거 진짜 근사하겠구나."

그녀 처지를 '근사하다'고 묘사하는 걸 듣기란 처음이었지만, 그녀는 아무 말도 안 했다. 피부에 닿은 그의 손길이 너무 기분 좋아 입을 열 수조차 없었다. 하지만 그건 몹시 금방 끝나버렸고 맬러리는 그에게서 통을 도로 받았다. 그녀는 브랜든이 자신을 지켜보고 있음을 의식하며 다리와 가슴 윗부분, 배에 오일을 발랐다. 데이빗도 그녀를 흘끗거리고 있었지만, 친구 보다는 덜 노골적이었다.

"이따가 샤워를 해야겠네."

그녀는 갑자기 몹시 쑥스러워졌다. 안은 추웠다. 그녀는 얼어죽을 지경이었고, 둘 다 그 사실을 알아채지 못할 리가 없었다. 어휴, 한 대만 피웠으면.

"문제없어. 욕실에 샤워기가 있으니까 그걸 쓰면 돼."

데이빗은 자신이 한 말이 얼마나 멍청하게 들리는지 깨달은 듯 얼굴을 붉혔다.

"그래, 샤워기가 욕실에 있음 좋겠다. 그러니까, 방 옷장 같은 데 말고."

브랜든은 맬러리가 코미디언이라도 되는 듯이 웃어댔다. 그렇게 우스운 건 아니었으나 그래도 그의 웃음은 몹시도 전염성이 강해서 그녀 역시 그를 향해 미소짓지 않을 수 없었다.

그가 그녀의 손을 잡았다. 여전히 미끌미끌했지만, 그것만 빼고는 아주 좋은 느낌의 손. 그리고는 바닥에 펼쳐진 시트 위로 그녀를 끌어당겼다. 그들은 그 위에, 하얀 벽 앞에 기름을 번들번들 발라놓은 싸구려 해변 영화 속 등장인물마냥 서 있었다. 다만 영화 속에선 이런 수영복을 입지 않으리라는 점만 빼고.

데이빗이 카메라를 들여다보고 노출계를 조절하는 동안 브랜든은 끊임없이 떠들어댔다.

"이게 지루한 대목이야."

그가 그녀에게 말했다.

"일단 데이빗이 카메라를 붙잡고 찍기 시작하면 훨씬 재미있지. 그리고 오늘밤은 평소보다 훨씬 더 재미있을 거야."

그는 그녀에게 찡긋 윙크했다. 그녀가 본 중에 처음으로 그걸 그럴싸하게 해내는 남자였다. 대부분의 남자들은 윙크를 하면 멍청해 보였다.

"우선 구석구석까지 적당한 분량의 광선이 비추도록 조정한 다음……."

데이빗은 노출계를 그녀의 얼굴에 들이댔고, 그걸 내리자 손이 거의 그녀의 가슴 위에 닿을 듯했다. 그는 뭔진 몰라도 그 작은 상자에 완전히 집중하고 있었다. 그는 노출계와 그녀의 가슴을 번갈아 보고—다만 완전히 무덤덤하게—그리곤 다시 노출계와 가슴을 번갈아 보았다.

"구석구석이라."

맬러리는 되뇌었다.

"그러니까 젖꼭지 하나하나까지? 이봐, 데이빗, 그러니까 재미 좋아?"

브랜든은 폭소를 터뜨렸고, 데이빗은 놀라 고개를 들고 그녀의 눈을 바로 쳐다보았다. 그를 마주 응시하던 그녀는 자신의 말이 마침내 그의 골똘한 집중상태를 뚫고 들어가는 것을, 그가 자신이 한 말을 이해하는 것을 볼 수 있었다. 그의 시선이 몇 분의 일 초간 그녀의 가슴으로 떨어져 진짜로 쳐다보았다가 죄지은 기색으로 그녀의 얼굴로 올라왔다. 그리고 그는 얼굴을 붉혔다. 또

"미안해. 정말이야, 실례를 저지를 뜻은 없었는데."

그녀는 그 말을 믿었다. 그는 못 말리게 진지했다. 이만큼이나 연기할 수 있는 사람은 세상에 없다.

"아예 급속 냉동실이네. 에어컨 온도 좀 올리면 안 돼?"

"미안해."

그는 다시 말하고 두꺼운 안경 너머로 눈을 깜박였다.

"춥니? 미처 몰랐어."

"지금 농담해? 나더러 춥냐고? 이봐? 날 다시 좀 볼래, 아인슈타인, 이번엔 두 눈을 제대로 뜨고?"

브랜든은 다시 폭소를 터뜨렸고 데이빗은 허겁지겁 뒤로 돌아 방 저편 창문에서 돌아가고 있는 소형 에어컨을 향해 내달렸다.

"브랜든은 보통 조명 아래에 있으면 너무 덥다고 불평하거든."

데이빗은 온도를 조절했고, 그의 얼굴은 다시 핑크빛이 되었다. 밤새도록 그가 얼굴을 붉히게 만드는 건 일도 아닐 것이다.

"먼저 제대로 사과를 해놔야 할지도 모르겠다. 난 일할 때면 상당히 몰입해 버리거든. 하지만 정말이지, 실례를 저지를 뜻은 전혀 없다는 걸 알아줘."

그는 몹시 당혹해했다. 사실, 창피해한다는 쪽에 더 가까웠다. 실례를 저지를 뜻은 없었단다. 우스웠지만, 삼촌 탐과 노할아버지 조를 제외하면, 맬러리는 자신을 존중해 주려는 사람을 단 한 명도 떠올릴 수 없었다.

"내 평생 본 중에 가장 개성적으로 아름다운 여자일 거라고 생각해."

데이빗이 말을 이었다.

"하지만 너의 몸과 얼굴만이 아닌 더욱 본질적인 면이 있다는 것도 알고

있어. 그리고 만약 오늘밤 내가 널 무슨 물건 다루듯이 하면 그렇다고 말해
줘. 의도적으로 그러는 건 아니라는 것도 알아주고. 절대로. 뭐든 간에.”

브랜든이 말했다.

“됐다, 데이빗. 구애는 1절만 해.”

이번에 얼굴이 달아오른 쪽은 맬러리였다. 평생 별별 찬사를 다 들어봤
고, 전부 그녀를 차 뒷좌석으로 끌어들이려는 수작들이었지만, 이건 달랐
다. 데이빗은 정말 진심으로 말하고 있었다. 그는 진지했다. 몹시도 상냥한
태도였다. 그는 몹시도 상냥했다. 어쨌거나, 괴짜치고는.

“어, 고마워. 네가 완전히 맛이 간 건 알지만, 그래도 고마워.”

데이빗은 웃음을 터뜨렸다.

“이런, 그런 말을 들을 줄은 몰랐는데?”

그녀도 웃었다. 묘한 일이다. 그의 미소는 거의 브랜든의 미소만큼이나
근사했다. 그리고 그가 그녀를 이렇게 쳐다볼 때면, 그녀의 눈을 응시할 때
면…….

“나도 절대 동감이야, 베이비.”

브랜든이 그녀의 손을 잡고 빙글 돌려 데이빗에게서 떼어놓았다.

“나도 네 팬클럽의 공동 회장이라구.”

데이빗이 목청을 가다듬었다.

“이제 슬슬 시작하지.”

“그렇고말고. 일단 시작하면 따뜻해질 거야.”

브랜든은 눈썹을 꿈틀거리며 그녀에게 말했고, 그의 미소는 완전히 다른
종류의 열기를 약속하고 있었다. 그녀는 손을 빼내려 했지만, 미끌거리는
오일에도 불구하고 브랜든은 그녀의 손을 꽉 움켜쥐고 있었다.

“연기해 본 적 있어?”

데이빗이 그녀에게 물었다.

“조금.”

맬러리는 다른 애들이 뒤에서 뭐라 수군거리는지 털끝만큼도 신경 안
쓰는 척하면서 고등학교 복도를 걷던 그 수많은 날들을 떠올렸다. 그래, 조

금이라. 그녀의 평생 99퍼센트를 '조금'이라고 말할 수 있다면 말이지.

"나이트셰이드—네가 모델을 맡은 캐릭터는 열일곱 살이야."

데이빗이 그녀에게 말했다.

"평소 모습인 니키일 때엔 아직 고등학생이지. 그녀는…… 음, 고독한 타입일 거야. 휴버트란 다른 캐릭터를 제외하면 친구라곤 없어."

흠, 뭐 그건 그녀와 크게 다를 바 없었다.

"그나저나 넌 몇 살이야?"

브랜든이 물었다.

"열여덟."

"그럼 넌…… 막 졸업했겠구나? 축하한다."

브랜든이 데이빗을 넘겨다보고 씨익 웃었다.

"열여덟 살이고 막 졸업했대. 굉장한 소식이지?"

"너 오늘 급히 나가야 할 일이 있다면서."

데이빗이 담담하게 말했다.

"나? 전혀. 지금 여기서 조그만 스피도 수영복을 입고, 근육을 불끈거리며 새 친구 맬러리와 슈퍼히어로로 역할을 하는 것 말고 달리 하고 싶은 일이라곤 없는걸."

브랜든은 마치 맬러리를 따뜻하게 해주려는 듯이 그녀의 팔을 문질렀다. 그의 엄지손가락이 우연히 그녀의 가슴을 스쳤다.

"얘가 얼어죽기 전에 끝내자."

맬러리는 그에게서 조금 물러났다.

"나이트셰이드의 능력은 뭐야?"

"그녀는 슈퍼 X레이 야간시력이 있어. 그리고 하늘을 날 수 있다던가 뭐 그래, 맞지?"

"그녀는 완전히 비물질화할 수 있어."

데이빗이 브랜든의 말을 고쳐 말했다.

"그녀의 능력은 <스타 트렉>에서 물체전송기가 하는 것과 비슷해. 다만 자기 몸의 분자상태를 뜻대로 바꿀 수 있다는 점만 제외하고 그녀에겐 그런 기계가 필요 없어. 그녀가 비물질화할 때면 다른 장소로 좀더 빠르게 이동할 수 있으니 뭐, 나는 것과 비슷하다고 할 수 있겠지. 하지만 목적지에 다다랐을 때 다시 물질화하기까지 한 시간이 걸려. 그리고 물질화하는 동안에는 싸울 수가 없어. 능력을 하나도 쓸 수가 없게 돼—어둠 속을 꿰뚫어보는 능력을 제외하고. 완전히 상처받기 쉽게 되지.”

맬러리는 상처받기 쉬운 상태에 대해서라면 모르는 것이 없었다.

브랜든이 나섰다.

“물질화되고 나면 그녀는 끝내주는 투사야. 격투기든 뭐든. 거의 무적이라 할 수 있어. 두려움을 모르는.”

두려움을 모른다. 음, 그건 좀 연기가 필요하겠군.

“좋아.”

데이빗이 카메라 뒤로 돌아가며 말했다.

“시작하자.”

“나야 좋지.”

브랜든이 중얼거리며 그녀를 향해 완벽한 눈썹을 다시 꿈틀거려 보였다.

찰스가 복용한 진통제는 독한 술처럼 머릿속을 지워주지 못했다.

진이라면 기억이 무(無)로 흐려질 때까지 마시고 또 마실 수 있었다. 하지만 진통제는 분량이 제한되어 있고, 약은 먹고 또 먹을 수 없다.

뭐, 그럴 수야 있겠지만, 켈리가 눈살을 찌푸릴 터이다.

켈리. 그 애는 늘 그를 기쁘게 하려 애써 왔다. 오늘밤 이전까지는. 오늘밤 그 애는 그가 받아 마땅한 대접을 전부 퍼부었다. 뭐, 정확히 전부는 아니었다. 그 애는 비난과 원망을 심하게 하지 않았다.

눈을 감으면 세 살, 일곱 살, 열세 살의 그 애가 보였다. 또랑또랑한 눈망울과 영리한 심성 그리고 몹시도 사랑스러운 얼굴. 하지만 그렇게 사랑하고 있는데도 불구하고 켈리조차도 그의 깊숙이 뿌리내린 공허함을 없애줄 수는 없었다. 오직 진만이 그걸 무감각하게 만들 수 있었고, 대다수의 경우 진으로도 부족했다.

찰스는 눈을 감은 채, 콜록거리지 않고 최대한 깊게 숨을 들이쉬고 내쉬며 잠든 척을 했다. 세 번의 결혼 실패 이후, 그가 잘하는 것이 하나 있다면 자는 척하기였다.

켈리가 그의 뺨에 입맞추었다.

"안녕히 주무세요, 아빠. 사랑해요."

켈리는 그를 사랑한다. 30년이 넘도록 무정한 아버지였는데, 딸은 그래도 여전히 그를 사랑한단다. 하지만 그래도 역시 충분치 않았다.

맙소사, 뭐가 문제인 걸까?

방문이 조용히 닫히는 소리를 듣고 그는 눈을 떠 천장을 응시했다. 그의 방은 켈리가 욕실에 켜놓은 야간등으로 희미하게 밝혀져 있었다.

한 시간 전 복용한 약 때문에 공중을 떠다니는 느낌이었다. 아주 약간─바로 침대 위를. 약효는 끊임없는 통증을 둔화시켜 주었지만, 기억을 멈추게 하진 못했다.

프랑스. 1944년. 노르망디 상륙작전 이후의 여름.

눈을 깜박이자 돌연 방안이 대낮처럼 환해졌다. 그는 다시 눈을 깜박였고, 그러자 더 이상 그의 방이 아니었다. 시벨의 부엌이었다.

그는 죽어가는 여든 살이 아니라, 회복되어가는 스물네 살이었다.

차도는 좋았다. 그는 지팡이를 짚고 절뚝절뚝 돌아다닐 수 있었다. 시벨은 그의 옆구리와 어깨의 실밥을 빼냈고, 바로 전날 삼각건을 풀었다.

시벨은 뒤에 남은 아이들을 위해 성당으로 돌아갔다고 그를 무슨 영웅으로 생각하고 있었다. 그는 자신이 왜 그랬는지 알 수가 없었다. 제대로 기억할 수조차 없었다. 전투 전체가 뿌연 안개 같았다. 총알에 맞았다고 느꼈을 때, 그는 자신이 죽었다고 확신했었다.

허나 지금 그는 이곳에 있다. 여전히 실제로 존재하고 있으며, 다행스럽게도 독일군 포로수용소가 아닌 곳에. 대신, 그는 이곳 작은 마을의 프랑스 레지스탕스 본부에서 대단한 미국인 영웅이 되어 있었다.

조 파올레티야말로 찰스보다 백 배는 더 영웅이었다. 그는 OSS지만, 아무도 그에게 저녁식사로 계란을 더 얹어주지 않았다. 그리고 설령 그렇다

해도 그는 먹지 않으리라. 그야말로 영웅다워 누군가 더 영양이 필요한 사
람에게 줘버리고 말 것이다.

영웅으로서 조의 자격이 차고도 넘친다는 사실에도 불구하고, 그의 열성
과 지나치게 진지한 성격에도 불구하고, 찰스는 그를 좋아했다. 어떻게 좋
아하지 않을 수 있겠는가? 그건 예수를 싫어하는 것과 마찬가지일 것이다.

시벨과 조 그리고 다른 사람들이 찰스를 연합군 측 전선으로 몰래 돌려
보낼 때까지는 단지 며칠 정도만 남았을 뿐이었다.

그는 떠나고 싶어 안달이 났다.

죽음이나 그보다 크게 나을 바 없는 나치 수용소 생활에 비하면, 여기
생 엘레느에서 찰스의 생활은 충분히 안락했다. 시벨의 집이 시내에서 가
장 계급이 높은 나치의 집과 다섯 집 건너 이웃한지라 낮에는 집 밖에 한
발짝도 디디지 못했지만 그건 별 문제가 아니었다. 대부분의 남자들과 마
찬가지로, 그는 낮은 게으르게 보냈다. 앙리와 그가 뢱 1과 뢱 2라고 명명
한 두 남자, 그리고 다른 사람들도 낮에는 거의 밖에 나가지 않았다. 그들
은 대부분의 활동을 밤에 하여, 유령이나 흡혈귀처럼 어둠 속에서만 위험
을 무릅쓰고 돌아다녔다. 그리곤 동트기 전 시벨의 집으로 돌아와 독일군
으로부터 숨어 부엌 바닥에서 정오나 그 이후까지 잤다.

그러나 시벨과 다른 여자들은 두 개의 삶을 살았다. 그들은 남자들의 밤
세계를 살며, 위험에도 불구하고 자주 작전에 참가했다. 하지만 그들은 보
통의 세계도 살았다. 부엌 바닥에서 졸고 있는 레지스탕스 전사 부대를 위
한 요리, 청소, 빨래, 강에서의 고기잡이.

시벨은 빵 구울 밀가루를 살 돈을 벌기 위해 수선 일을 했다. 그녀와 다
른 여자들은 양말과 바늘을 들지 않고 자리에 앉는 법이 없었다.

아이러니한 일이었다. 그녀의 제일 가는 손님은 시내를 순찰하는 나치
군인들이었다. 그들의 구멍난 양말짝이 시벨의 바구니에 계속 등장했다.

그리고 성자 조 역시 시벨만큼이나 피곤을 몰랐다. 그는 동틀 녘까지 자
지 않은 날조차 대부분의 낮 시간을 시벨의 집 뒤 손바닥만한 땅뙈기에서
보냈다. 그는 일굴 수 있는 땅은 한 뼘도 빼놓지 않고 채소밭으로 바꿔놓았

고, 구두쇠가 금괴 궤짝을 다루는 것보다 더 조심스레 돌보아 땅에서 귀한 식량을 얻어내었다. 뉴욕 시 출신치고는 대단한 원예재능이었다.

찰스의 프랑스어는 발전하고 있었다. 아니, 남들의 말을 이해하는 능력이 발전한다는 쪽이 더 맞을지도. 시벨의 상냥한 지도에도 불구하고 그는 아직도 프랑스어로 말하지 못했다.

그래도 그녀는 그의 시도에 웃음을 터뜨리곤 했다. 솔직히 그녀의 웃음을 듣기 위해서만이라도 실패할 만한 가치가 있었다.

그는 볼드윈 브릿지의 모든 것에 대해 영어로 그녀에게 얘기했다. 바닷가의 나른한 여름, 하버드에서 보낸 몇 년, 그리고 그녀는 그에게 나치 침공 전 생 엘레느에서의 삶에 대해 프랑스어로 이야기했다.

그녀의 남편과 아들은 독일군에 의해 죽었고, 시벨의 마음은 아직도 상처를 간직한 채였다. 그녀는 그렇게까지 말하진 않았으나 찰스는 알았다. 그녀는 제니에 대해 물어왔다.

그곳에 온 지 일주일 혹은 그보다 좀더 지난 어느 무더운 오후 찰스는 시벨의 바구니 안 양말과 바늘로 손을 뻗었다. 시벨은 그를 향해 웃어댔다.

"하버드 대학에서 바느질도 가르쳤다는 얘긴 아니겠죠."

그녀가 놀렸다.

"그런 행운은 없었지만 어떻게 하는지 당신에게 가르쳐 달라고 하려고."

그가 말하자 그녀는 마치 그가 이 전쟁에서 가장 웃긴 농담이라도 한 듯이 웃어댔다.

"난 가만히 앉아 아무것도 안 하고 있잖소."

그는 주장했다. 기껏해야 여자 일이지 뭐.

"정신이 나갈 것만 같다구. 어떻게 하는지 시범 좀 보여봐요 난 당신이 이 양말들을 고쳐 번 돈에서 나온 빵을 먹고 있잖소."

그가 농담하는 게 아니라는 걸 깨닫자 그녀의 눈이 휘둥그레졌다.

"앙리와 두 뤽은 배우려 들지 않았어요 시킬 수 있었던 건 요리 돕기뿐이었죠."

"앙리와 뤽은 머저리들이오."

찰스는 양말에 난 구멍으로 손가락을 집어넣어 그녀를 향해 꼬물거렸다.

"이리 와서 가르쳐줘요. 난 돕고 싶소."

다시 웃음을 터뜨리며, 그녀는 그렇게 했다. 그에게 시범을 보이려면 바싹 붙어 앉아야 했다. 일로 거칠어진 그녀의 손가락이 그의 손에 서늘하게 맞닿았고, 부상입지 않은 쪽 다리에 닿은 그녀의 허벅지는 부드러웠다. 긴 머리는 정수리에 아무렇게나 말아올렸고, 짙은 머리칼 몇 가닥이 길고 우아하며 창백한 목선에 늘어뜨려져 있었다. 옷은 낡고 헐렁했으며 군데군데 기운 면이었다. 싸구려 비누 내음이 나는 그녀의 몸은 자신의 다락방을 자유로 향하는 위험한 도주로의 임시 정류소로 이용하는 사람들에게 수년간 저녁식사 대부분을 내준 탓에 지나치게 말라서 쇄골이 뚜렷하게 도드라져 보였다. 그리고 그녀가 고개를 돌려 그의 눈을 바로 몇 인치 떨어져서 응시했을 때, 그것은 찰스가 그의 인생에서 그때까지 경험한 중 가장 종교적 경험에 가까운 것이었다.

하지만 만약 볼드윈 브릿지의 거리에서 그녀를 스쳐갔다면, 결코 두 번 쳐다보지 않았으리라는 걸 그는 알고 있었다. 그녀의 눈을 들여다보고 정말로 그녀를 알기 위한 시간을 할애하지 않았으리라.

그녀는 그로선 발끝에도 미치지 못할 존재였다. 제니로선 발끝에도 미치지 못할 존재였다. 그들은 한동안 머리를 모으고 긴 의자에 앉아 있었고, 큼직한 손가락을 시벨처럼 움직이려 애쓰는 그를 그녀가 바로잡아 줄 때마다 간혹 손이 맞닿았다. 지독히도 힘들었다. 여자 일이군, 정말로.

하지만 마침내 그는 끝마쳤다. 시벨이 여섯 짝을 하는 동안 서툴게 꿰맨 한 짝. 그래도 그녀는 칭찬했고, 갈색 눈은 감탄과 따스함으로 반짝였다.

그는 바구니에서 또 한 짝을 꺼내어 끈질기게 일에 착수했다. 자신을 쳐다보는 그녀의 눈길에서 그녀는 그가 한 짝을 마친 후 관두리라 예상했다는 걸 알 수 있었다. 하지만 바구니엔 수선해야 할 양말이 예순 짝이나 더 있었다. 지금 속도라면, 그는 다음주 수요일에나 마칠 수 있으리라. 하지만 어차피 달리 할 일이 쌓여 있는 것도 아니었다.

그는 시벨이 자신을 쳐다보고 있음을 느낄 수 있었지만, 다시 그녀의 눈을 올려다볼 엄두를 낼 수가 없었다. 그녀의 눈에서 영웅숭배를 발견하리라는 걸 그는 알고 있었다. 그래, 분명히 그녀가 자신을 좋아해 주기를 원했지만, 진정한 자신 그대로를 좋아해 주기를 원했지 잘못된 인식을 기반으로 좋아해 주기를 바란 게 아니었다. 어쩌다 우연히 영웅이 되었던 것인지도 모르나 그 시절은 이제 지나간 일이었다.

그는 그녀에게 말했다.

"볼드윈 브릿지에 돌아가면 제일 먼저 할 일은, 완전히 아무것도 안 하는 거요. 아버지 여름별장의 정면 포치에 앉아, 꼬박 두 달 정도는 끼니 때마다 스테이크 먹기와 파도 바라보는 것 외엔 아무것도 안 하는 거지."

그는 눈을 들었다. 큰 실수였다. 그는 허세를 부리려, 농담으로 돌리려 했다.

"조를 설득해 같이 데려가선 마당에 꽃 정원을 가꾸도록 수천 달러를 줄 거요. 순무나 양배추가 아니라 그냥 꽃만."

그녀가 자신을 향해 몸을 숙이는 것을, 그녀의 시선이 잠깐 자신의 입으로 떨어지는 것을 보고 그의 심장은 거의 고동을 멈추었다.

그녀의 입술이 그의 입술에 세상에서 가장 부드러운 키스로 스쳐갈 때까지 그는 눈을 감지 않았다. 가슴 아릴 만큼 달콤했고 너무나 빨리 끝나버렸다. 그는 그녀를 향해 손을 뻗지 않았다, 움직이지 않았다. 그럴 수 없었다. 그는 유부남이었다. 제니 외에 그 누구하고도 키스할 일이 없었다.

하지만 오, 하나님, 그는 시벨을 원했다.

그녀가 일어나서 부엌까지 절반쯤 가지 않았더라면, 그는 유혹에 굴복하여 그녀를 품안으로 잡아채 다시 키스할 수도 있었다. 격렬하게, 방이 빙글빙글 돌 때까지. 그녀는 몸을 돌려 그를 마주했지만 그의 눈길을 맞받지는 못했다.

"고마워요."

그녀의 말에 찰스는 고개를 끄덕였다. 그럭저럭 미소를 지어 보이기까지 했다. 둘 다 그것이 감사의 키스였던 것인 척했다. 비록 둘 다 그 훨씬 이상이라는 것을 빌어먹게 잘 알고 있을지언정.

10

"오케이, 다 됐어."

데이빗은 불현듯 브랜든이 아직껏 맬러리에게 키스하고 있음을 예민하게 의식하며 카메라 뒤에서 허리를 폈다.

친구는 고개를 들고 말했다.

"야, 몇 장만 더 찍어."

그리고는 다시 그녀에게 키스했다.

"더 이상은 필요 없어."

데이빗은 '젠장할, 그만 키스해!'라고 소리치는 대신 간신히 묵묵한 투로 말했다.

"딱 몇 장만 있으면 되니까."

<윙마스터즈>에서 키스 장면을 그릴 때마다, 레니는 그림을 알아볼 수 없다며 다시 그리게 만들곤 했었다. 데이빗은 이번 <나이트셰이드>에서는 사진을 갖고 작업하기로 마음먹었다. 하지만……

"이 이야기에 키스 장면이 많이 나오는 것도 아닌걸."

그는 맬러리가 브랜든과 입을 맞추고 손가락은 그의 금발 곱슬머리에 얽은 모습을 보지 않으려 몸을 돌렸다. 어째선지 카메라 렌즈를 통해 봤을 때는 덜 사실적으로 보였는데.

"게다가 필름이 떨어졌어."

둘이 그에게 귀 기울이는 정도를 보자면 스와힐리어로 말하는 거나 다를 바가 없었다. 그는 냉장고로 가서 음료수 캔을 하나 꺼내 요란하게 딱 땄다. 등을 여전히 돌린 채 한 모금에 거의 다 들이켰다.

"우와."

브랜이 맬러리에게 중얼거리는 소리가 들렸다.

"한순간 여기가 어디인지 잊어버렸어."

익히 짐작했네, 셜록. 데이빗은 나머지 음료수를 들이키고 알루미늄캔을 손아귀에서 콰직 구겼다.

"너 혹시……."

브랜든은 쑥스럽게 웃었다.

"미친 소리로 들리겠지. 하지만……."

그는 다시 웃었다.

<하지만 널 처음 본 순간부터, 공감을 느꼈어.> 데이빗은 재활용품을 담는 봉지에 캔을 던져넣고 갑자기 힘이 쫙 빠져 작업 테이블 앞에 앉았다. 11시가 넘은 시각이었고, 옷을 차려입고 레스토랑에 가서 웨이터 일을 할 때까지 다섯 시간도 안 남았다.

"널 처음 본 순간부터 우리 사이의 놀라운 공감을 느꼈어."

브랜든이 속삭였다.

<운명, 이건 운명이야.> 하, 그렇겠지. 데이빗은 브랜든이 저 대사들을 써먹는 걸 수없이 들어왔다. 해변에서, 대학 파티에서, 둘이 열여덟 살 때 같이 갔던 캠프 여행에서. 정말 웃기는 건, 만약 데이빗이 저런 수작을 부리고 돌아다녔다면 몰매를 맞고 동네에서 쫓겨나기 십상이었으리라. 하지만 브랜든은 잘만 해냈다. 브랜든이 써먹으면, 하룻밤 상대가 생겼다. 그래, 운명이고말고.

"마치 운명 같아."

브랜든이 맬러리에게 말하고 있었다.

이제 그 대사 차례군. <이런 기분 평생 처음이야.> 데이빗은 거칠게 연필을 깎다 말고 그들을 돌아보지 않을 수 없었다. 브랜든은 여전히 그녀를 살짝 껴안고 있었다. 그녀는 몸을 뺄 수도 있었다―원하기만 한다면. 보아하니, 그렇지 않은 게 분명했다.

"이런 기분 평생 처음이야."

브랜든이 진지하게 말했다.

이전의 467번을 빼면 그렇겠지. 어서, 나이트세이드, 네 뛰어난 야간시력으로 그 개자식을 꿰뚫어보라고.

데이빗이 브랜든을 싫어해서 그런 건 아니었다. 정말 좋아했으니까. 그들은 기억할 수 있는 한 내내 제일 친한 친구였지만, 브랜든이 오늘밤 맬러리를 집으로 데려간다는 생각은, 그들이 함께 데이빗의 바로 아래층인 브랜든의 아파트에서 사랑을 나눈다는 생각은 감당키 힘들었다.

그는 브랜든의 귀에 네 마디 말―'나 저 여자애 좋아해'를 속삭이기만 하면 멈출 수 있다는 걸 알고 있었다. 브랜든은 손을 떼겠지만, 그럼 데이빗의 처지는? 브랜든과 사귀고 싶어하는 여자애를 뭘 어쩌겠느냐 말이다.

"같이 밖에 나가자."

브랜든이 나직이 말했다.

"배고파? 같이 뭐 먹어도 좋고."

데이빗은 나이트세이드의 러프 스케치를 연달아 그리기 시작했다. 달리고, 점프하고, 날고, 악과 싸우는 무적. 맬러리가 마침내 입을 열자 그는 듣지 않으려, 상관하지 않으려 애썼다.

"이 베이비 오일 때문에 온통 미끈거리는데."

"데이빗이 아까 네가 여기서 샤워해도 된다고 했잖아."

브랜든은 그녀가 같이 나가기로 허락이라도 한 듯이 그녀를 데이빗의 욕실로 떠밀었다.

"난 후딱 뛰어가서 내 아파트에서 씻고 올게. 바로 아래층이야."

그녀는 데이빗을 넘겨다보며 주저했다.

"난 아직 확실히……."

"저기 카니발에 가서 햄버거 먹고 관람차나 타자."

그녀의 얼굴이 환하게 밝아지자, 데이빗은 넘어갔다는 걸 알았다. 하지만 그럼 무슨 생각을 했단 말인가? 그는 그녀에게 포즈를 취해달라고 부탁하기 전부터 그녀가 브랜든과 함께 밤을 보내리라는 걸 뻔히 알고 있었다.

"아직 시내에서 하지?"

브랜든이 물었다.

"왜 거기, 성당 주차장에서 하는 카니발 말야."

"일요일까지 해."

맬러리가 그에게 말했다.

"잘됐다. 같이 가자, 어때?"

데이빗은 나이트셰이드의 스케치에 눈을 고정시켰다.

"좋아."

그게 그녀의 대답이었다.

"그래, 가자."

브랜든이 문을 향했다.

"10분 후에 오일 씻어내고 돌아올게. 야, 이따 보자."

그는 데이빗에게 외치고, 나가면서 문을 쾅 닫았다.

데이빗은 그녀가 머뭇거리는 소리를 들었지만, 올려다보지 않았다. 그저 계속 그리기만 했다. 마침내 욕실문이 닫혔고, 샤워 소리가 들렸다. 그는 연필을 내려놓았다.

문가에는 작은 거울이 있었다. 그는 의자에서 내려가 거울 앞에 서서 자신의 모습을 쳐다보았다.

한 시간 넘게 사진을 찍고 난 후, 그의 머리칼은 사방팔방으로 뻗쳐 있었다. 꼭 전기 소켓에 손가락을 쑤셔넣은 모양새였다. 쓸어내리려 해보았지만, 더 엉망이 될 뿐이었다. 그리고 안경은…… 테이프와 옷핀이 아니더라도 그의 안경은 15년은 유행에 뒤져 있었다. 렌즈는 커다랗고 두꺼우며 지독히도 무거워, 요즘 어딜 가나 사람들이 쓰고 다니는 타원형의 조그만 안경테와는 천양지차였다. 그는 어제 브랜든이 지적할 때까지 새로운 스타일을 알아채지 못했었다. 데이빗이 캐릭터 중 일반인 모습의 줄리언이 안

경 낀 스케치를 몇 장 그리자, 브랜든이 줄리언처럼 생긴 사람이라면 아무
도 그딴 촌닭 안경을 쓰고 다니지 않는다고 말했다.

촌닭 안경.

그건 데이빗의 안경과 똑같은 모양이었다.

우스꽝스럽게 여겨졌다. 안경은 단지 볼 수 있게 해주는 귀중한 도구일
뿐이다. 그게 어떻게 생겼는지가 왜 중요하지?

내가 어떻게 생겼는지가 왜 중요하지?

그는 안경을 벗고 거울로 몸을 숙이며 눈을 가늘게 떴다. 끔찍하고 기형
적인 괴물은 아니었다. 그의 이목구비는 모두 얼굴에 제대로 자리잡고 있
었다. 그래도 그가 브랜든이 아니라는 것만은 확실했다.

하지만 뒤집어 말하면 브랜든은 데이빗이 아니다.

그리고 데이빗은 자신의 지성과 타고난 그림 재능을 브랜드의 외모와
바꾸고 싶지 않았다. 백만 년이 지난다 해도. 그건 머저리 짓이었다.

그에겐 많은 장점들이 있었고, 만약 맬러리가 생각이 얕아 그걸 보지 못
한다면, 피부 한 겹뿐인 미에 더 신경을 쓴다면, 브랜든의 몸과 얼굴에 완
전히 정신이 팔린다면, 그거야……

위선자. 난 진짜 위선자야.

그가 며칠 동안 맬러리를 따라다닌 이유는 그녀의 날카로운 유머감각과
신선하리만치 신랄한 성격과는 아무 상관이 없었다. 끝내주는 엉덩이에 세
계 정상급 젖가슴, 이국적인 여인과 귀여운 아이가 완벽히 조화된 얼굴 때
문이었다. 그는 그녀의 몸과 얼굴에 완전히 정신이 팔려서 쫓아다녔다.

샤워 소리가 멎자 그는 안경을 도로 쓰고 재빨리 작업 테이블로 돌아갔
다. 몇 분 후 욕실문이 열렸을 때 그는 작업 테이블 앞에 앉아 스케치에
몰두한 척하고 있었다.

맬러리는 자기 옷을 도로 입었지만 머리카락은 젖어 있었다. 그녀는 영
불편한 기색으로 욕실 바로 앞에 서서 머리칼을 쓸어넘겼다. 브랜든은 아
직 돌아오지 않았다. 맬러리와 데이빗만이었다. 단 둘뿐.

또다시 데이빗은 한 마디도 뻥긋하지 않았다. 그저 계속 그림만 그렸다.

그의 시야 한구석으로 그녀가 어깨를 바로 펴는 것이 보였다. 그리곤 그를 향해 다가왔다. 정말이지 그로선 절대로 예상 못한 행동이었다.

"저기, 날 정신나간 계집애쯤으로 생각하고 있다는 거 알아. 아까 말로는 안 그런다더니 행동은 딴판이니…….."

"녀석은 짧게밖에 안 사귀어."

데이빗은 그녀를 올려다봤다.

"가끔은 하룻밤 이상 안 가기도 하고. 걔한테 그 이상은 바라지 마."

그녀는 웃음을 터뜨렸다.

"세상에, 난 그러지 않을…….."

그녀는 말을 뚝 그쳤다.

"내 말을 전부 믿을 이유는 없겠지만, 맹세컨대 그냥 관람차만 탈 거야."

"나한테 해명할 필요는 없어. 네 행동을 두고 뭐라 탓하진 않을 테니까."

데이빗은 그저 계속 그리기만 했다.

"넌 브랜든에 대한 자신의 반응을 미처 예상하지 못한 거지. 별일도 아냐. 내가 여자애였다면, 옛날 옛적에 녀석하고 잤을걸."

그녀는 의자를 그의 작업 테이블로 끌어왔다.

"난 걔하고 자지 않을 거야."

"녀석은 그렇게 생각하지 않는걸."

"이야."

그녀는 그가 그린 스케치를 보려 몸을 수그렸다.

"진짜 잘한다."

"그대로 있어 봐, 움직이지 말고."

그는 새 종이를 앞에 가져다놓고 그녀에게 말했다. 그녀가 그를 쳐다보는 눈길에 감탄과 경외감이 가득해서, 그는 그걸 그려두고 싶었다. 머리가 젖자 그녀는 더 터프해 보이면서 동시에 더욱 상처받기 쉬워 보였고, 커다란 눈이 도드라졌다. 그는 재빠르게 그녀를 그리고, 단순한 몇 개의 선으로 그녀의 에너지와 영혼—또는 뭐든 간에 그녀의 내부에서 격렬히 타오르는 생명력을 붙잡아냈다.

그는 필요한 것보다 좀더 시간을 끌며, 음영을 넣고 평소보다 더 세부묘사에 공을 들였다. 하지만 마침내 끝마쳤고, 여전히 그녀의 눈길을 마주한 채 그녀에게 그걸 내밀었다.

맬러리는 그를 아주 잠깐 더 쳐다보다가 내려다보았다. 스케치를 자기 쪽으로 돌리고, 한참 동안 응시하다가 도로 그를 쳐다보았다.

"이게 그 여자야? 나이트셰이드?"

그는 고개를 저었다.

"아니, 이건 너 그대로야."

그녀는 다시 스케치를 쳐다보았다.

"이게 정말로 네가 보는 내 모습이야?"

그녀는 고개를 저었다.

"잘 모르겠지만, 내가 거울을 볼 때 보는 모습이 아닌걸."

그는 바깥 층계에서 브랜든이 올라오는 소리를 듣고 일어나서 그녀에게 등을 돌렸다.

"오늘밤 재밌게 놀아."

"그냥 카니발에 같이 가는 것뿐이야. 학교 애들이 전부 거기 있어. 난 그저 그와 함께 등장하고 싶을 뿐이야. 그것들한테 내가 재랑 같이 있는 모습을 보이고 싶어."

데이빗은 도로 몸을 돌렸다. 그녀는 그를 향해 몸을 내밀고 있었고, 눈은 진지했다.

"데이트하는 이유로는 참 형편없지. 나도 알아. 나 못됐지. 하지만 딱 한 번이라도 말야, 난……."

문이 열리고 허리케인처럼 브랜든이 들어왔다.

"준비됐어, 베이비?"

"내가 부러움을 받는 쪽이 되고 싶어."

맬러리가 속삭였다. 그녀의 눈은 데이빗에게 이해해달라고 애원하고 있었다.

"부러워하는 쪽이 아니라. 멍청하지, 나도 알아. 넌 이해 못할……."

브랜든은 거울에 비친 자신의 모습을 흘끗 보고 아직 젖은 머리를 약간 정리했다.

"가자, 배고파 죽겠어. 어서 나가자구."

맬러리가 일어나 그림을 조심스레 접어 주머니에 챙겨넣는 동안 브랜든이 그녀에게로 다가왔다. 그는 그녀를 맘대로 만질 권리라도 있는 양 그녀의 허리에 팔을 척 감았고, 손은 셔츠 끝자락으로 미끄러져 내려가 따스하고 부드러울 것이 분명한 그녀의 피부에 닿았다.

데이빗이 지켜보는 동안, 브랜든은 그녀를 문으로 데려갔고 이내 그들은 가버렸다.

맬러리가 한 말은 멍청한 소리가 아니었다. 그리고 데이빗은 이해했다. 브랜든과 제일 친한 친구로서, 그는 부러움에 대해 알 만큼 알았다.

그를 보았을 때 탐은 편의점에 있었다.

카운터에서 담배 한 갑과 복권을 사고 있는 그 남자는 머천트는 아니었다. 머천트와 비슷한 키였지만 훨씬 젊었다. 이십대 초반에, 짙은 곱슬머리와 평범한 갈색 눈이었다.

탐은 콜라와 진통제를 사려 가게에 들렀다. 시내로의 짧은 산책은 기분 전환에 도움이 되지 않았다. 사실, 머리가 더 욱신거릴 뿐이었다.

그는 가게 뒤쪽 냉장고에서 음료수를 꺼내며, 집을 나서기 전에 두통약을 먹을 걸 그랬다고, 이만큼 멀리 오지 말 걸 그랬다고 후회했다. 이제 집까지 줄창 걸어가야 하게 생겼으니.

집까지 줄창. 그래 봐야 1.6킬로미터 정도였다. 도대체 무엇 때문에 그만한 거리를 걷는 걸 이렇게 신경쓰는 거지?

그는 계산대로 향하다가, 바로 그때 그것을 보았다.

짙은 머리의 젊은이가 가게를 나서면서 오른손으로 문을 밀어 열었다. 그리고 그 손등에는 작고 동그란, 짙은 마크가 있었다. 문신.

탐은 자세히 볼 만큼, 정말로 머천트의 마크인 형상화된 눈동자인지 볼 만큼 가까운 거리가 아니었다. 하지만 동그랗고 바로 그 크기였다.

잘못 봤을 수도 있다. 우연의 일치일지도. 다만 그가 우연의 일치를 믿지 않는다는 사실을 제외하면. 그가 머천트를 목격한 아주 작은 도시에서 우연히 손등에 둥근 문신을 한 남자를 볼 가능성이라?

어림도 없지. 머리는 지끈지끈 쑤시고 속은 울렁거렸지만, 그는 자신이 무엇을 해야 하는지 정확히 알 만큼 오랫동안 실에 있었다.

상대에게 눈치 채이지 않고 짙은 머리의 남자를 은밀히 미행해야만 한다. 저 남자가 어디로 가는지, 가능하다면 어디에 머무는지 알아내야 한다. 그리고 손등의 마크를 다시 볼 수 있을 만큼 가까이 접근을 시도해야 한다.

"미안해요, 마음이 바뀌어서."

탐은 음료수 병을 카운터에 내려놓고 재빠르게 문 쪽을 향했다.

가게를 나와 눅눅한 여름 열기 속으로 나서자 두통과 메스꺼움은 희미한 배경음악처럼 흐려졌다. 이제 밤이 좀더 예리하게, 좀더 분명하게 다가왔다. 새로운 목적의식을 갖자 온 세상이 또렷해졌다.

짙은 머리 남자는 편의점 주차장을 가로질러…….

제길.

탐이 지켜보는 가운데, 남자는 낡은 여행용 자전거를 자전거 보관대에서 끌어내 올라타고 페달을 밟기 시작했다. 탐은 보관대를 향해 뛰어갔으나 남아 있는 유일한 자전거는 자물쇠가 채워져 있었다.

제길, 제길.

그냥 쫓아갈 수도 있겠지만, 자전거 뒤를 따라 달리는 걸 은밀하다고 할 수는 없다. 하지만……. 그는 반바지와 스니커즈, 티셔츠 차림이었다. 짙은 머리 남자가 너무 빨리만 가지 않는다면…….

탐은 느긋한 조깅으로 보일 수 있는 한도 내에서 최대한 빠른 속도로 거리를 달리기 시작했다. 작은 도시치고 볼드윈 브릿지는 번잡했다. 23시 30분인데, 편의점에서 호텔과 마리나를 지나 해변까지 시내 전체가 여전히 환하게 불이 밝혀져 있고 사람들로 북적였다. 여행객들과 피서객들 그리고 고등학생들이 예스러운 벽돌 블록 거리를 돌아다녔다. 멀리 해변 쪽 성당 카니발에서 흘러나온 음악이 축제 같은 분위기를 더했다.

　자전거를 탄 짙은 머리 남자는 대부분의 보행자들보다 빠르게 움직이고 있었지만, 많이는 아니었다. 볼드윈 브릿지에서처럼 잘 관리되었다 해도 벽돌길이란 자전거 이용자에겐 지옥일 수 있다. 탐은 경험으로 알고 있었다. 너무 빨리 달렸다간 철물점 페인트 믹서기에다 불알을 한 시간 돌린 것마냥 얼얼하기 마련이었다.

　하지만 짙은 머리 남자가 웹스터 가에서 꺾어 해변 성당 카니발을 향하자 탐은 좀더 속력을 내어야 했다. 웹스터 가는 일반 보도블럭이고 약간 경사진 내리막길이었다. 끝에 다다랐을 무렵엔, 탐은 최대 속력으로 뛰고 있었지만 짙은 머리 남자는 여전히 그에게서 멀어져가고 있었다.

　그의 티셔츠는 푹 젖었고 다리와 폐엔 불이 붙은 듯했다. 병원에서 퇴원한 이래 자주 달리질 못했고 달렸다 해도 이만큼 격하게, 이만큼 장거리는 결코 아니었다. 그리고 지난 며칠은 두통 때문에 전혀 달리질 않았었다. 그래도 이 정도는 아무것도 아니어야 마땅했다. 16팀에서 정기적으로 하던 구보에 비하면 이건 가든 파티였다. 맙소사, 몇 달 쉬었다고 완전히 망가졌군.

　머리의 지끈거림이 앞머리 쪽으로, 정확히 왼쪽 눈 뒤로 옮아갔다. 앞에 펼쳐진 도로가 흔들리고 진동하는 듯하여 탐은 약간 비틀거렸다. 그는 짙은 머리 남자에게 억지로 눈을 고정시켰다. 성당 주차장 입구 주위의 인파 때문에 속력을 줄여야 했지만, 어차피 탐은 빨리 뛸 수가 없었다.

　귀는 웅웅거리고 세상이 빙글빙글 돌았다. 한 발짝 그리고 한 발짝 앞으로. 전에도 했던 일이다. 다시 할 수 있어.

　스피커에서 음악이 쾅쾅 울리고 사람들의 관심을 끌려는 바람잡이들이 고함을 질러댔다. 카니발 놀이기구와 함께 어지럽게 빙글빙글 도는 환한 불빛은 북적이는 인파에 혼란을 더할 뿐이었다.

　탐은 제대로 초점을 맞출 수도, 제대로 볼 수조차 없었다.

　그는 짙은 머리 남자를 찾았지만 사라지고 없었다. 인파와 혼란 속에 완전히 묻혀버렸다. 포기하고 싶지 않아서, 혹은 단순히 포기할 수 없어서 그는 앞으로 나아갔다. 찌푸린 아이 엄마의 얼굴이 탐의 시야에 번득이고 눈이 휘둥그레진 남자애를 그의 앞길에서 홱 잡아챘다.

이 인파에서 벗어나야만 했다. 그는 숨쉴 곳을 찾아 음식 노점상 옆의 공터까지 뚫고 나갔지만, 튀긴 도넛의 느끼한 단내만 폐 가득히 들이쉬었을 뿐이었다.

무릎에 손을 짚고 그는 숨을 고르려, 균형을 잡으려 애썼다. 세상이 움직임을 멈추고 빛이 흔들리지 않게 하려고.

그런데 거기 그것이 있었다.

자전거. 회전 원반 놀이시설 난간에 기대 세워져 있었다. 비록 완전히 확신할 수는 없어도, 짙은 머리 남자의 것일 가능성이 꽤 높았다. 확실히 볼 수 있을 만큼 집중할 수가 없었다.

탐은 자전거를 향해 인파 속으로 돌아가며 짙은 머리 남자를 찾았다. 젠장, 그 번쩍거리던 불빛들이 필요할 땐 어딜 간 거야? 놀이시설을 타려 줄선 사람들은 그늘에 서 있었고, 그래서 모두 짙은 머리칼로 보였다.

탐은 대신 문신을 찾았다. 오른손, 오른…….

있다! 하지만 이내 또 문신이 보였다. 그리고 또 그리고…….

수십 명이 문신을 하고 있었다. 그는 말 그대로 머천트의 비밀 조직원들 수십 명에 둘러싸여 있었다.

통증이 그의 눈 뒤를 찔렀다.

맙소사, 이건 말이 되지 않아. 아니야. 이건 진짜일 리 없어. 그는 현기증과 싸우며 이치를 찾았고…… 조직 크기. 머천트가 열 명 이상의 조직을 운영할 리 없음을, 대체로 여섯이나 일곱 명 정도라는 걸 그는 알고 있었다.

하지만 그게 있다. 그 동그란 미크. 머천트의 눈. 돌아보는 곳마다 모두들 그 표식을 갖고 있었다. 그는 좀더 가까이 들여다보려, 자세히 보려 했지만 시야가 흐릿했다. 좀 앉아야겠다. 좀…….

문신한 손 하나가 그에게로 뻗어왔다.

"탐? 세상에, 괜찮아요?"

그 손은 팔에 붙어 있었고, 그걸 따라가자 얼굴이 나왔다. 낯익은 여자 얼굴. 맬러리, 누이의 딸.

아니, 맬러리가 둘이었다. 둘 다 아주 멀리서 그를 쳐다보고 있었다. 언제부터 저 애가 머천트의 일당이 되었지? 그녀의 손을 잡고, 눈 가까이 끌어당겨 보니……, 그건 눈동자 모양도 문신도 아니었다.

"우라질 광대 얼굴이잖아."

그 자신의 목소리가 멀리서 울려오는 듯했다.

그건 심하게 번진 광대 얼굴 잉크 스탬프였다. 모두들 우라질 광대 얼굴을 손에 찍은 것이다.

"10달러를 내면 스탬프를 찍어줘요"

두 명의 맬러리가 기묘하게 입을 맞추어 말했다. 손을 잡고 있는 상대의 목소리가 어째서 이렇게나 멀리 들리는 거지?

"그럼 한 시에 카니발이 닫을 때까지 맘대로 놀이시설을 탈 수 있어요"

탐의 무릎이 풀썩 꺾였다.

"맙소사, 탐!"

그가 손을 놓고 바닥을 짚자 맬러리가 그의 옆에 쭈그리고 앉았다. 그냥…… 좀 쉬기만 하면…….

"아는 사람이야?"

다른 목소리—남자고, 거의 맬러리만큼이나 어린 목소리가 역시 멀리서 들려왔다.

"우리 삼촌이야."

그는 그녀가 말하는 것을 들었다.

"아무래도 떡이 되도록 취했나봐. 브랜든, 차 있어? 삼촌을 집에 데려가게."

"어, 아니. 어, 맬, 나, 있지, 저기…… 이제 가봐야겠어."

"오 음…… 그렇겠지."

"나로선 좀 난감하거든? 기분 상하진 마. 하지만…… 언제 나중에 보자."

"그래. 나중에 보자."

"개자식."

탐은 맬러리가 웃어댈 때까지 자신이 소리내어 말했다는 걸 깨닫지 못하고 있었다.

“그건 삼촌 말이 맞네요. 미안, 하지만 나로선 삼촌이 여기 굴러다니게 버려두고 가는 쪽이 훨씬 난감하거든. 아니면 경찰이 데려가거나.”

“미안하다.”

그는 뿌연 혼란 속에서 중얼거렸다.

“난…… 그게 아니라…….”

하지만 그는 뭐가 아닌지 기억할 수가 없었다. 그는 바로 앞의 듬성듬성한 잔디밭에 초점을 맞추려, 뿌연 안개 속으로 빠져들지 않으려 애썼다. 그냥 바닥에 얼굴을 처박고 포기하면 안 되는 이유가 있었는데, 뭐였지?

“걱정 말아요. 한번 자자는 너그러운 제의를 내가 거절한 이후로 날 떼어버릴 구실만 찾던 놈인걸. 그게 자기하고 데이트한 것에 대한 상이라도 되는 듯이.”

“낭만도…… 끝이구나.”

그녀는 다시 웃음을 터뜨렸다.

“자, 삼촌, 일어나요. 걸을 수 있겠어요?”

“내가 지금 걷고 있나?”

“그렇게 말하긴 힘들겠네.”

그녀가 그를 잡아끌자 그는 도우려 했지만, 몸이 영 협조하질 않았다.

“자, 삼촌, 집에 데려다 줄게요. 그냥 나한테 기대요.”

켈리는 잘 수가 없었다. 그녀는 발코니에 앉아, 캄캄한 조의 집 창문을 쳐다보지 않는 척하고 있었다. 그냥 아무 창문이나 쳐다보지 않는 것이 아니었다. 그녀가 보지 않는 창문은 탐의 방 창문이었다.

그녀는 그가 잠자리에서 일어나 불을 켜기를 빌었다. 그가 문을 나와, 조의 집을 나와, 진입로를 가로지르길 빌었다. 그러면 힘 하나 안 들이고 그녀의 발코니까지 기어오를 수 있으리라.

그리고 그녀는 거의 17년간을 그가 그러길 기다려왔다.

그녀는 그가 자신을 구하러 오기를, 그녀를 괴롭히는 이 불면증에서, 분노와 슬픔 그리고 고통에서 구해 주기를 빌었다.

탐이 그녀를 구해 주는 것이 처음도 아니었다. 그가 처음으로 그녀를 구해 주었던 것은 그녀가 열다섯 살 때였다. 학교에서 집으로 돌아와 보니 저녁이면 마티니를 마시는 아버지가 보통 때보다 다섯 시간쯤 일찍 주량을 넘어 부엌 한가운데에 고꾸라져 있었다.

그녀는 조를 찾아 헤맸다. 어머니가 집에 돌아오기 전에 아버지를 방에 데려가 눕히려고—3차 대전의 시작을 막으려 필사적으로.

하지만 그녀가 발견한 것은 차고 뒤에서 역기를 드느라 땀으로 몸이 번들거리는 탐이었다. 그리고 그와 함께 찰스를 침대에 눕힌 후, 켈리는 장황하게 변명을 늘어놓기 시작했다.

"도대체 어떻게 된 일인지. 아빠가 부엌 바닥 물기에 미끄러졌나. 아마 몸이 안 좋으셨나 봐요. 독감이 유행이잖아요. 독감에 걸려 어질어질해서 부엌 물기에 미끄러졌…….”

"켈리, 너희 아버지가 취하셨다는 거 알아.”

탐은 그녀가 빠져나가게 두지 않았다.

"술 냄새가 풀풀 나는걸.”

켈리는 충격에 빠졌다. 찰스 애시튼은 투자 전문 은행가였다. 술 때문에 일을 빼먹은 적은 하루도 없었지만, 집에 온 순간부터 밤에 잠자리에 들 때까지 늘 술잔이 손에 들려 있었다. 하지만 소문난 술꾼은 아니었다. 데크나 TV 앞에 앉아 그냥 조용히 필름이 끊겼다.

너무 가까이 다가가지만 않으면 안전했다. 곁에 가면, 그는 신랄한 혀로 날카로운 빈정거림을 쏟아냈다. 뭐든 좋다는 소리를 하는 법이 없고, 어떤 대답도 받아들이질 않았다. 그녀가 무슨 말을 하든 아버지에게서 무시하는 대꾸를 듣지 않을 방법은 없었다.

그래서 켈리는 거리를 두는 방법을 익혔다. 그리고 절대로, 절대로 친구들을 집에 데려오지 않았다. 그건 그녀의 철칙 1번이었다.

"매일 밤 잠들 때까지 술 드신다는 거 알아.”

탐은 살며시 그녀의 턱을 들어올려 자신의 눈을 보게 하고 말했다.

"내가 쓰레기를 버리는걸. 술병들 봤어. 나한테 숨길 필요 없다구.”

켈리는 수치심을 느꼈다. 그녀와 어머니 외에 다른 사람이 알고 있다니. 탐이 알고 있다니.

"말하지 말아요."

자신이 토해버릴까 봐, 눈물을 터뜨려 상황을 더욱 곤란하게 만들어버릴까 봐 갑자기 겁이 나 그녀는 애원했다.

"제발, 다른 사람들한테 얘기하지 마요."

"어."

그가 황급히 말했다.

"물론이지. 걱정할 거 없어, 안 그럴 테니까. 절대로. 믿어도 돼."

진입로의 한쪽 끝을 둘러싼 돌벽에 그녀와 나란히 앉은 그는 너무나 상냥했다. 그리고 기억하는 한 처음으로, 켈리는 밝은 낙관주의 껍질을 벗어던졌다. 처음으로, 드디어 절망과 아버지에 대한 분노를 털어놓을 기회가 생겼다. 친구들은 아무도 그녀의 아버지가 그렇게 술을 마시는 줄 몰랐고, 누군가 거기에 관해 얘기할 상대가 드디어 생겼다는 것이, 그의 말마따나 숨길 필요가 없는 상대가 생겼다는 것이 얼마나 안심이 되었던지.

그리고 몇 주 간, 초여름의 황홀한 저녁에 켈리가 저녁식사 후 마당 나무 그네에 나가 있으면 탐이 자주 나타났고 둘은 이야기를 나누었다. 때로는 그녀의 아버지에 관해서, 하지만 대체로 별것 아닌 이야기를. 모든 것에 관해 이야기했다. 탐에 대한 켈리의 우정은 그녀가 전에 겪어보지 못했던 영혼을 드러내는 정직함에 기초하고 있었고, 그녀에게 있어 몹시도 소중했다.

한동안은 그 역시 자신을 좋아한다고 감히 소망을 품어보기도 했다.

하지만 어느 날 그는 갑자기 그네로 나오기를 그만두었다. 그녀가 친구들로부터 '그 불량한 탐 파올레티'가 다시 톰킨스와 데이트한다는 얘기를 들었을 무렵부터. 다시 톰킨스는 빨강 컨버터블(지붕을 접을 수 있는 자동차)과 샌디 후크 근처의 인적 없는 해변에서 윗도리를 벗어젖힌다는 소문의 소유자였다.

탐이 또다시 켈리를 구해 준 것은 그 해 늦여름이었다. 그날은 켈리의 소중하고, 황홀한 하루 중 하나였다.

그녀는 파티에서 돌아오다 집에서 몇 마일 떨어진 과수원 근처에서 자전거가 넘어져 팔꿈치가 까졌다. 탐은 모터사이클을 타고 지나가던 중이었다. 아마도 어딘가 가던 중이었겠지. 하지만 길가에 앉아 있는 그녀를, 고치지 못하게 구부러진 자전거 앞바퀴를 보고 멈춰 섰다.

처음에는 어색했지만, 오래지 않아 옛날의 친숙하고 가벼운 대화로 흘러갔다. 그날 오후와 저녁 몇 시간 동안 그의 할리에 올라 그의 허리에 팔을 꼬옥 두르고 함께 돌아다녔다. 아, 마치 천국과도 같았다.

이후, 그녀의 자전거를 가지러 돌아온 다음부터는 조의 스테이션 웨건을 타고 돌아다녔다. 골동품 시장을 걸었고, 바닷가의 그릴 식당에서 조개튀김과 프렌치 프라이를 큰 걸로 사서 나눠먹었다.

몇 시간 동안 이야기하고 웃음을 터뜨렸다. 근사하고 마법에 걸린 듯한 하루였다.

그리고 거의 자정이 되었을 때, 그들은 마리나 근처 신호등에 걸려 있었다. 켈리는 탐을 바라보며 가슴을 졸이고, 그가 키스해 주기를 간절히 바랐던 것을 기억할 수 있었다. 그리고 그가 고개를 돌려 바라보았을 때…….

그녀는 움직인 기억이 없었지만 그랬던 것이 분명했다. 그의 양손은 운전대에 올려져 있었으니까. 그래도 어떻게 해서인지 그렇게 되었다. 그녀가 그에게 키스하고 있었다―드디어.

그는 목 깊숙이에서 낮고 절박한 소리를 내며 그녀를 끌어당겼고 그녀의 입안을 혀로 휩쓸었다.

켈리는 한 번도 그런 식으로 키스받아 본 적이 없었고, 마음 한구석에선 아무래도 충격받아야 하지 않나 생각했지만 그렇지 않았다. 너무나 완벽하고, 너무나 옳은 느낌. 그에게선 나눠 먹었던 초콜릿 아이스크림 맛이, 짭짤한 바닷바람 같은, 자유 같은 맛이 났다. 탐과의 키스는 그녀가 상상했던 그대로이며 또한 그 이상이었다.

누군가 뒤에서 경적을 울려 켈리가 고개를 들어보니 신호가 파란 불로 바뀌어 있었다. 탐은 타이어 미끄러지는 소리를 내며 은행 주차장으로 스테이션 웨건을 몰고 들어가 급정거했다. 엔진을 끄고 그녀를 도로 끌어당기더니, 키스하고 또 키스했다.

천국이었다.

"오, 하느님."

그녀의 눈을 들여다보려 몸을 젖히며 그가 숨을 내쉬었다.

"그만하라고 해. 이러면 안 돼."

그의 양손은 그녀의 머리칼에 파묻혀 있었고 숨결은 가빴다.

그녀는 그가 멈추기를 원치 않았다. 그래서 그가 키스했던 식으로 그에게 키스했다. 깊게, 격렬하게, 자신의 혀로 그의 혀를 쓸고 입술로 빨아들였다. 그는 아까처럼 낮은 소리를 냈고, 경험이 없음에도 불구하고 그녀는 자신이 그가 좋아하는 방식으로 키스했음을 알 수 있었다.

그래도 그는 몸을 뒤로 뺐다.

"세상에, 넌 위험해."

그녀는 즉시 자신감을 잃었다.

"좋지 않았어요……? 하지만 나한테 이렇게 키스했으면서."

그는 신음이라고도 웃음이라고도 할 수 없는 소리를 냈다.

"몇 명하고 키스해 봤어, 켈리?"

그녀는 그의 눈길을 마주할 수가 없었다.

"정확히는 몰라요. 일일이 세는 건 아니니까."

그는 아무 말도 하지 않았다. 그저 그녀를 쳐다보기만 할 뿐.

"한 명. 그리고 지금 한 거하고는 전혀 달랐어요."

그녀는 아름다운 암갈색을 띤 그의 녹색 눈에 녹아들었다.

"이런 느낌은 처음이에요. 영원히 키스하고 싶어."

"넌 정말로 사랑스러워."

그가 중얼거렸고, 다음에 키스했을 때 그는 온화했다. 그의 입은 부드러웠고 살며시 그녀의 입술에 와닿았다. 그녀 평생 가장 근사한 감각이었다.

"이제 진짜 널 집에 데려다줘야겠다."

그가 조용히 말했다.

"그렇게 늦지 않았어요."

그녀는 용기를 내어 말했다.

"바닷가로 내려가도 되고요."

그곳은 십대 연인들이 차를 세우고 차 유리에 뿌옇게 김을 서리게 하는 곳이었다. 더 대담한 축들은 담요를 챙겨 작은 배에 올라 샌디 후크를 지나 페인 섬까지 가기도 했다. 그녀는 한번도 가본 적이 없었다.

"정말 그러고 싶니?"

그의 목소리는 묘하게, 팽팽하게 들렸다.

"응."

그녀는 용기를 내어 다시 그를 쳐다보았다. 그의 턱 옆선에서 근육이 불끈했다. 그녀는 천천히 그의 무릎에 손을 얹었다.

"주여, 절 구하소서."

그가 웃어대기 시작했다.

비웃는 거야. 켈리는 창피해서 손을 홱 치웠다.

하지만 그는 어떻게 해서인지 그녀의 생각을 알고 곧 미안해했다.

"켈리, 아냐. 그게 아니라…… 나 자신을 두고 웃은 거야."

그녀는 알아듣지 못했다.

"그러고 싶은 마음이야 굴뚝같지만, 널 바닷가로 데려갈 수는 없어. 넌 거기서 무슨 일이 벌어지는지 아무것도 몰라."

"아니, 알아요."

그러고 싶단다. 그의 말은 그녀를 다시 대담하게 만들었고, 그녀는 그가 했던 것만큼 달콤하게 그에게 키스했다.

"그리고 내가 모르는 건, 가르쳐주면 되잖아요."

탐이 다시 신음하는 소리가 들렸다.

그리고는 그녀를 조수석으로 밀어붙이더니, 안전벨트를 채워주고 차를 출발시켰다. 심장이 멎을 듯한 몇 초간, 그녀는 겁이 나면서 동시에 들떠 있었다. 하지만 그는 바닷가로 향하는 길이 아니라 언덕을 향해 속도를 올렸다. 집을 향해.

"탐……."

"아니."

그녀의 말을 대뜸 자르는 그의 목소리는 거칠었다.

"아무 말도 하지 마."

"하지만……."

"제발."

사랑해요. 켈리는 그 말을 하고 싶었으나 이를 꽉 악물었다.

탐이 진입로에 들어서자마자 조가 별채에서 나왔다. 그리고 그녀의 어머니가 집에서 나와 켈리와 탐을 수상쩍다는 듯이 번갈아 보았다.

"어디 있었니? 거의 자정이 된 거 알아?"

"이따 오늘밤에 만나요."

켈리는 탐에게 속삭였다.

"나무 위의 집에서."

어머니가 그녀를 끌고 안으로 들어갔으나, 문이 닫히기 전 켈리는 탐을 돌아보았다. 그는 스테이션 웨건 뒤에서 그녀의 자전거를 꺼내고 있었지만 고개를 들고 그녀의 눈을 똑바로 직시했고, 그녀는 거기서 본 열기로 그가 자신을 만나러 오리란 것을 알았다. 알 수 있었다.

하지만 새벽 2시가 되자, 그녀는 마침내 그가 남겨둔 갈겨쓴 쪽지를 믿을 수 있었다. <미안해. 이럴 순 없어.>

그래도 희망이 의혹을 이겼고, 그녀는 그 역시 자신을 사랑하지 않는다면 그렇게 키스했을 리가 없다고 믿으며 잠들었다.

하지만 다음날, 탐은 동네를 떠나버렸다. 그의 군대식으로 깎은 머리에 켈리는 엄청나게 충격받았다. 그는 해군에 입대하여 떠나버렸다. 그녀는 그와 제대로 이야기할 기회조차 얻지 못했다.

"미안해."

그는 나직이 말하며 그녀와 악수했고—그래, 악수를 했다—그녀는 정말이라는 걸 알았다. 그는 미안해하고 있다. 그녀를 사랑하지 않는다.

그럴지도 모른다고 생각한 그녀가 바보였다.

입대한 첫 해 그가 휴가를 받아 집에 몇 번 왔을 때 켈리는 그와 거리를 두었다. 그가 시내에 있다는 걸 눈치채지도 못한 척하면서, 그러는 내내 그가 자신에게 다가오기를 바라고 또 바랐다. 하지만 그는 한 번도 그러지 않았다. 그리고 이후, 그녀가 열일곱 살이 되기 몇 주 전, 부모님이 이혼하고 그녀와 어머니는 볼드윈 브릿지를 떠나 이사했다.

켈리가 아버지를 찾아올 때와 탐이 조를 만나러 집에 돌아오는 때는 한 번도 겹치지 않았다.

지금까지는.

내일밤 그와 저녁식사를 한다. 탐 파올레티와.

그리고 이번에는 그의 규칙에 맞춰, 그의 게임을 할 것이다.

찰스는 가물가물 잠들어, 얼음 꿈을 꾸고 있었다.

얼음조각이 가득한 커다란 잔에 담긴 프로즌 다이커리(럼주, 라임주스, 얼음 등을 섞은 칵테일) 꿈을. 그와 제니는 신혼여행으로 쿠바에 갔었다. 여행비는 엄청나게 비쌌다. 그 일주일 동안 쓴 돈이 아마 시벨의 집값보다 더 나갔으리라. 그 당시에조차 그는 그 아이러니를 놓치지 않았다. 얼음과 눈에서 벗어나 더운 지방으로 가기 위해 비행기 요금으로 큰 돈을 치러놓고, 아마도 그와 함께 비행기에 실려왔을 그 얼음 한 잔에 돈을 치르다니.

그냥 얼음만이 아니었다. 얼음과 쿠바 럼. 사탕처럼 술술 잘 넘어갔다. 그리고 몇 잔을 마시고 나면, 남은 평생을 어린애처럼 이기적인 제니와 보낸다는 생각마저 꽤나 근사하게 여겨졌다.

찰스는 뤽 1이 발로 그의 옆구리를 날카롭게 찌르며 뭔가 알아들을 수 없는 말을 부루퉁하게 중얼거리는 바람에 화들짝 깼다. 허나 그 의미를 잘못 알 여지는 없었다—이 밥벌레.

2명의 뤽과 앙리 그리고 장 뭐더라—클로드였는지 피에르였는지 아니면 또 뤽이었는지, 누가 그걸 똑바로 기억하겠는가?—그들은 모두 여전히 양말 깁는 방법을 배우게 만든 일로 찰스를 못마땅하게 여기고 있었다. 솔직히 찰스는 아무것도 하지 않았다. 그저 짬이 날 때마다 손을 놀리지 않고 일했을 뿐이었다. 그것은 그가 나치와 싸울 유일한 방법이었다. 시벨과 다른 여자들의 일손을 덜어 그들이 좀더 위험한 일을 할 수 있도록. 그로서는 불만이 없었다. 달리 선택의 여지가 없다면, 무사히 집으로 갈 수 없다면, 전쟁이 끝날 때까지 감사한 마음으로 여기 부엌에 있으리라.

이제 바느질도 훨씬 빨라졌다. 물론 시벨이나 도미니크만큼 빠르진 않았지만, 남자들 중에선 단연 최고였다. 조가 그 다음이었다. 찰스가 시작한 지 하루가 안 되어 조는 바늘을 들고 합류했다.

보나마나 시벨에게 점수를 따려는 거겠지.

찰스가 아는 한, 조는 시벨의 환한 미소를 딱 한 번밖에 받지 못했다. 키스를 받지 못했다. 그 특별한 상을 받은 사람은 찰스뿐이었다.

물론, 시벨은 그 이후로 그와 단둘이 되지 않도록 주의해 왔다. 잘된 일이야, 그는 자신에게 말했다.

그는 볼드윈 브릿지에 관한 이야기를 들려주어 그녀를 즐겁게 했다—그러나 조가 통역으로, 그리고 보호자로서 주위에 있을 때만.

조, 그는 대단한 인물이었다. 너무나 조용해서 옆에 있다는 사실을 거의 잊을 지경이었다. 하지만 저녁식탁에 오르는 콩과 신선한 채소는 조의 공이었다. 그리고 언제고 시내에 소동이 있을 때면, 독일군 코앞에서 트럭 가득한 군수품이 도둑맞거나 밤에 기차가 탈선하면, 추락한 미국인 조종사가 수수께끼처럼 사라질 때면, 그것 역시 조의 공일 가능성이 높았다.

그들의 차이점에도 불구하고 찰스는 조를 좋아했다. 존경했다. 그리고 하버드 학위를 동원하지 않아도 조가 시벨을 사랑하고 있음을 알 수 있었다. 경이로울 만큼 순수하고 우러르는 사랑. 시벨 같은 여자에게 어울리는 사랑. 성스러운 사랑. 솔직하고 존중하며 겸허하고 진정한 사랑.

그녀가 청하기만 하면 조가 무엇이든, 그 무엇이든 하리라는 점엔 의심의 여지가 없었다. 그래, 그는 시벨을 위해 자신의 생명도 내놓으리라.

일주일 전 찰스에게 키스한 그 여자를 위해.

길지 않은 생애 동안 찰스는 많은 여자와 키스해 보았고, 1에서 5까지 강도를 매겨서, 5를 적극적인 여자의 혀가 그의 목구멍 깊숙이 들어오는 걸로 친다면, 그 자그마한 키스는 갈데없는 0이었다.

어느 쪽도 혀를 쓰지 않았다. 아무것도 아니다. 제로. 노처녀 친척 아주머니에게 할 법한, 건조하고 의무적인 키스였다. 완전히 플라토닉한…….

맙소사, 지금 누굴 속이려는 거지? 그 키스는 플라토닉한 것과는 거리가 멀었다. 강렬한 감정과 간신히 억제된 정열에 떨렸었다. 아주 미약하지만, 확실하게 천국을 약속하는 징조.

그는 몇 시간을, 며칠을 두고 그 단 한 번의 가벼운 키스를 생각했다. 평생 했던 그 어느 키스보다 더 오랜 시간 그 키스를 꿈꿨다. 그리고 그 키스에 대해 생각하지 않을 때면 시벨의 눈을 생각했다. 남자가 영원토록 빠질 수 있는 눈. 너무 많은 것을 본, 너무 많은 것을 아는 눈. 너무나 아름다운 눈.

그리고 그녀의 입. 우아하고 도톰하며 촉촉한 입술. 미소지을 때 숨기려 들지 않는 살짝 삐뚤어진 매력적인 덧니.

그래, 그녀의 몸에 대해서도 많이 생각했다. 풍만하다고는 할 수 없는 가슴을 감추고 동시에 드러내는 커다란 드레스 치맛자락 아래의 완만한 엉덩이 곡선. 제니에 비하면 그녀의 몸은 사내애나 마찬가지였다. 최소한 그는 그럴 거라 상상했다. 그는 엄청나게 많은 시간을 상상으로 보냈다.

아아, 하지만 그녀를 원했다. 그녀로 인해 고통스러웠고 미칠 것만 같았다. 제니와 조는 지옥으로나 꺼지라지.

"주세페!"

도미니크가 부엌문으로 뛰어들어왔다. 그녀는 찰스 맞은편에 앉은 남자에게로 달려들어 그의 앞에 풀썩 무릎을 꿇고, 알아들을 수 없는 프랑스어를 낮은 소리로 쏟아냈다.

찰스로서는 알아들을 수 없었단 소리다. 조는 그녀의 말을 알아들은 듯, 얼굴이 굳어지고 갑자기 눈이 심각해졌다. 그는 일어나서 총알처럼 빠른 말로 명령을 내렸다. 찰스는 단어 몇 개만 알아들을 수 있을 뿐이었다. 장바구니. 계란 판 돈.

집에 있는 유일한 다른 남자는 뤽 1뿐이었다. 다른 사람들은 전날 밤 너무 멀리 가서 동틀 때까지 돌아오지 못했다. 하지만 이제 뤽이 나가고 도미니크가 장바구니와 시벨이 모아둔 계란 판 돈을 나막신 아래 숨겨서 나섰다.

조는 모자를 찾아들고 성큼성큼 문으로 향했다.

찰스는 엉거주춤 자리에서 일어섰다.

"무슨 일이오?"

"독일군들이 앙드레 라그를 쌌습니다. 그 집을 수색하고 있어요. 도미니크는 시벨이 거기 있을까봐, 혹시 체포당할까봐 걱정하고 있습니다."

그는 문을 열었다.

"난 시벨을 찾으러 갑니다. 위험을 알리러."

밖으로. 시내로. 이 환한 대낮에. 저 작자가 미쳤나?

찰스는 시벨이 준 지팡이를 움켜쥐고 절름절름 조를 따랐다.

"우리가 4명이니 각각 다른 방향으로 가면 되겠군."

조가 몸을 돌려 어이없다는 표정을 지었다.

"당신은 밖에 못 나갑니다. 검문에 걸리기라도 하면 어쩌려고? 신분증이라곤 하나도 없잖습니까."

"당신도 마찬가지면서."

찰스는 조의 신분증이 아직 마련되지 못했다는 걸 알고 있었다. 그들이 거래하던 위조 전문가가 체포되었다고 시벨이 말하는 것을 지나가다 들었던 것이다. 시벨은 직접 작업하는 데 필요한 준비물들을 마련하려 애쓰는 중이었다.

"그녀가 라그의 집에 있었다면 이미 죽었을 수도 있어요."

조가 거칠게 말했다.

"그리고 만약 그렇지 않다면, 언제 거기 들렀다 정체가 들통날지 모르고, 나도 찾겠소."

찰스는 조를 지나쳐서 문 밖으로, 몇 주만에 처음으로 햇살 아래로 나섰다. 하늘은 눈부신 푸른색으로 완벽 그 자체였다. 시벨이 죽었을 리가 없다. 오늘 같은 날엔 그럴 리가 없어. 신이 그렇게까지 잔혹할 리가 없어. 하지만 시벨은 그녀의 남편과 아이가 죽던 날 하늘이 빛깔 고운 푸른색이었다고 그에게 낮은 목소리로 말했었다.

조는 우그러진 모자를 벗어 찰스의 머리에 씌워 그의 금발을 최대한 가렸다.

"당신이 붙잡히면 그녀는 날 결코 용서 안 할 텐데."

그는 도미니크와 뤽에게 뭔가 명령을 내렸고, 그들은 서둘러 가버렸다.

"그녀의 친구."

찰스는 절름절름 그를 따라가며 속삭이다가, 불현듯 자신이 영어로 말하고 있음을 의식했다. 미국식 영어. 나치 점령하의 프랑스 거리에서.

"말리스 곧 아기를 낳는다는 여자. 시벨은 오늘 아침 당신 텃밭에서 난 신선한 시금치를 그녀에게 좀 가져다줘야겠다는 말을 했소."

"프랑스어를 써요."

조가 급히 주의를 주었다. 그는 발걸음을 멈추지 않았다.

"프랑스어만. 말리스는 빵가게 근처에 삽니다. 빵가게. 빵. 거기 갔다가 곧장 돌아와요. 알아듣겠습니까?"

"위(프랑스어의 'yes')."

조는 거리를 가리켰다.

"저쪽. 당신이 잡히면 우리 모두 끝장이오."

그러고 나서 그는 가버렸다. 찰스가 따라잡지 못할 만큼 빠른 속도로, 찰스만 혼자 남겨두고. 하지만 완전히 혼자는 아니었다.

세상에. 거리 저편에서 그를 향해 걸어오는 사람들이 있었다. 할머니 둘. 파리 의상실에서 그대로 빼온 말쑥한 정장 차림의 남자 하나.

찰스는 누더기 셔츠 속 어깨를 움츠리고 고개를 숙인 다음, 가슴을 두근거리며 서둘러 절뚝절뚝 그들을 지나쳤다. 아무도 고개를 돌리지 않았다. 아무도 그를 부르거나 어떤 식으로든 막지 않았다.

길은 영 고르지 못했고 자갈길은 보수가 필요한 상태였다. 그는 오래된 석조건물들을 미국인 관광객마냥 쳐다보지 않으려 애썼다. 많은 건물이 허물어졌지만 그래도 여전히 동화 같은, 유럽다운 마법의 분위기를 지니고 있었다. 마치 그 앞마다 '신데렐라가 갔던 곳'이라는 팻말이 달려 있는 것처럼.

언덕을 올라가기는 예상보다 어려웠고 한 걸음 내딛을 때마다 다리가 타는 듯이 아팠다. 그 아픔이 그의 혈관을 얼음처럼 얼릴 듯한 두려움을 중화시켜 주었다.

마침내 빵가게에 도착했다.

말리스는 이 위에 산다고 조가 말했다. 올려다보자 가게 정면 위에 창문이 보였다. 하지만 문은 하나뿐이었다. 가게 안으로 통하는 문.

그는 그들을 보기 전에 소리로 먼저 알았다. 오직 독일군 전투화만이 낼 수 있는 저벅저벅 발소리. 뒷덜미의 털이 오싹 곤두섰다. 제복 차림의 나치 군인 4명. 그를 향해 곧장 다가오고 있었다. 혹은 빵가게를 향해. 그는 어느 쪽인지 확인될 때까지 기다리지 않았다.

좁은 골목길이 옆 건물과의 사이를 갈라놓고 있었다. 그는 걸음을 늦추거나 빨리 하지 않았다. 마치 그 골목길이 원래 가려던 목적지인양 계속 움직였다. 주여. 만약 시벨을 돕는 게 아니라 독일군들을 그녀에게 곧장 인도하는 꼴이 된다면?

건물 옆쪽에는 문이 하나도 없어 그는 뒤로 돌아갔다.

그쪽에도 빵가게로 통하는 문 하나뿐이었다. 약간 열려 있어 갓 구운 빵 냄새가 부엌에서 흘러나왔다. 그는 질름질름 계단을 올라, 안으로 들어갔고……. 거기 시벨이 있었다. 만삭의 여자와 함께 부엌에 앉아 있었다.

그 여자, 말리스는 그가 노크 않고 들어오자 놀라 작게 소리를 질렀다.

"죄송해요, 오늘은 쉬는 날이에요. 남은 부스러기도 없고……."

말리스가 말했다. 그리고 그의 모습에 시벨의 눈이 아주 약간 커졌다. 그녀는 말리스의 팔에 손을 얹어 말을 막았다.

"내 친구야. 긴급한 일인 모양이야."

말리스는 그의 얼굴을 기억하지 않으려는 듯이 몸을 돌렸다.

"친구한테 물 한 잔만 가져다줘."

시벨이 말했다. 그녀의 눈은 여전히 찰스의 얼굴에 가 있었다.

"그럼 곧 갈게."

말리스는 개수대를 가리켰고 시벨은 재빨리 컵을 하나 씻어 물을 받았다. 찰스는 자신이 땀을 줄줄 흘리고 있음을 깨달았다. 그는 소맷자락으로 얼굴을 닦은 다음, 컵을 받아들었다. 그의 손가락이 잠시 그녀와 닿았다.

그녀의 손은 떨리고 있었다.

"메르시(고맙소)."

그는 그녀에게 도로 컵을 건네며 이야기를 꺼내려 했으나, 그녀가 자신의 입술 앞에 손가락을 세웠다. 시벨은 컵을 내려놓고 앞장서서 문을 나가, 그가 계단을 제대로 못 내려오면 도울 태세로 지켜보았다.

빵가게 문에서 멀어져 골목 깊숙이 들어갈 때까지 그녀는 침묵을 지켰다. 몸을 돌려 그를 마주했다.

"좋은 소식일 리 없다는 거 알아요. 그러니 괜히 말을 꾸미려 하지 말아요, 샤를."

그녀의 입술에서 프랑스식으로 흘러나온 그의 이름은 음악적이었으며 부드럽고 달콤했다.

"그냥 말해요."

그래서 그는 그렇게 했다.

"앙드레 라그가 죽었소 나치의 총에 맞아서."

그녀는 눈을 질끈 감고 깊이 숨을 들이쉬었다.

"아이들은?"

"난 모르오, 아이들에 대한 얘기는 전혀 듣지 못했는데."

"앙드레와 마티즈는 열 명이 넘는 집시와 유태인 아이들을 숨겨주고 있었어요. 다락에다가."

나치가 집을 수색했는데 아이들이 발각되지 않았을 가능성은 전무했다. 그도 그녀도 알고 있었다.

그녀는 마음을 가라앉히려 애썼지만 여전히 떨고 있었고, 그는 참을 수 없었다. 그녀의 몸에 팔을 두르고 가까이 끌어당겼다. 그녀가 그에게 매달렸고, 그는 그녀의 부드러움과 힘에 놀랐다. 그의 지팡이가 바닥에 부딪히는 소리가 들리며 온 세상이 느려지는 것처럼, 지구가 우뚝 멈춰 선 것처럼 느껴졌다. 그녀가 너무나 완벽하게 그와 꼭 맞아서, 그는 울고 싶었다. 대신 그녀의 달콤한 내음을 들이쉬며 눈을 감고 얼굴에 와닿는 햇살의 따스함을, 자신의 심장이 고동치는 것을 느꼈다.

앙드레 라그는 죽었지만 찰스는 살아 있다. 그리고 시벨 역시 살아 있다.

고개를 들어 그녀를 내려다보자, 햇살이 그녀의 속눈썹 위에 반짝거리고 그녀의 섬세한 코와 뺨을 내리쬐었다. 그녀의 눈은 약간 어리둥절해 보였다. 마치 여기가 어디인지, 심지어 자신이 누구인지도 제대로 모르겠다는 듯이. 그녀는 자신을 응시하는 그의 얼굴을 놀라 쳐다보았고, 바로 그 순간 그는 자신의 감정을 하나도

숨길 수 없었다. 바로 거기, 그의 눈에 전부 드러나 있었다.

그의 두려움, 그녀의 무사함을 알게 된 지극한 안도감. 그녀 친구의 죽음으로 인한 슬픔과 분노. 타오르는 이기적인 욕망, 저급한 육체적 욕구. 자신의 나약함과 자신에 대한 역겨움, 그녀에게 키스하는 것은 잘못된 일이라는 인식. 그가 완전히 벌거벗은 거나 마찬가지로 그 모든 것을 그녀가 분명히 볼 수 있었다.

그녀의 눈에서 무언가 확 일어나더니, 까치발을 하고 서서 그의 입을 그녀에게로 끌어당기며 숨가쁘게 소곤거렸다.

"키스해요! 빨리!"

그녀는 거의 그를 넘어뜨릴 기세로 햇빛 속에서 그늘 쪽 벽돌 건물 담에 밀어붙였다. 그의 품 안에서 불꽃으로 돌변하여 그녀의 입이 그의 입을 태우고 팔로 그의 목을, 한쪽 다리로 그의 다리를 감았다. 부드러운 허벅지가 그를 향해 열려 마치…… 마치 그녀가 원하는 듯이…….

찰스는 그녀를 꽉 끌어안고, 부드러운 곡선을 그린 그녀의 엉덩이를 움켜쥐고 더 격하게, 깊이 키스하기 위해 고개를 틀었다. 하나님 맙소사. 그녀에게 거듭거듭 키스하며, 그는 그녀의 치마 끝자락을 찾았다. 손을 위로 올려 실크처럼 매끄러운 그녀의 허벅지를 손바닥으로 쓸었다.

자신의 벨트버클에 와닿는 그녀의 손가락을 느끼고 그의 심장은 멈출 뻔했다. 그녀가 설마……? 그럴 참인가……?

그때 낄낄거리는 남자들의 웃음소리를 듣고 시벨의 키스에서 벗어나 고개를 돌려보니 3명의 독일군들이 열린 빵가게 문에서 그들을 쳐다보고 있었다. 시벨은 그를 다시 끌어당겨 키스했다. 한순간 그녀의 눈이 뜨이고 그

를 쳐다보았다. 그리고 그는 깨달았다.

그녀는 처음부터 거기 군인들이 있다는 걸 알고 있었던 거다. 이건 진짜가 아니다. 그녀는 독일군들로 하여금 그들이 정사를 나누러 골목길에서 만난 거라고 생각하게 만들려는 것이다. 레지스탕스 동료의 비극적인 죽음에 대해 얘기하려는 것이 아니라.

이건 진짜가 아니다. 안도감이 실망감과 뒤섞였다. 만약 그녀가 정말로 그의 바지를 풀었다면, 그녀가 연기한 것이 아니었다면, 그는 누가 볼지도 모른다는 생각도, 잉태될지도 모르는 아이 생각도 안 한 채 바로 그 골목길에서 사랑을 나누었으리라.

그리고 그녀를 사랑하는 조 생각도, 정절을 지키겠노라 서약한 아내 제니 생각도 안 한 채.

하지만 이건 진짜가 아니고, 그가 얼마나 절박하게 시벨을 원하든 그녀를 가질 수는 없다. 그에게 있는 것은 독일군이 구경에 질릴 때까지 연극을 계속할 이 짧은 순간뿐이다.

그래서 찰스는 그녀에게 키스했다.

바로 몇 초 전처럼 격렬하진 않게, 갈급하진 않게, 그녀 안으로 깊숙이, 야만적으로 돌진하고 싶은 마음에 아프게 만들었던 입술과 혀의 격한 뒤얽힘은 아니었다. 아니, 이번에는 천천히 키스했다. 입술을 부드럽게 가져가 살며시, 거의 느릿느릿하리만치, 하지만 전보다 훨씬 더 철저하게 그녀의 입을 점령했다. 이번에는 서두르지 않고 그녀를 맛보고 기억했다.

그녀를 사랑했다.

그녀가 나긋해지며 아까보다도 더 완전히 그에게 안겨들었다. 수치스러워해야 한다는 건 알고 있었다—그녀가 그의 발기를 알아채지 못했을 가능성은 전혀 없으니. 그녀의 친구가 죽었는데, 찰스는 잠깐의 쾌락을 즐길 준비가 뚜렷이 되어 있었다. 그 둔감함이란 뺨을 맞아도 싸다. 하지만 그녀는 몸을 빼지 않았다. 그저 그에게 매달려 느리게, 달콤하게 키스했다. 독일군들이 가게 안으로 돌아가고 나서도 한참 후까지.

마침내 그녀가 물러섰고 그는 그녀를 놓아주었다. 눈을 감은 채 벽에 기대서서 그녀가 말하기를 기다렸다. 그녀가 무슨 말을 할지 두려워하며. 숨을 고르려 애쓰는 그녀의 가쁜 숨소리가, 목청을 가다듬는 소리가 들렸다.

"제발, 찰스. 용서……."

"아니."

그는 눈을 뜨고 그녀의 말을 날카롭게 잘랐다.

"내가 당신에게 사과들을 일 없다는 거 뻔히 알잖소 난 당신에게 미안하다고 말할 뜻은 추호도 없어, 미안하지 않으니까."

"엉 프랑세(프랑스어로)."

그녀가 빵가게 문 쪽을 곁눈질하며 속삭였다.

그는 그녀에게 할 말을 프랑스어로 할 수가 없었다. 어떻게 말하는지 모르니까. 하지만 아마 영어로도 모르긴 마찬가지일지도.

그는 벨트를 채우고 지팡이를 집어들며, 다리 통증에 속으로 욕설을 내뱉었다. 얼마나 우스운 일인가, 시벨의 치마 속에 손을 집어넣고 있을 때는 전혀 느끼지 못했는데. 그는 자신의 뻣뻣한 다리와 아직까지 자신이 거의 완전히 발기해 있다는 사실 중 어느 쪽이 더 어색하고 꼴사나운지 알 수가 없었다.

"일단 당신을 집에 데려다준 후 아이들 행방을 알아봐야겠어요."

그녀는 평소처럼 말하려 애썼다. 바로 몇 분 전에 그녀의 혀가 그의 입 안에 있지 않았던 듯이, 그와 맞닿은 그녀의 몸이 달아오르지 않았던 듯이, 그녀의 영혼이 그와 닿지 않았던 듯이.

"그건 너무 위험하오."

그는 거칠게 말했다. 하나님 맙소사, 그녀는 죽고 싶은 건가?

"조심할게요."

"당신이 가면, 나도 가는 거요."

"미친 짓이에요!"

"바로 그렇지."

그녀는 분명히 더 말하고 싶어 안달하는 기색이었지만, 거리엔 다른 사람들이 있었고 찰스의 프랑스어는 너무나 형편없었다. 그들은 그가 낼 수 있는 최대속도로 언덕을 내려와 집 뒤로 돌아갔다. 그녀는 그를 부엌문으로 밀어넣다시피 했다.

"조가 벌써 거기 가 있소, 당신을 찾으러. 우선 그가 돌아오기를 기다려 보는 것이……."

"그 아이들, 그 중 둘은 내 아이들이에요."

그 중 둘이 뭐라고……?

"그 애들은 원래 여기서 지내고 있었어요. 우리 집 다락에. 여자애 둘. 시몬과 어린 라셀—그 앤 네 살밖에 안 됐어요. 하지만 당신이 온 후로 날씨가 너무 덥고, 당신의 존재가 그 아이들을 위험에 빠트릴까봐……."

그녀는 다시 떨고 있었다.

"그 애들이 안전하게 지낼 수 있도록 앙드레 네로 보냈어요."

오, 하나님.

"아이들이 말할 줄 아오?"

찰스는 거의 잡아 흔들 듯한 기세로 그녀의 어깨를 움켜쥐었다.

"당신 이름을 아나?"

"아기나 마찬가지예요. 아무것도 모른다구요. 라셀은 날 새엄마라고 불렀는데. 가봐야 해요. 혹시 가능성이 있다면……."

그녀의 입술이 바르르 떨렸다.

"없어."

찰스와 시벨이 둘 다 고개를 들자 문가에 서 있는 조가 보였다. 그의 눈에는 눈물이 맺혀 있었다.

"방금 다녀오는 참이야. 아이들은 트럭에 실려갔어. 모두."

시벨은 조용했으나 그 얼굴은 처절했다.

"어디로?"

그녀가 속삭였다. 찰스가 쳐다보자, 조는 그의 눈을 아주 잠시 마주쳤다 눈길을 돌렸다. 좋은 소식일 리가 없었다.

"어디로 그 애들을 데려갔대?"

그녀가 다시 말했다. 정적 속에 그녀의 목소리가 종잇장처럼 가늘었다.

조는 손등으로 눈물을 닦았다. 그는 대답할 수가, 말할 수가 없었다.

"어디로?"

시벨이 이제 더 큰 목소리로 말하며 찰스의 손에서 빠져나왔다.

"그 악귀들이 내 아이들을 어디로 데려간 거야? 죽여버릴 거야. 죽여버릴 거야! 모조리 다!"

그녀는 조를 밀치고 밖으로 나가려 했지만, 그가 그녀를 붙잡아 껴안았다. 그녀는 그를 때리고 발로 걷어찼으나, 그는 그저 그녀가 자신에게 매달려 무너질 때까지 견뎠다. 시벨이, 절대 우는 법이 없던 그녀가 가슴이 무너진 듯이 흐느끼고 있었다.

찰스는 움직일 수 없었다. 아무 말도, 아무것도 하지 못하고 목이 꽉 메인 채 그 자리에 서 있었다.

그녀의 무릎이 꺾였다. 그녀는 바닥에 무너졌고 조는 그녀의 몸에 팔을 두른 채 뒤따랐다. 그녀를 품에 안고 다독이는 그 역시 울고 있었다.

"미안해. 미안해, 시벨. 애들이 어디로 끌려갔는지 몰라. 그런 걸 알아낼 방도란 없어."

"하지만 소문이 있을 거 아냐. 언제나 그러니까."

그녀는 몸을 젖혀 그를 쳐다보았다. 그녀의 숨결은 헐떡임으로 가빴다. 조의 눈을 들여다본 그녀의 얼굴이 일그러졌다.

"죽음의 수용소군."

"자자, 그건 소문일 뿐이야. 확실히는 모르잖아."

거기 서서 시벨이 우는 것을 지켜보고 있던 찰스는 이 여인의 슬픔과 고통을 멈추기 위해 자신이 하지 못할 일은 아무것도 없다는 것을 알았다.

하지만 그가 할 수 있는 일은 아무것도 없었다. 단 하나도

11

데이빗은 옷을 입은 채 곯아떨어졌다.

결과적으로 잘된 일이었다. 왜냐하면 그는 문 두들기는 소리를 의식하지 못했던 것이다. 또한 문이 열리는 줄도 몰랐다. 하지만 천장 불이 들어오자 금방 깨어났다.

눈을 약간 뜬 채 자고 있었던 모양이었다. 마치 방금까지 동굴 속에 있다가 다음 순간 태양 표면으로 나온 것만 같았다. 그는 눈을 질끈 감았다.

"젠장, 브랜……."

"데이빗!"

실눈을 뜨고 올려다보자…….

"나이트셰이드?"

그는 눈을 깜박였고 아니나다를까, 맬러리였다.

그는 손을 아래로 뻗어, 돈을 아끼려 에어컨을 틀지 않기 위해 거의 매일 밤 그랬듯이 벌거벗고 네 활개를 편 채 자고 있지 않았나 확인했다. 그의 손이 옷에 가 닿았다. 반바지, 티셔츠. 하나님 감사합니다.

"너 정말 잘 때까지 안경을 쓰는 거야?"

그는 일어나 앉았다.

"아니, 물론 아니지."

그렇게 말한 직후 자신이 진짜로 아직 안경을 쓰고 있음을 깨달았다.

"어, 늘 이러는 건 아냐."

"데이빗, 깨워서 진짜 미안한데, 비상사태야."

비상사태. 잠에 취한 머리가 천천히 돌아가기 시작했다. 맬러리는 사진 촬영 후 브랜든과 함께 나갔었다. 그는 그녀가 브랜든과 함께 돌아오는 소리가 들릴까봐, 둘이 아래층 브랜든의 아파트에 있는 걸 알게 될까 두려워했었다.

하지만 맬러리는 아래층에 가지 않았다. 여기에 있다. 혼자서.

"비상사태."

그는 다리를 침대 아래로 내리고 벌떡 일어섰다.

"괜찮아? 무슨 일이야? 뭘 도와줄까?"

그녀는 희미하게 미소지었다.

"브랜든은 진짜 쓰레기야."

오, 하나님. 데이빗은 속이 뒤집힐 것만 같았다.

"녀석이 너한테 무슨 짓을?"

"도움이 필요할 때 날 내팽개친 것 말고는 아무 짓도. 난 괜찮아. 멀쩡하지 않은 쪽은 탐이야."

"탐?"

"차 있어?"

"응. 낡긴 했지만 대체로 시동은 걸려. 탐이 누군데?"

"우리 삼촌."

그녀는 그의 손을 잡고 문 쪽으로 끌었다.

"기억나지, 내가 얘기했던?"

"네이비 실."

맬러리가 그의 손을 잡고 있다. 이건 무슨 황당하고 근사한 꿈이 아닐까? 데이빗은 그녀에게 이끌려 문으로 향하다 거울에 비친 자신의 모습을 얼핏 보았다. 그의 머리는 가관이었다. 꿈일 리가 없다. 꿈꾸고 있는 거라면, 최소한 자신의 모습을 제리 루이스(코미디언)가 아니라 제임스 본드에 가깝게 했을 테니까.

"본인은 술 마신 거 아니라는데, 꼭 필름 끊긴 사람 같아."

맬러리는 계단을 내려가며 그에게 말했다.

"도대체 뭘 했는지 모르겠어. 이젠 아무것도 모르겠어. 만약 한 시간 전네가 탐이 뭔가 정신에 영향을 미치는 걸 쓴다고 말했다면, 난 개소리 말라고 그랬을 거야. 하지만 지금 삼촌은 꼭…… 일어나 앉지도 못해. 조 할아버지 네로 데려가야겠어."

데이빗은 그를 보고 우뚝 멈춰 섰다. 탐은 거구의 남자였고, 참나리꽃 옆에 모로 뻗어 있었다.

"아무래도 병원에 데려가야겠는데."

"취한 상태라면 안 돼. 삼촌은 직업 군인이야. 만약 삼촌이……."

맬러리의 목소리가 떨렸다.

"만약 약을 한다면……."

"만약 뭔가 했다면, 그야말로 병원에 데려가야지."

그녀는 고개를 끄덕였다.

"그래, 알아. 하지만…… 우선 조 할아버지 집에 데려가자, 응?"

그녀는 몹시 동요하고 있었고, 완전히 눈물을 터뜨리기 직전이었다.

"물론이지. 너희 삼촌을 거리로 끌어내느라 씨름하느니 내가 차를 빼서 잔디밭에 대는 게 낫겠다. 꽤나 무거워 보이는걸."

"맞아."

그는 살며시 그녀의 꽉 쥔 손아귀에서 손을 빼냈다.

"열쇠 가지러 위에 올라가야 해."

그가 급히 달려 거의 꼭대기에 올라갔을 때 그녀가 불렀다.

"데이빗."

돌아보자 그녀가 그를 올려다보고 있었다. 희미한 가로등 아래 그녀의 얼굴은 창백한 윤곽으로만 보였다. 그 어느 때보다도 여린 나이트세이드

"고마워."

그녀가 나직이 말했다.

"일찍 일어나 일해야 하는데 이 상황이 얼마나 골칫거리인지 알아……"

"신경쓰지 마, 별거 아닌걸. 금방 내려올게."

"찰스."

조는 복도에서 흘러들어오는 희미한 불빛 속에 찰스의 눈꺼풀이 움직이는 것을 보았다. 그는 목소리를 약간 높였다.

"애시튼, 일어나게."

찰스의 눈이 뜨였으나, 그 눈은 진통제의 약효와 잠기운으로 멍했다.

"또 공습인가?"

그는 지독한 억양의 프랑스어로 목이 잠긴 소리를 냈다.

"아니."

거의 육십 년간 공습이라곤 없었다.

"탐 일이야."

조가 지켜보는 가운데, 찰스는 1944년에서 현재에 다다랐다. 누가 시간여행 따위는 없다는 소리를 했던가?

"탐."

다시 조를 쳐다본 찰스의 눈은 좀더 예리해졌다.

"자네의 탐?"

"맬러리—앤젤라의 딸 말일세—그 애가 집으로 데려왔어."

조는 친구의 보행기를 침대 옆으로 가져왔다.

"꼴이 말이 아닌데, 병원에는 가지 않겠대. 자네 도움이 필요해."

켈리는 즉시 깨어나 협탁 위의 불을 켰다. 심장이 두근거렸다.

또 들렸다—그녀의 문을 두드리는 나직한 노크 소리. 겨우 잠이 들었다 싶었는데 누군가 그녀를 찾는 모양이었다. 하지만 누가?

"아빠?"

그가 보행기로 계단을 올라왔으리라고 생각하긴 힘들었다. 게다가 그의 전화기에다 그녀의 개인번호를 입력해 놨는데. 그녀가 필요하다면 단축버튼만 누르면 될 일이었다.

"애시튼 선생님?"

아버지가 아니었다. 문 저쪽에서 들리는 목소리는 젊고 확실히 여자였다.

하지만 도대체 누가……? 누가 집에 들어왔을까? 누가 열쇠를 갖고 있지? 누구든 간에, 파출부 러너 부인은 아니었다.

"잠깐만요."

켈리는 이불을 내던지고 침대에서 나왔다. 로브는 바닥에 있었지만 허리끈이 어디로 갔는지 통 보이질 않았다. 어차피 상관없었다. 로브를 입기엔 너무 더웠고, 잠옷 대용인 오래된 티셔츠와 빨강 체크 반바지가 가릴 데는 다 가려주니까.

그녀는 문을 열고 머리칼을 쓸어넘겼다.

"깨워서 정말로 죄송해요, 애시튼 선생님."

머뭇머뭇 복도에 서 있는 여자애는 낯익어 보였다. 그녀는 십대다운 튀는 차림이었다. 몸에 착 달라붙는 탱크탑에 반짝이는 피어싱이 달린 배꼽과 팬티 윗부분이 드러나는 몹시 헐렁한 반바지. 머리는 진짜 같지 않게 새까맸고 눈은 밝은 갈색…… 저 눈은 담갈색이어야만 했다. 그래. 만약 그녀의 눈이 갈색이 아니라 담갈색이었다면, 켈리는 금방 알아봤을 터였다.

"맬러리 파올레티 아냐. 세상에. 네가 5학년 때 보고 처음이구나. 웬일로 여기에? 괜찮아?"

그녀 뒤에는 남자애—아니, 젊은 남자가 서 있었으며, 그의 옷과 머리도 켈리처럼 막 침대에서 끌려나온 듯이 구겨지고 헝클어져 있었다. 아니면 저런 효과를 내기 위해 젤과 스프레이를 갖고 몇 시간을 씨름했을지도 어느 쪽인지 구분하기 힘들었다.

"문제가 생겼어요. 하지만 제가 아니라 탐이요."

맬러리의 말에 켈리는 젊은 남자를 다시 쳐다보았다.

"탐?"

"아뇨. 얘는 데이빗이고요, 탐은 조 할아버지와 애시튼 씨랑 아래층에 있어요. 아시죠? 탐. 우리 삼촌 말이에요."

탐.

"그래, 물론 알지. 무슨 일이야?"

"아래에선 어떻게 할지 말씨름하고 있어요. 탐은 취한 게 아니라고, 몇 달 전에 사고를 당해서 그렇다는데 병원에 가서 진찰받기는 싫대요."

맬러리는 데이빗을 다시 가리켰다.

"데이빗은 탐을 정말로 의사한테 보여야 한다고 생각해요. 바로 몇 분 전만 해도 완전히 뻗어 있었으니까. 하지만 데이빗은 남자다움에 집착하지 않으니까요. 머리로 생각하죠, 거시기가 아니라."

데이빗이 움찔했다. 맬러리의 말이 칭찬이 아니라는 의구심이 드는 듯이, 그의 성기가 화젯거리가 되는 걸 원치 않는 듯이.

켈리는 그를 탓할 수 없었다. 도대체 뭐가 뭔지.

"탐이 아래층에 있고, 취한 건 아닌데……?"

"의사 선생님 맞으시죠?"

맬러리가 다그쳤다.

"소아과 의사야."

"딱이네요. 지금 탐은 영락없이 애기처럼 굴고 있으니."

고개를 무릎 사이에 처박다시피 하고, 손을 목 뒤에 깍지끼고 있는 한, 탐은 괜찮았다.

'괜찮다'라는 것은 상대적으로 그렇다는 말이었다. 이 시점에서는 세상이 흔들리고 요동치지 않으며, 세상이 더 이상 두 겹으로 칙칙하게 보이지 않는다는 뜻이었다. 저녁 먹은 걸 게워낼 가능성은 50 대 50으로 떨어졌고, 귀울음도 끈질기긴 하지만 견딜 만한 웅웅 소리로 잦아들었다.

"괜찮다니까요."

그는 5천 번째로 말했다. 그리고 조금 전에 비하면, 괜찮았다.

"그냥 자러 가고 싶을 뿐이라구요 샤워하고 8시간 동안 누워 있고 싶고"

"병원에 얼마나 오래 있었다고?"

찰스가 물었다. 조는 조용히—지나치게 조용히—집의 부엌 식탁 탐 맞은편에 앉아 있었다.

"별로 오래 있지 않았습니다."

탐은 차마 조를 쳐다보지 못하고 말했다.

"그래, 아까도 그렇게 말했지. 난 좀더 자세하게 듣고 싶은 거야. 이틀이라든가 혹은 하룻밤. 아니면 석 달. 또는……."

"별로 오래 있지 않았습니다."

탐은 최대한 또렷한 발음으로 반복했다.

"자, 애시튼 씨, 전 괜찮……."

"그래, 그 말도 아까 했지. 우리가 좀 의심이 많다면 미안하지만, 지금 자네 안색은 영락없이 똥색이라고."

산소탱크를 매달고 보행기에 의지한 죽어가는 노인네치고, 찰스 애시튼은 정말 사람 속 뒤집는 데 천재였다. 조가 자리에서 일어섰다.

"됐네. 응급실에 데려가야겠어."

탐은 마침내 작은할아버지를 올려다보았다.

"조, 제발, 그냥 절 믿어주세요."

조는 문가에 걸린 나무 벽걸이에서 열쇠를 집어들었다. 벽걸이는 커다란 열쇠 모양이었다. 탐이 6학년 때 목공예 수업에서 그를 위해 커다란 사랑과 얼마 안 되는 기술과 인내심을 들여 만든 것이었다. 그건 마치 예술작품이라도 되는 듯이 세심하게 먼지를 털고 관리되며 그 자리에 여전히 걸려 있었다.

"차에 타라, 탐."

"됐어요."

"타라니까."

"어쩌려구요, 절 들쳐메고 가시게요?"

"내가 못할 거 같으냐."

조는 진짜로 화가 나 있었고, 그럴 기세였다.

"병원에 가봤자 시간낭비일 뿐이에요."

탐은 이성적으로 말하려고 애쓰며, 조 역시 그러기를 바랐다.

"문제가 뭔지는 벌써 알아요. 너무 성급히, 지나치게 몸을 혹사했죠. 나이가 들었고……."
"제놈이 나이가 들었다네."
찰스가 음울하게 말했다.
"보행기로 팰까, 아니면 산소탱크로 팰까?"
"그리고 이런 종류의 부상에서 회복되기란 쉽지 않아요."
탐은 말을 맺었다.
"무슨 종류의 부상?"
조가 폭발했다.
"여기 온 지 벌써 며칠인데 부상 얘기를 들은 건 처음이다."
"죄송해요, 하지만 별일 아니에요. 걱정 끼치고 싶지 않아서."
"정말로 별일 아니라면, 네가 말해도 내가 걱정을 안 하지 않겠나?"
"벌써 걱정거리가 충분하실 거라 생각해서 죄송하군요."
어쩔 수 없이 탐의 목소리도 점차 커지기 시작했다.
"그거 잘했구나. 다만 이제는 내가 걱정하지 않을 수가 없다는 것만 빼면. 이제 네게 뭔가 안 좋은 일이 생겨도, 넌 나한테 말하지 않으리라는 걸 알았으니 말이야!"
"보세요, 전 멀쩡……."
"병원에 입원했는데 내게 말도 하지 않았어!"
"OSS에 있었고 우라질 명예훈장을 받았으면서 내게 입도 뻥긋하지 않은 사람은 누구고요!"
정적. 심지어 찰스조차 그 말에 입을 다물었다.
탐은 이마를, 콧등을 손끝으로 눌렀다.
"젠장."
그는 나직이 욕설을 내뱉었다.
"죄송해요, 조. 전 그냥…… 기진맥진이에요. 힘든 밤이었고, 지금 그 무엇보다 싫은 일은 응급실에 가서 꼴 보기 싫은 의사에게 밤새도록 쿡쿡 찔리고 시달리는 일이라고요."

“내가 좀 살펴보고 혈압을 재면 어떻겠어요? 그것도 쿡쿡 찌르고 시달리는 일에 들어가요?”

켈리. 탐이 고개를 들자 그녀가 부엌과 식당을 연결하는 문간에 서 있었다. 그녀는 진료가방을 들고 있었고, 안으로 들어와 가방을 식탁에 내려놓았다. 켈리는 잠옷으로 쓰고 있는 것이 틀림없을 낡은 하버드 티셔츠에 네 사이즈는 큰 빨강 반바지를 입고 있었다. 섹시한 구석이라곤 하나도 없었다―그녀가 그걸 입고 있다는 사실 외에는. 그리고 그걸로 충분했다. 그 차림은 ‘왕진’이란 단어에 완전히 새로운 의미를 부여했다.

“세상에.”

탐은 뒤로 물러앉았다.

“건드리지 마. 나 정말로 샤워해야 해.”

그녀는 주춤하지 않고 그의 위로 몸을 숙여 눈에 검안경을 비추었다.

“날 똑바로 봐요.”

그의 턱을 받친 그녀의 손가락은 서늘하고 흔들림이 없었다.

그는 아직도 땀을 뚝뚝 흘리고 있었고 그건 일상적인 격한 활동에서 나오는 깨끗하고 건강한 땀이 아니었다. 끈적거리고 고약한 냄새가 나는 식은땀이었다. 차마 그녀의 눈을 쳐다볼 수가 없었다. 그래서 그는 대신 그녀의 이마, 우아한 곡선을 그린 왼쪽 눈썹 바로 위에 눈길을 고정시켰다.

그녀는 검안경을 내려놓고 몸을 약간 편 다음, 양손으로 촉진에 들어갔다. 그녀의 손가락들이 부드럽지만 체계적으로 그의 머리칼 속을 돌아다녔다.

“오늘 넘어진 적 있어요? 머리 부딪히거나?”

“오늘밤은 아냐.”

티셔츠 아래 브라를 하지 않은 그녀가 그를 감싸듯이 그의 머리 뒤를 만지자, 탐은 눈을 질끈 감았다. 몸이 정상으로 돌아온 걸 보니 확실히 멀쩡한 거다. 비록 그가 광고하고 싶을 만한 건 아니었지만. 자아, 보세요, 조, 난 다시 멀쩡해진 게 틀림없어요. 켈리 애시튼이 바로 앞에 서자마자 섹스 생각을 머리에서 몰아낼 수 없는 걸 보니.

“몇 가지 멍청한 질문을 할게요, 알았죠? 이름부터 시작해 보죠”

"토마스 J. 파올레티. 계급하고 군번도 댈까?"

"아뇨. 하지만 오늘 날짜는?"

"8월 9일. 8월 10일 되기 몇 분 전."

"아주 좋아요. 조의 전화번호를 말해 볼래요?"

그는 번호를 부르고, 덤으로 그녀의 병원 개인번호까지 댔다.

켈리가 그의 팔뚝에 혈압계 밴드를 감다 올려다보았다.

"굉장하네요."

"난 숫자에 강하거든. 내가 어렸을 때 살았던 아파트들 전화번호와 주소를 아직도 다 기억해. 게다가 우린 엄청 이사를 다녔지. 아마 여든 살이 되어도 네 직장번호를 기억할 거야."

"난 그 전에 정년퇴직하고 싶은데요."

그녀는 혈압계에 공기 펌프질을 하며 말했다.

"몇 십 년쯤 일찍 전화해 주지 그래요? 번호를 알고 있는 참에, 써먹는 게 좋잖아요? 너무 조여요?"

그는 고개를 저었다. 그녀가 정말로 내게 관심을 보이는 건가? 번호를 알고 있는 참에…… 저건 분명히 작업 들어가는 대사고, 게다가 사람들 앞에서다. 그리고 그에게선 하늘을 찌를 듯 냄새가 나고 있는데.

조가 다시 테이블 맞은편에 앉았지만, 의자 끝에 걸터앉았을 뿐이었다. 그는 뭔가 몹시 말하고 싶은 표정이었다. 맬러리와 누군지는 모르겠지만 데이빗이라고 부르는 소리를 들은 듯한 괴상한 남자애는 초조하게 식당으로 통하는 입구에서 서성이고 있었다. 찰스는 무슨 왕이라도 된 듯이(사실 새틴 가운 차림이기도 했다) 팔짱을 턱 끼고 앉아 깐깐한 표정으로 주위를 뜯어보았다.

켈리는 청진기를 밴드와 탐의 팔 사이에 밀어넣고 그의 손을 자기 팔꿈치와 골반 사이에 끼워 눌렀다. 근사한 느낌이었다. 만약 그녀가 벌거벗고 있었다면 더 근사했을 테지.

그녀는 밴드에서 천천히 공기를 빼며 열심히 귀기울여 들었다. 다 끝나자 다시 처음부터 되풀이했다.

"혈압은 거의 완벽에 가까워요."

그녀가 마침내 말하곤, 맥박을 짚으려 그의 손목을 짚고 눈은 자신의 시계에 고정시켰다.

조는 더 이상 참을 수가 없었다.

"맬러리와 친구가 집에 데려왔을 적엔 제대로 걷지도 못했어. 그리고 알아둬야 할 게 또 있는데, 얼마 전에 무슨 머리부상으로 입원했었다는구나."

켈리는 조를 쳐다보았다.

"아무래도 탐이 지난번 부상과 오늘밤 정확히 무슨 일이 있었는지 말해주면 좋겠지요. 하지만 그건 본인이 결정할 문제예요."

그녀는 탐을 돌아보았다.

"나한테 무슨 말을 하기로 결정했든 안 하기로 결정했든 간에, 조용히 얘기 좀 했으면 좋겠는데. 이층까지 계단 올라갈 수 있겠어요?"

"문제없어."

탐은 거짓말을 했다. 바로 이거다. 일어나서 바닥에 얼굴을 처박지 않고 계단을 올라갈 수 있다면, 그를 응급실로 끌고 가자는 얘기는 들어가리라.

자리에서 일어나자 세상이 약간 흔들거렸다.

"먼저 후딱 샤워 좀 해도 될까?"

그는 자신이 생각만큼 제대로 꿋꿋이 서 있지 못하고 의자 등받이를 붙잡고 있다는 사실에서 켈리의 주의를 돌리려고 말했다.

"그래요."

그녀는 아무것도 간과하지 않았다.

"본인이 할 수 있다고 생각한다면야. 난 5분 후에 올라갈게요."

그녀는 조와 함께 그를 따라 복도로 나왔고, 그가 계단을 올라가는 모습을 내내 지켜보았다. 마침내 꼭대기에 다다른 그는 그녀를 내려다보았다. 다시 진땀이 나기 시작했지만 그녀가 그걸 보기엔 너무 멀었다.

"짜잔."

그가 말했다. 어쩌면 그렇게 멀지 않았는지도 모르겠다. 그녀의 눈매가 약간 가늘어졌다.

"욕실 문 잠그지 말아요. 5분. 그 안에 안 나오면 쳐들어갈 테니까."

"그거 협박이야, 아니면 약속?"

맙소사, 이제 무슨 짓이지. 켈리에게 그딴 소리를 하다니? 그는 켈리의 의심에서 벗어나려고, 자신이 마지막 남은 힘을 다 쥐어짜다시피 해서 계단을 올라왔다는 사실을 잊게 하려는 생각이었다. 예전에 여의사들과 간호사들을 당혹스럽게 하려 그가 써먹던 전술이었다.

"미안."

그는 재빨리 말했다.

"그건…… 내가 실수했다. 미안해."

그는 또 뭔가 멍청한 말이나 행동을 할까봐 서둘러 후퇴했다.

켈리는 탐의 방문 앞에 서서, 크게 숨을 들이쉬었다.

술이나 약에 취한 것처럼 카니발을 비틀거리고 돌아다니던 탐의 모습을 맬러리가 이야기해 주었다. 그는 조의 도움을 받아 집으로 들어오면서 정신이 들기 시작했고, 집에 온 이래 제일 처음 알아들을 수 있었던 말은 '병원도, 의사도 싫어'였다는 것이다.

맬이 그가 마약에 손을 댔다고 생각하고 있음을 깨닫자, 탐은 서둘러 최근의 머리부상과 입원에 대해 설명했고, 그로 인해 맬러리는 안심했지만 조가 흥분해 버렸다.

이 난리 내내, 최소한 켈리가 등장한 이후로 찰스는 한 번도 쿨럭거리지 않았다. 안색도 좋았고 실제로 재미있어하는 듯했다. 늙은 새디스트 같으니. 아니면 자신이 필요하다는 만족감 때문인지도 조가 찰스를 깨워 도움을 청했다고 한다.

그 점을 명심해 둬야겠군. 하지만 지금 당장은 '병원도, 의사도 싫어'라는 탐 파올레티를 상대해야 한다. 의사의 지식을 지닌 친구로서 다가가, 병원에 가도록 설득해야 한다. 정신이 멀쩡한 만큼 긴급 응급상황은 아니니까 오늘밤은 넘어가더라도 내일 아침엔 확실히 가야 한다.

켈리는 어깨를 펴고 문을 노크했다.

"열려 있어."

문손잡이를 돌리자, 이제 한 걸음만 내딛으면 평생 처음으로 탐의 방에 들어가게 되었다.

안에 그가 있었다. 반바지와 깨끗한 티셔츠 차림으로 침대에 앉아 있었고, 탄탄한 근육과 짙은 눈매, 샤워로 젖은 머리칼은 현실로 이루어진 꿈과도 같았다.

그는 그녀가 들어와 문을 닫는 모습을 무표정하게 지켜보았다.

그녀는 가슴을 두근거리며, 나무 위의 집에서 염탐하던 시절 덕분에 너무나 잘 알고 있는 방안을 둘러보았다. 이렇게 보니 달라 보였다. 덜 이국적이다. 덜 신비로웠다. 그의 책상은 작고 텅 비어 있었다. 서랍장은 반짝거리는 흰색으로 새로 칠해져 있고 그의 안경과 지갑, 잔돈 한 움큼, 빗이 위에 놓여 있었다. 옷장 문은 꽉 닫혀 있었고 수건이 바깥쪽 손잡이에 걸려 있었다. 바닥에는 구석에 놓인 더플백 말고는 아무것도 없었다. 옷도, 책더미도 없다.

이곳은 이제 그의 방이 아니었다. 단지 그가 와 있는 동안 머무르는 곳일 뿐. 그녀도 그런 기분을 알고 있었다.

"좀 나아요?"

그는 고개를 애매모호하게 저었다.

휴우, 마음이 초조했다. 그녀는 동물인형이나 우스꽝스런 모자로 꼬드길 수 있는 환자들에게 익숙했다. 가슴에 털이 없는 환자들에게 익숙했다.

그녀가 빠져 있지 않은 환자들에게.

그냥 단도직입적으로 나가야지. 곧장 요점으로.

"지금 내가 어떤 쪽이었으면 좋겠어요, 탐? 의사 애시튼 선생? 아니면 당신 친구 켈리?"

그 말에 그가 미소짓자, 미치도록 사랑스러운 보조개가 잠깐 나타났다.

"그 둘이 그렇게 분명히 구분지어져?"

"아니, 그렇진 않아요. 하지만 애시튼 선생은 예의바르게 의자를 끌어다 앉고 아마 당신에게 무슨 일이 있었는지 하나도 못 밝혀내겠지만, 켈리는 침대 발치에 책상다리를 하고 앉아 진실을 알아낼 때까지 버티겠죠"

"하룻밤이 꼬박 걸릴 텐데."

켈리는 그의 침대 발치에 앉았다.

"그거 협박이에요, 아니면 약속?"

그가 휙 그녀를 쳐다보자 그녀는 확 달아올랐다 싸늘히 식었다. 오, 하나님, 제가 정말로 그 말을 했나요? 도대체 무슨 짓이람? 자기 힘으론 계단도 겨우겨우 올라가는 남자에게 수작이라니? 탐에겐 그녀가 필요하고, 이래서는 도움이 되질 않는다. 그녀는 다시 일어났다.

"미안해요. 맙소사. 타이밍이 형편없죠?"

그는 어이없다는 듯 웃어대고 있었다.

"세상에 맙소사. 넌……."

그는 다시 웃으면서 고개를 약간 저었다.

"진담은…… 아니지?"

켈리는 그가 자신을 비웃고 있다는 사실을 참을 수 없었고, 민망스러움 대신 분개가 확 치밀었다.

"왜 내가 진담이 아니라는 거예요? 난 늘 당신이……."

오, 세상에, 무슨 말을 하려고? 그녀의 대학 시절 룸메이트에겐 탐 같은 남자를 묘사하는 데 쓰는 단어가 있었다. 따먹음직한. 켈리와 에비는 수많은 밤을 미친 듯 깔깔대며, 백 퍼센트 따먹음직한 남자 10인—대부분이 영화배우들—의 명단을 작성하곤 했다. 기준은 질문 없이, 딴소리 없이, 반대 없이 품에 안겨 침대로 직행하고픈 남자들이었다. 순전히 동물적인 이끌림, 순전한 욕망, 순전한 섹스였다.

그렇다고 둘이 그런 일을 실행에 옮겼다는 것은 아니었다. 어림도 없다. 남자 문제에 관해서 에비는 켈리만큼이나 조심스러웠다. 하지만 그렇게나 대담하고 뻔뻔한 척 노는 건 재미있었다.

그리고 탐 파올레티는 켈리의 명단에 늘 올라가 있었다. 그는 여자가 마음놓고 사랑해도 되는 부류의 남자가 아니었다. 켈리는 오래 전 그 사실을 익혔다. 하지만 다른 관계라면…….

켈리는 창밖 경치에 넋이 팔린 척했다. 한쪽 창문으로는 그녀의 나무 집이 있는 나무가, 다른 창문으로는 그녀의 침실 발코니가 보였다. 여기서 보면 저렇게 보이는군.

"내가 늘 어쨌다고?"

탐이 물었다. 오, 망할.

"그냥 넘어가자고 말하기엔 너무 늦었겠죠."

그가 웃음을 터뜨렸다.

"음, 그래. 혹시 이게 새로운 치료법이라면 모를까. 환자의 호기심과 답답증을 유발시켜 새로운 삶의 의지를 주는."

그녀는 몸을 돌려 그를 마주했다.

"난 당신 의사가 아니라 친구로서 와 있는 거예요. 당신 의사가 되고 싶지 않아요."

"잘됐네, 그럼 앉아."

책상 앞의 의자로 그녀가 다가가기 시작하자, 그는 덧붙였다.

"여기 말야. 친구."

그는 영혼을 고스란히 드러내는 그 근사한 파올레티 눈으로 그녀를 지켜보고 있었다. 그 눈에서 보이는 열기는 측정치를 넘어섰고 그녀는 하마터면 깔개에 걸려 넘어질 뻔했다.

마치 일종의 도전 같았다. 그녀의 애매모호한 유혹이 얼마나 진정인지 보려 그녀를 시험하는 것처럼. 그래서 그녀는 그의 침대에 앉았다. 너무 멀리 떨어지지는 않았지만, 너무 가깝지도 않게.

"넌 늘 내가……."

그가 다시 말을 꺼냈다.

"무척이나 매력적이라고 생각했어요."

그녀는 활기차게 말했다.

"별거 아니죠. 당신도 자신이 어떻게 생겼는지는 알 테니까. 그 얘긴 여기서 마치죠, 네? 부상에 대해 말해 봐요. 무슨 일로? 어쩌다 입원까지 하게 된 거죠?"

그는 한동안 아무 말 없이 그저 그녀를 쳐다보기만 했다. 하지만 곧 그녀에게 진실을 말하기로 결심한 듯이 고개를 끄덕였다.

"좋아. 난 16팀의 트러블슈터 분대와 함께 임무수행중이었어. 엘리트 중의 엘리트, 최고지. 우리가 어디에 있었는지는 밝힐 수 없어. 무엇을 하고 있었는지도. 내가 할 수 있는 말은, 상황이 아수라장이었다는 거야. 정말 말 그대로. 그리고 일단 일이 꼬이기 시작하자, 갈수록 설상가상이었지."

그는 헬기 추락에 관해, 그를 날려보낸 폭발에 대해 얘기했다. 그리곤 미소지으며 덧붙였다.

"사실, 그건 괜찮은 부분이야. 문제를 일으킨 건 착지 부분이었지. 그 분야에는 연습이 필요하다고 해두자."

세상에, 그런 일을 두고 농담을 할 수 있다니.

"어딜 부딪혔죠?"

"어딜 안 부딪혔겠어?"

그가 대꾸하고는 말을 누그러뜨렸다.

"말했다시피 대부분 기억이 안 나. 하지만 머리 왼쪽 앞부분을 꽤 세게 부딪힌 모양이야. 왼쪽 측두골이 골절되었으니."

켈리는 가까이 다가갔다.

"아래층에서 하긴 했지만…… 괜찮겠어요?"

탐은 고개를 끄덕였고, 그녀는 손을 뻗어 부드럽게 그의 머리를 더듬었다. 처음에는 살살, 나중에는 조금 세게. 이제 이야기를 듣고 나자, 조그맣고 빨간 수술 자국이 보였다. 너무나 작아 거의 보일 듯 말 듯했다.

"어디 아프면 말해요."

"알겠지만, 나도 마찬가지야."

그가 갑자기 말했다.

"너에 대한 감정."

그의 얼굴은 그녀의 얼굴에서 10센티미터쯤 떨어져 있었고, 그의 다리는 그녀가 그의 체온을 느낄 수 있을 만큼 가까이에 있었다. 그의 눈길이 그녀의 입에 머무르자 켈리는 알았다. 이거다. 평생을 기다린 끝에, 드디어 탐 파올레티가 다시 키스를 하려는 거다.

"마찬가지지."

그가 다시 말했다. 그리고는 몸을 뒤로 빼 그녀와 거리를 두었다.

"하지만 여기서 더 나아가기 전에 네가 알아야 할 일이 몇 가지 있어."

그는 손가락을 꼽았다.

"난 몇 주 동안 혼수상태였고, 이 부상으로 인해 전역하게 될 수도 있어. 그리고 미쳐가는 게 아닌가 싶고."

몇 주씩이나 혼수상태였다고……?

"계속 그 남자가 보여. 진짜인지 아니면……."

순간 그의 목이 메였다.

"머리 부상으로 인한 뇌 손상이 일으킨 피해망상증의 일환인지도 모르겠어. 그자는 머천트라고 해. 그는 테러리스트야, 켈리."

그는 그녀의 반응을 지켜보고 있었고, 그녀는 자신이 큰 반응을 보였음을 알았다.

"테러리스트라니. 테러리스트요?"

"그래, 나도 알아. 미친 소리처럼 들리지."

"탐, 저기……."

"우선 내가 먼저 말하게 해줘, 그 다음에 네가 질문할 게 있다면……."

켈리는 고개를 끄덕였다. 테러리스트라니……. 그녀는 머천트, 돈을 받고 죽음을 파는 남자에 관한 이야기를 들었다. 96년의 파리 대사관 폭파사건은 그의 소행이었다. 탐은 그를 체포하기 위해 파견된 팀의 일원이었다.

"난 몇 달 동안 그자 생각에 살고 호흡하며, 잡을 준비를 했어. 정부가 허가한 집착이랄까. 우리 팀은 그 개자식을 한밤중의 암실에서 눈가리개를 하고도 알아볼 수 있을 만큼 연구했어. 그자처럼 생각하고, 놈의 행동을 하나 빠짐없이 예측할 수 있을 만큼 안다고 자부해, 켈리. 놈의 조직이 영국에서 추적망에 걸렸을 때, 우리는 놈을 잡을 준비를 하고 그쪽으로 건너갔어. 관료주의의 장애 없이 작전을 펼칠 수 있었다면 잡았을 거야. 잡기는커녕, 개판이 되었지."

켈리는 상황의 심각함에도 불구하고 웃지 않을 수 없었다.

"이번에는 개판이라. 그건 아수라장보다 나은 거예요, 나쁜 거예요?"

"더 엉망이지."

탐의 미소는 씁쓸했다.

"미안해. 불쾌하게 할 뜻은 없었어. 얘기하자면 그런 말이 저절로 흘러나와서. 그 지랄……."

그는 움찔했다.

"미안."

"내가 불쾌해하는 걸로 보여요?"

"넌……."

그는 고개를 젓고, 눈길을 돌리더니 후욱 숨을 내뱉었다.

"먼저 나머지 얘기부터 해야……."

그는 목청을 가다듬었다.

"우리가 진입하고 거의 즉시 총격전이 시작되었어. 그게 바로 내가 말하는 개판이지. 총격전이 시작될 때. 네이비 실은 아주 조용히 활동해. 비밀리에 잠입하고 물러나도록 훈련받거든. 우리가 사라지고 한참 지나도록 아무도 우리가 왔었다는 사실을 몰라. 그런데 일단 반자동소총을 쓰기 시작하면 사람들 눈에 뜨일 수밖에 없지. 우리 계획은 소리 없이 들어가서 머천트를 잡는 거였어. 뭐가 틀어졌는지, 누가 먼저 쏘기 시작했는지도 모르겠어. 어느새 돌연 총격전의 한복판이더라구. 그리고 머천트는 날랐고. 그 후레자식이 도망쳤다구. 믿을 만한 소식통에 따르면, 그는 중상을 입었다더군. 그리고 그자가 시야에서 사라지자―놈에 대한 소식이 들린 지 몇 년이 지났지―많은 사람들이 그가 죽었으리라 추정했어."

"하지만 당신은 아니군요."

"난 함부로 추정하지 않으려고 해."

그는 다시 머리가 몹시 아픈 듯이 이마를 문질렀다.

"자. 이제 몇 년이 지났어. 완전히 새로운 아수라장의 한복판이야. 헬기가 추락하고 폭발에 날아가 머리를 부딪쳤지. 몇 분 후 정신이 들었고, 머리가 빠개질 듯이 아프긴 했지만 괜찮은 줄만 알았어. 일어설 수 있고 내 이름도 기억했지. 멀쩡히.”

“의식명료기.”

켈리는 나직이 말했다. 머리에 지극히 심각한 손상을 입어도, 내출혈로 인한 혼수상태가 오기 전에 어느 정도의 시간—대략 한두 시간 가량 멀쩡한 경우가 있다.

“바로 그거야. 그리고 예정대로 몇 시간 후, 시야가 좁아져갔지. 부지휘관 재즈 자퀘트가 말 그대로 날 떠메 옮겼지만 제일 가까운 응급시설에 도착할 때까지 15시간이 걸렸고 그 무렵엔 꽤나 심각한 혼수상태였지. 의사가 내 두개골에 조그만 구멍을 뚫어 빼야 할 걸 빼고, 묶을 거 묶고, 하여간 별짓 다 했지. 몇 주 후, 난 깨어났어.”

몇 주 후? 세상에, 운이 좋았군.

“기적의 남자라 할 만하지, 전부 멀쩡하니. 눈에 띄는 뇌 손상은 없어. 말하고, 걷고, 읽고 쓸 수 있고 잃어버린 기억 같은 것도 없고 모든 테스트를 너끈히 통과했어. 딱 하나만 빼고. 그리고 그건 진짜 테스트라 할 만한 것도 아니야.”

그는 침대 머리판에 등을 기대고 앉아 양손으로 머리를 감쌌다.

“부대로 복귀한 첫날, 16팀을 감축시켜 없애버리려는 한 소장과 언쟁이 있었어. 조금 지나치게 화가 났었지.”

그는 정신감정과 진단서, 부상이 공격적 행동을 유발했다는 결론, 병가에 대해 담담히 얘기했다. 켈리는 이런 말을 자신에게 털어놓는 것이 그에게 쉽지 않은 일임을 알았다.

“휴가가 끝나면, 난 해군 정신과 의사에게 내가 멀쩡하다는 걸 입증해야만 해. 아니면 ‘그간 감사했습니다, 민간 세계로 돌아가십시오, 파올레티 씨’지. 내 앞날은 앞으로 30일 안에 정신적 건강을 찾느냐에 달려 있어.”

탐은 몸을 앞으로 숙여 그녀의 눈을 똑바로 직시했다.

“하지만 지금 내 눈엔 볼드윈 브릿지에서 국제적 테러리스트들이 보이기 시작해. 이게 부상 후유증으로 인한 망상이 아닌지 모르겠어. 평생 처음으로 나 자신을 의심하고 있어, 켈리."

그의 목소리가 떨리고, 말을 더듬었다.

"내가 지휘관으로 적합한지, 내 군 경력이 끝난 건지 알아야만 해."

켈리는 무슨 말을 해야 할지, 어째야 할지 알 수가 없었다. 하지만 그는 아직 말을 마친 것이 아니었다.

"몇 가지 이유가 있어서 네게 이 얘기를 하는 거야. 우선, 내가 믿을 수 있는 의사가 있어야 해. 도대체 어떻게 돌아가는지 내게 톡 까놓고 말해 줄 사람. 또한 머리 안에 출혈이 있는지 단층촬영을 다시 해봐야겠지. 그럴 거란 생각은 안 들지만, 확인은 해봐야 하니까. 이 빌어먹을 망상증에 대해서도 좀더 알아봐야 하고. 도대체 뭐가 진짜이고 아닌지 알아야 해."

그는 깊이 숨을 들이쉬고 훅 내뿜었다.

"좋아. 연설은 끝났어. 질문할 거라도?"

질문. 맙소사. 그녀가 묻고 싶은 건 4천 개쯤은 되었다.

"테러리스트들이랬죠. 테러리스트들을 봤다는 게…… 한 명 이상?"

"아, 그래, 오늘밤은 완전히 헛지랄했지."

그는 움찔했다.

"미안."

"나도 무슨 말인지 알아요. 가끔 쓰기도 하고 그러니…… 그냥 오늘밤 무슨 일이 있었는지 얘기해 봐요."

그는 그의 군 경력이, 그의 인생이 무너지기 직전이 아닌 것처럼, 사실을 나열하는 리포터 식의 건조한 어투로 말했다. 편의점. 손에 눈동자 문신을 한 남자. 그렇게 눈에 띄게 손등에다 표시를 한다는 건 상당한 배짱이지만, 그건 늘 머천트의 수법 중 일부였다. 그 문신을 보는 것만으로도 대부분의 사람은 죽을 만큼 겁에 질리기에 충분했다.

탐이 말을 이어가는 동안, 켈리는 눈을 감고 치명적인 머리부상으로 입원했다 나온 지 얼마 안 된 몸으로 자전거 뒤를 쫓아 달리는 그의 모습을 머릿속에 그려보았다. 그는 현기증과 카니발에서 그를 급습한 시야가 좁아지는 현상을 설명했다.

"돌연, 전부 손등에 머천트의 마크를 한 사람들에게 둘러싸여 있다는 걸 깨달은 거야. 마치 악몽 같았어, 켈리. 한순간 정말로 내가 미쳐버린 줄만 알았다구."

그걸 설명하는 것만으로도 그의 손은 떨렸고, 켈리는 견딜 수 없었다. 그녀는 손을 뻗어 그의 손을 잡았다.

"그리고 곧 깨달은 거야."

그의 목소리는 거의 속삭임에 가까웠다.

"그게 문신이 아니라는 걸. 카니발에서 손에 찍어주는 스탬프였어. 편의점에 있던 남자도 손등의 표시를 카니발에서 받은 거라고 추측할 수밖에. 눈으로는 멀쩡히 본 것이 머릿속에선 다른 것으로 변하는 거야. 무언가 위험스런 것으로. 우라질 망상증처럼 들리지, 응?"

그의 목소리가 떨렸다.

"만약 그런 경우라면, 날 내보내려던 터커 소장이 옳았던 거야. 네이비실엔 내 자리가 없어."

그는 그녀의 손을 꽉 움켜쥐고 있었으나 곧 손아귀의 힘을 풀었다.

"미안. 너에게 겁줄 생각은 아니었는데."

그는 물러나려 했지만 켈리가 놓아주지 않았다.

"나한테는 줄곧 사과만 하는군요."

탐은 고개를 끄덕였다.

"그 점에 대해서 미안하다고 하고 싶은 마음은 굴뚝같지만, 아무래도 맞지 않는 것 같군."

켈리는 웃음을 터뜨렸다. 가슴이 꽉 메었다. 그녀는 눈물을 터뜨리기 일보 직전이었다. 또다시. 하룻밤 사이 사람이 얼마나 여러 번 울 수 있을까? 감정적 폭발의 일일 한계치 같은 게 있어야 마땅하지 않나? 그래도 만약 그런 게 있다면 아버지와 그리고 이후엔 게리와 산 그 세월 동안 눌러둔 평생치 분량이 속에 쌓여 있을 것이다.

그리고 탐이 그런 이야기를 한 후인 지금은 주저하고 있을 때가 아니었다. 그녀는 그의 얼굴에 손을 가져갔다.

"내게 전부 말해 줘서 고마워요. 아무에게도 말 안 할게요. 조에게도 약속할게요. 당신이 말하라고 하지 않는 이상은."

그의 살갗은 따스했고 그녀의 손바닥에 와닿은 그의 뺨은 약간 까칠거렸다. 그는 아침에 면도를 하긴 했지만, 오늘 아침은 벌써 한참 지난 후니까.

"켈리, 내가 한 말 다 들은 거 맞지? 난 미쳤을지도 몰라. 그리고 28일 후면 실업자가 될 판이고. 집도 없이. 난 기지에서 살고 있으니, 나와야 하고……."

"하지만 당신은 혼자가 아니에요. 내가 도와줄게요. 보스턴에서, 세계에서 제일가는 신경외과의와 아는 사이예요. 그 사람이라면 믿어도 좋아요. 원한다면 내가 동행하죠. 그가 내일 단층촬영 일정을 잡아줄 테고……."

"하지만 너도 의사잖아. 난 너를 믿어."

오, 하나님.

"난 당신 의사가 될 수 없어요. 당신에겐 전문의가 필요해요. 게다가 난 당신 의사가 되고 싶지 않아요. 난……."

켈리는 생각하지 않았다. 미리 계획하지 않았다. 예정하거나 분석하지 않았다. 그냥 몸을 앞으로 숙여 탐 파올레티에게 키스했다.

그의 입술은 따스하고 몹시도 부드러웠다. 그에게선 치약 맛이 났다. 그녀가 방에 오기 직전 이를 닦은 것이 분명했다.

짧고 간결한 키스였다. 깊지도, 느리게 머물지도, 영혼을 산산조각내고 거의 절정에 달할 것 같지도 않았다. 그녀가 기억하는 탐과의 키스와는 전혀 달랐다.

그녀는 그를 몹시도 놀래켰다. 그리고 그녀 자신도.

그녀는 그를 쳐다보았고, 그 역시 그녀를 마주 바라보았다. 거의 20분에 가깝게 여겨졌지만 아마 20초에 더 가까우리라.

그리고는 그가 말했다.

"난 미쳤다구. 켈리? 내가 방금 한 말 못 알아들었어?"

그의 웃음엔 위태로운 절박감이 깃들어 있었다.

"맙소사, 그랬는데 넌 나한테 키스를 하는구나. 네 상식은 어딜 간 거야,

애시튼? 무슨 생각이야?"

그녀는 고개를 저었다.

"당신은 미치지 않았어요. 아직 부상으로 인한 후유증을 겪고 있을지는 모르지만, 그러나……."

"그 후유증이 평생 갈 수도 있다는 거 알면서."

그가 거칠게 말했다.

그의 목소리에서 고통을 듣고 켈리는 다시 그에게 손을 뻗었다. 그의 몸에 팔을 두르고 껴안았다. 세상에, 꼭 옴짝달싹 않는 산을 껴안은 듯했다. 하지만 이 산에는 심장이 있다. 그의 어깨에 머리를 대자 그녀는 탐의 심장이 고동치는 소리를 들을 수 있었다.

그가 누그러지기까지는 오래 걸리지 않았다. 그도 그녀 몸에 팔을 두르고, 머뭇거리며, 거의 마지못한 듯이 그녀의 머리칼을 만졌다.

"내가 도울게요. 당신 정도의 머리부상이 얼마나 심각한지 모르지만, 그거야 알아보면 돼요. 내가 할 수 있는 건 뭐든 찾아볼게요. 그리고 단층촬영도 받아야겠고."

그녀를 감싼 그의 팔에 힘이 들어갔다.

"고마워."

그는 그녀를 뒤로 밀어 둘 사이에 팔 길이만큼 거리를 두고 그녀의 어깨를 잡았다.

"하지만 켈리, 봐봐. 내 생각엔……."

그녀는 그가 무슨 생각을 하는지 알고 있었다. 그리고 이번엔 그녀가 무슨 생각을 하는지 그가 알아야 할 때였다. 그녀는 그를 흔들기라도 할 듯이 그의 팔을 붙잡았다.

"눈에 보이는 것을 오해하고 부정적인 방향으로 해석하게 만드는 영구적인 손상이 있을 가능성은 있어요. 하지만 또한 이 망상증인지 뭔지가 시간이 지나며 사라질 가능성도 있다고요. 지금 겪고 있는 두통이나 현기증처럼 말예요. 그저 회복할 시간이 좀더 필요한 것뿐일지도 몰라요. 30일보다 더 많이."

그는 고개를 저었다.

"30일 이상은 없어."

"탐, 만약 당신이 다리를 골절했다면, 30일 안에 안 나았다고 해군에서 쫓겨나지는 않을 거 아녜요, 그렇죠?"

"그야 물론 그렇지."

"무슨 차이가 있어요?"

그는 돌연 그녀를 팔 길이만큼 떨어져 붙잡고 있는 대신 팔꿈치를 잡고 있다는 것을 막 깨달은 듯이 그녀에게 미간을 찌푸렸다. 그녀의 허벅지가 그의 허벅지를 눌러왔다. 그녀는 그의 무릎에 올라앉은 거나 마찬가지였다.

"가보는 게 좋겠다. 아까 생각엔 내가 모든 걸 털어놓으면, 네가……."

그녀는 그를 응시했다.

"내가 뭐요?"

"모르겠어. 하지만 내게 키스하는 것 말고도 엄청나게 많은 선택의 여지가 있었다고. 세상에."

맙소사, 그는 또 이런 식이다. 켈리는 울분이 확 치밀었다.

"그게 그렇게 끔찍했다면 미안하군요. 난 아무 생각 없이 해버렸어요, 됐어요? 만약 내가 생각을 하고 있었다면, 난 계속 당신에게 키스하고 싶은 마음뿐이었을 거예요. 그럴 엄두는 내지 못한 채. 최소한 이런 식으로라면 해냈잖아요. 이제 알았어요. 분명히 내가 추억을 미화시켰던 모양이군요. 진실을 말하자면, 사실 교통사고 같은 거였다구요."

"교통사고?"

탐은 어이가 없어 웃었다.

"아, 그래. 넌 확실히 아무 예고도, 기색도 없었지. 도둑 키스라고나 할까. 치고 달리기. 반쪽짜리 키스에 대한 핑계치곤 어설프구나."

이제 그녀는 지독히도 창피했다. 켈리는 몸을 빼려 했지만 이번엔 그가 놓아주지 않았다. 그녀는 입을 열어 말을 하려다…… 무슨 말을? 자신이 무슨 말을 하려 했었는지 알 수는 없었으나 갑자기 말을 할 수가 없었다.

왜냐하면 그가 그녀에게 키스하려는 참이었으니까.

세상에, 그래. 확실히 다가오는 게 보였다. 그는 충분히 예고했다. 그는 천천히 움직였다. 심지어 그녀 입술 바로 앞에 멈추고 속삭이기까지 했다.

"이젠 내가 미쳤다는 걸 알겠어."

그리고는 그녀에게 키스했다. 그는 몹시도 짜릿짜릿하게 섬세한 애무로 그녀의 입술을 쓸었다. 다시 키스, 여전히 부드러웠지만 그의 혀로 그녀의 입술을 벌려 그녀를 맛보고 달콤하게 입을 점령했다.

켈리는 녹아내렸다. 이것이야말로 그녀가 기억하는 키스였다. 그가 물러나려 했을 때 그녀는 더, 더 원하며 그에게 다시 키스했다. 수년간 그녀는 더욱 많은 것을 원했었다.

문에서 노크 소리가 나더니 휙 열렸다. 조 켈리가 죄지은 사람마냥 탐에게서 펄쩍 물러나는 것을 그가 못 보았을 가능성은 털끝만큼도 없었다.

켈리는 차마 두 사람 중 누구도 쳐다볼 수가 없었다.

"미안."

조가 그녀만큼이나 민망해하며 목청을 가다듬었다.

"진단은 어떠냐?"

탐 역시 목청을 가다듬었다.

"괜찮아요."

"난 켈리에게 물었다."

"탐은 병원에 가야 해요."

켈리는 최대한 아무렇지도 않게 알렸다.

"하지만 내일 아침까지는 괜찮아요 제가 보스턴에 데리고 가서 단층촬영을 받도록 하죠"

"잘됐구나."

조는 탐과 켈리를 번갈아 보았다.

"잘됐다."

그는 문을 닫기 시작했다.

"내가 찰스를 저택까지 바래다주마."

켈리는 문을 향해 돌진하다시피 했다.

“오, 아뇨. 제가 할게요. 지금…… 막 가려던 참이니까.”

하지만 조는 벌써 사라졌고, 그녀는 다시 탐과 둘만 남았다.

“아침에 보스턴에 가긴 가되,”

그녀는 여전히 아무렇지도 않은 척하려 애쓰며, 여전히 그를 바라보지 못하고 말했다.

“러시아워가 지난 다음으로 하죠. 한 9시 반?”

“그래, 고맙다.”

그녀는 나가려 몸을 돌렸다.

“켈리.”

“사과하지 말아요. 그럴 생각도. 그건…….”

맙소사, 그냥 말해버려. 입을 열고 말하지 않으면 그가 네 감정을 어떻게 알겠어? 그녀는 몸을 돌려 그를 마주하고, 눈을 똑바로 쳐다보았다.

“굉장했어요. 그리고 다시 할 때가 기다려지고요. 내일밤 저녁식사 다음?”

흠, 그녀가 그를 다시 놀래켰다는 것만은 분명했다. 그는 무슨 말을 해야 할지 모르는 듯했고, 켈리는 수치심에 내심 움츠러들지 않으려 애썼다. 그는 그녀와의 키스를 굉장하다고 생각하지 않을지도 모른다. 그저 자신과의 키스가 교통사고가 아니라는 걸 입증해 보이려 했을지도 모른다. 그녀와 다시 키스할 생각이 전혀 없을지도

그녀가 지켜보는 동안, 탐은 이마를 문지르고 콧날을 눌렀다.

“그럼, 너에겐 내가 미쳤을지도 모른다는 게 문제가 아닌가 보구나?”

탐이 머천트를 상상하고 있을지 모른다는 쪽과 볼드윈 브릿지에 진짜로 테러리스트가 있다는 것 중에 어느 쪽이 더 안 좋은 상황인지 확신이 안 서는 상황에도 불구하고, 켈리는 그 말에 웃지 않을 수 없었다.

“고등학교 시절 당신은 늘 조금 돌았다는 평이었잖아요. 게다가 머리부상으로 인한 후유증은 의학적 정신질환의 범주에 속하지 않아요”

그는 그녀를 올려다보았다.

“고등학교에서 나에 대해 들은 말을 전부 믿지는 않았으면 하는데.”

“좋은 것만.”

탐이 미소지었다.

"저런, 좋은 말이 있긴 있었어?"

오, 그렇고말고. 다만 그녀의 어머니라면 그녀 기준의 '좋다'에 동의하지 않을 테지만. 켈리는 문을 열었다.

"아침에 봐요. 하지만 오늘밤에 병원에 가고 싶으면, 그냥 전화만 줘요. 필요하면 1분 안에 올 수 있으니까."

"켈리."

그가 다시 그녀를 불러 세웠다.

"내가 한 얘기 말이다—머천트에 관해서. 그 얘기는……."

"아무에게도 말 안 할게요. 알잖아요."

그는 고개를 끄덕였다.

"일단 말해 둬야 하긴 하니까."

그녀는 문손잡이에 손을 얹고 그를 돌아보았다.

"만약 상상이 아니라면? 만약 정말로 그 남자를 본 거라면요?"

"그럼 놈의 목표물이 뭔지 찾아 저지해야지."

그는 거의 불가능한 일을 너무나 쉽게 말했다. 하지만 그 확실한 자신감에, 켈리는 그의 말을 믿고 있는 자신을 발견했다. 그를 믿고 있는.

"내가 미치광이인지 확실히 알게 될 때까지는 위협을 진짜로 여기고 행동해야지. 며칠 안에…… 친구들이 여기로 와서 도와줄 거야."

"여기에도 당신 친구들이 있어요."

"그래."

그는 미소지었다.

"알아."

12

8월 10일.

아주 안 좋은 밤이었다.

고통 때문에 찰스는 숙면을 취할 수 없었고 불을 켜놓았다는 사실 역시 잠드는 데 도움이 되지 않았다. 그는 겁에 질린 네 살배기 아이마냥 불을 켜고 잤다. 불빛이 없으면 그림자 속에서 죽음의 어두운 형체를 볼 수 있으리라 확신했기 때문이었다.

방 구석의 흔들의자에 조용히 앉아서 그를 기다리는 죽음을.

찰스는 어젯밤 자신이 죽어간다는 사실을 알고 있다는 것이 싫어졌다. 제가 면도할 나이가 된 척하는 그 하얀 가운의 풋내기를 찾아가지 말 것을 그랬다고 최소한 천 번은 후회했다.

물론, 그 열두 살이나 먹었을까 싶은 그랜트 박사를 찾아가지 않았다면 최소한 고통을 무디게 해주는 진통제 처방전을 받지 못했겠지만.

진통제는 이제 그다지 잘 듣지 않았다.

선택의 여지가 있다면, 찰스는 예기치 못한 섬광과도 같은 죽음을 맞이하고 싶었다. 바로 조금 전까지 멀쩡히 있다가, 그 다음 순간 고맙게도 고통 없이 가버리는 거다.

그는 핵 멸망의 강력한 팬이 되어가고 있었다.

새벽 5:07에 그는 말 그대로 침대에서 몸을 끌어냈다. 다락방 계단을 올라가려니 또한 말 그대로 허리가 빠질 것 같았지만, 일단 올라가자 찾던 것을 발견하는 데는 한 4초쯤 걸렸다.

그 빌어먹을 더플백을 거의 육십 년간 건드리지 않았음에도 불구하고.

그래서 그는 지금 새벽 6시도 되지 않은 시각에, 바다가 내다보이는 데크에 앉아 1945년 55사단이 독일까지 밀고 들어가 히틀러의 군대를 끝장냈던 이후 그가 집으로 가져온 기념품을 닦고 있었다.

기념품. 하하.

루거 9구경. 최소한 9백 그램은 나가는지라 병으로 쇠약해진 팔에는 지나치게 무거웠지만, 한때는 거의 완벽하게 그의 손에 딱 맞았다. 이전 주인이던 독일군 장교가 잘 간수해서 새것이나 다름없었다.

하지만 수집가들이 그토록 찾아 헤매는 총이라 해도, 같이 미국으로 가져온 낡은 월터 PPK에 비하면 루거는 찰스에게 아무런 가치가 없었다. 그건 루거보다 가볍고 작아, 옷 아래 숨겨 다니기가 더 쉬웠다. 그러나 루거와 달리 그건 수제가 아니었다. 나란히 놓고 보면 루거는 예술작품이지만 월터는 실용적인 파괴도구 이상은 아니었다.

하지만 월터는 시벨의 것이었다. 그녀가 만지고, 들고, 옷 아래에 차고, 그녀의 따스한 살갗 가까이에 있던 물건이다. 그녀는 찰스를 만나기 훨씬 전, 추락한 비행기 잔해 속 독일 공군장교의 시신에서 그 총을 얻었다. 그녀가 이걸 그에게 주었을 때는……

맙소사. 그때 일은 아무것도 생각하고 싶지 않았다.

그는 이 총들을 집으로 가져오기 위해 엄청난 돈을 들였다. 기념품. 하. 귀국한 후 그는 곧장 이것들을 다락방에 처박았다. 프랑스에서 지냈던 그 시절을 기억할 필요가 없었다—기억하고 싶지 않았다.

하지만 최근 그는 다른 것은 거의 생각할 수 없었다.

그리고 조가 그 인터뷰를 하면 더욱 심해지리라. 책에 그 모든 것이 실리겠지. 그가 오랜 세월 숨겨온 모든 것이. 그가 했던 모든 일들이. 그가 하지 않았던 모든 일들이. 하나 남김없이. 그래, 그건 조의 이야기다. 하지만 그의 이야기이기도 하다. 그의 삶이고, 그의 비밀, 그의 실패다.

그의 슬픔.

거의 60년을 그 자신으로부터, 그의 모든 고통으로부터, 그 모든 상실감으로부터 도망친 끝에, 지금의 그가 있다. 여전히 그 자리에. 여전히 아파하며. 그리고 조가 그 모든 걸 들쑤셔 더 악화시켜 놓았다.

찰스는 그림자를 보았지만 올려다보지조차 않았다. 그저 계속 월터를 닦았다. 다시 그를 찾아온 죽음이든가, 아니면 조일 것이다. 달리 누가 이렇게 일찍 일어나겠는가? 그리고 비록 백 퍼센트 확신할 수는 없어도 그는 조라는 쪽에 걸었다.

"이걸 준비해 놓는 참이야."

찰스는 부루퉁하게 말했다.

"자네가 그 빌어먹을 작가에게 말한다는 소릴 또 하면 쏴버리게."

조는 한숨을 내쉬고 그의 옆에 앉아, 평온한 바다를 내다보았다. 아름다웠다. 그것은 조가 프랑스에 있던 시절 꿈꾸던 경치였다. 찰스는 시벨에게 그 경치를 수없이 말했고, 그의 말을 조가 부드럽고 아름답게 들리는 프랑스어로 통역했다.

시벨은 볼드윈 브릿지에 와서 그의 아름다운 집을, 아름다운 바다를, 이 아름다운 경치를 보고 싶어했다. 찰스는 전쟁 후 그들 모두를 데려가겠노라 거듭거듭 약속했다. 전쟁 후. 그 말에는 마법적인 울림이 있었다. 전쟁 후, 모두들—장 클로드와 앙리, 그리고 무뚝뚝한 2명의 뤽까지—찰스의 손님으로 미국에 가는 거다. 그에겐 돈이 있다. 전쟁이 끝나면, 그는 모두를 비행기에 태워 보스턴으로 초대해 볼드윈 브릿지 호텔에 묵게 하리라.

"탐에게 다시 싸우지 않겠다고 약속했잖나."

"도대체 누가 싸운다고?"

조의 지적에 찰스가 반박했다.

"난 그저 자네를 총으로 위협하고 있는 것뿐이야."

"정말로 지금 이 이야기를 하고 싶나? 얘기할 수는 있지. 다만 얘기하는 거야, 고함치지 말고. 자네가 고함치기 시작하면 난 가겠네."

“좋아.”

조는 크게 숨을 들이쉬었다.

“어젯밤에 전화를 받았어. 커트 카우프만—그 작가가 화요일 개회식 직후 호텔에서 인터뷰를 하고 싶대. 난 그러자고 했어.”

월터가 테이블 위에 떨어져 쾅 소리가 났다. 찰스는 그걸 잡으려다 손가락을 찧었다. 제길.

“난 자네가 같이 갔으면 해. 이야기하는 걸 거들어줄 수 있겠지.”

“뭐?”

찰스는 팽팽한 어조로 말했다.

“내가 아내를 속였을 뿐만 아니라, 가장 친한 친구도 속였다고 말하란 말이야?”

조는 그저 물 위에 반짝이는 햇살을, 방파제 구실을 하는 바위더미를, 잔디밭 가장자리의 여전히 생생한 여름날의 푸르른 나무들을 응시했다.

찰스는 조가 무엇을 보고 있는지 올려다볼 필요가 없었다. 거의 60번의 여름을 바다가 흐릿하게 시야에서 사라질 때까지 혹은 해가 질 때까지 진토닉을 마시며 그 경치를 내다보았으니까. 조가 조용히 말했다.

“난 자네를 용서한 지 오래야. 시벨도 용서했어. 어차피 나한테 그녀를 용서하고 말고 할 권리가 있는 것도 아니고. 그녀는 내 사람이 아니었네, 애시튼. 최소한 내 상상 외의 세계에선. 자네도 나만큼이나 잘 알잖나.”

시벨.

찰스는 말을 할 수가 없었다. 결코 그녀를 입에 올리지 않았던 그 오랜 세월 이후, 어떻게 조는 저렇게 쉽게, 아무렇지도 않게 그녀에 대해 말할 수 있지? 그것도 하고많은 사람 중에서 찰스에게. 그는 시벨을 생각할 때마다 목이 메는데.

허나 그는 이곳에 앉아 그녀의 소중한 총을 닦고 있었다. 분명히 조도 알아봤으리라. 시벨은 이 총 없이는 집을 나서는 법이 없었다.

“자네도 알 테지만, 여기 앉아 있는 건 절대 질리는 법이 없어. 정말이지 자네 말대로야. 세상에서 가장 아름다운 장소 중 하나지.”

조가 담담히 말했다. 찰스는 월터에서 눈을 떼지 않았다. 이 데크에서 바다가 어떻게 보이는지 그는 빌어먹게 잘 알고 있었다.

"내가 죽으면 자네 것이 돼. 이 집, 이 땅, 그리고 50만 달러도 켈리의 생각이었네. 유언장은 벌써 썼어. 하지만 자네가 계속 이러면…… 그 책이 어쩌고 하는 말도 안 되는 짓을 계속하면—."

그의 목소리가 약간 떨렸다.

"유언을 바꿔 자네가 아무것도 받지 못하게 할 거야. 아무것도."

"정말로 내가 그딴 걸 신경쓰리라 생각하나?"

조는 어이없어하는 코웃음을 담아 말했다.

"자네 집? 자네 돈? 그게 내가 원하는 거라고 생각하나?"

찰스는 조가 자신을 지켜보고 있다는 것을, 오랜 친구의 강렬한 시선을 느낄 수 있었다. 그는 그만 실수로 위를 올려다보고 말았다. 조의 얼굴은 주름지고, 오랜 세월 바람과 햇살에 시달려 피부는 거칠었으며 머리칼은 백발이 되었다. 하지만 그의 눈은 언제나와 마찬가지로 차분한 담갈색이었다. 그 옛날 찰스가 만난 스무 살 OSS 장교의 눈이었다.

"난 자네 집을 원치 않아, 찰스."

지금처럼, 그때도 조의 마음을 읽기란 우스우리만치 쉬웠다. 그저 그의 눈에 떠오르는 명백한 감정들을 보면 되니까. 물론 조는 도박꾼처럼 표정 관리에 뛰어났다. 자신의 모든 감정을 숨기는 능력이 없다면 나치 점령하의 프랑스에서 연합군 스파이로 살아남을 수 없었으리라. 하지만 방어를 풀었을 때면, 친구들에 둘러싸여 있을 때 자주 그러하듯이 그는 모든 것을 내보였다.

그리고 바로 지금, 그가 찰스에게서 테이블 위의 총으로 눈길을 돌리자 찰스는 조가 무엇을 생각하는지 정확히 알았다.

시벨.

날씬하고 가냘픈 몸매. 구불구불 흘러내려 어깨를 감싸는 반들반들한 갈색 머리칼. 너무나 많은 슬픔과 상처를 본 그윽한 갈색 눈. 단 일 초라도, 한순간이라도 좋으니 자신을 데리고 도망쳐달라고 애원하는 듯한……

“내가 원하는 유일한 것은 자네가 줄 수 없는 거야.”

조가 나직이 말했다. 그의 생각은 60년 전으로 달려가고 있는 듯했다.

찰스는 월터를 내려다보았다. 그 역시 시벨의 눈이, 눈물로 젖은 그녀의 얼굴이 보였다. 결코 울지 않던 그 시벨이. 하지만 한 번 울었다. 마치 가슴이 찢어지기라도 한 듯이 울었다.

레지스탕스 중 한 명, 라그라는 남자가 살해당했고, 그의 다락에 숨어 있던 유태인 아이들은 나치에게 끌려갔다.

그리고 시벨은 흐느꼈다. 이제는 소리 없이.

조는 그녀를 안으려 했다. 달래주려 했다.

“이제 오래지 않아 전쟁이 끝날 거야.”

조가 시벨에게 말하는 동안 찰스는 나가야 할지 말아야 할지 몰라 어색하게 부엌에 서서, 원하고 있었다…… 무엇을?

그녀를 껴안고 싶었다. 그날 오후 빵집 뒤 골목길에서 그녀가 그를 안았던 것처럼. 또다시 그의 머리칼에 박힌 그녀의 손이, 그를 감은 그녀의 다리가 주는 취할 듯한 감각에 빠져들고 싶었다. 그 모든 복잡함과 혼란에도 불구하고 그들이 골목에서 느꼈던 기분은 좋았다. 아주, 아주 좋았다. 시벨이 바닥에 쓰러져 영혼에 상처를 입은 듯이 흐느끼는 지금의 기분은 나빴다. 아주, 아주 나빴다. 그녀가 우는 모습을 지켜보기란 전혀 기쁘지 않았다.

“미국인들이 프랑스에 상륙했어.”

그녀의 마지막 희망이 사라졌음이 고통스러우리만큼 분명한 이때, 조는 그녀에게 희망을 주려 절박하게 말했다.

“단지 시간 문제야. 몇 달, 아니 몇 주만 있으면 생 엘레느는 나치에게서 영원토록 해방될 거야.”

“그러면 그 다음은, 주세페?”

시벨이 조용히 물었다.

“독일군이 물러난 다음, 싸울 상대가 아무도 없게 된 다음엔? 난 뭘 하지? 어디로 가? 죽은 남편과 아이의 기억만을 벗삼아 이 빈집에 홀로 남을까?”

그녀는 벗어나려 했지만 그는 그녀를 껴안았다.

“결혼하자.”

그의 얼굴에도 눈물이 흘러내리고 있었고, 찰스는 조가 그녀를 위해 무엇이든 할 만큼 사랑한다는 걸 알았다. 그럴 수만 있다면 조는 기꺼이 그녀의 아픔을 대신하리라.

“결혼하자, 시벨. 그리고 나와 함께 가는 거야. 함께 볼드윈 브릿지에 가. 난 한번도 가본 적이 없지만, 당신이 원한다면 데리고 갈게. 우린 애시튼의 아름다운 바다 옆에 살 수 있어. 난 그의 정원을 가꾸고, 당신은 그의 집에서 일하는 거야. 전쟁이 끝나면 갈 수 있어. 삶이 다시 정상으로 돌아가면.”

시벨은 눈물이 그렁그렁한 채 아련하게 조를 응시하며, 거의 아이에게 하듯 그의 머리칼을 쓸어넘겼다.

“당신은 몰라? 아직 깨닫지 못했어? 이 전쟁이 끝나더라도 삶은 정상으로 돌아가지 않아.”

그의 얼굴에 손을 가져간 그녀의 눈엔 새로 솟구치는 눈물이 가득했다.

“당신과 결혼할 수 없어. 그냥 이곳에서의 내 삶에서 벗어날 수는 없어.”

“그럼 내가 남을게.”

그는 절박하게 약속했다.

“우린 여기 생 엘레느에서 살 수 있어. 당신이 원하는 거라면 무엇이든지……”

“내가 원하는 건 가질 수 없는 거야.”

그녀가 속삭였다.

“내가 유일하게 원하는 건, 내 아기 미셸인걸.”

그녀의 얼굴이 구겨지더니 다시 울기 시작했다. 찰스로 하여금 고통에 무너지고 싶게 만드는, 영혼을 쥐어짜는 처절한 흐느낌.

“난 미셸이 돌아오길 원해. 내 아들을 안고 싶어! 당신이 내 아들을 줄 수 있다면, 단 일 분이라도, 단 한순간이라도 그럴 수 있다면, 내 목에 감긴 그 애의 팔을 다시 느낄 수만 있다면, 당신과 함께 가겠어. 남은 평생 어디라도 당신을 따라갈 거야! 하지만 그럴 수 없잖아! 아무도 할 수 없어!”

그녀는 조의 품에서 빠져나와 한구석으로 기어가 흐느꼈다.

조는 그녀를 따라가려 했으나 찰스가 가로막았다. 하지만 조는 거의 시벨만큼이나 흐느끼고 있었고 쉽게 막을 수가 없었다. 최소한 찰스가 타일 바닥에 땡그렁 소리와 함께 지팡이를 내던지고 주저앉아 그를 붙잡기 전까지는.

그녀에게로 향한 조의 마음은 전혀 도움이 되지 못하고 상처만 줄 뿐이다. 그녀를 도울 수 있는 이는 아무도 없었다. 아무도

맑은 푸른빛 하늘의 아름다운 여름날 오후, 찰스와 조는 달리 그럴 상대가 없었기에 서로에게 매달렸다. 두 사람 중 누구도 시벨이 이 세상에서 가장 원하는 것을 줄 수 없었다.

그녀의 아기와의 마지막 포옹.

탐은 목청을 가다듬었다.

"안녕."

켈리는 재킷과 서류가방을 차 뒷좌석에 놓다가 고개를 들었다.

"안녕."

그녀는 탐을 향해 미소지었지만 조금 쑥스러워하는 미소로, 약간 뻣뻣했다. 안절부절못하고 있었다.

그녀만 그런 것이 아니었다. 그는 자신의 여름정복을 가리켰다.

"뭘 입어야 할지 모르겠더라구. 원래는 의료검진이 필요하다면 군 병원으로 가야 해. 하지만 이건 좀 유별난 상황이니까. 개인적인 일이고……."

그는 그녀 차의 조수석에 올라타, 조의 냉장고에서 들고 나온 콜라 캔을 앞의 컵 홀더에 놓았다.

"그러니까 만약 무슨 수술이 필요하다고 밝혀지면, 군 병원으로 가야 해. 혹시 응급상황이라면 모를까. 하지만 이 시점에선 응급상황이라고 생각하긴 힘들지."

잘했다. 주절주절 떠들고 있구나. 침착하지는 못할망정.

"오늘 아침 기분은 좀 어때요?"

켈리는 차를 출발시키며 물었다. 그녀는 그를 아주 잠깐 쳐다보고는 백미러로 눈길을 돌려 차를 진입로로 빼냈다.

"괜찮아. 아직 머리가 아프긴 하지만 괜찮아. 선글라스를 끼고 있으면 견딜 만해."

그는 콜라 캔으로 건배를 드는 시늉을 하고 한 모금 마셨다.

"카페인도 도움이 되고."

그녀는 다시 그를 흘끗 쳐다보았다.

"오늘…… 근사해 보이네요."

좋아. '근사해' 앞의 저 망설임은 무슨 뜻이지? 맙소사, 미치겠군. 그의 잘못이었다. 오늘 아침 그는 그녀에게 다가서면서 예의를 지키기로 결심했다. 온몸이 밀착되는 포옹과 목구멍까지 휩쓸 듯한, '병원 예약 따윈 엿먹으라지, 가서 섹스하자'는 키스 대신 잡담과 예의바른 거리유지를 택했다.

하지만 그의 선택엔 그럴 만한 이유가 있었다. 설령 켈리는 정신의학적으로 미친 남자와 얽히는 걸 신경쓰지 않을지 몰라도, 그는 신경쓰였다. 그녀가 미치광이에게 코가 꿰이게 할 순 없었다. 설령 그 미치광이가 그 자신이라 해도 그리고 어쩌면 그녀는 마음을 바꾸었을지도 '근사해' 앞의 미묘한 망설임을 제외하면 그녀 역시 무척 예의바른 분위기였다.

하지만 그때 그녀가 다시 그를 돌아보았다.

"제복을 입은 남자는 왜 그렇게 특별하게 느껴질까요?"

음, 그래. 이건 확실히 작업용 대사다. 그녀의 관심을 공표하는 노란 깃발이랄까.

"모르겠는데."

자자, 파올레티. 머리 좀 쓰라구. 뭔가 똑똑한 소리 좀 해봐.

"몇 년 동안 제복을 입은 남자들에 둘러싸여 보냈지만 내겐 아무런 영향도 없던데."

썰렁했지만, 켈리는 그래도 웃었다.

"그렇군요 기억나요 당신은 검은 란제리하고 휘핑크림 취향이었죠"

세상에 맙소사. 이건 그냥 깃발 하나가 아니라, 깃발 신호부대가 마구 손짓을 해대는 격이었다.

탐은 도무지 무슨 대꾸를 해야 할지 알 수 없었다. 묘하게도, 켈리의 뺨이 매혹적인 핑크빛으로 물들었다. 그녀가 부끄러워하고 있는 거다.

오늘 아침 그녀는 근사해 보이는 정도가 아니었다. 그녀는 멋진 무릎 훨씬 위에서 치맛자락이 끝나는 소매 없는 원피스 차림이었다. 햇볕에 그을린 맨다리는 굉장했고 발에는 샌들, 완벽한 발톱에 네일 에나멜을 칠했다. 머리와 화장에도 공을 들였다. 맙소사, 너무나 탐스러워 보였다.

그리고 그녀가 방금 한 말은…… 후유, 그는 그녀가 무슨 말을 했는지 확신할 수가 없었다. 다른 여자일 경우, 그가 제대로 풀어나가면 오늘밤 그녀의 입보다 훨씬 더한 곳을 탐험할 수 있다는 뜻으로 해석할 텐데.

그 생각에 현기증이 났다. 그와 켈리가. 오늘밤?

"게리와 전화로 얘기했어요."

그녀가 시내를 가로질러 128번 도로로 향하며 말했다. 어젯밤 탐의 침대에서 키스하던 걸 조에게 들킨 후 쓰던 간결하고 사무적인 목소리였다.

천만다행히 탐은 오늘 아침 조를 보지 못했다. 조는 그보다 먼저 일어나 나갔다. 자신과 켈리가 키스하고 있는 모습을 보고 조가 뭐라고 할지 탐은 짐작조차 할 수 없었다. 무슨 말이든 하긴 할 거다. 그저 '조심해라'라는 주의라도. 그건 확실했다.

"그가 연줄을 좀 썼어요."

켈리가 덧붙였다.

"가면 당장 단층촬영을 할 수 있을 거예요."

잠깐만. 누구라고?

"게리……?"

"게리 브룩스 박사. 어젯밤 내가 얘기한 신경외과 전문의예요."

그 이름이 희미하게 귀에 익었다. 어젯밤 그녀가 그의 이름을 언급했던가? 탐은 완전히 딴 데 정신이 팔린 상태였지만 그랬던 것 같진 않았다. 그럼 왜 그 의사의 이름이 이렇게 묘하게 귀에 익지?

"단층촬영 다음, 11시 반쯤 그의 사무실에서 게리와 만날 거예요. 그리고 그 다음엔…… 미안한데, 난 환자를 보러 가봐야 해요. 괜찮다면 기차역에 내려줄게요."

"괜찮고말고. 벳시 맥케너를 보러 가는 거야?"

그녀는 놀라며 그를 쳐다보았다.

"사실, 그래요. 오늘 항암치료를 시작하거든요. 그 애 이름을 기억할 줄
은 몰랐는데."

"난 이름을 잘 기억하거든."

다만 그 게리 브룩스란 남자만 빼고.

"브룩스 박사에 대해 좀더 얘기해 보지. 어떻게 오늘 나를 봐줄 시간이
났대? 상당히 운이 좋은데?"

"꼭 그렇진 않아요. 오늘 나와 점심 데이트가 있으니 11시 반에 시간이
빈다는 걸 알고 있었죠."

탐은 정말로 놀랐다. 켈리가 게리와 데이트를 한다니.

오늘 게리와 데이트를 한다면, 어젯밤의 키스와 휘핑크림 얘기는 다 뭐
란 말인가?

"그럼."

탐은 조심스레 아무렇지 않은 듯 말했다.

"게리는 너와 점심 먹는 기회를 놓치는 걸 싫어하지 않아?"

그녀는 왼쪽 어깨 너머를 돌아보아 고속도로로 나서기 전에 사각지대를
확인하고, 즉시 왼쪽 차선으로 진입했다. 한 손은 운전대에, 한 손은 기어
에 올려놓고, 뛰어난 운전자의 느긋한 자신감을 갖고 빠르게 차를 몰았다.

우습게도, 그는 그녀가 운전석에서 머뭇거린다면 외려 놀라지 않았을 것
이다. 사실, 거의 그럴 거라 예상하고 차에 타기 전 자신이 운전하겠다고
나설까도 했었다.

"게리는 아마 나만큼이나 안도하고 있을 걸요. 사실, 우린 두 달에 한 번
꼴로 만나요. 그냥 연락유지 차원에서. 같은 도시에서 일하는 처지니 서로
예의를 차리는 거죠. 하지만 우리가 관련되었던 의학적 기적에 대한 자랑
이 끝나고 나면, 할 얘기가 동나요. 결혼했을 때와 별 다를 게 없죠."

딩동댕.

그래서 그 이름이 익숙했던 거다. 게리 브룩스는 켈리의 전남편이었다.

"네 전남편을 내 뇌 담당의사로 삼아도 괜찮은 거 확실해? 혹시 부당한 질투심에 사로잡혀 내 뇌를 절단한다든가 하는 거 아냐?"

"우린 이혼한 지 거의 18개월이나 되었어요. 게다가 그는 재혼했고, 딸이 막 한 돌이 되었죠."

그녀는 그를 흘끗 쳐다보았다.

"네이비 실이니 기본산수는 상당히 잘하겠죠?"

그랬다. 12 더하기 9는 21개월. 게리는 켈리와 갈라서기 전에 두 번째 아내를 임신시킨 거다.

"저런. 그거 힘들었겠구나."

"사실, 다행이다 싶었어요."

그녀가 너무나 진지하게 말해서, 그는 그 말이 진실임을 믿게 되었다.

"우리 둘 다 우리 결혼이 음, 엉망이라는 걸 인정하고 싶지 않았거든요. 아마 게리가 미스 가슴빵빵을 만나지 않았다면 우린 여전히 결혼을 유지하며 처량 맞은 삶을 따분해하고 있었을 거예요."

탐은 사레가 들려 컥컥거렸다. 켈리는 다시 살짝 핑크빛으로 달아올랐다.

"미안. 그 여자한테 붙인 나만의 별명이에요. 그냥 나만의 별명으로 놔둘걸."

"아니, 난…… 그냥 깜짝 놀란 것뿐이야."

탐은 콜라를 폐에서 내보내려 콜록거렸다.

"사실 아주 좋은 여자예요."

켈리는 진심으로 말했다.

"그녀도 어쩔 수 없는 일이잖아요. 어…… 그런 몸매인 건. 솔직히 난 게리가 그걸 알아봤다는 데 좀 놀랐다니까요."

"자신이 이미 가진 걸 못 알아챈 게리가 바보지."

탐은 반박했다. 그녀는 기뻐하며 그를 향해 미소지었다.

"어, 고마워요."

"오늘밤 저녁 약속은 아직 유효한 거야?"

오, 젠장할. 도대체 어쩌다 저 말이 나온 거지? 그녀의 머리에 오늘밤에 대한 기대를 불어넣을 게 아니라 거리를 지켜야 하지 않냔 말이다.

그래도 그는 그녀가 좋았다. 정말로. 그녀와 이야기를 나눌 때마다 더더욱 좋아졌다. 그녀는 그의 기억이나 상상과 달랐다. 더 생기발랄했다. 더 예리했다. 더 인간적이었다. 미스 가슴빵빵이라니. 세상에. 하지만 거리를 둬야 한다. 그가 무엇보다 원하지 않는 일은 그녀에게 상처를 주는 것이다.

"물론이죠."

그가 기억한다는 데 기뻐하는 기색이 역력한 그녀의 미소는, 그로 하여금 조심하자는 계획을 잊고 싶게 만들었다.

"다만…… 음식을 포장해다가 데크에서 먹어도 괜찮아요? 오늘 이렇게 오랫동안 집 밖에 나와 있을 계획이 아니었던지라……."

"물론이지. 그거 괜찮겠다. 혹시 게리가 월간 할당량을 채워야 한다는 의무감에 당장 내 뇌를 수술하겠다고 나서지만 않는다면."

켈리는 웃음을 터뜨렸다.

"우수한 의사는 할당량 따위 없어요. 그리고 게리는 좋은 의사고. 내가 보증해요."

"널 믿어. 끔찍하게 들리긴 하지만, 내 뇌를 네 손에 맡길게."

켈리는 그가 바랐던 대로 다시 웃음을 터뜨렸다. 그러나 곧 손을 뻗어 그의 손을 잡았다.

"믿어줘서 기뻐요. 난 늘 당신을 믿었어요."

완전히 깍지 낀 그들의 손가락을 내려다보자, 탐의 가슴에 뭔가가 꽉 메였다. 그녀가 그를 믿는다. 하지만 지금은 그러지 말아야 하는데. 왜냐하면 그는 더 이상 자신을 믿지 않으니.

바로 그날 밤—앙드레 라그가 죽은 그날 밤, 시벨이 그의 방에 왔다.

사실 방도 아니었다. 창문 달린 벽장이었다. 하지만 혼자 쓸 수 있었고 침구를 펼칠 만한 크기였다. 그리고 밤에 시원하기만 하다면 문을 닫고 잘 수 있었다.

그날 밤은 달이 떠 있었다. 창에 환한 은빛이 비추었다. 찰스가 머리 뒤에 깍지를 끼고 누워 계단 아래면을 올려다보고 있을 때 그녀가 스륵 미끄러져 들어왔다.

그녀는 노크하지 않았다. 그냥 들어왔다.

그는 팬티바람이었고, 그거나마 걸치고 있어 다행이었다. 그는 후닥닥 일어나 앉아 바지를 더듬어 찾다가 위의 나무에 머리를 부딪히고 말았다.

그의 평생 가장 창피한 순간은 아니었으나, 거기에 가까웠다.

"제기랄!"

그는 도로 침구 위로 쓰러졌다.

"오, 찰스, 정말 미안해요."

그녀가 그의 옆에 무릎을 꿇고 앉았다. 그의 머리가 쪼개지지는 않았나 확인하는 그녀의 손가락은 서늘했다. 쪼개지진 않았다. 다만 그렇게 느껴질 뿐. 그녀는 나이트가운만 입은 차림이었다. 얇은 면이었고, 은빛 달빛 아래 머리를 어깨에 드리우고 있어 천사처럼 보였다.

찰스는 이번엔 조심조심 몸을 일으켜 최대한 뒤로 물러앉았지만 방이 벽장 크기임을 고려하면 별로 여의치 않았다. 도대체 바지는 어느 구석에 기어들어간 거야?

"뭔가 잘못되었소?"

그는 형편없는 프랑스어로 물었다. 그가 듣지 못한 무슨 임무가 있었던가? 조와 다른 남자들이 처리하러 떠난 뭔가가? 뭐가 잘못되었나?

"주세페는 어디? 무슨 일이지?"

그녀는 고개를 저었다.

"아무 일도 없어요. 주세페는 위층에, 아마 자고 있겠죠."

오 오, 제길.

그녀의 눈을 들여다본 찰스는 진실을 알았다. 그녀가 왜 왔는지 알았다.

"혼자 있고 싶지 않아요 혼자 있는 데 지쳤어요 제발, 찰스 나와……."

"시벨, 제발 내게 그런 부탁은……."

"오늘밤 사랑을 나눌래요?"

안 돼. 안 돼, 안 돼. 그건 그가 세상 그 무엇보다 원하는 일이었다. 그러나 그녀가 바로 여기에, 손닿는 곳에 있어도 할 수 없는 일이었다. 심지어 손을 뻗을 수조차 없었다. 그저 그가 팔을 벌리기만 하면……

"우리 솔직해지기로 해요."

만사에 그렇듯 그녀는 이 일도 직선적이고 탁 터놓는 태도였다.

"난 당신을 원해요, 그리고 당신도 날 원하는 거 알아요."

그는 울고 싶었다.

"내가 유부남인 것도 알 텐데."

그는 영어와 프랑스어로 각각 한 번씩 말했다.

그녀는 움직이지 않았다. 그저 그 자리에 무릎 꿇고 앉아 있는 그녀의 얼굴에 달빛이 비추었다. 맙소사, 그녀는 아름다웠다.

"하지만 당신은 그녀를 사랑하지 않잖아요. 남자가 여자를 사랑하는 방식으론 아니에요. 당신이 그녀에 대해, 제니에 대해 이야기할 때면, 마치 당신이 보살피는 아이인 것 같아요. 당신이 좋아하는 아이."

그녀가 옳았다. 하지만 그렇다고 그가 한 서약의 구속력이 덜해지는 것은 아니었다.

"당신은 그녀를 뜨겁게 갈망하지 않아요."

시벨이 속삭였다.

"그녀는 날 사랑해."

그리고 정말 그랬다―제니가 누군가를 사랑할 수 있는 한도 내에선.

"그녀는 당신이 자신을 돌봐주는 걸 사랑하는 거예요. 당신 재산을 사랑하지요."

그것도 진실이었다.

"그녀를 사랑한다고 말해 봐요."

시벨이 요구했다.

"그럼 난 갈게요."

"난 그녀를 사랑해."

그는 거짓말을 했다. 영어와 프랑스어로. 그녀는 믿지 않았다.

"정말이오."

그는 영어로 말했다.

"내가 그녀에 대해 말할 때면 그렇게 들리지 않는다는 건 알지만, 맹세컨대 사랑한다고."

시벨은 이해했다. 그는 그녀가 이해했다는 것을 알 수 있었다. 하지만 그래도 그녀는 움직이지 않았다.

"조는 어쩌고?"

찰스는 이제 거의 절박해져서 물었다. 만약 그녀가 자신에게 손을 댄다면 자신이 버틸 수 있을지 확신할 수 없었다. 그에게 손을 댄다면 그녀는 진실을 알아버릴 것이다. 그는 제니를 사랑하지 않았다. 그녀가 자신의 아이를 갖고 있기 때문에, 그녀가 남자들이 쳐다볼 만한 여자이며 그는 그런 노골적인 부러움을 받는 걸 좋아했기에 결혼했다. 제니를 원하고 욕망을 느꼈으며 사랑한다고까지 생각했었지만 그렇지 않았다. 사랑이 무엇인지 그는 전혀 몰랐었다.

"당신은 지금 조의 방에 가 있어야 하는 거요. 알겠지만, 그는 당신을 사랑한다구. 그는 자유롭게 당신을 사랑할 수 있는 몸이오, 완전히."

"당신은 내가 주세페에게 가길 원하는군요. 오늘밤 내가 그와 함께 있기를 원하는 거군요. 당신이 아니라."

그녀의 눈에 눈물이 고였고, 그는 다음 말이 무엇보다 중요하다는 것을 알았다. 그녀는 묻지 않았지만 그는 어쨌든 답했다.

"그렇소."

그 말을 토해내기란 거의 불가능한 기분이었지만, 어쨌든 했다.

"조에게 가요. 난 당신에게 필요한 걸 줄 수 없으니까."

"알겠어요."

그녀는 손등으로 눈을 닦고 크게 숨을 들이쉬었다. 그리고는 몸을 돌려 그의 방을 떠났다.

그녀 뒤로 문이 닫히자 찰스는 그녀를 쫓아 달려가고 싶었다, 그녀를 제지하고 싶었다. 평생 원한 그 어떤 것보다도 더.

하지만 그는 영혼의 바닥까지 고통을 느끼며 가만히 앉아 있었다. 그녀가 올라가며 계단이 삐걱거리는 소리가 들렸지만 그래도 움직이지 않았다. 그녀의 방은 계단 위 바로 오른쪽, 조의 방은 왼쪽이었다. 그녀의 발소리가 그의 바로 위를 지나 위로 올라갔고, 그 다음 그녀의 망설임이 느껴졌다.

찰스는 눈을 감고 기도했다. 다만 무엇을 기도했는지는 알 수가 없었지만. 하지만 그녀가 왼쪽으로 향하며 위층 바닥이 삐걱거리자, 그는 알았다. 저러기를 기도하지 않았다.

찰스는 눈을 뜨고 바다를 내다보았다. 어젯밤의 육체적 고통은 그가 거의 60년 전 그날 밤, 시벨을 가장 친한 친구의 품으로 밀었을 때 느꼈던 고통에 비하면 아무것도 아니었다.

그는 잠 못 이루는 밤을 지새며, 그녀를 원할 만큼 약한 자신을, 허나 그녀를 가질 수 있을 만큼 약하진 않은 자신을 증오했다. 밤새도록 그는 질투와 좌절감을 왔다갔다하며 조의 방에, 그의 침대에, 그의 아래 누워 있는 시벨을 상상했다……. 맙소사. 그는 자신을, 조를, 제니를 증오했다. 시벨을 증오했다. 누군가—누구든 자신을 안아주길 원한다는 이유만으로 감히 그의 방에 와서 그더러 불륜을 저지르라고 하다니. 찰스의 방에서 조의 방으로 거의 주저함도 없이 갈 수 있다면 그런 게 틀림없었다. 분명 그의 품은 조의 품으로 대체 가능한 모양이었다…….

하지만 그녀를 증오한다고 해서 견디기 쉬워지진 않았다. 특히 다음날 아침, 조가 가벼운 발걸음과 잘못 볼 수 없는 천국의 빛을 눈에 담고 아침 식사에 나타났을 때는.

거의 60년 후, 지금 조는 똑같은 부드럽고 먼 곳을 응시하는 듯한 눈길을 하고, 세상에서 제일 예쁜 대지와 가장 아름다운 바다를 내려다보는 몇백만 달러짜리 집의 데크 위 찰스 옆에 앉아 있었다.

그리고 거의 60년이 지났지만, 찰스는 여전히 조를 질투하고 있었다.

조가 몸을 돌려 그를 쳐다보았다.

"탐과 켈리 사이에 뭔가가 있지 싶어."

찰스는 현재로 돌아오기 위해 애썼다. 탐? 그리고 켈리? 흠, 흠, 그 애가 진짜로 행동에 들어갔나 보군.

“자네가 보기에 그렇단 말이겠지.”

그는 조에게 뻬딱하게 말했다.

“그간 내내 수도사처럼 살아 놓고는, 갑자기 연애 전문가라도 되었나?”

조는 늘 찰스로 하여금 자신이 다리 없는 벌레처럼 느끼게 하는 그 길고 차분한, 인내하는 표정을 지었다.

“키스 장면을 보면 알아볼 수 있을 만큼은 알아.”

그는 담담히 말했다.

“그리고 어느 쪽이 하는 쪽이고 어느 쪽이 받는 쪽인지 보면 알 만큼. 켈리가 외로웠던 거 아네.”

켈리가 탐에게 키스했다. 찰스의 첫 반응은 웃음이었다. 딸의 인생은 그 애의 것이지만, 그는 한번도 그녀가 병원에서 집에 데려온 허여멀건하고 안경 낀, 저 잘난 줄 아는 떠벌이들을 좋아해 본 적이 없었다. 하지만 탐 파올레티―그는 진짜 남자였다. 하지만 아마 너무 남자다울지도. 그 현실에 찰스는 진지함을 찾았다. 딸이 정말로 실행에 옮길 줄은 정말 몰랐다.

“그 애들은 서로 완전히 안 맞아.”

“난 그렇게 생각하지 않아.”

조가 말했다.

“하지만 켈리는 그럴지도. 자네가 그 애에게 탐을 너무 심하게 상처주지 않고 끝내도록 말해 두는 게 좋지 않을까 싶은데.”

켈리가 탐에게 상처를 주다니. 오래된 슬픈 사랑 이야기가 잘못 뒤틀린 경우구만. 하지만 확실히 그럴 수도 있었다. 왜 아니겠는가? 뭐니뭐니 해도 그 애는 애시튼이고, 애시튼은 돌로 된 심장을 가진 것으로 알려져 있으니까.

13

"다 괜찮아 보입니다만."

게리는 잡담에 시간을 낭비하지 않고 사무실로 들어섰다.

"출혈 흔적 없고, 부은 곳 없고, 무슨 문제가 있다는 증후는 전혀 없어요. 깨끗이 나았는데요."

켈리는 눈을 감았고 그는 그녀의 빰에 형식적으로 입맞추었다.

"하나님 감사합니다."

탐은 그 소식에 기뻐하는 모양이 아니었다. 게리가 책상 뒤 자리에 앉자 그는 앞으로 다가앉았다.

"그럼 도대체 어떻게 된 겁니까? 왜 두통과 현기증이 생기죠? 망상증은?"

"신체적으론 그럴 만한 원인을 못 찾았습니다, 부상과 수술 외에는."

게리는 더 나이 먹고 지쳐 보였다. 긴장으로 인한 주름이 그의 잘생긴 얼굴에 초조한 인상을 주었다.

"느끼고 계신 증상은 아마 그와 연관되어 있겠죠."

"농담 말고."

탐은 켈리를 쳐다보았다. 답답한 기색이 역력했다.

"내가 뭐 잘못된 질문을 한 거야?"

"게리 말은 왜 당신이 그런 증세를 겪는지 알 수 없다는 뜻 같아요."

"뇌 손상에 대해선 아직 우리가 알아내야 할 것이 많답니다, 대위님."

게리가 털어놓았다.

"그리고 비슷한 부상을 입은 10명이 있다면 사망에서부터 완전회복까지 10가지의 제각각 다른 결과가 나옵니다. 대위님이 겪고 계신 문제는 마비나 언어중추 손상에 비하면 심각하지 않고요. 그리고 망상증이나 통제력 부족과 관련된 성격상의 미묘한 변화에 대해선—그건 대위님이 입은 부상을 고려하면 정상에서 벗어나는 범주는 아닙니다. 허나, 우리가 아는 것이 워낙 적다보니 정상이란 영역이 상당히 넓죠."

"망상증이 영원히 남을지 아닐지 알 방법은 없습니까?"

탐이 물었다. 하지만 게리가 크게 숨을 들이쉬고 말을 하려 입을 열자, 탐은 한 손을 들어올렸다.

"그렇다 아니다를 묻는 겁니다. 한 단어로 대답해 주시면 좋겠군요."

게리는 입을 다물었다. 그는 켈리를 쳐다보았고, 그녀는 눈썹을 치켜뜨고 기다렸다. 그가 한숨지었다. 한 단어 대답은 그의 특기가 아니었다.

"없습니다."

탐은 고개를 끄덕였다. 그의 얼굴은 무덤덤했다. 그건 그가 바라던 대답이 아니었고, 켈리는 그로 인해 마음이 아팠다. 그의 손을 잡을 수 있을 만큼 가까이 앉아 있다면 좋을 텐데. 여기서 나간 다음, 그에게 팔을 두르고 꼭 껴안을 수 있는 용기가 자신에게 있기를 바랐다. 그리고 자신의 위안이 그를 기운내게 할 수 있기를 바랐다.

"통계자료 같은 건 없습니까? 이런 부상을 입고 완전히 회복한 사람들의 퍼센트라든가?"

게리는 책상 위의 파일을 깔끔하게 쌓아 정리했다.

"대위님의 차트가 없으니 완전히 확신할 수는 없지만, 말씀하신 부상의 정도에다 부상당한 때부터 치료를 받을 때까지의 시간을 고려하면……."

그는 고개를 내저었다.

"정확한 수치야 모르겠지만, 대부분의 사람은 살아남지 못했을 걸요 통계적으로 대위님은 평균 훨씬 위쪽입니다.”

탐은 아무 말이 없었다.

“만약 그 후유증이 영구적이라면,”

게리는 그를 안심시키려 했다.

“좀더 감당하기 쉽도록 치료 단계를 밟으실 수 있습니다. 불안감을 경감시켜 주는 약도 있고 또한 대위님이 겪는 희미한 강박관념에도 도움이 될 거고요. 혹시 원하신다면…….”

탐은 자세를 바꾸어 게리에게 크게 ‘노’ 몸짓을 보냈다.

“그건 해당사항이 안 됩니다. 실 팀에 남고 싶다면.”

“슬슬 전역을 고려할 때일지도 모르죠.”

게리는 최대한 부드럽게 말했다.

“민간인 생활로 돌아오는 겁니다. 한두 해 정도 푹 쉬면서. 골프 치고, 정원 일도 좀 하고. 요양이죠.”

탐은 자리에서 일어났다. 아까보다도 더 노골적인 거부의사.

“난 아직 그만둘 마음이 없습니다. 아직 몇 주 더 시간이 있고 회복 속도를 더하기 위해 뭔가 할 일이 있습니까?”

“쉬세요. 푹 주무세요. 스트레스를 덜 받도록 하고 만사에 천천히, 기분 상할 일을 피하고 육체적으로 무리하지 마세요. 마사지와 긴장을 덜어주는 다른 종류의, 흠흠, 운동도 좋고.”

켈리는 차마 탐을 쳐다볼 수 없었다. 너무나 황당했다. 그녀가 자고 싶은 남자와 함께 앉아, 전남편이 그에게 긴장을 풀기 위해 섹스를 권하는 얘기를 듣고 있다니. 킥킥대지 않고 버티는 것이 한계였다. 그녀도 일어났다.

“흠, 내겐 괜찮게 들리네요.”

게리와 탐 둘 다 그녀를 쳐다보았고, 그녀는 완벽하게 태연한 얼굴을 하고 눈은 커다랗게 떴다. 미스 순진.

게리는 그녀를 두 번 쳐다보지 않았으나, 탐은 게리가 일어나서 두 남자가 악수를 하는 동안에도 한쪽 눈을 그녀에게 둔 채였다.

의심의 여지없이, 탐은 아까 그녀가 차 안에서 한 휘핑크림 얘기를 기억하고 있는 거다. 흠, 좋아. 그가 알아챌 때도 되었지.

켈리가 게리와 악수하고 뺨에 입맞추는 시늉을 하는 동안 탐은 눈치 빠르게 사무실에서 나가 그들에게 최소한 프라이버시가 있다는 기분을 주었다.

"아버님은 어떠셔?"

게리가 물었다.

"꽤 약해지셨어. 티파니와 아기는 어때?"

그는 억지미소를 지었다.

"잘 지내지."

그의 일중독자 스케줄에 그의 아내가 몹시 불행해한다는 걸 그녀는 알고 있었다. 티파니는 켈리에게 전화를 걸어 게리가 일주일에 80시간씩 일하는 게 보통이냐고 물었다. 그랬다. 켈리가 보기엔 그들의 결혼은 기껏해야 5년이나 갈까. 티파니는 '나는 중요한 사람'이라는 그의 수작을 그 이상 참아줄 만큼 어리석지 않다. 그래, 그는 좋은 의사지만 슈바이처는 아니었다.

"탐을 봐줘서 고마워."

켈리의 말에 그는 여전히 그녀의 손을 잡은 채 목소리를 낮추었다.

"좋은 사람 같아. 하지만…… 네이비 실이라니? 중년의 위기를 겪기엔 당신은 아직 좀 젊지 않아?"

"고등학교 적부터의 오랜 친구야."

켈리는 손을 빼냈다.

"아직도 내가 굉장히 매력을 느끼는 상대고 위기 같은 거 아냐. 난 독신, 그도 독신. 그는 몇 주 동안 이곳에 있을 예정이고……."

게리가 씨익 미소지었다.

"그렇다면 순전히 육체적인 거군. 이해해. 피임은 꼭 하라구, 안 그랬단 발목 잡히는 수가 있어."

티파니와의 5년 예상은 2년 이하로 줄어버렸다. 게리는 그녀의 아버지처럼 돈은 넘쳐나지만 잇따른 결혼 실패 끝에 홀로 쓸쓸히 죽어가리라.

"안녕, 게리."

켈리는 사무실을 나와 문을 닫고 그 어느 때보다도 자신이 탈출했다는 사실에 기뻐했다. 탐은 이미 대기실을 나가 복도에 서 있었다.

"기다리게 해서 미안해요."

그는 그녀를 쳐다보았다.

"아냐."

그들은 엘리베이터 쪽으로 향하기 시작했다.

"괜찮아요?"

그는 그녀의 시선을 마주하고 한숨짓더니, 놀랍게도 고개를 저었다.

"꽤 실망했지."

그는 웃었다.

"내가 뭘 바라고 있었는지 모르겠다. 아마 약한 내출혈이라든가. 딱 집어서 '아하, 이게 문제의 원인이었군요'하고 지목할 수 있는 것. 고쳐질 수 있는 것."

그는 하행 엘리베이터 버튼을 눌렀다.

"수술을 통해 말이죠."

켈리는 목이 꽉 메는데도 불구하고 태연하게 말하려 애쓰며 지적했다. 그가 이렇게나 자신의 감정에 솔직할 줄은 전혀 예상치 못했다. 비록 '실망'은 엄청나게 깎아 한 말임은 분명했지만.

"의사들이 당신 두개골에 구멍을 뚫어서 해결되는……. 맙소사, 탐. 게리는 훌륭한 의사예요. 하지만 뇌 수술은 위험이 따를 수밖에 없다구요. 당신 뇌를 누가 찔러대는 거란 말예요. 수술이 잘된다고 해도, 감염 가능성이 있고 또……."

"지금으로선 난 그 위험을 감수하겠어. 기꺼이."

문이 스륵 열리자 탐은 옆으로 물러서서 켈리가 먼저 빈 엘리베이터에 들어가게 했다.

"물론 가정상의 얘기죠."

"그래."

낙담하여 그는 엘리베이터가 로비까지 내려가는 동안 이마를 문질렀다.

"난 당신이 자세히 얘기하지 않아서 좀 놀랐어요, 그……."

그녀는 그걸 어떻게 불러야 할지 확신할 수가 없었다.

"망상으로 의심되는 사건에 대해서 말예요."

탐은 그녀를 쳐다보고 쓸쓸하게 미소지었다.

"기술적으로 표현했지. 그저 그에게 알려도 좋을지 확신이 안 서서."

허나 그녀에겐 전부 세세히 말했었다.

"내가 머천트를 본 걸 망상으로 인한 환각이 아닌 것처럼 행동한다면 날 미치광이로 생각할 거야?"

그는 다시 큭큭 웃었다.

"좋아, 네가 얼마나 기술적으로 대답하나 보자."

별로 어렵지 않았다.

"이 상황에서 최대한 안정감을 느끼기 위해 필요한 일이라면 뭐든 해야 한다고 봐요. 가능한 한 스트레스가 없도록. 게리의 충고를 따라 쉬어야 한다고 생각해요."

탐은 엘리베이터 벽에 기대어 서서 그녀를 쳐다보고만 있었다. 그의 눈에서 우울함을, '기다리면서 지켜보자'는 충고에 대한 불만을 볼 수 있었다. 그녀는 어떤 심정일지 상상하려 애썼다. 자신이 더 이상 의사 일을 할 수 없을지도 모른다는 말을 듣는다면? 쌓아올린 모든 것이, 애써 이룩한 자신의 모든 것이 사라질지도 모른다면? 그렇다면 운명을 알아낼 때까지 한 달을 기다려야 한다는 것이 저주스러우리라.

불안감과 스트레스 레벨도 상당히 높을 테고.

"몇 주간 열대 섬으로 가서, 하루종일 해변에서 스트로베리 대커리나 마시면 어때요."

그 말이 입 밖으로 나간 순간 설령 탐이 그가 보았다고 생각하는 신출귀몰한 테러리스트를 두고 떠날 수 있다 해도, 그녀 아버지의 위중한 건강 때문에 안 된다는 걸 깨달았다. 탐은 휴가가 끝날 때까지 조 곁을 떠나지 않을 것이다.

"당신과 같이 가기 위해서라면 난 뭐든지 할 텐데."

바로 그거였다. 그녀는 방금 그에게 근사한, 가운데 꽉 찬 느린 공을 대

령했다. 그가 원한다면, 타석에 올라 경기장 밖으로 깨끗이 날려보낼 수 있
으리라.

그는 잘못 알아들었거나 못 알아들은 척하지 않았다. 그저 늘 그녀의 무
릎에 힘이 빠지게 했던 반쪽 미소를 지었다.

"널 어쩌면 좋을까? 넌 나한테서 멀리멀리 달아나야 하는데."

"왜 내가 달아나겠어요?"

그녀의 가슴은 두근거렸다.

"내가 정말로 원하는 건 당신이 내게 다시 키스하는 건데?"

그가 벽에서 몸을 떼자, 켈리는 그가 바로 실행에 옮기려는 것임을 알았
다. 어젯밤 그의 눈에서 똑같은 눈빛을 보았다. 그리고 그 오래 전 조의 차
안에서도 그녀의 맥박이 네 배는 빨라졌고 입이 바싹 마르며…….

엘리베이터 문이 열렸다.

대여섯 명의 사람이 밖에 서서 그들을 쳐다보며 내리기를 기다리고 있
었다. 탐은 늘 그랬듯이 신사답게 비켜나 그녀 먼저 내리게 했다.

"가요."

그녀는 붐비는 로비를 지나며 창피해하지 않으려 무진 애를 썼다. 그가
키스하려던 것 맞지, 그렇지?

"기차역까지 데려다줄게요."

차에 타면 젠장, 내가 먼저 키스해 버려야지.

하지만 탐은 그녀가 주차장으로 향하는 문을 밀기 전에 그녀의 손을 잡
아 막았다.

"혼자 기차역에 갈 수 있어. 네가 북역까지 갔다가 벳시를 보러 여기까
지 돌아올 필요가 뭐 있겠어."

"오, 아뇨. 난 괜찮아요. 사실 역까지 바래다주고 기차에 태워 보내는 쪽
이 훨씬 마음 편할 거예요."

"말도 안 돼. 그럴 필요 없어. 내가 어린애냐."

"다시 현기증이 나면 어쩌구요?"

그녀가 걱정했다. 그는 웃음을 터뜨렸다.

"자리에 앉지. 현기증이 물러날 때까지 기다릴게. 혹시 현기증이 나면 어젯밤처럼 몇 킬로미터를 전속력으로 뛰지 않겠다고 약속하지, 됐어?"

그녀는 마음을 놓지 못하고 그를 응시했고, 그의 눈에 담긴 웃음기가 무언가 더 부드럽고 따스한 것으로 바뀌며 그는 그녀와 손가락을 깍지 껴서 자기 쪽으로 끌어당겼다.

"네가 내 걱정을 해줘서 기뻐, 켈리. 기분이 좋아. 하지만 이거 알아?"

그녀는 그가 더욱 가까이 다가오고 있음을, 그가 더 가까이 다가오기를 바라고 있는 자신을 의식하며 고개를 저었다.

"난 훈련받은 프로야. 혼자서 돌아갈 수 있을 거라 생각해, 가다가 좀 어지럽더라도 말이지."

그의 입은 이제 그녀의 입에서 몇 인치 거리였다. 그는 멈칫하더니 그녀를 내려다보다 간격을 좁혀 키스하며 달콤하게 그녀의 입술을 그의 입술로 덮었다. '나중에 보자'는 키스였지만 그녀가 붐비는 병원 로비 한가운데서 받아 보았던 다른 '나중에 보자' 키스와는 전혀 달랐다.

그는 시간을 들이며 그녀의 몸이 자신의 몸에 감싸이게 하고, 그녀를 천천히 들이켰다. 그는 온통 단단한 근육이었지만 그래도 어째서인지 그의 팔은 너무나 부드럽게 느껴졌다.

그의 입술도 부드러웠고 굉장히 다정했다. 그에게선 커피와 초콜릿 같은 맛이, 세상의 모든 근사하고 좋은 맛이 났다.

그가 마침내 키스를 마치고 고개를 들었을 때, 그녀야말로 현기증을 느끼고 있었다. 하지만 괜찮았다. 그가 여전히 그녀를 단단히 껴안고 있었으니까.

그녀가 병원 로비에서 해본 포옹 중에 가장 강하게.

하지만 탐은 그들이 공공장소에 서 있다는 사실을 염려하는 것처럼 보이지 않았다. 그는 주위에 수십 명의 사람들이 있다는 걸 신경쓰지 않는 듯했다. 분명 그들을 보긴 했을 테지만, 그가 그녀를 쳐다보는 시선은 다른 누구도 상관하지 않고 있었다. 게리와 그녀 아버지는 이런 애정표현에 눈살을 찌푸리겠지만, 켈리에겐 늘 꿈꾸어왔던 것만큼이나 근사했다.

공공장소에서 키스하는 것이 이렇다면, 둘만이 있을 때는 어떻게 키스할까? 그 생각은 심장이 멎을 만했다.

"날 믿지?"

그가 나직이 말했다. 켈리는 고개를 끄덕였다. 오, 그렇고말고.

"그럼 내가 전차로 북역까지 갈 수 있을 거라고 믿어줘. 볼드윈 브릿지까지 갈 수 있을 거라고 거기서 보자. 염려 마, 세상없어도 너와의 저녁식사를 놓치진 않을 테니까."

그는 다시 키스했지만 아주 짧게였다. 딱 그녀의 입술이 짜릿짜릿하고 맥박이 솟구칠 정도만.

켈리는 길을 건너 시내 중심으로 향하는 전차 정거장으로 가는 그를 지켜보았다. 플랫폼은 사람들로 붐볐으나 군복 차림의 그는 당당하게 눈에 띄었다.

탐 파올레티. 오늘밤.

오, 세상에 맙소사.

데이빗이 일을 마치고 집에 돌아와 보니, 맬러리 파올레티가 그의 아파트로 올라가는 나무 계단에 앉아 있었다.

그가 차에서 내리자 그녀는 책을 덮고 일어났다.

"안녕, 네 근무시간이 열 시 반에 끝나는 줄 알았는데."

오늘 그녀는 골반 반바지에 그녀의 트레이드마크인 검은색 탱크탑 차림이었다. 아마도 더위 때문이겠지. 배꼽의 피어싱 고리에선 평소의 파란색 대신 빨간 돌이 빛났다. 그것과 그녀의 길고 하얀 다리가 반바지와 근사하게 어울렸다. 아주 근사하게.

"안녕, 나이트셰이드."

그는 백팩을 메고 계단을 오르기 시작했다.

"남아서 점심 당번도 잠깐 맡아달라고 해서. 그나저나 지금이 몇 시야?"

"한 시 지났어. 되게 녹초가 되었겠구나."

그녀가 10:30부터 여기 앉아 있었단 말인가?

그건 말도 되지 않았다. 그럴 리가 없었다.

하지만 계단 위에 그녀가 요즘 담배 대신 씹는 껌 종이 무더기가 쌓여 있고 그 옆엔 음료수 캔이 하나도 아니라 두 개에 빈 종이 커피컵까지 하나 있었다.

데이빗은 피곤했다. 집에 오는 동안 침대로 기어들어 오후 내내 자는 것 말곤 아무것도 원하지 않았다. 하지만 지금은 기운이 넘쳤다. 신이 났다. 맬러리가 여기 앉아 몇 시간 동안 그를 기다려주었다.

"멀쩡해, 거의 피곤하지도 않은걸."

그녀가 선글라스를 끼고 있어 그는 자신을 쳐다보는 그녀의 눈을 볼 수 없었다.

"농담 마. 1시 반 이전에 자지 못했을 텐데. 그리고 4시 반에 일을 시작한다고 했잖아. 그럼 3시간도 못 잤을……."

"괜찮아."

그는 문의 자물쇠를 땄다.

"들어와. 점심 먹었어? 몇 시까지 일하러 가야 해?"

"오늘은 일 안 해."

그녀는 자기 물건들을 주워들고 그를 따라 들어와 문을 닫았다.

"내일 정오까진 일 없어."

오 이런 가슴 쓰릴 데가, 이런 아까운 일이. 데이빗은 내일 정오까지 거의 논스톱으로 일을 할 판이었다. 바로 몇 시간 후인 6시에 저녁 파티 보조를 하러 돌아가야 한다. 초과수당을 받으니 그건 좋지만, 맬러리 파올레티가 그의 아파트에 서서 앞으로 24시간이 비었다고 말하는 이 마당에 돈이 무슨 상관이겠는가.

"음료수 점심을 먹었다고 할 수 있겠지."

그의 컴퓨터 근처를 어슬렁거리며 그녀가 말했다. 그녀가 마우스를 건드려 대기모드이던 컴퓨터를 깨웠다. 삑삑거리는 소리와 스피커에서 울려퍼지는 음악 소리에 그녀는 펄쩍 뒤로 물러났다.

"오, 세상에. 내가 뭘 어쩐 거야?"

데이빗은 백팩을 원룸 아파트에서 부엌에 해당하는 문가 근처 식탁 위에 놓았다.

"괜찮아."

그는 방을 가로질러 스피커를 껐다.

"즉시 접속해서 이메일을 제일 먼저 확인하도록 해놨거든."

"저건 인터넷 카메라야?"

이젠 뭐든 건드리기 무서워하는 기색이 역력한 그녀가 조심스레 가리켰다.

"꽤나 엉큼하네, 데이빗 설리반. 저걸로 뭘 해? 인터넷에다 나체춤이라도 띄우는 거야?"

"뭐, 아냐! 저건 캘리포니아에 있는 내 예전 파트너 레니 시모다에게 작업물을 보일 때 쓰는 거라구."

그는 허겁지겁 설명했다.

"그림을, 특히 그래픽 노블을 그릴 때면 종이가 스캐너에 놓긴 너무 커서……."

맬러리는 그를 향해 깔깔 웃어대고 있었다.

"바보, 농담이야. 그런 줄 짐작했어. 넌 확실히 나체춤은 오프라인에서 출 타입이거든."

데이빗은 그녀의 향수 내음을 맡을 수 있을 만큼 가까이 서 있었다. 톡 쏘고 달콤하며, 은은한 것과는 거리가 먼 향기였다. 아주 좋았다. 이렇게 가까이에 있으면 그녀의 눈에서 볼 수 있는 색색의 파편들도 좋았다. 완벽 그 자체인 그녀의 피부, 섬세한 쇄골, 어깨 곡선, 찰랑거리는 귀걸이들이 좋았다.

그는 목청을 가다듬었다.

"그럼 나 샌드위치 만들어 먹으려던 참인데 너도 하나 먹을래? 닭고기랑 호밀빵이 있어."

그는 안전한 냉장고로 도망칠 참으로 몸을 돌렸으나 그녀가 그의 팔에 손을 얹어 제지했다. 그녀의 손은 근사했다. 길고 갸름하며 우아한 손가락

—하지만 손톱을 아주 바싹 물어뜯었다. 그녀의 완벽하지 않은 손톱은 그녀의 헤어스타일과 옷차림 그리고 피어싱이 주는 효과를 망치고 그녀를 상처받기 쉽고 인간적이게 했다.

마치 그녀 역시 짜릿한 전기충격을 느낀 듯이 그녀가 손을 홱 잡아뺐다. 아니, 그럴 리가 없지. 그건 그의 환상이었다.

"저기, 어젯밤 도와줘서 고맙다고 인사하러 왔어. 굉장히 어색했으리라는 거 알아. 우리 삼촌에다 작은노할아버지에다가……."

그녀는 고개를 저었다.

"탐의 그런 모습을 보다니 충격이었어."

"도울 수 있어서 기뻐."

그가 그녀에게 말했다. 그는 그녀의 눈에 진짜로 눈물이 맺힌 걸 깨닫고 농담으로 돌리려 했다.

"어쨌든 내가 나이트세이드의 구조에 나설 일이 얼마나 있겠어?"

하지만 맬러리는 웃지 않았다.

"브랜든은 그냥 가버리더라. 우리가 아직 카니발에 있을 때였는데, 나와 거의 의식불명 상태로 땅에 쓰러진 탐을 그냥 버려두고 가버렸어."

빌어먹을 브랜든. 데이빗은 놀라지 않았으나 분명 맬은 그의 친구를 그렇게 보지 않았으리라. 그녀는 브랜든이 똑똑하고 외면만큼이나 내면도 환하게 빛나리라 여겼으리라. 아마도 그녀가 상상한 그의 모습과 절반 이상 사랑에 빠졌을지도 모른다.

그녀의 눈에 눈물이 맺힌 것도 당연하지. 속상할 거다.

"미안해."

그는 조용히 말했다.

"왜 네가 사과하는데?"

그녀는 손등으로 눈을 문질렀다.

"넌 대단했어. 만약 누가 한밤중에 날 깨우러 오면, 난 이불을 머리 위로 뒤집어쓰고 지옥으로 꺼지라고 했을 거야. 너한텐 성인(聖人)이나 뭐 그런 칭호가 수여될 만해."

아니, 그는 확실히 성인 자격이 없었다. 특히 맬러리가 이렇게 가까이 서 있을 때면.

"저기,"

그는 말하면서 조금 뒤로 물러났다.

"음, 그래. 어, 샌드위치?"

그녀는 고개를 저었다.

"아니, 네 잠을 빼앗아놓고 그 위에 얻어먹기까지 할 순 없어. 이만 가볼게, 너 오늘 하려던 일 하게."

"이런, 난 샌드위치 2개 싸서 아이스크림 숍에 가려던 참이었어, 너도 하나 주려고."

그녀는 그에게 인상을 찌푸려 보였다.

"아닌 거 알아."

그는 닭고기와 머스터드를 냉장고에서 꺼내 식탁에 놓았다.

"성 데이빗은 절대 거짓말 안 해."

마침내, 마침내 그녀가 웃었다.

"아하, 그래."

빵은 아직 부드러웠고 유효기간이 며칠 남아 있었다. 그는 빵을 맬러리에게 던졌다.

"아, 그러고 보니 생각났는데 어젯밤 찍은 사진 현상했어. 1시간 현상소에다 맡겼거든. 차라리 도둑놈이라 해야겠더라. 드럭스토어에 맡기는 것보다 세 배는 비싸. 하지만 기다리고 싶지 않아서 오늘 아침 휴식시간에 맡기고, 오는 길에 찾아왔어."

맬러리의 얼굴이 더욱 환해졌다.

"쓸만해?"

"응, 몇몇은."

그는 찬장에서 종이접시 2장과 플라스틱 나이프 2개를 꺼냈다.

"마요네즈가 떨어졌는데, 케첩은 있어."

"닭고기에다가? 우엑. 그냥 머스터드로 할래. 사진 좀 봐도 돼?"

"샌드위치 먹어야 보여줄 거야."

그는 접시와 나이프를 식탁에 놓고 백팩을 열었다. 안에는 사진 세 봉투가 들어 있었다. 그는 봉투들을 테이블 위 닭고기 옆에다 던졌다.

하지만 맬러리는 여전히 빵을 든 채 그 자리에 서 있을 뿐이었다.

"데이빗, 브랜든이 그러던데 너 돈을 아끼는 중이라며. 정말로 난 안 줘도 돼."

"거래하면 어때? 내 샌드위치 하나 먹고, 나중에 나한테 샌드위치 하나 사주기."

그녀는 생각해보고 고개를 끄덕였다.

"좋아. 하지만 정말로 내가 사는 거 먹겠다고 약속하기다. 오늘밤 어때?"

그녀와 저녁식사를 하겠다고 약속하란다. 완전히 뒤집힌 거 아냐? 이 여자와 함께 있을 기회를 위해서라면 남동생을 일년간 노예로 팔기라도 할 텐데.

"그러고 싶지만 오늘밤은 좀 빡빡해. 6시부터 닫을 때까지 초과근무야."

"그럼 내일."

"실은 내일밤 네가 다시 사진 촬영하러 와줬으면 하는데. 몇몇 사진은 정말로 괜찮지만 몇몇은 조명이 잘못되었어. 노출을 너무 많이 줘서."

첫번째 봉투의 사진들을 훑어보는 그녀의 코에 주름이 졌다.

"오, 세상에. 나 꼭⋯⋯."

"넌 근사해 보여. 잘못된 건 다 내 탓이야."

그녀는 자신이 눈을 절반쯤 감은 사진을 뽑아냈다.

"네 탓이라고?"

"음, 어, 보다시피 네가 눈을 깜박일 때까지 내가 꾸물거린 거지. 확실히 내 탓이네."

그녀는 다시 웃음을 터뜨리며 식탁 앞에 앉아 사진들을 훑어보았다.

"샌드위치에 머스터드 발라줘?"

그는 그녀 옆에 앉아 종이접시를 자신 쪽으로 당기며 물었다.

"응, 고마워."

그녀는 그를 쳐다보았다.

"와, 서비스까지. 날 위해 만들어주기까지 하는 거야?"

그는 어깨를 으쓱했다.

"어차피 만들던 참인데 하나나 둘이나."

"대부분의 사람들은 그렇게 생각 안 해. 고마워."

그는 그녀에게 미소지었다.

"뭘."

가지 않고 점심을 먹고 내 환상을 이루어줘서 고마워. 얌전한 환상이지만, 그래도 환상은 환상이지.

"내일밤은 어때? 오래 걸리지 않을 거야, 아마 딱 한 시간."

"와, 브랜든은 정말 사진발 잘 받는다."

그녀가 말했다. 브랜든. 환상 다 죽는군.

"그래, 알아."

그녀는 사진에서 눈길을 떼지 않았다.

"내일밤 촬영하고 같이 버거 먹으러 나가도 되겠네. 그러니까 신세 갚는 차원에서."

"그래, 맞아. 신세 갚기 위해서 말이지."

데이빗은 대꾸했다.

"네가 역으로 마중 나오라고 전화하지 않았으면 혼내주라고 켈리가 그러더라."

탐은 애시튼 가의 데크 계단을 올라가다 우뚝 멈춰 섰다. 부엌문은 닫혀 있었으나 이 슬라이드 문이 열린 것은 봤었다. 이제 조와 찰스가 차양막 아래 앉아 있는 것이 보였다.

찰스는 라운지 긴 의자에서 잠들어 있었고, 그의 앙상한 체구 위에는 담요가 꼼꼼히 덮여 있었다. 조는 탐을 쳐다보며 살짝 눈살을 찌푸렸다.

"그렇게 걷기에 먼 거리도 아니잖아요."

탐은 찰스를 깨우지 않으려 조용조용히 말했다.

"천천히 쉬엄쉬엄 왔어요. 사실 오늘은 꽤 괜찮아요."
조는 찰스를 흘끗 보고는, 자리에서 일어나 슬라이드 문 쪽으로 왔다.
"켈리가 단층촬영 얘기하더라, 괜찮다고."
"네."
탐은 반짝이는 푸른 바다를 내다보았다.
"그렇게 볼 수도 있겠죠. 하지만 전 좀더 확실한 결과를 바랐어요."
"입원해 있을 적에 나한테 연락해 주지 그랬냐."
"죄송해요."
조는 껄껄 웃었다.
"아닌 거 다 안다. 나도 젊었을 시절을 기억하니까. 꼭 어제 일처럼 느껴지지."
그는 찰스를 흘끗 쳐다보고 고개를 설레설레 저었다.
"오늘 다시 호텔에 몇 시간 가 있었다. 무슨 말을 해야 할지—아무도 수상쩍어 보이지 않았다고 해야 할지, 아니면 모두 다 수상쩍어 보이더라고 해야 할지 모르겠구나. 누가 가족과 왔고 누가 아닌지 신경을 쓰려 했지만, 큰 호텔이다보니 쉬운 일이 아니더구나."
"제 부지휘관이 내일 오후에 와요. 그곳을 감시할 최적의 방법을 궁리해야죠. 설사 개회식 날 주차장 차를 확인해야 하는 상황까지 가더라도."
그는 조와 눈을 마주했다.
"아마 아무 일도 없을 겁니다. 저 때문에 모두들 시간만 낭비하고 끝날 공산이 커요."
"아마도. 하지만 아닐지도 모르지."
조가 수긍하며 울적하게 미소지었다.
"어쨌든 난 요새 시간이 남아도는 처지니까."
그는 목청을 가다듬었다.
"그래. 너하고 켈리 말이다."
탐은 고개를 저었다.
"조, 전 정말로 얘기하고 싶지 않……."

"어젯밤 벌컥 들어가서 미안하게 됐다."

"알겠어요. 사과하셨으니 됐죠. 그럼 이만."

탐은 집안으로 들어가려 몸을 돌렸다.

"오늘밤 켈리와 저녁을 먹는다면서."

탐은 다시 뒤돌았다.

"네. 하지만 이상하네요. 그 정보를 언론보도용으로 보낸 기억은 없는데."

조는 팔짱을 꼈다.

"네가 그 애와 밤을 보낸다는 걸 내가 몰랐으면 할 이유가 있냐?"

"저녁이에요."

탐은 그의 말을 바로잡았다.

"저녁식사라구요. 이제 그만 좀."

"켈리는 몇 시간 후면 집에 올 거다. 전화해서는 로터스 블러섬에서 뭘 사갈지 묻더라. 여기 시내에 있는 중국 식당이지."

탐은 고개를 끄덕였다.

"네, 기억해요."

"맛있게 한다. 화학조미료 안 쓰고."

"그거 잘됐네요."

"주인도 괜찮은 사람이지. 이민자야."

탐은 기다렸다. 조가 말을 이었다.

"중국인들이지. 영어를 잘 못하지만, 닭고기버섯야채볶음 하나는 끝내주지. 그 사람들이 프랑스어를 조금 알아서 난 의사소통에 문제가 없더라."

과묵한 사람인 조로서는 말을 쏟아내고 있는 참이었다. 하지만 탐은 그가 정말로 얘기하고 싶은 주제가 중국요리가 아님을 알고 있었다.

"좋습니다. 저와 켈리. 말씀해 보시죠. 탁 터놓고 제가 켈리와 저녁을 먹으면 안 된다고 생각하시는 거죠. 최소한 단 둘이서는. 제가……."

"아냐, 아주 잘됐다고 생각한다. 사실 오늘밤 네가 하얀 정복을 차려입고 가서 이 기회에 켈리에게 청혼해야 한다고 생각해."

탐은 거의 숨이 넘어갈 뻔했다.

"뭐라고요?"

"들었잖냐. 남자가 여자와 사랑에 빠졌을 땐 그렇게 하는 법이지. 그리고 거의 반평생 넌 켈리를 사랑해 왔으니, 이제 청혼할 때도 되었지."

탐은 머리를 긁적이며 신중히 말을 골랐다.

"전 '사랑'이란 단어가 적합하다고는 여겨지지 않는데요. 네, 늘 켈리한테 끌리긴 했지만……."

조는 미소지었다.

"네가 부르고 싶은 대로, 너 마음 편한 대로 이름 붙여라, 탐. 하지만 네 머리가 절반이라도 돌아간다면, 기회가 있을 적에 그 애랑 결혼할 거야."

"어……."

"너희 둘 사이에 과거가 있었던 거 안다. 뭔진 몰라도, 그 해 여름에 네가 뭔가에 혼이 빠지게 겁먹어서 한 달이나 일찍 기초훈련을 받으러 떠났던 거 알아."

탐은 놀란 기색을 숨기려 애썼고 노인은 씨익 미소지었다.

"내가 알 거라고는 생각도 못했구나, 그렇지? 네가 그 애를 밤늦게 집에 데려다준 그날 밤."

그는 나직이 웃었다.

"넌 궁지에 몰린 눈빛이었지, 탐. 그리고 난 네가 가버린 것이 자랑스러웠다. 켈리는 그렇게나 어렸으니. 그리고 그 애가 마침내 나이가 차고 나선 네가 집에 왔을 때 그 애가 여기 없어서 실망했었지."

조는 그의 눈길을 침착하게 마주했다.

"그 앤 네가 떠났을 때 이해하지 못했어. 몹시 상심했었지. 오늘밤 설명하고 일을 바로잡아라. 그리고 결혼해 달라고 청해."

"그래서 다시 켈리의 마음에 상처를 주라고요?"

맙소사, 그나저나 어쩌다 이런 대화에 말려들었지? 탐은 슬슬 문으로 향했다. 이 일에 대해 얘기하고 싶지 않았다. 16년 전 그녀와 악수를 하고 작별인사를 했을 때 켈리의 눈에서 본 감정을 떠올리고 싶지 않았다. 그녀와 '진짜로' 악수를 했다. 후유.

"이 일을 하자면 진지한 관계를 나눌 수가 없다는 거 뻔히 아시잖아요. 실 부대에서 결혼이란 쉬운 게 아니……."

"네 일을 하자면 진지한 관계를 나누지 않을 수가 없지. 나도 한때 너와 같은 일을 했다. 꼭 같지야 않지만, 그만하면 비슷하지. 인생이란 너무나 짧고 소중한 거야. 너나 나나 그 점을 익히 알고 있지―대부분의 사람들보다 더 잘. 어떻게 손에 행복을 쥐고 있으면서 그걸 지키기 위해 힘닿는 한 무엇이든 하지 않을 수 있냐?"

탐은 뭐라고 해야 할지 알 수가 없었다.

"게다가 세상에 쉬운 결혼이란 없는 법이다. 평생 많은 부부를 보아 왔는데 잘 굴러가는 부부, 제일 오래 가는 부부는 부지런히 노력해 온 부부란다. 오래된 차와 마찬가지지. 제대로 관리만 해주면 그 옛날의 자동차도 영원토록 가. 하지만 소홀히 여기자마자……."

탐은 난간에 등을 기댔다.

"하지만 한번도 결혼 안 하셨잖아요."

"그래, 난 안 했지. 하지만 청혼을 안 했기 때문은 아니다."

"시벨."

탐이 말했다. 조는 여전히 달게 자고 있는 찰스를 돌아보았다. 다시 탐을 쳐다보았을 때, 그는 그저 고개를 저었다.

"프랑스에 대해 얘기해 주셨으면 좋았잖아요. 그리고 그 시벨이란 분에 대해, 애시튼 씨와 55사단에 대해서도. 정말이지 며칠 전까지만 해도 작은 할아버지가 OSS인 줄은 꿈에도 몰랐고……."

탐은 말을 멈추고 고개를 내저었다.

"대전 중에 뭘 했는지 말씀 안 하신 이유는 이해해요. 제가 한 일들 중에도 말할 수 없는 게 엄청나게 많고, 게다가 말하고 싶지 않은 건 더 되죠. 캐묻지는 않겠지만, 혹시 얘기하고 싶어지면……."

"고맙다. 하지만 화요일 개회식 후 그 작가에게 전부 이야기해야 해. 두 번씩이나 견딜 수 있을 거 같지 않아."

"애초에 하실 필요가 없어요."

"저기, 시내 금은방에 가서 켈리에게 줄 반지를 미리 사놔도 좋겠다. 그 애와 밤을 보내기 전에 줘."

오, 맙소사.

"저녁식사요. 우린 저녁식사부터 시작할 겁니다."

조는 고개를 끄덕였다.

"너 기다리지 않고 먼저 잔다."

"컴퓨터로 할 일이 있어요."

탐은 그렇게 말하고 허겁지겁 집안으로 후퇴했다.

애초에 하실 필요가 없어요, 탐은 그 작가 커트 카우프만에게 이야기한다는 조의 계획에 대해 그렇게 말했다. 하지만 조는 해야만 했다. 찰스가 죽기 전에 알려져야만 하는 이야기니까.

볼드윈 브릿지 호텔 앞에는 조의 얼굴을 한 동상이 세워져 있다. 그리고 이제 그 얼굴은 찰스 애시튼의 얼굴이었어야 마땅하다는 것을 이 도시가 알 때가 되었다.

찰스 애시튼—부유한 도시의 부자 중 부자. 그는 조상들이 벌어들인 돈에다가, 겁없는 투자와 냉혹한 경영재능으로 그걸 두 배로 불렸다. 그는 냉혈한에 거만했다. 그래서 아주 소수의 사람들만이 진실을 알아보았다—돈을 거는 건 그에게 아무 의미가 없다는 것을. 전쟁을 치르고 살아난 후, 그렇게 많은 사람이 자신들의 생명을 거는 것을 지켜본 후, 그런 수많은 희생을 본 후.

나이가 들어가면서 찰스는 병원에 후하게 기부하는 것으로 지역 인심을 사려 했다. 하지만 결국 전시에도 돈을 주고 최전선에서 멀찍이 떨어진 안전한 자리를 샀을 거라는 수군거림만 들었을 뿐이었다.

그 이상 진실과 거리가 멀 수는 없었다.

찰스는 볼드윈 브릿지의 진정한 영웅이었다. 그리고 조는 마침내 그 이야기를 하려는 것이다. 하지만 전부는 아니다. 그가 누구에게도 말하지 않을 부분들이 있었다. 시벨이 그의 방으로 왔던 그날 밤이라든가.

조는 오래간만에 평화롭게 자고 있는 찰스 옆에 앉았다. 그는 담요가 친구의 발을 잘 덮고 있나 확인했다.

오늘 아침, 전쟁 때 가져온 권총을 닦고 있는 찰스를 보았을 때, 그는 과거로 내던져졌다. 그 오랜 세월이 지나고 시벨의 월터 PPK를 다시 보니 기묘했다. 한번 보자마자 마치 시벨을 바로 어제 본 듯만 싶었다. 그 기억의 또렷함에 그는 놀랐다. 그녀의 부엌 냄새가 그야말로 코끝에 와닿았다.

속에 짚을 채운 침대 위 거친 시트가 느껴졌다.

그녀의 키스를 맛보았다.

그는 의자에 기대어 앉아 바다를 내다보았다. 아무것도 눈에 담지 않은 채. 기억을 떠올리며.

그날 밤 잠들어 있던 그는 시벨의 부드러운 손길에 깨어났다. 그녀는 그의 품안으로 파고 들어와 안아달라고 애원했다. 그는 그것만으로도, 단지 그것만으로도 만족할 수 있었으나 그녀가 그에게 키스했다. 마침내 그에게 키스했다. 그리고, 오…….

창을 통해 들어오는 밤공기는 서늘했으나 오래지 않아 그들의 살갗은 땀으로 끈적거렸다. 그는 황홀경에 젖어, 마침내 천국을 찾았다고 확신했다.

끝나고, 시벨은 울었다. 그는 이해하지 못했다. 그때는. 나중에서야 알았다. 그는 그저 그녀를 심장 가까이 끌어안고 사랑한다고 속삭였다. 결혼해달라고 다시 청했다. 단지 그날 밤이 아니라 영원토록 사랑해달라고 했다. 그녀는 그더러 말하지 말라며 그저 안아달라고 했고 마침내 그의 품안에서 잠들었다.

그도 잠들었지만, 아침에 깨어나 보니 시벨은 없었다.

그는 재빨리 세수하고 옷을 차려입은 후, 아침을 먹으러 아래층으로 내려갔다. 그의 마음과 발걸음은 둘 다 가벼웠다. 그래, 지금은 전쟁중이다. 그래, 여전히 바로 같은 거리에 나치가 살고 있다. 하지만 아군이 생 엘레느를 향해 진격중이다. 그리고 시벨이 그의 것이 되었다. 그의 아이가—그들의 아이가 바로 지금 그녀의 뱃속에서 자라고 있을 가능성도 있다.

앙리와 뤽 2는 식탁에 앉아 염소젖에 축여 부드럽게 한 마른 빵을 먹고 있었다. 시벨과 마리는 텃밭에서 채소를 바구니 여러 개에 담고 있었다. 그들은 수선한 양말을 독일군에게 돌려줄 때 저걸 가지고 가서 동전 몇 푼을 벌기 위해 팔 것이다.

식탁에 앉으며 조는 문가 긴 의자에 앉아 있는 찰스를 보았다. 그는 수염을 깎지 않았고 마치 잠못 이루는 밤을 보낸 듯이 까칠해 보였다. 그리고 거의 초점 없이 조를 응시하고 있었다.

"또 다리가 아픈 겁니까?"

조는 그에게 물었다. 찰스는 시뻘건 눈으로 그를 한참 응시하다 말했다.

"그래. 그렇소"

"안됐군요"

조는 그렇게 말했지만, 진심처럼 들리게 하기엔 너무 기분이 좋은 상태였다. 그는 미소를 거두지 못한 채, 그걸 감추려 하지 않을 만큼 행복에 가득 차 두 여자를 돌아보았다. 고함치고 춤추고 싶었지만 그 대신 그냥 말했다.

"잘 잤어, 시벨? 날 깨워서 도와달라고 하지 않고."

시벨은 그를 올려다보고, 슬쩍 찰스를 쳐다보았다.

"당신은 늘 새벽에 일어나잖아."

그녀는 다시 올려다보지 않은 채 깨끗이 씻은 콩을 바구니에 넣으며 말했다.

"그냥 자게 해주려고 그랬지."

왜 그녀가 나를 쳐다보지 않을까?

"어젯밤 난 아주 잘 잤어."

그는 그녀가 자신을 쳐다보기를, 자신의 눈길을 마주하고 미소짓기를 바라며 말했다.

"사실, 굉장히 잘."

찰스가 웃음을 터뜨리며 갑자기 벌떡 일어나더니 몸을 돌려 열린 문 밖을 내다보았다. 그리고 시벨은 마치 화난 사람마냥 바쁘게 콩을 콱콱 헹구었다.

"날 깨웠어도 괜찮았을 텐데."

조는 시벨과 찰스를 번갈아 보며 말했다.

그들은 둘 다 잔뜩 긴장하고 딱딱하게 굳어져 있었으며 서로를 보지 않으려 조심하고 있었다. 지나치게 조심했다.

그의 기쁨은 이제 아까만큼 밝지 않았다. 약간 속이 메슥거리는 느낌이 따랐다. 도대체 무슨 일이지? 연합군 전선으로 돌아가겠다는 찰스의 요구를 시벨이 또 거절했는지도 모른다. 그들은 전에도 그 문제로 언쟁한 적이 있었다.

조는 목소리를 낮추어 앙리에게 물었다.

"내가 늦잠 자는 사이에 무슨 일이 있었어?"

앙리는 고개를 저었다.

"몰라."

찰스는 문가에서 돌아서서 지팡이를 짚고 걸어갔다.

"난 누워 있겠소."

시벨이 콩을 내던지고 그를 따라 부엌을 나섰다.

조는 시벨과 찰스 중 누구를 도우려는 건지 확신하지 못한 채 자리에서 일어났다. 하지만 시벨의 목소리에 부엌 문 바로 앞에서 우뚝 멈춰 섰다.

"어떻게 그럴 수가 있죠?"

"어떻게 뭐가? 눈을 감는 거? 쉬려는 거?"

찰스의 목소리는 간신히 억제된 분노로 커져갔다.

"이 빌어먹을 다리가 나아서 여길 완전히 뜰 수 있게 되는 것?"

"어떻게 내가 당신에게 상처를 주기라도 한 듯이 굴 수가 있냐고요!"

그녀가 외쳤다.

"당신이 나더러 시켰……."

그녀는 조가 복도로 나오자 입을 꽉 다물었다.

"그랬지."

찰스는 그가 방이라고 하는 벽장 앞에 서서 말했다. 조용히 말하고 있었지만 그의 목소리는 떨렸다.

"하지만 이런 기분이 들 줄은 몰랐어."

그리고 찰스가 시벨을 바라보자, 시벨은 찰스를 마주 바라보았다. 조에게는 절대로, 절대로 보여주지 않았던 눈빛으로. 어젯밤 그의 품에서 벌거벗고 있을 때조차도.

그리고 그는 진실을 알았다. 시벨은 찰스를 사랑한다. 그리고 찰스 역시 그녀를 사랑하는 것은 분명했다.

조는 그들 모두가 하고 있는 줄조차 몰랐던 게임의 졸일 뿐이었다.

그는 몸을 돌려 집 밖으로 나갔다. 찰스가 따라오는 소리를 듣자 그는 달렸다.

그는 그날 일을 대부분 기억할 수 없었다. 어디에 있었는지, 무엇을 했는지. 아는 것은 자신이 돌아갔다는 것뿐이었다. 마음이야 굴뚝같았지만 계속 나가 있을 순 없었다. 그에게 의지하는 사람들이 있고, 그 중 하나는 시벨이었다.

그가 사랑하는 여자. 아직도.

그녀는 그의 방에서 기다리고 있었다. 옷을 입은 채 몸을 말고 침대에 누워 자고 있었다. 그가 침대에 걸터앉자 매트리스의 움직임에 그녀가 깨어났다. 그는 촛불을 켜지 않았으나 열린 창으로 흘러 들어오는 달빛이 그녀의 얼굴을 볼 수 있을 만큼 밝았다.

"주세페, 정말 미안해."

그녀의 사과는 진심이었다. 그렇다고 해서 덜 고통스러운 것은 아니지만.

"나 당신이 생각하는 것만큼 못된 여자 아니야. 정말로 어젯밤 일이 날…… 모르겠어…… 구해 줄 수 있다고 생각한 거 같아. 몰라? 난 진정으로 원하는 건 아무것도 가지지 못했어. 그래서 생각하기를, 내가 가질 수 있는 것을 원할 수만 있다면……."

그녀는 고개를 숙였다.

"잘못했지. 미안해. 당신에게 상처주는 건 절대 원치 않는 일인데."

그는 침묵을 지켰다. 무슨 말을 할 수 있겠는가?

"당신을 사랑해. 다만 당신이 원하는 식이 아닐 뿐."

"찰스에 대한 사랑과는 다르단 거지."

그는 확실히 알아야만 했다. 진실을 들으면 그녀를 향한 사랑을 접을 수 있을지도 맙소사, 그는 그녀를 향한 사랑을 접고 싶었다.

그리고 그녀는 부정하지 않았다.

"미안해."

분노가 확 일어났다. 좌절. 질투.

"그는 유부남이야."

"알아."

"혹시 그의 돈 때문에……."

"아냐!"

그녀는 격렬히 반박했다.

"그런 건 상관 안 해. 내겐 아무 의미도 없어. 나한텐 이제 이 집이 있는 걸. 나도 부자야."

"난 모르겠어, 왜……."

"나도 몰라. 내가 아는 건 그가 아무것도, 아무도 상관하지 않는 척 기를 쓰고 있다는 것뿐이야. 그는 교회로 돌아가 아이를 위해 자신의 목숨을 걸었던 것이 기억나지 않는댔어. 다시는 그런 짓 않겠다고 했지만, 난 안 믿어."

"그리고 당신은 그가…… 당신을 구할 수 있을 거라 생각하는 거야?"

그의 목소리는 자신의 귀에조차 거칠고 가혹하게 들렸지만, 알아야만 했다. 그녀를 향한 사랑을 접어야만 했다.

"모르겠어. 하지만 그와 함께 앉아 있기만 해도, 그의 눈을 쳐다보고 있기만 해도, 난 절망과 희망을 동시에 느껴. 그리고 절망 외의 무언가를 느껴본 것은 너무나 오랜만이야."

마치 울고 있었던 것처럼 그녀의 숨결은 거칠었으나 얼굴과 눈은 말라 있었다.

"숨을 쉴 때마다 고통스러워. 너무나 무겁고 갑갑해. 나치에 대한 분노와 증오만 아니었다면 난 틀림없이 죽었을 거야. 나 혼자만이 아닌 건 알아. 이 전쟁에서 아이를 잃은 유일한 어머니가 아닌 건 알아. 나 같은 여자가 몇 백만 명은……."

그녀의 목소리가 무너졌다.

"아, 그로 인해 굉장한 군대가 되었지. 그 모든 분노와 고통 덕에 우린 무적이 되었어. 하지만 그 다음엔? 독일을 완전히 무너뜨린 다음엔? 우리에겐 무엇이 남지?"

조는 대답할 수 없었다.

"난 나치에 맞서 이 전쟁을 이길 거야."

그녀가 격렬히 말했다.

"이기지 못하면 죽을 거야. 하지만 이겼을 때, 난 어쨌든 죽겠지. 증오할 적이 없어지면 난 오직 절망과 단둘이 남게 될 테니까."

"당신은 혼자가 아니야. 내가 있어."

그는 그녀를 향해 손을 뻗었으나 그녀가 피했다. 그녀는 그를 원하지 않는다. 고통스러웠다.

"당신을 사랑할 수 있다면 좋을 텐데."

그녀가 씁쓸히 말했다.

시벨을 쳐다보았을 때, 고통과 분노에도 불구하고 조 역시 절망과 희망을 느꼈다.

"어쩌면 언젠가 그렇게 될지도 모르지."

그녀는 그를 잠시 쳐다보았고, 그녀의 아름다운 눈은 나이 먹고 지쳐 보였다. 마치 그녀 자신의 미래를 내다보고 기다릴 앞날이 없다고 믿는 것처럼.

그녀는 방을 나가 등뒤로 살며시 문을 닫았다. 여전히 그녀를 사랑하는, 그리고 아마도 언제까지나 그녀를 사랑할 그를 남겨두고.

14

켈리는 방으로 휙 들어오며, 목청껏 팝송을 불러댔다―베이비, 밤새도록 사랑해 줘.

그리고 옷을 벗어던졌다.

컴퓨터 앞에 앉아 있던 탐은 자신의 존재를 알릴 틈조차 없었다. 그녀는 컴퓨터 의자에 원피스를 훌렁 내던지다가 그의 얼굴을 맞힘과 동시에 그를 보았다.

"어머나!"

그녀는 원피스를 도로 잡아채서 앞을 가렸다. 원피스로는 아주 근사했다. 하지만 가리개로는 별 쓸모가 없었다.

"미안."

그는 벌떡 일어나느라 거의 의자를 넘어뜨릴 뻔했다.

"접속할 일이 있었거든. 써도 괜찮을 줄 알았어. 금방 나갈게."

그는 컴퓨터를 향해 돌아섰다.

"이것만 좀……."

"잠깐."

켈리는 컴퓨터로 다가서며 화면에 뜬 머천트의 사진을 보았다.

"이게…… 그 사람이에요?"

그녀가 탐 옆에 서 있자, 원피스는 더욱 가리개 구실을 못했다. 그녀의 뒷모습 반이 드러났다. 그는 쳐다보지 않으려 했으나, 그의 측면 시력은 빌어먹게 좋았다. 그녀는 트레이드마크인 끈팬티를 입고 있었다. 짙은 빨강 새틴. 새하얀 피부에. 하느님 맙소사.

탐은 도로 자리에 앉아 그녀가 그의 약간 뒤로 가게, 그의 측면 시야에서 벗어나게 했다.

그래, 그들은 오늘밤 저녁식사를 함께 할 것이다. 그리고 보스턴에 있을 때 그는 그녀에게 다시 키스했었다. 또 오늘밤 그녀에게 키스할 참이었다. 그리고 물론, 서로에 대한 매혹이 닿을 수 있는 황홀한 가능성들을 탐험하고 싶었다.

후보지 중의 하나는 바로 이곳, 켈리의 방에서 지금처럼 문을 꼭 닫고 지금처럼 켈리가 속옷 차림으로 있는 것이었다.

하지만 그 전에 먼저 충분한 대화가 필요하다. 그리고 그의 전신의 모든 세포가 당장 일어나 그녀를 껴안으라고, 그녀의 매끄럽고 완벽한 피부를 온통 어루만지라고 소리지른다 해도, 대화가 열쇠였다. 얘기부터 먼저 해야 한다.

기필코. 그녀는 그를 믿으니까.

그녀는 컴퓨터 스크린의 사진을 보며 그가 대답하기를 기다리고 있었다. 이게 그 사람이에요? 탐은 목청을 가다듬었다.

"그래, 저게……."

이름이 뭐더라.

"머천트야. 성형수술 전의."

"성형수술 후의 모습을 볼 수 있나요?"

"아니. 최근 사진은 없어. 96년 후로는 사망으로 추정되고 있거든. 그 사이 얼굴을 바꿨을 거라 짐작하고 있어."

이렇게 가까이서 보니, 그녀의 눈은 거의 범죄라 할 만큼 푸르렀다.

"짐작?"

"나라면 그렇게 했을 거야."

그는 매달리는 듯이 말하지 않으려 애썼다.

"나 좀 봐주는 셈치고 로브를 입지 그래?"

그녀는 그가 알아보기 시작하게 된 순진한 표정을 지어 보였다. 실제론 순진과 거리가 먼, 커다랗게 눈을 뜬 표정. 그녀는 이 상황을 즐기고 있었다.

"당신이 깔고 앉은 거 말예요?"

탐이 자리에서 일어나자, 그녀는 목욕 로브 같은 것을 의자 등에서 빼냈고 그 바람에 바닥에 란제리의 비가 내렸다.

그녀가 방에 없을 때 저것들에 둘러싸여 앉아 있는 것만도 안 좋았다. 하지만 그녀가 있을 때면…… 폴리애너*가 남몰래 빅토리아 시크릿*의 모델을 선 것을 발견했을 때 같다고 할까. 그러고 나서 사진 촬영에 초대받았을 때.

"이런, 저건 깨끗한 건데."

그녀가 말했다. 그녀는 로브를 걸치고—아주 얇은 면에다가 허벅지 중간까지밖에 안 오는 걸 로브라고 부를 수 있다면 말이지만—이번엔 침대에다 원피스를 던지고 '깨끗한 것'들을 주워 모아 서랍장 제일 윗서랍에 휙 던져넣었다.

"혹시 허리띠 못 봤어요?"

하느님 맙소사, 그 소위 로브라는 물건엔 허리띠가 없었다.

"아니, 하지만 러너 부인한테 광부용 헬멧과 48시간만 드리면 찾아주실 거다."

켈리는 웃음을 터뜨렸다.

"그렇게 심하진 않아요."

"옷장에 뭘 넣어두긴 하는 거야? 내 말은, 옷장은 뒀다 뭐에 쓰려고?"

"집에서는—보스턴의 내 아파트에선 아주 깔끔하게 살아요."

그녀는 침대 옆 의자 위의 옷더미를 뒤적거렸다.

---

* 엘리너 포터의 소설 <폴리애너(1913)>의 주인공. 만사를 낙천적으로 생각하는 순수한 시골소녀.
* 슈퍼모델들이 등장하는 유혹적인 광고로 유명한 속옷 브랜드

"옷을 정리해 두면 그건 내가 정말로 여기 산다는 걸 인정한다는 뜻이 되니까 옷 정리에 거부감이 느껴지는 것 같아요. 내 개인적인 실패까지 끌어들이지 않아도 아버지 병만으로도 충분히 힘들어요."

그녀는 허리띠를 찾아서—하느님, 감사합니다—로브 고리에 넣어 앞에서 묶었다.

"실패?"

그는 따라 말했다.

"넘어가요. 너무 처량 맞은 화제인데, 지금 기분 좋으니까 그 얘기를 하고 싶지 않아요. 그리고 집에 와서 아버지가 조와 함께 데크에 있는 걸 보고 더 기분 좋아졌죠. 두 분이 하루 종일 같이 있었던 거 알아요? 다시 산소탱크 등장할 일도 없었고?"

탐은 그녀가 화제를 바꾸게 두었다.

"그래, 낮엔 날 위해 호텔에서 감시를 서 주셨지. 그냥 시간낭비일 수도 있다고 말씀드렸지만 신경쓰지 않으시던데. 두 분은 호텔에 앉아 체스를 두면서 어디 수상해 보이는 사람이 있나 살피는 거야."

탐은 쿡쿡 웃었다.

"좀 애매한 임무지만 불만 없으셔. 내가 보기엔 같이 있을 핑계가 생긴 걸 좋아하시는 듯해. 그리고 두 분이 싸우면 도움 안 받겠다고 했거든. 그러니 싸우지 않으실 거야. 최소한 내 앞에선."

"잘됐네요. 그리고 당신이 여기 있어서 얼마나 반가운지."

그녀의 눈은 지나치게 따스했고, 그 로브는 지나치게 짧았다. 탐은 그녀의 다리를 보지 않으려 애썼다.

그러나 완전히 실패했다.

여기서 나가야 한다. 얼른. 다시 그녀에게 키스하기 전에. 나중에 아래층에서 둘 다 옷을 전부 입은 상태라면 괜찮다. 하지만 지금 당장은…….

"머천트에 대해 더 말해 봐요."

그가 일어나서 문으로 돌진하기 전에 켈리가 그의 퇴로를 막고 화제를 다른 방향으로 돌렸다.

"다른 사진 있어요? 눈이 잘 나온 걸로?"

그녀는 그의 바로 뒤에 서서 의자를 돌려 그가 컴퓨터를 마주하게 하고, 어깨에 손을 얹었다. 그녀가 그러는 게 좋았다. 너무나 그래, 여기서 나가야 한다.

"성형수술을 받았다 해도, 눈까지 진짜 바꿀 수는 없잖아요? 물론 색깔이야 바꿀 수 있겠지만, 색깔은 작은 일부에 불과해요. 눈빛은 그대로 남으니까. 이 사진에서의 눈을 봐요. 무서워라."

그녀는 그의 어깨를 문지르기 시작했고, 탐은 자신이 아무 데도 안 가리라는 걸 알았다. 그녀의 손이 그의 뒷목에 서늘하게 와닿고, 손가락이 그의 머리칼에 박혀 있는 지금은.

탐은 마우스로 사진 여러 장을 클릭했다. 파리 대사관 폭파사건 이후의 잔해. 아프가니스탄의 카페 다섯 군데 폭파, 이스라엘의 버스 폭파. 그리고 머천트. 대부분의 사진은 원거리에서 찍혀 약간 흐릿했다. 하지만 마지막 한 장은 다시 클로즈업이었다. 와일드카드가 컴퓨터로 마술을 부려 선명도를 높이고 선을 또렷하게 했다. 파리 사건 1년 전, 나중에 아내가 된 여인을 향해 미소짓고 있는 머천트였다.

켈리가 몸을 숙이자 그는 어깨에 그녀의 부드러운 몸을 느꼈다. 달콤한 그녀 냄새가 났다. 향수는 아니었다. 아마 무슨 로션이나 샴푸 혹은 비누. 뭐든 간에 굉장히 좋은 냄새였다.

"이 사진에서는 악마처럼 보이지 않네요. 그냥 보통 남자처럼 보여요. 이 여자를 좋아하는 남자. 여자를 쳐다보는 시선을 봐요. 푹 빠져 있어요. 그렇게 완전히 나쁜 사람은 아닐 거예요."

"그는 9백 명이 넘는 사람들의 생명을 앗아간 것으로 추정돼."

"세상에."

그녀는 더 가까이 들여다보았다.

"그가 아직 돌아다니고 있을까 걱정하는 것도 무리가 아니네요. 당신이 마음 놓지 못하는 것도 이해가 가요."

"전면적인, 사망률 높은 테러공격을 여기 미국 내에서 성공시킬 만한 자야. 무슨 아마추어 따위가 아니거든. 하지만 우리가 아는 다른 거물들과 달리 24시간 내내 감시받고 있지 않지. 사망 추정 목록에 올라가 있으니 투명인간이나 마찬가지야. 아마 우스울 만큼 쉽게 입국할 수 있을걸."

그는 고개를 내저었다.

"정말로 죽었기 때문에 사망 추정 목록에 올라가 있는 게 아니라면."

그렇다면 탐이야말로 위험인물로, 디모인이나 신시내티에서 온 죄 없는 세일즈맨을 악랄한 테러리스트라 상상하고 죽여버리거나 하는 완전 미치광이가 되는 것이다.

켈리는 다시 그의 목을 주무르고 있었고, 뜨거운 살갗에 닿는 그녀의 손가락은 야무지고 서늘했다. 얼른 여기서 나가야 한다. 눈이 뒤집히기 전에. 대화가 다 무슨 소용이냐, 자신이 정말로 원하는 것은 말을 이용하지 않은 표현이라는 결론에 도달하기 전에. 누가 신뢰 따위에 신경이나 쓰겠어?

엄청난 노력이 필요했지만 탐은 컴퓨터 접속을 끊고 그녀의 손길과 의자에서 벗어났다.

"난 샤워하러 가야겠어."

그의 목소리는 방금 10마일을 전력질주한 것처럼 가쁘게 들렸다.

V자로 패인 그녀의 로브 앞이 시시각각 벌어지고 있었다. 그는 뽀얗게 부푼 그녀의 부드러운 가슴에서 진하게 도드라진 붉은색을 보고, 그녀의 눈을 올려다보자 이 전투에서 졌음을 알았다.

그녀도 알고 있었다.

그가 그녀에게 달려드는 동시에 그녀 역시 그를 향해 손을 뻗었다. 다음 순간, 그녀는 그의 품안에 있었으며 그는 그녀에게 키스하고 있었다. 그리고 그녀는 그만큼이나 굶주린 듯 마주 키스해 왔고, 그녀의 부드러운 몸이 그의 몸에 바짝 맞닿았다.

탐은 그녀의 로브를 어깨에서 끌어내리기 직전 멈칫하고 좀 진정하려고, 좀더 부드럽게 그리고 덜 난폭하게 키스하려고, 자제히려고, 그녀를 홀딱 먹어치울 듯이 굴지 않으려 애썼다.

그녀는 그가 원한 전부였고, 그가 늘 멀찍이 거리를 두었던 존재였다.

저녁식사가 먼저. 대화가 먼저. 그녀는 널 믿는다구.

거친 숨을 내쉬며 그는 물러났다. 그녀의 눈에서 천국을 볼 수 있었다. 하지만 켈리는 그를 믿는다, 제길.

"한 시간쯤 후에 데크에서 저녁 먹자, 괜찮지?"

그녀는 그를 향해 미소지었다.

"그러길 원한다면요."

탐은 문을 향하다가 켈리를 향해 두 걸음 돌아왔다.

"내가 뭘 원하는지 뻔히 알면서. 난 좋은 일 하려는 거야. 제대로 풀어가려는 거라고."

그녀는 아무 말도 않고 그냥 입으나마나한 로브를 걸친 채 서서 그를 쳐다보았다. 그를 원하며, 그리고 그런 마음을 그가 볼 수 있게 고스란히 눈에 드러내며.

"알지, 이게 잘될 가능성은 눈곱만큼도 없다고. 난 여기 몇 주밖에 안 있을 거야. 그리고 설령 우리가 장거리 연애를 할 수 있다 쳐도 넌 더 좋은 사람을 만나야지. 솔직히 말하는데 켈리, 난 몇 달 이상 연애해 본 적이 없거든."

그녀가 그를 향해 한 걸음 다가섰다.

"내 장래는…… 지금으로선 좀 불안정해. 하지만 실 팀에 남기 위해 힘닿는 일이라면 뭐든 할 거야. 또한 실 대원과의 연애란 철천지원수에게도 권하지 않을 만한 거라는 걸 말해 두고 싶어. 앞으로 몇 주는 여기 볼드윈 브릿지에 있겠지만, 이게 아마도 올해 내가 한 군데에서 가장 오래 보내는 기간이 될 거야. 난 늘 돌아다녀, 켈리. 늘 새로운 곳으로, 보통 해외로 향하고 있지. 보통 위에서 미리 예고를 안 해주니까, 집에 전화해서 작별인사 할 짬도 없이 그냥 사라지는 거야. 그리고 돌아와선 어디에서 뭘 했는지도 말 못해. 아예 돌아오지 못할 가능성도 언제나 있고."

그녀는 그를 향해 한 걸음, 또 한 걸음 다가서 이제 손이 닿을 만큼 가까워졌다.

탐은 어쩔 수가 없었다. 그녀를 만졌다. 그녀의 머리칼, 뺨, 따스한 목덜미. 그녀는 눈을 감고 뺨을 그의 손에 밀어붙였으며 입술은 살짝 벌어졌다.

그녀의 피부는 매끄럽고 너무나 부드러웠다.

"그런 걸 견뎌내려면 여자가 상당히 강해야 해."

그는 속삭였다.

이제는 그녀 역시 그를 만지고 있었다. 그녀의 손이 그의 팔뚝을 쓸어내렸다. 그녀가 눈을 떴을 때, 그 눈에는 열기와 욕구가 가득 차 있었다.

"난 당신이 생각하는 것보다 강해요."

탐은 웃지 않았다—최소한 소리내어서는. 입술을 꿈적하지도 않았다. 하지만 어떻게 해서인지 그녀는 그가 자신을 믿지 않는다는 걸 알았다.

"정말이에요."

그녀는 그의 어깨까지 손으로 쓸어올렸다 제복 셔츠 앞을 쓸어내렸다.

그는 그녀에게 키스했다. 그녀가 그를 이다지도 강렬하게 응시하고 이렇게 어루만지고 있으니 어쩔 수가 없었다. 그는 최대한 천천히 그리고 달콤하게 키스하며, 자신의 폭발할 듯한 욕망에 바짝 고삐를 당겼다. 그녀가 자신에게 기대어 녹아내리는 것이 느껴졌다. 완벽한 한쪽 어깨에서 로브를 밀어내자 그녀의 한숨 소리가 들렸다.

맙소사, 누가 나 좀 말려줘.

그는 그녀의 로브를 도로 끌어올렸다.

"좀더 천천히 진행해야 할지도 모르겠다."

그 말이 자신의 입에서 나왔다니 믿을 수 없었다. 하지만 자신이 여기 켈리 애시튼의 방에 서서, 얇은 면 로브 아래 거의 벌거벗다시피 한 켈리를 안고 있는 것 역시 믿어지지 않기는 마찬가지였다. 하느님 맙소사, 이렇게 바짝 붙어서 있는 상황이니 그녀가 그의 흥분을 모를 리는 없었다.

물러서서 둘 사이에 거리를 둬야 한다는 건 알고 있었으나 그는 단지 인간일 뿐이었다, 제길. 그는 다시 그녀에게 키스했다. 부드럽게 키스하려 애쓰는 사이 그는 자제력이 무너져가는 것을 느꼈다. 정중하게 해야 해. 경배하듯이. 켈리 애시튼이 원할 법한 그런 키스를.

"아, 너한테 상처주고 싶지 않아."

그는 쉰 목소리로 말했다.

"그렇게 될 것 같아서 두려워. 최상의 상황에서도, 난 너 같은 여자에게 줄 게 별로 없는 남자야. 그리고 지금은……."

켈리는 그의 머리를 끌어내려 키스했다.

또다시 그녀는 그가 물러나는 것을 느꼈다. 아, 그의 입술은 그녀와 맞닿아 있고 혀는 그녀의 입안에 있었으나, 그의 바짝 조인 자제력이 혀끝에 느껴지는 듯했다. 그는 그녀가 유리로 만들어지기라도 한 듯이 조심조심 대하고 있었다. 그녀가 부서지기라도 할 듯이.

그녀는 오래 전 그의 할리 뒤에 올라탔던 기억을 떠올렸다. 그에게 빨리 몰아달라고, 해변길을 따라 가능한 한 최대 속도로 달려 달라고 부탁했었다. 얼굴에 와닿는 바람과 도로가 그들을 향해 돌진해오는 아찔한 스릴을 느껴보고 싶었다.

하지만 그는 그러지 않았다. 그때도 그녀를 조심스레 다루었다.

지나치게 조심스레.

같은 날 밤 조의 차에서, 그녀는 그가 자신을 바닷가로, 한번도 간 적 없는 곳으로 데려가 주기를 원했다. 그러는 대신, 그는 그녀를 집에 데려다주었다.

바로 지금, 그는 '너 같은 여자에게'—즉, 해석하자면 그녀처럼 착한 여자에게 별로 줄 것이 없다고 말했다.

평생 동안 사람들은 그녀가 걸음마를 할 적부터 따라다닌 '착한 아이' 이미지 너머를 꿰뚫어보지 못했다. 심지어 대학 시절 그녀가 마돈나 스타일로 언제나 검은 레이스 브라 끈이 보이게 하고 다닐 때조차 아무도 그녀가 진정으로 그런다고 여기지 않았다. 대부분 그녀의 치어리더마냥 귀여운 용모 탓이었다.

대부분의 사람들은 자세히 들여다보는 법이 없었고, 그들의 눈에 보이는 것이라곤 장밋빛 뺨과 주근깨, 커다란 푸른 눈뿐이었다. 그들은 '좋은' 점만을 보았다.

그래, 어쩌면 그녀는 좀 착할지도 모른다. 하지만 그래서? 착한 여자는 심장이 멎을 만큼 열정적인 섹스를 원해선 안 되는 거야? 탐의 굉장한 육

체가 그녀 안에서 자제력을 잃는 짜릿한 감각을 갈망해선 안 되나? 마치
착한 여자는 예의바르고, 조심스런 섹스만 원하는 것 마냥……

요즘 그녀의 밤은 아주 어둡고 외로웠다.

켈리는 탐이 자신을 원하는 걸 알고 있었다. 그 점엔 논쟁의 여지가 없
었다. 자신에게 맞닿은 그가 완전히 발기해 있음을 느낄 수 있었다. 손을
뻗어 그의 벨트를 풀고 싶었다. 그리고……

조심스런 자제를 원하는 게 아니었다. 그녀가 뭘 원하는지 알면 그는 아
마 심장마비로 넘어가리라, 특히 그녀에게서 '착한' 면을 예상한다면.

젠장, 조심스런 연인은 이제 사양이었다.

그녀는 자신을 동등한 상대로 대해 줄 사람을, 그녀가 위에 올라가도록,
그녀가 뜻대로 한계를 정하게 해줄 사람을 원했다. 아예 한계를 두지 않게
해줄 사람을. 그녀를 두려워하지 않는 사람을, 거칠고 약간은 이기적이며
순간을 위해 사는 사람을 원했다.

그게 바로 그녀가 늘 상상해 왔던 탐 파올레티의 모습이었다.

그녀는 다시 키스했다. 그의 혀를 자신의 입안으로 빨아들이며 몸을 맞
대고 묵직하게 부푼 그의 앞에 유혹적으로 자신의 배를 문질렀다.

그의 신음소리가 들렸다. 좋은 징조 그녀의 엉덩이를 움켜쥐어 좀더 바
싹 당겨안을 듯이 등을 쓸어내려가는 그의 손이 느껴졌지만, 그는 절반쯤
내려가다 예의바르게 멈추었다. 그리고 다시, 그녀는 그의 자제력을 느낄
수 있었다.

켈리는 그에게 키스하고 또 키스했다. 그에게 그녀를 침대에 내던져 달
라고 애원하는 길고 깊고 나른한 키스 그녀는 그의 셔츠를 끌어올려 그 아
래 뜨거운 살결 위로 손을 밀어넣었다. 그의 바지 허리 사이로 손가락을 밀
어넣자 그녀의 손마디가 단단한 배 근육에 닿았다. 아주 약간, 많이는 아니
게. 그녀가 바지 속으로 손을 넣을지 말지 그가 의문을 가질 만큼만.

이게 어디가 얌전하단 말이지?

그가 이제 더더욱 애를 쓰고 있다는 것은 확실했으나, 아직도 조심스레
자제하고 있었다.

오, 그녀는 탐 파올레티와 조심스럽고 예의바른 사랑을 나눌 생각은 추호도 없었다. 그녀는 위험을 원했다. 격렬함을 원했다. 조금 거칠고 불량하다는 소문의 남자를 원했다.

"키스해요, 젠장."

그녀는 그에게 말했다.

"난 이제 열다섯 살이 아니라구요. 제대로 키스해도 된단 말이에요!"

그는 그 틈을 타 물러나려 했다. 그녀의 손을 자신의 바지자락에서 조심스레 빼내려 했다.

"켈리, 내 생각엔 우리 아무래도……."

그녀는 노골적인 한 단어로 원하는 바를 정확하게 표현해냈다.

"그게 내가 하고 싶은 거라구요, 탐. 하지만 내가 키스할 때마다 당신은 날 다치게 할까 좀 지나치게 염려하는 기분이에요. 보장하는데, 내가 원하는 건 하나도 안 아픈 거라구요"

탐은 그 말에 웃음을 터뜨렸지만, 그녀는 그의 눈에서 놀란 기색을 볼 수 있었다. 백만 년이 지난다 한들 그는 그녀가 그렇게 노골적으로 나올 줄 짐작조차 못한 것이다.

정말 속 터질 일이었다.

"난 이제 처녀가 아니라구요 몇 년 동안 결혼생활까지 했단 말예요 그리고 충격받을지도 모르지만, 게리가 처음이었던 것도 아니고 믿건 말건 간에, 난 조금 위험스럽고 거친 섹스를 좋아한다구요 시끄럽게 하는 것도 좋아하고 그리고 탐, 솔직히 말해 난 당신이 소리를 엄청 내게 할 참이에요"

그는 무슨 말을 해야 할지, 어떻게 해야 할지 알 수가 없었다. 켈리는 익히 짐작이 갔다―그녀 자신도 충격받았으니까. 하지만 전부 사실이었다. 다만 전에는 소리내어 말할 용기를 결코 내지 못했던 것뿐이다. 이제 아주 후련했다. 그리고 아직 다 한 것도 아니었다.

"날 아직 옆집 사는 꼬마 여자애쯤으로 생각하는 거 알지만, 난 성인 여자예요 나쁜 버릇도 수백만 개쯤 있고 별별 나쁜 생각들도 많이 해요 못 볼 것들도 엄청 봤다구요, 탐. 죽음과 끔찍스런 시련 그리고 고통. 날 그냥 있는 그대로 봐줘요. 당신이 날 이상화해 올려놓은 고결함의 제단에서 내려가게 해줘요. 그 위에서는 원하는 대로 내 삶을 살 수가 없다구요. 그 위에서는 당신에게 닿을 수가 없어요. 미치도록 당신 몸에 다리를 감고 싶은데 그럴 수가 없단 말예요.”

그의 눈에서 자라나고 있는 열기와 대조되지 않았다면 그의 얼굴 표정은 몹시도 우스웠으리라. 그는 귀 기울여 듣고 있었고, 말을 마치고 나면 자신이 원하던 바로 그것을 그가 주리라는 것을 그녀는 알 수 있었다.

더 이상 조심하지 않고. 더 이상 자제하지 않고.

“난 완벽하지 않아요.”

이번엔 그를 진짜 이해시켜야 한다.

“불행할 때면 울고, 화날 때면 성질을 부리고, 우울할 때면 바닥까지 떨어져요. 욕도 해요. 늘. 문신도 있어요.”

믿을 수 없다는 표정의 그에게 그녀는 고개를 끄덕였다.

“정말이에요. 아주 작은 거지만 그래도 문신이라구요. 겁이 나서 배꼽에 피어싱을 하진 못했지만 어쩌면 나중에 할지도. 난 원하는 게 아주 많아요. 아버지와 제대로 대화를 나눌 수 있길 바라요. 또 겁먹고 도망친 게 아니라 내 삶을 최대로 충실하게 살았다고 생각하며 밤에 잠자리에 들고 싶어요. 착실한 삶은 이제 그만두고 싶어요! 늘 꿈꿔왔지만 그럴 용기를 내지 못했던 것들을 하고 싶어요. 진짜 튀는 헤어스타일을 하고 몸매를 드러내는 옷을 입는다든가. 스카이다이빙과 윈드서핑을 하고 싶어요. 또…… 음, 돌고래와 헤엄치고 오토바이로 유럽 대륙을 횡단하고 싶어요. 영화관에서 당신을 애무하고 싶어요.”.

켈리 스스로도 자신이 한 말을 믿을 수 없었다. 그 역시 마찬가지였다. 하지만 말이 마구 쏟아져나왔다.

“우리 아버지 보트에서, 항구에서 당신과 사랑을 나누고 싶어요! 오늘밤 날 침대로 데려가 내일 낮까지—아니, 모레 낮까지 침대를 나가지 못하게 하면 좋겠어요! 책에서 읽은 그런 종류의 열정 말예요. 부엌 식탁 위에서, 침실로 오르는 계단에서, 시내로 향하는 기차 화장실에서. 모든 곳에서 하고 싶다구요. 당신이 밤에 내 방 창문으로 숨어들어와 날 깨워서 사랑을 나누길 원해요. 아, 내 안에서 당신을 느끼고 싶어요."

탐은 그녀에게 키스했다.

그를 휘감고 완전히 미치게 만드는 그녀의 목소리를, 그녀의 말을 단 일 초도 더 견딜 수 없었다. 그녀가…… 영화관에서…….

저녁식사는, 대화는 때려쳤다. 그는 전혀 배고프지 않은데다 그들은 방금 할 말을 다 했다. 그는 그녀에게 상처줄까 두렵다고 했고, 그녀는 갖은 창의적인 장소와 방식을 열거하며 그를 원한다고 밝혔다.

그들은 같은 마음이었다.

그는 그녀를 들어올려 그녀가 그렇게나 생생하게 묘사했던 대로 그녀의 다리를 자신의 몸에 감으며, 부드럽고 따스한 육체를 자신의 몸에 빈틈없이 맞닿게 하고 양손으로 매끄러운 엉덩이를 감쌌다. 그녀를 침대로 데려가는 동안 그는 그녀가 자신의 셔츠 단추를 풀어 내려가는 것을 느꼈다.

그녀가 제대로 봤다.

그는 자신이 당하는 입장이었다면 제일 싫어할 일을 그녀에게 저질렀던 것이다. 그는 말끔한 라벨과 눈에 보이는 외관 아래의 실제 인간을 보지 않았다. 그는 상상 속의 귀여운 켈리 애시튼에게 늘 빠져 있었지만, 품에 안긴 실제의 그녀는 그의 숨을 막히게 했다.

실제의 그녀는 귀여운 것 이상이었다. 그녀는 톡톡 튀고, 재치 있으며 대담하리만큼 솔직하고 약간 무례하기까지 했다. 그리고 그가 아는, 그가 만나본, 그가 꿈꿔온 어떤 여자들보다도 훨씬 더 섹시했다.

그녀는 기록적인 시간 안에 그의 셔츠를 풀어냈고 그녀의 손과 입이 가슴에 와닿는 감각에 그는 큰 소리로 웃었다.

그녀의 원피스가 침대 위에 있었고, 그는 그걸 한 손으로 집어던져 컴퓨터 의자 등에다 걸쳤다. 그가 팔을 흔들어 셔츠를 벗는 동안 그녀 역시 똑같이 로브를 벗었다.

하느님 맙소사.

그녀는 아름다웠다. 탐은 반쯤 벌거벗은 여자를 지극히 좋아했지만, 켈리는 굉장했다. 가슴은 풍만하고 배와 허벅지는 매끄러우며 부드러웠다. 탐은 즉각 그녀가 자신의 이상형임을 깨달았다. 평생 만났던 다른 여자들은 그녀에 비하면 그 빛을 잃었다. 심지어 몇 년 전 데이트한 긴 다리에 탄력 있는 몸매의 슈퍼모델 지망생까지도

정말 굉장했다. 그는 그녀에게 키스하고, 어루만지고, 믿어지지 않을 만큼 부드러운 그녀의 피부를 양손으로 쓸었다.

그녀도 마찬가지로 그를 어루만지고 있었다. 마치 아무리 해도 모자라다는 듯이, 지금 이런 일이 벌어지고 있다는 것이 믿어지지 않는다는 듯이.

그는 그녀와 함께 침대 위로 쓰러졌고, 켈리가 여전히 그의 위에 있었다. 그는 그녀의 목에, 어깨에, 젖가슴 위쪽에 입맞췄다.

그녀가 브라를 벗자, 그는 울든가 노래하든가 고함치고 싶었다. 혹은 웃든가. 그는 그녀에게 얼굴을 묻고 웃으면서, 한꺼번에 가능한 한 최대로 키스하고 맛보았다.

그녀 역시 웃으면서 몸을 뒤로 빼고 그의 벨트버클에 손을 가져갔다.

그걸 풀지 못한 그녀가 그를 손으로 덮고 바지 위로 어루만지자 현실이 강타했다. 자신이 정말로 여기 있는 것이다. 켈리의 방에. 그녀와 사랑을 나누며. 그 오래 전 조의 차 앞좌석에서 시작했던 일을 마침내 마무리짓는 것이다.

그녀는 그가 얼마나 오랫동안 그녀를 원해 왔는지 알까?

그는 살며시 그녀를 밀어내고 침대에서 굴러내려 신발을 벗어던지자마자 재빨리 바지를 끌어내렸다. 무릎을 꿇고 그를 지켜보는 그녀의 눈은 뜨거웠고, 풍만한 가슴은 욕망으로 단단하게 맺혀 있었다. 마치 무슨 화끈한 꿈이 현실로 이루어진 것처럼.

그는 그녀를 영원토록 원했다.

"와, 세상에."

그가 사각팬티를 내리자 그녀가 중얼거렸다. 그가 올려다보자, 그녀는 미소짓고 눈을 커다랗게 떴다.

탐은 웃을 수밖에 없었다. 그는 자신이 그저 남자일 뿐이라는 걸 빌어먹게 잘 알고 있었으나, 그의 몸에 대한 그녀의 명백한 감탄과 그녀가 그걸 내색하는 데 전혀 거리낌이 없다는 사실은 그를 완전히 흥분시켰다.

그는 그녀의 품으로 도로 파고들며 다리를 자신의 다리와 얽고 깊숙이 키스했다. 가슴에 맞닿는 젖가슴의 감촉은 황홀했다. 그리고 그녀가 그들 사이로 손을 뻗어 서늘한 손가락으로 그를 감아쥐었을 때는……

"켈리."

제대로 된 말이라기보단 신음에 가까웠다.

그녀는 웃음을 터뜨리고 그의 입에, 목에, 가슴에 키스했다. 그녀가 아래쪽으로 내려가자 머리칼이 그의 예민해진 살갗을 유혹적으로 간질였다. 그가 팔꿈치를 바닥에 대고 상체를 일으킨 바로 그 순간 그녀는……

맙소사! 오, 맙소사! 숨을 쉬려 애쓰며 그는 자신이 정말로 그렇게 외쳤음을 깨달았다.

그로 하여금 고함치게 만든 것은 그녀의 매끄러운 입이 와닿는 감촉이 아니었다. 그보다는 그녀의 모습이었다. 그 푸른 눈과 그 천사 같은 얼굴로 그를 올려다보면서……

하느님, 하느님 맙소사.

그리고 그들은 지금 영화관에 있는 것도 아니었다.

그녀가 해주는 건 정말 엄청나게 기분 좋았다. 너무나도. 하지만 그가 원한 그들의 첫 번은 이런 식이 아니었다. 그는 그녀도 소리 지르게 만들 수 있기를 원했다.

그는 그녀를 위로 끌어올려 넘어뜨리다시피 눕혔다. 그녀는 함께 쓰러지며 아까만큼이나 굶주린 듯 키스했다. 그녀는 아직도 그 짙은 빨강색 끈팬티를 입고 있었다. 그가 그 아래로 손을 넣어 만지자, 그녀는 그를 향해 다리를 벌리고 신음했다.

크게.

탐은 그게 좋았다. 그녀는 그를 위해 준비되어, 부드럽고 촉촉하며 완벽했다. 그리고 그에게 그런 내색을 하는 것을 전혀 부끄러워하지 않았다.

그는 그녀의 문신을 찾아냈다. 10센트 동전보다도 작은 평화의 심볼로 그녀의 왼쪽 골반, 팬티선 바로 아래에 숨어 있었다. 사랑스러움과 섹시함의 완벽한 어우러짐이었고, 그의 마음에 쏙 들었다.

켈리는 다시 그에게서 빠져나와, 이번에는 침대 옆 협탁을 향해 기어가 은박 포장된 콘돔을 서랍에서 꺼냈다. 그가 그녀의 팬티를 다리 아래로 끌어내리는 동안 그녀는 포장을 뜯었다.

그녀가 키스하는 동안 그는 그걸 씌웠다. 그가 마치자마자 그녀는 다리를 그의 위로 올려 올라탔다. 켈리는 빠르게 움직이고 있었지만, 탐이 그녀의 골반을 붙잡아 그를 받아들이려던 그녀를 제지했다. 그녀는 항의의 소리를 내며 키스를 멈추고 쳐다보았다.

"자아, 마음을 바꾸려면 지금이 마지막 기회야."

탐의 말에 그녀는 웃음을 터뜨렸다—어이가 없어 터져나오는 실소.

"농담이겠죠."

"당연히 농담이지. 단지 네 주의를 끌려고 한 것뿐이야."

이제 그는 그녀를 천천히 아래로 내려 그녀의 열기로 자신을 아주 조금, 그리고 조금 더 감쌌다.

"난 늘 이러는 환상을 그려왔거든."

그는 숨을 내뱉었다.

"처음으로 우리가 이럴 때, 너의 눈을 응시하는 거 말야."

굉장했다. 그가 무엇을 꿈꾸었든, 무엇을 상상했든, 지금 이것과는 비슷하지도 않았다. 그는 그녀를 완전히 놓고 뒤로 누우며, 자신을 그녀 안으로 더욱 깊숙이 밀어붙였다. 마침내.

여전히 그의 시선을 마주한 채 켈리는 떨리는 미소를 지었다.

"늘 당신 눈을 쳐다보길 좋아했죠."

그녀는 그의 위에서 움직이기 시작하며 속삭였다.

"정말로 아름다운 눈이에요, 탐."

너무나 좋은 감각에 탐은 말을 할 수가 없었다. 그저 그녀를 끌어당겨 키스하고 어루만지고, 그의 손바닥 가득 새틴 같은 그녀의 피부를 느낄 수밖에 없었다.

그녀는 느릿느릿하게 움직여 그를 미칠 듯이 몰아갔지만, 그는 스스로 생각한 것보다 훨씬 더 오래 버텼다. 그리고는 그녀를 안은 채 몸을 굴려 자신이 위에 올라가, 이렇게 하면 평정을 얻을 수 있기를 바랐다.

그렇지 못했다.

켈리가 그를 맞이하기 위해 몸을 쳐들며 빠른 리듬을 반기고 격정적으로 키스하자 그는 자제력을 잃었다. 세상이 흐릿해지기 시작했지만 그의 어지럼증은 부상 탓이 아니었다. 이렇게 강렬한 쾌락은, 이렇게 영혼까지 물들일 듯한 황홀함은 알지도 못했었다. 그녀의 입, 그의 입, 그녀의 손, 그의 손. 어디까지가 그이고 어디서부터가 그녀인지 구분하기 힘들었다.

탐은 그녀의 신음소리를 들었다—혹은 그 자신의 목소리였던가?

그는 그녀의 재촉에 더욱 빨리, 더욱 세게 움직였다. 그러면 자신의 한계를 넘어버린다는 걸 알면서도.

"켈리,"

그는 가쁘게 말했다.

"켈리…… 켈, 너무 좋아. 더는 견딜 수가…….''

그녀가 산산이 무너졌다.

바로 그렇게, 그는 그녀의 강렬한 절정의 힘을 느꼈다. 그리고 만약 느끼지 못했다면, 분명히 듣긴 했을 거라 확신했다.

그의 평생 가장 근사하고 아름다운 감각이었다. 그에게 절박하게 매달린 그녀의 몸이 쾌감의 파도로 떨렸고, 그녀는 그의 이름을 계속 그리고 또 계속 외쳤다.

그가 이렇게 했다. 그가 그녀를 이렇게 느끼게 했다.

그는 소리내어 웃으려 했지만, 확 밀려오는 그 자신의 절정이 어질어질하게 관통하여 숨쉴 수도, 생각할 수도, 아무것도 할 수 없었다. 단지 느끼는 것 외엔.

켈리.

그의 뇌는 그 후 얼마간 뚝 끊겨 있었다. 그리고 정신이 날아갈 만큼 강렬한 쾌감과 취할 듯 따스한 도취감 사이를 떠돌고 있는 동안, 지난 몇 시간, 그리고 지난 며칠간의 이런저런 일들이 일정한 순서 없이 재생되었다.

켈리의 목소리. 늘 당신 눈을 쳐다보길 좋아했어요. 정말로 아름다운 눈이에요. 아름다운 눈. 파올레티 눈. 조금 슬픈. 너무 많은 비밀을 간직하고 있어서겠죠. 비밀. 비밀.

조의 목소리. 넌 거의 반평생 켈리를 사랑해 왔지.

그리고 다시 켈리. 날 그냥 있는 그대로 봐줘요.

맙소사, 어쩌면 조는 탐이 보지 못한 무언가를 봤을지도 모른다. 왜냐하면 탐은 켈리의 착한 여자 외관—그 자신이 도와 쌓아올린 외관에 눈이 멀어 있었으니까.

탐은 켈리의 얼굴을 보았다. 그와 사랑을 나눌 때 켈리의 미소 그녀를 보았다. 분명하게. 착각 없이. 오해 없이. 그녀는 그가 이전에 본 그 어느 때보다도 아름다웠고 벌거벗었으며 대담하며 생생했다.

눈이 멀 듯한 번뜩임 속에, 그는 조가 옳았음을 알았다. 탐은 온 마음을 다해 이 여자를 사랑하고 있었다.

그는 눈을 번쩍 뜨고 나른히 떠다니던 곳에서 지금 이곳으로 돌아왔다. 켈리의 방, 켈리의 침대. 그의 얼굴이 켈리의 머리칼에 묻힌 채. 그는 그녀를 깔아뭉개고 있었다. 옆으로 구르며 그녀를 품으로 끌어당겼다. 미친 생각이다. 그가 그녀를 사랑할 리가 없다. 하지만……

"제기랄."

그는 이제 완전히 다른 이유로 가쁘게 숨을 쉬고 있었다.

그녀가 그의 품으로 파고들었다.

"뭐라고요?"

"아냐. 아무것도 아냐. 그냥…… 제기랄이라고."

켈리는 나직이 쿡쿡거리며 고개를 들어 그의 턱에 키스하고, 나른하게 그의 목덜미께의 머리칼을 만지작거렸다.

"감동적인 표현이네요."

"심각한 거야."

탐은 생각에 잠긴 침묵으로 빠져들까 두려워, 그 자신도 아직 정확히 파악하지 못한 뭔가를 툭 내뱉을까 두려워 지껄였다.

"그리고 이제 솔직히 말해 줘. 내가 소리를 많이 내든?"

그녀는 다시 웃음을 터뜨렸다.

"설마 당신이 그런 걸 묻는 끔찍한 남자들 중의 하나란 말은 아니……."

그녀가 목소리를 낮췄다.

"…그럼, 좋았어요?"

"아니. 그저 소리내는 건 내가 별로 경험이 없는 분야라, 그래서……."

그는 미소지었다.

"게다가 내가 느낀 거의 천 분의 일만큼만이라도 네가 느꼈다면, 그래도 꽤나 엄청날걸."

그녀는 한쪽 팔꿈치를 괴고 몸을 일으켰다.

"정말? 그렇게나 좋았어요?"

그녀는 눈을 데구르르 굴렸다.

"오, 이런. 나야말로 그런 끔찍한 남자가 되어버렸네."

탐은 앞으로 몸을 숙여 가볍게 그녀의 가슴 끝에 입맞췄다.

"아니, 그렇지 않아. 그리고 맞아, 아까는……."

그는 별일 아닌 것처럼 태연하고 당연하게 말하려 애썼다.

"내 평생 최고의 섹스였어."

그녀가 일어나 앉았다.

"우와."

그녀는 이제 웃고 있지 않았다.

"그럼 영화관 얘기 말인데."

탐은 너무 일찍 너무 많이 탄로낸 자신을 속으로 욕하며 말했다.

"내일 바빠? 나로선 볼 마음이 전혀 없는 영화가 몇 편 있는데."

그녀는 그가 바란 대로 다시 웃음을 터뜨렸다. 그리고는 그에게 키스했다. 아름다운 눈을 반짝거리며 그녀가 말했다.

"그거 정말 재밌겠네요."

15

"아버지와 조가 우리가 어디로 사라졌나 궁금해하고 계실까요?"

켈리는 고개를 들어 탐을 올려다보았다.

그는 열린 프렌치 도어를 넘겨다보고, 그게 활짝 열려져 있음을 퍼뜩 놀라며 깨달았다. 하지만 아냐. 그들이 얼마나 시끄러웠든 조와 찰스가 들었을 리는 없다. 두 노인은 집의 반대쪽, 1층의 데크에 앉아 있다. 그래도……

"너희 아버지가 엽총을 들고 날 찾으러 오신 대도 놀랄 일이 아니지."

그는 그녀의 벌거벗은 등을 가볍게 쓸어내렸다. 아무리 그녀를 어루만져도 질리지 않았다.

"여기 있는 것만으로도 규칙을 어긴 기분이야. 문을 잠근 켈리 애시튼의 방에."

그는 늘 그곳이 천국보다 나으리라 상상했었다. 그리고 바로 그대로였다. 켈리가 그를 향해 미소지었다.

"뭐랄까, 이상하지 않아요?"

"이상하고 근사해."

"이상하고 근사하단 말이 나왔으니 말인데요, 오늘 아침 말한다는 걸 까먹었는데 어젯밤 아빠한테서 무슨 일로 조와 싸우는지 좀 알아냈어요. 믿어질진 몰라도, 프랑스 레지스탕스에 있던 여자와 관련된 일이더라구요."

"시벨."

탐이 말했다. 그녀의 입이 떡 벌어졌다.

"알고 있었어요? 그러면서 나한테 안 말한 거예요?"

"아냐."

그는 허겁지겁 대꾸했다.

"그 여자에 대해 알진 못해. 그냥 때려맞춘 거야. 조가 시벨이란 이름을 꺼내자 찰스가 거의 심장발작을 일으키더군. 두 분에게서 그 이상 들을 수는 없었어. 비록 조가 오늘 내게 몇 가지 힌트를 더 주긴 했지만. 대체로 그녀에 대해 말하지 않음으로써 말야."

"두 분 다 그녀를 사랑했어요. 내 생각엔 아버지는 여전히 그녀를 사랑하는 것 같아요."

그녀는 나직이 후후 웃었다.

"난 아버지가 누구를 사랑할 줄 알리라곤 생각 못했는데, 그 시벨이란 여자를 거의 평생 사랑해 왔던 거예요."

그녀는 그의 어깨에 머리를 기대고 도로 누워, 그의 가슴털을 쓸었다.

"그 여자는 어떻게 되었는지 모르겠어요. 혹시 알아요?"

탐은 한숨쉬었다.

"아니. 조는 얘기 안 하셔."

머리를 뒤로 젖히고 그녀는 올려다보며 그의 얼굴을 어루만졌다.

"피곤해 보이는데. 기분은 어때요?"

그녀의 눈을 들여다보며 그는 아찔한 경외감을 느꼈다. 켈리 애시튼이 그의 옆에 벌거벗고 누워 있다. 그는 아직도 그 사실을 믿을 수가 없었다. 그리고 그녀를 다시 원했다. 벌써. 그는 그녀에게 키스했다.

"굉장해, 고마워."

"두통은? 현기증은?"

"살려줘, 갑자기 내 침대에 의사가 나타났네."

"'내' 침대예요."

그녀가 반박했다.

“그러니 여긴 언제나 의사가 있다고요. 기분은?”

그녀는 진지했다. 의학적 답변을 원하고 있었다.

“괜찮아.”

그녀는 일어나 앉아 그를 쳐다보았다. 의심스러운 듯 치켜올라간 눈썹의 효과는 그녀의 벌거벗은 모습으로 인해 한참 반감되었다. 그녀의 머리칼은 흐트러져 있었고 딱 가슴 위만 아슬아슬하게 가릴 만큼의 길이였다. 그녀의 아름다운 맨가슴을. 그녀에게 미소짓지 않기란 불가능했지만, 그걸 본 그녀는 미간을 찌푸렸다.

“왜? 난 괜찮으면 안 돼?”

“이 점에 있어서만은 솔직하게 말해 줘요.”

켈리는 진지한 눈을 하고 말했다.

“당신이 터프하고 거의 무엇이든 견뎌낼 수 있게 훈련받은 건 알지만, 나랑 있을 때는 그냥 참지 말아요. 알았죠?”

그녀는 그의 손을 잡아 자신의 뺨에 눌렀다.

“응? 약속해 줘요, 탐…….”

그는 늘 벌거벗고 애원하는 여자를 실망시킬 수가 없었다.

“약속할게.”

“기분 어때요?”

그녀가 다시 물었다.

“약간—아주 약간 두통이 있어. 거의 없는 거나 마찬가지야, 투덜거릴 정도는 분명히 아니고 자, 정말로 괜찮다니까.”

그는 그녀를 향해 손을 뻗었지만, 그녀는 몸을 뺐다. 그녀는 아직 다 끝낸 게 아니었다.

“현기증은?”

“솔직히 말하자면, 모르겠어. 네가 한 일로 내 세계가 완전히 뒤집어졌거든. 그러니 오늘 내가 느낀 현기증은 전부 그럴 만한 이유가 있어서지.”

켈리는 미소짓고 몸을 앞으로 숙여 키스했다. 그 기회를 놓치지 않고 그는 그녀를 끌어당겨 매끄러운 피부를 전부 어루만지며 그녀를 들이마셨다.

그녀의 목소리가 숨가빴다.

"의사로서의 마지막 질문. 지금 다시……."

"응."

그는 웃고 있는 그녀를 휙 굴려 눕히고 다리를 벌렸다.

"왜냐하면 의사이다 보니 관찰력이 있는지라 눈치채지 않을 수 없……."

그는 그녀에게 키스했다.

"으으음. 그럴 거라 생각했어요. 이러다 습관되겠네."

오, 그도 마찬가지였다. 하루에 세네 번, 매일? 앞으로 몇 주간. 그 후의 일은 생각하고 싶지 않았다. 생각할 수가 없었다. 남아 있고 싶지 않았지만, 분명히 떠나고 싶지도 않았다. 갑자기 그의 인생은 바로 몇 시간 전보다 훨씬 더 복잡해졌다.

그가 지그시 눈을 감고 있는 동안 그녀는 둘 사이로 손을 뻗었고, 그녀의 손길이 모든 생각을 날려버리는 한편 그녀는 그를 당겨서 골반을 들어올리고…….

전화벨이 울렸다. 처음 그는 머릿속에서 울린 일종의 콘돔 적색경보인줄 알았다. 도대체 무슨 짓이지, 콘돔을 안 하고 그녀에게 들어가려 했다니? 멍청이 아냐? 완전히 돈 거 아냐?

그가 뒤로 물러나는데 전화가 또 울렸다.

"어, 배트맨 호출이네. 고담 시*에 문제가 생겼나 봐요."

전화기가 두 대라는 걸 탐은 깨달았다. 하나는 일반적인 소형 전화기, 다른 하나—지금 시끄럽게 울리고 있는 건 무선이었다.

그는 그녀가 전화를 받기 위해 자신의 아래에서 빠져나가는 기회를 이용하여 그녀의 온몸에 한 치도 빠짐없이 닿게 했다.

"켈리 애시튼입니다."

하지만 일단 그녀가 통화를 시작하자 그는 손을 얌전히 두었다. 재미는 재미고, 일은 일이다. 그리고 그는 일 관계상 중요한 통화중인 그의 정신을

---

* 영화 <배트맨> 시리즈의 배경 도시 이름. 성경에 나오는 타락한 도시 소돔과 고모라의 이름을 결합.

산만하게 하려는 연인들을 겪어보았다. 그에겐 그런 행동이 전혀 섹시하게 느껴지지 않았다. 그저 짜증스러울 뿐.

전화 저쪽의 사람이 무슨 말을 했는진 몰라도 켈리가 벌떡 일어나 앉았다.

"응."

그녀는 침대 아래로 다리를 휙 내리고 그에게 등을 돌렸다.

"아이는……."

그녀는 속옷을 찾아 바닥을 눈으로 훑어 마침내 찾아냈다.

"알았어, 흐음."

오, 젠장할. 켈리가 가버린다.

탐이 지켜보는 가운데, 그녀는 속옷을 입었다. 그런 모습을 쳐다보는 건 좋았지만, 방금 그들이 하려던 것에 비하면 아무것도 아니었다. 수화기를 턱 밑에 괸 채, 그녀는 옷더미에서 카키색 바지를 끌어내 입었다.

정말로 가는 거다. 그의 몸 속 모든 세포는 쿵쿵거리며 또 한 번의 열성적인 에너지가 넘치는 섹스를 학수고대하고 있는데, 그녀는 가버리는 거다.

탐은 웃을 수밖에 없었다. 이 아이러니라니. 지금까진 그 자신이야말로 떠나야 하는 쪽이었다. 그리고 뒤에 남겨진다는 것이 어떤 기분인지 이전까지는 전혀 이해하지 못했다. 김이 빠지고 짜증스러웠다. 속은 기분이면서 동시에 곧 그녀가 돌아오리라 낙관했다.

하지만 그녀가 전화 한 통에 일어나서 가야 하는 일을 한다는 것을 그는 이해했다. 그리고 절대로 투덜거려서 그녀로 하여금 죄책감을 느끼게 하진 않을 것이다. 그는 시트를 허리까지 끌어올려 단단한 욕망의 증거를 감추고 한쪽 팔꿈치를 괴었다.

켈리는 갑자기 그의 존재를 기억해낸 듯 몸을 돌려 쳐다보았다.

"잠깐만, 팻."

그녀는 수화기 송화구를 막았다.

"벳시 일이에요. 오늘 항암치료를 시작했는데 임 전문의가 이이인데 지방한 구토 억제제가 듣지 않았나 봐요. 한 시간 내내 토해대서 부모가 겁에 질려 죽을 지경이래요. 정말 가봐……."

"물론이지. 가. 걱정 말고 아버님은 나하고 조가 보살필 테니까."

그녀는 안도감에 후유 숨을 내쉬었다.

"정말 고마워요."

그녀는 송화기를 덮은 손을 뗐다.

"팻, 내가 곧 간다고 말해 놔."

그녀는 전화를 끊고, 짙은 색의 티셔츠를 뒤집어썼다.

"정말 미안해요."

"기대감을 높이는 뜸들이기로 생각하지 뭐. 그리고 이따 밤에, 기회가 생기면……? 베이비, 불꽃놀이 준비하라구."

그녀는 웃음을 터뜨렸다.

"약속하는 거예요?"

"그럼."

그녀는 그 자리에 서서, 마치 마음을 바꿀 듯이 그를 쳐다보고 있었다.

"바보 같은 짓이에요. 내가 가봤자인데. 빈스 마틴과 병원에 있는 나머지 스태프가 다 알아서 하는데. 내가 할 수 있는 건 정말 아무것도 없어요"

"곁에 있어 줌으로써 벳시 부모의 기분을 나아지게 하는 거 말고."

"그거 말고는요"

그녀는 그를 바라보면서 머리를 하나로 묶었다.

"정말로 괜찮은 거죠?"

탐은 양손을 베고 침대에 드러누웠다.

"네가 있을 수 있다면 훨씬 좋겠지. 하지만 삐삐나 전화 한 통에 일하러 가야 하는 상황은 나도 익히 알아. 그게 늘 이쪽 편한 시간이라는 법은 없고, 그게 인생이지. 사실, 안 좋은 타이밍에 침대를 나와야 하는 건 보통 내 쪽이었다는 생각을 하던 참이었어."

그는 그녀가 화장을 좀 하고 립스틱을 바르는 모습을 지켜보았다.

"아마 그런…… 안 좋은 타이밍이 아주 많았겠죠?"

그녀가 질투하고 있다. 그녀는 안 그러려 애쓰고 있었지만, 그랬다. 보통 질투란 그를 걸음아 날 살려라 도망치고 싶게 만들었지만, 이번에는 켈리의 질투가 그를 지극히 기쁘게 했다.

"그렇진 않아. 최근에는 단연코 없었고, 그리고 특별한 경우는 전혀 없었어, 알지?"

"그런 뜻으로 말하려던 게…… 캐내려던 건 아니고……."

"난 감출 게 아무것도 없어. 그래, 여자와 사귀긴 했지. 하지만……."

이번과 비슷한 기분조차도 든 적이 없었다.

맙소사, 그렇게 말할 수는 없었다. 그 자신의 감정의 강렬함과 그것에 대해 그녀가 보일 반응—또는 그녀의 무반응을 생각하면 겁이 더럭 났다. 그는 '사랑해'란 단어를 '너를'의 뒤에 오게 써본 적이 없었다. 한번도 자신이 느끼는 감정이 17년간이나 미뤄졌던 만족감으로 인한 호르몬의 불균형이 아니라 정말 사랑인지조차도 확신할 수 없었다.

"난 정말 알고 싶지 않아요. 진짜로. 상관없어요. 내가 왜 그런 말을 했는지."

탐은 그 얘기가 들어가서 반가울 따름이었다.

"보스턴에서 전화해. 그러니까 혹시 시간 나면."

그녀는 거울 속의 자신을 미심쩍게 뜯어보았다.

"남들이 알아채겠죠? 날 보면 한눈에. '우와, 나 방금 섹스했어'란 표정이야."

그는 그 말에 웃음을 터뜨렸다.

"그냥 보기만 해선 아무도 몰라."

"아, 그래요?"

그를 쳐다보는 그녀의 눈매가 가늘어졌다.

"당신도 그렇다구요. 당신이 지금 당장 아래층으로 내려가면, 조와 아버지가 알아챌 걸요. 조심하지 않으면 우린 억지결혼을 하게 될지도 몰라요."

"너희 아버진 그렇게 옛날 분 아냐."

"아니죠, 하지만 조는 그래요."

그녀는 문 손잡이를 잡고 머뭇거렸다.

"냉장고에 중국요리가 있어요. 배고프면 전자레인지에 데우기만 하면 돼요.”

“어이, 작별키스 안 해줄 거야?”

그녀는 웃음을 터뜨렸다.

“농담하는 거죠? 당신에게서 2미터 반경에 있으면 나 자신을 믿을 수가 없는데. 이따 돌아와서 갔다왔다는 인사 키스해 줄게요.”

“그럼 됐어.”

“정말로 가봐야겠어요.”

그녀는 여전히 움직이지 않았다.

“고마워요. 내가 기억하는 한 최고의 하루였어요.”

“고마워, 네가……”

너로 있어 줘서. 세상에, 언제부터 이런 감상적인 카드문구가 내 머리에서 나왔담?

“맙소사. 드디어 탐 파올레티를 내 침대로 끌어들였는데, 난 차를 타고 나갈 참이라니 믿어지지가 않아요.”

그리고 그녀가 나가 문을 닫은 뒤, 그는 그녀의 웃음소리를 들었다.

그녀는 갔다.

탐은 드러누워 그녀의 잔향을 들이마셨다. 그 역시 웃을 수밖에 없었다. 자신이 여기 켈리의 침대에 있다는 사실을, 그녀가 자신을 향해 미소지었을 때 느낀 감정을, 그녀가 자신을 그렇게나 절실하게 원한다는 것을, 그들이 마침내 사랑을 나누었다는 것을 믿을 수가 없었다.

그는 발코니로 나가 그녀가 차에 올라타는 모습을 지켜보았다. 그녀는 올려다보지 않았다. 뒤돌아보지 않았다. 그냥 차를 몰아 사라졌다.

몇 주 후, 그가 떠나야 하는 쪽이 되었을 때 자신도 똑같이 할 수 있을지 그는 확신할 수 없었다.

맬러리는 자기 집 거실을 둘러보며, 데이빗의 관점에서 상상해 보았다.

후진 소파. 후진 안락의자. 낡고 얼룩덜룩한 바닥 카펫. 작은데다가 창문은 단 하나—그리고 녹슨 흰색과 하늘색 차양이 가려져 있어, 거실을 실제 이상으로 더 어둡고 흉하게 만들어놓고 있었다.

벽에 걸린 싸구려 그림들은 앤젤라가 비벌리 128번 도로 모텔 체인에서 일하던 시절의 부산물이었다. 모텔이 문을 닫게 되자 앤젤라는 '똑똑하게도' 여섯 점의 끔찍한 유화를 마지막 봉급 대신 받아온 것이다.

소파 뒤 벽의 정물화를 쳐다보고 있는 데이빗의 얼굴은 주의 깊게 무표정했다. 맬은 그가 흉하게 금칠한 바로크 스타일 나무액자를 두른 끝내주게 엿 같은 그림을 보고 있음을 알았다. 하지만 그녀의 눈엔 그 이상이 보였다. 어머니의 바보짓을 상기시켜 주는 증거.

도대체 어쩌자고 그를 여기로 데려왔담? 도대체 머리가 어떻게 된 거야?

그들은 데이빗의 아파트에 앉아 그가 찍은 그녀와 브랜든의 사진을 보고 있었다. 대부분은 굉장히 괜찮았다. 그리고 비키니 차림의 자신을 보는 게 좀 기분 이상하긴 해도, 그녀 역시 괜찮아 보였다. 그녀가 상상했던 모습의 나이트세이드처럼 보였다—강하고 용감하며 무적인.

하지만 몇몇 사진에서 조명이 안 좋았다. 키스 장면은 노출이 지나쳤다. 키스 장면을 전부 다시 찍어야 하게 되었다. 내 팔자야.

데이빗이 만들어준 샌드위치는 맛있었고, 그녀는 그걸 먹으며 어떻게 그래픽 노블을 그리는지 물었다. 만화가들이 전부 이런 식으로—사진을 찍어서 하니?

데이빗은 모두 제각각이라고 말했다. 잘못된 방법이나 옳은 방법 같은 건 없다고—비록 이렇게 사진을 찍는 건 사기라고 생각하는 사람들이 있긴 해도. 하지만 데이빗이 그 위에다 대고 베끼거나 하는 건 아니었다. 단지 인간의 육체가 어떻게 움직이는지 떠올리기 위해 쓸 뿐이었다.

그는 제일 많이 쓰게 될 것 같은 사진들, 작업 테이블 위에 붙여놓을 사진들이 어떤 건지 보여주었다. 그리고 그녀는 그 사진들이 자신이 지금까지 찍어왔던 것보다 훨씬 낫다고 말해 주었다.

데이빗은 데이빗답게 그 말에 덥석 걸렸다. 그리고 얘기가 이어지고 이어져 그들은 여기에 오게 된 것이다. 볼드윈 브릿지의 저소득층 지역에 있는 그녀의 후진 집에. 그녀가 지난 몇 년간 후진 자동카메라로 찍은 후진 사진들을 보여주려.

앤젤라가 담배 한 갑을 커피 테이블 위에 두고 갔다. 맬러리는 한 대 피워 물지 않으려 기를 써야 했다. 데이빗은 그 끔찍한 정물화에서 독이라도 옮을까 두려운 듯이 연신 돌아보았다.

"우리 할아버지가 그리셨어."

맬러리는 그에게 말했다.

"꽤 괜찮지, 응?"

데이빗은 맬러리를, 그림을 쳐다보았다.

"놀라워."

그는 중얼거렸다. 그리곤 붓놀림을 보려 가까이 몸을 숙였다.

"진짜 끔찍하다. 진정한 예술의 악몽이야. 너희 할아버지—."

그는 서명을 가리켰다.

"—메리 루 브래킷은 확실히 천재셨구나."

들통났다. 맬러리는 그를 향해 씩 웃었다.

"메리 루 할아버지는 괴상한 분이었거든. 굉장히 천재적이지만 고뇌에 빠진. 알 만하지."

"확실히 그분의 불안한 정서가 그림에서 느껴지고 있어."

데이빗이 그녀를 향해 마주 미소지었다.

흉한 안경 뒤, 끔찍한 헤어스타일 아래, 그의 눈은 따스하고 지적이었다. 그는 그녀를 좋아한다. 그를 보고만 있어도 알 수 있었다. 대부분의 남자들이 그녀에게 얘기할 때 눈에 떠오르는 번들거리는 빛이 그에겐 없었다. 그는 뭘 어째 보겠다고 여기에, 그녀 집에 온 게 아니었다. 그는 그녀와 함께 있는 걸 좋아한다. 그는 그녀가 하는 말을 듣고 싶어서, 정말로 그녀의 사진을 보고 싶어서 여기 온 것이다.

데이빗은 그녀의 집이 어떤 몰골이든 상관하지 않았다. 그러니 볼드윈 브릿지 전체를 통틀어 제일 작고 쓰레기 같은 집이면 어떠랴. 그에겐 털끝만큼도 상관없었다.

"부엌에서 사진을 봐도 괜찮겠어, 나이트셰이드? 메리 루 할아버지의 과

일 그릇 때문에 좀 괴로워서.”

“거기에도 하나 있어. 그건 더 심해.”

“더?”

“합해서 6점의…… 가보가 있어. 당연히 제일 좋은 걸 거실에 걸었지.”

데이빗은 부엌으로 들어갔다.

“오, 맙소사.”

그녀는 그가 웃기 시작하면서 하는 말을 들었다.

“너희 메리 루 할아버지가 여기엔 엘리자베스 키들러라고 서명했네. 다중인격장애가 있었든가 아니면 미술품 위조를 하려 들었나 보다.”

“아직 안 알려진 모텔유화의 거장, 엘리자베스 키들러의 스타일을 모방해서?”

맬러리는 그가 들을 수 있게 목소리를 높였다.

“이주 통찰력이 있으셨구나.”

데이빗이 부엌에서 나왔다.

“그리고 이런 게 6점이나 있다고?”

“그래. 이리 와, 이쪽은 안전해. 최소한 비교적. 내 방이야.”

그녀는 앞장섰다. 그녀의 방은 작지만, 온전히 그녀만의 것이었다. 사진 앨범은 책장에 꽂혀 있었다. 그녀는 가장 최근의 것을 뽑아들었다.

데이빗은 갑자기 불편한 기색이 완연해져 문간에 멈춰 섰다.

“저기, 그냥 농담한 거야. 거실에서 봐도 돼.”

그녀는 옹색한 침대와 서랍장, 조그만 붙박이 책상, 삐딱한 천장을 둘러보는 그를 지켜보았다. 이 방은 집 뒤에 덧붙인 부분으로, 이전에는 연장창고나 식품 저장실이었다. 앤젤라의 애인들 중 하나가 10년 전 창문을 달았다. 그가 일을 다 마치기 전에 그들은 헤어졌고, 그래서 맬러리가 직접 창틀에 페인트칠을 했다. 번들거리는 검은색. 그건 여전히 방 전체에서 제일 나은 부분이었다.

데이빗은 벽을 한 치도 빠짐없이 뒤덮은 영화 포스터와 사진들, 책장에 흘러 넘치고 바닥에 위태위태하게 높이 쌓여 있는 책들을 쳐다보았다.

그리고는 침대에 책상다리를 하고 앉은 그녀를 보았다.

"들어와도 괜찮아. 네가 뭐, 날 덮친다든가 하지 않으리라는 거 알아."

그는 고개를 끄덕이고, 마치 죽음의 별에서 저항군을 구해낸 공로훈장이라도 그녀에게 받은 듯이 갑자기 진지해졌다.

"그래. 네가…… 알아줘서 기뻐."

그는 방문을 활짝 열어두고 책상 앞 의자를 끌어당겼다. 네온색 백팩을 어깨에서 내렸지만, 바닥에 내려놓는 대신 무릎 위에 놓고 앉았다. 그리고 가방지퍼를 열었다.

"저기, 생각해 봤는데 쓰고 싶으면 내 카메라를 빌려줄게."

"뭐?"

그는 엄청 커다란 렌즈가 달린 카메라의 목끈을 잡아 꺼냈다.

"내 카메라야. 새 필름이 들어 있어. 36장짜리 컬러 필름. 오늘 저녁하고 내일 오전 쉰다며. 이 필름 다 써도 돼."

맬러리는 그를 응시했다.

"네 카메라를 빌려주겠다고?"

그 물건은 최소한 몇 주일치 급료가 나갈 터였다.

"그럼."

그는 그녀를 향해 카메라를 내밀었고, 그녀가 받아들지 않자 침대 위 그녀 옆에 놓았다.

"쓰기 쉬워. 들이대고 찍기만 하면 돼. 해가 지기 시작하면 조절을 좀 해야 할지도 모르겠지만, 아마 미디어 클럽 시절에 다 배웠겠지."

그는 카메라를 빌려줄 만큼 그녀를 신뢰한다.

데이빗은 백팩을 바닥에 내려놓고, 그녀가 꽉 쥐고 있는 사진 앨범으로 손을 뻗었다.

"그럼 네 사진 좀 보여줘."

그녀는 앨범을 더욱 꽉 가슴에 껴안았다. 자신의 실력이 형편없을까봐, 그가 보자마자 웃음을 터뜨릴까봐 두려워서.

"자동카메라로 찍은 거야. 다 개판인 거 아니까, 그렇지 않은 척하지 마.

알았지?”

그가 미소지었다.

“알았어.”

그에게 앨범을 건네며 맬러리의 뱃속은 느리게 펄쩍 뛰었다. 그는 무엇
보다도 근사한 미소를 지었다. 게다가 저 깊디 깊은 갈색 눈.

그는 앨범을 펼쳐들더니, 비명을 지르고 탁 덮었다.

“우와, 세상에! 개판이야!”

맬러리는 웃음을 터뜨리고 맨발로 그를 걷어찼다.

“못됐어.”

“잠깐, 좀 정리해 보자. 내가 이게 개판이라고 하니까 못됐다 이거지. 너
도 이걸 개판이라고 했으니…….”

그는 기대하는 눈빛으로 그녀를 쳐다보았다.

맬러리는 눈을 굴렸다.

“그래, 나 못됐다. 알았어, 개판 아냐, 됐지?”

“아하. 진실이 나오시는군.”

“그냥 너무…… 기대하지 말고 거짓말하지 마, 알았지?”

“알았어.”

그는 앨범을 침대 위에 펼칠 수 있게 카메라를 밀어놨다. 그리고 그러자
마자 사진 위로 몸을 숙이고 몰입했다.

“몇몇은 아주 좋아, 맬. 여기 이걸 봐.”

그는 바로 그녀가 오키프 쌍둥이를 돌볼 때 찍은 사진을 가리켰다. 그녀
가 제일 잘된 것 중 하나라고 늘 생각해 왔던 사진을.

“여기 구도를 봐. 그네철봉을 진짜 잘 이용해서 프레임을 잡았어. 그리
고 애들이 움직이고 있는 모습을 포착했지. 정말로 역동적이야, 게다가 자
동카메라로 했잖아.”

맬러리는 몹시도 열성적으로, 손으로, 눈으로, 온몸으로 말하는 그를 쳐
다보았다. 너무 잘나서 만사에 권태롭다는 태도로 일관하는 브랜든과는 완
전히 달랐다.

그는 무릎 아래까지 내려오는, 요즘 유행하는 종류의 반바지를 입고 있었다. 다만 역시 유행과는 거리가 먼 것이, 짙은 색의 진짜 범생이 양말에다 다 낡은 스니커즈를 신고 있었던 것이다. 그의 셔츠는 못 말리게 흉한 반소매 체크무늬 버튼다운이었지만, 그건 중요하지 않았다. 그의 촌스런 헤어스타일도, 보기 흉한 안경도 중요하지 않았다.

그건 모두 피상적인 것이었다. 쇼핑몰에서 한 시간을 보내고 패션조언을 좀 듣고 나면, 데이빗은 괴짜에서 평범한 외모의 남자로 근사하게 탈바꿈할 것이다. 하지만 아무도 그를 브랜든 같은 킹카로 바꿔놓을 수는 없다.

물론, 브랜든을 데이빗처럼 똑똑하고 재미있고 착하며 다정한 사람으로 바꿔놓으려면 쇼핑 한 번으로는 어림도 없다.

맬러리는 웃지 않을 수가 없었다.

데이빗은 그저 그녀를 향해 미소짓고 이야기를 계속했다. 그는 그녀가 갑자기 소리내어 웃어대는 걸 이상하게 여기지 않았다.

하지만 우스꽝스러웠다. 말도 안 됐다. 그리고 굉장히 근사했다.

그녀, 맬러리 파올레티는 데이빗 설리번에게 완전히 빠졌다.

"집에 오는 소리가 나는 것 같더라."

찰스는 불을 켰다.

"깜깜한 거실에 앉아서 뭘 하나?"

켈리는 그를 돌아보지 않았다.

"기진맥진에다가 숨어 있는 중이에요. 왜 일어나 계세요? 11시쯤 주무시겠다면서 조와 탐을 쫓아냈다고 조가 메모를 남겼던데."

"거짓말했다. 혼자 있고 싶어서. 요즘엔 내가 혼자 있는 시간이라곤 잠자리에 있을 때뿐인 듯싶구나."

켈리는 그가 안으로 들어오며 보행기를 덜그럭거리는 소리를 들었다.

"들어오지 않는 게 나을 거예요. 조금만 삐끗해도 울 테니까."

그리고 찰스가 눈물을 싫어하는 건 다들 아는 바였다. 그는 멈춰 섰다.

"오"

벳시는 살아남지 못하리라. 켈리는 오늘밤 그 사실을 깨달았다. 항암치료가 십중팔구 그 어린 소녀를 죽일 것이다. 하지만 그걸 안 하면, 암이 확실히 그 애를 죽일 터였다. '십중팔구'에는 고통과 괴로움이 따르지만, '확실히'는 그걸로 끝이었다. 아이 부모로서는 정녕 선택하기 괴로울 터였다.

켈리는 맥케너 부부와 빈스 마틴과 마주앉아 몇 시간 동안 항암치료의 부작용을 덜어주거나 없애줄 갖가지 약품을 의논했다. 하지만 위험이 따르는 일이고, 위험이 있으면 실수가 있기 마련이었다. 그리고 고통이.

맥케너 부부는 그녀를 쳐다보며 해답을 바랐으나 그녀는 도울 수가 없었다. 그녀에겐 아무런 해답이 없었다. 탐의 내음이 아직 묻어 있고, 그들의 황홀하고 완벽한 육체적 결합이 아직 그녀의 피부에 따뜻하게 머물던 오늘조차.

탐이 그녀가 연인에게서 바라던 모든 것이며 그 이상이라는 깨달음은 브렌나 맥케너의 짙은 갈색 눈이 어떻게 해야 할지 말해 달라고 애원할 때엔 켈리에게 도움이 되지 않았다. 그들의 아이를 죽게 두느냐, 아니면 살리려다가 그 애가 고통스러워하는 것을 보느냐. 그래도 어차피 십중팔구 죽게 될 텐데.

켈리는 탐에게 오늘밤 집에 돌아오면 아까 시작했던 것을 마치자고 약속하다시피 했다. 하지만 지금 현재, 섹스는 그녀가 그 무엇보다 원치 않는 일이었다. 맥케너 부부가 슬픔에 빠져 죽음과 고통을 마주하고 있을 이때에 그런 식으로 삶을 찬양한다는 생각은 견딜 수가 없었다. 그녀는 탐이 아마 위층의 그녀 방에서 자신을 기다리고 있으리라는 걸 알고 있었다.

그녀는 깊이 숨을 들이쉬고 아버지를 돌아보았다.

"뭐 갖다드려요? 파워 셰이크를 만들어 드릴까요?"

"아니. 고맙다, 하지만……."

"약 드실 시간이에요?"

"한 시간 전에 먹었다.

"괜찮…… 으세요? 의사에게 전화 걸어서 좀더 약효가 센……."

그는 보행기에서 한 손을 떼어 그녀에게 답답하다는 듯 손사래를 쳤다.

"아니다, 괜찮아. 비교적 그렇단 말이지만."

내가 뭔가 아버지의 조심스레 정돈된 세계를 흔들 일을 했던가? 켈리는 단 하나도 생각해낼 수가 없었다. 다만…… 이런. 한낮에 그녀 방에서 탐을 유혹한 것을 제외하면. 아버지가 어쩌다 그 일을 알게 된 건가?

그는 답답하고 짜증난 듯이 보였지만 그녀보다는 그 자신에 대해서였다.

"침대시트 갈아드려요?"

그녀는 혹시나 싶어 물었다.

어쩌면 자다가 침대를 더럽혔을지도 모른다. 전에는 그런 문제가 없었지만, 이처럼 건강이 악화된 환자에게는 제어력 상실이 언제라도 일어날 수 있음을 그녀는 익히 알고 있었다. 그녀는 디펜드(성인용 기저귀)를 사다가 보행기와 마찬가지로 그냥 아버지 방의 상자에 가져다놓았다. 필요하다면 그가 부탁할 필요 없이 언제나 쓸 수 있도록.

하지만 침대시트 갈기는 그가 혼자 할 수 있는 일이 아니었다. 그리고 그녀는 그가 조에게 도움을 부탁하고 싶지 않으리라는 것을 이해할 수 있었다.

"아니다."

그는 언짢게 대꾸했다.

"난 그저……."

그녀는 기다렸다.

"그저 앉아서 얘기를 좀 하고 싶어서. 하지만 네 기분이 그렇다면…… 뭐, 나중에라도 괜찮다."

그는 몸을 돌려 도로 복도를 향했다.

켈리는 움직일 수도, 생각할 수도 없었다. 왜 아버지가 그녀와 이야기를 하고 싶어할까? 그녀는 이유를 생각하는 것 외엔 아무것도 할 수 없었다. 어쩌면 죽음을 맞이할 준비를, 그에게 시간이 없다는 사실을 직면하고, 지금껏 침묵해 온 일을 말하는 것이 좋겠다고 생각하는 건지도 어쩌면 바로 어젯밤 얘기했던 프랑스 여자에 대해 더 이야기하고 싶은지도 모른다. 그게 겨우 어젯밤이었던가? 꼭 백만 년 전처럼 느껴졌다.

어쩌면 그녀와 탐에 대해 알아냈을지도.

그녀는 서둘러 아버지를 뒤쫓았다.

"잠깐만! 아빠!"

그가 멈춰 서서 그녀를 향해 돌아서자, 그 작은 움직임에 얼마나 많은 노력이 필요한지 보고 그녀의 심장이 내려앉았다. 그는 하루하루 스러져가고 있었다.

"말해요."

그녀는 그를 거실로 끌어들여, 의자에 주저앉혔다. 그의 바로 옆에 발받침대를 끌어다 놓았다.

"무슨 말을 하고 싶으세요? 듣고 싶어 죽을 지경이에요."

"그렇게 중요한 일 아니다. 난 그냥……."

그는 그녀의 눈길을 마주하지 못했다. 그녀는 속삭였다.

"그냥 말해버려요. 일단 입을 열고 말하기 시작하면 놀랄 만큼 쉬워요."

그는 마침내 그녀를 쳐다보았다. 잠깐 손을 뻗어 그녀의 머리칼을 만지기까지 했다.

"넌 늘 예쁜 아이였지. 탐 파올레티가 별채에서 조와 함께 살 적에 난 겁이 났더랬다. 탐이 널 쳐다보는 눈길을 봤거든."

오, 하나님 맙소사. 탐에 관한 일이었다.

"있잖아요, 아빠. 전 이제 다 큰 어른이에요. 알아서 제 앞가림을 잘해요."

"너는 늘 혼자서도 잘해냈었지. 그래서…… 음, 그 때문에 다른 사람의 보살핌을 받을 기회를 놓칠지도 모른단 생각이 들었다. 무슨 말인지 알지?"

켈리는 알 수가 없었다. 그녀는 고개를 저었다.

"탐 말이다. 탐 얘기를 하고 있었잖냐."

찰스는 약간 초조한 기색으로 말했다.

"아, 그래요?"

"탐은 좋은 남자다, 켈리."

오, 하느님 맙소사. 아버지가 설마 그런 생각을……?

"그렇죠."

“난 다만 내 생각이 그렇다는 걸 너한테 알리려고.”

그는 어색하게 말했다.

“전에는 그런 말을 한 적이 없었지.”

“아빠, 탐을 아주 좋게 생각하시는 건 보면 뻔한 걸요.”

“요즘 그 일에 대해 많이 생각해 봤다. 네가, 음, 말한 뒤로…… 그 뭐냐, 그만하면 뭐.”

오, 맙소사. 아버지는 그녀와 탐이…….

“전 그와 결혼 안 해요. 우린…… 그는…….”

그녀는 고개를 내저었다.

“실망시켜 드려 죄송해요.”

또다시.

“오, 난 생각하길…… 내가 바랐던 건…….”

그는 그녀의 얼굴을 뜯어보고는 한숨쉬었다.

“그렇게 된다면 너무나 완벽하겠지. 난 그저 만약 탐이 너를 보살핀다면, 너희 둘이서 조를 챙겨줄 수 있을 거라 생각했다.”

목이 꽉 메여, 켈리는 아버지의 손을 잡았다.

“조는 제가 잘 모실게요.”

그녀는 목멘 소리로 말했다.

“제가 돌봐드릴 거예요, 아빠. 약속할게요.”

그녀의 머리칼을 다시 만지는 그의 눈은 서글펐다.

“하지만 너는 누가 돌본단 말이냐?”

켈리의 컴퓨터 앞에 앉아 있던 탐은 갑자기 어째야 할지 알 수 없었다.

그는 켈리의 차가 거의 한 시간 전 진입로로 들어서는 소리를 들었다. 그녀가 불 켜진 그녀의 방을, 활짝 열린 프렌치 도어를 알아채지 못했다고 생각하긴 힘들었다.

그녀는 집으로 왔지만, 위층으로 올라오지 않았다.

그녀는 보스턴에서 그에게 전화하지 않았고, 차에서도 마찬가지였다.

아마 별일 아닐 것이다. 아마 그의 휴대폰 번호를 잊어버렸던 것뿐이리라. 그리고 어쩌면 뭘 좀 먹고, 아버지의 상태를 확인하러 갔을지도 그런 일들은 시간이 걸린다.

그는 오늘밤 여기 오기 전 샤워하고 면도했고, 이를 닦고 머리를 손가락으로 쓸어넘겼다.

심지어 그 빌어먹을 유쾌하지 않은 화제를 꺼내는 연습까지 몇 번 했다. <저기 켈, 3주하고 사흘만 있으면 내가 캘리포니아로 돌아가는 거 알지? 정신나간 소리지만 장거리 연애를 하는 거 어떻게 생각해? 시도는 해볼 수 있잖아. 왜 이메일, 전화, 내가 몇 달에 한번씩 오고 그럼……?>

물론, 이런 식으로 변화된 버전도 있었다. <저기 켈, 3주하고 사흘만 있으면 내가 캘리포니아로 돌아가는 거 알지? 어쩌면 네가 나와 함께 갈 수도…….>

아니면, 이럴 수도 있겠지. <저기 켈, 3주하고 사흘 후 내가 정신감정을 통과하지 못해서 해군에서 쫓겨나고, 집도 직업도 없는데다 공식적으로 정신병자로 판정나고, 내 평생 제일 처량하고 꿀꿀한 신세가 되었을 때—아, 그리고 내가 확실히 대머리가 될 거라는 거 알아?—우리 결혼하면 어때?>

미친 짓이다. 내가 정신이 나갔지. 이것만 봐도 뻔하지 않은가.

하지만 오, 그녀를 원했다. 정말로 오늘밤 그리고 영원토록. 저녁 내내 그는 반쯤 발기된 채 그녀가 집으로 오기를 기다리며, 온갖 멍청한 몽상을 다 했다. 그들의 빡빡한 스케줄을 맞추는 가장 실제적인 방법. 장거리 동거 계획. 조와 재즈를 신랑 들러리로 세운 소박하고 조용한 결혼식. 아이들 이름.

제기랄, 그는 심각한 문제에 봉착했다. 딱 한 번 벌거벗고 오후를 보낸 다음 애들 이름을 짓고 앉아 있다니. 그래, 섹스는 믿어지지 않을 정도였다. 그래, 그녀는 그가 전에 한번도 느껴본 적이 없던 것을 느끼게 했다. 하지만 그렇다고 그가 느끼는 감정이 자동적으로 사랑이 되는 건 아니다. 그렇다고 그게 영원토록 간다는 뜻도 아니다.

맙소사, 어째야 하지? 이 불확신이 언제고 사라지기나 할까? 어쩌면 그녀가 그의 눈을 응시하고 사랑한다고 속삭이면 그럴지도 그녀가 그러는 걸 생각만 해도 현기증이 났다. 맙소사, 그녀가 자신을 사랑해 주길 원했복.

그녀가 여기 이곳에 있기를 원했다. 지금.

만약 진입로로 들어선 쪽이 자신이었다면, 그는 계단을 한번에 세 개씩 뛰어올라왔으리라.

마침내, 마침내 문이 열리고 켈리가 안으로 들어왔다.

그녀는 문을 닫고 기대어 섰다. 그를 쳐다보기 전에 마음의 준비를 하는 것처럼 보였다.

"안녕."

그녀는 억지미소를 띠웠다. 그녀는 울다가 왔다. 얼굴을 닦았지만, 탐은 그녀가 아직도 굉장히 우울해하는 것을 알 수 있었다. 불현듯 훨씬 더한 불확신을 그는 느꼈다.

"네가 기분 나빠하지 않았으면……."

"물론 아니에요."

그녀는 무뚝뚝하게 말하며 가방을 서랍장 옆에 내려놓았다.

"언제든 컴퓨터를 써도 좋다고 내가 그랬잖아요."

그는 컴퓨터를 쓰러 여기 온 것이 아니었다. 분명히 그녀도 알고 있을 터였다.

"아무 일…… 너 괜찮아……?"

그녀는 침대 가장자리에 걸터앉아 신발끈을 풀었다.

"괜찮아요. 그냥…… 아버지가 죽어가고 있으니까. 가끔 그 사실이 절실히 다가와요. 게다가 소아백혈병의 생존율 80퍼센트는 그 병에 걸린 20퍼센트는 죽는다는 뜻이란 사실이."

그녀는 신발을 한 짝씩 필요보다 열 배는 더 힘을 넣어 옷장 안으로 차던졌다. 탐은 그녀 옆에 앉았다. 아, 제길.

"벳시의 상태가 안 좋은 모양이지?"

그녀는 딱딱하게 고개를 끄덕였다.

"응, 안 좋아요."

그는 그녀의 손을 잡고 살며시 손가락을 주물렀다.

“정말 안됐다.”

그녀는 그들의 손을 내려다보았다.

“후우, 탐. 나 진짜 피곤하거든요. 요 며칠 감정적 소모가 심했고…….”

“등 안마가 필요해 보이는데.”

그는 그녀의 목소리에서 들리는 긴장을 풀어주고 싶었다.

“조한테 괜찮은 프랑스산 와인이 있어. 내가 가서 한 병 가져오…….”

그녀가 손을 빼내고 일어섰다. 목소리는 떨렸다.

“저기, 내가 집에 왔을 때 다시 하자고 약속한 건 알지만, 미안해요. 그냥…… 그럴 기분이 아니라서.”

탐은 어째야 할지 알 수가 없었다. 하지만 그녀를 혼자 우울하게 놔두고 가는 건 그 무엇보다 원치 않았다. 그는 분위기를 밝게 하려 애썼다.

“안마 말이야?”

켈리는 몸을 돌려 그를 마주했다.

“섹스 말예요.”

“너한테 섹스가 필요해 보인다고 말한 적 없는데, 등 안마가 필요해 보인다고 했잖아.”

“똑같은 거 아닌가요? 난 와인 한 잔과 안마를 받은 뒤 섹스로 끝나지 않은 적이 없는 거 같은데.”

그녀는 몹시 지치고 몹시 기분이 안 좋았다. 그리고 탐은 죄책감을 느꼈다. 와인 약간, 마사지 약간, 그러면 보통 온몸이 맞닿는 유혹적인 위로가 뒤따랐다. 그의 동기는 완전히 순수하진 않았다. 하지만 순수하게 바꿀 수 있었다.

“뭐든 첫번째가 있기 마련이지. 그리고 지금 분명히 얘기하는데, 난 여자가 절대적으로 원하지 않을 때 섹스를 한 적이 없…….”

“그리고 그 명성 높은 안마를 받고 나면,”

그녀가 날카롭게 반박했다.

“당신 손길에 섹스를 원하게 된 여자들의 목록에 나도 올라가게 되겠죠. 나 오늘밤 그걸 원할 기분이 진짜 아니라구요, 알아들었어요?”

이런. 그녀가 정말로 화가 났다.

"켈리―."

그녀의 목소리는 떨렸다.

"내가 못되게 굴고 있는 건 알아요. 탐, 아까 오후에 같이 보낸 시간은 좋았어요, 정말로. 하지만 지금 난 침대에 기어올라 자는 것 말고는 아무것도 하고 싶지 않아요. 그러니 그냥 가줘요."

탐은 일어섰다. 그녀가 병든 여자애로 인해 힘겨운 밤을 보낸 것이 분명했기에 이해심을 가지려 몹시 애썼지만, 목소리를 높이지 않기가 갈수록 힘들어졌다.

"네 말은 내가 너한테 원하는 건 섹스뿐이란 뜻이야? 그걸 하지 않을 때면 내가 너와 함께 있는 걸 원치 않을 거라고?"

그랬다. 오, 맙소사, 그녀는 그렇게 생각하고 있었다. 그녀가 입 뻥긋하지 않아도 그는 그녀의 눈에서 알 수 있었다.

"네가 방에 들어왔을 때―"

그의 목소리는 확실히 커져가고 있었다.

"―네가 울고 난 후에, 네 어깨를 감싸고 이야기하며 도대체 무슨 일로 그렇게 기분이 상했는지 내가 알아보고 싶어하지 않을 거란 소리야?"

"그리고 내 어깨를 감싸고 나면,"

그녀가 반박했다.

"몇 분 안에 당신 말마따나 그걸 하게 될 거란 생각이 들지 않아요?"

"네가 원하지 않는 이상 그럴 일 없어."

그는 굳어져서 말했다. 그녀는 화가 치밀었다.

"하지만 내 말이 그 말이잖아요. 난 원하고 싶지 않지만, 당신이 내게 손을 대면 그렇게 되리라는 거 피차 알면서."

그녀는 손을 내젓다시피 했다.

"이건 정말로 내겐 새로운 일이라구요. 전에는 한번도 순전히 섹스에만 기반을 둔 관계를 해본 적이 없고, 솔직히 털어놓자면 당신을 쳐다보기만 해도 내 일부는 오늘밤 섹스를 원치 않는다는 사실을 잊어버린단 말예요 전적으로 내 문제인 건 알지만 제발 그냥 넘어가 줘요, 탐. 그냥 가줘요”

탐은 그녀를 응시했다. 순전히 섹스에만 기반을 둔 관계. 맙소사. 내가 뭘 잘못 알았나? 그녀는 정말로 지금 우리가 하는 게 그런 거라고 생각하나? 그는 허탈감에 웃었다. 그녀는 아무것도 모른다. 만약 그들의 관계가 순전히 섹스에 기반을 두고 있다면, 그 많은 시간을 얘기하는 데 보내지 않았으리라. 상대의 말과 생각, 기분에 신경쓰고……

이건 기껏해야 이름과 한두 마디 잡담이나 나눌 뿐인, ‘오늘밤 나랑 하자’는 식의 순전한 섹스 관계가 아니었다. <난 앨버커키에서 자랐어요> <그래요? 친구 여동생이 거기 사는데. 섹스하죠>

그가 켈리와 하고 있는 것은 연애였다. 최소한 그는 그렇다고 생각했다. 그가 틀렸던 거다. 그가 하고 있는 것은 그에게 섹스만을 원하는 수다스런 여자와의 일방적인 연애였다. 생각해 보면 그녀는 처음부터 바로 그 단어를 썼었다. 속이 뒤틀리고 목이 꽉 메인 느낌이었다.

“그래, 알았어. 섹스하고 싶어지면 나한테 전화하지 그래? 난 대기하고 있을 테니.”

그는 뒤돌아보지 않고 프렌치 도어로 나가 발코니를 훌쩍 뛰어넘었다.

16

"탐!"

그는 조의 집을 향해 진입로를 반쯤 가 있었고, 발걸음을 멈추지 않았다.

"탐, 기다려요!"

그는 멈추고 천천히 돌아섰다. 켈리는 그의 서 있는 자세에서 분노와 조바심을 볼 수 있었다.

"미안해요 내가 전부 잘못 얘기했어요, 그리고……."

차고 불빛이 던지는 원형의 빛무리 밖에 선 그의 얼굴은 어둠 속에 희미한 얼룩일 뿐이었다. 그는 시간을 끌며 의도적으로 천천히 다가와 그녀의 발코니 바로 아래에 섰다.

"그럼 우리가 하고 있는 건 단순히 섹스야?"

그가 굳은 어조로 물었다.

"그렇지 않아요? 저기, 당신은 몇 주 후면 떠나니까. 그래서 난……."

그는 조의 장미를 쳐다보았다.

"전에 단지 섹스뿐인 관계를 해본 적 있어? 오직 섹스만?"

그녀에게 돌아온 그의 눈에는 그녀가 사랑하던 따스함이 전부 사라지고 없었다. 그는 진짜로 몹시, 몹시 화가 나 있었다. 이해할 수가 없었다.

조용히 그녀는 고개를 저었다.

“그럼 내가 영광의 수상자군. 왜지, 켈리? 왜 내가 아무 조건 없는 섹스 대상인 거야?”

그는 알고 있었다. 그녀는 거기 서서 그를 내려다보았고, 그가 알아차렸다는 것을 알았다. 그녀는 아무 말도 할 수가 없었다.

“날 그냥 있는 그대로 봐줘요.”

그의 그녀 흉내는 약간 잔인했다.

“넌 나를 탓해 놓고선 똑같은 짓을 내게 한 거야. 넌 앞으로 몇 주를 ‘나’와 보내고 싶어하는 게 아냐. 늘 문제를 일으키던 불량아 탐 파올레티와 보내고 싶은 거지. 무뢰한. 여자애들을 말썽에 끌어들인다는 소문이 난 녀석. 그걸 원하는 거야, 켈리? 말썽에 휘말리고 싶어? 그렇게 해줄 수 있지.”

그가 발코니 옆쪽 격자창살을 기어오르기 시작하자, 그녀는 뒤로 물러났다. 가슴이 두근두근했다.

“그러지 말아요.”

탐은 쿵 하고 바닥으로 내려섰다.

“끝내주는군. 끝내줘. 이제 날 두려워하는구나. 그야말로 완벽해.”

그는 몸을 돌려 그녀를 올려다보았다. 속이 뒤틀리고 이가 악물어졌다. 가슴이 조여들었다.

“14년간 난 실 팀에 있었어. 14년간 사람들이 존중하고 우러르는 남자였지. 미 해군을 통틀어 단연코 가장 뛰어난 실 팀의 지휘관이야. 하지만 네게…… 늘 나를 제대로, 진짜 사람처럼 대해 준 네 눈에 보이는 나는, 웬 쓰레기일 뿐이야.”

“그런 게 아니에요!”.

켈리는 주춤했다.

“아니, 전부 그런 건 아니에요. 난……. 난 그냥 복잡하게 얽히는 걸 원치 않았어요. 끝낼 때 힘들 일은 시작하고 싶지 않았어요. 난 정말이지 당신이 여름 동안만이 그런 단순한 관계를 빌길 줄 알았나구요.”

그녀는 난간 너머로 몸을 숙였다.

“탐, 당신은 사랑 같은 거 하지 않는다고 했고…….”

"맞아. 네 말이 전적으로 옳아."

그는 사랑하지 않는다. 맙소사. 자신이 도대체 무슨 생각을 하고 있었던 건지 그는 알 수 없었다.

"미안해요. 그리고 당신을 두려워하진 않아요. 그런 생각 말아요. 저기, 난 내 자신을 두려워하는 거예요. 당신이 너무 가까이 다가오면……."

그는 그 말에 거친 웃음소리를 냈다.

"그래, 맞아. 난 그 정도로 매력적이지."

"그래요."

그녀는 마치 울고 있던 것처럼 얼굴을 닦으며 말했다. 맙소사, 그 모습에 그의 가슴이 더욱 아파 왔다. 그는 그녀가 울기를 바라지 않았다.

"느껴지지 않아요? 난 여기 위에 있고 당신은 거기 아래 있을 때조차 도……?"

"그래, 느껴져."

그는 말하면서 걸어가 버렸다. 그래, 확실히 느껴졌다. 웃긴 점은, 그는 자신이 느끼는 것을 완전히 다른 뭔가로 생각했었다는 것이다.

8월 11일.

켈리가 진입로에 들어섰을 때, 그녀가 모르는 차가 조의 스테이션 웨건 옆에 있었다. 타고 있던 사람들이 내리는 것을 보니 방금 도착한 모양이었다.

운전자는 당당한 체격의 아프리카계 미국인으로, 그녀가 본 중에 가장 키가 큰 남자는 아니었으나 확실히 가장 큰 체구의 남자였다. 그녀는 그의 어깨가 저 조그만 차 안에 들어간다는 사실에 감탄했다.

늘씬하고 탄탄해 보이는 여자가 조수석에서 나왔고, 긴 머리에 콧수염과 턱수염, 미러 선글라스, 그리고 부츠에 체인을 단 20대 남자가 뒤에서 내려 긴 다리를 펴고 하품했다.

한동안 켈리는 도대체 이 사람들이 누구인지 전혀 감을 잡지 못하고 머뭇거렸다. 바로 오늘 아침 아버지를 돌볼 사람을 알아보려고 파견 간호사 협회에 전화를 걸었다. 그녀는 강인하고 유머감각을 지닌 사람을 찾고 있었다. 하지만 이 3명은 강인하다는 점에선 합격이긴 해도, 간호사라기보단 프로 레슬러처럼 보였다.

그러다가 기억이 났다. 탐의 팀 동료들. 오늘 오후 도착할 거라고 했었다.

후유, 그녀는 기진맥진했다. 기억력이 딸리는 것도 당연했다. 그녀는 어젯밤 제대로 잠을 못 이루고 이리 뒤척 저리 뒤척했다―전혀 놀라운 일이 아니었다. 오늘 아침, 보스턴으로 가기 전에 탐을 찾아보았지만, 그는 아무 데도 보이지 않았다.

그것 역시 전혀 놀라운 일이 아니었다.

그녀는 아직도 정말 미안하다는 말 외에 그에게 무슨 말을 할지 알 수 없었으나, 무슨 말이든 하긴 해야 한다.

그녀가 차를 주차하고 귀가길에 차 안에서 먹은 샌드위치 포장을 챙기는 동안, 탐이 데크에 있다가 차문 닫히는 소리를 들은 듯 저택 옆에서 돌아나왔다.

그는 그녀 쪽에 딱 한 번 아주 잠깐 눈길을 주었다. 그의 미소는 의도적으로 친구들을 향해 있었다.

"어이."

켈리가 지켜보는 동안, 탐은 제일 먼저 흑인 남자와, 그리고는 젊은 남자, 마침내 여자와 악수를 나눴다.

여자. 심지어 그녀의 지친 머리로도 이상하다는 걸 인식했다. 그녀가 듣기로, 네이비 실은 아직까지 순전히 남자만의 조직이라고 했다. 여자는 없고, 예외는 없었다.

켈리가 차에서 내리는 동안, 탐은 여자의 손을 남자들 손보다 훨씬 오래 붙들고 있었다. 굉장한 미인임을 켈리는 깨달았다. 여자의 피부는 모카색이었지만, 머리카락엔 붉은 기가 돌았고 눈은 선명한 초록색이었다. 그리고 그야말로 완벽한 얼굴과 어울리는 늘씬한 몸매였다. 가슴은 크지 않을지도 모르지만, 완벽하게 균형 잡혔고 운동선수처럼 잘 빠졌다. 그리고 자태도 근사했다. 당당했다.

"와줘서 고마워."

탐이 여자와 젊은 남자에게 말했다. 그는 흑인 남자에게 눈길을 줬다.

"재즈가 두 사람에게 상황설명은 했겠지. 완전히 허탕만 치고 말 가능성이 높다는 건 알지?"

여자의 목소리는 음악적으로 낮고 그 본인만큼이나 매끄럽게 아름다웠다.

"네. 자퀘트 중위에게 말했듯이, 설령 대위님 본인의 그림자로부터 보호하는 일이 된다 해도 기꺼이 무급휴가를 써서 지원하겠습니다."

탐은 쓰게 웃었다.

"바로 그런 상황일 수도 있지. 그리고 우리 편하게 말하기로 하지, 알리사. 알리사라고 불러도 될까?"

켈리는 우뚝 멈춰 섰다. 그는 자신이 그녀를 20년간 미치게 만든 카리스마와 굳건하며 자신감 넘치는 관능을 흩뿌리고 있다는 걸 아는 걸까?

알리사는 탐에게 미소지었다. 그녀는 근사한 미소에, 근사한 하얀 치아를 지니고 있었다.

"마음대로 부르셔도 좋습니다, L.T., 저로서는 로크 쪽이 낫긴 합니다만."

켈리는 탐을 쳐다보며 그가 자신을 보기를, 자신을 소개하기를, 그가 알리사 로크의 손을 놓기를 기다렸다.

그는 로크의 손을 놓았지만, 켈리에겐 눈길조차 주지 않았다.

"로크로 하지. 지금부터 이쪽은 자퀘트 중위가 아니라 재즈야. 그리고 여기 장발 부랑자를 어떻게 불러야 할지 알아냈다면……."

탐은 젊은 남자의 등을 철썩 쳤다.

"나한테도 알려주도록, 알겠지? 원래 이름은 로저 스타렛이지만 그렇게 부르는 건 한 번도 못 들어봤어. 휴스턴이나 링고 아니면 샘. 가끔은 밥. 본인은 그 별명에 전부 이유가 있다고 맹세하는데, 난 도대체 알아먹질 못하겠더군."

"샘이면 됩니다, 미즈 로크"

그는 강한 텍사스 억양으로 말했다. 새앰이면 됩니이다. 저 억양이 진짜일 리는 없겠지, 설마?

여자는 자세를 더욱 꼿꼿이 했다. 켈리는 그게 가능할 줄은 몰랐다.

"그냥 로크로 해요."

그녀가 냉정하게 말했다.

"앞으로 이 작전 중에,"

탐이 말했다.

"나는⋯⋯."

"L.T.,"

재즈가 끼어들었다.

"L.T.면 충분합니다, 대위님."

"난 탐이야."

그는 단호히 말했다.

"지금부터 '대위님'이란 단어도 사전에서 지워버려."

재즈는 속에 불편할 만큼 가스가 찬 듯한 표정이었다.

켈리가 조와 아버지가 기다리고 있는 데크로 향하는 동안, 탐은 재즈를 한쪽으로 끌었다. 그리고 샘이란 남자가 로크에게로 스윽 다가섰다.

"이참에 말해 두겠는데, 이번에 우리와 같이 일한다고 해서 코로나도 기지 문에 발을 디뎠다는 생각은 마시지. 팀에 여자가 들어오는 일은 절대 없을 테니까."

그의 목소리는 낮았지만, 켈리는 옆을 지나가다가 분명히 들었다.

"이런."

로크의 목소리는 냉소로 날이 서 있었다.

"내 걱정을 해주다니 참 친절도 해라, 로저."

"아, 물론 걱정이지."

그는 전혀 진심이 담기지 않은 투로 말했다.

"그쪽이 너무 기대를 많이 하는 모습은 당연히 보고 싶지 않으니까."

"인생에서 내가 결코 될 수 없을 게 분명한 것이 두 가지 있지."

로크는 지나치게 달콤한 투로 말했다.

"하나는 실 대원. 그 점은 유감이야. 팀의 재원이 될 수 있을 텐데. 그러나 다른 하나는, 남부 백인 쓰레기야. 그 점에는 전혀 유감 없고."

그녀는 그를 향해 미소지었다.

"당신은 똑같이 말할 수가 없을 테니 안됐군."

"끝내주는 휴가가 되겠구만."

샘이 신음했다.

"난 휴가 온 게 아니야. 일하러 왔지."

"좋아, 장비들 챙겨."

탐이 데크로 앞장서며 말했다.

"와서 우리 팀의 다른 멤버들을 만나보지."

이제 그는 켈리를 소개할 것이다. 그가 제대로 그녀의 눈을 쳐다볼 때, 그에게 사과를 마음을 전달하도록 노력할 것이다.

"이쪽은 우리 작은할아버지, 조 파올레티. 그리고 찰스 애시튼 씨, 감사하게도 저택의 동쪽 편을 우리가 쓰도록 내주셨지. 자네들은 그쪽에서 머물며 임시본부를 세우는 거야. 조와 애시튼 씨는 2차 대전 참전 용사셔. 애시튼 씨는 육군 55사단, 그리고 조는 OSS. 두 분은 우리를 돕겠다고 자원하셨다."

그리고 이쪽은 켈리, 나한테서 오직 섹스만 원하지. 그래, 켈리는 소개받지 못하는 것보다 더 심한 일도 얼마든지 있을 수 있다고 여겼다.

그녀는 앞으로 나섰다.

"나도 자원했어요."

그녀는 재즈에게 손을 내밀었다.

"안녕하세요, 켈리 애시튼이에요. 만나서 반가워요. 재즈, 맞죠?"

그는 샘/로저/밥/인지 누군지와 악수하고, 알리사 로크와도 악수했다. 알리사는 악수 이상의 것을 했다. 그녀는 침착한 녹색 눈으로 켈리를 재봤다.

그래, 맞아. 켈리는 미소와 눈으로 말했다. 탐은 내 거야, 아가씨. 손 떼라구.

다만 탐은 여전히 그녀 쪽에 흘끗 눈길을 주는 것 이상은 하지 않았다. 어쩌면 어젯밤 그녀가 그런 말을 한 이후로, 그는 그녀의 것이 아닐지도

"애시튼 선생은 보스턴에서 소아과 전문의로 근무하고 있어."

그는 팀 동료들에게 말했다.

"얼굴 볼 일 많지 않을 거야."

"아, 하지만 앞으로 달라질 거예요. 3주간 휴가를 받았어요. 오늘 아침 동료들과 상의해서."

켈리의 말하자 탐은 그녀를 쳐다보았다. 오늘 처음으로 직접 눈이 마주쳤다. 미안해요, 미안해요, 미안해요…….

"맥케너 가족이 내가 필요하다면 갈 거예요."

그녀는 그가 자신의 눈길을 맞받고, 무언의 메시지를 믿어주기를 빌었다.

"하지만 한동안은 그게 전부예요. 어젯밤 일종의 벽에 부딪혔거든요."

그녀는 그의 표정을 읽을 수가 없었고, 그는 그녀가 제일 하고 싶은 말을 하기 전에 돌아섰다. 당신이 그 여파를 뒤집어써서 정말 미안해요.

"음, 잘됐군. 이제 팀에 의사가 생겼으니. 뭐 필요한 건 아니지만. 앞으로도 필요할 일이 없기를 바랍시다, 닥터."

그가 친구들을 이끌고 안으로 들어가자 켈리의 심장은 덜컥 내려앉았다. 그녀의 소리 없는 사과는 받아들여지지 않은 것이 분명했다.

"저기…… 혼자만 있어요?"

탐은 바로 오늘 아침 도착한 새 컴퓨터에서 눈을 떼고 올려다보았다. 그와 재즈, 샘, 그리고 로크는 애시튼 가의 광대한 저택 동쪽 편의 이 방에 컴퓨터들을 설치했다. 그들의 새 본부는 한때 애시튼 가의 음악실이었다. 피아노는 그들이 한쪽 구석으로 밀어놓았다. 그들은 사무용품 전문점에서 테이블과 책상들 그리고 코르크판 한 무더기를 들여왔다.

조와 찰스는 그 위에 탐이 갖고 있는 머천트의 사진을 전부 압정으로 고정시켜 두었다.

"그래, 나뿐이야."

의자를 돌려 켈리를 마주하며 탐이 말했다.

그녀는 조심조심 들어왔다. 마치 환영받지 못할 곳에 들어오는 것마냥.

"다들 어딜 갔어요?"

그는 뒤로 기대어 그녀를 쳐다보았다. 그녀는 자잘한 꽃무늬 선드레스를 입고 있었다. 머리를 말아올려 시원하고 귀여워 보였다. 거의 천사처럼.

"너희 아버지는 데크에서 낮잠 주무셔. 조는 그 옆에 앉아 계시고. 내 팀은 시내를, 특히 호텔과 마리나 주변을 익히려 막 나갔어. 로크는 아마 교회탑을 살펴보러 갔을 거야. 테러공격을 막는 방법 중의 하나는 좋은 저격 위치를 전부 차지해 버리는 거거든."

"머천트란 사람은 자동차 폭탄 전문이라고 했던 걸로 기억하는데요."

"맞아. 그저 모든 가능성에 대비하자는 거지."

"알리사 로크와 재즈는 당신을…… 뭐더라, L.T.라고 불렀던가요?"

탐은 고개를 끄덕였다.

"대위(Lieutenant)를 줄인 말이야. '탐'보다는 예의바르고, '대위님'만큼 딱딱하진 않지."

그녀는 안으로 더 들어와 보드 위의 사진들을, 컴퓨터들을 쳐다보았다.

"여긴…… 꽤 심각하네요."

"뭐 용건 있어, 켈리? 난 밴을 하나 찾으려 알아보던 참이라."

그녀는 눈이 휘둥그레져 그를 응시했다. 그녀의 '순진한 얼굴'이 아니었다. 이번은 진짜였다. 그녀는 불안하고, 조금은 두려웠다.

"그래요, 난…… 할 말이 있어서. 오늘 아침 심각한 머리부상으로 인한 망상증을 겪는 환자들에 대해 좀 알아봤어요."

"아하, 의사로서 오신 거군."

그녀는 고개를 저었다.

"아니, 난……."

그녀는 크게 숨을 들이쉬었다.

"친구로서 온 거예요."

그는 한 마디도 하지 않았다. 그저 그녀가 계속하기를 기다리면서, 창문으로 들어온 빛이 매끄러운 그녀 어깨에 반들거리는 것을 지켜보며 스스로를 고문했다.

"읽으면 읽을수록,"

애시튼 선생이 말을 이었다—그녀를 애시튼 선생으로 생각하는 쪽이 도움이 되었다.

"더욱 확신이 서더군요. 아무래도 당신이 거기 해당된다는 생각이 들지 않아요, 탐. 대다수 환자들이 겪는 망상증은 당신이 묘사한 것보다 덜 상세해요. 초조함과 막연한 피해의식. 실제로 구체적인 위협이 되는 인물을 봤다는 증상에 대한 언급은 하나도 못 봤어요. 특히 본인 외의 사람들에 대한 위협인 경우는. 망상은 일반적으로 누군가가 당신을 뒤쫓는 거예요. 당신이 한 말에 따르면, 그 남자는 당신이 여기 있다는 것조차 모르잖아요."

"그럼 내 경우가 희한해서 의학저널에 올려야 할 정도든가, 아니면……."

켈리는 그를 향해 한 걸음 다가갔다.

"아니면 망상증이 아닌 거죠. 어쩌면 정말로 머천트를 본 건지도 몰라요. 하루 종일 생각해 봤는데 이보다 뭔가 더 해야 한다고 생각해요."

그녀는 방을 휘익 손짓했다.

"누군가에게 연락을 해야 한다고 봐요. 그 남자를 여기 볼드윈 브릿지에서 봤다고 관계 기관에 말해야죠."

이제 그녀는 그가 은은한 그녀의 향내를 맡을 수 있을 만큼 가까웠다.

"그래, 전화는 벌써 해봤지. 그 즉시 했었어. 하지만 아무도 내 애길 진지하게 들어주지 않아. 그리고 계속 도움을 요청하는 전화를 걸어대면, 내 앞날이 위태로워질 거야. 내가 전에 얘기했던 소장 있지, 터커라고 여러 해 동안 내 뒤를 파왔어. 틀림없이 이 상황을 이용해 날 전역시키려 들 거야."

그는 환멸감에 쓰게 웃었다.

"영락없이 피해망상증처럼 들리지, 안 그래? 하지만 사실이야. 크롤리 대장이 내 면전에 대고 그렇게 말하다시피 했는걸. 나더러 그만두라고 일러준 분이지."

"그럼 FBI는 어때요? 그쪽에 전화하면?"

"그래, 가능은 하겠지. SAS에도 아는 사람이 있고. 하지만 머천트가 여기 있다는 확실한 증거를 찾을 때까지 기다려보려 해. 내 상관이 날 안 믿는 마당에 남들이 뭣 때문에 날 믿어주겠어?"

"당신에겐 힘든 상황이겠군요."

그녀는 부드럽게 말했다. 탐이 자리에서 일어났다.

"내가 제대로 이해했는지 보자, 네가 팀 닥터일 때는, 서로 이야기를 하는 거지. 하지만 연인일 때는, 우리가 하는 것은 오직……."

"난 우리가 친구이길 원해요."

그녀는 살짝 얼굴을 붉히며 말했다.

"내가 이해한 바는 다른데. 어젯밤 네 입으로 원하는 건 단지……."

"사과할 겸 왔어요, 어젯밤 난……."

탐이 그녀에게 다가섰다.

"사과 받아들이지. 왜냐하면 너도 알다시피, 네 말이 옳으니까."

그는 그녀에게서 채 30센티미터도 안 떨어져 있었다. 그녀의 눈에 담긴 모든 것을 볼 수 있을 만큼 가까이. 그녀가 느끼는 모든 감정. 불안. 희망. 욕망. 욕망.

그는 켈리가 여기에 왜 왔는지 알고 있었다. 그가 그녀에게서 떨어져 있을 수 없듯이 그녀 역시 그와 떨어져 있을 수가 없기 때문에.

이 대화는 전부 핑계일 뿐이다. 안으로 들어오기 위한 구실. 그녀는 정말로 그와 얘기를 하고 싶은 게 아니다. 그를 원하기 때문에, 섹스를 원하기 때문에 온 거다. 그냥 그렇게 인정하기엔 빌어먹게 예의발라서 저러는 거지.

탐은 그녀를 만졌다. 단지 손가락을 그녀 얼굴에 가져다댔을 뿐.

그녀는 바르르 떨었고 그는 자신이 옳았음을 알았다.

"우리에겐 몇 주밖에 없어. 일 초라도 낭비하지 말자구."

그가 키스하자, 그녀는 폭발하여 격하게, 미친 듯이 마주 키스하여 거의 그를 넘어뜨릴 뻔했다. 맙소사, 그녀는 정말로 날 이렇게나 절실히 원하며 내게 와놓고, 내가 돌려보낼 줄 알았나?

그는 더 격하게, 더 깊이 키스했고, 그녀는 바로 그를 끝까지 밀어붙였다. 그녀의 팔은 그를 휘감고 몸은 바싹 붙여왔다. 그가 그녀의 다리 사이로 허벅지를 밀어붙이자 그녀는 그에게 밀착하고 문질렀다.

아니, 그는 그녀를 밀어낼 만큼 미치지 않았다. 그리고 이제 이해했으니,

이제 그녀가 정확히 뭘 원하는지 알았으니, 그녀에게 바로 그것만 주는 거다. 더 이상은 내주지 않을 거다. 그래, 이제부터 그의 마음은 그만의 것이다.

이번에는, 그리고 앞으로 계속, 그저 섹스뿐일 것이다.

탐이 그녀의 선드레스를 잡아 끌어내리자, 신축 스트랩은 딱 그녀의 가슴을 드러낼 만큼, 그의 손과 그의 입으로 가슴을 밀어붙일 만큼 내려갔다.

그녀의 손이 그의 반바지를 여민 벨트에서 느껴지고 바지가 풀리는 것이, 그녀의 손길이 그를 찾아내는 것이 느껴졌다. 그래…….

하지만, 맙소사, 문이 활짝 열려 있었다. 아무라도 들어올 수 있었다. 그렇지만 그녀에게는 들어올 때 문을 닫고 잠글 기회가 있었다. 어쩌면 그녀는 열어놓기를 원하는지도. 그녀는 위험을 좋아한다. 본인 입으로 그렇게 말했었다. 그러나 바지를 내리고 있다가 팀 동료나 켈리의 아버지에게 들키는 것은 탐에겐 달가운 일이 아니었다.

하시반 방에는 벽장이 있었다. 붙박이장으로 오버코트와 찰스 애시튼이 다시는 입지 않을 유행 지난 정장들로 가득 차 있었다. 벽장이라면 아주, 아주 재미있을 것이다.

탐은 그녀를 벽장 쪽으로 끌고 가, 안으로 끌어들였다. 어둡고 답답하고 먼지 냄새가 났다. 하지만 젠장, 문이 걸리지 않았다. 바닷바람에 오래된 나무가 휘어서 딱 충분할 만큼의 빛과 간신히 견딜 만한 공기 그리고 엄청난 위기감이 들어올 만큼 열려 있었다.

그러나 켈리가 너무나 다급하게 다시 키스해 오자, 탐은 신경 끊었다.

그녀가 그의 반바지를 내리는 동시에 그는 스커트 자락을 치켜올렸고 그러자…… 그녀는 속옷이라곤 하나도 입고 있지 않았다.

그가 촉촉한 열기에 손을 가져다대자 그녀는 신음하고 그의 손가락을 더욱 깊숙이 안으로 밀어넣으려 몸을 내렸다.

"제발."

그녀는 숨을 내쉬며 그의 손에 콘돔을 쥐어주었다. 스커트 주머니 속에 넣어두고 있었던 것이 분명했다. 속옷 없이. 콘돔. 그녀는 준비하고 여기에 왔던 것이다. 섹스를 위해. 오직 섹스만을.

그녀가 다시 키스했고, 다시 그는 신경쓰지 않는 자신을 발견했다.

탐은 재빨리 그걸 씌우고 그녀를 품안으로 들어올렸다. 그녀는 긴 스커트 자락을 치우며 그를 다리로 옭아맸고 그러고 나자, 아아, 그는 그녀의 안에 있었다. 그가 격렬하게 그녀 안으로 밀고 들어가며 거친 속도와 리듬으로 움직이자, 그녀는 그에게 매달리며 쾌감에 신음했다.

"더."

그녀가 헐떡였다.

"더."

그래, 그녀는 그 얘기도 했었다. 조금 야성적으로, 약간 거칠게 하는 걸 좋아한다고. 탐은 그녀를 벽장 뒷벽에 밀어붙이고 그녀 안으로 깊이 돌진했다. 그녀가 헐떡였다. 어쩌면 너무 깊었을지도.

"빌어먹을, 널 다치게 할 순 없어."

"아니, 아니에요. 오, 하나님. 제발 탐, 아픈 게 아니라……."

"계십니까?"

그는 얼어붙었다. 켈리도 탐의 눈을 곧장 응시한 채 얼어붙었다.

누가 사무실로 들어왔다.

"여기 안 계신데."

스타렛 소위의 귀에 익은 텍사스 억양이었다.

탐과 켈리는 양쪽으로 비닐에 싸인 겨울 코트에 둘러싸여 있었다. 만약 그가 그녀를 어두운 안쪽으로 끌어들이려 하면, 비닐이 요란스레 부스럭거리는 소리를 내서 탄로나고 말 것이다. 그냥 움직이지 않는 쪽이 낫다. 완전히 부동자세로, 그의 몸이 그녀 안에 깊이 박힌 채.

맙소사. 탐은 등에 주르륵 흘러내리는 땀방울을 느꼈다.

"확실해? 분명히 사람 목소리를 들었는데."

로크도 사무실에 있었다.

켈리는 여전히 그의 눈을 응시하고 있었다. 하지만 곧, 천천히 몸을 앞으로 숙여 그에게 키스했다.

"탐? 이봐요, 토미. 책상 아래나 피아노 안에 숨어 있수?"

스타렛이 낄낄 웃었다.

"아니, 여기 없는걸."

그것은 느린 키스, 의도적으로 느긋한 키스, 하얗게 불타오르지만 완전히 조용한 키스였다. 그의 등에 땀이 강물처럼 흘러내렸다.

로크가 코웃음쳤다.

"확실히 그렇군. 당신이 지휘관 면전에서 토미 어쩌고 할 배짱이 있다면 모를까."

마찬가지로 조용히, 켈리가 물러났다. 그녀의 눈을 응시하자 탐은 열기를 볼 수 있었다. 그녀는 이 상황을 진짜 좋아하고 있었다. 정말로 원하고…….

그래서 그는 움직였다. 천천히. 소리 없이. 물러나고 그리고 들어가고.

그러자 켈리가 아랫입술을 지그시 물고 미소지었다. 깊은 쾌감이 그녀의 눈에 담겨 있었다. 아, 그래, 그녀는 이걸 좋아하고 있었다.

"우린 사실 상당히 가깝지. 나랑 토미 말야."

스타렛이 말했다.

"그래. 어서 지도나 챙겨. 재즈가 차에서 기다리고 있으니."

탐도 그랬다. 그 역시 이걸 좋아했다. 그래서 다시 했다. 지극히 느릿느릿하게. 거의 완전히 물러났다.

"최소한 탐은 내가 종이 표적 사격 이상의 경험을 갖고 있다는 걸 안다구, 귀염둥이."

샘의 조소에 대꾸하는 로크의 목소리는 굳어 있었다.

"이번 임무의 성격상 계급과 존댓말을 버리라는 명령을 들은 건 알지만, 이제부터 우리만 있을 때는 중위님이라고 부르도록, 소위. 알겠나?"

그리고 완전히, 완전히 도로 들어갔다. 켈리가 작은 소리를 내려 하자 탐은 키스로 그녀의 입을 막고 소리를 삼켰다.

"네, 중위님."

스타렛의 불만스런 목소리가 멀어져가며 그들은 방을 나갔다.

딱 시간에 맞추어서. 왜냐하면 켈리가 절정에 달하고 있었기 때문이었다. 바로 거기서, 그를 감싼 채. 느린 동작으로 관능적으로, 퇴폐적으로, 지극히 느린 움직임을 유지하던 그는 그녀의 절정을 느낄 수 있었다.

그녀는 조용히 하려 애를 쓰고 있었으나, 그녀가 내는 자그마한 소리는 그를 끝까지 밀어붙이기에 충분했다. 그는 속도를 올렸다—어쩔 수가 없었다. 감각의 폭포와 번쩍이는 불빛, 혈관에서 피가 용솟음치는 굉음이 절정에 따랐다.

섹스. 이건 섹스다. 단지 섹스. 그리고 또다시, 굉장한 섹스였다.

탐은 자신이 기꺼워해야 한다는 걸 알고 있었다. 이 아름다운 여인이 그에게 왔다는 사실에, 너무나 분명히 그를 원한다는 사실에, 그에게서 떨어질 수 없다는 사실에 만족하고 기뻐해야만 했다.

자아, 잘된 거 아닌가. 그녀를 저녁식사에 데리고 갈 필요도 없다. 무슨 말을 할 필요도 없다.

그저 최대한 몸을 닦아내고, 바지를 채우고, 걸어나갈 수 있다.

그는 거의 그렇게 했다. 한 마디 말도 없이 문을 나설 뻔했다.

그러나 여전히 벽장 벽에 기댄 채, 여전히 가쁘게 숨을 쉬며 드레스는 구겨지고 머리는 흐트러진 그녀를 뒤돌아보는 실수를 저질렀다. 그리고 그녀를 원했다. 아직도 그녀를 원했다. 다시 그녀를 가진다는 것은 육체적으론 불가능했다. 이렇게 빨리는. 그런데도……

"네 침실 프렌치 도어의 자물쇠 풀어놔."

탐의 목소리는 아직 차분하지 못했다.

"오늘밤 내가 찾아오길 원한다면."

"탐, 제발, 우리 좀……."

그는 듣고 싶지 않았다, 말하고 싶지 않았다. 어쨌든 그건 그녀의 규칙이니까.

"싫어."

그는 그렇게 말하고 서둘러 나왔다.

17

"끔찍하게 나왔어?"

"난 안 봤어."

데이빗은 맬러리가 그의 아파트 안으로 들어오도록 뒤로 물러서며 말했다. 오늘밤 사진 촬영을 위해 에어컨을 틀어놨던지라 그녀가 들어온 다음 문을 꽉 닫았다.

"안 봤어? 왜?"

그녀는 가방을 부엌 의자 등에 걸쳤다.

"그야 네 사진이니까. 네가 제일 먼저 봐야지."

지난 하루는 고문이었다. 일하는 동안, 그는 호텔 주변에서 그의 카메라로 사진을 찍는 맬러리를 언뜻언뜻 봤을 뿐이었다. 그리고 마침내 그가 오후에 시간이 비자, 그녀가 아이스크림 숍에서 일할 차례였다. 그는 가게에 가서 콘을 하나 사먹으며 그녀가 일하는 것을 지켜보았다. 커피도 한 잔 시키고, 그게 다 식을 동안 그녀를 스케치했다. 두 시간까진 그러고 있었지만 그녀가 소름끼쳐 할까봐 몹시 걱정되었다. 스토커 데이빗 설리번.

"훔쳐보지도 않았어?"

"응."

"정말로? 아주 조금도?"

그는 그녀에게 사진봉투를 건네며 웃음을 터뜨렸다.

"그래. 네가 봐, 그리고 나한테 보여주고 싶으면……."

"너한테 보여주고 싶어. 네가 먼저 확인했어도 괜찮은데."

왜 그녀가 저렇게 쳐다보지? 그녀의 눈은 부드러웠고, 그가 마주 응시하자 그녀는 몸을 돌렸다. 불현듯 자신감이 없어진 것처럼, 혹은…… 부끄러운 것처럼. 맬러리 파올레티가 부끄러워해?

"그래, 일은 어땠어?"

그녀는 부엌 식탁에 앉아 봉투에서 사진을 꺼내 휘리릭 넘겨보며 말했다.

"하루 종일 네가 얼마나 피곤할까 생각했어. 연달아 초과근무를 한데다, 내가 와서 깨운 그날 밤 거의 잠도 못 잤으니."

데이빗은 천천히 그녀 옆에 앉으며, 혹시 잘못 알아들을까 두려워 고민했다. 그녀가 하루 종일 그를 생각했다는 걸까, 아니면 그가 하루 종일 피곤했겠다는 소린가? 앞의 해석이 맞는 건 아니겠지. 그렇지?

"괜찮아, 좀 피곤하긴 해도 팁을 많이 받았어. 아침에는 안 나가도 되지만 내일 점심 당번을 맡아달래. 룸서비스 웨이터 한 명이 그만둬서 일손이 딸리거든."

일주일 전이라면 그는 가욋돈을 벌 수 있는 기회를 냉큼 받아들였으리라. 이제 그가 생각할 수 있는 거라곤, 점심시간에 일하면 아이스크림 숍에서 맬러리를 만나 마리나 근처에서 같이 샌드위치를 먹을 수 없다는 것뿐이었다. 지난 이틀간 그는 그게 아쉬웠다. 며칠 사이 어떻게 점심이 하루 중 제일 좋아하는 때가 되었나 생각하면 우스웠다. 물론, 지금 당장은 바로 지금도 하루 중 제일 좋아하는 시간이었다. 그녀가 마침내 여기 있으니까.

"룸서비스라, 근사하네. 할 거야? 나이든 남편이 낚시나 골프를 나간 사이 뭔가 건수를 찾는 외로운 백만장자의 부인들에게 샴페인 병을 갖다주고?"

그녀는 높고 고상한 목소리를 흉내냈다.

"여보세요, 룸서비스? 여기 260호실 돈다발 여사예요. 캐비어 셋을 그 매력적인 데이빗 설리번에게 들려 올려보내고 그의 굉장한, 커다란, 엄청난……."

그녀는 눈을 반짝이며 그를 올려다보았고, 데이빗은 생각했다. 도대체 아까는 왜 그녀가 난데없이 부끄러워한다는 생각이 들었을까?

"쟁반에다가."

그녀는 말을 마치고 푸하핫 웃어댔다. 너무 늦었다. 그는 벌써 얼굴을 빨갛게 물들이고 있었다.

"내가 뭔가 다른 말을 할 줄 알았지?"

그녀가 물었다.

"사실 나이트셰이드, 너와 있으면 네 행동을 예측할 생각은 꿈에도 안 해. 넌 너무나 독특하니까."

"너무 변태다 그거지."

"아냐, 그런 뜻이 아니라."

그는 황급히 말했다.

"내 말은 넌 특별하다고. 근사하고……."

오, 맙소사, 실수다. 그가 푹 빠졌다는 사실을 들키는 것만큼 확실히 그들의 우정을 망치는 방법은 달리 없었다. 그는 그녀의 사진을 집어들고 넘겨보기 시작하면서, 그녀가 무슨 핑계든 대고 떠날 거라 각오했다. 쓰레기통을 청소하러 가야 한다고 하겠지. 고양이 이를 닦아줘야 한다든가. 어쩌면 가진 않지만, '우정 연설'을 할지도 모른다. <저기, 난 정말 널 좋아해, 데이빗. 그리고 우리가 친구라서 기뻐. 친구. 네가 못 들었을까 다시 말할게. 치-이-인-구-우.>

하지만 그가 그녀를 올려다보았을 때, 그녀는 아까처럼 묘한 눈길로 그를 쳐다보고 있었다.

"고마워."

그녀가 부드럽게 말했다. 그리고는 그녀가 그랬다. 최소한 그는 그렇게 생각했다. 십중팔구는 단지 그의 상상일 테지. 미소짓고 시선을 돌리기 전 그녀의 눈길이 몇 분의 일 초 그의 입으로 내려갔었다.

세상 모든 바디 랭귀지 책에 따르면, 그건 그녀가 그의 키스를 바란단 뜻이다. 물론, 단지 그의 상상일 경우를 제외하고 그럼 그녀가 자신의 키스를 바랄 거라고 그가 상상했다는 뜻이 된다. 완전히 동떨어진 2개의 결론.

그는 손에 들린 사진을 내려다봤다. 그녀는 사람들 사진을 찍었다. 볼드윈 브릿지 호텔 로비 안과 주변에서. 그녀는 피사체가 그녀의 존재를 눈치채지 못하도록 줌 렌즈를 이용해서 모두 자연스럽게 찍었다.

그녀는 독특한 외모의 남자가 코를 후비고 있는 모습을 포착했다. 분노로 일그러진 얼굴을 하고 공중전화로 통화중인 여자. 펼쳐놓은 책에 꿈꾸는 듯 푹 빠진 어린 여자애. 데스크에서 체크인하며 짐이 가득한 카트를 꽉 붙잡고 그걸 가져가려는 벨보이와 줄다리기를 하는 남자. 데이빗의 일하는 모습 몇 장, 그리고 그가 나이든 토렌스 씨와 이야기하며 미소짓는 모습. 레스토랑 창문 너머로 찍은 것이 틀림없었다.

"이건 정말 굉장해."

데이빗은 사진들을 식탁 위에 펼치며 말했다.

그는 화난 여자를 가리키려 몸을 앞으로 숙였고, 그의 어깨가 맬러리의 어깨를 스쳤다. 그녀는 물러나지 않았다. 사실, 더 가까이 다가왔다. 함께 사진을 보는 그들의 머리도 거의 맞닿을 듯했고, 데이빗의 머릿속은 텅 비어버렸다.

2초 전, 그는 이 사진에 대해 뭔가 말하려던 참이었지만 지금 그가 생각할 수 있는 거라곤 그와 맞닿은 그녀의 어깨가 따스하고 단단하다는 사실뿐이었다. 시야 한구석으로 그는 그녀가 그를 쳐다보려 고개를 돌리는 것을 보았다.

그녀에게선 담배 대신 한 통씩 씹어대고 있는 껌 향내가 났다. 날카롭고 자극적인. 오늘은 시나몬 껌이었다.

그도 그녀를 향해 고개를 돌렸다. 입은 갑자기 바짝 마르고 손바닥은 갑자기 축축해졌으며, 어째야 할지 하나도 모르겠고 죽을 만큼 겁이 났다. 그녀에게 키스하고 싶었다. 그의 모든 본능 역시 그녀가 키스를 바라고 있다고 소리치고 있었다. 하지만 만약 그가 틀렸다면 친구로서 그녀를 잃게 된다.

그리고 그는 그런 건 견딜 수 없었다.

"브랜든이 늦네."

그는 한때 그의 입이었던 바싹 마른 사막으로 말했다.

맬러리가 물러앉았다.

"나 옷 갈아입을까? 갈아입어야 하는 거야? 그냥 키스니까 옷 입은 채하면 안 돼? 오일과 수영복 없이?"

"어, 응, 그냥 클로즈업만 찍을 게 아니거든. 클로즈업도 찍긴 찍지만, 전신도 몇 장 찍고 싶어. 몸이랑 다리. 그리고 손. 손은 제대로 그리기 참 어렵거든. 손이 어디로 가는지 보고 싶어. 자연스럽게 말야, 알지? 괜찮아?"

그는 덧붙였다.

"베이비 오일이 불쾌한 건 알아."

그녀는 벌써 의상상자로 가서 저번에 입었던 수영복을 찾고 있었다.

"베이비 오일은 그 자식이랑 다시 키스한다는 생각에 비하면 그 절반만큼도 불쾌하지 않아."

"이렇게 하지 않아도 돼. 네가 내키지 않으면……."

"됐어."

그녀는 수영복을 찾아내어 그에게로 돌아섰다.

"연기일 뿐인걸. 연기하는 거라면 아무 의미도 없어, 그치? 다만 또 슬쩍 손을 대려 들면…… 흠, 걔가 충격에서 벗어나는 동안 잠깐 쉬면 되겠지."

맬러리는 욕실로 들어가 문을 닫았다. 하지만 금방 다시 열었다.

"베이비 오일 때문에 도움이 필요한데 바르는 것 좀 도와줄래? 그러니까, 브랜든이 다시 내 온몸에 손을 대게 하는 대신 말이야."

"그래, 물론. 나야 좋지."

그는 몇 분의 일 초 늦게 자신이 무슨 말을 했는지, 그리고 얼마나 부적절한 말인지(비록 진실이긴 해도) 깨달았다. 그는 뭔가 사과의 말을 중얼거리려 입을 열었지만, 맬러리는 그를 향해 미소짓고 있었다.

"나도 그래."

그렇게 말하고 그녀는 욕실문을 닫았다.

데이빗은 그 자리에 선 채, 동공이 확대되고 자신의 몸이 약한 쇼크 상태에 빠지는 것을 느꼈다.

그가 상상한 것이 아니었다. 이번에는.

"조, 부탁 좀 드려도 될까요? 15분 안에 기차역에 가야 하는데."

탐이 말했다. 켈리는 조와 찰스와 함께 데크에 앉아 석양이 바다와 하늘을 붉은 오렌지빛으로 물들이는 광경을 보고 있는 그녀를 그가 언제 알아챘는지 알았다. 바로 그가 '기차역'을 말할 때였다. 무언가, 아주 약간, 아주 미묘하게 그의 목소리가 바뀌었다.

그녀는 그를 올려다보기 전 레모네이드 잔의 얼음을 살짝 흔들었다.

조를 쳐다보고 있는 그의 어깨와 턱선 근육에 긴장이 뚜렷하게 드러나 있었다. 그는 청바지와 티셔츠로 갈아입었다. 신발은 스니커즈. 야구 모자.

"창에 선팅을 한 화물 밴이 필요해서요. 재즈가 감시장비를 설치할 겁니다. 스웜프스콧에서 겨우 찾아냈는데, 예약이 안 되는데다가 20시까지밖에 안 여는 곳이라서. 20분 후에 다음 기차가 떠나요."

"운전해도 괜찮겠어요?"

켈리는 물었다.

"스웜프스콧까지 당신 혼자서?"

그는 그녀를 쳐다보았다. 그의 눈은 그녀의 선드레스—아까 낮에 입었던 그 옷과, 그녀가 머리를 내렸다는 사실을 알아챘다. 그가 내렸다는 쪽이 맞겠지만. 벽장 안에서. 그 후로 그녀는 머리를 빗어내렸다. 샌들을 신었다. 그리고 속옷. 울 때 지워진 화장을 도로 했다.

그녀는 아까 그렇게 가버림으로써 그녀를 울린 걸 그가 알고 있을까 궁금해했다. 그렇게 차갑게. 그렇게 퉁명스럽게. 마치…… 그녀는 목청을 가다듬었다.

"현기증이 나면 어쩌고요?"

"안 그럴 거야."

조는 일어서려던 참이었지만, 이제 그 역시 다시 생각해 보고 있었다.

"정말 혼자 괜찮겠냐?"

탐은 속이 터졌다.

"괜찮아요. 머리가 아프지만, 바로 그런 밴을 찾으려 3시간 동안 전화기에 매달려 있었다구요. 그러고 나서 머리가 안 아프면 기적이게요. 그리고 이번 열차를 잡지 못하면……."

"내가 그냥 스웜프스콧까지 태워다주면 되잖아요."

켈리가 말했다. 그녀의 입은 바싹 말랐다. 그가 거절할까봐, 그리고 그가 받아들일까봐 두려웠다. 차 타고 가는 45분 동안 무슨 말을 하지?

"기차는 보내도 돼요, 탐. 내가 태워다줄게요."

하지만 그는 벌써 고개를 젓고 있었다.

"고맙지만 됐어. 너한테 스웜프스콧까지 태워다달라고 부탁할 순 없지."

"당신이 부탁한 게 아니잖아요, 내가 자원했지."

조와 찰스는 잠재된 긴장감을 의식하고 조금은 걱정스레, 하지만 다행히 무슨 영문인지 원인은 모른 채 그녀와 탐을 번갈아 쳐다보고 있었다.

"고맙지만 됐어."

"내가 그러고 싶어요."

그녀의 목소리는 떨리지 않았다. 아직은.

"아직 사과할 기회가 없었……."

"했잖아, 아까. 난 받아들였고."

그는 돌아섰고, 그의 목소리엔 절박한 기미가 있었다.

"조, 기차까지 좀 태워다주시겠어요?"

켈리는 벌떡 일어나다 하마터면 의자를 뒤로 넘어뜨릴 뻔했다.

"젠장할. 어젯밤에 그 말을 했을 때, 난 우리 다시는 얘기하지 말자는 뜻이 아니었어요. 친구 관계를 그만두자는 게 아니었다구요, 탐!"

탐은 움직이지 않았다. 반응하지도, 눈 하나 깜박하지도 않았다. 그저 그녀를 쳐다볼 뿐. 켈리는 참을 수 없었다. 아버지와 조가 보고 있든 말든 신경쓰지 않았다. 그녀는 탐에게로 성큼성큼 다가가 길고 진하게 키스했다.

"오늘밤 문 열어둘게요."

그녀의 목소리는 격한 감정으로 떨렸다.

"하지만 올 거면 얘기할 준비를 하고 와요."

그녀는 집 안으로 휙 들어가버렸다.

찰스는 탐을 기차역으로 바래다주는 조의 차 뒷좌석에 올라 동행했다. 역까지 3분이면 가는 거리인지라, 그들은 가는 길에 가게에 들렀다. 탐이 펩시 한 병을 산다고 했다. 켈리가 데크에서 벌인 쇼 이후로 더욱 심해졌을 것이 틀림없는 두통을 다스리려는 거겠지.

오늘밤 문을—아마도 자기 방 발코니의 프렌치 도어를 탐에게 열어놓겠다는 켈리.

찰스는 괜찮다고 스스로를 타이르려 애썼다. 어쨌든 지금은 21세기가 아닌가. 서른두 살 먹은 성인 딸이 법적인 남편이 아닌 남자와 관계를 갖고 싶다면, 그건 그 애 문제지 그의 문제가 아니다. 그도 두 번째 아내와 그렇게 했더라면 후회할 일이 없었을 것을. 돈은 말할 것도 없고.

탐이 펩시를 손에 들고 조의 차로 돌아왔고, 조는 차를 후진시켰다.

"잠깐."

찰스가 말했다. 그는 탐의 어깨를 툭툭 쳤다.

"필요한 거 다 있나? 그 뭐냐, 혹시 없다면 도로 가서 사와야 할 테니까. 그거 말야. 상자. 아, 젠장할. 무슨 말인지 알 테지."

조와 탐은 둘 다 그를 뒤돌아보았다.

그가 제니를 보스턴의 레녹스 무도회장에 데려갔다가 이면도로로 차를 몰아 집에 데려다줬을 때, 그녀 아버지는 이런 충고를 안 해주고 뭐했나? 아주 어둡고, 인적 드문 도로. 서늘한 가을밤 인적 없는 들판 한복판에 담요를 펼치고 와인 한 병을 나눠 마시며 별을 바라볼 만큼 어두운······.

음, 어쩌면 제니는 별을 바라봤을지 몰라도, 찰스는 분명히 아니었다.

"콘돔."

그는 성마르게 내뱉었다.

"철자까지 불러주랴? 가지고 있나, 자네?"

탐은 기겁해서 그를 쳐다보았다. 조와 마찬가지로 이 젊은 파올레티도 생각을 읽기 쉬웠다. 탐이 찰스를 두려워하지 않는 것은 명백했으나, 찰스의 직선적인 태도에 놀라, 그가…… 자려는 여자의 아버지에게 어떻게 대답해야 할지 몰라하고 있었다.

그래, 이건 정말 어색했다.

"그냥 고개만 끄덕여."

찰스는 다그쳤다.

"예스야 노야? 예스면 가고, 노라면 도로 가게로 들어가서……."

탐이 고개를 끄덕였다. 예스 하지만 곧 고개를 저었다.

"애시튼 씨, 전……."

"더 들을 말 없다. 내가 알고 싶은 건 들었어. 그럴 때가 오면, 그 빌어먹을 것을 확실히 쓰겠다는 약속이나 해."

탐은 다시 고개를 끄덕였다. 예스

그러고 나자 똑똑한 젊은이답게 도로 돌아앉아 앞을 봤다. 아마도 선호하는 체위에 대해 찰스가 묻기 시작하기 전에 조가 기차역에 자길 내려주기를 간절히 기원하고 있겠지.

조는 차를 몰며, 룸미러를 통해 찰스에게 질렸다는 듯이 눈을 굴렸다.

탐을 역에 내려주고 나면 뭐가 찰스를 기다리고 있을지 뻔했다. 예의의 사도께서 외동딸이 방금 공개적으로 오늘밤 침실로 초대한 남자와 콘돔에 대해 이야기하는 것의 타당성에 대해 설교하시겠지.

조는 아마도 콘돔이 필요하지 않을 상황이 되게끔 찰스가 주의를 주는 쪽을 바랐으리라. 그는 애들이(다 자라긴 했지만 그래도 그들에겐 애들이니까) 상처받지 않기를 원했다.

그리고 찰스와 조는 가장 아끼는 사람에게 상처주기가 얼마나 쉬운지 알고 있었다.

조가 모는 차가 기차역으로 들어서자, 찰스는 그가 조와 함께 기차를 향해 갔던 다른 여행을, 그 예전 프랑스에서의 여행을 떠올리지 않을 수 없었다. 시벨이 그들과 함께 있었고, 앙리와 뢰 1, 그 불쌍한 놈도 동행했다. 그들은 **BBC** 프랑스 특별방송을 통해 독일군 이동을 저지하라는 내용의 암호화된 메시지를 받았다. 프랑스 곳곳의 전투는 격렬했고, 독일군이 지원병력과 군수품을 기차로 수송하지 못하게 막는다면 연합군에 도움이 되리라.

조는 찰스더러 같이 가자고 청했다. 그날 밤엔 사람이 딸렸다. 뤽 2, 마리, 그리고 도미니크가 안 보여, 조와 시벨은 그의 도움을 필요로 했다.

찰스의 다리는 지팡이 없이 움직일 수 있을 만큼 나았다. 아이러니하게도, 그날 밤은 바로 조가 찰스를 연합군 전선으로 데려가는 위험한 여정을 시작하려 계획하던 밤이었다. 하지만 BBC 방송 이후 모든 계획은 백지화되었다.

집안의 분위기는 여전히 굳어 있었다. 그와 시벨이 부엌에서 싸운 지, 조가 시벨이 자신의 침대로 온 이유가 단지 찰스를 가질 수 없기 때문이라는 것을 알게 된 지 며칠밖에 되지 않았다. 집안 전체의 활기는 다 빠져나갔다. 뤽 2, 마리, 도미니크가 사라진 것도 놀랄 일이 아니었다.

처음, 찰스는 거절했다. 내가 무엇을 할 수 있다고? 폭발물이나 선로폭파에 대해 그가 아는 거라곤 하나도 없었다. 게다가 말했다시피 그는 영웅역은 그만둔 터였다. 평생 몫의 영웅적 행동은 벌써 다 채웠으니 고맙지만 사양이었다.

하지만 밤이 오고 시간이 되자, 찰스는 그들을 그냥 보낼 수 없어 차려 입고 갈 준비를 마친 자신을 발견했다.

시벨은 마치 처음부터 그럴 줄 예상하기라도 한 듯 태연하게 그에게 여분의 권총을 건네고, 그녀의 총 월터 PPK를 바지 허리춤 바로 안에 찼다. 그녀는 남자 같은 차림을 하고 얼굴에는 검댕을 발랐으며, 재빨리 그의 얼굴도 시커멓게 칠해 주었다.

거리를 지나는 일은 공포스러웠다. 여러 번 순찰중인 독일군을 피해 숨도 크게 못 쉬고 숨어야 했다. 조금만 잘못 움직여도, 조금만 잘못 발을 디뎌도 발각되어 죽고 마는 것이다. 신경이 바짝바짝 타들어가고 초죽음이 되었다. 조와 시벨은 몇 년 동안 거의 매일 밤마다 이런 일을 해온 것이다.

도시 외곽의 숲을 지나는 것은 약간 나을 뿐이었다. 그들은 기차 선로변에 자리한 근처 마을을 향해 남쪽으로 재빨리 이동했다. 선로 전체에 경비망이 펼쳐져 있었다. 독일군들은 파괴공작을 예상하고 있었다.

하지만 시벨은 바로 도시 외곽, 역 근처의 독일군 막사 근처 선로에 폭발물을 설치하자고 제안했다. 그리고 아니나 다를까, 접근이 까다롭긴 해도 일단 다다르자 그 구역은 완전히 경비가 없는 상태였다.

앙리는 주요선로 부분에, 뤽 1은 근처에 조용히 서 있는 화물칸 아래에 폭발물을 설치했다. 그 화물칸은 비어 있었으나, 그 자리에 있었다. 만약 이걸 날려버리면, 독일군들은 전방의 병사들에게 음식과 물을 나르는 데 쓸 기차가 없어지는 것이다.

두 남자가 일하는 동안 조, 시벨, 그리고 찰스는 망을 봤다.

찰스는 두려웠다. 그 자신을 위해서가 아니라, 시벨 때문에. 신경쓰고 싶지 않았다. 그녀를 사랑하고 싶지 않았다.

그가 원하는 것은 단지 집으로 돌아가…….

조가 볼드윈 브릿지 역사 앞에 차를 세우자 그는 창 밖을 내다보았다.

"태워주셔서 고맙습니다."

탐이 말했다. 조는 고개를 끄덕였다.

탐은 문을 열고 차에서 내렸다. 찰스는 차창을 내렸다.

"그나저나, 내 아까 잊은 말이 있군. 켈리에게 상처를 주면 내 손에 죽을 줄 알아. 천천히 그리고 고통스럽게."

켈리가 탐과 결혼하고 싶지 않다고 말한 건 사실이지만, 찰스가 보기엔 지나친 부정은 긍정인 경우가 아닌가 싶었다. 그 자신도 둘이 함께 삶을 일구어나가길 바랐다가 둘이 서로에게서 멀리멀리 떨어졌으면 하고 거듭 마음이 바뀌었다.

탐은 그의 면전에 대놓고 비웃지 않는 예의를 갖추고 있었다.

"애시튼 씨, 전 절대로 그럴 뜻이…….."

"자네가 무슨 뜻이건 상관없어. 자네가 그 애에게 의도적으로 상처주지 않으리라는 건 알아. 내 말은 상처주지 말라는 거야."

찰스는 버튼을 눌렀고 창문이 미끄러져 올라갔다.

한순간 찰스는 젊은이가 문을 노크하고 얘기를 계속하자고 할 줄 알았다. 하지만 기차가 역으로 들어왔고, 탐은 플랫폼을 향해 달려갔다.

조는 잠시 앉아서 그를 지켜보았다.

"탐은 착한 아이야. 그리고 켈리를 사랑해. 확실해. 아까 데크에서는 무슨 일인지 모르겠지만, 난 켈리도 저 애를 사랑한다고 봐. 비록 둘 다 그렇다고 인정하려 들진 않겠지만."

찰스에게 있어, 그건 좋은 소식이 아니었다. 찰스에게 있어, 사랑은 해답이 아니었다. 그는 툴툴거렸다.

"잘됐구만, 그럼 탐이 정말로 그 애에게 상처를 줄 수 있다는 뜻이잖아."

예전에 그 노래를 쓴 멍청한 가수가 누구였더라? 'All you need is love (당신에게 필요한 것은 사랑뿐)'이라는 후렴구가 나오는 노래를?

하. 그들이 사랑에 대해 뭘 안다고? 그 옛날 그가 마침내 사랑을 발견했을 때, 분명히 사랑은 그에게 필요한 것이 아니었다. 그것은 저주, 닿는 사람 모두에게 고통의 원인이었다.

어쩌면 켈리와 탐은 운이 좋아 가벼운 관계를 유지할지도 모른다. 가벼운 섹스를 나누는 연인들. 사랑 없이.

복잡한 것 없이. 마음의 고통 없이.

평생토록 끝없이 만약 그랬다면 어떻게 되었을까 하는 가정 없이.

맬러리는 데이빗의 양손이 그녀의 맨 어깨를 미끄러져 등으로 내려가자 눈을 감았다.

그는 조용했다. 방안은 조용했다. 정적 속에 그녀는 그의 나직한 숨소리를 들을 수 있었고 그는 오일을 손에 더 따라 살며시, 거의 경건하게 그녀의 등 아래에 발랐다. 그리고 곧 다 끝났다. 그는 뒤로 물러나 그녀에게서 떨어졌다.

제길.

"고마워."

그녀는 뒤돌아 그에게서 병을 받아들며 말했다.

0.5초 간, 그의 눈에 담긴 빛은 순전한 수컷이었다. 그것이 그의 얼굴에 두려우면서도 흥분되는 격렬함을 가져왔다. 데이빗은 그저 비쩍 마른 얼간

이가 아니었다. 데이빗은 남자였다.

하지만 곧 그는 당황하고 미안해하는 표정이 되었다. 그녀가 그의 눈에서 보았을 무언가가 실례가 되었을까 염려하는 것처럼. 그리고 그녀는 더 이상 두렵지 않았다. 이 남자는 데이빗이니까. 상냥하고 다정하고 근사한 데이빗.

전화가 울렸다. 그는 방을 가로질러, 종이타월을 집어 손을 닦고 수화기를 들었다.

"여보세요?"

목소리가 컬컬하게 나와 그는 목청을 가다듬었다.

"그래, 어디야?"

브랜든이다. 데이빗이 그녀를 흘끗 쳐다봤다.

"하지만 맬은 벌써 나이트셰이드가 되었고……."

그녀가 쳐다보는 동안 그가 웃었다. '야, 그거 참 재밌는 농담이다' 웃음이 아니었다. '너 진짜 개자식이다' 웃음이었다.

"그래, 잘했다. 뿌린 대로 거두는 거지. 알았어. 야, 브랜든, 다음에 취소할 때는 오기로 한 시간에서 35분 지나고 나서야 연락하지 마. 너와 나 둘뿐이면 상관없어. 하지만 맬러리가 여기 있단 말야. 진작에 알려줬으면 전화해서 스케줄을 다시 잡았을 거 아냐. 일껏 여기까지 오게 해놓고……."

그는 그녀의 시선을 마주하고 고개를 설레설레 저으며 눈으로 사과했다. 브랜든은 오지 않는다. 데이빗이 전화를 끊었다.

"젠장할, 난 정말로 그 사진을 찍고 싶었다구."

그는 머리를 북북 긁어 올렸다.

"제길. 제길. 맬러리, 정말 미안해. 난……."

그녀는 그를 안심시켰다.

"별거 아냐. 어쨌든 사진 보러, 그리고 저기, 놀러 왔을 건데 뭘. 그러니까 네가 꺼리지 않는다면."

그는 마치 그녀를 똑바로 보고 싶지 않다는 듯 몸을 돌리며 웃어젖혔다.

"꺼려한다니. 내 참. 자, 너 얼른 샤워하고 뭐 먹으러 나가자. 브랜든한테

서 전화 올 때까지 기다리지 않고 오일을 바르게 해서 정말 미안해."

"내가 무슨 생각하는지 알아?"

맬러리가 물었다. 방금 번뜩하고 떠오른 생각이 있었다. 데이빗은 답답하리만큼 예의발라서, 기다리고만 있다간 백 살이 되어야 손이나 잡아볼까 싶었다. 더 좋은 방법이 어디 있겠어? 그녀는 깊이 숨을 들이쉬었다.

"리모컨을 쓰고 네가 브랜든 대신 서는 거야."

데이빗은 다시 웃음을 터뜨렸다.

"그래, 나 '진짜' 사진발 좋지."

"하지만 정말 그런걸."

"놀리는 거야?"

그는 자신을 향해 손짓했다.

"나를 봐, 맬. 보라구."

그녀는 식탁으로 가서 어제 찍은 그의 사진을 찾아냈다.

"난 네가 사진발을 아주 잘 받는다고 생각하는데. 좋은 얼굴이야. 브랜든처럼 아름답지는 않지만, 뭐가 어때? 왜 줄리언이 아름다워야만 하는데? 난 나이트셰이드가 너처럼 생긴 남자에게 끌리는 게 훨씬 더 그럴싸하다고 봐. 진짜 미소를 짓는 남자. 브랜든이 미소지을 때면 정말 가식적이거든. 걔가 미소지으면 무슨 생각이 드는지 알아?"

데이빗은 고개를 저었다.

"걔의 미소는 '나 자신을 너무 사랑해서, 입이 닿기만 한다면 내 거시기를 빨고 싶어.'라고 하는 것 같다구."

그는 웃지 않으려 했지만 실패했다.

"나이트셰이드는 그런 남자한테 시간을 낭비하지 않을 거야."

그녀는 사진을 도로 식탁에 던지고 의상상자로 가서 헤치기 시작했다.

"안경은 벗어. 머리는 내가 해줄게. 내 가방에 젤이 있거든."

그녀는 스피도 수영복을 찾아 커다란 고무밴드나 되는 것처럼 그에게 날려보냈다. 그건 그의 가슴 한복판에 맞았다. 그는 그걸 붙잡았다.

"아무래도 난……."

"아, 불공평해. 난 '이걸' 입었다구. 너도 절대 '그거' 입어."

그는 고개를 저었다.

"하지만……."

"제발."

그녀는 으뜸패를 펼쳐 보였다.

"이러면 내가 다시 브랜든과 키스하지 않아도 되잖아."

키스

그를 쳐다보던 그녀는 그 단어와 그 뜻이 입력되는 것을 보았다. 그녀가 만나본 가운데 제일 똑똑한 사람 중 하나치고는, 형광등이 켜지기까지 거의 영원 가깝게 걸렸다. 하지만 일단 인식되자 그는 확실히 알아들었다.

"물론이지, 분명 해볼 가치가 있어."

그리고 그는 스피도를 들고 갈아입으러 일직선으로 욕실로 향했다.

샤워한 다음, 켈리는 방을 청소했다. 속옷과 티셔츠는 서랍장 서랍에. 다른 옷들은 옷장에. 옷걸이에.

도대체 누굴 속이려고 했던 걸까?

아닌 척 하건 말건, 옷을 옷장에 걸건 말건, 그녀는 분명 여기 살고 있었다. 정말로 서른두 살의 나이에 어린 시절 살던 집으로 도로 들어온 것이다.

그렇게 처량 맞은 상황은 아니었다. 아버지가 죽어가고 있다. 그녀에겐 여기 있을 이유가 있었다. 물론 그녀가 이혼했고 아이가 없으며 아버지를 돌보기 위해 돌아오는 데 아무 장애가 없다는 건 꽤나 처량 맞았다. 사생활 면에서 그렇게나 실패하지 않았다면 올 수 없었으리라.

그리고 게리가 그녀를 배신하고 가슴빵빵 티파니를 임신시킨 건 최소한 부분적으로는 그녀 탓이었다. 만약 켈리가 최고 A급 아내였다면 게리가 다른 곳에서 즐거움을 찾지 않았으리라. 하지만 켈리는 아내로선 명백히 실패했다. 그녀는 훌륭한 소아과 전문의며, 괜찮은 요리사고, 그녀 자신과 게리의 생활을 조정하는 매니저로서는 평균 이상이었다. 하지만 연인과 독특한 성적유희 상대로서는 바닥이었다. 그녀는 지레 움츠러들었다. 게리가 이끌게 맡기고 성적모험이란 줄타기에서 그가 나아가기를 기다렸다. 다만 게리는 결코 나아가지 않았다. 모험이란 없었다. 그리고 좀 지나자, 아예 섹스가 거의 없었다.

왜냐하면 게리가 더 이상 그녀를 한때 침대로 끌어들이기 위해 애썼던 매력적인 여자로 보지 않았기 때문이었다. 대신, 그의 세탁물을 찾아와 주는 친절하고 희미하게 낯익은 여자로만 보았던 것이다. 무심함이 열정의 자리를 대신했다.

결혼이란 그런 거였다. 무심해도 좋다는 거대한 허가장이었다. 그리고 켈리는 다시는 그런 덫에 걸리지 않으리라 결심했다. 남은 평생 단 한 시간도 투명인간처럼 보내지 않으리라.

물론 그녀는 게리를 흔들어 깨우기 위해 아무것도 하지 않았다. 만약 그녀가 원하는 섹시한 속옷을 샀더라면, 그를 전화부스 크기의 기차 화장실로 끌어들였다면, 그가 기꺼이 응했을 가능성도 상당히 있었다.

탐은 확실히 그랬다.

그날 오후, 그런 행동을 할 배짱이 자신에게 있으리라곤 꿈에도 몰랐다. 그를 유혹할 의도로 그에게 그런 식으로 가는 것. 하지만 끝은 그녀의 상상 같지 않았다. 그의 용서와 이해, 그리고 그들의 관계가 기본적으로 열정에 그러나 또한 오랜 우정에 기반을 두었다는 동의를 받을 줄 알았다.

그러나 탐은 그녀가 그에게 절대 아무 의미도 없다는 듯이 지퍼를 올리고 가버렸다. 그건 그녀가 원한 것이 아니었다. 아니면 그랬던가?

그녀는 깊은 열정을 즐기고 싶었을 뿐이었다. 둘만의 교감을 가장하고 싶었을 뿐이었다. 너무 가까워질 위험을, 사랑에 빠질 위험을, 상처받을 위험을 감수하고 싶지 않았다.

지금 누구를 속이는 걸까? 오직 자신만인 듯했다.

진실은, 탐과 사랑에 빠질까봐, 그가 다시 떠나버릴 때 무너질까봐 두려웠다. 허나 그보다 더욱 두려운 것은 탐과의 사랑이 멀어져버리는 두려움이었다. 설령 불가능한 기적이 일어나 어떻게 이 난장판이 동화 같은 해피엔딩이 된다 해도, 동화 속 왕자님 탐이 정복 차림으로, 그녀는 하얀 드레스 차림으로 교회 앞에 선다 해도, 그들의 행복이 이어지리라는 보장은 없다. 사실 아마 이어지지 않을 것이다.

그리고 8년 후 그들의 대화거리가 오직 퇴근하고 집에 오는 길에 누가 세탁물을 찾아오느냐만이 된다면 켈리는 참을 수 없을 것이다.

그녀가 원하는 것은 늘 탐이 용암 같은 열기와 불타는 욕구를 눈에 담아 쳐다보는 여자가 되는 것이었다. 오늘 벽장 안에서 그랬듯이.

그가 차갑게 돌아서서 가버리기 전에.

맙소사, 쉬운 해답이라곤 없었다.

켈리는 발코니로 통하는 문을 열고 밖으로 나가 맑은 바닷공기를 들이쉬었다. 스웝프스콧까지 기차로 30분. 위치가 어디냐에 따라 렌탈 회사까지 15분에서 30분. 서류를 작성하고 돈을 내는 데 20분. 교통 상황에 따라 집으로 돌아오는 데 40분에서 45분.

그녀의 계산에 따르면, 탐은 곧 집에 돌아와야 했다.

켈리는 발코니 흔들의자에 앉아 기다렸다.

18

맬러리는 헤어젤 한 통을 다 들이붓다시피 해서 데이빗의 머리를 이럭저럭 넘겼다. 올백으로 빗어 넘겼지만 아직까지 말을 듣지 않는 한 가닥이 있었다.

그는 얌전히 허리에 수건을 두르고 부엌 식탁 앞에 앉아 있었다. 그녀가 생각했던 것만큼 보기 싫게 피골이 상접하진 않았다. 사실 피골이 상접했다기보단 날씬했다. 그의 체구는 장거리 육상선수처럼 지방이 거의 붙어 있지 않았다. 하지만 어깨는 단단했고 팔은 근육질로, 그녀가 상상한 파이프 쑤시개와는 거리가 멀었다

그렇다고 신경쓰였으리라는 건 아니지만. 음…… 뭐 조금은 신경쓰였을지도 모르지. 하지만 많이는 아니다.

그는 너무나 심각하게 앉아 있었다. 사실 욕실에서 나온 이래 그가 한번이라도 미소지은 적이 있나 싶었다.

"일어나."

그녀는 명령했다.

"그리고 스커트는 놓으라구, 브레이브하트. 너도 전신의 98퍼센트에 베이비 오일이 발라지는 기쁨을 맛볼 때야."

그 말에 그는 미소지었지만, 상당히 약한 미소였다.

"저기 맬, 난 아무래도 좀……."

그녀는 뭐가 좀 어떻다는 건지 밝혀질 때까지 기다리지 않았다. 그냥 오일을 자기 손에 부어 그의 등에 바르기 시작했다. 그의 따스한 피부에 오일이 차가우리라는 걸 그녀는 알고 있었다. 혹은 그녀의 손이 닿는 감촉에 입을 다물었는지도.

"어서, 일어나."

그는 일어났지만, 한 손으로 허리께에 수건을 붙잡은 채였다.

맬러리는 양손으로 그의 등 전체에 오일을 발랐다. 그의 피부는 굉장히 부드러웠다. 그녀는 시간을 끌며, 단지 촬영을 위해 오일을 바르는 게 아니라는 뜻을 분명히 하고 싶었지만 그녀 역시 신경이 곤두서 있었다.

"어서, 여기에 오일이 묻겠어."

그녀는 다시 말하며 수건을 살짝 잡아당겼다. 데이빗은 깊이 숨을 들이쉬고 후욱 내뿜었다.

"후유, 그냥 말해버릴게, 알았지?"

그는 눈을 질끈 감고 다시 깊이 숨을 들이쉬었다.

"널 정말로 좋아해, 나이트세이드. 그리고 난 연기에는 진짜 꽝이라, 정말로 널 기분 상하게 할지도 몰라. 설령 너는 연기를 할지 몰라도 난 그렇지 않을 테니까. 난 정말로 너한테 키스하고 싶고, 이 조그만 수영복 가지고는 네가 날 완전히 흥분시킨다는 사실을 숨길 방법이라곤 없거든. 난 벌써 반 이상 음, 알지. 어휴. 난 네가 그냥 친구로만 사귀고 싶다고 해도 괜찮아. 단지 네 몸만을 갖고 그런다고 네가 생각하길 원치 않거든. 정말로 아냐. 그렇긴 하지만, 아니라고, 알지? 그리고……."

맬러리는 그가 계속하도록 두고 싶었다. 그가 하는 말 전부 평생 최고로 기분 좋았다. 그녀가 그냥 친구로만 사귀고 싶다고 해도 괜찮단다. 그는 정말로 그녀를 좋아한다.

하지만 그녀가 그를 돌려 마주보게 세우고, 그의 가슴에 오일을 바르기 시작하자 그는 말을 딱 그쳤다. 마치 그녀가 그의 전기 플러그를 벽에서 뽑아내기라도 한 것처럼. 그는 눈을 뜨고 마치 그녀가 거기 있다는 데 놀라기라도 한 듯이 그녀를 내려다보았다.

"어, 내가 할 수 있는데."

그녀는 멈추지 않았다. 그냥 그의 눈을 똑바로 올려다보았다.

"음, 글쎄, 내가 더 잘할 수 있어."

그는 그녀를 응시했다. 바로 지금 그가 침묵을 지킬 줄 어떻게 알았겠는가? 그녀가 괜히 자신만 꼴불견으로 만든 게 아니라는 그의 확언이 그 어느 때보다도 필요한 이때에?

그녀의 목소리가 약간 갈라졌다.

"그렇지 않아?"

그제서야 그가 고개를 끄덕였다.

"그래, 응, 그래."

맬러리가 통을 다시 집어들고 손에 오일을 더 따를 때, 데이빗이 그녀에게로 손을 뻗었다. 아주 살짝, 거의 간지러울 만큼. 그의 손가락이 그녀의 옆구리를 따라 내려갔고, 손길을 따르는 그의 눈길은 뜨거웠다. 그는 여전히 가벼운 손길로 그녀의 배를, 배꼽에 단 링을 만졌다.

맬러리에겐 그것으로 충분한 확신이 되었다.

"나도 연기하지 않을 거야."

그녀는 나직이 말했다.

"오늘밤엔. 너와는, 데이빗."

"그래?"

그는 그녀의 눈을 응시하며 속삭였다.

"오, 세상에."

그리고 그가 미소짓자 그녀의 심장은 느리게 펄쩍 뛰었다. 그에게 마주 미소짓지 않기란 불가능했다. 그가 몸을 숙이자 그녀는 그가 자신보다 키가 크다는 걸 깨달았다. 훨씬. 그녀에게 키스하기 위해 그는 고개를 숙여야 했다. 하지만 곧 그가 키스하자, 그녀는 그의 키에 신경쓰지 않았다. 중요한 것은 데이빗의 입, 데이빗의 손, 데이빗의 눈이었다. 그는 시간을 들여 천천히 그녀에게 키스했다. 그의 굶주림을 그녀는 느낄 수 있었지만, 그는 대부분의 남자들이 그녀에게 키스할 때와 달리 그녀를 완전히 빨아들이려 하지 않았다. 그리고 그녀를 가까이 끌어당겼을 때, 대부분의 남자들과 달리 그녀의 엉덩이나 가슴을 덥석 움켜쥐지 않았다—마치 키스 한 번이 그녀를 맘대로 다뤄도 되는 허가라도 되는 듯이 구는 남자들과 달랐다. 대신 그는 조심스레 손을 그녀의 등에 고정시키고 여전히 그녀의 맨살을 달콤하리만치 가볍게 어루만지고 있었다.

"네가 싫어하지 않았으면 좋겠다. 너한테 하는 첫번째 키스를 촬영용으로 하고 싶진 않았거든."

그는 낭만적이었다. 웃긴 헤어스타일과 끔찍한 체크무늬 셔츠의 데이빗은 맬러리가 평생 만난 중 가장 낭만적인 남자였다.

그녀가 다시 키스하자 그는 쾌감에 한숨쉬었고 그녀는 알았다.

그와 사랑에 빠져도 괜찮다. 그녀의 마음은 그의 부드러운 손길 안에서 안전하리라.

찰스는 피곤함을 가장하여 방으로 돌아갔다.

다만 실제로는 가장이라 할 수 없었다. 그는 피곤했다. 요즘에는 늘 피곤했다. 석 달도 남지 않은 남은 나날을 모두 잠으로 보내게 생겼다.

그와 조가 집에 도착해 보니 거실에 전사들이 우글거리고 있었다. 탐의 친구들은 약간 위압적이었다. 재즈란 이름의 덩치 큰 흑인은 거의 웃는 법이 없었다. 그리고 부츠에 체인을 단 긴 머리 폭주족은 바네사 윌리엄스를 닮은 아가씨 주위를 빙빙 맴돌며 그녀가 옆에 있기를 원치 않는 척했다.

하.

만약 체인 단 부츠에게 선택권이 있다면, 그들은 밤이 가기 전에 한 방을 쓰게 되겠지. 하지만 바네사는 멋모르는 어린애가 아니었다. 그녀는 책에 고개를 처박고 부츠와 시선이 마주치지 않게 피했다. 머리도 미모만큼이나 뛰어난 것이 분명했다.

그리고 그녀는 아름다웠다. 찰스는 평화롭고 조용한 자신의 방으로 물러나기 전 그녀와 몇 마디를 나눴다. 그녀의 이름은 알리사였다. 바네사보다 더욱 예뻤다. 그녀는 그에게 미소짓고 몇 마디 답했다. 훈련교관 같은 외면 아래는 다정한 아가씨였다.

찰스는 침대로 기어올랐다—요양소 특기 올림픽이 있다면 메달을 딸 만한 솜씨. 9.9점을 얻어낸 다음 침대 옆에 둔 산소탱크로 산소를 마셔야 했다. 거의 60년이 지났어도 독일 심판이 여전히 그에게 악감정이 있을 터이니 10점 만점은 받지 못하리라 예상했다.

그는 그들에게 그를 증오하고도 남을 만한 이유를 주었다—그리고 그 감정은 피차 마찬가지였다.

증오와 공포. 그것은 안 좋은 조합이었다. 정말로 고약한 식은땀이 나게 했다. 그리고 애시튼 일가는 가능하다면 언제든 몸에서 냄새가 나지 않도록 피해 왔다.

1944년 거의 내내 그의 몸에선 땀내가 진동했다. 그는 어두운 기차역 옆에 서서, 독일군들이 자신을 볼 수 없다면 냄새로 알아채리라고 확신했던 그 불쾌하게 후텁지근한 여름밤을 기억할 수 있었다.

전신의 세포를 곤두세운 채 그가 거기에 서서 독일군이 다가오나 지켜보고 귀 기울이는 동안 앙리와 뤽 1은 선로에 폭발물을 설치했다.

그의 심장은 말 그대로 두방망이질치고 있었다. 그의 위치에선 시벨을 볼 수 없었고, 그 때문에 그는 미칠 것 같았다. 그녀를 뒤에 남겨두자고 주장했어야 했다. 애초에 그가 가겠다고 자원했어야 했다.

그녀가 그의 방으로 왔을 때 그녀와 사랑을 나눴어야 했다.

그리고 그 일이 벌어졌다. 찰스는 아직도 뭐가 잘못되었는지 알지 못했다. 그가 아는 것은 방금까지 독일군이 있나 근처 숲을 훑어보고 있었는데 다음 순간 얼굴을 바닥에 처박고 입안의 흙을 뱉어내고 있었다는 것뿐이었다. 폭발음이 귀에 울리고 폭발로 인한 열기와 불꽃이 아직도 그의 뒤통수를 그슬리고 있었다.

시벨!

그는 벌떡 일어났지만 다시 호되게 넘어졌을 뿐이었다. 맙소사, 어쩌다가 발목을 접질렸던가 아니면 부러뜨렸다. 몇 주 동안 절뚝거리고 돌아다니던 바로 그 빌어먹을 다리를.

지독히도 아팠지만, 그는 이를 악물고 마지막으로 시벨을 본 장소를 향해 기어가는 수밖에 없었다. 그녀는 거기 있었다, 그리고 살아 있었다. 하나님 감사합니다. 하지만 불타는 화물칸에서 날름거리는 불빛 아래, 그는 그녀가 넋이 나간 상태이며 귀에서 한 줄기 피가 흘러내리는 것을 볼 수 있었다. 그녀를 여기서 빼내야 한다. 벌써 거친 독일어 고함소리와 개 짖는 소리가 들려왔다. 그 둘은 몹시도 비슷하게 들렸고 똑같이 공포스러웠다.

고통에 저항하기 위해 끊임없이 욕설을 내뱉으며, 그는 일어서서 시벨을 안아들었다.

조가 연기 속에서 불쑥 나타났다. 그리고 시벨을 보는 그의 얼굴에서 찰스는 그가 최악의 상황을 두려워하고 있음을 볼 수 있었다.

"그녀는 살아 있소."

그는 말했다. 조는 눈을 잠시 감았다.

"하느님 감사합니다."

그는 깊이 숨을 들이쉬고 연기 너머 불꽃 쪽을 돌아보았다.

"그녀를 안전한 곳으로 데려가시오."

조가 지시했다.

"앙리는 벌써 산산조각났습니다. 난 뤽을 찾으러 돌아갑니다."

찰스는 이만큼 떨어져서도 열기를 느낄 수 있었다.

"그가 살아남았을 리는 없소. 왜 당신 목숨을 헛된 일에……."

"만약 죽지 않았다면, 중화상을 입고 죽어가고 있을 겁니다. 하지만 독일군들이 그를 찾아내면……."

총이 장전되었는지 확인하는 조의 얼굴은 음울했다.

"사람이 견딜 수 있는 고통에는 한계가 있고, 유출되지 말아야 할 비밀은 너무 많으니까요."

그리고 찰스는 이해했다. 조는 뤽에 대한 의리 이상의 이유로 돌아가는 것이다. 그들 모두를 지키기 위해 돌아가는 것이다. 만약 뤽이 SS(나치 독일의 친위대)의 손에 걸려들 때까지 살아 있다면, 시벨의 조직 전체가 위험에 직면하는 것이다.

"당신이 시벨을 데려가시오. 내가 뤽을 찾지."

하지만 조는 뒤로 물러났다.

"뤽은 내 친구입니다. 시벨을 무사히 지켜주길."

그 말만 남기고 그는 사라졌다.

"기다려요."

찰스는 절박하게 말했다.

"난 어디로 가야 하는지도 모르는데……."

하지만 독일어 목소리가 커져가며 선로를 따라 빠르게 다가오고 있었다. 찰스는 숲속으로 스윽 들어가 절뚝절뚝 어둠 속을 걸었다. 정확히 어디인지는 몰랐다. 더 많은 독일군들 쪽으로 향하는 게 아니기만을 빌면서, 부상 입은 발목으로 가능한 한 빨리 이동하며 그들을 휘갈기는 나뭇가지로부터 시벨의 얼굴을 가리려 애썼다.

멀리 가지 않아 그 소리를 들었다.

한 발의 총성.

조가 죽었거나 혹은…… 혹은 조가 아직 숨은 붙어 있지만 구하기 틀린 뤽을 찾아내어…….

두 가지 다 생각하기 힘들었다. 하지만 독일군 순찰대가 자동소총 일제 사격 없이 조를 쓰러뜨렸다고 믿기는 어려웠다.

그때 앙리가 선로에 설치한 폭탄이 폭발했고, 찰스는 조가 아직 살아 있음을 알았다. 찰스는 고막을 찢는 독일군 총소리와 고함소리를 들었다. 분명히 조가 병사들을 찰스와 시벨의 반대쪽으로 유인하고 있었다.

조는 아직 살아 있다. 최소한 지금은.

찰스는 변두리로 계속 나아갔다. 밤은 고통과 공포로 흐릿해졌다. 그는 완전히 길을 잃었고 밤하늘로 방향을 가늠해 보려 해도 어디로 가야 할지 알 수가 없었다. 전투가 벌어지는 서쪽과 북쪽? 아니면 그 반대쪽으로?

몇 시간이 지난 듯이 느껴진 후, 지붕이 휑하니 뚫린 버려진 농가를 찾아냈다. 그는 해진 담요를 찾아 더러운 바닥에 폈다. 그리고 밤새도록 시벨을 품에 안고 그녀의 부상이 자신이 생각하는 것보다 심각하지 않기를, 또 조를 위해 기도했다. 조가 무사히 도망쳤기를, 그의 영혼을 위해 기도했다, 그리고 자신은 절대 조가 했으리라 여겨지는 일을 할 상황에 처하지 않기를 기도했다. 한 발의 총탄을 발사하여 친구의 고통을 끝내는 일을.

탐이 집에 왔다.
그가 집에 온 지 한 시간이 되었다.
켈리는 그가 밴을 몰고 진입로로 들어왔을 때 발코니에 있었다. 그녀는 그가 차고 옆에 주차하는 것을, 그가 내리는 것을 지켜보았다.
그가 그녀 방 창문은 곁눈질조차 않고 조의 집으로 들어가는 것을 지켜보았다. 그의 방에 불이 켜지고, 꺼지는 것을 지켜보았다.
그리고 그는 아직 오지 않았다. 그는 그녀와 얘기하길 원치 않는다. 차라리 멀리 떨어져 있고 싶어한다. 켈리는 불을 끄고 침대에 들었다. 울며 잠드는 것 같은 처량 맞은 짓은 하지 않기로 단단히 마음먹었다.
그래서 그녀는 자지 않았다.

원래 그들은 사진을 찍기로 했었다.
하지만 데이빗은 맬러리에게 키스하는 것을 멈출 수가 없었다.
그들은 둘 다 거의 벌거벗고 그의 아파트에 서 있었다. 그녀의 젖가슴이 그의 가슴에, 그녀의 허벅지가 그의 허벅지에, 그녀의 부드러운 배가 그의 발기한 남성에 맞닿았고 손 아래 그녀의 피부는 비단 같았다.
거칠게 숨쉬며 그는 그녀에게서 물러났다. 최소한 그는 물러날 의도였다. 어쩌다 그의 손이 그녀의 수영복 탑 끈과 얽혔다.
완전히, 절대로 의도하지 않은 일이었지만, 그가 뒤로 물러나자 끈이 풀리고…….
너무나 팽팽하게 묶여 있었던지라 목끈이 사라지자 매듭이 풀렸다. 일초 전까지 그녀는 비키니 탑을 입고 있었는데 다음 순간 그건 사라졌다. 다음 순간 그녀는 그의 앞에 완전히 가슴을 드러내고 서 있었다.

스무 살 이성애자 남자로서, 데이빗은 당연히 여자 젖가슴에 매력을 느꼈다. 티셔츠로 덮여 있든 스웨터나 수영복에 덮여 있든 지극히 즐겁게 감상했다. 가슴은 재미있고 유쾌한 파티 같은 것이었다. 너무나 엄숙한 삶이라는 장송곡 속에 요란하게 울려퍼지며 맥박을 두근거리게 하는 살사 음악이었다.

맬러리의 가슴은 그 모든 것이며 또한 그 이상이었다. 훨씬 더. 장밋빛 핑크색 젖꼭지와 우윳빛 흰 피부의 그 모습은 아름다운 정도가 아니었다.

"오, 맙소사. 미안해, 난⋯⋯."

"괜찮아."

그녀는 가리려고 하지 않았다. 아니, 오히려 뒤로 손을 돌려 등을 감고 있는 두 번째 끈을 풀었다.

"이 수영복은 너무 작아. 진짜 불편해."

그녀는 말처럼 태연하지 않았다. 데이빗은 불안과 무언가 다른 것―아마도 두려움의 흔적을 그녀의 눈에서 보았다. 마치 그가 그녀의 모습을 좋아할지 확신이 서지 않는 것처럼.

바보 아냐?

"어떻게 네가 얼마나 아름다운지 모를 수 있어?"

그는 속삭였다. 그녀를 만졌다. 손 안에 그녀를 가득 채우지 않을 수가, 고개를 숙여 맛보지 않을 수가 없었다.

"네가 나한테 어떤 영향을 미치는지 몰라?"

그가 좀더 세게 빨자 그녀가 헐떡이며 그를 더 가까이 끌어당겼다. 팔은 그를 감싸고 다리는 그를 향해 벌어졌으며 부드럽고 고운 허벅지 안쪽이 그와 맞닿아 있었다.

그는 이것이 진짜라는 것을, 진짜 벌어지고 있다는 것을 믿을 수가 없었다. 천천히. 그는 스스로에게 경고했다. 너무 밀어붙이지 마. 그녀가 끝까지 가고 싶어한다고 단정짓지 마. 그녀 대신 결정을 내리지 마. 그녀의 마음이 바뀌면 받아들일 준비를 해.

하지만 그녀는 그의 귓가로 입을 가져왔다.

“있지, 나 알아.”

“뭘?”

“내가 너한테 어떤 영향을 미치는지.”

그녀는 짓궂게 미소지었다. 그녀가 그에게서 약간 떨어져 그들 사이 아래를 가리켰고……. 그의 조이는 수영복은 더 이상 그를 가려주고 있지 않았다. 거기에 그가, 수영복 위로 뻔뻔하게 전부 튀어나와 있었다. 그는 허겁지겁 수영복을 끌어올리려 했지만 되질 않았다. 수영복은 너무 작고 그는 너무 발기되어 있었다.

“오, 맙소사. 미안해, 난…….”

“만져봐도 돼?”

그녀는 진지했다. 정말로 그걸 물어보고……. 데이빗은 고개를 끄덕였다. 말할 수가 없었다. 그녀는 한 손가락을 뻗었다. 손가락 하나. 그래도 그녀가 천천히 전체를 살짝 쓸어내리자 그는 거의 끝나버릴 뻔했다.

“우와.”

그녀가 말했다. 그리고는 다시 했다.

“전에 음, 이걸 써본 적 있어?”

그 말에 그는 목소리를 되찾았다.

“만약 내가 숫총각이냐고 묻는 거라면, 대답은 노야. 믿든 말든 간에, 전에 해봤다구.”

“이런, 네가 경험 없다거나 어떤 식으로든 모욕하려는 뜻으로 한 말이 아냐.”

그녀가 다시 그를 만졌다. 데이빗은 참을 수가 없었다. 그녀에게 키스하며 끌어당겨 그녀의 손을 완전히 자신에게 가져다 누르고 자신의 손으론 그녀의 가슴을 감쌌다. 그는 처음 그녀와 얘기했을 때를 떠올렸다. 만약 그때 누가 그에게 지금 이렇게 될 거라 얘기했다면…… 그는 소리내어 웃었다.

그녀는 질문을 아직 끝내지 않았다.

“그럼 그 여자는 누구였는데?”

“아무도.”

그는 다시 그녀에게 키스했다. 그건 그가 지금 당장 얘기하고 싶은 주제
가 아니었다. 맬러리는 다시 그에게서 입을 뗐다.

"그 여자도 이름이 있을 거 아냐."

"재니스야."

데이빗은 그녀를 내려다보고 전부 듣기 전까지 그녀가 질문을 그만두지
않으리라는 것을 알았다. 그래서 그는 이야기했다.

"고등학교 시절 브랜든의 여자친구였어. 대학 1학년 여름방학 때, 브랜
든을 질투하게 하려 날 이용했지. 통하지 않았어."

유일하게 상처받은 사람은 그였다. 그리고 어떻게 해서인지 맬러리는 알
았다.

"정말로 죽음이었겠다. 사랑했어?"

그는 따뜻한 그녀의 눈을 응시하며 브랜든에게 결코 말하지 않았던, 재
니스에게 결코 말하지 않았던 진실을 말했다.

"그래."

"안됐다."

그녀는 너무나 진지하게 고개를 끄덕였다.

"그래, 네가 음, 사랑하지 않는 사람과 그걸 하리란 생각은 들지 않아."

그녀에게 솔직해야만 한다.

"맬, 난 남자야. 상황만 되면…….."

"하지만 그런 적 있어?"

"아니. 그럴 기회가 없었지."

"그럼 정말로 네가 그랬으리라는 걸 어떻게 아는데?"

좋은 지적이었다.

"그 재니스란 계집애, 솔직히 난 걔가 널 사랑하지 않은 거 안됐다고 생
각하지 않아. 왜냐하면 그럼 난 어떻게 되겠어? 여자친구가 있는 남자와
사랑에 빠지다니."

데이빗은 숨을 쉴 수가 없었다. 방금 그녀가 그와 사랑에 빠졌다고 말했
나……?

맬은 턱을 도전적으로 치켜들고 그의 눈을 마주하려고 했지만 그럴 수가 없었다. 그녀는 그에게서 눈길을 돌리고 눈을 감았다.

"무슨 말 좀 해봐, 데이빗. 이렇게 조마조마하게 하지 말고."

그는 그녀의 턱을 치켜들어 자신을 쳐다보게 했다.

"날 사랑해?"

목소리가 갈라졌지만 그는 털끝만큼도 신경쓰지 않았다.

그녀는 어깨를 으쓱했다. 그 몸짓은 정말 맬러리다웠다.

"그럼? 넌 내가 사랑하지 않는 사람과 그걸 하고 싶어하리라고 생각한 건 아니겠지, 안 그래?"

그걸 한다. 그녀는 그걸 하고 싶어한다. 욕망이 치솟아 그의 수영복을 더욱 우스꽝스럽게 무용지물로 만들었다. 그는 조금 너무 오래 말문을 잃었고 그녀의 눈에 다시 불안이 스며들었다.

"내 말은, 그러니까 우리가…… 알지, 그걸 한다고 치면 말이야."

데이빗은 알았다. 그의 평생은 바로 이 순간, 바로 이 밤을 향한 것이었다. 맬러리가 나를 사랑해. 그녀가 날 원해. 그는 울고 싶었다.

대신 그녀의 손을 잡아 침대로 이끌었다.

"나도 널 사랑해."

그는 감정으로 꽉 메인 목구멍 너머로 말하려 애를 썼다.

그녀는 그에게 키스하며 멈춰 섰다.

"알아. 내 말은, 네가 그러기를 바랐다고……."

"난 처음 아이스크림 숍에 갔던 날 널 사랑하게 됐어. 그걸 깨달았던 순간이 기억나. 네가 씨팔이라고 말했을 때지."

그녀는 웃음을 터뜨렸다.

"뭐?"

"넌 정말 그런 뜻으로 한 말은 아니었어. 음, 어쩌면 그랬을지도 모르지만, 너무나 재미있게 말해서 바로 그 순간 네 독특한 유머감각을 알아챘고 널…… 사랑하게 되었지."

그는 단 일 초도 더 기다릴 수 없어, 침대까지 남은 몇 걸음을 그녀를 안아들고 갔다.

"오, 이런."

그녀는 그에게 매달리며 말했다.

"시트에 온통 오일 묻겠어!"

"내가 신경쓰는 것처럼 보여?"

그녀는 그의 수영복을 내려다보고 다시 웃음을 터뜨렸다.

"음, 아닌가?"

그는 그녀와 함께 침대로 쓰러지며 여유 있게 하리라 생각했다. 그녀의 온몸을 한 치도 빠짐없이 눈과 입 그리고 손으로 탐색하며 경배하듯 사랑을 나누고 싶었다. 하지만 그녀는 서둘러 그의 수영복을 잡아당겨 그를 해방시켰다. 그리고는 자신의 수영복을 벗으려 꿈틀거렸다.

그는 그녀를 도왔고, 이내 그들은 벌거벗은 몸이 되었다. 두 사람 다. 데이빗은 웃었다. 어쩔 수가 없었다. 너무나 좋고, 너무나 놀랍고, 너무나 근사했다.

"콘돔 있어?"

그는 웃음을 뚝 그쳤다. 아, 망했다. 없다. 이럴 준비라곤 하나도 되어 있지 않았다.

"아니. 맬, 난 꿈도 꾸지 못……."

"난 그랬어. 난 꿈꿨어. 그리고 오늘밤 오는 길에 드럭스토어에 들렀지."

그녀는 저쪽 부엌 식탁에 놓여 있는 자신의 가방을 가리켰다.

"좀 가져와 줄래? 제일 위에 들었을 거야."

그는 침대에서 나와 콘돔 상자를—한 상자 전체!—찾아냈다. 그는 겉포장 비닐을 벗겨내고, 조그만 은박포장을 뜯었다.

맬러리는 시트를 끌어올려 몸을 덮고 있었다. 그녀가 저렇게 수줍어하다니 참 이상했다. 그리고 이제 그가 씌우는 것을 지켜보고 있었다.

하지만 그가 다 하자마자 그녀는 시트를 치웠다. 그를 끌어당겨 길고 진하게 그리고 달콤하게 키스했다. 그는 밤새도록 그렇게 키스만 한다 해도 기뻐했을 테지만, 그녀 쪽에서 그를 재촉했다.

"제발, 데이빗……."

그는 그녀가 위에서 하는 쪽을 선호하리라고, 주도권을 잡고 싶어할 거라 확신했으나 그녀는 그러길 원치 않는 듯했다. 그래서 그녀의 위로 올라가 살며시 그녀 다리 사이로 들어갔다. 그녀는 그를 향해 몸을 열었고 그는 손가락으로 그녀를 만졌다. 너무나 매끄러웠다, 새틴처럼.

천국처럼.

기다릴 수가 없었다. 그는 천천히 그녀 안으로 미끄러져 들어갔고, 그러자……. 이상하네. 그는 다시 밀었지만, 더 들어갈 수가 없었다. 마치 벽에 부딪힌 것만 같았다.

그는 조금 더 세게 밀었다―저항감. 확실히 저항감이 있었다.

도대체 뭐가……? 그러다 알았다. 깨달음이 몰려왔다.

"맬?"

그의 목소리는 떨렸다. 그녀가 눈을 떠 그를 올려다봤고 그는 진실을 보았다. 그의 생각이 맞았다.

맙소사.

"너 처녀잖아."

자기 입으로 말하고 있으면서도, 자신을 팽팽히 감싼 그녀를 느끼면서도, 제대로 이해할 수가 없었다.

"왜 말하지 않았어?"

"넌 왜 안 물어봤는데?"

그는 그녀가 경험이 있으리라 짐작했었다. 그녀의 태도와 그 몸을 보고 그럴 줄만……. 그리고 그녀는 그가 어떻게 생각하는지 알고 있었던 거다. 맙소사, 난 개자식이야.

"날 사랑하지, 데이빗? 응?"

그녀는 그의 눈을 살폈다. 그는 고개를 끄덕였다. 죽도록 겁나고 미안하고 부끄러우며 기분이 들떴다.

"할 수 있을지 모르겠어. 아주 조금이라도 널 아프게 한다고 생각하……."

그는 정말 그녀를 아프게 하고 싶지 않았지만 그가 영원토록, 유일한 처음이란 생각에—왜냐하면 처음은 단 한 번이니까—완전히 흥분되었다. 그녀, 맬러리가 그, 데이빗을 선택했다. 누구라도, 그 누구라도 가질 수 있었을 텐데 그녀는 그를 원했다. 그리고 이제 그는 그 어느 때보다 더 그녀를 원했다.

그는 아주 조금 더 안으로 들어갔다.

"사랑한다고 말해 줘. 제발, 데이빗?"

"오, 나이트셰이드, 널 사랑해."

그는 숨을 내쉬었다.

"내 마음을 다해서."

그는 그녀의 입에, 얼굴에, 가슴에 키스했다. 방이 빙빙 돌 때까지, 그녀를 향한 그의 욕구와 열망이 두려움을 넘어설 때까지, 그러고 나서 세게 깊이 돌진했다.

그는 저항이 무너지는 걸 느꼈고 그녀의 비명소리를 들었다. 그리고 그녀 안에 깊숙이 묻힌 채 그녀를 꽈악 껴안았다.

그는 그녀만큼이나 떨고 있었다. 그 이상으로.

"괜찮아? 난 괜찮거든. 정말로 괜찮아."

그는 고개를 들어 그녀의 눈을 들여다보았다.

"진짜?"

그녀는 떨리는 미소를 짓더니, 그에게 키스하며 엉덩이를 들어 그를 더욱 깊이 받아들였다.

"이렇게 하면 되는 거야?"

세상에, 그래. 데이빗은 그녀와 함께 움직였다. 처음에는 천천히, 그리고 빠르게. 그녀에게 키스하고, 어루만지고, 사랑했다. 그녀의 첫 번을 위해.

그녀 역시 그를 사랑한다는 사실을 확실히 알고 있다는 것은 근사했다.

데이빗은 웃음과 노래로 가득한 완벽하고 끝없는 4칸 만화처럼 펼쳐진 자신의 남은 평생을 볼 수 있었다. 그리고 그 모든 칸에는 맬러리가 그의 곁에 있었다.

그는 그녀의 절정을, 그녀가 그에게 매달리며 폭발하는 것을 느꼈다. 그

순간만을 기다려왔던 그는 너무나 격한 쾌감과 함께 무너져내려, 눈에 눈물이 고였다.

"오, 데이빗, 고마워,"

그녀가 헐떡였다.

그녀가 내게 고맙다니. 데이빗은 자신이 울고 있는 걸 그녀가 알까봐 말할 수가 없었다. 하지만 그때 맬러리가 시트자락으로 얼굴을 닦았고, 그는 알았다. 터프하기 짝이 없는 맬러리도 울고 있다.

왜냐하면 그녀는 터프하지 않으니까. 그녀는 부드럽고 다정했다. 사랑을 위해 자신을 아껴온 진짜 낭만주의자였다.

찰스는 고통을 겪고 있었다. 잠에서 깨어날 정도로. 눈에는 눈물이 고이고 몸을 꺾으며 헐떡일 정도로. 침대 옆 협탁의 약병을 움켜쥐고 한 알 이상을 털어 그 옆에 놓인 이제 미지근한 물과 함께 넘길 정도로.

그는 또한 전화도 움켜쥐었다. 약효가 돌기를 기다리며 단축버튼만 누르면 딸을 부를 수 있다는 생각에 매달렸다. 그 애에게 의지해야 한다는 것이 싫었다. 누군가에게 의지해야 한다는 것이 싫었다.

하지만 약이 듣기까지는 꽤 시간이 걸린다.

그는 소리내어 신음했다. 어쩌면 바로 이것인지도 어쩌면 죽는 건지도 모른다. 바로 지금. 오늘밤에.

전화를 막 걸려 하다가 기억이 났다. 켈리와 탐. 탐과 켈리. 그 애는 젊은 파올레티를 오늘밤 방으로 초대했다. 그는 아마 지금 거기 있을 것이다.

찰스는 그들이 서로를 바라보는 눈길을 보았다. 탐은 지금 분명히 거기에 있다. 그녀에게 전화할 이유가 더 생긴 것이다. 그들이 돌이킬 수 없게 되기 전에, 사랑에 빠지기 전에 막기 위하여. 그들이 서로에게 절대로 맞지 않는 건 뻔한 일이었다. 아니면 완벽한 반려자거나. 찰스는 어느 쪽인지 알 수 없었고, 자신이 그들의 결혼을 원하면서 동시에 그들이 서로에게서 가능한 한 최대속력으로 멀리멀리 달아나기를 원한다는 사실을 부인할 수 없었다.

다만, 그들이 결혼하면 찰스는 조 걱정을 할 필요가 없게 된다.

다시금 고통이 그를 쥐어짰다. 맙소사. 그는 전화기를 꽉 움켜잡았다.
조. 조에게 전화하면 된다.

그래, 조에게는 늘 의지할 수 있다. 조는 평생 그를 위해 곁에서 의리를
지켰고 진실했다. 조는 그의 모든 잘못을 용서했다. 모든 잘못을.

찰스야말로 결코 진정으로 조를 용서하지 못했다. 혹은 시벨을.

시벨. 그는 눈을 감고 약효가 듣기를 기도하면서 햇살 아래의 시벨을 떠
올림으로써 고통 없이 부유하는 기분으로 빠져들고자 했다.

낮의 햇살 속에서 그녀를 본 경우는 극히 드물었다. 하지만 그날 하루, 그
밝고 황홀한 여름날, 그녀는 그의 것, 그는 그녀의 것이었다―햇살 속에서.

폭발이 잘못된 다음날 아침이었다.

새벽이 왔다갈 무렵 찰스는 깨어났다. 여전히 기진맥진했고, 여전히 고
통스러웠으며 여전히 독일군들에게 발각될까 두려웠다.

눈을 뜬 그는 늦은 아침 햇살이 폐허가 된 농가의 시꺼멓게 그을린 대들
보에 어른거리는 것을 보았다. 시벨이 옆에서 뒤척이는 것이 느껴졌고……

시벨.

그는 그녀를 감싸고 자고 있었던 것이다. 그녀를 뒤에서 안은 자세로, 그
의 다리는 그녀의 다리 아래에, 그녀의 머리는 그의 턱 아래 괴여 있었고
그의 손은 거리낌없이 그녀의 가슴에 가 있었다.

이제 그녀가 몸을 돌려 그를 올려다보았고 그는 그런 그녀를 내려다보
았다. 그는 손을 치우고 힘없이 미소지었다.

"미안."

그녀는 마주 미소짓지 않았다. 그저 그를 쳐다볼 뿐이었다.

"괜찮소?"

그는 한 번은 영어로, 한 번은 형편없는 프랑스어로 물었다.

그녀는 고개를 끄덕이며 일어났지만 곧 다시 주저앉으며, 머리가 쪼개지
는 걸 막으려는 듯이 머리를 양손으로 감쌌다.

"여긴 어디죠?"

이내 그는 자신의 옆에 있던 그녀의 따뜻한 온기가 아쉬웠다.

"음, 대충 범위를 줄여 보면…… 프랑스."

그녀에게 줄 물이 있다면 얼마나 좋을까. 하지만 그가 가진 거라곤 납작한 휴대용 통에 담긴 위스키뿐이었다. 그가 그걸 꺼내 내밀자 그녀는 고개를 저었다. 그녀가 지난 대전의 유물인 수통에 물을 가지고 있음을 그는 깨달았다. '모든 전쟁을 종결짓기 위한 전쟁(1차 대전 당시의 명칭)'이라. 하. 그녀는 한 모금 마시고 그에게 내밀었다.

그는 독한 위스키 한 모금 쪽을 선호했기에 고개를 저었다.

시벨은 그에게서 더욱 떨어져서 과거 부엌 벽이었던 잔해에 기댔다.

"어떻게 된 거죠?"

"뤽이 가지고 있던 퓨즈가 불량이었던 모양이오."

찰스는 프랑스어로 고전하며 말했다. 그래도 그녀는 알아들었다.

"그의 폭탄이 너무 빨리 터졌어."

"뤽 프리오."

그녀의 짙은 갈색 눈에는 아픔이 있었다. 그는 다시 그녀를 안고 싶었지만 그럴 엄두를 낼 수 없었다.

"죽었나요?"

"그럴 거라 생각하오. 확실하진 않지만, 그러나……."

아직도 그 총성의 여운이 귀에 남아 있었다. 왜 헛된 희망을 주겠는가?

"아마도, 그래. 안됐소."

그녀는 깊이 숨을 들이쉬었다.

"앙리는? 그리고 주세페는?"

"앙리는 도망친 것 같은데. 그리고 조는…… 모르겠소. 마지막에 들었을 땐 내가 당신을 안전하게 옮길 수 있도록 독일군들을 다른 방향으로 유인하고 있었지."

그녀는 눈을 감았고, 그는 그녀가 신을 믿는지 궁금했다. 그녀가 기도하고 있는지 궁금했다. 앙리와 뤽을 위하여. 조를 위하여. 그녀 자신의 안전을 위하여. 그녀는 침울했고 얼굴엔 어둠 속에 숨어들기 위해 발랐던 검댕이 아직 얼룩져 있었다. 남자 바지와 거친 작업복 셔츠를 입고 머리를 모자

안에 말아넣으면 어둠 속에서 그녀는 남자아이로 통할 만했다—보는 사람이 반쯤 눈이 먼 노인이라는 조건하에서. 하지만 햇빛 아래선 그녀의 여자다움이 훨씬 더 도드라졌다. 우아한 목선, 섬세한 뺨의 곡선. 너무나 가냘픈 손목, 길고 고운 손가락.

만약 독일군들이 그들을 찾아내면 심문할 것이 수없이 많으리라. 특히 어젯밤의 파괴공작이 그들의 기억에 생생한 이 시점이니.

"씻어야겠소."

찰스는 불쑥 말했다. 그녀를 다시 안고 싶은 것 이상으로 안전한 그녀 집으로 그녀를 데려가고 싶었다.

시벨은 천천히 일어나서 유리가 깨져나간 빈 창틀 밖을 내다보았다.

"어디인지 알 것 같군요. 근처에 시내가 있어요. 내 생각이 맞다면, 숲을 가로질러 생 엘레느로 향하는 샛길이 있죠. 가요."

"당신 혼자 가도록 하시오. 난 일어날 수조차 없거든."

그는 이제 군화 위로 부풀어오르고 있는 자신의 발목을 가리켰다. 끔찍해 보였다. 맙소사, 어쩌면 부러졌을지도.

"세상에나."

그녀는 그의 옆에 무릎을 꿇었다. 그녀의 손길은 부드러웠지만 그래도 찰스는 이를 악물어야 했다.

"이 발로 내내 걸어온 거예요? 나를 안고?"

"아니, 달렸지."

그녀는 눈을 커다랗게 뜨고 그를 쳐다보았고, 그는 그녀가 오해했음을 알았다.

"두려웠기 때문에 달린 거요. 자, 그게 내가 내내 하려던 말이었소. 난 정말 도망에 능하다고. 공포가 고통을 이겼지. 아무것도 느끼지 못했으니까. 겁쟁이들은 보통 그렇소."

그녀의 눈이 격렬해졌다. 그녀는 그가 한 말을 절반도 알아듣지 못했지만, 그만하면 충분했다.

"왜 당신은 늘 자신을 나쁘게 가장하려 들죠?"

그도 마찬가지로 답답했다.

"왜 당신은 날 기어코 무슨 영웅으로 보려 드는 거요?"

"난 있는 그대로 보고 있어요. 군화 벗어요. 뜰의 우물에 물이 있나 확인하고 올게요. 있다면 그 물에 당신 발목을 담그면 돼요. 없다면 당신을 냇가까지 데려갈 방법을 모색해야겠죠."

"내가 우물로 가지."

그는 일어나려 버둥거리며 말했다.

"혼자 밖에 나가지 마시오."

"일어날 수조차 없다고 그랬잖아요."

"일어날 수 있소. 봐, 난 거짓말쟁이기도 하지."

"그건 진작에 알고 있었어요."

그녀는 몸을 돌렸다.

"시벨."

찰스는 욕설을 내뱉고 껑충거리며 쫓아가려 했다.

그녀는 그가 힘겹게 잡동사니들 무더기를 돌아서 나가기 전에 물 한 양동이를 들고 돌아왔다. 그의 발목은 부러지지 않았다. 그랬다면 껑충거릴 수가 없을 테니까.

"앉아요."

그녀는 그가 바닥에 펼쳐놓았던 담요로 돌아가도록 지시했다. 그녀의 얼굴은 이미 깨끗했고, 그녀는 자신의 셔츠 끝자락을 물에 담갔다.

"내가 할 수……."

"가만 있어요."

그는 그녀가 옆에 무릎 꿇고 앉아 자신의 얼굴을 씻기도록 두었다. 얼굴에 닿는 그녀 손의 감촉을, 셔츠를 올려 살짝 드러나 눈에 들어오는 그녀의 매끄러운 배를 견뎠다. 하지만 조용히 있을 수는 없었다.

"혼자 가시오. 난 빨리 움직일 수가 없으니. 당신을 위험에 빠뜨리고 말 거요."

"아니, 어두울 때까지 기다렸다가 같이 갈 거예요. 천천히."

그녀는 그녀에게 있어 일상적인 리더의 목소리로 말했다.

"시벨……."

"당신을 여기에 남겨두고 갔으면 좋겠어요?"

"당신이 돌아간 다음에, 조나 누굴 보내서……."

"당신이라면 날 두고 떠나겠어요?"

그녀의 똑바로 직시하는 눈길을 피할 방도는 없었다. 그가 정말로 원하는 것은 그녀를 품으로 끌어당겨 키스하고 사랑하는 것이라는 걸 부인할 수 없었다. 그라면 그녀를 두고 떠나겠냐고?

완벽한 세상에서? 절대로. 하지만 여기는 완벽한 세상 따위가 아니었다.

"그렇소."

그녀는 웃음을 터뜨렸다.

"당신은 거짓말쟁이예요."

하지만 이내 그녀의 눈길이 부드러워지고, 그녀는 살며시 그의 머리를 쓸어넘겨 주며 얼굴을 어루만졌다.

"난 그럴 거라구. 눈 깜박할 새."

그는 그녀의 손길을 멈추게 하려 필사적이었지만 스스로 뒤로 물러날 수는 없었다. 대신 말로 그들 사이의 적절한 거리를 되돌리려 했다.

"그럼 왜 내가 그렇게 미군 쪽 전선으로 돌아가려 한다고 생각하는데?"

통하지 않았다. 그녀의 부드러운 눈빛은 결코 그의 눈을 떠나지 않았다.

"왜냐하면 당신이 어떻게 생각하든 당신은 영웅이니까요. 당신이 원하는 것과 옳다고 믿는 것 사이에서 갈등하고 있으니까요."

찰스는 웃음을 터뜨렸다. 아니, 어쩌면 터져나온 흐느낌이었는지도

"영웅이라. 영웅이 이런 짓을 할까?"

그는 그녀의 손목을 움켜쥐고 거칠게 끌어당겼다. 멍들 정도로 세게 그녀에게 키스했다.

그녀는 그가 상처주도록 두지 않았다. 그에게로 나긋하게 녹아들며 그의 분노를 받아들여 정열로 되돌렸다. 찰스가 고개를 들어 그녀를 내려다보았을 때는, 오직 욕구만이—강렬하고 불타는 욕구만이 남아 있었다.

그는 그녀에게 다시 키스할 것이다. 그도 그녀도 그 사실을 알고 있었다. 잘못된 일이었지만 그녀에게 키스할 것이다. 그런 다음…….

"세상은 미쳐 돌아가고 있어요. 아무것도 더 이상 이치에 닿질 않죠. 내가 원하는 것은 이 몇 시간만, 오늘 하루만 모든 고통과 공포를 잊는 것뿐이에요. 당신, 그리고 나, 그리고 이 아름다운 여름날만을 원해요. 내겐 이치에 닿는 일이에요, 찰스 내가 몇 년간 했던 그 어떤 일보다도 더."

그녀는 그의 얼굴을 만지고 몸을 숙여 입술을 그의 입에 살며시 눌렀다.

"하지만 오늘을 분노로 보내고 싶진 않아요. 죄책감과 고통으로 가득하기를 원치 않아요. 순수하고 깨끗하며 완벽하기를, 단지 아름다운 한순간만을 원해요. 제발, 찰스 딱 오늘 하루만. 내가 부탁하는 건 그것뿐이에요."

찰스는 그녀에게 깊이 키스하며 자신의 영혼에 그녀의 빛과 생기를 채웠다. 패배의 신음소리와 함께 어젯밤 찾아낸 담요 위로 그녀를 끌어당겼다.

그들의 옷이 벗겨져 나갔다. 그녀가 어떻게 한 모양이었다. 마치 마법처럼 그녀의 매끄러운 피부가 그의 손가락에 닿았다.

그녀는 아름다웠다. 그가 꿈꿔온 것보다도 더 아름다웠다. 그는 바라보고 만지고 맛보고 싶었다. 시간을 늦추고 싶었다. 만약 오늘 하루밖에 안 된다면, 그 하루가 끝없이 길기를 바랐다. 그녀는 그의 눈을 응시하며 그의 이름을 속삭였고, 그는 그녀 안 깊숙이 자신의 씨를 쏟으며 평생 처음으로 사랑을 나눈다는 것의 진정한 의미를 알았다.

햇살 한 줄기가 부서진 지붕 틈새로 들어와 그녀의 속눈썹에 반짝거리고, 깨끗이 씻은 매끄럽고 완벽한 그녀의 볼에 입맞추고, 갈색 머리칼을 반들거리게 했다. 그를 올려다보는 그녀의 눈은 여전히 그들의 결합으로 숨가쁜 경이감에 꿈꾸는 듯했다. 그녀는 손을 뻗어 그의 머리칼과 얼굴을 어루만졌다.

"엔젤."

그녀가 속삭였다. 찰스는 고개를 저었다. 무슨 말을 할 수 있겠는가? 죄책감 없이, 고통 없이, 분노 없이—하지만 그 감정들이 위협적으로 몰려왔다. 그는 그걸 털어버리려 그녀에게 키스하고, 그녀를 끌어당겼다.

그는 그녀를 껴안고 한동안 조용히 누워 있었다. 그녀의 심장이 그의 심장과 맞닿아 고동쳤다. 그는 햇살 속의 먼지를 쳐다보며 생각을 차단하고 그저 멍하니 있었다.

그저 그렇게. 시벨을 사랑하며. 고통 없이. 분노 없이. 단지 그의 품안의, 가슴속의 시벨만. 단지 시벨만.

켈리는 화들짝 놀라 깨어나 벌떡 일어나 앉았다. 심장이 두근두근 고동쳤다. 그럴 만한 원인이 있었다. 왜냐하면 거기, 발코니 문가에 밀랍 같은 달을 등진 검은 그림자가 서 있었으니까. 탐이었다.

그는 움직이지 않았다. 말하지 않았다.

그녀 침대 옆 협탁 위의 시계는 3:38을 알리고 있었다. 세상에, 정말 늦은 시간이었다. 그를 응시하며, 그가 안으로 들어오기를 소망하는 그녀의 귀에 째깍째깍 시계 소리가 들렸다. 하지만 그는 들어오지 않았다.

"오지 않을 수가 없었어."

그가 마침내 말했다. 어둠 속 그의 목소리는 낮고 거칠었다.

"노력했지, 하지만 그럴 수가 없었어."

켈리는 심장이 목까지 치미는 듯했다. 그녀는 그에게 손을 내밀었다. 하지만 그래도 그는 움직이지 않았다.

"난 얘기하러 온 거 아냐, 켈리."

"상관없어요."

그는 그녀를 향해 천천히, 한 걸음씩 다가왔다. 그가 가까이 오자 그녀는 그가 셔츠를 입지 않았음을 보았고, 가슴과 팔의 근육이 희미한 달빛 속에 또렷하게 도드라졌다. 그는 늘씬한 골반에 낮게 걸린 반바지만 입고 있었다. 그리고 그녀의 침대 옆에서 그걸 벗었다.

"그래, 그게 문제야. 왜냐하면 나한텐 상관 있거든."

그녀는 이해할 수 없었지만, 이내 그가 침대 안으로 미끄러져 들어와 그녀를 품에 안고 키스하자 이해하려 애쓰지 않았다.

그리고 둘 다 한 마디도 더 하지 않았다.

19

8월 12일.

"집으로들 돌아가. 어디로든—아무 데로든 가라구."

탐의 말에 재즈는 묵묵히 앉아 바로 그날 아침 와일드카드가 보낸 이메일을 다시 읽고 있었다. 온라인으로 보낼 수 있을 만큼 모호한 문장이었지만, 탐과 재즈에게 있어선 그 의미는 분명했다. <문의하신 대상은 '뒤틀고 소리쳐' 난리통 나흘 후에 건물을 완전히 떠났다고 여겨집니다. 믿을 만한 사이트들에, 작별 이벤트 당시 참석했다는 믿을 만한 목격자들이 있습니다. <스타 트렉>의 대사를 빌리자면, '그는 죽었습니다, 짐'> 그라는 것은 물론, 머천트였다.

와일드카드는 머천트가 죽을 때 그 자리에 있었다는 사람을 아는 믿을 만한 정보통을 찾아낸 것이다. 재즈는 어깨를 으쓱했다.

"목격자가 잘못 본 것이 처음도 아닌데요."

"그래, 하지만 이번엔 내가 그 잘못 본 목격자인 것 같군."

탐은 욕설을 내뱉었다.

"내가 머리가 돈 지랄맞은 목격지인 기야."

재즈는 0.5초쯤 생각했다.

"어쩌면. 어쩌면 아닐지도 어차피 우린 여기 있잖습니까. 아닐지도 모른

다는 시나리오로 가보죠. 기념식이 시작될 때까지는 겨우 며칠밖에 안 남
았습니다."

탐은 고개를 저었다. 기분이 개판이었다. 다시 두통이 났고 지쳤다. 어젯
밤 한 시간 반밖에 못 잤다.

켈리의 침대에서.

자고 갈 생각은 아니었다. 섹스 후 떠날 생각이었다. 하지만 그녀가 그의
위에 무너지더니 움직이지 않았다. 그녀는 잠들어버렸다. 그래서 그는 아
주 잠깐만 있다 가자고 스스로에게 말했다. 그녀가 깊이 잠들 때까지 기다
렸다가 그녀 아래서 빠져나가는 거다. 하지만 아주 잠깐이 한동안으로 늘
어났고, 새벽녘 여전히 그녀 아래에 있는 채 깨어났다.

그때서야 그는 그녀가 깰까 두려워하며, 그녀가 깨어났을 때 얼굴을 마
주할 수가 없어 떠났다. 하지만 그는 켈리의 침대 옆에서 잠시 머뭇거리며,
잠자는 그녀의 모습을 지켜보았다. 여전히 그녀를 원하며.

오늘 그는 어둠 깊은 밤에 짐작만 했던 것을 확실히 깨달았다. 그녀에게
서 멀리 떨어져 있어야 한다.

재즈는 이미 다시 일에 착수하여, 밴에 설치할 장비의 비용을 산출하고
있었다.

이 바보짓—그의 바보짓에는 돈이 들었다.

"젠장맞을, 그냥 지금 때려치자구."

탐은 이를 갈았다. 하지만 재즈가 대답하기 전에 전화벨이 울렸다.

재즈가 받아보고 그에게 넘겼다.

"동생분입니다."

끝내주는군. 이 판에 앤젤라의 골칫거리라니. 지금도 충분히 엉망인데.

"그래, 앤지. 무슨 일이냐?"

"오빠, 맬러리가……."

그녀의 목소리가 떨렸다. 탐은 몸을 바로했다.

"무슨 일이야? 다쳤어?"

"어젯밤 집에 들어오지 않았어."

아, 망할. 지금만은 제발.

"둘이 또 싸웠냐?"

"아냐. 전혀. 친구네 집에서 자고 온다고 쪽지를 남겼는데……."

"쪽지를 남겼다고."

그건 보통 앤지가 사라질 때보다 훨씬 나았다. 탐은 고개를 설레설레 저었다. 옛날엔, 맬이 떨리는 목소리로 혹시 그가 앤지를 봤는지 전화하곤 했다.

"그럼 뭐가 문제야?"

"문제는 그 '친구'의 이름이 데이빗이라는 거지. 요즘 맬러리가 자주 만나는 대학생 말이야. 맬러리한테 카메라를 빌려준."

무슨 카메라? 탐은 데이빗을 희미하게 기억했다.

"데이빗. 검은머리에, 안경 낀?"

"어떻게 생겼는지 난 몰라. 걔가 그 남자를 집으로 데려와서 나한테 인사라도 시켰을 거 같아? 내가 확실히 아는 거라곤 호텔 레스토랑에서 아침에 일하고 남자라는 것뿐이야. 그놈이 걔를 임신시킬 거야, 오빠. 그럼 우린 어떻게 되겠어?"

앤젤라가 울기 시작했다.

"난 그 애한테 더 많은 걸 해주고 싶었지만, 남자 없이 혼자서 애를 키우기란 너무나 힘들어."

하늘에 계신 주여. 탐은 한숨쉬었다.

"울지 마, 응? 내가 뭘 해주면 되겠니?"

"누구야?"

탐은 아파트 안에서 나는 맬러리의 목소리를 들었다.

"음, 내가 제대로 찾아온 것 같군."

그는 눈을 휘둥그렇게 뜨고 그의 앞에 서 있는 마른 체구의 젊은 남자에게 말했다. 최소한 한 가지는 데이빗을 인정하지 않을 수 없었다—그는 짧은 몇 초 동안만 말문을 잃었을 뿐이었다.

"너희 삼촌이셔."

그는 맬러리에게 소리쳤다. 그리곤 탐에게 손을 내밀었다.

"몸은 좀 어떠신가요, 대위님?"

녀석은 존댓말을 꼬박꼬박 챙길 줄 알았다.

"난 괜찮아. 하지만 맬러리의 어머니가 걱정을 하고 있어서."

맬이 문을 당겨 좀더 열었다.

"하지만 쪽지를 남겼는데."

그녀는 데이빗의 버튼다운 셔츠 차림이었고 아마 그 외엔 거의 입은 게 없는 듯했다. 그녀는 그에게, 데이빗에게 미소지었고, 그 미소는 눈부셨다.

"그럼 들통난 거네."

맬러리가 여전히 명랑하게 말했다. 놀라웠다. '명랑하다'와 '맬러리'는 탐이 결코 한 문장 안에 생각해 본 일이 없는 단어들이었다.

"나 데이빗과 밤을 보냈어요. 내 머리채를 잡아 집으로 질질 끌고 가려고 온 거예요?"

데이빗이 뒤로 물러났다.

"아무래도 안에서 얘기하는 게 낫겠군요."

탐은 녀석에게 호감을 느끼며 안으로 들어갔다. 그는 탐이 예상한 맬러리가 걸려들 만한 부류의 남자가 아니었다. 그는 샘 스타렛과 비슷한 남자를 예상했다. 아니면 음울하게 자신에게만 골몰하고, 감지 않은 머리와 잔뜩 피어싱을 단, 예술을 위해서는 고통을 겪어야 한다는 명분 아래 너저분하게 살지만, 사실은 설거지를 하기엔 너무 게으른 반체제 시인 나부랭이라든가.

데이빗의 아파트는 상당히 깨끗했다—물론 혼자 사는 이십대 초반의 남자라는 점을 고려할 때. 원룸으로 한쪽 구석에 부엌, 문가에는 반짝이는 컬러사진들로 뒤덮인 식탁이 있었다. 다른 구석엔 무슨 그림 그리는 작업대와 삼각대에 올려놓은 카메라, 그리고 스캐너와 비디오 카메라까지 갖춘 최신 컴퓨터가 놓여 있었다. 영락없이 와일드카드가 생각할 만한 여름휴가 필수품으로 보였다. 옷은 됐어—그냥 컴퓨터나 확실히 챙기자구.

의외였다. 탐은 맬이 컴퓨터광과 사귈 줄은 꿈에도 생각 못했다.

"커피 좀 드실래요?"

맬러리가 부엌으로 가 찬장에서 머그잔을 꺼내며 물었다.

"그래."

카페인이 두통에 도움이 되겠지. 특히 저쪽 구석의 더블침대를 바라보고 있는 지금은. 시트는 구겨지고, 한쪽에는 콘돔 한 상자가 쏟아져 있었으며 바닥엔 뜯은 포장들이 알록달록 흩어져 있었다. 확실하게 탄로났군. 바쁜 밤이었구나, 애들아.

그는 안전한 섹스에 대해 설교하고 데이빗한테 위협적인 표정을 좀 지어주려고 왔다. 하지만 데이빗은 겁먹지 않았고, 안전한 섹스 문제는 제대로 했다는 게 명백했다.

게다가 지난 며칠간 평생 가장 위험한 섹스를 한 마당에 그가 누구에게 안전한 섹스를 설교하겠는가? 물론 그와 켈리는 매번 콘돔을 썼다. 켈리는 늘 준비하고 있었다. 아니, 그들의 섹스는 켈리가 그를 사랑하지 않기에, 사랑하지 않을 것이기에 위험했다. 그녀는 처음부터 그를 사랑하지 않기로 계획하고 있었다. 그리고 그걸 깨닫자 그의 가슴은 찢어져나갔다.

왜냐하면 그는 그녀를 사랑했기에. 그게 바로 그의 큰 문제였다.

그는 기억할 수 있는 한 내내 켈리를 사랑하고 있었다.

바보이자 실패자인 그가 지금 여기, 맬러리와 데이빗의 눈에서 볼 수 있는 기쁨과 열의 그리고 달콤한 사랑에 찬물을 끼얹으려는 참인 것이다.

그들은 둘 다 몹시도 어렸다. 맬러리가 데이빗의 불쌍한 심장을 갈기갈기 찢어놓고 말지도 모른다. 혹은 데이빗이 그녀에게 상처주는 쪽이 될지도. 하지만 어떻게 되느냐는 상관없다. 왜냐하면 어쨌든 지금, 그들은 이 허름하고 조그만 원룸에서 천국을 발견했으니.

"집에 가서 엄마랑 얘기할게."

맬이 조용히 데이빗에게 말하고 있었다.

"그 다음에 시내에서 만나자. 우리 나무 아래에서."

'우리 나무'가 있단다. 그와 켈리에게도 한때 '우리 나무'가 있었다. 그녀의 나무 위 집을 지고 있는 나무. 튼튼한 가지 하나에 그네가 매어져 있었고, 몇 주 동안 매일 저녁 식사 후면 거기에서 그녀를 만나곤 했었다. 그때 그녀가 얼마나 어렸는지를 생각하면 그러지 말았어야 했는데.

"같이 가. 너희 어머니를 뵙고 싶어."

그녀는 어이없는 듯 눈을 굴렸다.

"아니, 됐어."

그는 그녀의 손을 잡고 자신을 향해 끌어당겨, 살며시 그녀의 얼굴을 만졌다.

"난 갈 거야."

너무나 분명했다. 이 녀석은 맬을 농락하는 게 아니었다. 그녀를 이용하는 것이 아니었다. 그는 그녀에게 푹 빠져 있었다. 그리고 앤젤라의 머리에 조금이라도 뇌가 들어 있다면—그리고 그녀가 저지른 모든 실수에도 불구하고 탐은 그렇다고 생각했다—그녀 역시 그 점을 알아볼 테고, 데이빗 설리번을 기꺼이 그들의 삶에 받아들이리라.

탐은 문을 향해 돌아가며 목청을 가다듬었다.

"커피는 생략하마. 그리고 긴 설교도. 안전한 섹스, 알지? 예외는 없어, 설령 하필 편의점이 문을 닫은 날 밤 새벽 3시에 콘돔이 떨어졌다 해도 알아들었지?"

맬러리가 웃어댔다. 데이빗은 그의 눈길을 똑바로 맞받으며 진지하게 고개를 끄덕였다.

"네."

바로 어젯밤 찰스가 비슷한 설교를 했을 때 탐이 보인 반응보다 훨씬 나았다. 탐은 얼른 사라지려고 몸을 돌렸다가, 우뚝 멈춰 섰다.

잠깐만. 그는 식탁으로 가까이 다가갔다. 머천트 그의 얼굴이—성형수술로 바뀐 얼굴이 식탁에 흐트러진 수십 장의 사진들 사이에서 탐을 쳐다보고 있었다.

"맙소사, 맙소사!"

그는 사진을 집어들고, 데이빗과 맬러리를 번갈아 보았다.

"누가 이걸 찍었나?"

“내가요.”

맬러리는 그를 이상하다는 듯이 쳐다보고 있었다.

“언제?”

그녀는 어깨를 으쓱하고 데이빗에게 눈길을 주었다.

“어제던가? 그 전날 밤?”

탐은 나머지 사진들을 뒤졌다. 머천트의 사진이 더 있었다. 볼드윈 브릿지 호텔 데스크에서 찍힌 각각 다른 포즈의 사진이 3장. 로비에서 다른 남자와 이야기하고 있는 모습이 1장으로, 둘 다 얼굴이 뚜렷하게 찍혀 있었다.

“전화 좀 써야겠다.”

데이빗의 스캐너는 성능이 엄청나게 뛰어났다.

탐의 눈에 그게 들어가자, 갑자기 데이빗의 아파트 전체가 테러방지센터가 되었다. 다만 맬러리는 탐이 그저 그녀와 데이빗이 사랑을 나누며 아침을 보내는 걸 막기 위해 여기 있다는 생각을 떨쳐버릴 수가 없었다.

하지만 아니었다. 탐은 그녀를 포옹했다. 그녀가 찍은 머천트라는 남자의 사진을 발견하고 난 후에. 지원군더러 데이빗의 아파트로 오라고 전화한 후에. 사람들이 들이닥치리라는 걸 깨닫고 데이빗이 뛰어다니며 침대를 정리하고, 그녀가 어젯밤 가져온 콘돔 상자를 숨겨놓은 후에.

탐은 그녀를 꼬옥 껴안고 데이빗을 좋은 남자라 생각한다고, 진작부터 네가 똑똑한 애인 줄 알았다고, 널 사랑하는 사람을 찾아내어 기쁘다고, 몹시 기쁘다고 말해 주었다.

맬러리 역시 자신을 사랑하는 사람을 찾아내어 기뻤다.

그녀는 컴퓨터 앞에 앉아 파일화된 사진을 캘리포니아에 있는 다른 컴퓨터 천재와 주고받고 있는 데이빗을 지켜보았다. 와일드카드라는 사람과. 꼭 데이빗의 작품에 나올 법한 이름처럼 들렸다.

그리고 전체 상황도 데이빗의 그래픽 노블 줄거리처럼 들렸다. 국제적 테러리스트들이 뉴잉글랜드의 소도시에 대혼란을 일으키러 오다니……

꽤나 터무니없이 들렸지만, 이 사람들은—덩치 큰 심각한 흑인 남자, 껄

령한 카우보이, 그리고 등에 막대라도 꽂아 넣은 듯이 걷는 꿍장한 피부와 눈을 지닌 웃음기 없는 여자—모두 진짜 위기상황이라고 생각하는 듯했다.

그리고 데이빗이 자기 컴퓨터의 성능을 자랑할 기회를 맞아 즐거운 시간을 보내고 있는 한, 맬러리는 곁에 있는 게 기쁠 따름이었다.

그들은 두 얼굴을 비교하려 하는 중이었다. 성형수술 전후의 머천트의 얼굴. 그들은 그녀가 찍은 사진의 남자가 탐의 사진에 있는 남자와 동일인물인지 보기 위해 두개골 분석을 하고 있었다.

재즈란 이름의 흑인 남자가 식탁의 그녀 옆에 앉았다.

"줌 렌즈 같은 걸로 저 사진들을 찍었니?"

그의 어깨폭은 족히 1미터는 넘었다. 맬러리는 그가 어떻게 영화관이나 버스 좌석에 앉을지 궁금했다.

"네에."

"그럴 것 같더라."

그는 그녀의 시선을 마주했다.

"네가 찍는 걸 그자가 봤어?"

"아뇨."

"운이 좋았구나. 맬러리, 다시 그를 보거든 근처에 얼씬도 마라. 사진촬영은 이제 금지야, 알았지? 네가 저런 사진을 찍었다는 걸 그가 알면, 널 추적할지도 몰라. 그는 그보다 덜한 이유로도 살인을 저질렀어."

살인? 그깟 사진 때문에? 목뒤의 털이 진짜로 곤두섰다.

"진담이에요?"

미스터 심각에게 이런 멍청한 질문을 하다니.

"사실, 너희 삼촌은 아마 네가 앞으로 며칠간 아예 호텔 근처에 얼씬 않기를 바라실 거다."

오, 이런.

"하지만 데이빗이…… 거기서 일하는데요"

"그래?"

그는 몸을 돌려 곰곰이 데이빗을 쳐다보았다.

“뭘 하는데?”

“웨이터예요.”

“룸서비스?”

“아뇨, 하지만 점심시간 룸서비스를 맡아달라는 부탁을 받았대요. 호텔에 정말로 손이 딸려서. 왜요?”

재즈가 그녀에게 미소지었다. 그는 치약광고에 나왔더라면 떼돈을 벌었으리라.

“데이빗은 너희 삼촌을 도와 볼드윈 브릿지를 나쁜 놈에게서 지킬 거다.”

“오, 그게 다예요?”

조가 데크로 나오자 찰스는 고개를 들어 올려다보았다.

“날 찾는다고 켈리가 그러던데?”

조는 모자를 손에 들고 물었다.

찰스는 고개를 끄덕였다. 갑자기 묘하게 불편한 기분이었다. 마치 그가 고용주고 조가 부리는 사람인 것처럼. 마치 그가 조를 오라가라한 것처럼. 어떤 의미에선 맞긴 했다. 하지만 그는 이 얘기를 친구로서 하려 했었다.

그래서 그는 말을 돌리지 않았다. 그냥 본론을 꺼냈다.

“어젯밤엔 통증이 상당히 심했어.”

조는 천천히 앉으며 그의 눈을 탐색하듯 쳐다보았다.

“지금은 좀 나은가?”

찰스는 얼굴을 무표정하게 지켰다.

“오락가락하지.”

“안됐네. 뭐 내가 도와줄 일이라도?”

찰스는 오랜 친구를 쳐다보았다.

“지금은 아니지만 아마 조만간.”

조는 그를 마주보았고, 그의 눈이 약간 가늘어졌다. 평생을 단순한 정원사로 보냈을지 몰라도 그건 그의 선택에 따른 것이었다. 조 파올레티는 아주 똑똑한 남자였다. 그래도 찰스는 그를 위해 자세히 털어놓았다.

"통증이 많이 심해지면 자네가 날 좀 도와주게."

조는 아무 말이 없었고 수십 년만에 처음으로 그의 표정을 읽을 수가 없었다.

"뤽 프리오 기억하지. 내가 뤽 1이라고 부르던?"

조는 이미 고개를 젓고 있었다. 그는 찰스가 부탁하려는 것이 무엇인지 알았고, 대답은 싫다는 것이든가 아니면 그 일에 대해 이야기하고 싶지 않다는 것이리라. 찰스는 그를 탓할 수 없었다. 그 얘길 꺼내야 한다는 것이 싫었다.

"그가 어떻게 되었는지 자네한테 묻지 않았지. 정확히는 몰라. 자네가 발견했을 때 그가 아직 살아 있었으리라고 짐작할 뿐. 난…… 자네의 총소리를 들었네."

바다를 응시하는 조의 얼굴은 몹시도 늙어 보였다. 멀리서 천둥이 우르릉거렸다. 폭풍우가 몰려오고 있다.

"난 주님 외엔 누구와도 그 일에 대해 얘기한 적이 없어."

"난 그걸 아는 유일한 사람이야, 주세페. 게다가 자넨 우리들을 안전히 지키기 위해 필요한 일을 한 거라구. 그리고 그걸 할 수 있다면……."

조는 그를 쳐다보았다.

"뤽을 위해서 한 일이었어. 살릴 수 있는 상태가, 말을 할 수 있는 상태가 아니었지. 우릴 탄로내기는 어림도 없을 정도로. 진작에 죽었을 게 당연했는데 어떻게 해서인지 숨을 쉬고 있더군. 그는 내 친구였고 그래, 내가 했네. 그의 고통을 끝내주었지. 그리고 그때부터 지금까지 그를 떠올리지 않고, 그 불타버린 얼굴을 보지 않고 지나간 날은 단 하루도 없었어……."

"자넨 옳은 일을 한 거야."

찰스는 친구의 고통에 가슴이 아팠다.

"뤽에게 자비와 동정을 보여준 거네. 주님께서도 수긍하실 거야."

조는 그저 수평선을 응시했고 그의 눈가엔 눈물이 고였다.

찰스 역시 바다를, 그의 아름다운 바다를 응시했다.

"나도 자네 친구야."

조의 주름진 뺨에 눈물이 흘러내렸다.

그의 안에서 통증이 꿈틀거렸다. 어젯밤의 여운, 앞으로 다가올 것의 전조였다. 그것이 찰스에게 말을 이어나갈 힘을 주었다. 이 말도 안 되는 끔찍한 일을 이 착한 남자에게 부탁할 힘을.

"모르핀 투여가 시작되거든 그냥…… 그걸 끄고 날 잠들게 하는 건 별로 힘들지 않을 거야. 켈리가 그 일을 하게 만들진 말게나, 조 자네도 그 애를 아끼는 거 알아. 길게 끌지 말자고. 우리가 할 수 있는 한 그 애가 힘들지 않게 해주자구."

조는 손바닥으로 얼굴을 문질러 닦았다.

"내가 신호를 보내지."

찰스는 가장 오랜, 가장 소중한 친구에게 말했다.

"내가 갈 준비가 되었다는 걸 자네에게 알리는 신호. 그러니까…… 캐롤 버넷처럼. 캐롤 버넷 영화를 우리가 얼마나 좋아했는지 기억하나? 재미있고 아름답기도 했지."

그는 귓불을 잡아당겼다.

"그녀는 이렇게 신호했었어. 잘 자란 인사로. 기억나나?"

조는 고개를 끄덕였다, 딱 한 번. 그의 눈길은 결코 바다를 떠나지 않았다.

"그게, 내 신호가 될 걸세."

폭풍우가 오고 있었다. 켈리는 조가 실외의자를 치우는 데 도움이 필요할까 해서 정원으로 나갔다. 하지만 탐의 친구 재즈가 이미 선수를 쳤다. 그는 집안으로 들어가는 길에 그녀를 지나쳤지만, 가다가 돌아섰다.

"잠깐만요, 켈리. 얘기 좀 할 수 있을까요?"

"물론이죠."

"대위님은 오늘 좀 힘든 하루를 보냈습니다. 당신과 그분 사이에 무슨 일이 있는진 모르지만, 솔직히 난 알고 싶지 않아요. 그것 때문에 불러 세운 게 아닙니다. 그저…… 당신에게 일러두고 싶었고, 오늘 저녁 그분을 좀 편하게 해달라고 부탁하려고요. 만약 그럴 수 있다면."

“무슨 일이 있었어요?”

그는 고개를 저었다.

“내가 말할 수 있는 게 아닙니다.”

끝내주는군. 그럼 탐이 그녀에게 말하기나 할 것 같은지.

“그는 어디 있어요?”

켈리는 자신이 그를 찾으려고 묻는 건지 아니면 피하려고 묻는 건지 알 수 없었다.

“마지막에 봤을 때는 그 오래된 나무그네 아래에 있었습니다.”

나무그네. 그녀의 나무그네. 그리고 켈리는 알았다. 그를 찾고 싶었다. 그가 거기 있다면, 분명히 그녀가 자신을 찾아주길 바란 것일 테니까.

“고마워요.”

“아, 이 근처에 배달하는 괜찮은 피자가게가 있습니까?”

“마리오 피자. 전화번호는 냉장고에 붙어 있어요. 나와 조 몫까지 주문해 줄래요? 그리고 탐 것도?”

“물론이죠.”

재즈는 드문 미소를 지어 보이고 집안으로 향했다.

그리고 켈리는 별채 뒤, 오래된 나무 위의 집으로 갔다.

거기 앉아 있는 그를 보고 그녀는 걸음을 늦췄다. 바람이 거세지기 시작했고 나뭇잎들은 뒷면을 드러내고 사각사각 소리를 내며 마구 춤췄다. 하지만 그는 그래도 어떻게 해서인지 그녀가 오는 소리를 들었다.

그는 그녀에게서 돌아섰고, 그녀는 충격과 함께 그가 눈을 문질러 닦고 있음을 깨달았다. 켈리는 또다시 곁에 있고 싶은지 가고 싶은지 알지 못한 채 우뚝 멈춰 섰다.

막 거의 돌아서려 했을 때 그가 말했다.

“이런, 누가 날 찾으러 오셨나. 무슨 일이야, 베이비. 밤까지 기다릴 수가 없었어?”

가버리려 했지만 그의 목소리가 너무나 거칠고 아프게 들려 그냥 떠날 수가 없었다.

"괜찮아요?"

"그래, 그야말로 끝내주지."

"무슨 일이에요?"

"얘기하자면 길어. 왜냐하면 나와 5분만 같이 있으면 어떻게 될지 너도 알잖아. 둘 다 옷을 벗게 될 텐데."

이런 말을 들어도 싸다고 그녀는 생각했다. 무슨 말을 해야 할지 몰라 그를 바라보고만 있었다. 몇 번이나 사과했다. 하지만 그가 원하는 것이 사과가 아님은 명백했다.

그가 무엇을 원하는지 그녀로선 짐작조차 가질 않았다.

"여기 밖에서라면 괜찮다고 봐요. 너무 보는 눈들이 많거든요. 아무리 나라고 해도."

그 말에 그가 미소지은 듯도 싶었지만, 그녀는 확신할 수가 없었다. 시시각각 어두워져가고 있었다.

켈리는 그네에 앉아 발을 구르고 몸을 뒤로 젖혀 이리저리 몰아쳐지는 나뭇잎들을 올려다봤다.

"우리가 여기서 만나곤 하던 여름 기억나요? 서로 정해놓은 건 아니었지만 나는 늘 당신도 여기 있기를 바라며 나오곤 했어요. 그리고 한동안은 늘 당신이 있었죠."

탐은 아무 말이 없었다. 그녀는 그가 아직 거기 있나 확인하려 흘끗 쳐다보았다.

"우리가 여기서 무슨 말을 하든 밖으로 새어나가지 않는다는 무언의 약속이 있다고 늘 생각했어요."

켈리는 앞뒤로 그네에 흔들리고 있다는 사실을 고려하면 가능한 한 똑바로 그를 쳐다보았다.

"자, 오늘 무슨 일이 있었어요?"

"안 일어난 일이 있기나 한가?"

그는 울분에 나무를 걷어찰 뻔했다.

"너무 많은 일이 벌어져서, 어디서부터 시작해야 할지 모르겠어."

어젯밤 그가 그녀의 침대를 떠난 후부터는 어떨까. 그는 무슨 생각을 했을까? 어떤 기분이었을까? 열정이 소진되고 나자 오직 분노만이 남았을까? 왜 아직도 내게 이렇게 화가 나 있을까?

그는 신랄한 욕설을 답답한 한숨에 실어 내뱉었다.

"맬러리가 어젯밤 집에 안 들어왔다고 오늘 아침 앤젤라가 전화한 데부터 시작해야겠지."

"오, 저런. 별일 없어요?"

"그래, 걔는 무사해. 남자친구가 있는데 그 집에 있었어. 앤지가 왜 그러는지 난 모르겠다. 맬은 열여덟 살이야. 그리고 앤지에게 쪽지를 남겼고."

"열여덟은 좀 어리잖아요."

"맬은 나이는 어릴지 몰라도 정신적으로는 아니야. 일곱 살 적부터 그 집의 어른이었지."

그는 잠시 말을 끊었다.

"넌 몇 살 때 처음 남자친구 집에서 음, 잤어?"

사적인 질문. 그 말에 켈리의 심장은 믿어지지 않을 만큼 두근거렸다.

"열아홉 살. 대학 때요. 난…… 사랑에 빠져 있었어요."

그녀는 눈을 굴렸다.

"그는 아니었고."

"그거 괴롭지, 음?"

그녀는 그를 보려 다시 고개를 젖히며 끄덕였다.

"당신은 몇 살 때였는지 묻기가 무섭네요."

그는 미소지었지만 씁쓸한 미소였다.

"넌 아마 나를 열두 살 적에 섹스를 시작한 남자들 중의 하나라고 생각하겠지."

그녀는 눈을 질끈 감았다.

"오, 세상에. 그럴 줄 알았……."

"십대 돈 주앙으로서의 나에 대한 네 환상을 박살내긴 싫지만, 아니야. 열여섯이었어. 그리고 아무하고나 마구 그러지도 않았고 고등학교 시절

통틀어 딱 4명의 여자애들과 잤어. 정확히는 여자들. 다들 대학생이고 나보다 경험이 많았으며 처음 만났을 때부터 몇 달 안에 이곳을 떠날 예정이란 걸 아는 관계였지."

그는 잠시 조용했다.

"지금의 우리와 비슷하달까. 끝날 날짜가 정해져 있는 연인들."

"우린 연인들인 거예요?"

그녀의 가슴이 마구 고동쳤다.

"잘 모르겠어."

그녀의 몸을 훑는 그의 눈길은 데일 듯 뜨거웠다.

"하지만 그렇게 생각해. 봐, 4분이 넘도록 이야기하고 있었는데 아직까지 내 바지지퍼를 단속하고 있잖아. 앞으로 1분간 무슨 일이 벌어지는지가 우리가 연인들이냐 아니면 그저 서로의 몸을 밝히는 사람들이냐를 결정하는 데 중대한 역할을 하겠지."

"그래서 앤지가 전화했다고요."

그는 웃음을 터뜨렸지만 낮고 위태했다.

"그래. 앤지가 내게 전화했고 난 녀석에게 하늘 무서운 줄 알게 하고 맬을 끌고 올 생각으로 데이빗의 아파트까지 쫓아갔지. 다만 녀석이 완전히 그 애와 사랑에 빠져 있는 게 너무나 분명했고, 맬은 내가 본 그 어느 때보다도 행복해하고 있었어. 그 애가 네 살 때 이후로 그렇게 행복해하는 모습은 본 적이 없다구. 그 데이빗이란 아이를 만나봤지?"

켈리는 고개를 끄덕였다.

"잠깐요. 착해 보이던데요."

그녀는 자신의 단어 선택에 움츠러들었다. 불쌍한 아이. 착하다는 소릴 벗어나지 못하는구나.

"그렇지. 녀석은 내 눈을 똑바로 쳐다보고……."

탐은 목청을 가다듬었다.

"좋은 남자야. 그래서 둘에게 좋은 말을 해주고 막 나가려던 참에 그걸 봤어. 맬이 데이빗의 카메라를 빌려 사진을 찍었는데, 그의 부엌 식탁에 흩

어진 사람들의 사진 중에 볼드윈 브릿지 호텔 로비에 있는 머천트의 사진
이 4장 있었어."

켈리는 우뚝 그네를 멈췄다.

"오, 세상에. 탐, 잘됐네요."

"그래. 그렇게 잘 나가다가 뒤틀어졌지."

그는 웅크리고 앉아 나무에 등을 기대고 팔로 무릎을 감쌌다.

"우린 데이빗의 컴퓨터로 사진들을 스캔해서 와일드카드에게 보냈어.
분대의 컴퓨터 전문가로, 지금 현재는 캘리포니아에 있지. 알고 보니 데이
빗은 만화가였고, 그와 와일드카드가 그 머천트의 새 사진들과 옛날 사진
들을 비교해서 같은 사람인지 보기 위해 컴퓨터로 골격을 분석했어. 그리
고 결과는 예스로 나왔지. 물론 예스란 것은 그 둘이 같은 사람일 가능성이
75퍼센트란 의미야. 의심의 여지는 많지. 그래서 크롤리 대장에게 전화해
서 가슴 졸이기 전에 좀더 증거를 찾아야겠다고 생각했어."

"어떤…… 증거요?"

"그자가 이번 폭탄을 만드는 데 사용한 폭발물을 확보하는 것 정도면 좋
은 출발이 되겠지. 아니면 그 폭탄 자체도 괜찮고. 그래서 드레스와 하이힐
로 차린 알리사 로크가 그 사진 1장을 들고 머천트가 짐을 줄줄 끌고 호텔
에 체크인했을 때 담당했던 데스크 직원에게 갔지. 그녀가 그 사진을 내보
이고, 다리를 드러내 보이자……."

"그건 너무나 성차별적이잖아요!"

탐은 웃음을 터뜨렸다.

"그래. 그녀가 이름을 알아내는 데 얼마나 걸렸는지 알고 싶어?"

"그녀가 머천트의 이름을 알아냈어요?"

"호텔에 체크인할 때 쓴 이름일 따름이지. 그의 진짜 이름이 아니라는
쪽에 내기를 걸어도 좋아. 3초만에 로크와 그녀의 다리는 그가 리처드 라
코프스키란 이름으로 접수했다는 걸 알아냈지."

"로크와 그녀의 다리. 후유, 난 그런 게 싫어요."

"그래, 어쩌겠어. 세상이 그렇게 돌아가는걸. 여자들은 남자들이 갈 수

없는 장소에 가서 남자들로선 할 수 없는 방법으로 정보를 얻어낼 수 있지. 재즈와 샘은 여자가 실 팀에 들어오는 걸 극력 반대하지만, 여자가 제대로 못해낼 거라 생각하기 때문은 아니야. 정신이 흐트러져서 자신들의 능력이 떨어질 거라고 생각해서지.”

바람이 세게 불어왔고 나뭇잎 한 무더기가 그들 주위에서 소용돌이쳤다. 천둥이 불길하게 우르릉거렸다. 하지만 켈리는 안으로 들어가고 싶지 않았다. 아직은.

“그럼 그 사람의 이름을 알아냈고, 그 다음은요?”

“데이빗이 일하러 갔지—말 그대로. 녀석은 호텔 웨이터였고, 호텔은 현재 일손이 딸리고 있어. 특히 룸서비스 쪽에. 그래서 우린 샘 스타렛을 광내고 머리를 빗기고 얼굴을 씻겨서 데이빗과 함께 관리부장 사무실에 들여보냈지. 샘이 지원서를 쓰는 동안 관리부장은 그가 책상에서 뭘 훔치지나 않을까 눈을 부릅뜨고 감시했고, 데이빗은 그 틈에 몰래 호텔 컴퓨터에 접근해서 리처드 라코프스키 씨의 방이 104호라는 걸 알아냈지.”

“그럼 어떻게 일이 뒤틀어질 수가 있어요? 그걸 알아내다니 굉장해요. 그가 폭탄을 만들 때까지 기다릴 필요 없잖아요. 그냥 잡아버리면 되니까. 왜 그냥 잡아들이지 않는데요?”

“음, 무엇보다 우선 여긴 자유국가이고 그럴 자격이 없는 사람이 누굴 잡아다가 그 사람이 원하지 않는 곳으로 끌고 가면, 그건 납치라고 하지.”

“하지만 당신은 실이잖아요, 해군 장교…….”

“난 여기선 아무런 힘이 없어, 켈리. 그렇기 때문에 내 상관들의 주의를 끌 만한 증거를 찾아야 하는 거야. 그 다음 그들이 FBI의 주의를 끌어야 하고, 그쪽에서 그 쓰레기를 체포하게 되는 거지.”

그의 목소리가 딱딱해졌다.

“오해하진 말아. 해야만 한다면 납치혐의를 무릅쓰고 그자를 덮칠 거야. 스타렛과 로크가 지금 그의 방을 감시하고 있어. 하지만 오늘 오후 그걸 발견한 후로…….”

그는 혐오감에 후욱 숨을 내뿜었다.

“그들은 단지 내 장단에 맞춰주느라 그러고 있는 게 확실해.”

“뭘 발견했는데요?”

“그가 104호에 들었다는 걸 알아낸 후, 난 좀더 조사를 했고 그자를 찾았다고 확신했어. 104호가 1층의 마리나 방향에 있다는 걸 알아냈지. 또한 호텔 지하실의 석유탱크 바로 위이기도 했어.”

탐은 허탈하게 웃었다.

“만약 내가 볼드윈 브릿지 호텔을 폭파시킨다면 바로 거기서 시작할 거야. 바로 석유탱크가 아래 있으니 기름의 폭발력을 더할 수 있지. 그리고 1층에서의 폭발은 건물에 제일 큰 충격을 줘. 호텔의 앞쪽이 전부 무너져 내릴 거야.”

그녀를 쳐다보는 그의 눈엔 좌절감이 담겨 있었다.

“난 정말로 확신했어.”

“이해가 안 가요. 왜 지금은 확신 못하는데요?”

“우린 그자의 방에 들어갔어.”

그는 아주 쉽게 말하고 있지만, 절대 그렇지 않았으리라는 걸 켈리는 알았다. 만약 리처드 라코프스키가 머천트라면, 그리고 그 방에 폭탄이 있다면, 그의 방문엔 조치가 취해져 있으리라. 부비트랩 장치라든가. 그녀는 머천트가 어떤 종류의 보안이나 경고 시스템을 설치했을지 상상조차 할 수 없었으나, 탐은 알 것이다. 그리고 탐과 그의 친구들은 틀림없이 대비책을 취했으리라. 우린 그자의 방에 들어갔어. 그냥 자물쇠를 따고 문손잡이를 돌려 들어갔을 리는 절대 없었다. 의심의 여지없이 고난의 시간이었으리라.

“거기엔 아무것도 없었어.”

좌절감에 탐의 목소리가 팽팽했다.

“로크는 교회 탑에서 앞쪽 창문을, 스타렛은 복도 끝을 지켜보는 동안 재즈와 나는 방을 수색했지. 폭탄도, 폭발물도, 자동장치로 가득한 수트케이스도 없었어. 그저…… 아주 괜찮은 호텔방이었을 뿐이야. 그는 골프 옷으로 가득한 수트케이스 하나밖에 갖고 있지 않더군. 테이블 위에 뚜껑을 딴 생수병이 있었어. 지문을 찾으려 그걸 들고 나왔지. 아주 또렷한 지문들이 묻어

있어서 그걸 내가 아는 사람에게 전송했고 그가 즉각 같은 지문 파일을 찾아
냈어. 그 지문 임자는…… 누구였는지 알아? 리처드 라코프스키.”

오, 이런. 탐은 이마를 문질렀다.

“샤워하러 가야겠다.”

“탐, 당신 확실히…….”

“난 이제 아무것도 확신할 수 없어.”

“재즈가 피자를 주문했어요.”

“잘됐군. 정신병원에선 피자를 자주 먹을 수 없을 테니.”

그는 조의 집을 향하기 시작했다. 그녀는 서둘러 그를 쫓아갔다.

“실수로 잘못 본 건 미쳤다는 것과 같은 뜻이 아니에요.”

그는 멈춰 서서 그녀를 쳐다보았다. 그들 주위론 바람이 나무를 미친 듯
이 흔들고 있었다.

“난 아직도 그 남자가 머천트라고 믿어. 아직도 위험이 존재한다고 믿어.
아직도 그 남자가 이런 도시에서 무슨 짓을 할지 죽도록 겁이 난다구.”

그녀는 그의 목소리에 담긴 격렬함에 움찔 물러섰다.

그는 미소지었지만 그 미소는 눈까지 미치지 않았다.

“그래, 바로 이거로군. 우리 사이에 거리를 둘 방법이. 미치광이는 끌리
지 않나 보지. 응, 베이비?”

그는 혀를 쯧쯧 찼다.

“거 안됐군.”

20

23시 15분, 탐은 체념하고 켈리의 개인선 번호를 눌렀다. 그녀가 깨어 있다는 걸 알고 있었다. 그녀의 방 창문 불빛이 보였다.

"애시튼입니다."

"나야. 벳시 일이 아니라."

"오, 하나님 감사합니다."

그녀의 목소리엔 안도감이 짙게 깔려 있었다.

"미안해."

탐은 나쁜 놈이 된 기분이었다.

"집 전화로 걸어서 너희 아버지를 깨우고 싶진 않아서. 하지만…… 벳시는 어때?"

"훨씬 나아요. 마틴 선생이 시험중인 새로운 구토 억제제가 잘 들어서. 물론 장기적 전망은 여전히 아슬아슬하지만, 그러나……."

그녀는 나직이 웃었고 그는 그 소리에 절박하게 귀를 기울였다.

"정말 그것 때문에 밤 11시 15분에 전화한 거예요?"

그는 그녀와 얘기하고 싶어서, 그녀와 얘기해야만 했기에 전화했다. 하지만 그냥 그녀의 방으로 찾아가고 싶진 않았다. 그들은 오늘 저녁 그네 옆에서 다시 한계선을 그었고 이젠 그녀가 자신에게서 무엇을 원하는지 혹은 무엇을 기대하는지 전혀 알 수가 없었다. 하지만 맙소사, 그는 절박했다. 손이 떨리고 있었다.

"아니."

그는 목청을 가다듬었다.

"저기, 내가 고약하게 군 건 알아. 하지만 난……."

간신히 목소리가 떨리기 전에 말을 끊었다. 제길.

"탐, 괜찮아요?"

침묵이 이어지는 동안 탐은 눈물과 싸우며 한 마디라도 말하기 위해 애썼다. 하지만 실패했다. 아니. 빌어먹을, 아니. 전혀 괜찮지 않았다.

"미안해."

그는 말하고 전화를 끊었다.

켈리는 잠옷과 부엌에 놓여 있던 아버지의 낡은 부츠 차림으로 진료가방을 들고 진입로를 뛰어갔다.

조의 집은 어두웠지만, 앞문은 잠겨 있지 않았다. 훔칠 게 아무것도 없는걸. 조는 늘 그렇게 말했다. 게다가 바로 옆에 값진 보물들로 가득한 애시튼 저택을 두고 누가 그의 조그만 집을 털겠는가?

그녀는 빗발이 가늘어졌다고 생각했었고 실제로도 그랬지만, 그래도 조의 거실로 들어가는 그녀의 몸에서 물이 뚝뚝 떨어질 만큼은 되었다. 그녀는 젖은 머리를 얼굴에서 걷어내고 아버지의 부츠를 벗어던진 다음, 탐의 방으로 향하는 계단을 두 칸씩 뛰어올랐다.

그의 방문은 꽉 닫혀 있었고, 그녀는 갑자기 더럭 겁이 나 그 앞에 섰다. 그녀는 가방을 가슴에 껴안은 채 문에 이마를 기대고 귀를 기울였다.

두려워하던 그 소리가 들렸다. 소리 죽인 흐느낌. 가쁜 숨소리.

탐이 울고 있었다.

오, 하나님. 오, 하나님. 어쩌면 좋을까? 안으로 들어가서 그가 몸이 아픈 게 아닌지 확인해야만 한다. 그녀 안의 의사는 그녀가 그냥 가버리도록 허락하지 않았다.

하지만 그녀 안의 여자는 탐은 지금 세상 무엇보다 그녀에게 우는 모습을 보이길 원치 않으리라는 걸 알고 있었다.

그래도 그녀는 머리부상에 대해 읽은 것이 있었다. 단층촬영 결과가 좋게 나왔다 해도, 부상이나 수술로 인해 약해진 뇌 혈관이 있을 수 있다. 그와 얘기하고 그의 눈을 들여다보고 혈압을 재야만 한다. 그의 생명이 돌연 위험에 처하지 않았나 확인해야만 한다.

그리고 그게 그가 그녀에게 우는 모습을 보이지 않는 것보다 중요했다.

그녀는 노크했다. 방안에서는 죽은 듯한 정적이 흘렀다. 그녀는 다시 노크했다.

"탐?"

"들어오지 마."

그의 목소리는 목이 메어 있었다. 그녀 자신도 울지 않기 위해 안간힘을 써야 했다.

"그래야만 해요."

"그냥 집에 가."

"그럴 순 없어요."

그녀는 문손잡이를 돌려보았다. 잠겨 있지 않았다.

그의 방은 어두웠지만 그녀는 침대에 앉아 있는 그를 볼 수 있었다. 그녀가 들어오는 걸 깨닫자 그는 일어나며 얼굴을 닦으려 했다.

"맙소사! 들어오지 말랬잖아! 당장 꺼져!"

그녀의 목소리가 떨렸다.

"내게 도움을 청하는 전화를 걸어놓고 날더러 당신을 무시하라고 할 순 없어요."

"도움을 청하려 전화한 게 아니야!"

"그럼 왜 했는데요?"

"켈리, 제발. 그냥 가줘."

그녀는 안으로 들어가 등뒤로 문을 닫았다.

"아, 망할!"

"탐, 당신이 괜찮은지 확인해야겠어요."

그녀는 그의 침대 발치에 가방을 내려놓았다.

"현기증이 나요? 아픈……."

"머리 때문이 아냐. 내 엿 같은 인생 때문이라고, 됐어? 내가 그렇게나 열심히 일해 쌓아올린 그 모든 것들이…… 내일이면 엿 같은 시궁창에 처박힐 테니까! 하지만 내겐 선택의 여지가 없어!"

그의 목소리가 갈라졌고, 켈리의 가슴은 그로 인해 무너졌다. 그녀는 그를 품으로 끌어당겨 꼭 껴안았다.

"미안해. 아, 제길, 미안해."

그가 흐느꼈다.

"아, 탐. 내가 도와줄 수만 있다면."

그녀도 울고 있었다.

데이빗의 침대에서 깨어난 맬러리는 혼자였다.

아직 비가 오고 있었다. 바로 머리 위 지붕에 떨어지는 빗소리가 들렸다. 데이빗의 작업대 옆, 구석에 램프가 켜져 있었다. 그는 거기에 앉아 작업대 위로 몸을 숙이고, 왼손으로는 머리카락을 뒤로 넘겨 고정시키고 있었다.

그는 사각팬티를 입었지만 입은 것은 그것뿐으로, 어깨와 등의 근육이 불빛에 드러났다.

맬러리는 자신의 심장을 느낄 수 있었다. 심장이 그녀의 가슴 안을 차분한 따스함으로 가득 채우는 듯했다. 욕망과 평온. 어떻게 한 사람이 그녀에게 그 두 가지를 동시에 느끼게 할 수 있을까?

앤젤라는 이해하지 못했다. 데이빗을 만난 후, 어머니는 딱 2가지 말을 했다. 맬러리의 아기는 찢어진 눈을 하고 있을 거라고. 그리고 최소한 저놈은 널 버리지 않을 거라고, 그를 낙오자라는 투로 말했다.

맬러리가 바란 완전한 허락은 아니었지만, 어머니가 데이빗이 화장실에 갈 때까지 기다렸다가 눈에 대한 그 헛소리를 한 것만도 다행이었다. 언젠가는 그도 앤젤라의 무식함을 알게 되겠지만, 지금은 아직 좀 일렀다.

그리고 어머니의 다른 말에 대해선, 맬은 온 마음을 다해 그게 진실이기를, 데이빗이 결코 그녀를 떠나지 않기를 바랐다.

앤젤라는 그에게서 엉망인 머리스타일과 불편해하고 어색해하는 남자를 보았다. 맬러리는 자신을 사랑하는 아름다운 남자를 보았다.

그녀는 움직인 것 같지 않았는데 그가 그림에서 눈길을 떼어 쳐다봤다.

"미안, 불빛 때문에 깼어?"

"아니."

맬러리는 시트를 몸에 감고 일어났다. 아직 데이빗마냥 아무렇지도 않게 벌거벗고 돌아다니기는 편치 않았다.

"뭐 해?"

그는 그녀가 볼 수 있도록 뒤로 물러앉아, 그녀를 자신에게로 끌어당겼다. 그의 손길은 따스하고 부드러웠다.

그녀는 그가 그린 러프 스케치를 보았다. 그리고 그런 자신을 쳐다보는 그의 눈길을 느낄 수 있었다. 슈퍼히어로 모드의 나이트셰이드가 비열하게 생긴 악당 두목을 노려보고 있었다.

<만약 내가 사람 잘못 본 걸로 밝혀지면,> 나이트셰이드가 데이빗의 깔끔한 글씨체로 말하고 있었다. <네 쌍방울이 코로 튀어나오도록 걷어차 줄 거야. 알아들었지?>

맬러리는 데이빗을 쳐다보면서 웃음을 터뜨렸다.

"아주 귀에 익은 소린데."

그도 마주 미소지었다.

"써먹지 않기엔 너무 아까워서."

그의 눈에는 열기가 있었지만 그는 움직이지 않았다. 그녀에게 키스하지 않았다. 그저 그녀를 쳐다보고만 있었다. 그리고 맬러리는 마주 쳐다보며, 엘리베이터가 내려갈 때의 숨막히는 기분에 빠져들었다.

다시 그를 원했다. 사랑을 나누고 싶었다. 하지만……

"콘돔 상자에 피임률이 100퍼센트는 아니라고 쓰여 있더라. 하지만 얼마나 되는지는 안 나와 있었어. 그러니까 어휴, 그게 99퍼센트인지 아니면

10퍼센트인지 아니면……."

"상황에 따라 다를걸. 어디서 읽은 기억으론 80후반에서부터……."

"80퍼센트? 세상에. 그럼 나머지 20퍼센트의 경우엔……."

"그건 잘못 썼을 때의 얘기야."

그가 서둘러 덧붙였다.

"아니면 찢어지거나."

"찢어져."

오, 맙소사. 그녀는 그 생각을 하지 못했다. 콘돔은 찢어질 수 있다. 정말로. 보건수업 시간에 배웠었다.

"하지만 제대로 쓰면 거의 98퍼센트에 가까워."

맬러리는 그를 쳐다보았다. 그건 최상의 시나리오에도 2퍼센트의 경우엔…….

"알지, 만약 널 임신시키면, 난 너희 아버지가 너희 어머니한테 그랬듯이 떠나지 않을 거야."

데이빗은 그녀에게 키스했다.

"널 임신시키면 결혼할 거야."

"네가 나와 어쩔 수 없이 결혼하는 건 싫어. 그런 식으로 하고 싶진 않아."

그녀 역시 그에게 키스했다.

"너와 내내 사랑을 나누고 싶어. 그 2퍼센트 때문에 겁이 난다는 것만 빼면. 우리가 백 번 사랑을 나누면 최소한 두 번은 내가 임신할 위험이 있단 뜻이잖아, 그치? 그리고 딱 한 번이면 충분하다구—내가 그 살아 있는 증거야. 그리고 우리가 3백 번 사랑을 나누면 6번. 또……."

데이빗은 웃음을 터뜨렸다.

"우스운 얘기가 아냐. 난 진지하다고!"

하지만 엄한 얼굴을 유지하기가 힘들었다. 그의 웃음은 몹시 전염력이 강했다.

"널 두고 웃은 게 아냐."

그는 키스와 함께 그녀에게 말했다.

"네가 나와 3백 번 사랑을 나누고 싶다고 해서 웃은 거지. 아주 근사한 소식인걸. 넌 상상도 못할 영향을 내게 미쳤어. 하지만 나한테 그런 얘기를 해놓고, 내가 퍼센트와 가능성을 너에게 설명하려 들 거라 생각해?"

그는 그녀에게 다시 키스했다. 이번에는 좀더 오래, 길게 끌면서.

"아무리 해도 널 충분히 가질 수가 없어, 나이트셰이드. 난 기꺼이 위험을 감수할 거야—설령 그 상자에 피임률이 50퍼센트라 쓰여 있더래도. 하지만 이건 나만의 문제가 아니라 네 문제이기도 하니까, 만약 네가 원치 않는다면……."

원치 않는다니, 어림도 없었다. 맬러리는 시트를 떨어뜨렸다.

탐은 한 팔로 켈리를 감싸고 다른 한 팔로는 눈을 덮고 침대에 누워 있었다. 마지막으로 이렇게 피곤했던 적이 언제였는지 기억이 나지 않았다.

마지막으로 자신이 울음을 터뜨렸던 것이 언제인지 기억나지 않았다. 열네 살 적, 예비 새아버지가 뭔가 말도 안 되는 이유로, 저녁식사 때 음료수를 엎었다든가 했다고 그를 죽일 듯 패는데 어머니가 말 한 마디조차 그의 편을 들어주지 않았을 때? 열다섯 살 적, 어머니가 그의 물건을 모조리 꾸려 그더러 조의 집으로 가서 살라고 하며, 자기 혈육을 저버리고 그 인간 말종과의 결혼을 택했을 때? 앤젤라가 임신했으며 아마 결코 이 썩어빠진 마을을 벗어나지 못하리라는 걸 알았을 때? 열여섯이 채 안 된 켈리가 그에게 나중에 나무 위의 집에서 만나자고 속삭이며 다시 그의 키스를 바란다고, 그를 원한다고 눈으로 말하자 속에 바위가 쿵 떨어지는 기분과 함께 최대한 빨리 마을을 떠나지 않으면 절대 떠나지 못하리라는 걸 알았을 때?

그게 그가 떠났던 진짜 이유였다. 그녀가 너무 어려서 그런 거였다고 스스로에게 말했다. 하지만 그녀가 나이가 찰 때까지 기다릴 수도 있었다. 그럴 수 있었다. 켈리를 위해서라면 영원토록 기다렸을 것이다. 진도를 늦추고, 그녀가 준비될 때까지 지나치지 않게 제한할 수도 있었다.

그녀는 그를 사랑했었다. 그는 그녀가 자신을 사랑한다는 것을 알고 있었다. 그리고 그가 만약 떠나지 않았다면 그들은 지금의 맬러리와 데이빗

처럼 되었으리라. 지금쯤이면 아이들도 가졌을 테고 왜냐하면 그는 켈리
와 결혼했을 테니까. 그는 여기 이 침대에 한때의 연인이 아니라 그의 아내
와 함께 누워 있을 터였다.

그래, 아마 네이비 실은 되지 못했을 테지만 어차피 몇 주 후면 네이비
실이 아니게 될 것이 아닌가.

지금 아는 것을 그때 알았더라면, 그래도 떠났을까?

"만약 이랬다면, 저랬다면 어땠을까 생각하니 머리가 복잡하구나."

켈리는 머리를 약간 들고 그를 쳐다보았다.

"그런 생각하지 말아요, 아무런 이득이 없는걸."

하지만 그는 그러지 않을 수가 없었다.

"만약 내가 그 해 여름에 떠나지 않았다면 어땠을까, 켈? 그날 밤 나무
위의 집에서 널 만났더라면?"

그녀는 나직이 웃으며 다시 머리를 그의 어깨로 내렸다. 그의 가슴에, 그
의 심장에 닿은 그녀의 손은 따뜻했다.

"난 열아홉보다 훨씬 일찍 처녀성을 잃었겠죠."

"널 사랑해."

그는 그녀가 얼어붙는 것을 느꼈다. 애초부터 그녀는 전혀 움직이지 않
았으니 웃긴 일이다. 하지만 그녀가 더욱 미동도 않는 것을 그는 느꼈다.

좋은 징조가 아니었다.

"무슨 대답을 바라고 한 말은 아니야. 그저 해야 할 말이었을 뿐."

분명히 화제를 바꿔야 할 때다.

"오늘밤 104호로 돌아가서 지문검사를 했어. 내가 뭘 찾았는지 알아?"

"아뇨."

그녀가 들릴 듯 말 듯 말했다.

"마리아 콘수엘라, 지니 팁텐, 글로리아 헤인즈, 그리고 엔리크 로마노의
지문을 찾았어—다 볼드윈 브릿지 호텔의 종업원들이지. 이전 손님들인
조지와 헬레나 워터스, 그리고 어니스트 로디맨의 오래되고 뭉개진 지문도
몇 찾았고 하지만 리처드 라코프스키의 지문은 단 하나도 찾지 못했어. 수

트케이스 안에도 밖에도, 플래드 바지와 같이 수트케이스에 들은 벨트버클에도, 옷장문이나 TV, 전화기에도 아무것도 없더군. 아무것도”

지문 채취용 가루를 뿌리고 치우는 데 몇 시간이 걸렸고, 그 동안 내내 리처드 라코프스키라고 자처하는 남자가 언제라도 돌아올 수 있다는 사실을 의식하고 있었다. 그의 팀이 지켜보고 있었고, 탐은 그들과 얘기할 수 있게 무선장치를 달고 있었다. 하지만 그래 봤자 방에서 나가거나 숨을 시간은 얼마 없었다.

그는 베개를 등뒤에 괴고 일어나 앉았다. 켈리도 일어나 앉았다.

“그래, 아주 수상쩍지. 그 생수병에 있던 것 말고는 방에 그의 지문은 하나도 없었어. 네가 뭘 물어보고 싶은지 알아. 그 리처드 라코프스키라는 자는 밤 9시에 하룻밤 280달러짜리 방에 있질 않고 도대체 어딜 갔는지 알고 싶겠지. 맞아?”

켈리는 고개를 끄덕였다. 비에 젖었던 머리가 마르면서 얼굴 주위에 곱슬곱슬 말렸다. 하얀 면잠옷과 결합하여 그녀를 무척이나 어려 보이게 했다.

탐은 침대 옆의 알람시계를 돌려 그들에게 향하게 했다.

“거의 자정이 되었는데 왜 내 팀에게서 그 남자가 방에 돌아왔다는 전화가 아직도 없는지 궁금할 거야. 그리고 궁금한 게 당연하고. 그 방은 일종의 미끼야. 일종의…… 젠장, 나도 모르겠다. 마지막 순간에 폭탄을 들여오려는 건지도 몰라. 나 같은 사람을 따돌리려는 예방책일지도 어쩌면 그 자야말로 빌어먹을 피해망상증 환자인지도.”

그는 그녀의 눈을 응시했다.

“그놈이야, 켈리. 난 그놈이란 걸 알고 있어. 전에도 이렇게 백 퍼센트 확신을 느꼈던 적이 있어. 그리고 55사단 기념식이 그자의 타겟이라는 것도 알아. 누군가에게 말해야 해. 다만 그쪽에선 나를 믿지 않을 테지. 내겐 증거가 없어, 지문 없는 빈 호텔방과 머천트와 기본적으로 같은 모양의 두 개골을 지닌 남자의 사진뿐.”

그의 목소리가 떨렸다. 하느님, 제발 다시 울게 하지는 말아주십시오.

“그런 다음 의문이 떠오르기 시작하지. 어쩌면 내가 미치광이인지도 몰

라. 머리부상 때문에 그자라고 맹목적으로 확신하는 건지도. 하지만 난 결
심했어……. 내일 아침 크롤리 대장에게 전화를 하기로.”

그는 오늘밤 마음을 결정했다. 아니, 차라리 체념했다는 표현이 맞을지
도. 그건 진짜 결단이라고 할 수 없었다. 이 상황에서 옳은 일은 단 하나뿐
이고, 그는 그것을 해야만 했다.

설령 그것이 그의 경력을, 그의 전 생애를 포기하는 것을 의미한다 해도.

“만약 내가 틀렸다면…….”

빌어먹을 입술이 떨려서 잠깐 말을 멈춰야 했다.

“내가 틀렸다면, 있지도 않은 죽은 테러리스트를 보고 있는 거라면, 난
실 16팀의 지휘관으로 있을 자격이 없어. 내가 틀렸다면 의가사 제대를 받
아들여야 해. 내가 바라던 바는 아니지만 부끄러울 건 아무것도 없어.”

“그래요.”

그녀는 몸을 일으켜서 그의 옆에 무릎을 꿇었다.

“하지만 몇 달 더 쉬면 나아질 가능성도…….”

“아니. 일단 아침에 크롤리 대장에게 전화를 하면, 일단 경보를 발하면
그 몇 달을 얻지 못할 거야. 내 담당 의사는 개목걸이를 한 대령이야—그
줄은 터커 소장이 잡고 있고 장담컨대 난 즉각 의료진 앞에 불려갈 거야.
그리고 죽은 테러리스트를 매사추세츠에서 보는 건 아무리 중립적인 위원
회라도 가볍게 여길 만한 게 아니지. 만약…… 아니, 만약이 아니라 그렇
게 하면 전역만 당하는 게 아니라 정신감정을 받고 갇힐 가능성도 있어.”

켈리의 눈에 눈물이 고였다.

“하지만 아무에게도 말하지 않을 수는 없어.”

탐이 조용히 말했다.

“그냥 무시할 수는 없어. 그리고 내겐 시간이 얼마 없어.”

“뭔가 내가 도울 수 있는 게 없나요? 좀더 수월하도록? 당신을 위해 내
가 말해 보거나 전화할 사람이라든가……?”

그는 고개를 저었다. 그녀를 향해 손을 뻗기가 두려웠다. 특히 그녀가 물
러난 후로, 다신 그를 건드리지 않기로 거의 결정한 듯이 보인 이후로

널 사랑해. 멍청한 말을 했다. 그는 그녀에게 엄청나게 겁을 주었고, 테러리스트에 대한 미친 소리 이후로는 훨씬 더했다. 그 역시 겁이 나야 마땅하겠지만 오늘밤 그는 두려움의 한계치를 넘어섰다.

"탐."

그녀가 말하려는 거다. 그를 부드럽게 거절하려는 거다. 그가 한 말 중 미친 소리는 그녀를 사랑한다는 말이라고 설명하려 들 거다.

"당신이 한 얘기 말인데요……."

"아니. 그 얘기는 못해. 제발 지금은 그 얘기는 안 할 수 없을까?"

그녀는 고개를 끄덕이고 침묵했다. 그녀가 가고 싶어하는지, 있고 싶어하는지 그는 알지 못했다. 그녀의 태도에 담긴 의미를 전혀 알 수 없었다.

"넌 이제 집으로 돌아가 봐야겠지."

그가 그렇게 말하는 바로 그 순간 그녀도 말했다.

"내가 잠깐 있다가 가길 원해요?"

"단지…… 맙소사, 동정심에 옆에 있어 주지는 말아."

그는 거칠게 말했다.

켈리는 몸을 숙여 그에게 키스했다. 그리고 그가 손을 뻗자 그녀는 그의 품으로 미끄러져 들어왔다. 마치 그녀가 여기에 있었으면 하는 그의 마음을 아는 듯이.

만약 그녀가 그를 결코 떠나지 않는다면? 만약 그가 그녀의 말을 너무 빨리 잘라버렸고 사실 그녀 역시 그에게 사랑한다고 말하려던 참이었다면? 만약 아침에 깨어났을 때 그녀가 침대에, 그의 곁에 있다면?

그녀는 머리 위로 잠옷을 벗고, 이내 벌거벗은 그녀의 부드러운 살결 위를 그의 손이 배회했다.

'만약 그렇다면'이란 건 정말로 사람을 괴롭게 한다. 그는 그 게임을 하지 않으리라. 얻을 수 있는 건 아무것도 없다. 미래는 제 스스로 진행되어 간다. 무엇이 닥칠지 확실히 알 방법이란 없다.

탐은 그의 반바지를 벗기는 켈리를 도왔다.

그런 다음 그는 지금 이 순간에 빠져들었다.

8월 13일.

찰스는 거실에서 데크로 나가는 슬라이드 문 바로 앞에 우뚝 멈춰 섰다. 켈리가 벌써 일어나 밖에 나가, 무릎을 가슴에 안은 채 난간에 앉아 있었다.

그녀의 옷차림이 이상했다—하얀 면잠옷에다가…… 그의 낡은 부츠? 그녀는 바다를 응시하며 해가 뜨는 것을 지켜보고 있었다.

어젯밤 지나간 폭풍으로 아직 바람이 세어 그녀의 잠옷 치맛자락이 펄럭였다. 그녀는 피곤해 보였다. 눈 밑에 검은 그늘이 졌다. 보통 혈색 좋던 뺨이 약간 창백했다. 부츠도 상황에 도움이 되지 않았다.

그는 조용히 돌아서려 했다. 혼자 있고 싶어하는 사람의 고뇌하는 표정을 그는 ·알았다. 그 자신이 거울에서 충분히 자주 마주했던 바였다.

하지만 보행기를 쓰고 있을 때엔 조용히 하기가 마음대로 되지 않았다. 금속 프레임이 무언가에 부딪히자 켈리가 고개를 들었다.

그녀는 미소지으려 했다. 제대로 되질 않았다.

"일찍 일어나셨네요. 주무실 수가 없나봐요?"

그녀는 아무 일도 없는 듯이 행동하고 싶어했다. 그녀는 파멸과 절망에 휩쓸린 듯이 풀죽은 모습으로 저기 앉아 있었다. 하지만 이제 '괜찮아요' 게임을 하려는 것이다. 그는 그녀를 시험해 봤다.

"별일 없냐?"

"그럼요. 전 괜찮아요."

그녀는 억지로 힘없는 미소를 지었다.

"그래, 나도 괜찮다."

죽어가고 있지만, 그럭저럭 괜찮게 죽어가고 있다. 사실, 그는 밤에 고통으로 꽤 오랫동안 깨어 있었다. 그의 새로운 잠자리 친구로 인해.

그녀는 그를 좀더 자세히 들여다보았다.

"정말로요? 아버진……."

그녀는 그 말을 맺기엔 너무 공손했다. 꼴이 말이 아니라고 온몸에 암이 퍼진 여든 살 먹은 노인네 같다고.

지금은 그녀에게 그의 약을 윗 단계로 올려야겠다는 말을 할 때가 아니었다. 그녀는 마치 당장이라도 눈물을 터뜨릴 듯 감정이 잔뜩 격해 있었다.

"난 괜찮아."

그는 딸에게 말했다. 그 역시 가장에 능했다.

"우리 말하는 것 좀 봐요. 맙소사, 좀 보라구요. 우리 중 누구도 괜찮지 않은데, 젠장."

어어.

그녀는 난간에서 미끄러져 내려왔다. 엉덩이에 물집 잡히기 딱 좋은 방법. 하지만 그녀는 신경쓰지 않는 듯했다. 그의 딸은 대폭발을 목전에 두고 있는 것이다.

"아버진 죽어가고 있다구요. 그리고 난……."

그녀의 입술이 떨렸다. 어린 소녀일 적에 그랬듯이.

"살아가는 게 죽도록 두려워요."

"그건 그다지 괜찮게 들리지 않는구나."

"네. 그래요. 탐이 날 사랑한대요."

그녀의 눈물이 넘쳐흘렀다. 어린 소녀일 적에 그랬듯이.

"하지만 난 그를 사랑하지 않아요. 그를 사랑하고 싶지 않아요. 다시 그를 사랑하지 않을 거라구요."

그녀는 데크에서 달려나갔다. 어린 소녀일 적에 그랬듯이.

"흐음, 멍청한 소리."

그녀가 이미 사라졌어도 찰스는 말했다.

"널 그렇게 멍청하게 키운 줄은 몰랐다. 사랑할 사람을 고를 수는 없는 법이야. 도대체 어디서 그런 생각을 주워들었냐?"

탐은 도박을 했다. 크롤리 대장의 사무실을 건너뛰고 **FBI**에 직접 전화했다. 그는 몇 년 전 던컨 런드 요원과 함께 일한 적이 있었다. 그리고 비록 자주 연락하고 지내는 사이는 아니었지만, 던컨이 자신을 잊지 않았으리라는 걸 그는 알고 있었다.

그는 집에 있는 그 남자에게 전화를 걸어 자세히 털어놓았다. 머리부상,

망상증, 의혹. 기념식 이틀 전이고 그에겐 시간이 없었다. 하지만 들을수록 조용해지는 던컨의 태도에서, 탐은 시작하기도 전에 틀렸다는 것을 알았다.

그래도 던컨은 끝까지 다 들어주었다. 그리고 탐이 말을 마치자, 화요일의 기념식을 위해 자신이 할 수 있는 일이 있는지 알아봐 주겠다고 했다.

하지만 던컨의 전화에 추적장치를 하지 않아도 그 FBI요원이 다음에 걸 번호가 해군이라는 것을 탐은 알았다. 망한 것이다. 하지만 뭘 기대했단 말인가? 그의 하루는 침대에서 홀로 깨어났을 때부터 엉망으로 돌아가기 시작했다. 켈리는 가버린 지 오래였다. 그는 그녀에게 사랑한다고 말했는데, 그녀는 해뜰 때까지 있어 주지조차 않았다.

탐은 자신이 먼저 연결되기를 빌며 칩 크롤리의 집 전화번호를 눌렀다. 하지만 끔찍하게 오랫동안 통화중이었다.

"그래, 이번엔 아주 된통으로 잡쳤더구만."

통화가 연결된 대장은 인사말 대신 그렇게 말했다.

"헌병대를 보내 자네를 데려오길 원하는 터커와 방금 통화했지. FBI 대테러 부서의 윗선과 막 통화를 한 모양이더군. 그쪽에서 그에게 말하길……."

"대장님, 이 위기는 진짜입니다."

탐은 크롤리의 말을 잘랐다.

"이틀 후 고위인사들이 참석한 개회식이 있습니다. 그리고 여기엔 저 혼자뿐이고요. 도움이 필요합니다."

"그건 틀림없는 사실이지. 자네에겐 도움이 필요해. 하지만 지금 당장으로선, 자네는 내가 아무 도움도 줄 수 없는 지경까지 일을 몰고 갔더군."

"FBI를 불러들이는 게 무슨 해가 있습니까? 이곳엔 상원의원들이 올 겁니다. 영국과 프랑스의 대표들도 만약, 아니 만약이 아니라 그 폭탄이 터질 때……."

크롤리는 악문 잇새로 말했다.

"젠장할, 탐. 작작 좀 못하겠나? 얼마나 미친 소리로 들리는지 모르겠어?"

"대장님, 만약 제가 옳다면 어쩝니까?"

"이봐, 심각한 머리부상이 자네의 판단력에 영향을 미치고 있어. 가까운

군 병원에서 진단을 받으라구."

"네, 그러겠습니다. 다음 주에, 이 기념식이 끝난 다음 제가 틀렸다고 밝혀지면 가지요. 하지만 그때까진…… 이곳엔 제가 굉장히 아끼는 사람들이 있고, 위기가 해결되었다고 백 퍼센트 확신이 들거나 애초부터 없었다고 증명되기 전엔 그들을 떠나지 않을 겁니다."

맬러리가 아직 침대에 있을 때 브랜든이 데이빗의 아파트 문을 열었다.

"우와."

그를 보고 그녀가 놀란 만큼 그 역시 그녀를 보고 놀란 것이 분명했다.

"미안, 네가 여기 있는 줄 몰랐어."

그는 주머니에 열쇠를 넣었지만 몸을 돌려 나가지 않았다. 오히려 부엌으로 들어왔다.

"데이빗의 우유를 좀 슬쩍 하려구."

"다 떨어지고 없어."

맬러리는 데이빗이 베개 위에 남겨놓고 간 쪽지를 숨기며 말했다.

"젠장."

그녀는 시트를 턱까지 덮고 있었지만, 그 아래로는 벌거벗은 채였다. 그녀는 그 사실을 그가 알아채지 못하길 빌었다. 그가 얼른 나가주기를 빌었다. 하지만 그는 가지 않았다. 오히려 침대 가장자리에 걸터앉았다.

"누가 짐작이나 했겠어?"

그는 그녀가 한때 너무나 잘생겨 보인다고 생각했던 그 멍청한 미소를 지으며 말했다. 생긴 건 보기 좋을지 몰라도 그는 허울뿐이었다. 그의 눈은 늦게까지 마시고 파티를 즐긴 듯이 벌겋게 핏발이 서 있었다.

"끝내주는 맬러리가 우리 꼬마 데이빗의 침대에 있을 줄이야."

"걔는 꼬마가 아냐."

그녀는 차갑게 말했다.

"좀 비켜줄래? 난 자던 중이라."

그는 움직이지 않았다.

"데이빗은 몇 년 동안 그 나이트세이드 캐릭터에 빠져 있었어. 이제 그녀에게 얼굴이 생겼으니, 완전한 환상 속에 살면서 그녀와 같이 자는 게 당연하겠지."

그는 웃음을 터뜨렸다.

"솔직히 말해 봐, 베이비. 너더러 타이츠를 입게 하고 방안을 날아다니는 시늉을 하라고 하진 않든?"

맬러리는 웃지 않았다. 미소조차 짓지 않았다.

"아주 우습구나, 브랜든. 가봐."

"정말로?"

브랜든이 윙크했다. 그녀는 한때 자신이 그의 윙크하는 모습을 좋아했다는 걸 믿을 수가 없었다. 도대체 무슨 생각을 하고 있었담?

"데이빗은 앞으로 몇 시간 동안 돌아오지 않을 거야. 그리고 거기 되게 포근해 보이는데……."

그가 시트를 잡아당겼다. 맬러리는 시트를 더욱 꽉 움켜쥐었다.

"그만둬!"

"어어, 이봐. 진정해, 그냥 농담이었다구."

그는 일어나서 문으로 향했다, 하느님 감사합니다. 하지만 그러다 돌아서서 그녀를 쳐다보았다.

"데이빗은 운 좋은 자식이야. 환상을 현실로 이루다니, 안 그래? 레이아 공주*나 카운슬러 디나 트로이*와 잘 기회를 얻는 것 같겠지. 우와! 나중에 보자구, 나이트세이드."

그가 문을 닫고 사라지자, 맬러리는 데이빗이 남긴 쪽지를 시트 아래서 꺼냈다.

그는 그의 침대에서 잠든 그녀와, 그녀에게 작별키스하려 몸을 숙인 자신의 모습을 그렸다. 그리고 그의 머리 위 생각 말풍선에는 <일을 마치고 돌아와 다시 나이트세이드와 사랑을 나누고 싶어서 기다릴 수가 없어……>라고

---

* 영화 <스타워즈> 시리즈의 등장인물.
* TV SF 시리즈 <스타 트렉>의 등장인물.

쓰여 있었다.

나이트셰이드. 그는 그녀를 나이트셰이드라고 불렀다. 내내. <널 사랑해, 나이트셰이드.>

오, 하느님. 만약 브랜든의 말이 농담이 아니라면? 만약 데이빗이 맬러리와 사랑에 빠진 게 아니라면? 나이트셰이드와 사랑에 빠진 거라면?

그리고 그녀는 나이트셰이드가 아니었다, 그것만은 확실했다. 다만 그 캐릭터의 얼굴과 몸을 공유하고 있을 뿐.

나이트셰이드는 용감하며 강하고 자신만만했다. 그녀는 슈퍼히어로였다. 맬러리는 마을 실패자의 사생아였다.

그리고 그녀는 갑작스런 두려움과 함께 데이빗이 나이트셰이드와는 절대 헤어지지 않을 테지만, 아마도 곧 맬러리 파올레티에게 지루함을 느끼리라는 것을 알았다.

탐은 사무실 저쪽으로 전화기를 집어던졌다.

재즈는 올려다보지도, 움찔하지도, 눈 깜짝하지도 않았다. 그저 수화기를 내려놓는 좀더 전통적인 방법으로 자신이 하던 통화를 끝마쳤다.

"젠크와 닐슨, 로페즈를 확보했습니다."

그는 의자를 빙글 돌려 탐을 마주하고 보고했다. '대위님' 소리는 들리지 않았지만 말끝에 붙어 있었다.

"하지만 다들 화요일 아침까지는 못 옵니다."

"젠장."

"아예 아무도 없는 것보단 낫죠."

탐은 이마를 문질렀다.

"난 더 이상 확신이 서질 않아. 사실 만약 이 행사가 별탈 없이 끝나거든, 내가 머천트에 대해 처음부터 틀렸다고 밝혀지거든, 자네와 스타렛 그리고 로크는 즉시 이곳을 떠나도록 해. 날 도운 일로 자네들이 곤혹을 치르는 건 원치 않아."

"그보다 더 심한 일도 있습니다, 탐."

탐은 수년간 자신의 곁에 있어 온 남자의 눈을 들여다보았다. 그가 지옥에 갔다 돌아와야 한다면 동행으로 삼고 싶은 남자. 그리고 수년간 그들은 몇 번 그런 일을 했었다.

"만약 내가 나가면, 자네가 분대를 맡도록 밀겠어. 아마 16팀을 맡진 못할 거야. 아직은. 하지만 아마 언젠가는……."

"저는 대위님이 얼른 떠나길 학수고대하고 있지 않습니다."

재즈는 담담하게 말했다.

"알지, 하지만 터커는 그렇다구."

탐은 고개를 내저었다.

"내가 도움을 청하는 곳마다, 그의 수하들이 먼저 손을 써놨어. 주경찰은 내가 전화할지도 모른단 경고와 날 무시하란 명령을 받았어. 심지어 지역경찰조차 나와 애기하려 들지 않아. 사실, 볼드윈 브릿지 경찰서장은 기막히게도 기념식이 끝날 때까지 날 호텔 근처에 얼씬거리지 못하게 하라는 명령을 내렸다구. 내가 거기에서 눈에 뜨였다간, 자기 부하들이 날 들어내서 역까지 바래다줄 거래."

재즈는 한쪽 눈썹을 치켜올렸다.

"저런, 어디 그러겠다고 애쓰는 모습을 한 번 보고 싶군요."

"우리에겐 우리뿐이야."

탐은 그의 부지휘관에게 말했다. 재즈는 진짜로 미소지었다.

"우리에게 더 재량권이 있는 거죠."

켈리는 침대에서 몸을 꺾고 헐떡이는 아버지를 발견했다.

처음 그녀는 아버지한테 무슨 발작이나 마비가 온 줄만 알았다. 그러다 통증 때문임을 깨달았다. 찰스는 끔찍한 고통을 겪고 있었다.

그녀는 호흡을 좀더 편하게 해주기 위해 산소 마스크를 그의 머리 위로 씌웠다. 그런 다음 진통제 약병을 열자……

3알밖에 남아 있지 않았다. 요 며칠간 그는 정량의 두 배, 심지어는 세 배까지 복용한 것이 틀림없었다.

"몇 알이나 드셨어요, 아빠? 언제?"

"3알, 20분 전."

20분 동안 그는 이렇게 고통에 몸을 뒤틀고 있었던 것이다.

"왜 절 안 부르시고?"

그 질문이 입에서 나가자마자 그녀는 대답은 중요하지 않음을 깨달았다. 어차피 자신은 지금 여기 있다. 지금 할 수 있는 한 최대한 아버지를 도울 수 있다—다만 이미 3알이나 복용하고 난 아버지에게 그녀가 해줄 수 있는 일은 별로 없었다. 그녀는 그의 몸에 팔을 둘렀다. 그는 너무나 마르고, 너무나 허약해져 있었다.

하지만 놀랍게도 그는 대답했다.

"부를 필요가 없어서. 몇 분 안에 잘 자란 인사를 하러 내려올 줄 알고 있었거든. 네가 올 줄 알고 있었어."

그는 특히 심한 고통의 물결이 몰아쳐 온 것처럼 눈을 꽉 감고, 한때는 너무나 크고 강인했으나 이젠 피골이 상접하고 옹이진 손으로 그녀의 팔을 움켜쥐었다.

"나한테…… 맙소사, 의사한테 전화 좀 해주겠냐? 이 약은 이제 잘 듣지 않는구나."

켈리는 울고 싶었다.

"의사가 해줄 수 있는 건 아무것도 없어요—3알이나 복용하신 후에는. 기다려야 해요. 통증을 멎게 하는 데는 효과가 없을지 몰라도, 너무 많이 복용하면 호흡이 멎을 수 있어요."

"알았다, 그러면……."

그는 눈을 뜨고 그녀를 놓으며 밀어냈다.

"넌 이런 거 보지 않아도 된다. 그만 나가봐……."

"말도 안 돼요. 아버질 두고 가지 않아요."

켈리는 그의 침대 머리판에 등을 기대고, 마치 그녀가 부모이고 그가 아이인 것처럼 그를 바싹 끌어안았다.

"시벨도 그랬을 거다. 넌 시벨과 무척 비슷해—몹시도 강인하고 자기확신이 강하지."

그는 눈을 다시 감았고, 그의 말은 헐떡거림에 실려 나왔다.

"얼마나 더 이걸 견뎌낼 수 있을지 모르지만, 난 그냥 죽지 않을 모양이다. 어젯밤도, 오늘도, 아마 오늘밤도 아니겠지. 이젠 죽는 것은 두렵지 않아—이 끔찍한 통증이 두렵다."

켈리는 견딜 수가 없었다. 그녀는 울기 시작했다.

"제가 도와드릴 수만 있다면."

"그럴 수 있어. 조를 돌보겠다고 약속해 주면 된다."

"그럴게요. 전에도 말씀드렸다시피. 늘 살 곳을 마련해 드리고……."

"그런 얘기가 아니다. 조가 노숙자가 되거나 굶주리지 않으리라는 건 알아. 그 점은 내 알아서 했다. 내 말은 다른 뜻이야. 조를 돌봐다오. 그가 진짜로 볼드윈 브릿지의 영웅이라는 점을 이해시켜. 조는 나보다 열 배, 아니 백 배는 된 남자다, 켈리. 왜 시벨이 그를 사랑할 수 없었는지, 왜 대신 나와 사랑에 빠졌는지 이해할 수가 없어."

켈리는 아버지가 나이 스물셋, 육군 제55사단에 입대하기 직전에 찍은 사진을 본 적이 있었다. 그는 카메라를 향해 미소지었고, 그의 눈은 생명력과 장난기로 춤추고 있었다. 조 역시 미남이었지만, 찰스에겐 마법적인 분위기가 있었다. 여든 살인 지금에조차 그는 그것을 지니고 있었다. 심지어그 옛날 술을 마시고 잔혹한 말을 일삼았을 적에도, 그때조차 그 불꽃은 완전히 꺼지지 않았다. 그녀는 그 시벨이 찰스를 택했다는 데 놀라지 않았다. 설령 조가 있다 해도

"내가 아는 건 이것뿐이다. 들어 보거라. 듣고 있냐?"

"네, 저 여기 있어요."

"여기 있는 건 알아. 하지만 듣고 있어?"

"지금 얘기하실 필요 없어요."

그가 하려는 말을 듣고 싶기는 해도, 그녀는 그가 지금 말하기 힘드리라는 걸 알고 있었다.

"이쪽이 낫다. 게다가 네가 알아야 해. 중요한 거니까, 켈리. 사랑할 사람

을 고를 수는 없다. <아니, 난 당신을 사랑하지 않겠어. 그래, 당신을 사랑하겠어> 이런 식으로 말할 수는 없어. 시벨과 조를 만났을 때, 난 그가 그녀를 사랑한다는 걸 알고 있었다. 그리고 일주일 후, 아니 아마 그 전에 나역시 그녀를 사랑하게 되었지. 다만, 난 결혼한 몸이었어. 내겐 아이가 있었다. 시벨 또는 누구든 제니 외의 사람과 사랑에 빠져선 안 되었다. 하지만 일은 그렇게 되었고 나로선 막을 수가 없었어. 그리고 시벨 역시 내게끌렸지—난 아직도 이유를 모르겠다. 난 옳은 일을 하려고, 그녀와 거리를두려 몹시도 애썼지만 결국엔 실패했지. 자유롭게 그녀를 사랑하기 위해서라면, 평생을 그녀와 함께 보내기 위해서라면 난 악마에게라도 영혼을 팔았을 거다. 그녀를 그만큼이나 사랑했어. 그렇게나 깊이, 그렇게나 강하게.”

그는 한동안 침묵했고, 켈리는 그가 복용한 약이 통증에 작용하기를 빌었다.

“다만 처음엔 난 그걸 인정하기를 거부했다. 일주일 넘게, 내 실패에 파묻혀 있었지—내가 이 경이로운 감정을, 이 사랑을 받아들이면, 내 아내에게, 조에게 상처를 주게 되리라는 사실에. 하지만 결국 나 자신과 시벨에게더욱 상처를 주었다. 우리가 함께 했던 그 소중한 시간들을 낭비했으니까. 시벨은 그녀의 남편과 아이가 죽던 날, 그들에게 아침을 만들어주었지만같이 앉아 그들과 함께 먹을 시간을 내지 않았다고 말했어. 남은 평생 그들과 함께 할 시간을 좀더 냈더라면 하고 안타까워할 거라고 했지. 아들이 포리지를 먹는 광경을 지켜봤더라면, 남편에게 작별키스를 했더라면. 그냥젖은 천으로 아이 입을 닦아주는 대신 꼭 끌어안았더라면 하고 그녀는 그들이 부엌을, 그녀의 인생에서 떠나버리기 전에 사랑한다고 말했더라면 하고 안타까워했어. 그녀는 내게 그 모든 것을 말했다.”

찰스는 켈리에게 말했다.

“난 그래도 이해하지 못했지. 너무 늦은 다음에야……”

그는 긴장을 풀기 시작했다. 그가 기대오는 것을 보고 켈리는 알 수 있었다. 그녀는 그를 눕히고 이불을 덮어주었으나, 나가지 않았다. 그의 옆에 앉아 손을 잡고 부드럽게 머리칼을 쓰다듬어 주었다.

"55사단을 박살내려는 독일군의 계획을 알아낸 날 밤이었지."

그의 목소리는 좀더 부드럽고 약해졌지만 계속 얘기하고 싶어하는 듯했다. 그리고 그녀는 이 이야기를 듣고 싶었다. 아버지가 그녀에게 마음의 충고를 주고 있다. 믿어지지 않았다. 그녀가 가능하리라 바랐던 것 이상이었다.

"그보다 일주일쯤 전 나는 다시 다리를 다쳤지만 마침내 여행할 수 있을 만큼 건강해졌지. 생 엘레느를 떠나 전선을 넘어 55사단으로 돌아갈 참이었어. 조가 갈 수 있는 데까지 날 바래다주기로 했었지. 난 시벨에게 작별인사를 하지 않았다. 그녀와 얘기를 나누면 내가 얼마나 그녀를 사랑하는지 인정하게 되리라는 걸 아마 알고 있었던 것 같아. 제정신이 돌아오면 지키지 못할 약속을 그녀에게 하게 될까 두려웠지."

찰스는 켈리에게 슬프게 미소지었다.

"난 제정신이 돌아오리라 믿어 의심치 않았거든. 하지만 그렇지 않았다. 결코. 그래서 우리, 조와 나는 어둠이 내린 직후 생 엘레느를 떠났다. 맑고 따스한 밤이었고, 우린 조와 시벨 둘 다 종종 이용했던 숲속의 오솔길을 따라 북서쪽으로 향했지. 한 걸음 한 걸음마다 난 생각했다. 어떻게 떠나겠는가? 어떻게 아무 말도 하지 않고 가버릴 수 있을까? 최소한 한 번 더 그녀의 얼굴을 보지 않고 어찌 볼드윈 브릿지로 돌아갈 수 있을까? 그러다가 내가 알고 있었던 게 틀림없다고 깨달았다. 난 일부러 작별인사를 않고 떠났던 거야—그래서 미국으로 돌아가기 전에 생 엘레느로 돌아와야만 하게끔. 난 시벨을 다시 만날 거다. 그리고 바로 그때, 돌아간다는 생각에 가벼워지고 기쁨으로 가득한 마음으로 내가 그 모든 상황에도 불구하고 그녀를 사랑한다는 것을 알았지. 프랑스에서의 시련 내내 그렇게나 자주 얘기했고 돌아가기를 갈망하던 볼드윈 브릿지에 있는 집—이 집도, 내 재산도, 가족도, 아내도, 내 인생도 그 모든 것은 내가 시벨과 발견한 사랑에 비하면 아무것도 아니었어."

그런 다음 그는 눈을 감은 채 아무 말이 없었다. 아버지가 잠들었기를 원하면서도 동시에 켈리는 아버지가 그냥 잠깐 쉬는 것뿐이기를 바라는 자신을 발견했다.

"무슨 일이 있었나요? 왜 프랑스에 남지 않았죠, 아빠?"

이제 그가 복용한 약이 듣기 시작했다. 그것도 잘. 눈을 떠서 그녀를 올려다볼 때, 그는 그녀를 뚫고 저 너머를 보는 듯했다. 마치 과거 그 모든 세월을 볼 수 있는 것처럼.

"조와 내가 12킬로미터도 채 가기 전에 시벨이 우리를 따라잡았다. 그녀는 내내 달려서 우리를 쫓아왔지만, 그래도 우릴 찾았을 때 내 뺨을 호되게 갈길 만큼의 기운이 있었지. 물론 난 그녀에게 키스했어. 그녀는 무척이나 화가 나 있었지만 난 그녀에게 키스하고 내가 깨달은 모든 걸 말했지. 전쟁이 끝난 다음 생 엘레느로 돌아오겠다고. 그녀를 사랑한다고. 그녀를 위해서라면 무엇이든 하겠다고. 죽을 수도 있다고."

그녀의 아버지는 나직한 웃음소리를 냈고 그의 눈은 여전히 너무나 먼 곳을 응시하고 있었다. 켈리는 아버지가 그녀—그의 시벨을 보고 있음을 알았다.

"그녀는 울었어. 그리고 내가 자길 위해 죽는 건 절대 원치 않는다고 말했지. 그런 건 허락하지 않겠다고. 절대로."

그는 고개를 설레설레 저었다.

"불쌍한 조. 거기 서서 우리가 사랑을 고백하는 걸 듣기란 고문이었을 거다. 나만큼이나 그녀를 사랑했는데. 어쩌면 훨씬 더. 하지만 그러곤 시벨은 왜 우릴 따라왔는지 말했어. 내 뺨을 갈기기 위해서가 아니었다. 비록 그럴 기회를 반기긴 했지만. 그녀는 임박한 독일군의 반격에 대해 말했어. 공격에 대해 설명한 서류를, 해뜨기 전에 연합군의 손에 들어가야 하는 서류를 전하려 왔지. 그래서 갔다. 우리 셋이. 전선을 향하자 사방팔방에 독일군들이었지. 지극히 위험했다. 내 평생 그렇게 두려웠던 적이 없었어."

그의 목소리가 떨렸다.

"그러다 조가 부상을 입었고, 상황은 점차 악화되어갔다. 조로 인해 발걸음이 늦춰졌지만 그냥 그를 버려둘 수는 없었어. 어떻게 그를 버릴 수 있겠냐? 우린 마을을 지나 이동했지. 지금껏 그곳의 이름조차 모르지만, 집은 모조리 돌무더기가 되어 길을 지나기란 불가능했다. 우린 그곳에서 궁지에 몰렸다. 독일군 순찰을 피해 폐허 속에 숨어 있었지. 그들은 곧장 우릴 향해 다가오고 있었다. 끝장이야. 난 끝났다는 걸 알았어. 하지만 권총을 뽑아들고 있었다. 죽을 땐 죽더라도 가능한 한 많은 숫자를 같이 데려갈 심산이었고, 그때 같아서라면 그럴 수 있었을 거다. 그들을 모조리 죽이고 우린 빠져나갈 수 있었겠지. 그들은 자동소총을 가지고 있었고 나에겐 조그만 루거 권총뿐이란 사실 따위는 신경쓰지도 않았어. 하지만 내겐 그럴 기회조차 없었다. 왜냐하면 시벨이 내게 그 서류와 그녀의 권총 월터 PPK를 넘겼으니까. 난 이해하지 못했어. 맙소사, 난 정말 바보였다."

그의 눈에는 눈물이 고였고, 켈리는 목이 꽉 메었다.

"그녀는 내게 키스했어."

그가 나직이 속삭였다.

"내 눈을 들여다보고 말했지. <사랑해요> 그리고는 내가 막기도 전에 뛰어나갔다. 우리가 왔던 길로, 있는 힘껏. 그리고 그녀는 빨랐어."

입술이 떨리고 눈물 한 방울이 넘쳐 그의 핏기 없는 뺨을 흘러내렸다.

"독일군들이 그녀를 뒤쫓았다. 그들이 총을 발사했지. 난 그녀가 총에 맞는 것을, 그녀가 쓰러지는 것을 보았다. 그녀가 죽었다는 것을 알았지. 그냥 그렇게, 죽어버렸어! 하지만 또한 빨리 이동하지 않으면 서류와 조를 안전하게 옮길 수 없다는 것도 알았다. 그녀는 내가 그렇게 할 수 있도록 죽었고, 그래서 난 그렇게 했다. 오늘 이때까지, 내가 어떻게 해냈는지 알 수가 없어—독일군들을 피하면서 조를 전선 저쪽으로 데려가는 것을. 난 사람 눈에 띌 장소에 그를 두고, 그 서류들이 제대로 전달되도록 조치했지. 그런 다음 총을 잡고 전투에 참가했다. 아마 죽으려고 했던 것 같지만 죽지 않았어. 정말로 죽고만 싶었다. 전쟁이 끝나고 나서야 조가 간신히 날 찾아내었지. 그는 자신이 혼자 힘으로 전선을 건너지 않았다는 걸 알고 있었으나, 명예훈장 건으로 사람들이 왔을 때 난 거기에 있었다는 사실을 부인했어. 난 그걸 원치 않았거든. 내겐 그걸 받을 자격이 없었다."

그는 한동안 조용했고 켈리도 마찬가지였다. 그녀가 할 수 있는 말이란 아무것도 없었다.

"오랫동안 난 조를 미워했다—부상을 입은 것 때문에, 우리 발목을 잡아 궁지에 몰리게 한 것 때문에. 그 일로 그를 결코 용서하지 못했어. 시벨도 용서하지 못했지."

켈리는 부드럽게 물었다.

"아버지 자신은요? 자신은 용서하셨나요?"

그는 고개를 저었다.

"시벨이 준 삶으로 내가 뭘 했나 봐라. 56년간, 난 그녀가 기대한 모습대로 살지 못했어. 난 그녀의 영웅이었지. 허나 고향으로 돌아오고 어린 찰리가 죽은 후로 제니와의 결혼조차 지키지 못했다. 2번 더 결혼했고, 둘 다 완전 실패였지. 영웅은 무슨 놈의 영웅. 데크에 앉아 죽을 때까지 술을 들이키는 게으른 개자식이지. 시벨은 내게 그 무엇보다 귀중한 선물을, 생명이란 선물을 주었어. 그런데 난 여기 이 침대에 누워, 내가 이룬 유일하게 훌륭한 존재를 보고 있지. 그리고 그건 어쩌다 우연히 이루어진 일이야. 켈리, 넌 굉장한 여자고 무척이나 널 자랑스러워하고 있다만, 지금의 네가 있기까지 내가 해준 일이라곤 하나도 없어."

켈리는 말할 수가 없었다. 눈에 고인 눈물 때문에 제대로 볼 수조차 없었다.

"사랑한다. 너와 시벨을. 내 평생토록. 만약 그녀가 살았다면, 그녀와 함께 있기 위해 내 미래를 포기했을 거다. 제니의 슬픔과 분노를 견뎌냈을 거야. 아버지의 수치를 상대했을 거야. 그 무엇이라도 했을 거다. 내 최대의 두려움을 직면했을 거다. 사랑하는 사람을 고를 수는 없다, 켈리, 하지만 그걸 헛되이 떠나보낼 순 있어. 도대체 누가 그걸 헛되이 버리고 싶어하겠느냐?"

그의 눈이 감겼다. 그의 숨결은 느리고 고르게 변했다. 그는 고통—육체적인 고통에서 풀려났다. 최소한 지금은.

21

8월 14일.

교통상황은 엄청났다. 켈리는 약국까지 남은 거리를 걸어가 아버지의 새 약을 받아오려 극장 옆 주차장에 차를 세웠다.

볼드윈 브릿지는 평소의 여름 관광객들과 내일의 55사단 행사를 위해 몰려든 사람들로 넘쳐나고 있었다. 마리나 역시 붐볐다. 돛단배와 요트로 들어오는 사람들이 많았다. 그리고 더욱 많은 사람들이 화창한 날씨를 맞아 놀러나와, 항구 입구에는 작은 보트들이 넘쳐났다.

저기 호텔 옆엔 내일 아침 일찍 잔디밭에 놓을 접이의자를 실은 컨테이너들이 보였다. 인부들이 고위인사들을 위한 임시연단을 가설중이었다. 그리고 한쪽으로, 실 팀 차량이 길가에 세워져 있었다. 탐과 그의 친구들이 고성능 감시장비를 설치한 짙은 창문의 밴.

그럼 다들 저기 있는 거로군.

켈리는 오늘 아침 조용한 빈 집에서 깨어났다. 그렇게나 힘겨운 밤을 보낸 찰스조차 그녀가 아래층으로 내려가 보니 나가고 없었다.

그녀는 실망했다. 탐을 볼 수 있기를 바랐었다. 탐을 보고 싶었다.

하지만 그의 임시 사무실은 비어 있었다. 어젯밤 그녀가 몰래 별채로 숨어들었을 때 그의 침실이 비어 있었던 것처럼. 그를 찾기를 바라며, 그에게 말하고 싶어서…… 무엇을? 그녀는 아직도 알지 못했다.

그녀가 아는 것은 그와 함께 있고 싶다는 것뿐이었다. 그의 곁에 있고 싶었다. 그리고 지금 그녀는 그를 돕고 싶었다. 그녀가 할 수 있는 방법으로.

그녀는 밴을 향해 다가가, 뒷문을 노크했다.

짙게 색을 입힌 유리 너머로 무슨 움직임을 감지했지만 문은 열리지 않았다. 아무것도 움직이지 않았다.

그녀는 다시 노크했다.

"애시튼 선생님이에요."

맬러리의 목소리가 크고 또렷하게 탐의 헤드셋으로 들려왔다.

켈리.

"무엇 때문에?"

탐의 대꾸에 항구 관리소 데크에서 망보기를 맡은 찰스의 목소리가 무선을 통해 전해졌다.

"만약 그 애가 똑똑하다면 자네를 찾고 있겠지. 그렇게 똑똑하지 못하다면 나를 찾고 있겠고."

"무선잡담은 최소한으로 합시다, 여러분."

재즈의 목소리가 끼어들었다.

"왜 그러는진 모르겠어요."

맬러리가 보고했다.

"안으로 들여요?"

"그래."

탐은 초조함과 짜증으로 목소리를 높이지 않으려 애썼다. 그래, 들여보내. 주차된 밴 앞에 켈리가 서서 노크하면 사람들의 주의를 끌 뿐이니까.

"빨리 들어오게 해. 그 다음엔 문 닫고."

그는 문이 열리는 소리를, 켈리의 목소리를 들었다.

"안녕, 맬러리. 여기서 뭘 하니?"

"데이빗과 전 탐을 돕고 있어요."

“오, 안녕, 데이빗. 잘 지냈어? 어머, 머리 스타일 멋지다.”

“고맙습니다. 맬이 잘라줬어요.”

“들어가도 될까?”

“네, 탐이 들어와도 된댔어요. 얼른요.”

탐이 기가 차 스타렛을 쳐다보고 눈을 굴리는 동안 마침내 문 닫히는 소리가 났다.

“맬, 켈리가 내 말을 들을 수 있게 스피커로 좀 바꿔줄래?”

“밴의 스피커가 잘 작동하지 않거든요.”

데이빗이 대답했다.

“하지만 여기 여분의 헤드셋이 있으니 이걸 쓰시면 되겠는데요.”

“잘됐다. 그걸 그녀에게 주겠어?”

“탐?”

켈리의 목소리가 말했다. 데이빗은 제법 재빨랐다. 이미 그녀에게 헤드셋을 준 것이다.

“무슨 일이야, 켈리?”

그는 목소리를 담담하게 내려 애썼다. 아무렇지도 않게. 그가 그녀에게 사랑한다고 말한 다음 그녀가 도망쳐서 숨어버림으로써 그의 마지막 희망을 산산조각내지 않은 것처럼. 그녀가 어제 종일 그에게서 멀찍이, 멀찍이 거리를 둔 것을 딱히 눈치채지 못한 것처럼. <나도 당신을 사랑해요>가 아니라.

“뭐 필요한 거 있어?”

“어디 있어요? 가깝게 들리는데.”

“가깝지. 호텔에 있어.”

“로크는 교회 탑에서 104호를 감시하고 있어요.”

맬러리가 켈리에게 말했다.

“재즈와 샘은 탐을 도와 방마다 수색중이고요. 폭탄을 찾으러.”

맬러리는 너무나 쉬운 듯이 말하고 있었다. 마치 그들이 방마다 노크하고 방에 폭탄이 있을지도 모른다고 설명한 다음, 지나치게 폐가 되지 않으면 좀 들여다봐도 되냐고 묻고 다니는 것처럼.

아니, 그들은 비밀리에 해야만 한다. 스타렛은 근사한 수트로 쫙 빼고, 머리를 뒤로 넘겨 가죽끈으로 묶고, 손가락에 반지를 낀 채 약간은 나긋나긋한 호텔 종업원 역을 맡고, 여름 정복으로 위풍당당하게 차려입은 재즈는 내일 행사를 위한 예비보안을 나온 것으로 가장했다. 재즈 자퀘트 중위는 심지어 들어오는 길에 데스크 직원에게 자기 소개까지 했다.

탐은 반바지 위에 재즈가 어디서 구했을지 아무도 모를 권총을 가리기 위한 커다란 셔츠를 입었다. 오늘 오전 그가 할 일은 사람들이 나가고 없는 방을 수색하는 것이었다.

지금까지는 괜찮았다. 그들은 3층에 있었다. 앞으로 두 층. 그리고 위로 올라갈수록 폭탄을 발견할 확률은 줄어든다. 머천트 정도의 경험과 지식을 지닌 사람이라면 4층에서의 폭발은 1층에서보다 훨씬 건물에 손상이 적다는 것을 알 터였다.

하지만 어제 탐은 머천트가 카트 한가득 짐을 싣고 체크인했지만 104호에는 작은 수트케이스 하나뿐이라는 걸 깨달았다. 나머지 짐들이 다른 방이 아니면 어디 있겠는가?

탐은 재즈와 스타렛에게 4층으로 올라가자고 신호하고 복도 제일 끝의 방에 들어갔다.

"호텔 자체에 폭탄이 있을 가능성은 적다고 생각했는데요."

켈리의 목소리는 마치 그녀가 바로 옆에 서서, 그의 귓가에 속삭이는 듯이 들려왔다.

"그 사람의 특기는 차량폭탄이라면서요."

방은 어린아이가 딸린 가족이 쓰는 것처럼 보였다. 아기 장난감이 사방에 널려 있었다. 하지만 그렇다고 탐이 철저히 수색하지 않는단 뜻은 아니었다. 만약 그가 폭탄설치를 계획하는 테러리스트라면, 그 역시 깨물고 노는 엘모 인형과 색색의 블록을 바닥에 흩어놓을 것이다.

"오늘은 호텔을 수색해."

탐은 효율적으로 방을 돌아다니며 그녀에게 말했다.

"오늘밤하고 내일은 주차장에 나가 있을 거야."

"내가 도와줄 일 없어요?"

"별로."

그는 무덤덤하게 말했다.

"원한다면 맬과 데이빗하고 있어도 돼. 그 애들을 도와 밴을 맡아. 하지만 그 애들에게 말했듯이, 어떤 상황이든 호텔 안으로는 들어오지 마."

"난 당신과 얘기할 기회를 바라고 있었는데. 언제 좀 쉴 건가요?"

"수요일."

그녀가 그와 얘기하고 싶단다. 끝내주는군. 월말에 그가 떠날 때까지 서로 거리를 두는 게 아무래도 최선이리라는 말을 하고 싶은 거겠지. 그에게 상처주고 싶지 않다고 하겠지.

"진담이에요? 지금부터 그때까지 한 번도 쉬지 않고……."

"그래."

그는 호텔방에서 나와 문이 제대로 잠겼는지 확인했다. 375호는 깨끗했다. 그는 목록에 작은 표시를 하고 도로 주머니에 찔러넣었다.

"화장실도 안 가요? 내가 들어가서 당신이 소변 보는 동안 잠깐 얘기할 시간도 없어요?"

"켈리, 난 지금 좀 바빠."

그는 딱딱하게 말했다.

"유머는 나중을 위해 아껴 두지?"

그녀가 목소리를 낮췄다.

"내가 처음부터 틀렸다는 말을 수요일까지 기다렸다가 하고 싶지 않아요 우리 사이는 단지 섹스만이 아니에요 하지만 난 겁이 났어요, 탐. 아직도 겁이 나지만, 어젯밤 당신을 찾으러 갔는데 당신이 없었던 이후, 이제 당신을 잃는 쪽이 더 두려워요"

"음, 켈리……."

그녀는 목소리를 더욱 낮췄다.

"당신이 그리워요 우리가 함께 보내던 시간도 당신과의 대화도 그리워요. 믿든 말든 간에, 난 당신과 대화하는 것도 그것만큼이나 좋아……."

탐은 서둘러 말을 잘랐다.

"그래, 네가 뭘 좋아하는지 알아. 그리고 이제 팀 전체가—너희 아버지까지—들었으니……."

"뭐라고요?"

"모두들 듣고 있다고."

그는 웃음을 참지 못하고 말했다. 맙소사. 그녀가 그에게 할 만한 말 중에, 그는 이것만은 결코 예상치 못했다. 그리고 그녀가 아주 민망하게 되리란 사실에도 불구하고, 그는 기뻤다. 그건 '나도 당신을 사랑해요'는 아니지만 지금으로선 충분했다.

"이건 개방된 회선이야."

켈리도 웃음을 터뜨렸다.

"오, 세상에, 정말로요?"

"제발 그만두지 마시죠."

스타렛의 목소리가 느릿하니 울려왔다.

"개인적으로, TV드라마보다 백만 배는 더 재미있는데."

"고맙다. 하지만 아마 다 말했을 거야."

탐은 건조하게 말했다.

"아뇨. 당신을 사랑한다는 말이 남았어요."

켈리가 말했다.

"보셨죠? 안 끝났다잖습니까."

"수요일까지 기다렸다 말하고 싶지 않았어요."

켈리가 덧붙였다.

"그래도 수요일에 했으면 남들 다 듣는 발표가 되지 않았을 텐데."

탐은 지적했다. 그녀가 그를 사랑한단다. 그는 기뻐해야 할지 죽도록 두려워해야 할지 알 수가 없었다.

"누가 듣든 상관 안 해요."

그녀가 격하게 말했다.

“난 당신을 사랑하고, 그건 근사한 일이에요.”

마치 아직 그녀 자신에게 그 사실을 설득하려는 것처럼 들렸다. 탐은 그녀의 기분이 어떤지 정확히 알았다.

“내 말은,”

그녀가 말을 더듬었다.

“당신도 아직 나를 사랑하고 있다면…….”

침묵. 쥐죽은 듯한 침묵만이 흘렀다.

탐의 대답을 기다리는 영원과도 같은 시간 동안 켈리는 확 달아올랐다 차가워졌다 달아올랐다 했다.

“1시간 반 후에 쉬는 시간을 갖기로 하면 어떨까?”

그가 마침내 말했다.

“4층을 다 끝낸 다음에?”

“미안해요, 당신을 창피하게 할 생각은 없었는데.”

“창피하지 않아. 그냥 좀더 조용한 자리에서 얘기를 계속하고 싶은 거지.”

“좋아요. 그럼 1시간 반 후에…….”

“탐, 소형 상업용 헬기가 호텔 옥상으로 접근하고 있습니다.”

로크의 침착한 목소리가 끼어들었다.

“그 위에 뭔가 착륙장이 있는지?”

“누구 아는 사람?”

탐이 물었다. 그의 목소리는 즉각 지휘관의 그것으로 바뀌어 있었다.

“네, 손님들이 타고 내릴 수 있는 옥상 착륙장이 있어요.”

데이빗이 말했다.

“이 헬기엔 조종사 하나뿐입니다.”

로크가 보고했다.

“아마 손님을 태우러 오는 모양입니다.”

“복도에서 움직임 포착.”

스타렛이 나직이 말했다.

"탐, 눈에 띄지 않게 피하십시오. 재즈는 415호에 있고, 검은머리의 남자가 435호에서 작은 여행용 가방을 들고 나옵니다. 생긴 게 꼭…… 떴다, 떴다. 그자입니다."

탐이 한번에 3칸씩 계단을 뛰어올라가는데 스타렛이 하는 말이 들렸다.
"실례합니다, 라코프스키 씨……."
"제길, 안 돼, 샘. 정체가 탄로나잖아."
그는 보지 못했지만 그 소리를 들었다. 3방의 총소리. 무슨 일이 벌어졌는지 그려보는 데는 별로 시간이 걸리지 않았다. 스타렛은 머천트를 라코프스키 씨라고, 그자가 1층의 미끼용 방을 체크인하는 데 쓴 이름으로 불렀고, 남자는 이미 무기를 뽑아든 채 돌아서서 발사한 것이다.
"재즈, 보고해!"
"스타렛이 쓰러졌습니다."
부지휘관의 저음이 말했다.
"의료지원 필요. 출혈이 꽤 심합니다. 머천트는 복도 저쪽으로 갔고 네, 435호에 폭탄이 있습니다. 맙소사, 문이 열리면 작동하게 되어 있던 모양이군. 타이머가 방금 내일 09시 30에서 지금으로부터 20분 후로 바뀌었습니다. 수제지만 더럽게 큽니다. 누가 이 건물에 대피령을 내리는 게 좋겠습니다. 이 장치들을 전부 뚫고 시간 내에 폭발을 막을 수 있을지 장담 못해요"
"의료지원이 올라가요"
맬러리의 목소리가 파고들었다.
"켈리가 샘을 도우러 올라가겠대요"
"안 돼!"
탐은 4층을 지나 옥상으로 향하며 고함쳤다.
"젠장할, 켈리에게 밴에 가만히 있으라고 해!"
"하지만 벌써 나갔는 걸요."
"제길! 재즈, 와일드카드를 연결해."
탐은 명령을 내렸다.

"그는 대기중이야. 그의 도움을 받아 무슨 수를 써서든 폭탄을 처리해. 맬, 경찰에 연락해. 우리가 진짜를 찾았다고. 로크, 만약의 사태에 대비하라."

"늘 준비중입니다."

그는 옥상으로, 골을 쪼갤 듯이 환한 아침 햇살 아래로 뛰쳐나갔다. 무기를 뽑아들고 다른 연결문을 향해 달렸다.

그리고 그가 거기 있었다. 머천트.

그는 탐을, 그의 무기를 보고 자신의 총을 들어올렸다. 다만 약간 늦었다. 탐은 그걸 축구 결승골마냥 세게 그의 손에서 걷어차냈다. 총은 열려 있는 연결문을 향해 휘익 날아갔다. 탐은 그것이 계단을 구르는 소리를 들었다. 골!

하지만 머천트는 벌써 서류가방을 휘두르고 있었고, 그게 탐의 옆머리를 호되게 치고 그 다음 그의 오른쪽 손목에 맞았다. 그의 무기도 떨어지자 머천트가 그걸 잡으러 몸을 날렸다.

켈리는 4층으로 향하는 계단을 올랐다. 스타렛이 총을 맞았다. 제발, 하나님. 가슴이나 얼굴 같은 데 맞지 않았기를…….

그는 바닥에 쓰러져 어깨의 총상으로부터 피를 쏟고 있었다. 6센티미터만 더 아래였어도 그 총알은 그의 심장을 맞혔으리라. 6센티미터만 더 아래였으면 이 남자는 죽었을 것이다.

그는 의식불명이었고, 켈리는 그의 머리에도 피가 묻어 있음을 보았다. 두 번째 총알이 그의 관자놀이를 스쳐간 것이다. 그녀는 그의 헤드셋을 벗겨 썼다. 지금으로선 샘보다 그녀한테 훨씬 유용했다.

435호의 문은 열려 있었고 그녀는 출혈을 막는 데 쓸 수건을 가지러 안으로 들어갔다가 폭탄을 보고 우뚝 멈춰 섰다.

하나님 맙소사, 탐이 처음부터 옳았다. 총을 든 남자를 쫓고 있을 탐이. 제발, 하나님, 그를 무사히 지켜주세요!

"17분 남았고 카운트다운 진행중이야."

재즈가 호텔 전화로 누군가에게 어두운 어조로 말하고 있었다.

“그대로 묘사하려 노력해 보겠지만 자네가 직접 볼 수만 있다면 오죽 좋겠어.”

데이빗은 등을 곧추세웠다. 자퀘트 중위는 저 멀리 캘리포니아에 있는 와일드카드가 435호의 폭탄을 볼 수 있기를 원하고 있다.

할 수 있다. 도울 수 있다. 그의 인터넷 카메라로. 그의 노트북 컴퓨터로. 그는 밴의 문을 열었다. 그리고 맬러리에게 말했다.

“아무 데도 가지 마. 여기 있어, 알았지?”

“하지만……”

“난 가져올 게 있어.”

그렇게 말하고 데이빗은 집을 향해 뛰었다.

맬러리는 통화를 할 수가 없었다. 휴대폰으로 911에 걸었으나 계속 전화가 끊겼다.

아무 데도 가지 마. 밴을 나가면 안 돼.

원래 그 규칙은 그녀 자신뿐만 아니라 데이빗과 켈리에게도 적용되는 것이었다. 그럼 왜 그녀 혼자 여기에 멍청이마냥 앉아 있어야 하지?

그녀의 임무는 폭탄에 관해 경찰에 알리는 것이었다. 호텔에서 사람들을 대피시켜야 한다. 지금으로부터 15분 후 폭탄이 터지기 전에.

젠장할. 휴대폰이 터지지 않는데 무슨 수로 누구에게 알린단 말야? 그녀는 헤드셋 마이크를 끄고 밴을 나와 호텔을 향해 달렸다.

놀라웠다. 잔디밭에는 프리스비(원반 모양의 놀이기구)를 던지며 노는 사람들이 있었고, 인부들은 연단을 만들고 있었다. 그리고 호텔 로비는 늘 그랬듯이 번쩍거리고 ‘너 같은 것들에겐 너무 품격이 높지’ 식의 콧대 높은 분위기였다.

이 상황을 바꿔야 한다, 그것도 빨리.

프론트 데스크에 내선전화가 있었다. 경비 카운터로 통하는 전화. 하지만 허리에 총을 찬 경비원이 선물가게에서 일하는 여자와 잡담을 나누고 있었다. 맬러리는 그의 앞에서 후닥닥 멈춰 섰다.

"호텔 안에서는 뛰지 마라."

그가 엄하게 일렀다.

"그래요? 15분 안에 폭탄이 터진다면 어때요?"

경비원은 더더욱 엄해졌다.

"폭파위협은 중죄야. 설령 농담이라 해도."

"위협이나 농담이 아니에요, 잭. 435호에 있다구요. 당장 건물에서 사람들을 대피시켜야 해요."

"파올레티, 맞지?"

그가 눈초리를 가늘게 하며 말했다.

"그래, 기억난다. 앤지 파올레티의 딸이지. 알겠지만 탐 파올레티가 무슨 테러 위협이 어쩌구 하는 헛소리를 한다는 연락을 받았다. 좀 도와주는 셈 치고, 네 미치광이 삼촌을 데리고 집에 가거라."

"진담이에요. 아저씨."

맬러리는 공손하게 나가는 전략을 동원했다.

"제발, 최소한 435호에 올라가 보기라도……."

"10초 줄 테니 여기서 썩 꺼져. 경찰을 부르지 않고 보내주는 유일한 이유는 네 어머니와 친구라서다."

"친구라. 그러시겠지. 당신 아내는 알아?"

그는 그녀를 잡으려 손을 뻗었지만, 그녀는 이미 사라진 후였다.

찰스는 항구 관리소 앞 데크의 난간을 움켜쥐고 서 있었고, 그 옆엔 조가 있었다.

"뭐가 보이나? 알리사, 제발. 그 개자식을 쏴버려."

"탐과 머천트가 싸우고 있어요."

알리사 로크가 교회탑 위에서 알렸다.

"육박전으로. 정말이지, 확실하게 겨냥할 수만 있다면야……."

"켈리, 어디 있나?"

찰스가 말했다.

"여기요."

데이빗이 노인에게 대답했다.

"샘이랑 같이. 선생님의 무선 헤드셋의 마이크가 망가졌어요. 수신은 되지만 발신은 안 돼요."

데이빗은 쓰러진 실을 넘어가며, 켈리가 남자의 어깨에 누르고 있는 수건을 적신 피를 보지 않으려 애썼다. 맙소사, 샘 스타렛이 총에 맞았다. 밴에서는 전부 연극처럼만 느껴졌지만, 그게 아니었다. 이건 진짜다.

"나가."

탐의 목소리가 데이빗의 헤드셋에서 소리쳤다.

"그녀를 거기서 내보내, 당장!"

"샘을 두고는 안 가요."

켈리는 차분하게 말했다.

"벌써 피를 너무 많이 흘렸다구요."

데이빗은 그녀의 말을 전달하며 그의 노트북과 카메라를 435호로 들여갔다.

거기 그것이 있었다. 폭탄.

그가 TV나 영화에서 본 폭탄들보다 훨씬 덜 노골적이었다. 분초가 카운트되는 타이머가 달려 있었다. 13분 47초가 남아 있었다. 46. 45. 44.

재즈는 땀을 뚝뚝 흘리고 있었다. 호텔 수화기를 턱 아래에 끼우고 모든 전선들을 살피고 있었다.

"맙소사. 전선들이 모두 같은 색이잖아요. 어느 게 어느 건지 어떻게 알아요?"

재즈는 데이빗을 흘끗 쳐다보았다.

"그래, 그래서 뭐? 우리가 이 빌어먹을 것을 해체하기 편하게끔 머천트가 색색의 전선을 썼을 거라 생각하기라도 했나?"

"하지만 영화에선……."

재즈는 그에게 사람을 움찔하게 하는 표정을 지었다.

데이빗은 노트북을 켰다.

"제 인터넷 카메라를 가져왔어요. 와일드카드가 이 폭탄을 볼 수 있길 바란다고 하셨죠. 음, 이젠 보여줄 수 있어요."

그 무시무시한 표정이 확 사라졌다.

켈리는 기도했다. 하나님, 부디 샘을 살려봤자 둘 다 폭발에 날아가고 말게 하진 말아주세요. 하나님, 탐을 무사히 지켜주세요.

그녀는 로크가 교회탑에서 탐과 머천트의 싸움을 묘사하는 것을 들을 수 있었다.

"정확한 조준이 불가능합니다."

로크는 계속 그렇게 말하고 있었다.

"둘이 온통 엉켜 있어요. 어떻게 손쓸 수가 없습니다."

그리고는 "어어." 하고 말했다.

"문제가 생겼습니다. 조종사가 헬기에서 나왔고 총을 들고 있습니다."

그녀의 목소리는 바짝 긴장되어 있었다.

"명령을 내려주십시오."

탐은 아무 말이 없었다. 켈리는 샘의 어깨를 압박하며 탐의 침묵이 좋은 뜻이 아님을 알았다.

맬러리가 로비 한가운데로 달려가 테이블 위에 올라섰을 때 총성이 울렸다. 그녀는 갑작스런 정적을 틈탔다.

"실례, 부자 여러분, 잘 들어요! 이 호텔 435호에는 폭탄이 있고 12분 후에 폭파하도록 설정되어 있어요! 방금 여러분이 들은 그 소리는 총소리고 누가 경찰에 전화 좀 해요. 그리고 살고 싶은 사람들은 얼른 지갑을 챙겨들고 문으로……."

그녀는 누가 자신을 붙잡아 끌어내렸는지 보지 못했다. 누구든 간에, 그녀는 자신의 입을 막은 손과 그녀의 가슴께를 끌어안고 로비 너머 엘리베이터로 끌고 가는 방식이 영 마음에 들지 않았다.

그녀가 그의 늑골을 팔꿈치로 찌르고 손을 깨물자, 그는 그녀를 놓아주었다. 하지만 엘리베이터 문은 이미 닫혔고, 그들은 올라가는 중이었다.

그녀는 싸울 태세로 돌아섰다가, 아주 흉악스러워 보이는 권총 총구를 마주하게 되었다.

그리고 그걸 겨누고 있는 남자의 얼굴을 그녀는 알아보았다. 그녀가 찍은 머천트의 사진에 있던 남자. 테러리스트와 얘기하는 장면을 그녀가 필름에 잡은 그 남자였다. 그의 얼굴은 분노로 뒤틀려 추악했다. 그리고 그의 손등에는 탐이 말했던 그대로 으스스한 작은 눈동자 문신이 있었다.

"도대체 누구야? 당장 죽여버릴 테다!"

맬러리는 울음을 억눌렀다. 대신 턱을 치켜들고 똑바로 섰다. 나이트세이드라면 그랬을 것처럼.

"지금 항복해, 개자식. 그럼 좀 정상참작이 될 거야."

탐은 어질어질했다.

머천트는 힘이 셌고, 탐은 정신을 놓치지 않으려 그의 무기가 떨어진 자갈 옥상으로 도로 굴러가지 않으려 기를 썼다.

상대는 칼을 가지고 있을 것이 뻔하고 약간의 기회만 주어져도 망설임 없이 그의 가슴에 그 칼을 꽂으리라는 것을 익히 아는지라 탐은 머천트의 손을 잡아 누르려 분투했다.

탐이 이기고 있었다. 로크가 총을 쏘아 조종사를 헬기로 도로 몰아넣은 순간부터 우세해지기 시작했다. 조종사가 머천트를 버려두고 헬기를 띄워 떠나가자 훨씬 우세해졌다.

"잡아 누르세요, 대위님."

로크의 말이 들렸다.

"잡아 누르세요, 그럼 제가 처리하겠습니다."

말이야 실행보다 쉽지. 특히 그의 머리가 욱신거리고 평형감각이 무너진 마당에는. 그래도 탐은 머천트의 목에 팔을 감고 옥상 위로 넘어졌다. 상대

의 호흡을 차단했다. 상대가 의식이 가물가물해지는 것을, 발차기가 약해
지는 것을 느낄 수 있었다.

"11분 남았습니다."

탐은 재즈의 보고를 들었다.

"그리고 L.T., 듣고 계시다면 머천트 놈이 알람시계를 2개 산 이유가 있
을 법하단 생각이 드는군요. 빈 상자가 2개 있는데 이쪽 예술작품엔 하나
밖에 안 썼습니다. 녀석의 귀를 잡을 수 있으면 두 번째 폭탄을 어디 뒀는
지 물어보십시오."

아, 제길. 탐은 머천트를 놓고 뒤로 물러나 무기를 들고 두 손으로 남자
의 이마를 겨냥했다. 그는 몸을 일으켜 테러리스트의 늑골을 세게 걷어차
서 숨결을 되돌렸다. 머천트는 떨리는 숨을 들이쉬었다.

"일어나, 손은 머리 뒤로."

남자는 오랫동안 손과 무릎을 짚고 있는 것 외엔 아무것도 하지 못했다.
하지만 시간이 가고 있었다.

"일어나!"

"총을 내려놔."

탐은 그런 짓은 하지 않았다. 머천트에게 총구를 조준한 채 출구 쪽으로
살짝 몸을 돌렸다. 테러리스트 2호였다. 탐은 맬러리가 찍은 사진에 있던
그를 알아보았다. 그리고 아, 이런 제기랄. 놈이 맬러리를 붙들고 머리에
총을 겨누고 있었다.

"총을 놓지 않으면 여자애를 죽이겠어."

도대체 어쩌다 일이 이렇게 되어먹은 거야?

"세상에, 맬러리."

탐이 말했다.

"맬러리?"

데이빗의 목소리가 끼어들었다.

"멜, 어디 있어? 밴을 나온 거야?"

"미안해요."

맬이 말했다. 탐에게 들리지 않을 정도로 조그맣게, 그러나 그는 그녀의 입모양을 읽을 수 있었다. 그녀의 마이크가 망가졌다. 재즈에게 이 싸구려 헤드셋에 대해 한소리 좀 해야겠다, 분명히. 그녀의 뺨엔 긁힌 자국이 있었다. 틀림없이 부서진 플라스틱 조각 탓이리라. 그녀의 입술도 부어 있었다. 저 개자식이 애를 때린 것이다.

"총을, 내려, 놓으라니까."

테러리스트 2가 인내심을 잃어가고 있었다.

"제발, 탐. 뭐든 시키는 대로 해주세요."

데이빗이 4층에서 헤드셋을 통해 애원하고 있었다.

"제발 맬러리가 죽게 두지 말아줘요"

"총을 버려."

테러리스트 2가 명령했다.

만약 탐이 그렇게 하면 그들은 둘 다 죽을 것이다. 그는 머천트에게 총구를 고정했다.

"네놈이야말로 총을 버려라, 개자식. 아니면 네 두목은 끝이야. 그리고 다음 총알은 네 몫이다."

"파올레티 대위님, 오른쪽으로 약간 비켜나세요"

로크의 침착한 목소리였다. 저격용 라이플을 갖고 교회탑에 있는, 미 해군 최고의 사격수인 알리사 로크.

탐은 오른쪽으로 한 걸음 비켜났다. 그의 뺨 옆을 쉬익 지나는 총탄이 느껴졌고, 명중하는 소리와 함께 테러리스트 2는 바닥에 무너졌다.

"맬러리!"

애끓는 데이빗의 외침소리. 물론 그는 모른다. 보지 못하고 오직 총성만을 들었을 뿐이다.

맬러리한텐 온통 피가 튀었지만 그녀는 기절하지도 쓰러지지도 않았다. 테러리스트 2의 무기가 채 바닥에 튕기기도 전에 집어들었다. 그녀는 탐처럼 그걸 양손으로 잡고, 역시 탐처럼 머천트를 겨냥했다. 다만 그녀는 총구를 이마보다 훨씬, 훨씬 아래로 겨누고 있었다.

"데이빗에게 나 아직 살아 있다고 해줘요."

하지만 데이빗은 벌써 문가에 와 있었다.

"맬러리."

"날 맬러리라고 불렀어요."

그녀는 탐에게 말했다.

"방금 들었어요?"

그녀는 울고 있었다. 눈물과 콧물 그리고 피로 뒤범벅이었지만, 흔들리지 않았다.

"데이빗, 돌아가서 재즈를 도와. 난 괜찮아."

그 역시 울고 있었다.

"난…… 맙소사, 사랑해. 네가 죽은 줄만……."

맬은 미소지었다.

"알아. 가봐."

"너희 둘 다 가라."

탐은 그들에게 지시했다.

"여기서 나가. 당장."

맬러리는 고개를 저었다.

"아니, 좀더 남아서 삼촌을 지원할래. 별로 괜찮아 보이지 않는다구요, 삼촌."

"그래, 하지만 난 총을 든 쪽이야."

그는 머천트를 쳐다보았다. 2명의 머천트를. 젠장, 젠장. 그는 현기증과 싸웠다.

"두 번째 폭탄이 어디 있는지 대."

머천트의 시선이 움직였다. 그저 약간. 딱 충분할 만큼. 항구 쪽으로

그리고 탐은 일순간에 깨달았다. 개자식의 눈을 들여다보며, 그는 전체 계획을 깨달았다. 그는 이 후레자식의 머리가 어떻게 돌아가는지 알고 있었다. 4층의 폭탄은 건물에 최대 피해를 주기 위해서가 아니라, 인파를 호텔에서 멀리 밀어내는 도구로 이용하기 위한 것이다.

호텔에서 떨어져 마리나 쪽으로.

작은 보트들이 열을 지어 놓여 있는 그곳으로. 머천트가 보트 중 하나에 폭탄을 설치했다면 나머지 보트들이 줄줄이 불꽃놀이처럼 뒤이어 하나씩 터져 하늘 높이 날아갈 것이다. 마리나 전체는 미 역사상 최대의 폭발로 날아가 버릴 테고, 반경 수백 미터 안의 사람들도 함께 사라질 것이다.

머천트는 푸른 하늘을 올려다보았다. 그리고는 아무런 경고 없이 탐의 총을 향해 달겨 들었다. 하지만 탐에겐 경고가 필요치 않았다. 그는 이 남자를 너무나 잘 알고 있었다. 붙잡히느니 죽음을 택하리라는 것을 알 만큼.

그는 방아쇠를 당겨 머천트의 지나치게 길었던 삶을 끝냈다.

"로크, 조, 찰스!"

탐의 목소리가 또렷하게 찰스의 헤드셋에 울렸다.

"두 번째 폭탄은 보트에, 아마 선체 아래 물 속의 보이지 않는 곳에 있을 겁니다."

찰스는 벌써 교회 앞 잔디밭을 달리는 알리사를 볼 수 있었다. 조 역시 벌써 보트 정박지로 향하는 계단을 내려가고 있었다.

비록 찰스의 다리는 빨리 움직이지 못할지언정, 그의 머리는 여전했다. 그는 항구 관리소의 문을 밀고 들어가 방문객 등록부를 멋대로 펼쳐들고 지금 방문객 구역에 정박되어 있는 모든 보트의 이름을 확인했다.

그는 손가락으로 목록을 짚어 내려갔다. 번쩍 눈에 띄는 것은 없었다. '머천트의 영광'이니 하는 식의 뻔한 이름의 보트는 없었다.

그러나 그의 눈길을 붙잡은 것이 하나 있었다. 시 브리즈 호 주초에는 A-3구역에 정박되어 있었다. 하지만 주중에 B-7구역으로 옮겨졌다. 이건 좀 괴상한 일로, 편의성과 접근성을 따지면 A-3가 더 나은 쪽이기 때문이었다. 허나 폭발 문제라면야 B-7은 마리나의 바로 한가운데였다.

"알리사, 조, B-7을 확인해 봐."

그는 무선 헤드셋에 대고 말했다. 하지만 만약의 경우를 위해, 관리소 벽에 걸려 있던 모든 보트의 예비 열쇠 뭉치를 빼들었다.

카운터 뒤에서 일하던 도티가 일어났다.

"애시튼 씨, 뭘 하시려는……."

그는 퉁명스레 대꾸했다.

"방문객 보트를 몽땅 훔치려고. 그럼 내가 뭘 하는 걸로 보이나?"

보행기를 끌고 계단을 내려가는 건 말도 안 되는 일이었기에, 그는 그 빌어먹을 물건을 아래로 던지고, 어린애처럼 엉덩이를 깔고 내려갔다.

조는 시 브리즈 호의 안을 수색했다. 그리고 거기 있었다. 폭탄이. 화장실에. 타이머는 7분 28초로, 정확히 호텔에 있는 폭탄의 3분 후였다.

알리사 로크는 바로 그의 뒤를 따라왔고, 무선기와 헤드셋을 그에게 던지고는 불투명한 물 속으로 뛰어들었다. 그녀는 콜록거리며 올라와, 폐 깊이 숨을 들이쉬고 도로 잠수했다.

그는 B구역으로 오기 위해 가파른 경사를 내려오는 찰스를 보았다.

알리사가 헐떡거리며 올라왔다.

"맞아요. 탐이 옳았어요. 폭발장치가 되어 있어요. 선체 전체가 폭발물로 얽혀 있어요."

"화장실에도 있어."

조가 그녀에게 말했다. 그녀는 한 손을 올렸고 그는 그녀를 부두 위로 끌어올렸다. 그렇게 가냘픈 여자치곤 꽤 무거웠다. 아니면 단지 그가 이런 일을 하기엔 너무 늙었는지도

"아마 타이머일 거예요."

그녀가 머리를 뒤로 넘기며 들여다보러 갔다.

"네. 이 전선들이 여기 아래와 옆으로 넘어간 걸 보세요. 하지만 이건 이중장치가 되어 있어요—이 전선을 끊으면 이쪽의 작은 폭탄이 터지겠죠. 그래서 다른 폭탄도 터지고."

그녀는 헤드셋을 도로 끼고 무선을 켰다.

"L.T., 듣고 계십니까? 두 번째 폭탄의 위치를 알아냈습니다. 심각한 상황입니다."

“최소한 2분은 더 있어야 이쪽 폭탄을 처리할 수 있는데.”

재즈의 목소리가 대꾸했다.

“내가 거기 내려가 그것까지 처리할 방법은 없어.”

“내가 가는 중이다.”

탐이 말했다.

찰스는 보행기를 보트의 갑판 위로 내던지고 보트에 올라탔다. 우아한 동작은 아니었으나 어쨌든 목적은 달성했다. 그가 말했다.

“알리사, 도로 물 속에 들어가서 폭탄이 모터에 연결되어 있는지 좀 봐줘.”

“무슨 생각을 하시는데요?”

“이 늙은이가 하게 만들진 않겠지, 안 그래?”

그녀는 찰스에게 굳은 표정을 던진 후 뱃전을 넘어갔다.

“무슨 생각을 하는 건가?”

조가 물었다. 그때 알리사가 물을 튀기고 콜록이며 도로 올라왔다.

“연결되어 있지 않아요. 최소한 제가 보는 한에선.”

시벨. 찰스는 시벨을 생각하고 있었다.

“내게 시 브리즈의 열쇠가 있어.”

그는 오랜 친구에게 말했다. 조의 눈에 깨달음이 떠올랐다.

“나도 같이 가겠네.”

“왜 우리 둘 다 가야 하는데?”

“아무도 어디 못 갑니다.”

탐의 목소리가 그들의 헤드셋에서 울려나왔다.

“그냥 제가 갈 때까지 기다리십시오.”

“됐다.”

재즈의 목소리엔 안도감이 역력했다.

“타이머가 멈췄습니다, L.T.”

조는 갑판 아래로 훌쩍 뛰어내렸다.

“이쪽 타이머는 여전히 가고 있어. 4분 남았다.”

"누가 물 밖으로 좀 끌어내 주겠어요?"

알리사가 외쳤다. 시간이 없었다. 할 거라면 지금 해야 했다.

"켈리, 오늘 아침 넌 나를 자랑스럽게 해주었다."

찰스는 마이크에 대고 말했다.

"사랑한다. 그리고 네가 탐을 발견해서, 네가 발견한 것의 가치를 깨달아서 기쁘구나."

조의 눈엔 눈물이 고여 있었다. 그는 다시 말했다.

"나도 가겠어."

"안 돼."

그리고 찰스는 거의 60년만에 처음으로 가장 가까운 친구를 껴안았다.

"그 작가에게 진실을 말해 줘. 시벨이야말로 진정한 영웅이라고."

그는 포옹으로 완전히 조의 허를 찔렀고, 마침내 물러났을 때는 친구를 밀어 뱃전 너머 물 속으로 깨끗하게 빠뜨릴 수 있었다.

찰스는 부르릉 소리와 함께 시동을 걸었고 보트는 폭발하지 않았다.

"아빠, 사랑해요!"

켈리가 마이크 달린 헤드셋을 구한 모양이었다.

"안다, 내 평생 그것만은 의심하지 않았지, 켈리. 넌 나를 사랑했고, 시벨도 나를 사랑했어. 내겐 과분했지."

그는 정박 구역에서 빠져나왔고, 아직도 물 속에 있는 알리사와 조를 볼 수 있었다. 그는 조의 얼굴을, 조의 눈을, 조의 고통을 볼 수 있었다.

그리고 찰스는 오른쪽 귀를 만져 약속했던 신호를 조에게 보냈다.

몸을 돌린 탐은 잔디밭을 가로질러 달려오는 켈리를 보았다.

항구 저 멀리, 찰스가 속력을 높여 명시된 속도제한을 모두 어기고 드넓은 바다로, 무선이 닿는 범위 밖으로 빠르게 향했다.

켈리는 천천히 멈춰 섰다. 울고 있는 그녀의 가슴이 오르내렸다. 탐이 그녀를 향해 손을 뻗자 그녀는 그의 품 안에 안겼다. 아래 선창에서는 로크가 조를 물 밖으로 나가도록 도왔다. 호텔에선 재즈가 구급차를 기다리며 스타렛 옆에 앉아 있었다. 맬러리와 데이빗은 창가에 서서 점점 작아지는 시브리즈 호를 지켜보았다.

그리고 저 멀리, 그 보트의 갑판에서 찰스는 마침내 알았다. 왜 시벨이 그와 조 그리고 55사단을 위해 그녀의 목숨을 바쳤는지 마침내 이해했다.

그리고 마침내 그녀를 용서했다. 그녀는 고통과 삶의 무게에 짓눌려 있었다. 그녀가 그를 사랑하지 않아서가 아니었다. 그녀는 그를 사랑했고, 그도 그 사실을 알았다. 하지만 그때 그녀가 그러지 않았다면 찰스는 그녀를 구하기 위해 자신을 희생했으리라. 그러면 또다시 시벨은 까맣게 타버린 마음과 함께 남겨졌으리라. 그녀는 그를 너무나 사랑한 나머지 그 없이는 살고 싶지 않았던 것이다.

그녀는 굉장한 여자였다. 그녀는 그에게서 영웅을 보았고, 그녀와 함께 있을 때면 그는 영웅이 되었다.

찰스는 뱃머리를 먼 수평선으로 향하고 수년만에 처음으로 평온한 마음이 되어, 죽기 전 마지막 한 번 자신이 다시 한때 시벨이 사랑했던 남자가 되었음을 알았다.

볼드윈 브릿지 호텔과 마리나 사이의 잔디밭, 2차 대전에서 생명을 바친 사람들을 기리는 동상 근처에서 탐은 켈리를 꼭 껴안았다.

선창에서는 푹 젖은 조가 멀어진 보트를 향해 경례를 붙였고 그 옆에선 알리사 로크 중위가 고개를 숙였다. 폭발은 멀었지만, 그래도 항구와 호텔 잔디밭의 모든 사람들이 고개를 들고 바다를 내다볼 만큼 큰 소리였다.

몇 초 동안 정적이 흘렀다. 한순간의 침묵.

하지만 이내 생명이 돌아왔다. 웃음. 아이들의 외침소리. 종을 딸랑딸랑 울리며 다가오는 아이스크림 트럭.

탐은 켈리와 함께 오래도록 그 자리에 서서, 그날 그녀의 아버지가 구한 많은 이들의 얼굴을 그녀가 볼 수 있도록 했다.

22

8월 15일.

탐은 워싱턴에서의 보고를 마치고 간신히 55사단을 기리는 기념식의 끝에 맞춰 왔다. 기념식은 예정대로 진행되었다. 경비는 강화되고 참석자 거의 모두가 전날의 드라마를 알지 못한 채.

정부의 대 테러방침에는 테러시도를 크게 떠들지 않는 것도 포함되어 있었다. 하지만 탐은 아무도 모른다 한들 상관하지 않았다. 칩 크롤리 대장을 제외하고. 그리고 크롤리 쪽 사람들 앞에서 그다지 성의 있게 들리지 않는 사과를 탐에게 한 터커 소장을 제외하고.

인파 끄트머리에서 탐이 지켜보는 가운데, 켈리는 계단을 올라 전쟁에 세운 공로로 아버지에게 주어지는 프랑스, 영국, 미국 정부의 특별훈장을 받았다. 그리고 기념식은 그 얼마 후 끝났다.

그는 인파를 뚫고 켈리에게 다가가려 했지만, 맬러리와 데이빗을 발견했을 뿐이었다. 맬이 물었다.

"샘은 어때요?"

"벌써 집중 치료실에서 나와 간호사들을 엄청 열받게 하고 있지. 너야말로 어떠냐? 누군가 네 머리에다 총을 들이대고 죽이겠다고 위협하는 게 늘 벌어지는 일은 아닌데."

그녀는 웃었다.

"괜찮아요. 아직 좀 떨리긴 하지만. 사실, 아직 많이 떨리네. 로크를 보면 날 살려줘서 고맙다고 좀 전해줘요."

"그래요, 부탁드립니다."

데이빗이 말했다. 그리고 탐이 지켜보는 가운데, 데이빗은 그녀를 품으로 끌어당겼다. 마치 그녀를 안지 않고는 견딜 수 없다는 듯이.

탐은 묻지 않을 수 없었다.

"9월이 되면 너희들은 어떻게 할 거냐?"

"학점등록제로 학교를 다닐 거예요."

맬이 그에게 말했다.

"해군은 안 하고 기분 상하지 말아요, 삼촌. 하지만 내 체질이 아니라서."

"우린 맬이 보스턴에서 사진가 조수 일을 해보면 어떨까 고려중이에요. 그리고 삼사 년쯤 후에 우린 결혼할 생각이에요."

데이빗이 말했다.

결혼. 녀석은 '우리'와 '결혼'이란 단어를 한 문장에 말했고, 기절하거나 성호를 그리는 등의 두려움을 내비치는 표시는 하나도 안 했다. 사실 미소 지었다.

"정말 너희가 삼사 년 후에도 함께 있을 거라 생각하는 거냐?"

탐의 질문에 데이빗과 맬러리 둘 다 고개를 끄덕였다.

"확실히."

"절대로."

그들의 자신감에 그는 경외감을 느꼈다. 그래도 묻지 않을 수 없었다.

"그리고 만약 그렇지 않다면……?"

데이빗은 맬러리를 쳐다보고 미소지었다. 그 미소는 '저 사람이 얼마나 멍청한지 믿겨져?'란 의미로 넘쳐나고 있었다. 데이빗이 그에게 말했다.

"우리가 함께가 아니라 해도, 노력이 부족해서는 아닐 거예요."

켈리는 어둠 속에서 탐을 기다렸다. 그가 집으로 오는 소리를 듣고, 정복을 벗고 갈아입는 동안 그의 침실 불이 켜져 있는 것을 보았다. 별채의 거실 창문을 통해 그가 조와 얘기하러 멈춰 서는 것도 보았다. 그러고 나서 그는 진입로로 나섰다.

그녀는 눈을 감고 부엌문을 이용해 커다란 집으로 들어가는 그를, 그녀가 그녀 침실에 놓아둔 쪽지를 발견하는 그를 그려보았다.

<나무 위의 집에서 만나요>

그녀는 집에 혼자 있을 수가 없었다. 아버지 없이는 너무나 공허하고 조용한 듯 느껴졌다. 그러나 그와 동시에 그녀는 찰스의 존재를 느낄 수 있었다. 거실에서. 부엌에서. 데크에서.

특히 그가 매일 앉아 바다를 지켜보던 데크에서.

탐의 무게로 사다리가 삐걱거렸다. 그는 들어오기 전에 문을 노크했다. 이게 나무 위의 집이라는 걸 고려하면 우스꽝스런 행동이었다.

"조는 어때요?"

그녀는 물었다. 갑자기 어제 자신이 한 모든 말이 불안해지며 그가 워싱턴 DC에서의 회의를 위해 그 직후 곧장 떠나야 하지 않았더라면 얼마나 좋았을까 싶었다.

"상당히 상심하셨어."

탐이 털어놓았다.

"거의 60년간 제일 친했던 친구가 떠났다는 걸 금방 받아들일 수는 없지."

켈리는 고개를 내저었다.

"거의 60년간 제일 친한 친구라. 무슨 세계기록쯤은 되어야 할 것 같아요"

"그래. 그래도 그 작가에게 얘기하기로 한 것에 대해선 마음이 편해지셨어."

"그건 잘됐네요"

한동안 침묵이 흐르고, 그가 다시 입을 열었다.

"휴가를 30일 더 받았어. 이번에는 정말 휴식을 취하라는 뜻에서. 사실 30일이 전부 필요할 거 같지는 않아. 현기증이 이젠 그렇게 자주 나지 않거든."

"어제는 그랬잖아요."

"그래, 하지만 그렇다고 제대로 움직이지 못한 건 아니야. 기절하진 않았어. 그걸 좋은 징조로 여기려 해. 그리고 이제 시간여유가 생겼으니…… 괜찮아질 거야. 확신해."

"잘됐어요."

그녀는 어둠 속에서 자신을 쳐다보는 그를 느낄 수 있었다.

"당신을 엿보려 여기 오곤 했었죠. 여기서 당신 방 창은 완전 그대로 들여다보이거든요. 몇 번이나 당신이 속옷 차림으로 돌아다니는 걸 봤는지 몰라요. 그보다 덜 입은 것도."

"농담이겠지."

"오늘밤은 파란색 사각이더군요."

탐은 웃음을 터뜨렸다.

"맙소사, 너 변태였구나."

켈리는 그가 그렇게 생각한다는 데 기뻐 고개를 끄덕였다.

"맞아요."

하지만 그리고는 한숨을 내쉬었다.

"실은 아니에요. 만약 내가 진짜 변태였으면 집집마다 창을 들여다보며 다녔겠죠. 솔직히 내가 관심 가는 유일한 창은—그리고 유일한 속옷은 당신 것뿐이에요."

"그래도 넌 그걸로 타락점수가 좀 올랐어."

"잘됐네요. 최소한 내 빌어먹을 착한 여자 이미지를 중화시키는 데 도움이 될 테니."

"개인적으론 난 그게 아주 끌리던데. 너의 착한 여자 이미지와 어, 나쁜 여자 이미지의 조화가. 달리 적당한 말이 없어서."

그의 목소리는 어둠 속에서 벨벳처럼 그녀를 감쌌다. 그가 가까이 다가왔고, 그녀는 그의 체열을 느낄 수 있었다.

"날 사랑해요?"

알아야만 했기에 그녀는 물었다. 젠장, 그리고 진짜로 알 길은 물어보는 수밖에 없었다.

"내 말은, 진정한 나를요? 당신이 원하는 모습의 내가 아니라, 나쁜 말도 하고 옷장에서의 섹스를 좋아하는 나를?"

그는 나직한 웃음소리를 냈다.

"어떻게 안 그럴 수 있겠어?"

"농담하려는 게 아니에요. 난 진지하다구요. 나쁜 면을."

"좋은 면이야."

그는 그녀에게 키스하며 끌어당겼다.

"나무 위 집에서는 어때?"

"탐—."

그는 그녀의 목에 입맞쳤고, 손은 이미 그녀의 셔츠 아래를 파고들고 있었다.

"왜냐하면, 벌써 5분이 지났으니 이제……."

"이런, 세상에. 날 그렇게까지나 추락하게 두진 않겠죠!"

"바로 그거야. 세상 끝나는 날까지 너한테 딱 5분만 얘기할 시간을 주고, 그 다음엔 덮쳐버릴 거니까."

오, 세상에.

"우리가 레스토랑에서 만나면 재미있겠네요."

그의 웃음소리는 부드러웠지만 아주 위험스러웠다.

"당연하지."

"아니면 바닷가나……."

"오호."

"아니면 공항. 우리 둘 다 수많은 공항들을 보게 되리란 기분이 들거든요."

그가 고개를 들었다.

"네가 나와 함께 캘리포니아로 가지 않는다면 그렇겠지."

켈리는 아무 말도 못했다. 그가 지금 하려는 말은……?

그는 목청을 가다듬었다.

"난 우리가 저기, 찰스와 조의 기록을 깰 수 있을 거라 생각중이었어. 65년을 목표로……."

오, 세상에.

"그 말은, 제일 친한 친구로?"

탐은 고개를 끄덕였다.

"'결'로 시작하는 단어가 널 불안하게 하는 거 알아. 하지만 그래. 난 영원한 우정을 얘기하는 거야. 다만 조와 찰스의 우정과는 조금 다르지. 매일 밤 사랑을 나누고 가장 어두운 비밀과 좋아하는 농담을 모두 공유하는, 그리고 언젠가는 아기도 같이 가지는 그런 우정을 원해. 그런 종류의 우정은 힘겨운 노력이 필요한 것도 알지만 너도 알다시피 난 힘든 일을 꽤 잘하거든."

켈리는 웃음을 터뜨렸다.

"맙소사, 이건 꼭 로저스 아저씨*에게서 청혼받는 거 같네요. 하지만 다시 생각해 보면 당신은 늘 좋은 이웃이었죠. 로저스 아저씨보단 사탄에 더 가깝긴 해도. 수년 동안 그게 동네에서의 당신 별명 아니었던가요?"

"그래, 수천 명의 사람들이 나를 잘못 판단했지. 마찬가지야."

그는 그녀가 합판 바닥에 깔아놓은 담요 위로 그녀를 끌어당겼다.

"수천 명의 사람들이 너 역시 잘못 판단했잖아."

그는 다시 그녀에게 키스했다.

"넌 그 사람들이 생각한 착한 여자와는 전혀 거리가 멀지. 그들 중 대부분은 네가 그 입으로 뭘 할 수 있는지 절대 짐작조차 못할 거야."

그는 미소지었다.

"하지만 난 알지."

켈리는 미소지으며 그를 올려다보았다.

밤의 어둠에도 불구하고, 그녀는 그가 자신을 분명하게 보고 있음을 알 수 있었다. 그리고 같은 방식으로, 그녀는 모든 호칭과 껍질 그리고 허식을 뚫고 진짜 탐 파올레티를 보았다.

"사랑해."

---

* 아동용 TV 프로그램 <로저스 아저씨의 이웃들>에 등장.

그가 속삭였다.

"우린 해낼 수 있어. 아주 현명한 어떤 두 사람의 말마따나, 최소한 우리가 함께가 아니라 해도 노력이 부족해서는 아닐 거야. 결혼해 줘, 켈."

"그리고 네이비 실의 아내가 되고?"

"그래. 지루한 순간이라곤 없을 거야. 물론 난 실력 있는 소아과 의사의 남편이 되겠지. 누구의 삐삐가 더 자주 울릴지 알기 힘들겠군."

그가 키스하자 켈리는 한숨지었다.

"난 결혼이 겁나요."

"내가 지켜줄게."

"약속해요?"

"약속하지. 맹세할게. 난……."

"난 우리가 일흔다섯 살이 되어도 서로에게 미쳐 있는 그런 커플이 되었으면 해요."

그는 그녀에게 다시 키스했다.

"당연하지. 일흔다섯에도 여전히 나무 위의 집에서 일을 벌이는. 약속해."

"사랑해요 열다섯 살 때부터. 하지만 조를 모시고 사는 것에 동의하기 전까진 결혼 못하겠어요. 연결된 아파트를 얻어서……."

"넌 사람들이 말하는 것만큼 착한 여자야."

켈리는 그를 밀어내 뒤로 넘어뜨리고 눌렀다.

"조심하지 않으면 그걸로 당신이 틀렸다는 걸 증명해 보일 수밖에 없겠군요. 알죠, 입으로……?"

탐은 그저 미소지었다.

<끝>